Marvel Moreno

Im Dezember der Wind

Quart*buch*

Marvel Moreno

Im Dezember der Wind

Roman

Aus dem kolumbianischen Spanisch
von Rike Bolte

Verlag Klaus Wagenbach Berlin

EINS

I

»Denn ich, der Herr, dein Gott, bin ein eifersüchtiger Gott: Bei denen, die mir feind sind, verfolge ich die Schuld der Väter an den Söhnen, an der dritten und vierten Generation.«

Denn die Bibel – dieses Buch, das nach Ansicht ihrer Großmutter alle Vorurteile enthielt, die darauf angelegt waren, den Menschen Scham empfinden zu lassen wegen seines Ursprungs, und nicht nur wegen seines Ursprungs, sondern auch wegen der seiner Natur innewohnenden Triebe, seiner Wünsche, Instinkte oder wie auch immer man es nennen mochte, sodass der Augenblick, den sein Leben währt, zu einer Hölle aus Schuldgefühlen und Gewissensbissen, Enttäuschung und Groll wird – enthielt auch die Weisheit jener Welt, die das Buch, von der Zeit seiner Niederschrift an, zu erschaffen geholfen hatte, weswegen man es mit großer Aufmerksamkeit lesen und über seine Behauptungen nachdenken musste, so willkürlich sie auch klingen mochten, bis man das Wie und Warum des eigenen und des fremden Elends durchdrungen hatte. Wenn also ein beliebiges Ereignis die trübe, wenngleich auf den ersten Blick einwandfreie äußere Erscheinung jener gleichförmigen Existenzen durcheinanderbrachte, die seit über hundertfünfzig Jahren die Elite der Stadt bildeten, erinnerte ihre in einem Korbschaukelstuhl inmitten von Zikadengezeter und der schwülen, um zwei Uhr mittags ganz trägen Luft sitzende Großmutter sie an die biblische Verdammnis und führte aus, dass der Vorfall oder vielmehr: sein Ursprung, ein Jahrhundert oder gar mehrere Jahrhunderte zurückreiche und dass sie, die Großmutter, ihn erwartet hatte, seit sie sich ihres Verstandes bedienen konnte und in der Lage war, einen Zusammenhang von Ursache und Wirkung herzustellen. Ebendieser Fatalismus rief in Lina eher Schrecken als Erstaunen hervor – bereits vierzehnjährig hatte sie über den von ihrer Großmutter und ihren Tanten zum Besten gegebenen Dingen die Fähigkeit zu staunen verloren –, wenn nicht gar ein finsteres Unbehagen, das sich als Kribbeln in den Händen Ausdruck verschaffte, unterdessen sie sich zum x-ten Mal fragte, zu welchem Unglück das Schicksal wohl sie selbst verdammt haben mochte. Wenn sie ihre Großmutter ansah, wie sie ihr so gegenübersaß, klein und zerbrechlich wie ein siebenjähriges Mädchen, die weißen Haare nach hinten gekämmt und im Nacken zu einem diskreten Dutt zusammengebunden, hatte sie den Eindruck, einer uralten Kassandra zu lauschen, keiner aufgebrachten oder hysterischen, ja, eigentlich nicht einmal einer richtigen Kassandra – denn weder klagte sie über ihr eigenes Schicksal noch über jenes der anderen –, sondern einer, deren Prophezeiungen unweigerlich in Erfüllung gehen mussten. Einer Kassandra, die die Vergangenheit in ihrem Gedächtnis verwahrte und aus derselben und ihrer Auslegung die Gegenwart und gleich auch noch die Zukunft mit unbestimmter Schwermut ableitete, wie eine gütige, der Schöpfung aber abgewandte Göttin, die unfähig war, Fehler und Leid der Menschen zu verhindern. Deswegen, ja, weil sie seit jeher davon überzeugt gewesen sei, dass alles bereits im Vorhinein beschlossen war, dass eine geheime Macht uns antreibe, diesen und nicht jenen anderen Schritt im Leben zu tun, sollte sie sich zurückhalten, als Lina sie darum bat, Dora vor der Heirat mit Benito Suárez zu bewahren, obwohl sie es theoretisch hätte tun können, schließlich achtete Doras Mutter niemanden so sehr wie Linas Großmutter.

Lina war der Meinung, dass ein einziger Telefonanruf, schon eine kurze Nachricht, Doña Eulalia del Valle aus ihrem Gefängnis hervorlocken und sie den Weg über die vier Querstraßen, die sie von dem Haus trennten, in dem Lina mit ihrer Großmutter wohnte, zu Fuß zurücklegen lassen würde; auch war sie der Überzeugung, dass sie, wenn Doña Eulalia ihrer Großmutter erst einmal ihre ausführliche Jeremiade vorgetragen hätte, in der sie ihren lebenslangen Leidensweg darlegte, das heißt, wenn sie glaubte, sie habe mit ihren Klagen Mitleid erregt, und zwar nicht das ihrer Tochter und ihrer Bediensteten, sondern das eines Menschen, den sie seiner Abstammung und seines vorbildlichen Lebenswandels wegen bewunderte – Begriffe, die sie stets anbrachte, wenn sie von Linas Großmutter sprach –, jeden Rat annehmen würde, selbst den, die Verheiratung Doras (Doras Läuterung, wie Doña Eulalia glaubte) mit einem

Wahnsinnigen wie Benito Suárez abzulehnen. Doch ihre Großmutter hatte sich nicht zum Telefon begeben wollen und ihr, Lina, erklärt, wenn es nicht Benito Suárez werde, dann werde es eben ein anderer vom gleichen Schlag, denn deine Freundin Dora ist dazu bestimmt, sich von einem Mann erwählen zu lassen, der nicht nur fähig ist, ihr den Gürtel von der Hose zu reißen, sondern auch, sie damit auszupeitschen, wenn er das erste Mal mit ihr schläft.

Viele Jahre später, im Herbst ihres Lebens, nachdem sie hier und dort ähnliche Geschichten vernommen und gelernt hatte, widerstands- und anspruchslos zuzuhören, auch sich selbst, sollte Lina, während sie von der Terrasse des Café Bonaparte einer vorüberspazierenden Frau hinterherblickte und dabei an Dora denken musste, sich schmunzelnd fragen, ob ihre Großmutter nicht doch Recht gehabt hatte: damals, als sie behauptete, Dora könne nicht anders, als sich mit dem erstbesten Mann zu vereinigen, der sie auspeitschte, wenn sie miteinander schliefen, zuerst einmal, weil sie mit ihm schlief, und zweitens, weil sie es zuvor schon mit einem anderen getan hatte. Damals allerdings noch nicht. Damals war sie eben erst vierzehn Jahre alt geworden, und niemand, nicht einmal die Großmutter, hätte sie davon überzeugen können, dass Dora von einer finsteren Macht in die Arme jenes Mannes getrieben wurde, der zweifellos ihren Untergang bedeutete, und zwar auf eine so rätselhafte Weise wie eine Katze, die aus Instinkt ihr Leben im brüchigen Geäst eines Guavenbaums aufs Spiel setzt, nur weil ein Vogel im Laub flattert, obwohl sie weiß, dass sie ihn nicht zu fassen kriegen wird und obendrein eben erst die Reste des Mittagessens verschlungen hat.

Die Kräfte, von denen ihre Großmutter sprach – und auf deren genaue Bezeichnungen Lina stoßen würde, als sie, nicht ohne eine gewisse Skepsis, Freud las –, kamen ihr damals wie jene Feinde vor, die den Menschen einer Krankheit oder dem Wahnsinn gleich überfallen und gegen die man sich allein aus Würde zu wehren hat, das heißt, um dem eigenen Lebensende mit einem gewissen Anstand entgegenzugehen und die Leute so wenig wie möglich zu belästigen, so wie man eine Zeitung im Café wieder genauso zusammenfalten sollte, wie man sie vorher in die Hand gekriegt hat, vielleicht ein wenig abgegriffener als zuvor, doch keinesfalls in zerfleddertem Zustand oder mit angerissenen Blättern. Und das nicht so sehr aus Rücksicht auf jemand Bestimmten, war doch davon auszugehen, dass sie uns niemand ausgehändigt hatte und wir sie somit auch niemandem zurückgeben müssen, sondern eben deswegen, weil man achtsam sein und das gesamte Leben über gegen jedwede Nachlässigkeit kämpfen musste, auch wenn klar war, dass wir auf lange Sicht unweigerlich verlieren würden, da selbst die Zeitung letztlich im Papierkorb landete. In anderen Worten: Lina fand es schon damals, auf ihre ganz eigene Weise, unentschuldbar, Passivität gleich welcher Art zuzulassen, da konnte ihre Großmutter noch so sehr auf das Eingreifen geheimnisvoller Mächte verweisen, und das galt gerade dann, wenn die Schludrigkeit dazu führte, dass man einen Mann wie Benito Suárez ehelichte.

Lina kannte ihn nur zu gut. Sie hatte ihn an einem Karnevalssamstag unter eher ungewöhnlichen Umständen kennengelernt, wenngleich dieses Adjektiv – das von Lina sehr bewusst und mit dem Zweck verwendet wurde, nicht der Übertreibung bezichtigt zu werden, als sie ihrer Großmutter von dem Vorgefallenen erzählte – in keiner Weise der ungeheuerlichen Art gerecht wurde, mit der Benito Suárez ihr erschienen, in ihr Leben eingebrochen war und sich darin eingenistet hatte, denn von diesem Augenblick an, und nicht nur wegen ihrer Freundschaft zu Dora, zweifelte Lina nicht im Geringsten daran, dass ihr dieser Mann mehr als einmal über den Weg laufen und dabei immer wieder dieselbe Verwunderung und manchmal auch dieselbe eiskalte Wut auslösen würde wie damals, als sie sah, wie er seinen Studebaker an der Ecke abstellte, ausstieg und dann Dora hinterherrannte, die bereits den Wagen verlassen hatte und mit blutverschmiertem Gesicht blindlings auf die Eingangstür ihres Hauses zustürzte. Lina brauchte eine ganze Weile, bis sie das Ausmaß des Geschehnisses wirklich begriffen hatte, sprich, sie wusste nicht, dass die schlichte Tatsache, Zeugin dieser Szene geworden zu sein, sie verändert oder, genauer gesagt, jenen Mechanismus in ihr in Gang gesetzt hatte, der sie auf unwiderrufliche Weise verändern würde. Sie würde es erst später, im Laufe der Jahre, überhaupt ansatzweise begreifen, als sie feststellte, dass ihr Gedächtnis jedes Detail dieses Karnevalssamstags, an dem sie Benito Suárez zum ersten Mal begegnet war, gespeichert hatte: wie der blaue Studebaker scharf an der Straßenecke ihres Hauses bremste, wie sie fassungslos aus dem Fenster im Esszimmer starrte, wo sie an dem Mahagonitisch saß, der Platz für zwölf Menschen bot, darauf ihre Hefte und die Rolle mit dem Pergamentpapier, das sie gerade zugeschnitten hatte, um darauf eine Karte Kolumbiens mit Flüssen und Bergen zu zeichnen; daneben Radiergummi und Tuschefass, weiterhin das Häufchen Sand, das sie dort hinzukleben beabsichtigte, wo sich die Berggipfel zu Vulkankratern öffneten. Immer würde sie sich daran erinnern, wie ihr die Füllfeder aus der Hand fiel und die gewachste Tischplatte beschmutzte, dann Doras verzweifeltes Herumirren, wie Benito Suárez sie schließlich im Garten einholte und ihr eine weitere Ohrfeige verpasste, in dieses vom Blut schon unkenntlich gewordene Gesicht, und wie sie dann beide, Dora und sie selbst, zum Eingang rasten, Dora weiterhin durch den Garten und sie über die Veranda, um die Tür aufzureißen, und wie sie dann, schlagartig, mit einem Stuhl auf Benito Suárez eindrosch, nicht um ihm den Zugang zu versperren, denn er hatte die Eingangshalle bereits durchquert, und sein Gesicht zeigte eine solche Entschlossenheit, dass ihn zurückzudrängen unmöglich schien, sondern um sich ihm in den Weg zu stellen. Ja, es zeigte Verblüffung, als sein Blick auf dieses dreizehnjährige Mädchen traf, das soeben einen Louis-XVI.-Stuhl auf seiner Schulter zerschmettert hatte und zu ihm sagte: »Ich habe den Hund losgelassen, gleich ist er hier und wird Sie in Stücke reißen.« Die Verblüffung und auch der Schlag, womöglich gar der Schmerz, das war es, was ihn aufhielt. Die Sekunden, daran würde sich Lina erinnern, in denen sie nach Doras Hand greifen und sie die Veranda entlang bis zum Esszimmer fortzerren konnte, um sich dort mit ihr hinter dem Sideboard zu verstecken, wo sie sich als Kind immer verkrochen hatte, wenn ihre Großmutter mit dem verhassten Magnesiumpräparat hinter ihr her war. Die japsende, mit einem Mal schweißgebadete Dora, die das Gesicht gegen ihre Beine presste, das klebrige, ihre Bluejeans besudelnde Blut, und wie Lina zu ihr gesagt hatte: »Hör bloß auf zu heulen, sonst bringt er uns beide um.« Denn Benito Suárez wollte sie umbringen: Er verkündete es brüllend, während er das verwaiste Haus durchkämmte, gegen die Möbel trat und sie, Lina, als Missgeburt verfluchte. Sie hatte ihn brüllen hören, als er im Esszimmer aufgetaucht und mit einem Handstreich all ihre Hefte auf den Boden gefegt hatte; hatte seinen keuchenden Atem gehört, diese Stimme, die so fern alles Menschlichen klang und, wie ihr schien, dem Gestöhne eines Tieres glich, das wie wild geworden wortähnliche Laute auszustoßen versuchte. Womöglich war es dieser so wutentbrannt herausbrechende rohe Ton, der in Lina das Bild des Hundes aufsteigen ließ; nicht das der Setter, die trotzdem wie von der Tarantel gestochen im Patio losbellten: Der rassen- und namenlose Hund bellte nie: Doch in seinem Schweigen lag dieselbe Fähigkeit zum Hass, dieselbe Mordlust wie die des Mannes, der nun gegen das Sideboard trat, hinter dem sie Dora den Mund zuhielt, um sie am Schreien zu hindern. So dachte sie an den Hund, aber nicht mit der Bestürzung, die sie empfand, als sie mit dem Stuhl auf die Schulter von Benito Suárez eingedroschen hatte, sondern kühl, mit einer plötzlichen Geistesgegenwart, über die sie sich selbst später noch wundern würde; das heißt, als sie ihrer Großmutter erzählte, wie sie die Veranda entlanggehuscht war, weil das wirre Gestammel aus Flüchen gerade abebbte, und zu dem Baum hinüberlief, an dem der Hund angekettet war; wie sie diesen am Halsbandring hinter sich hergezogen und nach Benito Suárez Ausschau gehalten hatte, bis sie ihn auf dem Flur neben dem umgestürzten Stuhl antraf. Ebenso verwundert, nein, noch verwunderter aber war sie, als die Großmutter bemerkte: »Ich kann mir allerdings nur allzu gut vorstellen, wie du diesen verdammten Hund packst, um ihn Benito Suárez auf den Hals zu hetzen.«

Dabei hatte Lina schon lange vor diesem Ereignis, das sie als erstes Scharmützel bezeichnen sollte (es würde derer so viele geben, dass Lina sich schließlich daran gewöhnte, in diesem Mann einen natürlichen Feind zu sehen, der durch die Vorhersehbarkeit seiner Reaktionen beinahe harmlos wurde und den sie auf eine ihr selbst unerklärliche Weise mochte, ohne deswegen aufzuhören, ihn als Feind zu betrachten), ansatzweise zu verstehen versucht, was für ein Typ Benito Suárez war. Sie hatte jede einzelne seiner qualvollen Begegnungen mit Dora verfolgt, war sie doch seit dem Eintritt in die Schule von La Enseñanza deren Vertraute, als Dora beschlossen hatte, womöglich angetrieben von einem allzu frühen Mutterinstinkt, sie unter ihre Fittiche zu nehmen: Ein ganzes Jahr lang hatte sie sie wie eine Glucke verteidigt – ihr im Schulbus stets eifrig einen Platz neben dem Fenster freigehalten oder sie zu sich auf den Schoß genommen –, dann jedoch begannen die Dinge sich zu ändern, denn während sie selbst in die erste, zweite und dritte Grundschulklasse kam, musste Dora die vierte Klasse erneut wiederholen, und da trafen sie sich, sie acht- und Dora elfjährig, und ihre Beziehung kehrte sich allmählich um, als Lina begriff, dass sie, wenn sie Dora aus der Patsche helfen wollte, ihr bei den Prüfungen beispringen, ihre Aufsätze schreiben, ihr ein ums andere Mal das Dividieren erklären und sie anrufen musste, um zu kontrollieren, ob sie auch brav ihre Hausaufgaben gemacht hatte. Tatsächlich schaffte sie es unter Anwendung von Tricks und Strenge schließlich, sie bis in die zweite Oberstufenklasse mitzuschleifen, jenes Schuljahr, in dem all ihre Bemühungen zunichte gemacht wurden, denn Dora flog in La Enseñanza raus, weil sie ein von einem Jungen über die Schulmauer zu ihr herübergeworfenes Bonbon aufgehoben hatte.

Dora hatte auf Lina einen allzu ruhigen Eindruck gemacht: Sie beteiligte sich weder an den Spielen im Pausenhof noch an den Streichen, die Catalina, sie und ihre Freundinnen akribisch vorbereiteten, um für Unruhe zu sorgen, die Nonnen auf die Palme und so ein wenig Abwechslung in die Eintönigkeit des Unterrichts zu bringen. Strenggenommen hatte Dora noch nie bei irgendetwas mitgemacht, das Tatkraft oder Bewegung verlangt hätte: Sie war ein stilles Mädchen gewesen, eine Art Pflanze, wirkte träge wie ein Organismus, immer versunken in etwas, das nur in ihm selbst vorgeht, in seinen eigenen Zellen pocht. Als Kind hatte man sie so viele Vitaminpräparate schlucken lassen, dass sie bereits mit neun Jahren ein Backfisch und mit vierzehn – als sie wegen der Geschichte mit dem Bonbon von der Schule flog – bereits herangereift war und diesen schlaffen Ausdruck und wiegenden Gang annahm, der die Jungs vom Colegio Biffi dazu drängte, die von einem wahren Gestrüpp aus Glasscherben gekrönte Mauer der Schule hinaufzuklettern, sich dabei die Haut ihrer Knie abzuschürfen und Angstschweiß zu vergießen, nur um sie während der Pause eine Minute lang betrachten zu können. Sie war nicht so schön wie Catalina und entbehrte der Feinheit von Beatriz. Man konnte bei ihrem Anblick weder von Anmut noch von Verführungskraft sprechen. Nein. Sie hatte etwas Ferneres, Tieferes; etwas, das dem ersten Molekül erlaubt haben musste, sich fortzupflanzen, oder dem ersten Organismus, sich fruchtbar zu machen; das, was am Meeresgrund vor sich hin gezuckt hatte, noch bevor sich auf der Erde überhaupt irgendeine Form von Leben zeigte, und zuckend geschlürft, gesaugt, andere Wesen gezeugt und ausgeworfen hatte; das Leben im Rohzustand und späterhin das Urweibchen; nicht unbedingt das Menschenweibchen, sondern jedwedes Weibchen, das in der Lage war, das widerborstige, polternde Männchen in seine Höhle zu locken und seine Aggressivität für eine Weile zu bezwingen, nicht nur, um jenen Akt zu vollziehen, der ganz augenscheinlich seine Existenz der Natur gegenüber rechtfertigte, sondern auch, um das Männchen daran zu erinnern, dass es eine stärkere, ja womöglich gar ältere Lust gab als den Wunsch, zu töten.

Dies schien Dora mitnichten zu ahnen, wenngleich sie es hätte vermuten können: Denn sie spürte, dass sie die Blicke der Männer auf sich zog, und hatte schon als Kind begriffen, dass sie sich unmöglich allein in den Garten ihres Hauses begeben konnte, ohne bei irgendeinem die Straße entlangkommenden Bettler oder Stadtstreicher den hemmungslosen Drang auszulösen, sich den Hosenschlitz aufzureißen und sich vor ihren Augen einen herunterzuholen. Lina ihrerseits sah sich versucht, zu denken, Dora trage seit dem Augenblick ihrer Geburt oder, wie ihre Großmutter sich immer wieder zu erklären bemühte, schon seit dem Moment, in dem sie zu existieren begann, dasselbe Mal, das auch das Wesen der Hündin Ofelia bestimmte oder, mehr noch, das Verhalten der Hunde, die so gierig um sie herumschlichen. Tatsächlich, sie schlichen um sie herum, sie stellten ihr nicht nach: Ofelia musste sich nicht vom Fleck bewegen, sich nicht im Geringsten rühren, damit sie in hechelnder Erwartungshaltung in ihrer Nähe blieben. Dabei war nichts Besonderes an ihr, jedenfalls unterschied sie sich in ihrem Aussehen nicht von den anderen bei ihr zu Hause geborenen und heranwachsenden Settern, die ebenfalls Namen von Shakespeare-Heldinnen trugen, deren Geschichten die Großmutter ihr so oft zum Einschlafen erzählt hatte; sie war schlicht ein verschlafenes Tier mit gewelltem zimtfarbenem Fell, das die Sonne verabscheute und den gesamten Tag über auf den kühlen Fliesen der Veranda herumdöste. Wenn sie aber läufig wurde, blitzte Gier in ihren Augen auf, und urplötzlich baute sie sich vor den geifernden, unter Gejaule um ihre Gunst buhlenden Brutussen und Macbeths auf, die die anderen läufigen Hündinnen – deren eigene Brunst fraglos von jener Ofelias angestachelt wurde – völlig vergaßen und darüber ihre ganze Distinguiertheit einbüßten, die den aus England eingeführten Settern mit all ihrem *Pedigree*, das man, wie ihre Großmutter nicht ohne Stolz erklärte, in dieser Form auch im Stammbaum eines Bourbonen finden konnte, doch eigentlich zu eigen war. Sah man sich jedoch die unverrückbare Treue an, mit der Ofelia immer wieder denselben Partner auswählte, so hätte man all die lauernde und sich anschließend in Gewinsel und Pirouetten verlierende Energie als schiere Verschwendung bezeichnen können, hätten sich die Setter nach der vollzogenen Wahl nicht ängstlich zu den anderen Hündinnen verdrückt, die alle, selbst jene, die sich kaum mehr auf den Beinen halten konnten, Gegenstand ihrer Aufmerksamkeit und ihrer Bemühungen wurden. Das heißt, Ofelia schien von Natur aus dazu bestimmt, in sich den Anreiz, den Antrieb oder den Köder zu vereinen, der die Lebewesen dazu bringt, sich fortzupflanzen, und zwar ganz unabhängig von Ofelias Willen und, selbstverständlich, auf völlig unbewusste Weise.

Wenn man Dora beobachtete, hätte man sich durchaus bestätigt darin sehen können, dass eine ähnliche Ignoranz sie daran hinderte, zu begreifen, wie wenig sie mit den meisten Frauen gemein hatte. Dora empfand es als überaus natürlich, sich begehrt zu fühlen, und wäre bestimmt aus dem Staunen nicht herausgekommen, hätte sich jemand die Zeit genommen, ihr zu erklären, dass die Jungs vom Biffi sich die Schulmauer hochzogen und riskierten, ihre Hände an der Glasscherbenbarriere einzubüßen, nur um einen Blick auf sie zu werfen. Für Dora gehörte dies, ebenso wie die Stadtstreicher, die ihren Hosenschlitz aufrissen, sobald sie sie erblickten, zum natürlichen Lauf der Dinge, ja, mehr noch, es schien aufs Genaueste mit dem übereinzustimmen, was ihre Mutter über die Natur des Mannes und sein verdorbenes Wesen sagte, das nichts anderes im Sinn hatte, als die Frauen in die Schande zu treiben. Bis zu ihrem vierzehnten Lebensjahr, solange sie sich ausschließlich zwischen ihrem Zuhause und der Schule bewegte, hatte sich keinerlei Gelegenheit geboten, auch nur eines dieser Individuen näher kennenzulernen, die sie ihrer Sittsamkeit berauben wollten, und ebenso wenig war Dora in der Lage, würde Lina sich später sagen, den Ursprung dieser inneren Unruhe zu erkennen, die sie über dem Pult vor sich hin dämmern ließ, während eine Nonne Zeichen auf eine Tafel schrieb und ihr das nervenaufreibende Gesumme der Bienen in die Ohren drang. Immer am selben Fenster sitzend, vertrieb sie sich die Zeit damit, in den Schulhof und auf die Bäume zu starren, die dort reglos vor einem Streifen metallenen Himmels standen, und ihr Blick schien zu verschleiern, abzuschweifen inmitten von Bildern, die womöglich nicht einmal Bilder waren, sondern nur etwas, das auf eine sehr vage Weise Erwartung war und gewissermaßen auch Verwirrung. Ihr Betragen allerdings ließ nichts zu wünschen übrig: Sie verhielt sich vorbildlich, schrieb sorgfältig die Zeichen ab, die die gerade diensthabende Nonne auf die Tafel kratzte, stand lautlos auf, wenn die Pausenglocke schlug und reihte sich ordnungsgemäß zwischen den anderen Schülerinnen ein. Ordnungsgemäß trat sie auch in den Speisesaal und nahm ihr Essen zu sich, und sie fand sich zum Gebet in der Kapelle ein: ordnungsgemäß und abwesend. Sie war nicht anwesend, und fast schien es angebracht, sich zu fragen, ob sie überhaupt jemals an einem bestimmten Ort anwesend gewesen war. Sie schien auf eine andere Weise zu existieren, in sich selbst hineinlauschend, nicht geleitet von einer Stimme – nur hier und da hatte man den Eindruck, dass sie überhaupt irgendein Ton erreichte –, sondern viel eher von einem der menschlichen Sprache vorgängigen Raunen, in dem jedes neue Geräusch die Verlängerung des vorherigen war und dem Vorüberziehen eines Flugzeugs am Himmel ein plötzlicher Windstoß in den Bäumen folgte, ein Regenschauer oder schlicht etwas weniger Vernehmbares, Undeutlicheres, wie das Krachen einer in der Hitze aufplatzenden Schote oder das Herabfallen eines von der Sonne zermalmten Blatts.

Die Großmutter legte Lina dar, wie lange Dora so hätte fortexistieren können, unerkannt, unentdeckt, in diesem Limbus von Eindrücken, die womöglich keines der ihr bekannten Worte je hätte fassen können, bis es Doña Eulalia gelungen wäre, sie zu verheiraten, das heißt, jene Zeremonie in die Wege zu leiten, mittels derer sie ihre Tochter – und ihre Ängste – einem Mann übergeben würde, so wie man eine entriegelte Handgranate erleichtert in die Hände eines anderen wirft: ja, wenn die Nonnen nur nicht so bescheuert gewesen wären und wenn nicht Doña Eulalia selbst, beunruhigt über diese so undurchsichtige und stille Kreatur, die zu still und undurchsichtig genug war, um davon auszugehen, dass ihre Keuschheit, aller Wachsamkeit zum Trotz, nicht allzu lange bewahrt werden könnte, nicht die Entscheidung getroffen hätte, sie in einem von einer Verwandten geleiteten Kindergarten arbeiten zu lassen, während sie sich selbst in ihrem konsternierten Zaudern einredete, dass letztlich die Trägheit die Mutter aller Sünden sei. Es war alles andere als komisch, dass sie das dachte, denn Doña Eulalia kam aus einer Familie, in der über fünfhundert Jahre lang niemand gearbeitet hatte, sofern man unter Arbeit verstand, die eigenen Hände bei Saat, Ernte oder dem Bedienen eines wie auch immer gearteten Werkzeugs einzusetzen, mit dem man eine Sache in eine andere verwandelte, um sich auf diese Weise den Lebensunterhalt zu verdienen. Sie und all ihre Vorfahren waren davon überzeugt, einer besonderen Kategorie von Menschen anzugehören, die kraft ihrer Geburtsrechte oder im Auftrag Gottes dazu auserkoren waren, Ordnung walten zu lassen, in Friedenszeiten durch ihre Vorbildlichkeit, durch Schwerter und Kanonen, wenn es zu Unruhen kam. Mehr als gegenwärtig war in der Familienerinnerung, dass sie aus Spanien hierhergekommen waren, und zwar nicht als Abenteurer, ja nicht einmal als Krieger: Schon zu Zeiten der Conquista hatten sie derart oft zu den Waffen gegriffen, dass sie bei Hofe längst einige Privilegien genossen und einfach daherkommen konnten, um die Verwaltung der chaotischen Provinzen in Übersee zu übernehmen, wenn sie dazu nicht gleich hochmütig ihre Zweitgeborenen und Bastarde aussandten. Ja, sie gingen in Gestalt von Inquisitoren und Oidoren der Königlichen Richtergremien in den wichtigsten Städten der karibischen Küste an Land, ihre Kinder erwarben oder wiesen sich von Sklaven bestelltes Land zu, und ihre Enkel mussten in den verheerenden Tagen der Unabhängigkeit nach Curaçao fliehen und dort ausharren, bis der Anbruch günstigerer Zeiten ihnen die Rückkehr erlaubte, um ihre verwüsteten Plantagen wieder zu besetzen, nachdem sie in weiser Voraussicht den Familiennamen gewechselt oder leicht abgewandelt hatten. Doch auch dann arbeiteten sie nicht. Nicht weil es ihnen an Kraft gemangelt hätte: Obwohl dürr und der Grübelei, ja, beinahe dem Mystizismus zugeneigt, hatten sie sich die Fähigkeit bewahrt, die anderen Männer zum Gehorsam zu zwingen, und hatten es geschafft, ihre Besitztümer über zwei oder drei Generationen unverändert zu bewahren. Das Problem war allein, dass die Welt sich wandelte und sie nicht in der Lage waren, sich an irgendetwas anzupassen, das Entwicklung oder Veränderung bedeutete, an nichts, was einen Wandel jener Werte mit sich brachte, die ihnen seit so langer Zeit als

Anhaltspunkt dienten, als Spiegel, in dem sie ihre Identität erkannten oder wiederherstellten. Einer dieser Werte hielt sie auf instinktive Weise von der Arbeit fern, die zwar schon immer entwürdigend gewesen war, aber in diesen gottlosen, von Sonne, Sturzregen und Raubtieren geplagten Gebieten die Menschen so auszulaugen schien, bis jede Form von Intelligenz und Würde aus ihnen gewichen war. Und um ihre Prinzipien nicht zu verletzen, traten sie den Rückzug an: Ganz allmählich, vom Vater zum Sohn, bereiteten sie sich darauf vor, sich geschlagen zu geben, ohne je in die Schlacht gezogen zu sein. Als die wirtschaftlichen Veränderungen im Land sie zwangen, mit Händlern, Politikern und Schmugglern zu konkurrieren, verzichteten sie stillschweigend; stillschweigend und stolz, das heißt, offenbar ohne ihre zurückgelassenen Häuser oder Plantagen zu vermissen, die sie Parzelle um Parzelle verkauften. Es blieb ihnen die Erinnerung, nicht die Nostalgie, und die Erinnerung schien zu genügen, um sie hocherhobenen Hauptes herumspazieren zu lassen, während jene Welt, die nur sie kannten, im Staub versank, vor ihren Füßen zerfiel: Sie waren und blieben Herren. Das jedenfalls glaubte Doña Eulalia del Valle, und das hatte Lina sie wiederholt sagen hören. Und so war es ein Ding der Unmöglichkeit, sich vorzustellen, sie könne ihre Tochter in einem Kindergarten arbeiten lassen, um sich ein paar Pesos dazuzuverdienen, selbst wenn sie sich praktisch am Rande der Armut bewegten, denn für Doña Eulalia war, aus Prinzip und aus Tradition, Armut jeglicher Form der Arbeit vorzuziehen.

Ihre Entscheidung musste wohl an das Wesen Doras geknüpft sein, jener Tochter von zweifelhaftem Blut, das verseucht war durch Jahrhunderte der Zügellosigkeit und weit zurückliegender, auf Festen und Trommelgelagen zwischen scharfen Gerüchen ausgetobter Wollust, jener Tochter, die sich ihr entzog – ihrer blassen, asketischen, ungreifbaren Gestalt – und in der sie sich doch selbst gespiegelt gesehen hatte, kaum war Dora neun Jahre alt geworden und hatte begonnen, zu erblühen, aufzugehen wie eine Pflanze, die der Rauheit jeder Witterung widersteht, weil ihre Wurzeln in allertiefster Erde stecken. Erst hatte sie versucht, dieses unerhörte Etwas, das Dora aus jeder Pore ihrer Haut verströmte, zu ersticken, einzudämmen oder zu zerstören; als ihr das nicht gelang, weil sich die Brüste ihrer Tochter jedem Korsett und jeder Bandage zum Trotz aufrichteten und das wuchernde Haar die Zopfbänder und Pferdeschwänze sprengte, versuchte sie fasziniert, sie sich zu eigen zu machen: Wie eine Schlingpflanze legte sie sich um ihren Körper, wollte mit ihrer Lunge atmen, durch ihre Augen blicken, wollte, dass ihr Herz im Einklang mit ihrem Herzschlag pochte: Sie durchforstete ihr Hirn mit derselben grimmigen Hartnäckigkeit, mit der sie in den Schubfächern ihrer Kommode wühlte und in den Seiten ihrer Bücher und Schreibhefte herumschnüffelte. Sie zwang sie, laut zu denken, ihre Geheimnisse zu teilen, ihre Wünsche offenzulegen. Es gelang ihr, lange vor jedem Mann von ihr Besitz zu ergreifen und damit jedem Mann den Weg zu ihrer Eroberung zu ebnen.

Ja, der blaue Studebaker von Benito Suárez war noch lange nicht aufgetaucht, da hatte Lina in Doña Eulalia bereits den Wunsch erkannt, Dora in Beschlag zu nehmen, und zwar so sehr, dass ihr die Gesichtszüge beim geringsten Verdacht, sie könne getäuscht, ihr könne etwas verheimlicht werden, völlig entglitten: Also war es Dora verboten, außerhalb des Gartens zu spielen – der umgeben war von einer zwei Meter hohen, von scharfkantigen, stacheligen Blättern überwucherten Mauer –, und schon die bloße Anwesenheit von Linas Freunden und Cousins sorgte dafür, dass umgehend, wie der Geist aus Aladins Wunderlampe, eine hocherregte Doña Eulalia in Erscheinung trat, die Dora mit geweiteten Pupillen, ohne jede Rücksicht und unter Missachtung sämtlicher Regeln der Gastfreundschaft befahl, sofort ins Haus zu kommen und zur Strafe stundenlang auf einem Stuhl auszuharren. Lina wusste zwar von diesen Dingen, über die genauen Absichten Doña Eulalias machte sie sich aber erst dann Gedanken, als sie an einem 24. Dezember erfuhr, dass Dora ein Fahrrad geschenkt bekommen hatte, dieses jedoch nur unter der Bedingung benutzen durfte, damit nicht weiter als die fünfzig Meter des Bordsteinstreifens vor dem Haus entlangzufahren; sich auf diese fünfzig Meter beschränken zu müssen hieß, den Spaß am Fahrradfahren einzubüßen: Es war so weder möglich, bei Wettrennen um den ersten Platz zu kämpfen, noch die Abhänge mit voller Geschwindigkeit hinunterzujagen, noch täglich den Muskelkater zu besiegen und mit Schweiß, zerzausten Haaren und Wind im Gesicht belohnt zu werden. Das Geschenk und die damit einhergehenden Beschränkungen, es zu benutzen, symbolisierten, so erklärte die Großmutter eines Nachmittags Lina gegenüber, den Widerspruch, in den sich Doña Eulalia verstrickte, wenn sie sich einerseits darauf versteifte, aus Dora ein Mädchen wie jedes andere zu machen, andererseits – und unsinnigerweise – aber alles Erdenkliche dafür tat, um genau das zu verhindern. Denn selbst wenn man in dieser Gesellschaft von Irren davon ausging, dass keine Tochter aus gutem Hause so unachtsam wäre, das Häutchen zu verlieren, dessen Unversehrtheit ihr die Möglichkeit einer angemessenen Ehe garantierte, und selbst wenn es nachvollziehbar war, dass die elterliche Aufsicht sich besonders redlich um die Bewahrung dieses Häutchens bemühte, so hing doch wenigstens niemand der Vorstellung an, das Fahrradfahren auf den Straßen von El Prado könne eine Gefahr für die Jungfräulichkeit einer Tochter darstellen, denn wäre dies tatsächlich der Fall gewesen, so hätte doch niemand je die Dummheit begangen, der eigenen Tochter überhaupt ein Fahrrad zu schenken.

So kam es, dass Lina Doña Eulalia del Valle von jenen Weihnachtstagen an neugierig zu beobachten begann und dabei einen noch recht unklaren Zusammenhang zwischen deren Anwesenheit unter dem Portikus des Hauses – von dem aus sie mit verängstigtem Blick die fünfzig Meter Bordstein überwachen konnte – und der Art und Weise herstellte, mit der sich die Mutter in Doras Kopf einnistete und unablässig ihre Intimsphäre verletzte. Mit Erstaunen hatte Lina die in ihrem Beisein stattfindenden Dialoge verfolgt, in deren Verlauf Doña Eulalia Dora nicht nur entlockte, was diese erlebt, sondern auch, was sie dabei gedacht oder gefühlt hatte. Ihre Haltung hatte etwas Inquisitorisches, und in ihren hartnäckigen Befragungen, die stets auf denselben Punkt zurückkamen und mit denen sie ihre Kreise um Dora zog wie ein Raubvogel die seinen am Himmel, lag etwas Schamloses, Gieriges. Konfrontiert mit der Art, wie ihre Mutter in sie drang, wandte Dora dieselbe Taktik an, mit der sie in der Schule der Herrschaft der Nonnen zu entkommen pflegte: Sie stellte nichts infrage, setzte sich gegen nichts zur Wehr; ihr Widerstand, so würde Lina später begreifen, bestand in der skandalösen Lautlosigkeit ihrer Unterwerfung. Als hätte sie gewusst, als hätte sie geahnt, dass es unmöglich war, ihre Tochter vollkommen zu beherrschen, da es immer einen biologischen Teil Doras geben würde, der sich ihr entzog – nicht einmal, wenn sie sie in den vier Wänden ihres Hauses festhielt, nicht einmal, wenn sie ihr keinen einzigen wirklich eigenen Gedanken oder Wunsch zugestand –, versuchte Doña Eulalia es mit dem Teufel aufzunehmen, der sich in der Unterwerfung verbarg, indem sie das einzige ihr zur Verfügung stehende Mittel einsetzte: das Wort. Ein Vorgehen, das Lina später als obsessive, schwachsinnige Gehirnwäsche bezeichnen würde und das sie sprachlos machte, obgleich sie wusste, dass es dieses Vorgehen gab und dass es zu den schlimmsten Übeln der Menschheit gehörte, wie ihr die Großmutter, kaum hatte sie begonnen, die Schule zu besuchen, unter die Nase rieb. Die Großmutter hatte sie gewarnt, dass die Nonnen allerhand Geschichten erzählen würden, und ihr geraten, diesen Delirien so viel Aufmerksamkeit zu schenken wie dem nächtlichen Eulengeheul: Da werde es Tote und Wiederauferstandene geben, Hölle und Vorhölle, Wehklagen und das Gerassel der Ketten, die die im Fegefeuer geschundenen Seelen hinter sich herschleiften. Doch an nichts davon dürfe Lina jemals glauben. Weil sich so etwas Indoktrinierung nenne und in jeder Doktrin mehr Lüge als Wahrheit stecke.

Was Lina also aus der Fassung brachte, als sie dem Gerede von Doña Eulalia del Valle lauschte, war nicht so sehr der Stil dieses Sermons, sondern das Ziel der Predigt als solcher. Denn irgendetwas musste Doña Eulalia ja bezwecken, wenn sie Dora jeden Tag anwies, sich vor sie hinzusetzen, und anfing, sich mit anstößigen Begriffen über die Männer auszulassen, ihr Sperma mit Exkrementen und ihr Geschlechtsteil mit dem ungeheuerlichen Phallus der Esel verglich, die man damals noch auf den Straßen von El Prado sah; ganz abgesehen von dem lasziven Gesabber, dem elenden Mundgeruch, den sogenannten Flatulenzen der sexuellen Zügellosigkeit. Es lag etwas derart Widerliches in dem, was sie sagte, und auch etwas derart Perverses in dem, was sie verschwieg oder nur andeutete, dass Lina tatsächlich niemals mehr Verkommenheit als diese begegnen sollte, nicht einmal Jahre darauf beim Blick in die Schaufenster um die Plaçe Pigalle, nicht einmal bei ihren Besuchen von Pornokinos. Dabei kam ihr irgendwann sogar in den Sinn, dass die unsäglichen schwedischen und holländischen Regisseure, wollten sie wirklich die noch nicht erklommenen Gipfel der Obszönität erreichen, besser daran getan hätten, sich auf die Wahnvorstellungen der tugendhaftesten lateinamerikanischen Frauen zu berufen. Aber das dachte sie erst viel später.

Als Lina zum ersten Mal den unglaublichen Monolog Doña Eulalias zu hören bekam, mochte sie höchstens zehn Jahre alt gewesen sein; schon oft hatte sie Doña Eulalia gelauscht, wie diese auf ihre Tochter einredete, doch jedes Mal war sie verstummt, sobald Lina das Haus betrat; an diesem Nachmittag aber gesellte sich zu ihrer Neugierde das Glück, die Dienstbotentür offen vorzufinden, sodass sie, ohne dass jemand ihre Anwesenheit bemerkt hätte, in den Patio vordringen und auf Zehenspitzen ans andere Ende der Terrasse huschen konnte, wo Doña Eulalia Dora in die Mangel zu nehmen pflegte: Dort ließ sie sich mit einer Art wütendem Jubel über die Kniffe aus, die rechtschaffene Frauen anwandten, um sich vor der Versuchung zu retten, zum Beispiel jenen Trick, sich den Mann, den sie anhimmelten, beim Verrichten seines Geschäfts auf der Toilette vorzustellen, bis hin zur Kampferkugel, die sie sich in die Schamgegend klemmten. Da Lina den Sinn vieler Worte, die sie da aufschnappte, nicht begriff, sah sie sich gezwungen, sie in ihr Notizheft zu schreiben, doch nicht einmal, wenn sie, wieder zu Hause, ein Wörterbuch zu Hilfe nahm, war sie imstande, zu ergründen, warum Dora derartiges Gerede über sich ergehen lassen musste. Die Großmutter erklärte ihr, Doña Eulalia verfolge beharrlich dasselbe Ziel, das Lina selbst schon unwissentlich verfolgt habe, als sie wutentbrannt gegen die Hähne im Patio vorgegangen war, die auf die Hennen sprangen, weil sie geglaubt hatte, dass die Hähne aus purer Aggressivität in den Hals der Hennen hackten, bis eines Tages die Köchin Berenice sie anschrie, sie solle mit dem Blödsinn aufhören, schließlich mache die Hennen nichts glücklicher als genau das. Beschämt von diesem Vergleich, erinnerte sich Lina daran, dass die Hähne trotz ihrer Dummheit nichts an ihrem Verhalten geändert hatten, und bemerkte daher nichts weiter als: »Jedenfalls hat das noch nie was gebracht«, worauf die Großmutter lächelnd erwiderte: »Und ich bin der Meinung, dass auch das, was dir heute zu Ohren gekommen ist, nichts bringen wird.«

So kam es, dass Lina, allerdings ohne die gesamte Tragweite der Angelegenheit zu begreifen, schon bald den Verdacht hegte, es schwebe eine Bedrohung über dem, was sich zufällig in Dora verdichtet hatte und ihr so zum Nachteil gereichte, obwohl es, im Prinzip und gemäß der verborgenen Logik in den Erläuterungen der Großmutter, durchaus etwas Gutes, ja, das Zentrum ihres Gleichgewichts hätte sein und zu ihrem Glück – und nebenbei auch zu dem des Mannes oder der Männer, denen sie im Leben begegnen würde – hätte beitragen können, wenn sie nur in einer anderen Zeit und an einem anderen Ort geboren worden wäre, und vor allen Dingen wenn sie eine andere Mutter als Doña Eulalia del Valle gehabt hätte. Und doch konnte nicht einmal Doña Eulalia del Valle sich als Alleinverantwortliche dafür betrachten, dass Dora ihre Sexualität für einen verabscheuenswerten Makel hielt, der jene Gürtelschläge gerechtfertigt, ja, verdient erschienen ließ, die ihr Benito Suárez an jenem Tag verpasste, als sie das erste Mal mit ihm auf der Rückbank seines blauen Studebakers schlief, gegenüber des Grundstücks, auf dem wenig später die riesige Herz-Jesu-Statue errichtet werden sollte, um vom höchstgelegenen Punkt des einzigen Hügels aus über die Stadt zu wachen.

Nachdem sie den unerbittlichen Fatalismus ihrer Großmutter akzeptiert hatte, war es nur folgerichtig gewesen, ebenfalls anzuerkennen, dass der Ursprung von Doras Unterwerfung unter den Gürtel, der auf ihren Rücken niederging, als sie, immer noch nackt, das saure Sperma von Benito Suárez zwischen ihren Beinen spürte, nicht allein auf den Einfluss von Doña Eulalia del Valle zurückzuführen war, denn das wäre als Erklärung so ungenügend gewesen wie zu behaupten, dass es regnet, weil der Himmel bewölkt ist. Vielmehr musste man sich der biblischen Verdammnis entsinnen und noch weiter zurückgehen: zum größten aller Unglückstage, als derjenige, der später Doña Eulalias Vater werden sollte – ein ungesellig wirkender Mensch aus Santa Marta, mit dem finsteren Blick eines Mannes, der, wenn er sich schon nicht in einem Kloster eingeschlossen hatte, zumindest wie dafür gemacht war, in einem zu enden –, in der Stadt auftauchte und sich, den Sand der Straßen unter den Hufen seines Pferdes aufwirbelnd, dem Anwesen der Familie Álvarez de la Vega näherte, wo sein Blick, als er abstieg, zuallererst auf ein blondes Mädchen fiel, das im Patio mit einer Puppe spielte. Denn dieses Zusammentreffen zwischen dem Mann, der vor lauter Selbstkasteiung und Fasten bereits mit dreißig Jahren alle Kraft seiner Lenden eingebüßt hatte, und dem gerade zur Reife gelangten, doch noch im Dunst der Kindergeschichten verfangenen Mädchen war zwar nicht die primäre Ursache – lag diese doch in jener Zeit, als die Männer begriffen, dass die Ausbeutung einer Frau der erste notwendige Schritt war, damit Menschen sich gegenseitig ausbeuten konnten –, aber doch die am nächsten liegende Ursache, von deren Existenz ihre Großmutter Zeugnis ablegen konnte: dieses zwölfjährige Mädchen, das jenem Mann überlassen wurde, der noch am selben Nachmittag, an dem sie einander begegneten, um ihre Hand anhielt; jenes Mädchen, das sich, voller Staunen und als sei dies eine Fortsetzung ihrer kindlichen Spiele, sechs Monate später ganz in Weiß gekleidet aus der Kirche San Nicolás hinausschreiten sah, am Arm eines Unbekannten, mit dem sie sich zweifellos noch kein einziges Mal unterhalten hatte. Ein Mann, dessen Onkel Großinquisitor von Cartagena gewesen war, mütterlicherseits von einem spanischen Granden abstammte und Erbe eines nicht allzu klangvollen Titels, aber immerhin eines Titels war, und der noch in derselben Nacht die unter Seinesgleichen stillschweigend geltende Vereinbarung missachten sollte, der zufolge er drei Jahre auszuharren hatte, bevor er dem Mädchen gegenüber seine ehelichen Rechte einklagen konnte. Und dies nur, weil er überwältigt wurde von jenem unergründlichen, teuflischen Verlangen, das zum ersten und letzten Mal die Schlaffheit seiner Glieder in Härte verwandelte, und er das Geschlecht des Mädchens derart malträtierte, dass dieses eine Blutung erlitt und sich den Diensten des erstbesten Heilers ausgesetzt sah, den die Hausangestellte zu dieser nächtlichen Stunde ausfindig machen konnte, einem erbärmlichen Tierarzt, der die Wunde ungeschlacht versorgte, während die Verwunderung des Mädchens sich in heillosen Schrecken und Schreie verkehrte, die bis in die umstehenden Häuser hinein zu hören waren und deren Echo von den fünfzehn Familien, welche damals die Aristokratie der karibischen Küste stellten, als eine solche Beleidigung aufgefasst wurde, dass sie auf ewig den Ruf dieses Mannes zerstörten und somit auch seinen Niedergang gerechtfertigt erschienen ließen.

Nicht unmittelbar natürlich, sondern erst einiges später. Die von den Álvarez de la Vega überreichte Mitgift und sein eigenes Vermögen erlaubten ihm, sich mehrere, genauer gesagt: fünfzehn Jahre lang über Wasser zu halten; genau die Zeit, die er benötigte, um sein Erbe durchzubringen, während er den ganzen Tag im Patio saß, seiner Umgebung eine Grabesstille aufzwang und selbst nur die Orangenbäume anstarrte, bis er, vor lauter Betrachtung des

Reglosen, auch diese wahrzunehmen aufhörte: In seinen Pupillen verschwammen die Stämme, auf seiner Netzhaut verschwanden die Äste, im Dunst lösten sich die Blätter auf, bis er eines Morgens endlich begriff, dass er erblindet war.

Weil er nicht sehen wollte, erklärte die Großmutter Lina. Dabei ging es nicht so sehr um seine Schmach: Für diese glaubte er mit den Jahren seines Rückzugs bezahlt zu haben, in denen er sein Vermögen aufgebraucht hatte, ohne einen Finger zu rühren, wobei er, Vermögen hin oder her, so oder so keinen Finger zu dessen Bewahrung gerührt hätte. Doch da war noch diese Tochter, die in einer Nacht gezeugt worden war, als er die Grundsätze, in deren Namen er sich von seiner Jugend an gegeißelt hatte, mit Füßen getreten, missachtet und zum Teufel gejagt hatte, und zwar ohne irgendeine Erklärung oder Rechtfertigung sich selbst gegenüber. Denn zwischen dem Augenblick an, in dem er das Mädchen mit seiner Puppe beobachtet hatte, und dem Morgen, als er sie an seinem Arm aus der Kirche schaffte, hatte er geglaubt, sein einziges Interesse bestehe darin, die Erbin der Álvarez de la Vega zu ehelichen und sich ihre Jungfräulichkeit zu sichern, bis er sie nach Ablauf der drei Jahre ganz nach Brauch und in der sicheren Annahme schwängern würde, dass das Kind seines wäre. Die Erklärung für seine Blindheit musste also woanders gesucht werden, und sie hatte womöglich zu tun mit dieser neuen Gestalt mit den goldenen Haaren, die sich mit einem Mal zwischen den Orangenbäumen bewegte und den beunruhigenden Duft fünfzehnjähriger Mädchen verströmte. Indem er zuließ, dass seine Augen sich verschleierten, so folgerte die Großmutter, schlug er zwei Fliegen mit einer Klappe: Er vermied erstens den Anblick seiner Tochter – mutmaßlicher Quell der Versuchung und unvermeidbares Mahnmal seiner Schande – und begegnete zweitens dem Schmerz, den er verspürte, wenn er seine Tochter quasi einem Naturgesetz folgend auf die Abgründe zusteuern sah, vor denen er sich selbst durch die Selbstgeißelung hatte bewahren wollen, und er glaubte, so den unabwendbaren Gang der Dinge aufzuhalten, denn auf diese Weise wäre seine Tochter Doña Eulalia del Valle gezwungen, ihm als Blindenführerin zu dienen.

Ein ziemlicher Unsinn war das, den Linas Großmutter darauf zurückführte, dass er fünfzehn Jahre lang damit zugebracht hatte, die Orangenbäume in seinem Patio anzustarren: Nur ein Mann, den die

Angst vor dem eigenen Körper krank machte, konnte sich einbilden, dass Doña Eulalia zu irgendeiner Form von Lüsternheit vorherbestimmt war, ja nicht einmal zu der, die rein theoretisch zwischen den Laken eines Ehebetts aufkommen konnte. Doña Eulalia war von ihrer Mutter erzogen worden, jenem Mädchen, das – in der Hochzeitsnacht von ihrem Mann vergewaltigt und von einem Tierarzt zusammengeflickt – neun Monate lang ein Kind im Bauch trug, das, als es sich aus ihrem Unterleib schob, Gebärmutter und Eierstöcke mit sich riss und aus dem Mädchen eine Frau machte, die übergangslos aus der Kindheit in einen Zustand des körperlichen Verfalls hinübergeschlittert war. In den drei Jahren, in denen sie zwischen Hitzewallungen und Wahnkrämpfen hin- und hergerissen und von einer Krankheit in die nächste hinübergleitend das Bett hütete, lernte Doña Eulalias Mutter, die Männer zu hassen. Eiskalt. Glasklar. Und mit ebendieser Klarheit und Kälte gab sie den Hass an ihre Tochter weiter.

II

Wenn Darwin sich nicht getäuscht hatte und es tatsächlich einen Prozess der natürlichen Selektion gab, lag es nahe, zu glauben, dass die jetzt lebenden Männer Abkömmlinge jener waren, deren – heute als Schwäche, gestern noch als Tugend geltende – Gewalttätigkeit oder Grausamkeit es ihnen erlaubt hatte, einen Nutzen aus dem Niedermetzeln ihrer Gegner zu ziehen, und auf diese Weise an ihre Söhne ein genetisches Erbe weitergegeben hatten, das dazu angetan war, in den Frauen eine gesundes Misstrauen hervorzurufen: Dass sie Vögel mit Steinen bewarfen, Fliegen die Flügel ausrissen oder Eidechsen vierteilten, hing demnach mit Neigungen zusammen, die in der Vergangenheit von der Selektion befördert worden waren und die die Gesellschaft der Gegenwart zu unterbinden nicht in der Lage gewesen war, schließlich tolerierte sie weiterhin das Recht des Stärkeren und nahm hin, dass Willkür und Ungerechtigkeit völlig alltäglich waren. Dennoch konnte man die Männer zähmen, das heißt, man konnte ihnen unter Zuhilfenahme irgendeiner Religion oder Ideologie oder sogar mithilfe einer schlichten Erläuterung – was die Großmutter, wenngleich das utopisch war, vorzog – beibringen, weniger aggressiv zu sein, weil Solidarität schon allein deshalb gerechtfertigt war, da wir alle denselben Ursprung hatten und demselben Ende entgegengeschleudert wurden, ja, zumindest aus einigen von ihnen konnte man auf die Art harmlose Träumer machen, die sich verlieben, Bücher schreiben, Musik komponieren oder Penicillin entdecken. Aber hassen sollte man sie nicht. Sie zu hassen hatte keinen Sinn. Den Puma, der die Kuh reißt, oder die Katze, die über die Maus herfällt, verabscheut man nicht. Man versucht sie zu verstehen, sich in die Haut des Pumas oder der Katze hineinzuversetzen und, so weit es geht, Lebensraum und -zeit mit ihnen zu teilen: Man vernichtet sie nur, wenn sie versuchen, uns zu vernichten.

Da ihrer Großmutter zufolge der Hass die Einfühlung ausschloss, die Einfühlung aber die *conditio sine qua non* dafür war, ein Gleichgewicht herstellen zu können, war es einfach, sich den Mangel an Verstand zu erklären, der das Verhalten von Doña Eulalia del Valle schon immer geprägt hatte; schließlich hatte sie sich von Kindesbeinen an gezwungen gesehen, den Männern voller Zorn entgegenzutreten – jedenfalls seit sie begriffen hatte, dass es sie überhaupt gab, denn mit Ausnahme ihres Vaters, der den ganzen lieben langen Tag über auf die Orangenbäume im Patio starrte, war Doña Eulalia in ihrer Kindheit keinem einzigen Mann begegnet. Vielleicht als sie recht spät ihre Erstkommunion empfing und begann, ihre Mutter zur Frühmesse um fünf Uhr morgens zu begleiten, hatte sie bemerkt, dass die Männer – wenn sie durchaus anders gekleidet waren – auf den Straßen unterwegs waren, Säcke herumschleppten und Karren schoben anstatt sich in einem Hof mit Orangenbäumen abzuschotten. Und es war ebenfalls damals, als ihre Mutter anfing, sie zur Wachsamkeit aufzurufen, das heißt, mit Worten, mit Beschwörungen und Anekdoten auf die hasserfüllte Atmosphäre einzuwirken begann, unter der Doña Eulalia mehr als gelitten haben musste, zu Hause, wo ihre Erzeuger weder miteinander sprachen noch in einem Zimmer schliefen noch Besuch empfingen, ja in dem es nichts gab, was auch nur im Entferntesten an das männliche Prinzip erinnerte. Denn als die Mutter von Doña Eulalia del Valle zum ersten Mal das Bett verlassen hatte, in dem sie drei Jahre lang zwischen Hitzewallungen und Kälteschauern gedarbt hatte, wahlweise am ganzen Körper mit Schweiß bedeckt oder zitternd und schlotternd, war sie mit bleichem, käsigen Gesicht und diesem Ausdruck des verdatterten zwölfjährigen Mädchens, den sie bis zu ihrem Tod beibehalten würde, am Arm einer Angestellten zaghaft durch die Zimmer ihres Hauses gelaufen und hatte wortlos auf die Bilder gezeigt, die augenblicklich zu entfernen waren: jene Ölgemälde, auf denen sich neun Generationen der Vorfahren ihres Mannes vor den finsteren Kulissen des Spanisches Hofs in Pose warfen. Allesamt Männer, allesamt hoffärtig und seit Jahrhunderten in ihren Zügen von dem Entschluss geprägt, sich ins Leichentuch der Enthaltsamkeit zu hüllen. Diese Gemälde, auf Eselsrücken zu den Verwandten von Doña Eulalias Vater getragen und manche von ihnen durch die Signatur großer Meister geadelt, hatten über mehrere Jahre in verlassenen Kolonialbauten Staub gefangen, bis sie in Kirchen geschafft wurden, in denen ein barmherziger Pinsel den hochmütigen Antlitzen einen traurigen Anstrich gab und ihre düster gewordene Kleidung in Mönchskutten verwandelte sowie Hüte und Dolche durch Heiligenscheine und Skapuliere ersetzte, um die Herren so jene europäischen Heiligen verkörpern zu lassen, an deren Existenz das Volk an der karibischen Küste – die *Costeños* – eigentlich kaum glaubte. Noch lange nicht zufrieden damit, sich nun der Last einer Vergangenheit entledigt zu haben, die das infame Verhalten ihres Mannes beeinflusst, wenn nicht sogar bestimmt hatte, fuhr die Mutter von Doña Eulalia del Valle an besagtem Tag fort: Wie ein rachsüchtiges Gespenst verbannte sie Bücher, Skulpturen und Porzellan, bis sie auf dem Höhepunkt ihres stillen Wütens die fünf Treppenstufen in den Patio hinabschritt, den Gärtner rief und diesem eine Stunde, bevor sie ihn entließ, befahl, alle dort lebenden männlichen Tiere zu enthaupten, und nicht einmal die prächtigen Papageien oder die scheuen Kanarienvögel blieben von diesem Massaker verschont. Kein Mann sollte mehr über die Schwelle ihres Hauses treten: Ihr Vater war bereits tot, und Brüder hatte sie keine. Sie widmete sich von nun an ganz der Überwachung ihrer Angestellten, nähte wie besessen Blusen und Röcke für die Waisen von El Buen Pastor und schärfte ihrer Tochter ein, der heiligen Jungfrau mit Ehrfurcht zu begegnen, und zwar auf eine derartige Weise, dass der heilige Josef kaum erwähnt und Jesus Christus zu einer Nebenfigur wurde. Vom Rosenkranz, den sie mit ihren Angestellten um sechs Uhr abends vor einer Statue der Unbefleckten betete, war das Vaterunser ausgeschlossen – was mit Schrecken der alte Priester bemerkte, der Doña Eulalia im Katechismus unterweisen sollte, als ihre Mutter beschloss, die Erziehung ihrer Tochter – bis dahin ausschließlich in den Händen ehrbarer lediger Frauen, deren Lebensweise ihr als vorbildhaft präsentiert wurde und denen sie sehr wahrscheinlich nachzueifern trachtete – zu erweitern.

Trotzdem musste hier irgendwann etwas ins Wanken geraten sein, hatte ein unheilvoller Schatten die Mauer rissig werden lassen, die so eifrig errichtet worden war, mithilfe vaterunserloser Rosenkränze und zu strengster Keuschheit verpflichteter Papageiendamen, Katzenweibchen und Hühner, die allesamt ihr Dasein in einem Patio fristeten, in dem der einzige Mann des Hauses sich der schläfrigen Betrachtung von Orangenbäumen verschrieben hatte, denn lange Zeit später sollte Lina auf die riesigen Bestände der von Doña Eulalia seit ihrem zwanzigsten Lebensjahr gesammelten und (womöglich heimlich) eingeschlagenen Romanzeitschriften aus Argentinien stoßen und verdutzt feststellen, dass sich diese Bände wie von selbst öffneten, als würde eine unsichtbare Hand den Leser zu bestimmten Seiten führen, die abgegriffener als die anderen waren und bisweilen Spuren von offensichtlich schokoladenbeschmierten Händen aufwiesen, und zwar ausgerechnet an den Stellen, in denen die Romane den Höhepunkt der damals erlaubten Erotik erreichten, Handküsse und geheimnisumwitterte Blicke, nach denen sich die Heldin und gewiss auch Doña Eulalia del Valle in ihren Mußestunden nur so verzehrten. Es waren Nachmittage, an denen sie über viele Stunden vor Hitze verging und die mit einer kurzen orangefarbenen Explosion endeten; Nachmittage voll kopfloser Träume und unseligem Verlangen nach einem Scheich, einem russischen Prinzen im Exil oder einem Admiral der englischen Flotte, der nach Barranquilla kommen würde, um sie zu entführen oder um ihre Hand anzuhalten, ihre Füße in einer Winternacht mit Küssen zu überhäufen, mit ihr in den Schacht einer verlassenen Mine zu stürzen und sie dort, zwischen Dunkelheit und Hunger, seiner Charakterstärke sowie seiner unbändigen (und doch gezügelten) Leidenschaft wegen zu unterwerfen, damit sie auf ihre Unabhängigkeit als moderne Frau verzichtete und sich in einem erhabenen Akt der Hingabe dem Willen des Mannes beugte, zum Traualter führen ließ und ihm unzählige Kinder schenkte.

Selbst Doña Eulalia konnte sich nicht vorstellen, dass so etwas geschehen würde, selbst ihr musste doch klar sein, dass solche Hirngespinste dazu da waren, erträumt, aber nicht erlebt zu werden. Das Schlechte an der Sache war vielmehr, dass der, mit dem sie sich dann zufriedengab oder, besser gesagt, zufriedengeben musste, als die Armut, in die ihre Mutter und sie sich verbannt sahen, endgültig zu Hungersnot wurde, nicht nur in nichts den Figuren Elinor Glyns ähnelte, niemals den Turban eines Scheichs getragen oder die eisigen Nächte der russischen Steppe durchritten hatte, sondern nicht einmal genug Vornehmheit besaß, um ihn stolz der Familie vorzuführen: dieser unzureichend hellhäutige Arzt mit seinem eher lockigen Haar, der von sonst woher stammte, sich jedoch die Gunst der Menschen des Viertels El Prado erworben hatte, weil er der erste vertrauenswürdige Kinderarzt war, der sich in der Stadt niedergelassen hatte. Er hörte auf den nichtssagenden Namen Juan Palos Pérez und hatte, was allerdings niemand wusste, eine äußerst zupackende Mutter, die, obwohl sie niemals aus dem Hinterland um Usiacurí herausgekommen war, ja in ihrem Leben nicht einmal Schuhe getragen hatte, fest entschlossen war, aus ihrem Sohn etwas Besseres zu machen, und ihn deshalb zum Studium nach Bogotá geschickt hatte, Jahr für Jahr eine unüberschaubare Menge ihres Kuhbestands verkaufte, bis er seine Ausbildung zum Mediziner abgeschlossen und seine eigene Praxis eröffnet hatte. Zuvor aber hatte er seinen Facharzt in der piekfeinen Klinik der Gringos gemacht, deren Motto – und fortan auch das seine – lautete: alles abkochen – Windeln, Fläschchen, Wasser, Milch, Fleisch, Gemüse; alles, einfach alles musste abgekocht werden, bevor es in den Mund des Kindes gelangte. So büßte es zwar seinen Nährwert ein, aber dafür gab es ja die bunten Vitaminpillen, die Doktor Juan Palos Pérez neben der strikten Keimfreiheit so gerne verordnete – Barfußlaufen war nicht mehr drin, genauso wenig, wie es gestattet war, in den kleinen Bächen nach dem Sturzregen herumzuplanschen –, und bald sahen die Kinder der Bourgeoisie von Barranquilla genauso adrett und propper aus wie die nordamerikanischen Babys.

Das brachte ihm allgemeine Sympathie ein. Als die Gringos ihre Klinik verkauften und wieder verschwanden, war er der einzige anerkannte Kinderarzt. In seiner im Viertel 20 de Julio gelegenen Praxis gingen täglich die Damen ein und aus, die es gewohnt waren, ihr Geld in Scheinen anstatt in Münzen zu zählen, und alle mehr oder weniger in ihn verliebt waren, in seinen weißen Kittel, in sein einnehmendes Lächeln, in seinen nagelneuen Ford – seine Mutter hingegen lebte weiter in Usiacurí und weigerte sich, Schuhe zu tragen, weil sie darauf bestand, zu sein, wer sie eben war, und Äußerlichkeiten sie keinen Deut interessierten. Tagsüber empfing er die Damen mit ihren Kindern, nachts traf er sich mit den Ehemännern in den Bordellen, um über Politik zu reden, ja, tatsächlich nur um zu reden, denn der Keimfreiheitswahn der Gringos hatte ihm eine Heidenangst vor Huren eingejagt, eine Tugend, die Doña Eulalia del Valle gegenüber hervorgehoben wurde, als sie immer wieder Pralinenschachteln überbracht bekam, begleitet von Karten, auf der die Bezeichnung »Kinderarzt« prangte, was ihr ein Haus im Viertel El Prado, einen Ford und drei Mahlzeiten am Tag in Aussicht stellte, das verwirrende Gefühl von Misstrauen und gleichzeitiger Anziehung einmal beiseitegelassen, den die sonntägliche Begegnung mit diesem Mann in der Elf-Uhr-Messe bei ihr auslöste, an der sie teilnahm, seit jemand, wahrscheinlich eine Verwandte, den verstaubten Vorstellungen ihrer Mutter etwas entgegengesetzt und sie davon überzeugt hatte, dass eine Ehe dem Leben in einer Wohltätigkeitseinrichtung vorzuziehen war. Jedenfalls hatte sich Doña Eulalia, angestiftet von der Verwandten oder auch aus anderem Grund, mit dreißig Jahren ihre erste Dauerwelle legen lassen und den ersten Lippenstift ihres Lebens gekauft und ging von nun an zur Sonntagsmesse, die der gesellschaftlichen Musterung diente, während sie selbst womöglich eher darauf hoffte, plötzlich eine Troika auf den Hauptaltar zufahren zu sehen oder zwischen den Gesichtern der sich in ihren Blazern und Krawatten zu Tode schwitzenden Männer und gramgebeugten Frauen unter Hüten und in Seidenstrümpfen den tollen Turban, den kecken Blick, das lüsterne Grinsen zu entdecken, mit dem er sich über ihren Willen hinwegsetzen und sie zur Sklavin machen würde. Auf keinen Fall jedoch hatte sie sich diesen Arzt mit seiner vorgetäuschten Lässigkeit und dem eher gewöhnlichen, wenn nicht sogar vulgären Äußeren erträumt, der allerdings die Kinder der Reichen von Barranquilla zu seiner Kundschaft zählte und einen auf sie wartenden Ford vor der Tür stehen hatte.

In der Zeit, als Doña Eulalia del Valle ihre Depression erlitt und Dora, von Benito Suárez mit Fußtritten aus dem Haus gejagt, verängstigt um das Sorgerecht für ihren Sohn kämpfte, hörte Lina sie erzählen, wie sie sich auf diese Beziehung, auf die Pralinenschachteln und die von ihrer Mutter überwachten Verabredungen eingelassen hatte, ohne auch nur irgendetwas von ihrem zukünftigen Gatten oder der Frau zu wissen, die ihn in Usiacurí zur Welt gebracht hatte und so entlarvend schlecht auf Schuhe zu sprechen war. Vor allem aber war Doña Eulalia unfähig gewesen, hinter der scheinbaren Höflichkeit den ungehobelten Typen auszumachen, der sie am Tag ihrer Hochzeit, weil er das Trinken nicht gewohnt war, völlig besoffen mit dem Ford in das von einem Freund zur Verfügung gestellte Ferienhaus nach Puerto Colombia fahren würde, wo er sich aufs Bett warf, während sie sich im Bad zitternd in ihrem Morgenrock aus weißer Seide und mit rosa Schleifchen zurecht machte, bis sie endlich nach langem Zögern hinaustrat, um sich der stürmischen Leidenschaft ihres traumhaften Scheichs zu erwehren, aber nur eine selig vor sich hin schnarchende Schnapsleiche vorfand.

Von diesem Moment an hasste sie ihn, das heißt, sie kannte erstmals einen Grund für den Hass, auf den ihre Mutter sie vorbereitet hatte und der schon wenige Stunden später seinen unvermeidlichen und endgültigen Höhepunkt erreichen würde, als Doktor Juan Palos Pérez aufstand, um sich erst zu übergeben und dann, ohne sich den Mund auszuspülen, ins Bett zurückkehrte, sich auf sie legte und sie mit der Behändigkeit eines Hahns vögelte. In Wirklichkeit – und das war es, was Doña Eulalia am meisten wehtat – war ihr Gatte ein heimtückischer Liebhaber, der Gefallen daran hatte, Frauen in Erregung zu versetzen, der genau wusste, wie man sie zu berühren und zu streicheln hatte, um ihre Lust zu wecken – allerdings offenbar nur unter der Bedingung, dass sie zum Dienstpersonal gehörten. Den Beweis hierfür erhielt Doña Eulalia vierzig Tage nach Doras Geburt, als sie nach einer höllischen Schwangerschaft und einer Niederkunft voller Schmerzen, mit denen sie für alles Getane und alles, was ihr noch bevorstand, bezahlte, sich von ihrem Lager erhob, duschte, sich ein Kleid mit Schulterpolstern anzog und einen Zierkamm ins Haar steckte und darauf wartete, bis das Motorengeräusch in der Garage die Heimkehr ihres Mannes ankündigte, um dann auf Zehenspitzen den Flur entlang zu huschen und ihn damit zu überraschen, dass sie auf den Beinen war. Wahrscheinlich aber galt die Behutsamkeit, mit der sie sich durch den Flur bewegte, doch etwas anderem, denn unter Linas beharrlichen Nachfragen musste Doña Eulalia zugeben, dass sie sich während ihrer Quarantäne stets über die halbe Stunde gewundert hatte, die zwischen dem Moment verging, in dem das Motorengeräusch zu hören war, und jenem, in dem ihr Mann ins Zimmer trat, um sie zu begrüßen. Doch sie wäre im Leben nicht darauf gekommen – und Lina fand das mehr als glaubwürdig –, sich das Schauspiel auszumalen, das sich ihr darbot, als sie sich schließlich der Tür näherte, die vom Hausinnern in die Garage führte: Doktor Juan Palos Pérez, dieser Ehemann, der sie ohne Umschweife, in null Komma nichts geschwängert und sie dann mit der Begründung, das Kind zu schützen, neun Monate lang nicht mehr angerührt hatte, machte sich gerade auf dem Boden neben dem Ford über das Dienstmädchen her und – oh Schande, Schimpf und Schmach – liebkoste das Mädchen in diesem heimtückischen Rhythmus, mit dieser perversen Beharrlichkeit und unwiderstehlichen Hartnäckigkeit, zu der die Hand eines Mannes fähig ist, wenn er sich vorgenommen hat, den letzten Schleier weiblicher Scham beiseitezuschieben – auch wenn Scham Doña Eulalias Meinung nach für dieses Dienstmädchen eher ein Fremdwort war. Auf und nieder, vor und zurück, immer wieder, ja, er besorgte es ihr so richtig, während Doña Eulalia die Szene gebannt und mit verkrampften Eingeweiden verfolgte, ohne sich von der Stelle zu rühren, im Bewusstsein, dass ihr hier, wie sie Lina später unter Tränen erzählen sollte, die Sünde in ihrer Urform und Vollendung zum ersten Mal begegnete, wobei sie den Blick starr auf den Boden gerichtet hatte, bis sie sich beim letzten Lustkrampf des Dienstmädchens daran erinnerte, dass sie nicht umsonst Eulalia del Valle Álvarez de la Vega hieß. Sie schlich zurück auf ihr Zimmer, wo sie heulend zusammenbrach und sich schwor, abzuhauen (aber wohin?), selber zu arbeiten (aber wie?) und sich ein eigenes Leben aufzubauen (aber welches?), eine Szene, die in tangohaftem Wehklagen ihr Ende fand, als sie die Angst vor der Aussicht packte, ihre Mutter könne erneut Gefahr laufen, in einem Armenhaus zu landen. Und so sank Doña Eulalia vor der Wiege ihrer Tochter auf die Knie und schwor dem Kind, sich für es aufzuopfern.

Lina ahnte nichts von den Umständen dieses Opfergangs, aber dass ein Opfer im Spiel gewesen war, das wusste sie, schließlich bediente sich Doña Eulalia dieses Worts immer, wenn sie von den Ehejahren mit Doktor Juan Palos Pérez sprach. Lina hatte den Doktor, ihren Kinderarzt, als einen sympathischen Mann in Erinnerung, der ihr, bevor er ihr eine Spritze gab, den Arm vorsichtig taub schlug, ihr als Belohnung ein Bonbon zusteckte und sie darauf hinwies, sie möge sich nach dessen Verzehr die Zähne putzen. In den Augen ihrer Großmutter, die wie alle Welt von den etwas unorthodoxen Beziehungen wusste, die Doktor Juan Palos Pérez mit den Frauen aus dem niederen Volk unterhielt, hatte er den natürlichen Pfad eines Mannes eingeschlagen, der entschlossen war, mithilfe von Studium und persönlichen Mühen gesellschaftlich aufzusteigen, und für den diese Ehe die Krönung seiner Karriere bedeutete, die effektivste Art jedenfalls, um im Country Club als Mitglied zugelassen zu werden und in allen angesehenen Wohlfahrtsausschüssen der Stadt dabei zu sein: Er stammte aus Usiacurí, hatte an der Universidad Javeriana studiert, in der Klinik der Gringos seinen Facharzt gemacht, sich darüber einen ehrbaren Kundenstamm erworben, und er hatte eine ledige Frau aus gutem Hause geheiratet, und so für deren Unterhalt und den ihrer Mutter gesorgt. In anderen Worten, er hatte lediglich die Regeln eines Spiels befolgt, dessen Ursprung und Zweck er mit großer Wahrscheinlichkeit nicht begriff, und seine Vorliebe für Dienstmädchen entsprach einer Dichotomie, die zum selben Spiel gehörte und über die er sich womöglich genauso wenig Gedanken gemacht hatte. Emporkömmlinge wie ihn gab es in der Stadt nur allzu viele. Wenn hier jemand gemogelt oder sich vielmehr hatte betrügen lassen, dann war das in den Augen von Linas Großmutter Doña Eulalia del Valle selbst: Da sie eine Ehe ohne Liebe eingegangen und folglich eine Komplizin dieses ganzen gesellschaftlichen Getriebes war, hatte sie dem Arzt nicht nur das abverlangt, was dieser ihr geben konnte – ein Haus im spanisch-kalifornischen Stil mit Terrasse und Garten und einen Ford vor der Tür –, sondern auch das, was kein Mann ihr bieten konnte, soweit es nicht ein gewisses Entgegenkommen gab. Denn sie warf ihm obendrein auch noch seine erotischen Vorlieben vor, anstatt Profit aus ihnen zu schlagen (es ist hinlänglich bekannt, dass eine Frau immer findet, was sie sucht, sofern sie den nötigen Scharfsinn besitzt, ihr Verlangen zu erkennen, und außerdem den nicht minder nötigen Mut, es anzunehmen, wenn sie es bekommt) oder, falls sie dazu nicht imstande war beziehungsweise ihre Erziehung es ihr im Namen der Sittsamkeit oder irgendeines anderen dämlichen Euphemismus unmöglich machte, besagte Neigungen an den ihnen zugedachten Ort umzuleiten, um sie dann wenigstens zu ignorieren, zu vergessen oder was auch immer. Aber auf keinen Fall war es ratsam, sie öffentlich zu machen, indem man in der Praxis im Viertel 20 de Julio aufkreuzte, um vor seiner Kundschaft und mit einer im Zeichen hochmütigen Zorns nach oben gebogenen Augenbraue seiner Arzthelferin entgegenzuschleudern, der Herr Doktor verzichte von nun an auf ihre Dienste.

Genau das aber tat Doña Eulalia del Valle, nachdem sie ihre Dienstmädchen durch ein paar lumpige Alte ersetzt hatte, die unsichtbar wie der Luftzug die Zellen von fünfzig zu lebenslanger Haft verurteilten Männern hätten durchqueren können; dies tat sie, und hinzu kamen, wie Dora Lina später erzählen sollte, gehässig-ironische Bemerkungen, Beleidigungen und Wutanfälle, die ihren Ursprung im unerkannten, uneingestandenen, ja nicht einmal vermuteten Frust der Nächte hatten und die in Doktor Juan Palos Pérez jene Verbitterung weckten, die ihn zunehmend zu beherrschen begann und sich zwar nicht in einen Bruch der Beziehung – schon die Trennung in der Ehe war damals undenkbar, erst recht für einen Mann, der den Konventionen so viel geopfert hatte –, sondern in das eiskalte Schweigen übersetzte, mit dem er Doña Eulalias verbale Angriffe beantwortete, oder, vielleicht als Kompensation, in zügellose Ausschweifungen, in eine endlose Orgie aus Affären mit Sekretärinnen, Dienstmädchen und Krankenschwestern, die für immer kürzere Zeit in die Kategorie der Geliebten aufstiegen und von denen Doña Eulalia nichts ahnte, weil der Herr Doktor nach wie vor um Punkt sieben abends nach Hause kam. Und wenn er am Wochenende aus der Stadt verschwand, tat er es unter dem Vorwand, seine Mutter in Usiacurí zu besuchen, was sie ihm kaum vorwerfen konnte.

Doch einer Frau, die den ganzen Tag über Zeit hatte, über ihr Unglück nachzugrübeln, konnte man nicht allzu lange etwas vormachen: Während sie allein unter lumpigen Hausangestellten von ihrem Schaukelstuhl aus die Orangenbäumen im Patio anstarrte – genau so, wie es ihr Vater fünfzehn Jahre lang getan hatte –, kam Doña Eulalia nicht etwa der Wahrheit auf die Schliche, sondern begann sie, was um einiges schlimmer war, zu erahnen, ohne aber je auf einen Beweis zu stoßen, der sie, wie sie Lina unter Tränen erzählen würde, vom Zweifel oder dem Gefühl, verrückt zu werden, befreit hätte. Denn all ihre Vermutungen wurden von der höhnischen, entwaffnenden Realität übertrumpft, von dem allabendlich um sieben Uhr in die Garage einfahrenden Ford und den allsonntäglich aus Usiacurí mitgebrachten Eiern und Hühnern. Allerdings hatte Doktor Juan Palos Pérez, und hieran hielt sich Doña Eulalia verbissen fest – nicht so sehr, um ihre bitteren Beschimpfungen zu rechtfertigen, als vielmehr, um sich einen Rest an Vertrauen in ihre geistige Gesundheit zu bewahren –, nach fünf Jahren Ehe beschlossen, sich mit einem jüngst aus dem Hinterland zugezogenen Kinderarzt zusammenzutun, womit er aller Logik, Vorsicht und allem gesunden Menschenverstand Hohn zu sprechen schien, denn zu jener Zeit war nicht nur die Anzahl seiner Patienten geschrumpft, auch seine wirtschaftliche Situation hatte sich sichtlich verschlechtert – seit vielen Monaten hatte er weder den Ford durch einen neuen ersetzt, noch die Fassade des Hauses streichen lassen, noch beglich er pünktlich den Monatsbeitrag im Country Club –, was nahelegte, dass er entweder das Geld für eine andere Frau ausgab oder aber die Anwesenheit des neuen Kinderarztes nutzen wollte, um mehr Zeit mit derselben zu verbringen, oder beides zusammen. Und eben Letzteres traf zu, obwohl Doña Eulalia nie die ganze Wahrheit erfuhr, weil sie niemals herausfand, wer die andere war. Selbstverständlich gab es eine andere, jedenfalls eine, irgendeine, die in der Lage war, die Aufmerksamkeit von Doktor Juan Palos Pérez so weit auf sich zu ziehen, dass dieser seine flatterhaften und im Grunde haltlosen Schmeicheleien vergaß, um sich ganz einer derart fordernden Leidenschaft zu widmen, dass er um ihretwillen seine Kunden mit einem anderen zu teilen bereit war und für sie das Geld ausgab, das er unter anderen Umständen seiner Familie zugedacht hätte. Auch wenn Doña Eulalia all das irgendwie geahnt hatte, so wollte sie es sich doch niemals eingestehen; und selbst an dem Tag, an dem sie Lina davon erzählte, zog sie es vor, von einer Nutte zu sprechen, genauso wie es in der Polizeiakte vermerkt worden war, als man an einem Strand in Puerto Colombia auf die Leiche von Doktor Juan Palos Pérez stieß. Der Doktor trieb, den Mund voller Grünzeug, im seichten Wasser, den Launen der Wellen ausgeliefert, ganz in der in der Nähe seiner Kleidungsstücke und einer leeren Whiskeyflasche, auch wenn er, als er starb, nicht wirklich betrunken gewesen war, sprich, nicht der Whiskey hatte ihn umgebracht, sondern der Sex in der prallen Sonne, nachdem er in einem nahegelegenen Restaurant zwei Teller Reis mit Meeräsche verzehrt hatte, wenngleich man nie herausfand, in welchem Restaurant genau, weil kein Restaurantbesitzer je zugab, Reis mit Meeräsche zubereitet oder aufgetischt zu haben, jedenfalls nicht an jenem 11. August, an dem das Meer den Körper von Doktor Juan Palos Pérez wieder ausspuckte. Blau angelaufen und aufgeschwemmt, den Mund voller Algen und Muscheln, sah ihn Doña Eulalia del Valle auf einem Tisch in einem Krankenhaus liegen, in das die Polizei sie eine Stunde vor der Autopsie durch den Rechtsmediziner gebracht hatte, der schließlich die Todesursache nannte: Blutstau, hervorgerufen durch Geschlechtsverkehr, während der Verdauungsprozess noch in vollem Gange war, um ein Uhr mittags, also zu einer Tageszeit, zu der die Sonnenstrahlen bekanntlich senkrecht fallen und die einzig vernünftige Betätigung das Abhalten einer Siesta ist, in anderen Worten, der Doktor hatte diese Welt an einem einsamen Strand verlassen, inmitten höllischer Hitze und auf dem Körper einer Frau, die ihn wahrscheinlich in einer Panikreaktion zum Meer geschleift hatte, um ihm Wasser ins Gesicht zu spritzen oder ihn überhaupt durch den Kontakt mit Wasser wiederzubeleben, dann aber die Lage begriffen und es vorgezogen hatte, dass die Wellen ihn fortspülten, um sich hastig ankleiden und unbemerkt in die Stadt aufmachen zu können.

Zumindest war das die Erklärung, die Lina von ihrer Großmutter zu hören bekam, als sie Mutmaßungen über die Umstände des Todes von Doktor Juan Palos Pérez anstellte. Und diese Erklärung wurde ihr Jahre später von Doktor Ignacio Agudelo (dem Kinderarzt, der sich mit Doras Vater zusammengetan hatte) bestätigt, zu jener Zeit, in der Lina seine Geliebte war und sich auf diese Weise ihren vielleicht inzestuösesten Traum erfüllte. Als sie aber Doña Eulalia del Valle reden hörte, begriff Lina, dass nicht der geringste Zweifel an der Version mit der niederträchtigen Prostituierten aufkommen durfte, die nicht nur den Tod ihres Mannes verursacht, sondern ihn auch noch wie einen Hund ins Meer geworfen hatte. Denn sie ahnte, dass Doña Eulalia es trotz ihres Hasses und der seither vergangenen Zeit nicht ertragen hätte, zu erfahren, dass sie durch eine Frau aus ihrer eigenen Gesellschaftsschicht ersetzt worden war, und dann auch noch durch eine mit demselben Nachnamen.

Doña Eulalia weckte damals Mitleid bei Lina. Sie sah in ihr eine Schauspielerin, die dazu verdammt war, ein ums andere Mal ein und denselben Monolog derselben Tragödie aufzusagen, und zwar so oft, bis ihr eigenes Leben an Substanz, Gestalt oder Wirklichkeit verloren hatte und sie nicht mehr war als die lächerliche Figur, die sie verkörperte, oder sogar noch weniger, der mickrigste Ausdruck des Daseins, der sich in diesem fiebrigen, nicht zum Schweigen zu bringenden Monolog verdichtete, in den Sekunden oder Minuten, in denen Doña Eulalia mit den immergleichen Gebärden und Phrasen von ihrer einsamen Kindheit, ihrer auf die Pflege eines Blinden reduzierten Jugend und dann noch von dieser Ehe berichtete, die mit einer Demütigung begonnen und der schlimmsten Schande geendet hatte. Schon damals verging für Doña Eulalia die Zeit auf eine andere Weise, weder verflog sie noch ging sie vorüber noch war sie der Hintergrund, vor dem Lebewesen und Dinge sich zu wandeln schienen; jede Episode ihres Lebens hatte sich für immer in ihr Gedächtnis eingebrannt, unabhängig von irgendeiner Chronologie oder kausalen Zusammenhängen, aber auf eine Weise, durch die die Ungerechtigkeit hervorstach, dass sich all dies zugetragen und sich so überhaupt erst in Erinnerung hatte verwandeln können. Lina fand, dass ihr die ganze Geschichte aber wenigstens erlaubt hatte, ihrem Inneren Ausdruck zu verleihen, auf etwas zu reagieren und gegen etwas zu kämpfen, das, so banal es auch sein mochte, zumindest konkret war, wie zum Beispiel mit dem Taxi in die Praxis zu fahren und die jeweiligen Sprechstundenhilfen ihres Gatten zu entlassen. Als sie jedoch später allein zurückblieb, ohne jemanden, gegen den sie sich auflehnen konnte – da war zwar noch Dora, aber die war nichts weiter als ein Schatten, und Benito Suárez, der alles andere als ein Schatten war, war abwesend –, begannen ihre Erinnerungen, weil sie um sich selbst kreisten, herunterzubrennen, zu verlöschen wie so manche Sterne: Sie verloren vielleicht an Größe, nahmen jedoch auf schwindelerregende Weise an Dichte zu, bis sie, zu Bleikugeln geworden, erbarmungslos auf das Gehirn eines Kindes einzuballern begannen.

Selbstverständlich rankte sich die schlimmste all dieser Erinnerungen um den Tod von Doktor Juan Palos Pérez; diese letzte Niederträchtigkeit, in der alle vorherigen verdichtet waren – angefangen bei der Szene, die sich vierzig Tage nach Doras Geburt in der Garage ereignet hatte – und dank der Doña Eulalia nicht nur mit einem Schlag die Bedeutung der Worte »Enthaltsamkeit« und »Versuchung« erfasste (bis dahin war ihr deren Bedeutung eher diffus gewesen und hatte sich auf das Verbot beschränkt, während der Fastenzeit und an den ersten Freitagen des Monats Fleisch zu essen), sondern auch mit einem Mal eine Erklärung für den gebräunten Teint ihres Mannes fand, den sie in einem ersten großzügigen Drang zur Versöhnung oder Anerkennung auf die Wirkung der Sonne geschoben hatte, die einem Fluch gleich das gesamte Jahr über der Stadt hing und durchaus auch die Fensterscheiben eines Ford durchdringen konnte. Die Entdeckung brachte Doña Eulalia del Valle völlig aus der Fassung, weil sie ein weiterer Beweis dafür war, wie sehr das Schicksal gegen sie gewütet hatte, als es sie dazu trieb, ihr Blut mit einer schon in der Bibel verdammten Rasse zu mischen und so ihrer einzigen Nachfahrin die geifernden dunklen Dämonen weiterzugeben, gegen die weder Religion noch Wachsamkeit noch ihr eigenes Vorbild etwas ausrichten konnten, lauerten diese doch auf das erstbeste Schlupfloch und die erstbeste Unachtsamkeit, um Dora mit aller Heimtücke ins Verderben zu reiten und nebenbei auch den letzten Rest Ehre zu tilgen, der ihrem Nachnamen noch anhaftete.

Das Merkwürdige an der Sache war – und Lina konnte dies bei verschiedenen Gelegenheiten überprüfen –, dass Doña Eulalia gegenüber den, wenn man so wollte, Manifestationen des in Dora inkubierten Dämons eine eher zweideutige Haltung zur Schau trug: Diese Manifestationen trieben sie zwar grundsätzlich um, mitunter aber begegnete sie der Sache wenn nicht gar mit Toleranz, so doch mit einer Art entnervter Bewunderung oder gar mit Neid, der sich in unbedachten Bemerkungen ausdrückte, die darauf anspielten, dass Dora wegen ihrer sinnlichen Lippen, ihrer Rundungen und ihrem üppigen Haar die Begierde der Männer wecken werde. Lina fragte sich selbst nie, ob diese Zweideutigkeit in irgendeiner Weise Einfluss auf Dora hatte: Lange glaubte sie, Dora habe eine unerschütterliche, jeder Beeinflussung gegenüber verschlossene Persönlichkeit, ja besitze so etwas wie eine aus allerfernster Vergangenheit kommende, sich ihres Ziels völlig bewusste Kraft, die keineswegs, wie die von Angst getriebene Doña Eulalia glaubte, auf die erstbeste Gelegenheit, sondern die Stunde, den Moment und den von ihr selbst vorbestimmten Augenblick wartete, um sich das zu nehmen, was sie wollte, und dabei die zerbrechlichen, von welcher Wachsamkeit oder welchem Ratschlag auch immer geschaffenen Mauern niederzureißen. Dieses Ding war unendlich zäh, und außerdem, das sollte Lina erst noch begreifen, verlieh es Dora eine Schläue, die man ihr nie zugetraut hätte, wenn man sie in der Schule an ihrem

Pult sitzen sah, wie sie völlig hirnverbrannt von der Hitze und wie belämmert einem nur für sie vernehmbaren Raunen nachhing.

Lina hatte einige Vorbehalte gegen die Behauptung der Großmutter, dass alles sich ganz anders hätte entwickeln können, wenn Doña Eulalia nicht so unvorsichtig gewesen wäre, Dora in einem von einer Verwandten geleiteten Kindergarten arbeiten zu lassen. Sie sah aber ein, dass der Kindergarten die Dinge im gleichen Maße befördert hatte wie die Naivität dieser Verwandten, die zwar eine ausgemachte alte Jungfer, aber dank einer dieser Paradoxien der Natur mit einem unstillbaren Mutterinstinkt gesegnet war. Nachdem sie sich einen Gutteil ihres Lebens mit den Kindern ihrer Schwestern abgeplagt hatte, beschloss sie, ihr Haus in einen Kinderhort umzuwandeln, und zwar weniger aus finanziellen Gründen als aus Lust daran, Hintern abzuputzen, Vesper zuzubereiten und sich den gesamten Tag über einem Höllenlärm auszusetzen; in jedem Fall war sie derart unfähig zu jedweder Art der Boshaftigkeit, dass sie Lina verwundert davon berichtete, wie Doña Eulalia ihr eine geschlagene Woche lang hinterher telefoniert hatte, um herauszubekommen, ob sie Gärtner oder Angestellte habe, ob es die Mütter der Kinder selbst waren, die diese zum Kindergarten brachten und vor allem, wie sie den Raum gestaltet hatte, in dem ihre Tochter arbeiten würde. Ohne Zweifel begriff die Verwandte den Sinn der Fragen nach der An- oder Abwesenheit eines Gärtners, für dessen moralische Rechtschaffenheit niemand hätte einstehen können; was sie hingegen als seltsam, ja beinahe als beleidigend auffasste, war die Beharrlichkeit, mit der man von ihr die Beschreibung des Empfangsbereichs einforderte – ein in Hellrosa gehaltener Raum mit einem Sofa und einem Schreibtisch darin –, und auch, dank ihrer Treuherzigkeit, die Frage nach den Merkmalen der Menschen, die die Kinder dorthin brachten. Während die Verwandte redete, begriff Lina allmählich den Zusammenhang, den Doña Eulalia zwischen dem Empfangsbereich (oder seiner Ausstattung) und den genannten Merkmalen der Menschen hergestellt hatte; Lina sah sie stocksteif in ihrem Schaukelstuhl sitzen und sich eine nach der anderen die Gefahren ausmalen, denen ihre Tochter ausgesetzt war, nur weil sie durch ihre eigene, durch Doña Eulalias Angst nun zur Empfangsdame in einem Kindergarten geworden war, wo es zwar, Gott sei Dank, weder Gärtner noch andere Angestellte gab, die Kinder aber durchaus in Begleitung ihrer Väter kommen konnten. Dieses Detail änderte alles; es ließ den von Natur aus unverdorbenen Ort – bestehend aus einer Alten und vierzig Kindern – zur möglichen Bühne einer angstvoll erwarteten und, wie Lina ihre Großmutter später einmal sagen hören würde, vielleicht auch herbeigesehnten Tragödie werden, schloss doch jede exzessive Angst vor einer bestimmten Sache in der Regel den dunklen Wunsch mit ein, diese möge sich ereignen, erstens, damit die Angst Bestätigung fand, und zweitens, um sich endgültig von der Angst zu befreien, die diesen Wunsch, je nach Intensität, unter einer dichten oder weniger dichten Hülle verbarg.

Jedenfalls hatte Lina, als sie das Gespräch mit der Verwandten beendete, eine recht genaue Vorstellung davon, was sie sich selbst eingebrockt hatte, als sie sich dazu breitschlagen ließ, Doras Komplizin zu werden, denn Doña Eulalia würde sich darauf versteifen, genau das aus ihr herauszubekommen, was sie eine halbe Stunde zuvor zu verschweigen geschworen hatte: dass es in diesem Empfangsbereich mit den rosafarbenen Wänden neben einem Schreibtisch auch noch jenes Sofa gab, auf dem sie eben noch gesessen hatte, als sie ihren Schwur ablegte. Anfangs war es Lina unausweichlich erschienen, Doña Eulalia die Existenz der vielen Döschen verheimlichen zu müssen, die Dora in einer Schublade aufbewahrte; ja es hatte sie amüsiert, dabei zuzusehen, wie Dora sich in dem Maße verwandelte, wie immer mehr Döschen und Fläschchen auftauchten, und sie hatte sie sogar einmal gebeten, ihr ein wenig Rouge auf die Wangen zu legen, und sich selbst orangenfarbenen Lippenstift auf den Mund geschmiert. Das mit dem Sofa aber brachte sie aus der Fassung: dass Dora sagte, mach mal die Augen zu und beschreib den Empfangsbereich, um sie dann zu unterbrechen, nein, denk dran, du hast kein Sofa gesehen, schwör, dass du es nicht erwähnst, wenn dich jemand danach fragt.

Wie Lina ihrer Großmutter später bewundernd berichten würde, war Dora damals so verschlagen gewesen, mit keinem Wort das Geschlecht der Menschen zu erwähnen, die den Empfangsbereich betraten, an der Hand ein nach Kölnisch Wasser duftendes Kind; daher auch das Erstaunen und die Leichtigkeit, mit denen Lina ihren Schwur ablegte, auch wenn es auf den ersten Blick absurd schien, einfach nur das Vorhandensein eines bestimmten Möbelstücks abzustreiten. Doch selbst nach dem Gespräch mit der Verwandten, das ihr größere Klarheit verschafft hatte, gelang es ihr nicht, Doras Selbstsicherheit ins Wanken zu bringen, als Lina sie an ihrem Schreibtisch aufsuchte, wo sie mit unendlicher Sorgfalt die Tasten der Schreibmaschine bespielte, und zu Dora sagte: »Ich nehme an, die Väter soll ich auch nicht erwähnen.« »Welche Väter?«, erwiderte Dora, ohne mit der Wimper zu zucken. »Na, ja, es ist ja manchmal der Vater, der das Kind hierherbringt«, legte Lina nach und sah Dora schmunzeln.

Und doch war Lina der Meinung, dass weder der Ort noch dieser eine Mann den Ausschlag gegeben hatten. Die Mauer des Hauses von Doña Eulalia konnte so hoch sein wie sie wollte, jedermann hätte sie überwinden können, und der Garten, in dem gerade zweimal im Jahr die Sense angesetzt wurde und der sonst dem Zyperngras und dem Unkraut überlassen war, das nach jedem Regen in die Höhe schoss, war unter den Hausangestellten des Viertels, die sich nach Unterschlupfen für ihr nächtliches Stelldichein umsahen, bestens bekannt. Was aber besagten Mann anging, so war dieser bereits auf Dora aufmerksam geworden, als sie im Country Club auftauchte, und wenn er sich nicht getraut hatte, sie gleich dort anzusprechen, dann hätte er es bei der erstbesten Gelegenheit getan, während Lina und Catalina Tennis spielten und Dora ihnen von der Zuschauertreppe am Spielfeldrand aus zusah. Es wäre er oder ein anderer gewesen, doch wahrscheinlich eher er als ein anderer, denn nur wenige Männer schienen ihr eigentliches Wesen um ein bisschen Ansehens willen derart verleugnet zu haben, und sei es auch noch so formlos: in seinem Fall eine reiche, aber törichte Frau, vier Kinder und ein Posten als kaufmännischer Leiter im Unternehmen des Vaters, in dem sich seine Brüder wie die Kreuzritter des industriellen Fortschritts aufführten und er sich, wie er Dora eines Tages gestehen würde, zu Tode langweilte. Eigentlich schien Andrés Larosca (einst Lawbrowska oder Slobrowska) nicht für den Beruf bestimmt zu sein, den ihm die Interessen seiner – slawischen, katholischen und seit irgendeiner dunklen und längst vergessenen Tragödie an ihrem Clanbewusstsein festhaltenden – Familie auferlegt hatten, und erst recht war er nichts für die Frau, mit der man ihn aus denselben Interessen heraus zusammengebracht hatte. Er hatte ein schönes Gesicht mit energischen Zügen, das Lina an die in ihrem Geschichtsbuch abgebildeten Wikingerkönige denken ließ: Zwar war er ausgesprochen höflich, in seinen Bewegungen aber steckte eine zurückgehaltene Energie, ähnlich der eines Wildpferdes, das man dazu gezwungen hat, in einer Zirkusmanege Pirouetten zu drehen. Lina war aufgefallen, dass er Dora mit gierigem Blick folgte, und hatte ihm verwundert dabei zugesehen, wie er auf dem Tennisplatz wütend hin und her jagte, den Schläger wie ein Schwert schwang und jeden Ball mit derartiger Verve zurückgab, dass man fast glauben konnte, er lege es weniger darauf an, seinen Gegner zu besiegen, als ihn zu köpfen.

Dass er das Tennisspielen dazu nutzte, sich abzureagieren, oder es zumindest eine Ersatzhandlung war, fand sich bestätigt, nachdem er Dora verführt hatte, denn in den anderthalb Jahren, die ihr Verhältnis andauerte, ward er mit seinem muskulösen, in ein weißes Polohemd gezwängten Oberkörper, dem verschlagenen Blick und dem Schläger in der Hand nicht mehr auf den Gängen gesehen. Es war keine Frage der zeitlichen Überschneidung: Dora traf er zwischen zwölf und ein Uhr mittags, während die Verwandte und die Kinder im Kindergarten ihren Mittagsschlaf hielten, und er kreuzte für gewöhnlich erst nach sechs Uhr im Country Club auf. Nein, er war eher wie das Pferd, das in die Wildnis flieht, war der wachsame, unbefriedigte Jäger, der plötzlich die Fährte seiner Beute aufnimmt, ein Weckruf, ein plötzliches Wiedererkennen, ein Impuls, der endlich ein Ziel findet. Und doch verhielt er sich sorgsam: Er fuhr im Taxi zum Kindergarten oder stellte sein Auto an einer nahegelegenen Tanksäule ab, und Lina sah ihn vom Schulbus aus mehrmals in der prallen Sonne herumlaufen oder mit einer Jacke über dem Kopf durch den Regen rennen. Etwas später sollte alles viel einfacher werden, das heißt, als er in *El Heraldo* eine Stellenanzeige aufgab, mit der er nach einer kompetenten Sekretärin suchte, und Dora diese ihrer Mutter vorlas und sie bat, sie möge sie ihr Glück versuchen lassen, was ihr Doña Eulalia selbstverständlich verweigerte, bis Doras Betteleien und die Ratschläge der Verwandten sie schließlich doch überzeugten. Aber zwischen der einen und der anderen Anstellung sollte Lina während der Dezemberferien begreifen, was Liebeswirren waren und welch komplexe Wirkungen sie entfalten konnten.

Sie würde es dank Dora begreifen, weil Dora und Andrés Larosca die Protagonisten des Ganzen sein würden, aber auch, weil alles von Anfang an von ihrer Freundin eingefädelt, geplant und berechnet worden war, von der Anzeige in *El Heraldo* bis hin zu der Idee, mit Catalina und Lina die Ferien in dem alten Haus zu verbringen, das Catalinas Mutter noch in Puerto Colombia besaß, besser gesagt, sich dorthin einladen zu lassen, denn Lina und Catalina fuhren jeden Dezember hin, in Begleitung von Berenice, deren Aufgabe darin bestand, ihnen Essen zu machen und, aus purem Starrsinn und ausschließlich aus eigenem Antrieb, den lieben langen Tag den Staub wegzuwischen, der sich in den vergangenen zwölf Monaten angesammelt hatte, und währenddessen klagte sie über das Hämmern in ihrem Kopf, das sich erst wieder legte, wenn der Abend anbrach und sie sich mit einem mentholgetränkten Taschentuch auf der Stirn in den baufälligen Säulengang setzen konnte, um dort mit gesenkter Stimme die ungewöhnlichsten Geheimnisse der angesehensten Familien der Stadt auszuplaudern.

Dora hatte begriffen, dass Doña Eulalia in diesem Jahr nicht erneut erörtern würde, ob nun die Anwesenheit einer schwarzen, ihrer Ansicht nach halb irren Köchin wirklich dem Schutz ihrer Ehre dienen konnte, ebenso wenig, wie sie sich einige Tage zuvor schon gegen die Beteuerungen ihrer Verwandten bezüglich der Rechtschaffenheit der Unternehmerfamilie Larosca verwehrt hatte. Denn die Schläue, die Dora an den Tag zu legen begann, kaum dass sie entschieden hatte, sich der Bevormundung durch ihre Mutter so leichthändig wie entschlossen zu entledigen – wie ein Vogel, der sich flügelschlagend das Wasser aus seinen Federn schüttelt –, hatte es ihr erlaubt, zu ermessen, wie weit die neue Sorge Doña Eulalias reichte. Diese war fortan nämlich nicht mehr nur auf ihre Jungfräulichkeit gerichtet, sondern auf etwas womöglich mindestens ebenso Bedeutsames: auf die Position, die sie, Dora, in der Oberschicht von Barranquilla einnehmen würde – stand diese doch grundsätzlich infrage wegen der zwielichtigen Herkunft ihres Vaters und dieser grässlichen, stets verschwiegenen Großmutter aus Usiacurí, die die Geschmacklosigkeit besessen hatte, zu leben und zu sterben, ohne je ein Paar Schuhe getragen zu haben. Und dann war da noch der Ansehensverlust, den es bedeutete, wenn ein Mädchen aus gutem Hause sich wie eine arme Schluckerin verdingen musste, während ihre Freundinnen weiter zur Schule gingen und die reichsten unter ihnen in die Vereinigten Staaten geschickt wurden – angeblich, um dort ihr Englisch zu perfektionieren, obwohl sie es bisher nicht gelernt hatten und niemals lernen würden, eigentlich aber, um sie in einem nonnengeführten Internat vor jeder Versuchung zu bewahren, bis man sie irgendwann zurückkehren ließ, umgeben von einem Nimbus der Eleganz, der die besten Partien der Stadt anlocken sollte. Ebendiese Sorge, so erzählte Dora Lina nicht ohne mokanten Unterton – sie hielt es nicht für nötig, sich an irgendeinem Kasten-Stolz zu messen, und die Vorstellung, in die Gesellschaft einzutreten, amüsierte sie damals ziemlich –, ebendiese Sorge führte schließlich dazu, dass ihre Mutter sie im Unternehmen von Andrés Larosca arbeiten ließ, weil sie glaubte, natürlich ohne es je zuzugeben, dass das gebotene, sehr hohe, ja beinahe exorbitant hohe Gehalt ihr erlauben würde, das notwendige Geld zusammenzubekommen, um Dora in die Gesellschaft einführen zu können, also ein Ballkleid zu kaufen und zwei, drei Empfänge zu geben, über die man in der Presse berichtete und die den Eingeweihten in Erinnerung rufen würden, dass sich hinter dem dunklen Palos eine Del Valle Álvarez de la Vega verbarg, die auf jemanden wartete, der wirklich etwas vom Prestige jener goldglänzenden Familiennamen verstand, die in dieser völlig verlotterten Welt im Niedergang das einzige, wenngleich mitunter angegriffene Bollwerk der Tradition stellten. Ebendieser Beweggrund, der Erhalt der guten Beziehungen, sollte dazu führen, dass Doña Eulalia es Dora gestattete, mit Lina und Catalina nach Puerto Colombia zu fahren, trotz all ihrer Zweifel, dass Berenice wirklich dazu in der Lage war, sie zu bewachen.

Diese Zweifel sollten sich als durchaus berechtigt erweisen. Berenice, die vierzig Jahre lang für die Leute im Viertel von El Prado gearbeitet hatte, kannte die Geschichte jeder einzelnen Familie mitsamt ihrer Laster und Schwächen, ja selbst ihrer Verbrechen in- und auswendig, liebte aber Lina so sehr, wie sie sonst all diese Leute hasste, und war bereit, ihr Wohlwollen auf alle ihre Freundinnen auszuweiten. Das galt insbesondere für Dora, die sich nach Ansicht von Berenice in erster Linie dadurch auszeichnete, dass sie ihr Frausein annahm – auch wenn Berenice es nicht auf diese Weise formuliert, sondern gesagt hätte: »Die weiß wenigstens, was sie hat und wofür's gut ist.« Außerdem zeigte sich an Dora der Zauber der Jugend, an den bereits üppigen Formen ihres Körpers und der goldenen Lockenpracht, die ihr in verwickelten Schleifen bis zu ihren Hüften hinabreichte, zu diesem Zentrum ihres Begehrens, völlig in sich ruhend, weder aufdringlich noch schwerfällig, sondern unbeweglich und so fest, dass es – so stellte Lina sich vor – genügt hätte, wenn Dora sich einmal um sich selbst drehte, um dem ganzen Planeten eine andere Bewegungsrichtung aufzuzwingen.

Diese überwältigende Dora, die jedes Wort und selbst noch die Stille mit Sinnlichkeit durchdrang, würde Berenice' Widerwillen gegen diese Leute ohne große Mühe niederstrecken. Zwischen dieser wuchtigen schwarzen Frau, deren Körper – ähnlich wie der Körper der Seehunde in Reaktion auf die aggressive Kälte – während des Kontakts mit den Weißen Fett angesetzt hatte, und der Dora dieser Dezemberferien entstand auf Anhieb eine komplizenhafte Verbindung. Berenice nahm sich ihrer sofort an: Sie beschützte sie damals und auch später noch, verschwieg, was sich in dem baufälligen Haus in Puerto Colombia zugetragen hatte, vergaß die nächtlichen Geräusche im Garten ebenso wie die Autoscheinwerfer, die auf einmal die Dunkelheit durchbohrten, ja sie vergaß einfach alles oder, besser, sie ersetzte diese Erinnerungen durch eine abstruse Geschichte über Pferde, an die sie sich mit all ihrer Finesse klammerte, eine immer wieder erzählte Anekdote, die sie in eine endlose Kette von Ereignissen verwandelte, deren Opfer sie geworden war, ja, sie und ihre einmal mehr blankliegenden Nerven, und wie immer war die Verantwortungslosigkeit von Lina und Catalina schuld daran, die sich diesmal, eindeutig mit der Absicht, sie zu quälen, zu einem Reitausflug entschieden hatten, und zwar nicht mit irgendwelchen vierbeinigen Tieren, die Sattel, Zaumzeug, Steigbügel und Reiter gewohnt waren, sondern mit den beiden einzigen Arbeitspferden, die sich in Puerto Colombia auftrieben ließen: zwei große, gehässige Tiere, die ganz offensichtlich das gesamte Menschengeschlecht hassten, weil sie sich zehn Jahre lang höllisch hatten abrackern, Viehkarren durch Wälder und über von der Sonne aufgeheizte Steine hatten ziehen müssen, dabei stets der Gewalt verschlagener Landarbeiter ausgesetzt, was man schon an den narbenübersäten Körpern und den aus den Höhlen getretenen, ebenso böse wie misstrauisch blitzenden Augen erkennen konnte.

»Etwas störrisch sind sie«, erklärte der Besitzer mit Kennermiene, als er sie zum ersten Mal vorbeibrachte; »Mörder«, schrie hingegen die aus dem Fenster des ersten Stocks blickende Berenice – Grund genug für Catalina und Lisa, sich schnell in den Sattel zu schwingen und den Tieren die Sporen zu geben, während Berenice sich mit ihrem schweren, ungestalten Körper noch die Treppe hinunterschleppte, um diesem unverschämten Typen die Leviten zu lesen, weil er das Leben zweier Kinder wegen acht läppischer Pesos – das war der am Tag zuvor ausgemachte Stundenpreis – in Gefahr brachte, und sie tat es mit Nachdruck, denn es war offensichtlich, dass diese Viecher die beiden Mädchen gegen den nächsten Zaun oder die nächste Mauer schleudern, sie anstandslos aus dem Sattel werfen würden, ohne auf die Zügel zu reagieren, ja, mit einem plötzlichen Ruck stehenbleiben und den Mädchen in die Beine beißen würden. Natürlich ereigneten sich all diese Dinge tatsächlich und wurden von Berenice haargenau registriert, das heißt, in allen Einzelheiten in ihrem Gedächtnis bewahrt, um sie den beiden bis an ihr Lebensende vorzuhalten, so wie sie es in Puerto Colombia schon jeden Abend tat, wenn sie ihnen Jodsalbe auf die Knie schmierte oder die mit Blutergüssen übersäten Beine in melissengeistgetränkte Lappen einwickelte.

Nicht, dass Berenice sich geirrt hätte: Wenn die beiden die Pferde von Puerto Colombia überlebt hatten, dann deswegen, weil ihre Jugend und gesunde Ernährung dafür gesorgt hatten, dass ihre Knochen stark waren; oder aber es lag an ihren guten Reflexen, oder es war schlicht Schicksal. Allerdings war Lina aufgefallen, dass Berenice' Tränen und ihr Gejammer zunahmen, je länger Doras Abwesenheiten andauerten, mehr noch, dass sie die Ungerechtigkeit ihres eigenen drohenden Schicksals – eines Tages den toten Leib eines ihrer Obhut übergebenen Mädchens entgegennehmen zu müssen – überbetonte, als die Pferde schon gar keine Gefahr an sich mehr darstellten, nicht etwa, weil sie von ihren Lastern oder ihren schlechten Angewohnheiten abgelassen hätten, sondern weil Lina und Catalina sie zu verstehen gelernt hatten und schon anhand einer Bewegung ihres Halses, eines kaum wahrnehmbaren Erzitterns ihrer Ohren, einer Muskelzuckung oder eines plötzlichen und ungerechtfertigten Tempowechsels ihre Absichten vorhersehen oder kontrollieren oder im schlimmsten Fall rechtzeitig aus dem Sattel springen konnten, sprich, sie hatten es geschafft, sich mit den Pferden auf einen *modus vivendi* zu einigen, vor allem, seit sie auf den einzigen Ort gestoßen waren, an dem die Viecher ihren Hass auf die Menschheit vergaßen: ein langer, ebener, weiter Sandstrand, der sich bis ins Unendliche auszubreiten schien, ein das Meer durchschneidender, urplötzlich vor ihnen erschienener, vom Menschen niemals betretener Landstreifen, über den die Pferde im Galopp hinwegstürmten, wo sie durch die Gischt stoben und mit geweiteten Nüstern den schweren, dem heftigen Wind beigemischten Salz- und Jodgeruch einsogen.

Doch nichts davon überzeugte Berenice wirklich, weder Traumstrände noch subtile Pferdekenntnisse. Lina wurde erst später klar, dass dahinter die Angst steckte, Dora könnte schwanger werden, jemand könnte ihr auf die Schliche kommen oder die leidenschaftliche Affäre in einem Desaster enden. Denn aus eigener Erfahrung wusste Berenice: Wenn Weiße zu lieben anfingen, stand stets eine Tragödie bevor, weil sie unfähig waren, die einfachen Dinge des Lebens als solche anzunehmen, und dazu neigten, alles mit Vorstellungen zu verkomplizieren, die nichts zu tun hatten mit dem plötzlich aufkommenden und flüchtigen magischen Wunsch, mit jemandem zu schlafen, gemeinsam zu lachen, einander zu berühren und sich berühren zu lassen, bis der Körper wie ein Kessel zu glühen begann und das Blut in Bläschen der Erleichterung explodierte. Abend für Abend sprach sie davon, während sie auf den Stufen des Säulengangs saß, den nach Menthol stinkenden Lappen auf der Stirn, und Dora den Weg zum Strand hinablaufen sah. Eigentlich redete sie gar nicht mit ihnen beiden, sie verstanden sie ja kaum, nein, Berenice machte sie zum Medium jenes Gespensts, an das sie sich in der Regel richtete, wenn sie alleine in der Küche war, und dessen Ratschläge sie dieses Mal womöglich dazu bewegen würden, die Ferien abzubrechen und so schnell wie möglich in den Bus nach Barranquilla zu steigen, eine Drohung, die Lina und Catalina mit Schrecken aufnahmen, Dora hingegen mit einem Lächeln, denn nichts schien sie zu beunruhigen oder von ihrem Ziel abzubringen, ihre Haltung eines unbeweglichen, zufriedenen und doch aufmerksamen Buddha zu verändern. Da war etwas, das sie nachts völlig verschlang, den Tag über in ihr schlummerte und in der Abenddämmerung wieder erwachte, wenn sie sich wusch, die Haare kämmte und sich anschließend im zweiten Stock in eine Hängematte legte, in der sie darauf wartete, dass der

Wagen vorfuhr, dessen Scheinwerfer sie in der letzten Kurve der Landstraße, hoch oben auf dem Hügel, aufflackern sah, um sich dann zu erheben und die Treppen hinabzuschreiten, mit einem leuchtenden, bereits abwesenden Blick, unfähig, sich auf irgendetwas Bestimmtes zu richten, irgendjemandem Aufmerksamkeit zu schenken, so sehr waren ihre Augen auf die Erinnerung fixiert, die ihre Schritte hinunter an den Strand führte und sie kurzatmig werden ließ, als würde ihr Körper sich schon darauf vorbereiten, gleich in einem anderen Rhythmus zu schwingen, sich in einem anderen Takt zu bewegen.

Im fahlen Licht der Glühbirne, die von der Decke des Wohnzimmers hing, zwischen dem Geruch nach *Flit*, das Berenice mithilfe einer roten Sprühflasche verteilte, sobald sich in der Abenddämmerung die ersten Moskitowolken ankündigten, sahen Catalina und Lina ihrer Freundin still hinterher und waren sich der Distanz bewusst, die sich zwischen ihnen auftat, zwischen ihnen beiden mit ihren dreckigen Bluejeans und den sandigen Haaren einerseits – und andererseits dieser makellosen Figur mit den harten, sich unter dem Popeline der Bluse abzeichnenden Brustwarzen, den weißen, aufreizenden Beinen in den Shorts und dem moschusartigen Duft, dieser Mischung aus Parfüm und Hautgeruch, den Dora verströmte, nachdem sie den gesamten Tag über geschlafen und gefastet hatte und dabei womöglich einem Instinkt, einem Ritual, einer verworrenen Vorbereitungszeremonie folgte, deren Sinn Berenice sofort erfasste, weshalb sie zur Essenszeit einen Teller füllte und wortlos beiseite stellte, neben den Herd.

Sie hätten Dora hinterherschleichen können, aber sie taten es nicht. Sie hätten sogar neben ihr herlaufen können, in der Gewissheit, dass Dora sie nicht einmal bemerken würde, ganz so, als wären Catalina und Lina Teil der Landschaft, Stein, Wolke, Baumstamm, Wind und keine bewusstseinsbegabten Wesen. Und selbst wenn sie sie bemerkt hätte, wäre es ihr egal gewesen; nicht aus Schamlosigkeit oder Exhibitionismus, sondern weil Dora damals in einem Bereich existierte, in dem sie die Energieströme der Welt nur auf eine bestimmte Weise wahrnahm, die man als Liebe hätte bezeichnen können, die dieses Konzept aber insofern überstieg, als sie auf eine vollumfängliche Verbindung mit dem Universum hinauslief, denn jedes Mal, wenn sie sich mit jemandem paarte, so würde sie es

Jahre später Lina gegenüber erläutern, spürte sie, wie jedes andere Ding an ihrer Seite sich dabei mit einem anderen zusammenfügte, ja, sie fühlte sich – und sie sprach mit einer gewissen Beklemmung, rang um Worte –, als würde deine eigene Handlung bis ins Unendliche wiederholt, half Lina endlich nach, und Dora pflichtete ihr erleichtert, fast glücklich bei, ja, genau, wiederholt von den Möwen, die durch den Himmel ziehen, selbst von den Sandkörnern, die am Strand zueinanderfinden.

Es war also selbstverständlich, dass sie all das weder verbarg noch überspielte, und auch, dass sie trotz der Bannflüche Doña Eulalias keine Gewissenbisse mehr hatte, erkannte sie in jenen Tagen doch keinerlei Ähnlichkeit zwischen sich selbst und ihrer Mutter. Und betäubt von der Aufwallung ihres Blutes wäre es ihr wohl ohnehin unmöglich gewesen, sich mit dieser hinter ihrem Groll verschanzten, weltabgewandten Einsiedlerin zu identifizieren, die da im Schaukelstuhl versauerte und ihr trotzdem Zuneigung abrang, zumindest so viel, dass sie ihr seit ihrem neunten Lebensjahr geduldig zugehört hatte, sich von ihr in Besitz nehmen, aussaugen und beherrschen hatte lassen, bis der Ruf ihres Körpers Doña Eulalias Gerede übertönte und sie sich zurückzog, die andere zurückließ, ohne sie zu verletzen, einfach indem sie ihr nicht mehr zuhörte, ihr keine Beachtung mehr schenkte und, vielleicht auch, um sie nicht zu verletzen, äußerst umsichtig die Beziehungen vor ihr verbarg, die sie sonst niemandem verschwieg. Schließlich hätte jede der Personen, die mit ihr das alte Haus bewohnten, ihr problemlos folgen, sie begleiten oder gar vor ihr herlaufen können, wenn sie sich zum Strand aufmachte, was Catalina und Lina jedoch niemals taten, weil eine Stimme, eine Ahnung ihnen sagte, dass ihr zu folgen bedeutete, einen Weg einzuschlagen, auf dem die Kindheit unweigerlich endete.

Sie folgten ihr also nicht, aber sie begegneten ihr oder, besser gesagt, erblickten sie, sahen, wie Dora und Andrés Larosca miteinander schliefen. Es geschah an einem Samstagabend, während einer seltsamen Dämmerung, als Mond und Sonne gleichzeitig am Himmel standen und sie über den schmalen Streifen weißen Sands hinweggaloppierten, verblüfft den Reifenspuren eines Autos hinterherjagend, das es gewagt hatte, zu diesem unberührten Ort vorzustoßen, und schließlich über den Punkt hinausritten, an dem sie sonst kehrtmachten, bis sie den Wagen entdeckten, und dahinter zwei nackte Gestalten, die aus dem Meer an den Strand zurückkehrten. Sie stiegen nicht ab, denn selbst auf den Pferden und in zwanzig Meter Entfernung sah man sie nicht. Sie aber sahen: Dora, die den Kopf auf Andrés Laroscas Schulter gelegt hatte, seine Hände, die ihren Körper entlangwanderten: dann Dora, wie sie sich im Sand wälzte, und Andrés Laroscas erigiertes Glied vor dem goldglitzernden Meer. Und sie sahen, wie Dora dieses Glied in die Hände nahm, mit ihm spielte, es an den geheimsten Ort zwischen ihren Schenkeln führte und es an sich heranzog, ein ums andere Mal, im Rhythmus der Wellen, die mit der Flut angerollt kamen, schneller und immer schneller, bis sich ihr Körper wie ein Drahtseil, wie die Sehne eines Bogens spannte, um anschließend mit dem Schrei einer verletzten Möwe, einer aus dem Meer emporgekommenen Nixe leblos in den Sand zu sinken, während das, was sie da zwischen den Fingern hielt, in sie eindrang und Lina und Catalina auf ihren Pferden fassungslos die zwei Gestalten betrachteten, die jetzt zu einer einzigen verschmolzen, zu einer einzigen Bewegung, zu Flut und Ebbe, umgeben von einem merkwürdigen Licht am Himmel, wo der Mond mit der Dunkelheit immer näher rückte und die Sonne langsam hinterm Horizont versank.

III

Im Anfang war gar nicht das Wort, erklärte die Großmutter, denn vor dem Wort war die Tat, und vor der Tat das Begehren. In seinem Ursprung war das Begehren stets rein und würde es immer bleiben, ging es dem Wort voraus, blieb jeder moralischen Betrachtung unzugänglich; es trug die Fähigkeit zum Ausgleich in sich selbst, es besaß von Natur aus einen sehr präzisen, treffsicheren Regulierungsmechanismus. Weil aber der Mensch, um zu überleben, ein Leben in Gemeinschaft hinnehmen musste und weil das Leben in Gemeinschaft die Existenz einander entsprechender und widersprechender individueller Begehren bedeutete, also solcher, die zusammenhalten ließen oder aber trennten, die aufbauten oder zerstörten, Harmonie oder Chaos stifteten, war es nötig gewesen, ein Wertegefüge zu erschaffen, das sich jeder Bedingung anpasste, und so verlor das Begehren seine ursprüngliche Unschuld und fand stattdessen Eingang in die Kategorien von Gut und Böse. Deswegen konnte man den Menschen nichts als bemitleiden, denn er war das einzige Wesen, das, um zu leben, zweimal sterben musste; war er sich doch eines seiner zwei Tode aufs Schrecklichste bewusst und dem anderem auf unvernünftigste Weise abgekehrt: Schon vor seiner Geburt begann er zu sterben und wusste es; er starb, sobald er zu leben begann, und ignorierte es: Er ignorierte, dass seine Scham vor dem in ihm lauernden Begehren, sein Schmerz über das unterdrückte Begehren, dass dieses unerträgliche Gefühl der Leere, das seine alltägliche, immer wiederkehrende, niemals endende Enttäuschung begleitete, nur ein Preis waren, den er zu zahlen hatte, nichts als ein Preis; ein simpler Tauschhandel, nicht mehr; es war nicht mehr wert als essen oder trinken, und wie dem Leben, so fehlte auch diesem Gefühl der Sinn, denn der Sinn des Lebens sollte uns ebenfalls nie offenbart werden. Wenn man nun aber trotz allem unbedingt weiterleben wollte, dann war es besser, zu begreifen, dass die Probleme, die beim Aufeinandertreffen des Begehrens mit der gesellschaftlichen Wirklichkeit entstanden, sehr wohl überwunden werden konnten, wenn man im Kopf behielt, dass alle Vorschriften relativ waren, Beschränkungen oftmals Vorteile in sich bargen, insbesondere dann, wenn man sich beim Schwimmen in verbotenen Wassern mit einer gewissen Geschicklichkeit bewegte, ohne der nächstbesten Strafe zu begegnen oder sich vom eigenen Aufbegehren in die Irre führen zu lassen. In anderen Worten, jedes Individuum war, je nach Vitalität, Begierde, Temperament oder Risikobereitschaft dazu gezwungen, ein immer wieder neues Gleichgewicht zu finden – zwischen den Ansprüchen seines Begehrens und den Forderungen der Wirklichkeit. Und genau hier wurde alles entschieden. Das aber war kaum jemandem klar.

Unklar war es wahrscheinlich Andrés Larosca, der, als er von der sogenannten verbotenen Frucht naschte, seine eigene Sexualität entdeckte, und durch sie einen ersten Schimmer seiner selbst, eine erste halboffene Tür zu einer ihm unbekannten Persönlichkeit, verschüttet in der Wiederholung alltäglicher Tätigkeiten; Tätigkeiten, die sich seiner Selbstbestimmung zwar entzogen, ihm jedoch ein Gefühl von Zugehörigkeit zu der Welt gaben, in der geboren zu werden und zu leben er bestimmt worden war, wenngleich ihm dort seine Freiheit entglitt, indem er diese Freiheit überhaupt erst wahrnahm und gleichzeitig auch die Möglichkeit, sie anzunehmen, indem er sich selbst annahm, mit allem, was dies an Einsamkeit, Konflikten und Risiko mit sich brachte – um dann die Tür wieder ins Schloss fallen zu lassen. Nichts einfacher als das, war doch alles darauf ausgerichtet worden, dass er sie erst gar nicht öffnete. Er brauchte nur kehrtzumachen, in Dora nicht mehr sein Spiegelbild zu sehen, diese Beziehung mit einem klaren Schnitt zu beenden oder – die etwas subtilere Variante – schlicht das Urteil anzuerkennen, das sein Vater und seine Brüder wohl über Dora fällen würden: das Urteil der Männer, das der Stadt. Von diesem Augenblick an war Dora hilflos ausgeliefert: Sie verfügte über keinerlei Mittel zur Analyse dessen, was in Andrés Laroscas Kopf vorging – vorausgesetzt, dass ihm irgendetwas von alldem überhaupt durch den Kopf ging oder sein Bewusstsein in irgendeiner Weise streifte –, sie war von nun an seinen Gefühlsschwankungen, seinen Widersprüchen und Launen unterworfen.

Obwohl Lina von dem, was ihre Großmutter erzählte, nicht viel begriff und obwohl ihr die Vorstellung unerträglich schien, dass dieser Wikingerkönig, dieser nackte Mann, den sie vor dem goldglitzernden Meer von einem Pferd aus erblickt hatte, auf die Geistlosigkeit verfallen könnte, eine Frau zu verachten, nur weil sie sich ihm hingegeben hatte, so war sie sich doch im Klaren darüber, dass die Beziehung zwischen Dora und Andrés Larosca sich verschlechterte, und sie fühlte sich machtlos, wenn sie Dora abends nach Hause kommen und sich auf die Terrasse setzen sah, wo sie darauf wartete, dass Lina ihre Schulaufgaben machte, um nur nicht mit ihr zu sprechen, denn mit einem Mal hatte sich Dora von der Welt zurückgezogen, sich in sich selbst verkrochen, und verbrachte Stunden alleine auf der Terrasse, im Dunkeln, in der Stille, den Blick mit schmerzhafter Verwunderung auf die Bäume im Garten gerichtet. Dann aber brach sie eines Abends endlich ihr Schweigen, kam in das Esszimmer, wo Lina gerade lernte, und ließ eine Handvoll Ringe und Armreifen auf den Tisch fallen: Sie waren aus Metall, mit Aquamarinen und Korallen besetzt. »Guck mal«, sagte sie, »jetzt hat er angefangen, mir das hier zu schenken.« Und begann zu weinen.

Wäre zu Doña Eulalia vorgedrungen, was sich da gerade abspielte, hätte sie in jenen Tagen ihren Sieg und ihre endgültige Niederlage zugleich feiern können: Alles verlief ganz nach ihrer Vorstellung, sie hatte Recht, wenigstens Dora gab ihr Recht: Sex war etwas Unanständiges, Männer waren niederträchtig: niederträchtig, weil sie die Frau zu jener Tat drängten, für die sie sie verachten würden, eine Handlung, die, wenn sie schon ihre Verachtung hervorrief, offensichtlich unanständig sein musste. Daran gab es nichts zu deuteln. Vergeblich versuchte Lina, Dora zu erklären, das eigentliche Problem liege in dem Bild, das sie, Dora, gerade dabei sei, von sich selbst zu zeichnen. Lina hatte damals zwar noch keine Ahnung davon, wie sich Versagensgefühle mit dem Bedürfnis, bestraft zu werden, verbinden, noch war sie in der Lage, ihrer Großmutter zu folgen, wenn diese sich darüber ausließ, wie unvernünftig es war, den Blick der anderen zum eigenen Spiegel zu machen. Und doch schien es ihr am sinnvollsten, Dora davon zu überzeugen, dass sie keinerlei Demütigung, Verunglimpfung oder Verachtung verdient hatte, dass sie nicht so verloren war, wie sie unter Tränen in einer Ecke des Esszimmers sitzend behauptete, und dass sie gut daran täte, Andrés seinen Plunder zurückzugeben und die Stelle als Sekretärin zu kündigen, und ja, dass sie bei der ganzen Geschichte bestimmt ein paar Feder lassen würde, aber nicht unbedingt ihre Würde einbüßte.

Das Wort »Würde« sollte für Lina das erste Alarmzeichen sein, die Offenbarung, dass sie über Begriffe, die Dora eigenartig oder gar unheimlich vorzukommen schienen, keinen Zugang zu deren Bewusstsein finden konnte. Sie erkannte damals, dass sie über Monate ins Leere geredet hatte, denn Dora hatte zwar so getan, als würde sie ihr zuhören, und ihren Bemerkungen nickend beigepflichtet, war aber nicht wirklich bei der Sache gewesen – allerdings nicht in irgendeiner geheimen bösen Absicht oder aus bloßer Heuchelei, sondern weil sie schlicht unfähig war, den Sinn mancher Worte zu erfassen, die sich in ihre Ohren verirrten und die sie dann vergaß, genauso, wie sie in der Schule den vorher auswendig gelernten Stoff wieder vergaß, und unterdessen reduzierte sie ihren Wortschatz auf grundlegende Begriffe, die sie für das unmittelbare Alltagsleben brauchte, stellte zwischen diesen jedoch möglichst wenig Bezüge her, sei es aus geistiger Faulheit oder vielleicht aus einem lange ausgebildeten Widerstand heraus, der sich anfangs gegen die alles verzehrende Doña Eulalia richtete und später ganz automatisch, ja reflexhaft in jeder nur denkbaren Unterhaltung zum Tragen kam, was jeden Dialog in einen Monolog verwandelte, zwischen ihr und ihren Gesprächspartnern eine unsichtbare, hauchdünne, aus Höflichkeit und Teilnahmslosigkeit bestehende, doch in jedem Falle unüberwindbare Mauer errichtete. Genau das wurde Lina klar, als sie Dora begreiflich zu machen versuchte, dass weder die Reaktion von Andrés Larosca noch die Bannsprüche von Doña Eulalia noch die blutleeren Figuren des nordamerikanischen Kinos, all die Tyrone Powers und John Waynes, die ihre genauso körperlosen Gefährtinnen bloß mit den Augen berührten, sie dazu zwingen mussten, dieses niederträchtige Bild von sich zu entwerfen, in dem sie sich wiederzuerkennen glaubte, schließlich war alles relativ – noch so ein Wort, das Dora kurz würde blinzeln lassen, obwohl Lina, die die Ratlosigkeit ihrer Freundin ahnte, von alten, im Schneegestöber ausgesetzten Eskimos und von französischen Bauern sprach, die der Tod einer Kuh stärker traf als der eines Kindes –, ja, alles war relativ, betonte sie, war sich dabei bereits der Sinnlosigkeit ihres Geredes bewusst und schaffte es nur mit Mühe, Geduld zu bewahren, wenn Doras Blick sich ihrer Beispiele zum Trotz erneut verschleierte, in ihren Augen nur der Nebel aus Verwunderung und ihrer Weigerung, aus diesem einen, völlig zugemauerten Winkel ihres Hirns hervorzukriechen, und danach die Tränen, die weder Solidarität noch Mitleid erregen wollten, sondern nur sture Trauer angesichts der Endgültigkeit der Katastrophe ausdrückten, die umso endgültiger wurde, je länger sie sich hinzog und Dora darin versank, in diese Situation abrutschte, die von dem Tag an eine zweifelsohne niederschmetternde Wendung genommen hatte, als sie Andrés Larosca im Country Club gemeinsam begegnet waren und sie völlig naiv von Würde gesprochen hatte.

Es geschah an einem 20. Juli, der sich aus vielerlei Gründen in Linas Gedächtnis einbrennen würde, unter anderem, weil sie die von ihr so beneideten amerikanischen Bluejeans von Catalina geerbt hatte, denn so hatte der Morgen begonnen, mit Catalina, die sie zu Hause besuchen kam und eine Papiertüte dabei hatte, darin die alten verwaschenen Bluejeans, und sie selbst in einer identischen, aber nagelneuen Hose, und dann waren die beiden zu Fuß zu Isabel und Dora gegangen, um sich zu amüsieren, an einem 20. Juli, dem Unabhängigkeitstag, der sich nicht von anderen zu unterscheiden schien, auf einer dieser Partys im Country Club, die mit Eselrennen, Sackhüpfen und Hindernisläufen eröffnet, mit einem Mittagsgelage fortgesetzt wurden, für das schon seit dem vorigen Abend ganze Kälber auf dem Grill geröstet wurden, und auf der Tanzfläche endeten, bis um etwa sieben Uhr morgens über das Mikrofon des Orchesters angesagt wurde, die Cocacolos sollten sich nun aber bitte zurückziehen.

Andrés Larosca hätte leicht darauf kommen können, dass Dora auf der Party sein würde, und wenn es ihm so unangenehm war, ihr in Gegenwart seiner Familie über den Weg zu laufen, dann hätte er ebenso darauf verzichten können, dort aufzutauchen, und lieber nur seine Frau und die Kinder hingeschickt, anstatt dieses Gesicht zu machen, als er sie nach dem Essen hereinkommen und sich mit Freunden an den Nachbartisch setzen sah. Er grüßte Dora mit eisiger Miene, die anderen um Lina würdigte er kaum eines Blickes. Diese Gleichgültigkeit schien mit seiner Grundvorsicht zusammenzuhängen, hinter der der Wille stand, jeden nur möglichen Verdacht seiner Frau zu verscheuchen, eigentlich aber war Andrés Larosca, wie Lina ein paar Stunden später begreifen würde, wütend. Er ertrug es nicht, Dora dort am Nachbartisch, in unmittelbarer Nähe seiner Familie zu sehen. Womöglich lag es daran, dass er sich das Urteil der Männer bereits zu eigen gemacht hatte und Dora für ihn daher, nach ihrer mehrmonatigen und obendrein ja vergüteten Beziehung (ihr Lohn hätte für drei Sekretärinnen gereicht, die zumindest in der Lage gewesen wären, fehlerfrei auf einer Schreibmaschine zu tippen), nichts weiter war als ein gekaschter Vogel, eine verführte Fünfzehnjährige, ein Abenteuer, ein bisschen Aufregung, ein Wagnis, ja, eine einfache Geliebte. Und die Geliebte, die hier nun einmal mit der farbigen Frau, mit der Mulattin-Schwarzen-Bediensteten-Hure, assoziiert wurde und also ganz offensichtlich einer niederen Klasse angehörte, hatte niemals den sozialen Status der Hetäre oder der *maîtresse* besessen, das jedenfalls hatte Lina die Großmutter mehrfach sagen hören, vor allem dann, wenn sie einen dieser dicken Romane zuschlug, die sie sich regelmäßig aus Frankreich kommen ließ und über denen sie in der Erinnerung an vergangene Liebesgeschichten zu schwelgen schien. Lina ahnte, dass die Bezeichnung »Geliebte« unterschiedliche Bedeutungen besaß, je nachdem, ob sie von der Großmutter oder von ihrem Vater ausgesprochen wurde, und sie hegte seit einiger Zeit den Verdacht, die Sichtweise ihres Vaters entspräche jener der Leute, und – angesichts von dessen merkwürdigem Verhalten – insbesondere jener Andrés Laroscas. Und doch war sie trotz der Tränen, die Dora bei ihr zu Hause im Esszimmer vergoss, nicht in der Lage, sich vorzustellen, dass irgendein Gefühl, nicht einmal Verachtung, sich in eine solche Aversion verwandeln konnte, wie sie der Tonfall von Andrés Larosca vermittelte, als dieser an jenem 20. Juli Dora in den Umkleideräumen des Country Clubs zu beleidigen anfing und ihr die Unverfrorenheit vorhielt, mit der sie bei einer Feierlichkeit erschienen war, obwohl sie doch genau gewusst habe, dass seine Gattin dort auf sie treffen könnte. Er warf ihr also nicht das Risiko vor, auf diese Weise ihre Beziehung zu verraten oder öffentlich werden zu lassen, sondern die Unverschämtheit, mit der Dora seiner Ehefrau ihre Anwesenheit aufdrängte, als gehörte Letztere einer anderen Spezies an und hätte ihre vier Kinder durch Parthenogenese empfangen. All das ging Lina durch den Kopf, als sie ihn vom Gang aus sprechen hörte, ohne ihn sehen zu können – die Umkleideräume, wohin Andrés Larosca Dora gelotst hatte, nachdem er ihr verstohlen zugezwinkert hatte, kaum dass sich die Gattin auf den Nachhauseweg begab, lagen im Dunkeln –, sie nahm nur die halboffene Tür wahr und hätte Lust gehabt, sie aufzustoßen, wütend auf dem Boden herumzustampfen, diese schneidende Stimme irgendwie zum Schweigen zu bringen und Dora aus ihrer Unterwerfungshaltung zu reißen, denn der kam nichts Besseres in den Sinn, als sich zu entschuldigen und um Verzeihung zu bitten und wimmernd ihre Unschuld zu bekunden, bis Lina es nicht mehr aushielt und auf Zehenspitzen zurück in den Garten schlich und von dort aus begann, nach ihr zu rufen, hinter eine Palme schlüpfte und abwartete, fünf, sechs Minuten lang, in denen nichts mehr zu hören war, dann zog der Schatten von Andrés Larosca an der Palme vorbei, als dieser die Mauer entlanghuschte, die zum Haupteingang des Country Clubs hinaufführte, und ihr endlich den Weg freimachte, damit sie Dora retten konnte, denn das war der erste Eindruck, den Lina hatte: dass sie Dora erlöste, sie von der Demütigung befreite, als sie sie am Boden zusammengekauert vor Catalinas Spind fand, von einem Heulkrampf durchgeschüttelt, und ihr zu erklären begann, dass weder Andrés Larosca das Recht habe, so mit ihr zu sprechen, noch sie, Dora, irgendeinen Grund dafür, das hinzunehmen, und dass sie in keiner Weise dazu gezwungen war, seine Ansichten zu teilen, die könnten sie leiden lassen, ja, weil sie von der Abwesenheit seiner Liebe und Zärtlichkeit zeugten, aber auf keinen Fall durften sie Scham bei ihr auslösen. So redete sie auf sie ein, während sie ihr die Tränen mit ihrem Stofftaschentuch abtupfte und erklärte, es reiche schon, ihren Bürojob zu kündigen und Andrés niemals wiederzusehen, um ihre Würde in Gänze wiederzuerlangen. Da starrte Dora sie an, als würde sie zum ersten Mal überhaupt erfassen, was sie hörte, und murmelte dann fassungslos: »Lina, was du da sagst, ist vollkommen unmoralisch.«

Doña Eulalia konnte sich ihres Triumphes also wirklich sicher sein: Er wäre endgültig gewesen, wenn Dora hier innegehalten, sich wie ihr Großvater selbst gegeißelt, sich ins Kloster begeben oder irgendeine andere Form der Selbstläuterung gesucht hätte. Doch obwohl sie ihren Fehler eingestanden hatte, schien Dora nicht in der Lage, ihrer Verbindung zu Andrés Larosca ein Ende zu setzen, und arbeitete weiter in seinem Büro, bis er selbst entschied, sie zu entlassen. Da allerdings hatte sie längst beschlossen, zu leiden und sich zur Buße einen demütigenden Umgang gefallen zu lassen – auch wenn nicht klar war, ob die Bestrafung in ihr das Gefühl auslöste, einen Fehler gemacht zu haben, oder ob ihr eigenes Schuldgefühl das Verhalten von Andrés Larosca, also die Bestrafung, hervorrief. In jedem Fall – und ganz ohne Zynismus ihrerseits – schmiegte sich jedwede Demütigung an Dora wie ein Ring an den Finger, denn in dieser Zeit, das würde sie Lina viele Jahre später gestehen, hatte sie schlicht das Bedürfnis nach einem Mann, nach seinen Händen, seinem Mund und seinen Liebkosungen, und dafür war sie bereit, jeden Preis zu zahlen, der verlangt wurde. Doch jede Sünde erforderte, dass man sich von ihr erlöste: Und so hätte Doña Eulalia neben ihrem Triumph zugleich auch ihre Niederlage feiern können.

Der Sünde war etwas Unauslöschliches eigen, und verschlungen waren die Wege, auf denen sie nach Sühne suchte. Niemand wusste, was zwischen Dora und Andrés Larosca geschehen war: Lina hatte es allein ihrer Großmutter erzählt, und die Großmutter besaß die Verschwiegenheit eines Steins; Catalina wachte eifersüchtig über ihre Erinnerung an das, was sich am Strand zugetragen hatte; Berenice war noch ganz aufgebracht wegen der Sache mit den Pferden. Und dennoch hatte Dora Angst, man könne sich das Maul über sie zerreißen, und weigerte sich, jemals wieder den Country Club zu betreten, weil sie ihren Ruf ruiniert glaubte. Dabei ging es um einen Ruf, um den sie sich noch nie gekümmert hatte, dessen Wert aber mit einem Mal die Dimensionen annahm, die ihm Doña Eulalia del Valle zuschrieb, und für die bedeutete die Ehe die einzige Erlösung im Leben und die Jungfräulichkeit wiederum den einzigen Weg in die Ehe. Da Dora ihre Jungfräulichkeit verloren hatte, konnte sie natürlich nicht mehr beanspruchen, irgendeinen der jungen Männer zu heiraten, die den Country Club besuchten, es sei denn, sie fand einen Arzt, der bereit war, das Problem mit einer Operation zu beheben. Sie hatte also diese Möglichkeit oder aber die, die Ankunft eines von der Vorsehung geschickten Gringos abzuwarten, beides aber verlangte eine gewisse seelische Verfassung, den Willen, sich den Dingen zu stellen und eine Weile ihre körperlichen Bedürfnisse zu kontrollieren oder zu betäuben, indem sie die skurrilen Ratschläge Doña Eulalias befolgte und etwa auf Kampfer zurückgriff. Blickte man so auf das Problem, schien alles mit Doras Version übereinzustimmen, das heißt, mit dem, was Dora Lina gegenüber anführte, um zu erklären, wieso sie sich weigerte, den Country Club zu betreten, die Angst, Andrés Larosca dort zu begegnen, ihm und all den Männern, die in dem Club ein und aus gingen, denn sie war überzeugt davon, dass die Verachtung eines Mitglieds die der gesamten Kaste mit sich brachte, ja, diese sogar rechtfertigte. Mit anderen Worten: Dora schien bereit, auf die ihrem Familiennamen eingeschriebenen Rechte zu verzichten – der Name del Valle Álvarez de la Vega machte trotz des beigemengten Palos durchaus noch etwas her, und ihr Status als Waise eines Mitglieds erlaubte es ihr, bis zur Eheschließung den Club zu besuchen –, weil sie glaubte beziehungsweise fühlte oder sich einbildete, der Abstieg in die Mittelschicht, in der sich Hunderte junge Frauen tummelten, die ihr Leben als Mädchen aus gutem Hause neidisch auf den Gesellschaftsseiten der Zeitungen verfolgt hatten, sei Teil der Ächtung, die ihr Vergehen verdiente. Und womöglich stimmte das am Ende, vielleicht glaubte Dora das wirklich, das jedenfalls hätte alles erklärt, ihre Entscheidung, sich nicht auf dem großen, sechs Monate später stattfindenden Silvesterball in die Gesellschaft einführen zu lassen, und ebenso ihr wiederholtes Fehlen bei den Tee- und Nähpartys und sogar ihre Freundschaft zu Annie.

Als Lina etwas klarer sah und glaubte, allmählich die ganze Tragweite des Begriffs Minderwertigkeitskomplex zu erfassen, der unter den Lehrern gerade sehr in Mode war, um die aggressiven Verhaltensweisen mancher Schülerinnen zu erklären, fing ihre Großmutter an, eine andere Interpretation der Geschehnisse auszutüfteln, die sie damals und für lange Zeit völlig verblüffte, weil sie erst sehr viel später die genaue Bedeutung der großmütterlichen Worte begriff und imstande war, sie sich in Bilder zu übersetzen, auf eine Art Echo dieser Worte zu treffen, und zwar in Paris, an einem Frühlingstag des Jahres 1978, wo sie das Balzac verließ, nachdem sie *Auf der Suche nach Mr. Goodbar* gesehen hatte. Nicht weil die Persönlichkeit Doras auch nur annähernd jener der Hauptdarstellerin ähnlich gewesen wäre, sondern weil beide Frauen mehr oder minder instinktiv wussten, an welchen Orten sie den Mann, den sie suchten, finden konnten oder vielmehr, an welchen Orten sie ihn niemals würden finden können – schließlich war für ihre Großmutter die Weigerung Doras, sich in den Country Club zu begeben, mit Scham oder Minderwertigkeitsgefühlen nicht ausreichend zu erklären, selbst wenn man hinnahm, dass Dora selbst genau das glaubte, sondern mit Gespür, mit einem außerordentlichen Orientierungssinn, ähnlich dem, der Tiere während der Balz leitet, und der Dora wiederum ohne jeden Zeitverlust in die Mittelschicht führte, hin zu diesen ehrgeizigen oder resignierten, brillanten oder mittelmäßigen, in jedem Falle weniger feinen, nicht so sehr von Übungen in Höflichkeit gezähmten Männern, unter denen sie früher oder später auf das einzige Exemplar treffen würde, das imstande war, den Stab von Andrés Larosca zu übernehmen oder, besser gesagt, jene Bedürfnisse zu befriedigen, die die Begegnung mit Andrés Larosca in ihr geweckt hatte.

Lina schwante, dass sich die Nuancen dieser Ausführungen ihrem Verständnis noch entzogen und dass die Großmutter wieder einmal in ein Gebiet vorgedrungen war, in dem heimlich und unerbittlich die Mächte herrschten, die das Verhalten der Leute steuerten. Und wie immer, wenn das geschah, verlor sie alle Fähigkeit, nachzudenken, und starrte verängstigt die unfassbare Gestalt an, die sich, winzig wie ein siebenjähriges Mädchen, langsam in ihrem Schaukelstuhl hin und her wiegte, wo sich vor ihren Augen die Zukunft entfaltete und von wo aus sie sechs Monate vor allen anderen den nahenden Schatten von Benito Suárez erahnte, angekündigt und angedeutet durch Annie, dieser aus dem Nichts aufgetauchten Freundin von Dora, denn Annie schlug als Meteorit in ihr Leben ein, mit der Geschwindigkeit und dem Licht eines vom Himmel fallenden Steins, der bereits die Absicht in sich trug, zu zerschmelzen, zu verglühen und eine ungenaue Erinnerung zu hinterlassen, so vage wie alles, was sie umgab: drei Tanten in einem Dorf in der Provinz Magdalena, die eingeschlossen in einem von Gespenstern bewohnten Haus lebten, ein Vater ohne Name und Beruf, der anscheinend in der Stadt wohnte und in dessen Obhut sie sich vor ihren Tanten geflüchtet hatte, nun gut, und eben Annie – einen kleinen, zerbrechlichen Körper und zwei riesige, verdutzt in die Welt blinzelnde Augen, und dann war da noch ihre Liebe zu Doktor Jerónimo Vargas, der soeben sein Psychiatriestudium beendet hatte und der beste Freund von Benito Suárez war.

Als Annie eines Tages erschien, reagierte Doña Eulalia mit dem gleichen Entsetzen, das der Anblick von durch den Türspalt kriechendem Ungeziefer bei ihr ausgelöst hätte, und setzte sie, ohne sie auch nur ihren Koffer auspacken zu lassen, zurück auf die Straße. So landete Annie im Haus von Lina, das heißt, die Großmutter wies Berenice an, ein Zimmer herzurichten, in dem Annie eine Woche lang blieb, ohne aber zu essen und zu schlafen, sondern allein, um ihren Koffer auf dem Bett abzulegen und zwei- oder dreimal zum Duschen vorbeizukommen und sich bei Berenice mit Pralinen dafür zu bedanken, dass diese ihre schwarzen, im Torero-Stil gehaltenen Hosen und ihre karierten Hemden wusch und bügelte, der Aufzug, in dem sie einen Bus in der Calle 72 nahm, durch die Straßen schlenderte und sich ihre einzigen Nahrungsmittel kaufte, Coca-Cola und Eis, um anschließend stundenlang vor Doktor Jerónimo Vargas' Praxis in der prallen Sonne darauf zu warten, dass dieser sie endlich empfinge, das heißt, dass er ihr vom Fenster aus zuwinkte, woraufhin sie die Straße überquerte, bei ihm eintrat, sich auszog und mit ihm schlief, es sei denn, sie hatte Glück, sprich: Doktor Jerónimo Vargas wollte, dass sie ihn in laute, von Huren und Rowdys frequentierte Bars begleitete, in denen die verdutzt blinzelnde Annie von ihm in ein Zimmer geschleift und auf eine nach Sperma, Urin und Schweiß stinkende Pritsche geworfen wurde, was sie ohne Widerrede, ja ohne die Spur von etwas anderem als Dankbarkeit geschehen ließ, war doch Doktor Jerónimo ihr erster Psychiater gewesen – und ihr erster Liebhaber – und sie der Meinung, ihn zu lieben, woran sie beharrlich festhielt, als er sie schon längst nicht mehr sehen wollte und Dora versuchte, sie zu sich zu holen. Und womöglich hatte sie noch genau das zu ihm gesagt, in jener Nacht, in der sie sämtliche Fläschchen mit den von ihm verschriebenen Schlaf- und Beruhigungspillen geleert hatte und ihn dann von einem öffentlichen Telefon aus anrief, neben dem die Polizei sie am nächsten Tag auflas, den Hörer in der Hand, weswegen die Nummer der Person ermittelt werden konnte, mit der sie noch gesprochen hatte, bevor sie für immer die Augen schloss.

Über Annie also hatte Dora Benito Suárez kennengelernt, und genau wie mit Annie fing sie an, sich heimlich mit ihm zu treffen, während sie wahlweise vorgab, in den Country Club zu gehen, Lina zu besuchen, bei der Schneiderin vorbeizuschauen, und dann noch auf die Komplizenschaft einer gewissen Armanda zurückgriff, die Doña Eulalia damals zur Hausangestellten hatte und die sie zur Erbin sämtlicher vom längst vergessenen Andrés Larosca vermachten Aquamarinringe und Korallenarmreifen ernannte – es handelte sich um eine berauschend schöne India mit gelben Augen, die Geliebte mehrerer Soldaten und womöglich auch verliebt in Dora.

Denn Dora war damals mehr als eine Frau: Sie war zart, fleischig, teilnahmslos, ihre Augen schienen alles zu liebkosen, was sie streiften, und in der Passivität ihres Körpers lag etwas, das danach schrie, besetzt zu werden, etwas, dem weder Männer noch Frauen noch Tiere widerstehen konnten, wie Lina feststellte, die eines Tages, als Dora bei ihr vorbeischaute, beobachtete, wie einer der Setter über sie herfiel und sich an ihrem Bein zu befriedigen versuchte. Wenn man dieser Sinnlichkeit noch die strenge Kontrolle durch Doña Eulalia hinzufügte, Doras Schwierigkeiten, überhaupt aus dem Haus zu kommen, so fiel es leicht, die Faszination eines Benito Suárez nachzuvollziehen, der zuvor keine Gelegenheit gehabt hatte, die unnahbaren, vom Geheimnis des Verbotenen umhüllten Erbinnen aus den Familien mit den alten Namen kennenzulernen, die Schwestern und künftigen Ehefrauen seiner reservierten Kommilitonen, die weniger lernen und sich nicht so abmühen mussten, weil sie sich in der Sicherheit wähnten, nach ihrem Abschluss auf einflussreiche Beziehungen und die nötigen Bekanntschaften zu zählen, um sich einen Posten zu angeln, den er, Benito Suárez, niemals würde anstreben können, egal wie sehr und wie lang er sich abstrampelte.

Was er allerdings anstrebte, war es, eine Jungfrau zu finden, eine Frau, die ihm immer treu bleiben würde, ja, die ihm schon vor ihrer Geburt treu gewesen war, damit sein Name niemals in den Dreck gezogen, nie zum Gespött unter den anderen Männern, nie zum Gegenstand des Hohns in der Stadt werden würde, und all das, obwohl er von seinem zwanzigsten Lebensjahr an den gesamten Nietzsche verschlungen hatte und seither überzeugt davon war, dass er, Benito Suárez, dem Rest der Menschheit durch seine Kraft, seinen edlen Geist und seine Verachtung überlegen war.

Die eigenen Widersprüche schienen ihn jedoch nicht allzu sehr zu stören: Er verlegte sich darauf, sie getrennt voneinander auszuleben, indem er sich in eine Unzahl gegensätzlicher Persönlichkeiten aufspaltete, und so kam es, dass er, nachdem er Dora zwei Monate lang mit der Theorie zugesetzt hatte, ein überlegener Geist sei notwendigerweise skeptisch und frei von moralischen oder ideologischen Beschränkungen, diese am Ende doch wegen ihrer verlorenen Jungfräulichkeit auspeitschte. Am überraschtesten von dieser Veränderung war Lina, denn als Vertraute Doras wusste sie Bescheid über Benito Suárez' große Reden von der Dummheit, die den Frauen und dem Volk zu eigen war, von den Idioten, die sich an eine Religion klammern müssen, etwas Absolutes suchen, sich in Abhängigkeit von einem Ja oder Nein definieren, und Lina hatte sich alle Mühe gegeben, diese Art Reden für Dora zu übersetzen, und zwar jedes Mal, wenn sie wie benommen zu ihr kam, nachdem sie Benito Suárez eine geschlagene Stunde lang in irgendeiner Eisdiele zugehört hatte, obwohl Lina sich der Vergeblichkeit ihrer Mühe längst bewusst war, sich aber damit beschwichtigte, dass dieser Mann vielleicht ja der von der Vorsehung auserwählte sei, der Einzige, der bereit wäre, sich über die in Barranquilla herrschenden Vorurteile kaputtzulachen, denn kaum hatte Lina die zwei Bücher von Nietzsche gelesen, die ihr die Großmutter gab, nachdem sie (die Großmutter) begriffen hatte, woher Benito Suárez' Theorien stammten, hegte Lina keinerlei Zweifel mehr daran, dass ein Mensch, der sich seiner Verachtung gegenüber der Gesellschaft so dermaßen sicher war und so wenig auf Skrupel und Konventionen gab, Dora lieben konnte, wie sie war, sprich: so wie sie war, nachdem sie in die Finger von Andrés Larosca geraten war. Daher erhoffte sie sich den bestmöglichen Ausgang der Geschichte, ohne aufmerksam den Vorbehalten ihrer Großmutter zu lauschen, die aus der sanften Pendelbewegung ihres Schaukelstuhls heraus darauf beharrte, Benito Suárez' Nietzsche habe denselben Daseinsgrund wie ihr Gehstock, ja, es handele sich nicht um Lügen, sondern eher um etwas Haltgebendes und wahrscheinlich um etwas, woran man sich in der Verzweiflung festhielt, sei Benito Suárez doch der Sohn von Doña Giovanna Mantini, und sie, die Großmutter, hatte diese Doña Giovanna Mantini kennengelernt, als sie, per Handschuhehe frisch mit José Vicente Suárez verheiratet, aus Turin gekommen war, zu jener Zeit, in der Mussolini gerade den Marsch auf Rom vorbereitete und der Bruder von Doña Giovanna die erste faschistische Zeitung Turins leitete.

Erst Jahre nach dem Tod der Großmutter sollte Lina auf diese italienische Dame treffen, die trotz ihres hohen Alters noch den Schneid eines Caudillos besaß, der die ganze Welt zu verwandeln trachtete, und die weiter überzeugt war, die Jugend gemäß des Sinnspruchs »glauben, gehorchen, kämpfen« erziehen zu müssen, und die Reden des *Duce* aufsagte, dieses Genies, das in der Lage war, den neuen Menschen zu erschaffen, indem er ihn von der Wiege an zu sich nahm und erst nach dem Tod wieder an den Papst aushändigte. Seine Anweisungen hatte Doña Giovanna Mantini mit Verbissenheit befolgt und bei ihrem einzigen Sohn, Benito Suárez, zur Anwendung gebracht. Sie setzte sie mit aller Grausamkeit um, hatte sie doch schon im ersten Augenblick begriffen, dass sie nicht nur gegen die natürliche Perversion des Mannes kämpfen musste, sondern zudem gegen die genetische Minderwertigkeit, die ihr Sohn von seinem Vater geerbt hatte und die in der Atmosphäre moralischer Laxheit dieser Stadt nur allzu gut gedieh. Die faschistische Gesinnung Doña Giovannas erklärte zum Teil ihre pädagogischen Ansätze – etwa die Tatsache, dass sie eine Peitsche und zwei Handfesseln aus Leder anfertigen ließ, mit denen sie ihren Sohn schon im Alter von vier Jahren fesselte, um ihn, wenn er sich nicht artig benommen hatte, blutig zu schlagen –, aber sie reichte nicht aus, um zu erklären, warum sie gegen den Willen ihrer Familie den Anwalt José Vicente Suárez geehelicht hatte, denn José Vicente Suárez war Mulatte, und der Rassismus schien Doña Giovanna eigentlich schon den Chromosomen eingeprägt zu sein, jedenfalls erörterte sie die Unterlegenheit der schwarzen Rasse gar nicht erst, so sehr war sie von ihr überzeugt, so offensichtlich schien sie ihr. Es wäre also nötig gewesen, sie in der Erinnerung zurück nach Turin reisen zu lassen, wo sie, fünfundzwanzigjährig, über ihre Brüder die Bekanntschaft jenes exotischen Lateinamerikaners namens José Vicente Suárez gemacht hatte, der nach Europa gekommen war, um Internationales Recht zu studieren, dann dem Faschismus verfiel, wie ihre Brüder das Schwarzhemd trug und bei Demonstrationen lauthals seine Treue zum *Duce* bekundete, und dann hätte man sie fragen müssen, wieso sie, Doña Giovanna, mit ihren blonden Haaren und ihren blauen Augen sich darauf eingelassen hatte, ihr Leben an der Seite dieses Mulatten zu verbringen; ja, welche Aufsässigkeit sich in diesem Entschluss verbarg, welche Rachsucht oder Enttäuschung, denn die einzige von ihr vorgebrachte Erklärung, sie habe geglaubt, alle Lateinamerikaner sähen so aus, war nicht wirklich überzeugend, und es wäre mehr als unpassend gewesen, in ihrem Fall von Liebe zu reden. Nein, Liebe zwischen ihr und José Vicente Suárez hatte es keine gegeben. Vielleicht Leidenschaft, das heißt, ein plötzliches, schamvoll erkanntes sexuelles Begehren, das als solches eher auf einen für minderwertig gehaltenen Mann umgelenkt werden konnte. Aber wenn es so gewesen wäre, dann hatte dieses Gefühl die Ankunft von Doña Giovanna Mantini in Barranquilla nicht überstanden. Denn als das Schiff, das sie brachte, in den Hafen einlief und Doña Giovanna die 45 am Kai auf sie wartenden Verwandten von José Vicente Suárez inmitten eines einzigen Saufgelages erblickte, neben ihnen aber auch andere Menschen mit weißer Haut und glattem Haar, ohne Stumpfnasen und dicke Lippen, die vor allem weder besoffen waren noch ihre Mitreisenden unter Gegröle begrüßten, da packte Doña Giovanna das Grausen: Sie hatte ein im Herbstnebel versunkenes Turin und ein schlichtes Marmorhaus am rechten Ufer des Po zurückgelassen, und vor ihren Augen breitete sich nun ein riesiger schlammfarbener Fluss aus und verströmte einen fauligen Geruch nach Kaiman, totem Tier und sich seit Urzeiten zersetzenden Mangroven. Sie dachte, dass sich an diesen Ufern niemals die Mauern eines Palastes oder die Türme einer Kathedrale erheben würden. Sie dachte, dass an diesem Himmel aus zerschmolzenem Glas niemals auch nur eine Schwalbe vorüberziehen würde, sondern nur diese Geier mit ihren staubigen Flügeln, die sich von allem zu ernähren schienen, was starb und in der Sonne verweste. Und doch hatte sie nicht geweint, wie sie Lina gegenüber beteuern sollte, als sie ihr eines Nachmittags davon erzählte, wie sie in die Stadt gekommen war, und dabei eine äußerst seltene Träne rabiat aus ihrem Gesicht wischte. Sie hatte damals nicht geweint und auch nicht, als sie im Glanz des Morgens und inmitten eines Gewühls aus Händlern und Bettlern den *Camellón* von Barranquilla überquerte, und ebenso wenig während der achtstündigen Fahrt nach Sabanalarga, das Dorf, in dem ihr Mann lebte, mit sechs für den Anlass gemieteten Wagen, die über erbarmungslose Schlaglöcher hinweg durch eine Stoppellandschaft mit traurigen, sich unter der Hitze duckenden Rindern ruckelten und alle zehn Minuten wegen des Harndrangs ihrer

Insassen anhielten, die immer trunkener und poltriger wurden, je länger die Flaschen mit dem weißen Rum die Runde machten, dazu Maisfladen, geröstete Schweineschwarten und Leguan-Eier, alles Nahrungsmittel, die Doña Giovanna als barbarisch bezeichnete, so wie ihr auch Sabanalarga barbarisch vorkam, mit seinen Bahareque-Häusern im Licht der Kerosinlampen, mit seiner dunklen, lauen, von Mücken erfüllten, unmöglich zu atmenden Luft in den Straßen. Sie hatten die Ortschaft gerade erreicht, da erblickte Doña Giovanna etwas, das ihr nun, viele Jahre später und im Gespräch mit Lina, ein irres Lachen entlockte, und doch verschaffte die ungeheure Genauigkeit der Schilderung Lina einen Eindruck davon, wie nahe das Gesehene Doña Giovanna gegangen sein musste: Sie erblickte einen Prozessionszug, eine Prozession zu Ehren der heiligen Jungfrau. Wenngleich Tochter eines Sozialisten, hatte Doña Giovanna eine Mutter gehabt, die es verstanden hatte, ihr den generationenalten Respekt der Italiener vor religiösen Symbolen einzuimpfen, und die heilige Jungfrau, ganz gleich, ob sie nun Repräsentation einer Idee, Anbetungsobjekt der Ungebildeten oder Inspirationsquelle für die großen Meister war, rührte unwillkürlich an ihr Herz. So unvermutet, inmitten der Staubwolken der ewigen, unvermeidlichen, stofflich fühlbaren Hitze von Sabanalarga, auf eine von Trunkenbolden getragene und bei jedem Schritt vom Sturz bedrohte, farbig bemalte, mit einem weit ausgeschnittenen karmesinroten Satinkleid angezogene Jungfrau zu stoßen, die ein quer über die Brust angebrachtes Schild mit dem Hinweis »Égalité de Jouissance« trug, das von wer weiß wo aufgetaucht war und vom Dorfpriester für eine fromme lateinische Botschaft gehalten wurde, das war, so versicherte Doña Giovanna Lina gegenüber, mehr als sie ertragen konnte, ja, der Schlusspunkt. Schlusspunkt meinte hier eine Art des Nichtanfangs, die kategorische Weigerung, mit ihrem Mann zu schlafen, solange sie in Sabanalarga blieben, also sah sich José Vicente Suárez gezwungen, nach Barranquilla zu ziehen und seine Verwandten sowie eine gerade begonnene Laufbahn als Politiker hinter sich zu lassen, einer Frau wegen, deren blaue Augen vor lauter Verachtung für ihn, seine Familie und seine Vorrechte als Kazikensohn nur so blitzten, um sich stattdessen in einer Stadt durchzuschlagen, in der er dank seiner Hautfarbe und seiner fehlenden Beziehungen auf ewig als Hinterwäldler, als Anwalt zweiter Klasse angesehen werden würde, dem jeder Aufstieg verwehrt bliebe, und dafür im Gegenzug nichts anderes zu empfangen als das ungewisse Privileg, mit einer Frau schlafen zu dürfen, die ihm der Logik nach ohnehin so sehr gehörte wie ein Maultier oder ein Kalb, es sich aber erlaubte, sich mit krankhafter Unverschämtheit gegen seine Wünsche aufzulehnen, und das nicht auf die übliche Weiberart, mit Tränen, Betteleien oder Heuchelei, sondern mit Beschimpfungen und Schlägen, denn von Anfang an und über Jahre hinweg glich die Beziehung zwischen José Vicente Suárez und Doña Giovanna Mantini einer offenen Feldschlacht, in der beide Stühle, Vasen und Gemälde durch die Luft schleuderten und José Vicente Suárez nicht immer den Sieg davontrug: Zweimal ging er zu Boden, ein anderes Mal musste ihm in einem Noteinsatz der Magen ausgepumpt werden, weil Doña Giovanna, nachdem sie derart zugerichtet worden war, dass sie vier Tage lang das Bett hüten musste, sich an die Methoden einer ihrer Landsfrauen erinnerte und beschloss, Rattengift in den Kaffee zu kippen, den die Hausangestellte ihrem Mann morgens servierte, ein Vorgehen, das ihn zwar nicht das Leben kostete, ihm aber einen heilsamen Schrecken einjagte, schließlich wagte es der Halunke seither nicht mehr – so erklärte Doña Giovanna Lina mit bösartig funkelnden Augen –, sie zu ohrfeigen, zu beschimpfen, Möbel zu zertrümmern oder andere Grobheiten zu begehen, und er überließ die Erziehung der Kinder, ein Mädchen und eben Benito Suárez, ganz allein ihr.

Wieso Doña Giovanna nicht versucht hatte, nach Turin zurückzukehren, erfuhr Lina nie. Das Italien, das sie in ihren Erinnerungen zum Leben erweckte, war mit der so verzweifelten wie flüchtigen Sehnsucht belegt, die auch von Ansichtskarten ausgeht: Da waren Kirchen und Paläste, verwinkelte, dunkle Gassen, in rosiges, durchscheinendes Licht getauchte Felder. Wenn sie sie so reden hörte, dachte Lina manchmal, Doña Giovannas Gesinnung sei ein Weg, sich dieser Vergangenheit zu nähern, und vielleicht so etwas wie ein Überlebensmodus in dieser Stadt, in der sich einzugewöhnen sie nicht einmal versucht hatte. Von den kurzlebigen faschistischen Prinzipien der Vergemeinschaftung schien Doña Giovanna jedenfalls eher wenig zurückbehalten zu haben. Ebenso wenig von der religiösen Einstellung ihrer Mutter: Die Menschen teilten sich in starke und schwache, eine Unterscheidung, die, wie sie selbst anmerkte, von der Natur vorgegeben war, und der sich jede Gesellschaft zu beugen hatte, wollte sie Zivilisation und Ordnung erlangen oder – hier merkte Lina auf – den Anblick solch schöner Dinge wie etwa ihrer Hände erhalten. Auf die Hände kam sie am Ende einer langen Diskussion mit Lina über die in der Politik Mussolinis angelegte Ungerechtigkeit zu sprechen, als Doña Giovanna sich erst genötigt sah, zuzugeben, dass der Faschismus die Hoffnung der Arbeiterschaft verraten hatte, dann aber in aller Seelenruhe erklärte, soziale Ungerechtigkeit sei eine Grundbedingung der Kunst, der Wissenschaft und der Schönheit, schließlich seien Millionen von Menschen dem Bau der großen Pyramide, dem für die Tätigkeit von Schriftstellern und Philosophen unerlässlichen Müßiggang und auch solchen Händen wie denen Linas geopfert worden, die man seit vielen Jahrhunderten von Arbeit, Hitze und Kälte erfolgreich fernhielt. Dieses Argument führte nicht nur dazu, dass Lina bis an ihr Lebensende voller Unruhe ihre Hände anstarren würde, sondern es überzeugte sie auch davon, dass sie unmöglich jemals wieder mit Doña Giovanna über Politik reden würde. Einmal, weil angesichts einer solchen Skrupellosigkeit jeder Versuch, auf einen gemeinsamen Nenner zu kommen oder gar Doña Giovannas Ansichten ändern zu wollen, kindisch erscheinen musste, aber auch weil Linas eigene Skrupel es ihr gar nicht gestatteten: Schließlich war Doña Giovanna damals schon sehr betagt, und in diesem hohen Alter, wenn bereits alles entschieden, gewonnen oder verloren war, konnten die Prinzipien, die ihr Leben bestimmt hatten, wohl kaum mehr infrage gestellt werden; ein Leben, das in dem Augenblick zu einer unerbittlich geführten Schlacht geworden war, als Doña Giovanna nach Barranquilla gekommen war und beschlossen hatte, stark zu sein, zu kämpfen, sich durchzusetzen und diese Ehe mit all ihren Folgen hinzunehmen: die Anonymität, wo doch ihr Bruder selbst nach dem vielbeweinten Ende Mussolinis noch die nun wichtigste neofaschistische Zeitung Turins herausgab; die intellektuelle Verarmung auf einem Kontinent, der keine einzige eigene Idee hervorgebracht hatte und sich nur darauf verstand, zu kopieren, nachzuahmen und die von europäischen Denkern übernommenen Theorien auf eine wirre Weise in die Praxis zu übertragen; vor allem aber ihren Sohn hinzunehmen, diesen Benito Suárez. Der war wenigstens weiß, doch wie sein Vater dem Erbe einer Rasse unterworfen, deren Defekte dem Körper auf die gleiche Weise ausgetrieben werden mussten, wie sie in ihn eingegangen waren: über das Blut. Doña Giovanna hatte sich vorgenommen, diese Defekte um jeden Preis auszumerzen, selbst wenn sie dabei ihr Leben ließe, besser gesagt, sie sah ein, dass ihr Leben sich auf einen einzigen Kampf reduzieren würde: den gegen die Natur ihres Sohns, tagaus, tagein, jahrein, jahraus würde sie ihn zurechtstutzen und beschimpfen – etwa dann, wenn er Obst geklaut, einen Lehrer beleidigt oder das Dienstmädchen begrapscht hatte –, und zwar so lange, bis er so italienisch wäre, wie man es in Barranquilla eben sein konnte, also ein Mann, der in der Lage wäre, die Opern von Scarlatti und Monteverdi wertzuschätzen, in der Hauptstadt einen Abschluss als Chirurg zu erwerben und von seinen Professoren beweihräuchert nach Hause zurückzukehren, mitsamt der Überzeugung, dass das Gefühl von Macht, der Wille zur Macht, ja die Macht selbst das einzig Edle und für den Menschen Erstrebenswerte seien.

Doch Benito Suárez verliebte sich in Dora, ausgerechnet in Dora, beziehungsweise er interessierte sich für sie oder wurde von ihr unterworfen, oder wie auch immer. Die Sache war die: Nachdem er sie auf dem Rücksitz seines Studebakers gevögelt und dabei bemerkt hatte, dass, so seine Worte, ein anderer Mann ihre Reinheit befleckt hatte, nach dem Gürtel griff und sie damit auspeitschte, Reue forderte und den Namen des verantwortlichen Mannes wissen wollte, doch anstatt sie danach auf Nimmerwiedersehen zu verlassen, womit er gemäß seiner ihm so teuren Theorien über Charakterstärke und Frauenverachtung gehandelt hätte, stellte Benito Suárez Dora weiter und zunehmend verzweifelt nach, befriedigte sich und sie inmitten turbulentester Szenen, und lieferte immer mehr Beweise dessen, was Lina seine Störung nennen würde, denn nur einem Irren konnte es in den Sinn kommen, seine Ehre nicht etwa an das Geschlecht einer Frau zu knüpfen – das war damals schließlich noch gang und gäbe unter den Männern von Barranquilla –, sondern vielmehr daran, was dieses Geschlecht sechs Monate, bevor er selbst darin eindrang, getan und erlebt und wonach es verlangt hatte, ja er kam sogar auf die Idee, sich von der erlittenen Kränkung reinzuwaschen, indem er sich zu Andrés Larosca mit dem Revolver aufmachte, den er immer im Handschuhfach seines Studebakers verwahrte, was nichts anderes bedeuten konnte, als dass ein Mensch sechs Monate im Voraus beleidigt werden konnte, ohne erstens mit dem Menschen, der ihn beleidigte, überhaupt bekannt zu sein und zweitens ohne dass der Beleidigende je die Absicht gehabt hatte, diesen zu beleidigen.

Egal wie unhaltbar sie waren, hatten sich diese Überlegungen doch immer weiter in Benito Suárez festgesetzt, je mehr Einzelheiten ihrer Liebesbeziehung zu Andrés Larosca bei den Verhören, denen er Dora aussetzte, ans Licht kamen, weil Dora sich seinen Fragen unter der ständigen Drohung, eine brutale Reaktion bei ihm auszulösen, nie zu entziehen wusste, verwandelte sich die Wut von Benito Suárez doch bei der kleinsten Ausflucht oder Ungenauigkeit in Schläge und Ohrfeigen, wie damals, als Lina den blauen Studebaker so rasant an der Straßenecke ihres Hauses halten und Dora mit blutverschmiertem Gesicht herausstürzen sah. Damals hatte Dora, soweit es Lina schien, nichts mehr zu sagen, es gab keine Erinnerung, kein Geheimnis mehr, das noch allein ihr und ihrem Gedächtnis gehörte, das noch nicht ans Licht gezerrt, bloßgelegt und der haarkleinen Analyse durch Benito Suárez unterzogen worden wäre, sie war seiner krankhaften Art mit derselben Trägheit ausgeliefert, mit der sie sich in ihrer Kindheit der Analyse von Doña Eulalia ausgeliefert hatte, und vielleicht auch aus demselben Beweggrund: zufriedenstellen zu wollen, womit sie in dem einen Fall erreicht hatte, dass man sie in Ruhe ließ, und in dem anderen Fall die Befriedigung erlangte, die dieser Mann ihr verschaffte, ohne dass sie sich je gefragt hätte, welches Ziel seine Befragungen verfolgten und wohin sie wohl führen konnten, denn Dora hielt Benito Suárez zu keinem Zeitpunkt für fähig, auch nur eine seiner Drohungen wahrzumachen, und sie war erstaunt, ja entsetzt, wie sie Lina gegenüber erklären würde, als sie ihn eines Abends neben sich im Wagen unmissverständlich klar sagen hörte, er werde Andrés Larosca umbringen. Sie hatte ihn das schon mehrmals sagen hören, aber anders, nicht mit der zornigen Entschlossenheit, die seine Stimme angenommen hatte, als er nach einem kurzen Blick zu ihr meinte, sie glaube ihm wohl nicht, und schließlich losbrüllte, er werde ihn noch am selben Abend töten, und immer weiter brüllte, als wolle er sich selber von der Notwendigkeit dieser Tat überzeugen, während Dora, die kein wirksameres Mittel zu seiner Beruhigung fand, als ihm zu schwören, sie werde ihm alles glauben, dabei zusehen musste, wie er sich mit dem Wagen auf den Weg zu Andrés Laroscas Haus machte, immer wieder um den Häuserblock raste und die Kurven auf zwei Reifen nahm, bis er den Studebaker mit einer Vollbremsung zum Halten brachte, den Revolver aus dem Handschuhfach riss und in den Vorgarten stürzte, von wo aus er lauthals nach Andrés Larosca rief. Dora hatte sich vor Angst und Scham zitternd auf dem Sitz zusammengekauert und zugesehen, wie er loszog: seinen Schädel mit den dichten Haaren, den leicht abgeflachten Hinterkopf; seinen nicht wirklich dicken, aber breiten, kräftigen Körper, die Schulterblätter eines Ruderers, über denen sich das makellos weiße Sakko spannte, als stecke er in einem zu kleinen Anzug. Sie hörte sein Geschrei im Garten und war darauf gefasst, dass Andrés Larosca jeden Moment in der Tür erschiene, doch als sie sich endlich öffnete, tauchte dort nur ein kleiner Foxterrier auf, ungefähr so aufgebracht wie Benito Suárez selbst, und dahinter eine Gestalt im rosafarbenen Bademantel, den Kopf voller Lockenwickler: Andrés Laroscas aufgeschreckte Ehefrau, die, wie sie später beteuerte, glaubte, man sei gekommen, ihr eine unheilvolle Nachricht zu überbringen, denn ihr Mann war eine halbe Stunde zuvor nach Cartagena aufgebrochen. Der Dialog, der zwischen den beiden stattfand, war für Dora nicht zu verstehen gewesen: Sie sah nur Benito Suárez' wilde Gebärden und wie er den Revolver von links nach rechts schwang, während die Ehefrau der Waffe jeweils in die entgegengesetzte Richtung auswich. Sie sah, wie Haus für Haus die Lichter in der Nachbarschaft angingen, diese Lichter, das immer wachsame, erregte Auge der Stadt, das nun wie eine Kameralinse die Einzelheiten der Szene registrierte: Benito Suárez, der in dem Augenblick, da er Andrés Laroscas Gattin von dessen Abenteuern berichtete, sogleich schwor, diesen notfalls bis ans Ende der Welt zu verfolgen und wegen Verführung Minderjähriger zu erschießen, die in Tränen aufgelöste Gattin, die sich ihm zu Füßen warf und um ihrer vier Kinder willen um Gnade flehte, und dann Benito Suárez plötzlich ganz großspurig, mit feierlicher, fast theatralischer Miene, als verberge sich hinter dieser Frau nicht einfach nur ein kläffender Köter, sondern eine ganze Loge mit gebannten Zuschauern: »Nun erheben Sie sich doch, Señora, dieser Schuft hat eine Frau wie Sie nicht verdient! Aber Ihnen und Ihren Kindern zuliebe lasse ich ihn am Leben.«

Die Lichter leuchteten noch, als Benito Suárez, vor lauter Zufriedenheit ganz rot im Gesicht, zurück zum Studebaker marschierte und mit dem gleichen Tempo davonraste, wie er gekommen war. In den Häusern ringsum gingen die Türen auf und wieder zu, die Schaulustigen liefen den Bordstein entlang, zögernd, ob sie den Vorfall untereinander besprechen oder lieber gleich an die Telefone stürzen sollten. Es war spät, beinahe Mitternacht. Und doch verbreitete sich die Nachricht wie die Wellen eines Teichs, in dessen Mitte man einen Stein geworfen hat, und als am frühen Morgen die Straßenlaternen im Licht der Dämmerung erloschen und die Milchwagen durch die Straßen gefahren kamen, da wusste alle Welt, dass Dora anderthalb Jahre lang die Geliebte von Andrés Larosca gewesen war.

Im Grunde hatte Benito Suárez der Stadt, die kaum einen Anlass benötigte, um vor Verleumdungen nur so zu brodeln, ein Geschenk gemacht. Weil dort alle immer alles wussten. Oder fast immer. Man wusste, was im Innern der Häuser und im tiefsten Innern der Herzen vor sich ging, was verschwiegen und was ausgesprochen, ja sogar was in den Beichtstühlen geflüstert wurde. Es gab immer einen Grund, zu tuscheln, denn das Gerede wirkte als Exorzismus oder als Rache, vor allem aber war es Mittel zur Schmerzlinderung. Die Großmutter erklärte Lina, üble Nachrede beginne dort, wo ein Mensch begreife, dass ein anderer etwas tat, was er selbst schon immer hatte tun wollen (ohne es anzuerkennen) oder was er fürchtete, tun zu wollen (ohne es zu wissen), weswegen jeder Mensch, der einen anderen beschuldigte, in diesem sein eigenes Spiegelbild verurteilte, so wie jeder Inquisitor sich blindlings selbst verfolgte. Wenn das stimmte, dann half diese Erklärung, das Verhalten sehr vieler Leute zu verstehen, allen voran das von Doña Eulalia del Valle, die ihr Leben damit zugebracht hatte, verbissen alle anderen zu kritisieren: Sie traf sich mit fast niemandem und spazierte nur nachts den Bordstein entlang, aber Telefon und Verwandte ermöglichten es ihr, die vertraulichen Angelegenheiten anderer Leute zu verbreiten und sie auf ihre eigentümliche Weise auszudeuten, willkürlich und voller Häme, mit der Gewissenlosigkeit einer einsamen Frau, die in ihrem Schaukelstuhl die Tage vorüberziehen sah und von unaussprechlichen Schreckgespenstern geplagt irgendwelche sinnlosen Überlegungen anstellte. Finster, verbittert und höchstens zum Selbstmitleid fähig, hatte sie mehr als nur einen Ruf zu verlieren, denn sie hatte sich das Recht eingeräumt, Urteile zu fällen, als stünde ihr dies kraft eines göttlichen Privilegs zu, das an die lange Geschichte ihres Nachnamens und diese fürchterliche, unerschütterliche Tugendhaftigkeit gebunden war, aus der sie einen Großteil ihres Stolzes und ihre ganze oder fast ganze Frustration schöpfte, auch wenn sie wohl nicht wusste, dass man es Frustration nannte, die ganze Zeit auf der Terrasse Liebesromane zu lesen, immer wieder von der Migräne niedergedrückt zu werden und abends mit einem Rosenkranz in der Hand durch die Straßen von El Prado zu laufen, den misstrauischen Blick auf die dunklen Häuserfassaden gerichtet, das Ohr wachsam Gerüchten und sogar den von einem Garten zum nächsten geführten Dienstmädchengesprächen hinterherlauschend. Und auf einmal kam nun ein Unbekannter namens Benito Suárez daher, von dem sie noch nie gehört hatte, und posaunte in der ganzen Stadt heraus, ihre Tochter sei eine Schande, hoffnungslos verloren wie all die Frauen, die sie immer so harsch kritisiert hatte und die sie jetzt wie ein Schwarm rachsüchtiger Wespen mit anonymen Anrufen überfielen.

Die Sache mit den anonymen Anrufen war das Erste, was Lina von Armanda erfuhr, als diese zu ihr herübergelaufen kam, um auszurichten, dass Doña Eulalia sie sofort zu sehen wünschte. Als sie sich auf den Weg machte, erzählte ihr Armanda, Dora habe gegen zehn Uhr, eine halbe Stunde bevor das Telefon zu läuten begann, das Haus verlassen. Lina traf Doña Eulalia in ihrem Zimmer an, das Gesicht schluchzend in ein Kissen vergraben. Die Fenster waren verschlossen, es roch nach Kampfer und verschwitztem, krankem Tier. Sie lief durch die Dunkelheit und hatte das Gefühl, auf Papierhaufen zu treten; achtsam zog sie den Vorhang zurück, und in dem durch die Jalousien sickernden Licht erkannte sie unzählige, in Stücke gerissene Fotos von Dora, dazu Zeitungsausschnitte, in denen ihr Name oder ihr Porträt auftauchte, alles zerrissen oder zusammengeklumpt von der Hand einer Rasenden, gewiss Irregewordenen; sie hob gerade das einzige Foto von Dora auf, das das Gemetzel überlebt zu haben schien, als Doña Eulalia plötzlich aufsprang, sich auf sie warf und gegen die Wand schleuderte. Der Schlag, den Lina am Kopf abbekam, verursachte ihr Schwindel, und kurz dachte sie, sie müsse über dem Schmerz und dem ranzigen, feuchten, abgestandenen Geruch, den Doña Eulalias Körper verströmte, ohnmächtig werden. Sie blickte ihr in die Augen und wähnte sich in Gefahr: Diese bleiche, spitzknochige Frau mit den starren, glänzenden Augen einer Wahnsinnigen schien bereit, sie umzubringen. Bevor sie erneut gegen die Wand geschleudert wurde, brachte Lina noch ein »Wir müssen Dora retten« heraus, dann glitt sie entgeistert zu Boden und sah, wie Doña Eulalia sich langsam um sich selbst drehte, ihre abgezehrte Gestalt im Kommodenspiegel betrachtete und schließlich in einem neuen Heulanfall versank.

Als Armanda ins Zimmer kam und die Ankunft von Dora und Benito Suárez verkündete, war Doña Eulalia wieder bei Sinnen und saß bitterlich weinend auf der Kante ihres Bettes. Völlig zerzaust, in einem abgerissenen, von Zigaretten angesengtem Morgenmantel hatte sie Lina um Verzeihung gebeten und darum, die Fotografien und Zeitungsausschnitte von Dora aufzusammeln, die nicht der Zerstörung anheimgefallen waren oder wieder zusammengeklebt werden konnten. Als sie aber Armandas Stimme erkannte, war sie sofort wieder auf den Beinen, den Wahnsinn im Gesicht. Dann sah Lina sie zur Tür eilen, wo sie auf Benito Suárez stieß, der ihr, Dora am Arm hinter sich herzerrend, mit vor Mut eisiger Miene die Diele entlang entgegenkam. Die beiden blieben in einem Abstand von anderthalb Metern voneinander stehen, wie zwei Tiere, die die unsichtbare Linie fixieren, von der aus sie gleich ihren unausweichlichen Kampf aufnehmen werden. Die Bestimmtheit von Benito Suárez aber, der zornige Dämon, der von ihm Besitz ergriffen hatte, schien stärker als alle Regungen Doña Eulalias zusammen. Er war es, der den ersten Schritt tat, er war es, der zuerst sprach. Und er sagte Folgendes: »Ich bin gekommen, um Ihnen Ihre Tochter wiederzubringen. Sie haben es versäumt, auf sie achtzugeben, für mich auf sie achtzugeben.« Nicht mehr und nicht weniger.

Was danach geschah, nahm Lina wahr, als geschähe es jenseits der Realität, als wäre es in eine parallele, aber etwas andere Welt projiziert worden, die für das Wort, ja sogar für das Denken unerreichbar war. Weil die gängige Logik, mit der Dinge begriffen und ausgedrückt werden, sich ganz einfach in Luft aufgelöst hatte: Sie war ausgehebelt, erstickt worden von einem Willen – der nicht nur kein anderes Erklärungsmuster anbot, sondern nicht mal nach einem suchte: dem schlichten zornigen Willen von Benito Suárez. Was Lina am meisten beunruhigte, war nicht so sehr, dass dieser

Mann aus einem Antrieb heraus handelte, der sich jeder üblichen Form von Vernunft entzog – Verrückte hatte es in der Familie schon immer gegeben, und Lina hatte gelernt, sie zu respektieren. Nein. Vor allem beunruhigte sie die Anziehungskraft, die von seiner Persönlichkeit ausging, diese merkwürdige Fähigkeit, andere dem eigenen Irrsinn zu unterwerfen, denn sie alle, Doña Eulalia und Dora sowie alle anderen, die im Haus erschienen, nachdem Benito Suárez sie angerufen hatte, Doña Giovanna Mantini mitsamt Tochter und Schwiegersohn und noch dazu dieser rotbärtige Psychiater, der Lina gerade zum ersten Mal begegnete, sie alle hatten vorbehaltlos, ohne das geringste Anzeichen von Erstaunen oder Verdruss, seine wirren Anweisungen befolgt. Angefangen bei Doña Eulalia, der es wohl die Sprache verschlagen hatte, als Benito Suárez ihr – der Verspotteten, der Beleidigten – in wütendem Tonfall vorwarf, sie habe nicht angemessen auf ihre Tochter achtgegeben, woraufhin sie sich wie betäubt, mit weit aufgerissenen Augen und verwuscheltem Haar, in die Falten des von unzähligen Zigaretten durchlöcherten Morgenmantels gedrückt hatte und ihm dann ins Wohnzimmer gefolgt war, um dort mit ihm zu reden oder, besser gesagt, um sich anzuhören, was er zu sagen hatte, während Dora die Fragen beantwortete, die Benito Suárez' Verwandte zum Aufruhr der vergangenen Nacht stellen wollten. Als sie dann wieder auf den Flur hinaustraten – Doña Eulalia mit Tränen in den Augen, aber auch mit einem Ausdruck der Genugtuung im Gesicht, und Benito Suárez, der tönte: »Hiermit verkünde ich, dass Dora meine Frau wird, und ihre Mutter sie von nun an vor allen, selbst vor mir, in Schutz nehmen wird« –, da sah sich Lina gezwungen, nach Parametern zu suchen, die, wenn es sie überhaupt gab, dabei helfen könnten, die Verhaltensweise dieses Mannes zu verstehen. Erst etwas später, als sie auf drei Wagen verteilt nach Puerto Colombia hinausfuhren, wo Benito Suárez einen befreundeten Priester kannte, bei dem er beichten und gleichzeitig Dora zur Beichte schicken wollte, kamen Lina die Worte ihrer Großmutter wieder in den Sinn.

Denn schon damals hatte ihre Großmutter Benito Suárez gekannt, das heißt, sie hatte ihn einmal gesehen, kurze Zeit nach diesem Karnevalsamstag, an dem Benito Suárez bei ihnen ins Haus eingedrungen war und sie, Lina, als Missgeburt beschimpft hatte. Ihre Großmutter hatte damals einen Tischler kommen lassen, damit er einen Kostenvoranschlag über die Reparatur der von Benito Suárez kaputtgetretenen Möbel anfertige, und hatte Letzterem danach eine kurze Mitteilung zugehen lassen, in der sie ihn dazu einlud, am Donnerstagabend um sechs Uhr bei ihr vorbeizukommen, damit er sich, wie sie schrieb, entschuldigen und direkt mit dem Tischler ins Benehmen setzen könne. Die knappe Mitteilung, die auf diesem feinen weißen Papier verfasst war, das sich die Großmutter aus England kommen ließ und mit ihren in goldenen Lettern gefassten Initialen versehen war, sprach in einem strengen, aber höflichen Ton eher einen Befehl als eine Einladung aus. Und doch erschien Benito Suárez an jenem Abend pünktlich zu der Verabredung.

Vom Esstisch aus, an dem sie ihre Hausaufgaben erledigte, sah Lina draußen einen üppigen Strauß aus Gladiolen, Rosen, Nelken und Immortellen den Bordstein entlang herankommen, darunter eine makellose weiße Hose und zwei ebenso weiße Schuhe mit derben Gummisohlen. Als die Tür geöffnet wurde, tauchte inmitten der Blumen das strahlende Gesicht von Benito Suárez auf. Ohne sie auch nur ein Wort sagen zu lassen, begrüßte er die Großmutter mit einem festen Händedruck, verbeugte sich vor ihr und verlor sich in Entschuldigungen, stellte, ohne kaum einen Blick auf die Rechnung des Tischlers geworfen zu haben, einen Scheck aus und ließ sich in einen Schaukelstuhl fallen, um mit ihnen zu plaudern.

Er machte den Anschein, glücklich zu sein. Er war frisch rasiert und roch nach Kölnisch Wasser. In seinem schönen, kantigen Gesicht funkelten klug die Augen. Zwei Stunden lang erzählte er leidenschaftlich von seiner Arbeit als Chirurg und den Romanen D'Annunzios. Anschließend ging es um Politik, Philosophie, Musik. Immer wieder fiel die Wendung »sich Respekt verschaffen«. Die Großmutter beschränkte sich darauf, ihm zuzuhören, stellte ihm ab und an eine dieser beiläufigen, scheinbar unschuldigen Fragen, die ihr jedoch – dank eines nur ihr bekannten Tricks – halfen, den Charakter eines Menschen zu erkennen. Als er sich verabschiedete, begleitete ihn Lina zur Tür und bemerkte danach gegenüber ihrer nachdenklich dreinblickenden Großmutter: »Er ist intelligent, nicht wahr?« Die Großmutter ließ sich Zeit mit der Antwort. Sie schien ganz und gar abwesend, sagte dann aber, als spräche sie von sehr weit her: »Intelligent? Durchaus, ja. Vor allem aber ist er ein Mörder.«

IV

Auch wenn die ihrer Großmutter bekannten Definitionen weder das wahre Wesen des Instinkts noch die unterschiedlichen Etappen erfassen konnten, über die er nach und nach Wahrnehmung, Sensibilität und Verhalten beeinflusste, bis er sich schließlich in Handlung übersetzte, so schien es doch vernünftig anzunehmen, die Triebe kämen von sehr weit her und erfüllten lediglich die Aufgabe, das Leben zu erhalten – was die Kraft, die geheime Energie, erklärte, mit der sie bisweilen auftauchten, wo sie doch gesellschaftlich gar nicht mehr nötig waren und eher für Schrecken oder Verblüffung sorgten. In den Augen der Großmutter gab es widerstreitende Instinkte, die unter den Menschen ungleich verteilt waren und von den Umständen und der Erfahrung entweder verstärkt oder gehemmt wurden. Wenn aber jeder Mensch das Recht hatte, diese Instinkte gemäß einer Werteskala zu gliedern und die asozialen darunter zu verurteilen oder diejenigen vorzuziehen, die die Grundlage einer altruistischen Einstellung bildeten, dann war es nicht besonders schlau, sich selbst nach den Instinkten zu bewerten, die uns zuteilgeworden waren, weil diese weder auf persönliche Verdienste noch auf göttlichen Willen, sondern alleine auf eine Laune des Zufalls zurückzuführen waren. Kurz und gut: Es war nicht gerade seriös, ja sogar lächerlich, einen Menschen zu verachten, wenn dieser seinen Trieben folgte und sein Verhalten daher dem zuwiderlief, was uns unsere eigenen Instinkte des Umgangs und der Solidarität unter den Menschen als Reaktion vorgaben, schließlich kamen Urteil und Strafe doch den repressiven Organen zu, die sich eine Gesellschaft auferlegt hatte, nicht aber den einzelnen Privatleuten, jedenfalls nicht ihr, der Großmutter, die ganz offensichtlich nicht darauf programmiert war, Leuten nachzustellen oder in die Rolle eines Inquisitors zu schlüpfen, zumal ihr gesunder Pessimismus sie glauben ließ, die Vernunft sei fast immer eine Erfüllungsgehilfin des Instinkts, da die Vernunft dem Instinkt ein ganzes Arsenal an Ideen zur Verfügung stellte, um die Befriedigung seiner Bedürfnisse zu rechtfertigen. Sie nahm sich dafür das Recht, die Leute zu beobachten, zu belauschen und ihr Verhalten vorherzusagen, bis hin dazu, dass sie, wie im Falle von Benito Suárez, behauptete, er sei ein Mörder, ohne ihn damit zu beleidigen, da in ihrer Behauptung ja keinerlei moralisches Urteil enthalten war, sondern nur die Äußerung einer für sie überdeutlichen Tatsache, die Wahrnehmung einer Reihe von Indizien, die es ihr, verknüpft mit ihren Erinnerungen, erlaubten, in Benito Suárez den Mann zu erkennen, der nicht unbedingt fähig war, zu töten, wenn die Umstände es verlangten, sondern einen, der die unbewusste Veranlagung besaß, einen Mord zu begehen. Seit dieser Einschätzung, die zwar keinerlei Gewissheit bot, aber mehr als eine bloße Hypothese war – weswegen Lina sich lieber nur mit Vorsicht auf den vagen Begriff der Vorahnung bezog –, wusste die Großmutter intuitiv, welchen Weg Benito Suárez einschlagen würde, wobei sie sich auf etwas stützte, das sie den Suchreflex nannte, oder, etwas einfacher gesagt, eine Suche, deren Mechanismus sich nachvollziehen ließ, wenn man die Setter beobachtete, die zwar am Strand laut zu bellen und herumzutollen begannen, kaum dass man ihnen die Autotür öffnete und sie das Meer rochen, sich auf dem Land aber, zum Beispiel in der Finca von Onkel Miguel, völlig anders verhielten, vor Aufregung bebten, schnüffelnd, mit der Schnauze am Boden und angespanntem Schwanz durch die Büsche glitten, einer Spur, einer Fährte, einer Urinmarke hinterher, die in ihnen den Fanginstinkt weckten, obwohl sie aus Erfahrung wussten, dass die Finca von Onkel Miguel eine Einöde war und es weit und breit weder Kaninchen noch Hennen zu holen gab, die nicht längst dem Gewehr des gelangweilten Onkels zum Opfer gefallen waren.

Benito Suárez würde also eines Tages die notwendigen Gründe dafür finden, einen Mann zu töten. Bis dahin aber würde er wie die Setter auf der Pirsch, auf der Hatz, auf der Suche nach dem Reiz sein, der ihm diese Tat gestattete, eine Tat, die sich bereits in dem kruden Schauspiel andeutete, das er der Stadt geboten hatte, als er im Garten von Andrés Larosca mit dem Revolver in der Hand herumkrakeelt hatte. Diese Extravaganz sollte die Großmutter nicht nur niemals vergessen, noch als einen von spezifischen Umständen abhängigen Einzelfall betrachten, sie würde ihr vielmehr in den zwölf Jahren, die Doras Ehe hielt, immer wieder als Referenz dienen, als eine Art *Ceterum censeo Carthaginem esse delendam*, angesichts dessen Linas Erklärungen dahinschmolzen, wenn diese in Kenntnis des allerneuesten Problems von Dora verwirrt die Großmutter aufsuchte, um ihr das Geschehene darzulegen und es auf die unmittelbaren Gründe zurückzuführen versuchte, also auf jene, die das Problem verursacht zu haben schienen, bis sie im selben Zustand der Verwirrung, in dem sie zu sprechen begonnen hatte, in Schweigen verfiel, weil die Großmutter ohne jede Eile die Fäden ihrer Argumentation nach und nach entwirrte und dabei immer wieder in Andrés Laroscas Garten landete, nicht etwa, um nachdrücklich die Tatsache als solche zu betonen, sondern die offensichtliche Leichtigkeit, mit der Benito Suárez jedweden Mechanismus der Zurückhaltung abgeschüttelt hatte, wenn es darum ging, sich selbst etwas zu beweisen, sei es Ehre, Mut, Verachtung oder was auch immer; die Leichtigkeit, mit der ihm das gelang, deutete für sie auf die Existenz eines unkontrollierbaren Instinkts hin, den wahrzunehmen – was nicht unbedingt hieß, ihn zu verstehen, sondern vielmehr von ihm zu wissen, ihn zu berücksichtigen oder mit ihm zu rechnen – näher an das Schema heranführte, das Aufschluss über ein Verhalten geben würde, welches man nicht einfach nur als grausam bezeichnen konnte, wie Doña Eulalia es tat, oder als sadistisch, wie Lina es schließlich nannte, denn Sadismus beinhaltete immer Lust am Erleben fremden Leids, und Benito Suárez empfand keinerlei Genuss, wenn er Dora leiden ließ, sogar wenn er hinnahm, dass sie litt.

Eigentlich schien er Dora weder Empfindsamkeit noch irgendeine Form der Körperlichkeit zuzuschreiben, allenfalls die Konsistenz einer Plastikpuppe, die auf Knopfdruck weint oder die Augen schließt, wenn man sie schlafen legt. Womöglich war Dora zu Beginn ihrer Ehe ein zusätzlicher Ansporn für ihn gewesen, womöglich hatte er sie überhaupt erst geheiratet, weil Dora dadurch, dass sie sich bereits einem anderen Mann hingegeben hatte, auf hervorragende Weise seine Würde verletzte und so eine sehr lebendige, sichtbare und dauerhafte Beleidigung war, die jedwede Unterstellung und jeden cholerischen Anfall seinerseits rechtfertigte. Doch mit ihren Schwangerschaften und all ihren Familienfesten sprach die Ehe jede und jeden heilig, also hatte sich Benito Suárez darauf verlegt, Dora auf einen leblosen Körper zu reduzieren, so, als seien ihm die Reize, die sie ausstrahlte, zu exzessiv oder nervenaufreibend. Oder vielleicht hatte er sich ganz unbemerkt in dem großen Widerspruch eines Mannes verheddert, der weder die Frau respektieren kann, die er begehrt, noch sich traut, die Frau zu begehren, die er liebt, besser gesagt, diejenige, die in den Augen der anderen als seine Gattin und Mutter seiner Kinder gilt. Der Prozess, der darauf abzielte, bei Dora alle Sinnlichkeit und sexuelle Unberechenbarkeit zu unterdrücken, wurde erstmals sichtbar, als die beiden sich bei dem Priester in Puerto Colombia der spektakulären Beichte unterzogen, der Lina als Zeugin beiwohnte. Sie war völlig fassungslos, als die im Haus von Doña Eulalia Versammelten in die drei vor dem Garten geparkten Wagen stiegen, vorneweg Benito Suárez, Doña Eulalia und Dora in seinem blauen Studebaker, dahinter Jerónimo Vargas, der Psychiater mit dem flammend roten Bart, in Begleitung von Lina, und direkt hinter ihnen Doña Giovanna Mantini und der Rest der Familie, und die drei Autos in hohem Tempo Richtung Landstraße fuhren, während sich Kindermädchen und Gärtner nach ihnen umdrehten und die Chinesen, die bei Kilometer zwei in einem Gemüsegarten werkelten, sich auf die Fußspitzen stellten und der aufsehenerregenden Kolonne hinterherstarrten, an deren Spitze ein Mann mit schwarzem Haar wildentschlossen einen blauen Studebaker lenkte, hinter ihm in einem weiteren, jedoch grünen Studebaker ein Fahrer mit feurigem Bart und ähnlich verbissener Zornesmiene wie der erste, wobei keiner der beiden zu begreifen schien, dass sie lediglich auf dem Weg in ein kleines Fischerdorf waren, in dem es nichts gab, das so viel Aufwand und Entschlossenheit verlangt hätte, mit Ausnahme des Priesters, also jenes Kumpels, der aus Gott weiß welchen Gründen im Priesterseminar gelandet war und dem sein allseits bekannter teuflischer Charakter mit Sicherheit sowohl diese elende Kirchengemeinde als auch die Freundschaft dieser zwei Männer eingebracht hatte, die an jenem Nachmittag ihre Wagen die Landstraße entlangjagten, ohne die ohnehin spärlich gesäten Verkehrsschilder zu beachten, und vor jeder Kurve wie frenetisch auf ihre Hupen schlugen, als handele es sich um Josuas Trompeten an den Mauern von Jericho.

Lina, die jedes Jahr einen Monat der Ferien in Puerto Colombia verbrachte, wusste so einiges über diesen Priester und seine ungestümen Predigten, als sie ihn nun aber auf dem Dorfplatz neben Benito Suárez und Jerónimo Vargas sah, begriff sie, was diese verband, genauer gesagt, sie hatte den Eindruck, sie würden zum selben Typ Mann gehören, denn alle drei waren stark, nicht stämmig, aber kräftig und muskulös, ja, schön, und anscheinend zu jeder Bizarrerie bereit, koste es, was es wolle. Da sich jeder im jeweils anderen wiederzuerkennen schien, mussten sie nicht viel Worte machen, um einander zu verstehen, zu unterstützen oder zu Komplizen zu werden, also zögerte der Priester nicht weiter, die ganze Gruppe in der Kirche zu empfangen, die Tür hinter ihnen zu schließen und Dora und Benito Suárez öffentlich die Beichte abzunehmen, besser gesagt, Dora die Geheimnisse ihres Sexuallebens vortragen zu lassen und den Anwesenden, oder zumindest Lina, zu beweisen, dass die Demütigung eines Individuums vor allem die Demütigung aller anderen bedeutet, also derjenigen, die die Demütigung provozieren oder beobachten, oder, wie Doña Giovanna Mantini sagte, als sie die Scharade unterbrach, derjenigen, die auf irgendeine Weise an dieser teilhaben. Denn es war Doña Giovanna Mantini, die der Szene ein Ende machte, indem sie auf die aus Dora, dem Priester und Benito Suárez bestehende, rechts neben dem Altar und nicht allzu weit vom Beichtstuhl wartende Gruppe zustürmte und dem Priester damit drohte, ihn beim Bischof anzuzeigen, weil er gegen die Regeln der christlichen Beichte verstoßen habe, wenn man es überhaupt Beichte nennen könne, jemanden zu zwingen, Intimes vor neun Menschen offenzulegen, von denen gerade einmal einer das Recht hatte, etwas davon zu erfahren, und selbst der nur in absoluter Vertraulichkeit. Da erst begriff Lina, dass die kleine runde Frau mit den stechend blauen Augen keinen Moment lang von der Willkür ihres Sohnes eingeschüchtert gewesen war und dem Priester ebenfalls keine größere Bedeutung beigemessen hatte, den sie bei seinem Spitznamen nannte und ihm zurief, dass er, Priesteramt hin oder her, immer noch derselbe Schurke sei wie vor zehn Jahren, als sie ihn kennengelernt hatte.

So wurde diese weder in Absolution noch Buße endende Beichte zu einem Fiasko für Benito Suárez, doch sollte es weitere solcher Beichten geben, vor allem im ersten Jahr der Ehe, denn nach der

Heirat spürte Benito Suárez immer wieder Skrupel, Dora sexuelle Lust zu bereiten, und brachte sie deswegen alle zwei Monate nach Puerto Colombia, damit sie beim Priester ihre Beichte ablegte, ohne dass aber dessen Ermahnungen – sie beruhten auf der Überzeugung, der Körper einer Ehefrau sei nicht zur Konkupiszenz, sondern zur Reproduktion und höchstens noch dazu bestimmt, den Versuchungen ihres Mannes ein Ende zu bereiten – auch nur das Geringste bewirkten, sondern die beiden vielmehr zu erregen schienen, wie Dora Lina später erzählen sollte, denn auf dem Rückweg in die Stadt konnten sie dem Drang, miteinander zu schlafen, nicht mehr wiederstehen, weswegen sie den Studebaker am Straßenrand stehenließen, sich in die Büsche schlugen und zwischen Sträuchern, am Stamm eines Schmetterlingsblütenbaums oder am Ufer des Sumpfs gierig übereinander herfielen.

Die Schwierigkeiten begannen, als das Kind zur Welt kam, das zu Ehren jenes Bruders von Doña Giovanna Mantini, der die einflussreichste neofaschistische Zeitung von Turin herausgab, Renato genannt wurde. Denn von da an verweigerte Benito Suárez mit der allen seinen Entscheidungen eigenen Unbeirrbarkeit Dora plötzlich jede Lust und erklärte, die Art und Weise, mit der sie sich selbst erregte – sie stimulierte ihre Klitoris mit seinem Glied –, sei von Grund auf pervers, und außerdem dürfe sich die Mutter seines Sohns im Ehebett nicht aufgeilen wie irgendeine Hure. Das war vor allem für Dora schlimm, weil mit diesem Beschluss das Einzige verschwand, was den Albtraum ihrer Ehe auszugleichen in der Lage war: Es war ihr nicht nur verboten, jede noch so kleine Anweisung ihres Mannes infrage zu stellen, ans Telefon zu gehen oder aus dem Fenster zu gucken – Benito Suárez stellte sie sogar auf die Probe, indem er mehrmals am Tag anrief und hupte, bevor er in die Garage hineinfuhr –, sondern auch, ins Kino zu gehen, ihre Freundinnen zu besuchen oder ohne die Begleitung einer alten Hausangestellten bei Doña Eulalia del Valle vorbeizusehen, die drei Häuserblöcke weit entfernt wohnte.

Diese ihr durch das Misstrauen von Benito Suárez auferlegten Beschränkungen störten Dora nicht weiter, vielleicht weil sie nichts anderes als die Wiederholung eines Musters waren, das schon ihre Mutter zu ihrer Überwachung angewandt hatte. Womöglich erkannte sie in diesen Beschränkungen sogar ein Indiz ihrer Hingabe, ihres Daseins als etwas, das besetzt und besessen wurde, wodurch die Beschränkungen zu einer Art Fortsetzung oder erneutem Vorspiel ihrer Lust wurden. Doch selbst als man ihr die Lust nahm, beschwerte sie sich niemals über ihr Eingeschlossensein und ihre Einsamkeit: Lina gegenüber sprach sie nur von Leere und von dem Gefühl, wie eine Schlafwandlerin in diesem Haus zu leben, in dem man ihr nichts weiter gestattete, als sich um das Baby zu kümmern. Anscheinend hatte ihr Unbehagen weniger mit der Verbannung zu tun als mit dem Verlust jeglicher Hoffnung, wenn mit Hoffnung gemeint war, sich überhaupt vorstellen zu können, dass die Umstände sie doch noch zu einem Mann hinführen würden, der sie allen gegen ihre Freiheit errichteten Hindernissen – die Nonnen oder Doña Eulalia beispielsweise – zum Trotz in Erregung versetzen würde, sie, die Frau, die diesen Mann herbeisehnte, egal ob Anwalt, Gärtner oder Lastwagenfahrer, schlicht diesen Mann, der erträumt oder wirklich sein konnte, sich jedoch unweigerlich in Luft auflöste, sobald ein Priester seine lateinischen Formeln aufzusagen begann, die nach allgemeinem Dafürhalten für immer und ewig an die Ehe fesselten. Dora nahm diesen Verlust der Hoffnung resigniert hin, etwas anderes in ihr starb jedoch endgültig. War sie sich zu Beginn noch darüber im Klaren, sich in einen zur Säuglingspflege verdammten Zombie verwandelt zu haben, schien sie sich im Laufe der Zeit immer mehr mit ihrer Situation abzufinden, hörte sie auf, nach Erklärungen oder Antworten zu suchen. Ihre Sinne und ihre Lebendigkeit verkümmerten zusehends, und schon nach wenigen Jahren war sie eine ungestalte, welke Frau geworden, die wenig aß und viel schlief und abgestumpft in einem ewigen Nebel aus Beruhigungspillen und Migräneanfällen vor sich hin vegetierte.

Die Migräneanfälle setzten kurz nach Renatos Geburt ein, als Benito Suárez sie dazu zwang, aller Lust zu entsagen. Dora brachte sie mit ihren Schmerzen im Unterleib in Verbindung, mit den seltsamen Knötchen oder Polypen, die dem Gynäkologen zufolge auf unterdrückte, nicht im Orgasmus aufgelöste Erregung zurückzuführen waren und zweimal operativ entfernt werden mussten. Die Knötchen kamen nicht wieder, die Migräneanfälle aber blieben, und die Ärzte fanden immer eine Erklärung dafür, sei es die Syphilis, mit der Benito Suárez sie ansteckte und deretwegen sie fast ein ganzes Jahr das Bett hüten musste und definitiv unfruchtbar wurde, sei es die Nasenoperation, zu der selbiger Benito Suárez sie nötigte, angeblich weil ihr Schnarchen ihn am Schlafen hinderte, oder ihre Regelbeschwerden, Blutungen, ihr ewiger Schnupfen, abendliche Fieberanfälle und so fort, sprich: Doras Körper wurde von einem Spezialisten zum nächsten gereicht, von einer Behandlung zur nächsten weiterempfohlen, analysiert, aufgeschnitten, mit Spritzen traktiert, unter Drogen gesetzt, die Migräneanfälle aber verschwanden nicht. Und vor allem fragte Dora nie nach den Gründen ihres Leidens. Lina wiederum wagte es nicht, eine Interpretation zu äußern, denn ihrem Verständnis nach waren die Gründe für die Anfälle allzu offensichtlich, ja, sie hatten einen Vor- und einen Nachnamen, doch genauso klar war ihr, dass niemand, und am allerwenigsten Dora, in der Lage war, Benito Suárez die Stirn zu bieten; besser gesagt: Man konnte ihm die Stirn bieten, solange man bereit war, ihm einen Krieg auf Gedeih und Verderb zu erklären und ihn dann mit seinen eigenen Waffen zu bekämpfen – Faust oder Schusswaffe –, oder wenn man seine Aggressivität besiegte, indem man sich wie ihre Großmutter seinen Respekt verschaffte. Denn seit die Großmutter ihn in ihrer kurzen Mitteilung dazu aufgefordert hatte, an einem Donnerstagabend zu Sonnenuntergang bei ihr vorstellig zu werden, um sich zu entschuldigen und die Tischlerrechnung zu begleichen, war Benito Suárez, wie er Lina gegenüber erklärte, nachhaltig von ihr, von ihrer Eleganz und Bildung eingenommen, und er erschien von da an zu jedem ihrer Geburtstage mit üppigen Blumensträußen, um sich bis zum Abendessen auf der Terrasse niederzulassen, die ihn interessierenden Themen anzusprechen und höflich den diesbezüglichen Meinungen der Großmutter zu lauschen, ohne je eine Widerrede zu wagen. Der gleichen Achtung erfreute sich auch Lina, zum einen natürlich, weil sie Doña Jimenas Enkelin war, zum anderen, weil Benito Suárez, dieser Mann der hirnrissigen Behauptungen und groben Gesten, der Kultur beziehungsweise jenen, die sie besaßen oder sich für sie interessierten, gegenüber feinfühlig war. Und weil Lina las, was ihr zwischen die Finger kam, hatte er sie zu schätzen gelernt, so weit zumindest, dass er sie als Gesprächspartnerin akzeptierte und ihr später sein innigstes und peinlichstes Geheimnis anvertraute: Dichter werden zu wollen. Ja, Benito Suárez schrieb Verse in der Art von Julio Flórez, und jede Strophe verlangte ihm einen irrsinnigen Kraftakt ab, viel Gefühl und den Kampf gegen eine Sprache, die den Ausdruck seiner Empfindungen ohne jeden Respekt verdrehte oder begrenzte. Und genau hier kam Lina zum Einsatz, wenn sie ihm Adjektive oder Metaphern anempfahl, ohne sich jemals, ja nicht einmal in ihrem tiefsten Inneren, über seine Unfähigkeit lustig zu machen, die Reime seinen Vorstellungen anzupassen, wahrscheinlich weil ihr schien, dass die Begeisterung für die Dichtung einer der wenigen liebenswerten Charakterzüge von Benito Suárez war. Fest stand, dass Lina und er sich sehr oft in aller Offenheit und Feindseligkeit darüber streiten sollten, wie er Dora behandelte, sich Beleidigungen und Drohungen an den Kopf werfen würden, die für monatelanges Schweigen zwischen ihnen sorgten, und wenn Lina während dieser Pausen aus Solidarität gegenüber Dora weiterhin sein Haus betrat, dann tat sie so, als gäbe es ihn nicht, ging grußlos an ihm vorbei oder verabschiedete sich umgehend, wenn sie ihn kommen sah. Jedes Mal aber, und das rührte Lina, war er es, der sich um die Wiederherstellung des Friedens bemühte, und dann führte er Dora aus unerfindlichen Gründen ins Sears aus, kaufte ihr alles, was sie wollte, Kleider und Perlen, eine neue Sitzgarnitur oder Wandschmuck fürs Zimmer.

Indes, und nicht etwa weil er Dora ihre stimulierende Wirkung genommen hatte – ja, man konnte fast sagen, dass sie mittlerweile fast die gegenteilige Wirkung auslöste, denn sie hatte nicht nur ihre ursprüngliche Sinnlichkeit, sondern auch jede Spur von Anmut eingebüßt, ihr Haar wegen der Medikamente schütter, ihre Nase wie erstarrt und endgültig entstellt von der Operation –, hatte Benito Suárez aufgehört, nach Lebewesen und Dingen zu suchen, an denen er seine Aggressivität auslassen konnte oder an denen er – wie Lina bisweilen vermutete – für die Tat trainierte, zu der die Großmutter ihn auserwählt sah, mit der Beharrlichkeit eines Sportlers, der sich über viele Jahre auf einen einstündigen oder sogar noch kürzeren Wettkampf vorbereitet, weil er weiß, dass von diesem Muskel- und Reaktionstraining Sieg beziehungsweise Niederlage abhängen, aber anders als der Sportler war sich Benito Suárez seines Ziels nicht bewusst und steuerte schlicht blindlings darauf zu. Denn Benito Suárez hatte nicht die Gewohnheit, Abwägungen gleich welcher Art zu treffen, und er schien auch nicht zu verstehen, dass sich sein Verhalten – was die Handlungen anging, über die sich seine Gewalttätigkeit ausdrückte – mit Begriffen wie Wiederholung, Kontinuität und Steigerung fassen ließ, ja er weigerte sich, wohl aus Stolz oder Angst, die Irrationalität zuzugeben, die diesen Handlungen innewohnte. Wenn überhaupt, so lieferte er dafür eher wundersame Erklärungen, an die er anfangs selbst gar nicht glaubte, die er dann aber vorbehaltlos anzunehmen und hartnäckig zu verteidigen begann, das heißt, er griff, um sie zu stützen, auf seltsame, bisweilen esoterische Argumente zurück, die auf vermeintlich wissenschaftlichen Theorien beruhten und über deren Richtigkeit allein er meinte urteilen zu können. Lina war nicht bereit, ihm auf dieses Terrain zu folgen, und bevorzugte es, die Amokläufe seiner dialektischen Erörterungen aus einer gewissen Distanz zu verfolgen, von genau jener Schwelle aus, an der der Verstand diesem Unsinn noch Einhalt gebot und seine Handlung, egal welche es gerade war, schlicht und unversehrt bloßlegte und in dieser Handlung zudem jene Logik erkennen ließ, durch die man jede einzelne Tat als einen bestimmten Punkt in einem Koordinatensystem hätte erfassen können, dessen X-Wert die Intensität der Gewalt und dessen Wert auf der Y-Achse wiederum die Kraft anzeigte, die Benito Suárez dazu trieb, sich immer weiter selbst zu verlieren und den respektablen, gebildeten und gesellschaftlich bestens integrierten Chirurgen zu zerstören, mitsamt seinem Haus in El Prado, dem blauen Studebaker und der unterwürfigen, vor lauter Enttäuschung immer weiteren Migräneanfällen zum Opfer fallenden Frau. Von dieser Schwelle aus bemerkte Lina, dass sich in der Abfolge seiner Gewaltausbrüche die Linie einer anscheinend unausweichlichen Entwicklung abzuzeichnen begann, und wenn sie alles auch mit dem Fatalismus eines Menschen hinnahm, der erst Wolken, dann Donner, Regen und Blitz vorüberziehen sieht, so hatte sie doch wirklich Angst um Dora. Nicht so sehr wegen dem, was Dora tagein, tagaus durch diesen Mann zu erleiden hatte – Beschimpfungen, Ohrfeigen oder Tritte in den Unterleib –, denn an all das schien sie sich gewöhnt zu haben, sondern sie hatte eher Angst davor, was Dora zustoßen könnte, wenn Benito Suárez eines Tages seine Aggression gänzlich auf sie richtete beziehungsweise auf sie umlenkte, sie zur Zielscheibe seines Hasses machte, wofür er selbstverständlich und mühelos einen Vorwand finden würde. Denn das Problem oder das, was Lina damals als das größte aller Probleme auffasste, bestand darin, dass

Benito Suárez eine unermüdliche Fähigkeit besaß, den Sinn seiner Reaktionen mit diesem wahnsinnigen Geschwätz zu verschleiern, das sich Lina trotz allen Misstrauens aufmerksam anhörte und dabei versuchte, Sätze, Entgleisungen und Argumentationsketten des Wortschwalls im Gedächtnis zu behalten, so fasziniert war sie davon, wie Leute mit Gerede von Täuschungsabsichten ablenkten. Benito Suárez, so viel war klar, lieferte ihr das beste Beispiel eines Mannes, der in den Worten eine Zuflucht vor sich selbst suchte oder sich in ihnen selbst verleugnete, versteckte, verkleidete – und bei Lina damit am Ende ein absurdes, nicht einzugestehendes Gefühl des Mitleids weckte, selbst wenn ihre Solidarität eigentlich vorrangig und instinktiv den Opfern von Benito Suárez galt, so wie damals, als sie ihn in den Hügeln bei Sabanalarga mit der Machete auf einen alten Bauern eindreschen sah.

Genau dies hatte Lina mitansehen müssen: Sie fuhr mit Dora, Renato und Benito Suárez in dem Jeep, den Letzterer gekauft hatte, um auf der staubigen Fahrbahn, die zu einer kürzlich von einem Onkel geerbten Finca führte, den Studebaker nicht zu ramponieren. Der Bauer tauchte hinter einer Kurve auf, auf dem Rücken eines alten Maultiers, eine abgehalfterte, von Fliegen übersäte Kuh hinter sich herziehend. Es lag auf der Hand, dass das Maultier auszuweichen hatte, weil es ihm schlicht leichter fiel, sich kurz ins Dickicht zu bewegen, was der Bauer begriff und deswegen die Zügel nach rechts zerrte und begann, dem Maultier auf die Flanken zu schlagen und es anzuherrschen. Das Tier aber wollte nicht von seinem gewohnten Weg abweichen und bockte, woraufhin der Bauer, um es besser in den Griff zu kriegen, zu Boden sprang, und zwar genau in dem Moment, als Benito Suárez anfing, ohne jeden Grund loszubrüllen, er, sein Maultier und die Kuh seien wohl von ein und derselben Hure zur Welt gebracht worden, und er werde sie mit dem Jeep plattmachen, wenn sie nicht augenblicklich von der Straße verschwänden. Da ließ der Bauer die Zügel fahren und drehte sich zu ihnen um: Es war ein kleiner, knochiger Mann, dessen Gesicht unter dem Panamahut von dunklen Falten zerfurcht war. Wahrscheinlich konnte er weder schreiben noch lesen, aber in seinen Augen lag eine gewisse Würde, kein Stolz, sondern die stille Ernsthaftigkeit alter Menschen, die genug Zeit gehabt haben, über die Dinge nachzudenken und einem jeden von ihnen sein rechtes Maß zuzuweisen.

Also sah er Benito Suárez unaufgeregt an und sprach: »Immer mit der Ruhe, mein Junge, das Maultier ist störrisch.« Das war alles. Aber genau das, die Gelassenheit des Bauern, und dass er ihn geduzt hatte, genügten Benito Suárez, um mit der Machete, die er für den Vorabeiter der Finca eingesteckt hatte, auf ihn loszugehen, und er war so schnell aus dem Jeep gesprungen, dass Lina nicht einmal mitbekam, wie er sie aus der Hülle zog, sprich, sie sah die erhobene Machete erst eine Sekunde später in der Luft und dann ein ums andere Mal blutbeschmiert auf den Bauern niedergehen, während Dora schrie und sie selbst verzweifelt nach einem schweren Gegenstand suchte, bis sie auf die Idee kam, die Haube des Kofferraums, auf der sie während der Fahrt gesessen hatte, aufzureißen, und darin den Wagenheber fand, den sie dem weiter auf den Bauern eindreschenden Benito Suárez über den Kopf zog. Und dann kam ihr alles nur noch wie ein Albtraum vor: Dora dazu zu zwingen, mit ihr die beiden Körper in den Jeep zu hieven, Renato zu bändigen, der herumtobte und wie ein Besessener um sich schlug, den Jeep im Rückwärtsgang auf die Fahrbahn zurückzuschaffen und ihn bis nach Barranquilla zu steuern, bis zum Krankenhaus, wo die besten Spezialisten der Stadt – Notärzte, Anästhesisten, Chirurgen und Kardiologen – herbeieilten, um den alten Bauern im Operationssaal wieder zusammenzuflicken und Benito Suárez so vor dem Gefängnis und dem großen Skandal zu bewahren. Als sie zu Dora nach Hause fuhren, mit dem von einer Spritze betäubten Renato und dem am Kopf verbundenen Benito Suárez, war Lina am Rande eines Nervenzusammenbruchs. Sie duschte, um sich Staub und Blut abzuwaschen, ließ sich von Berenice saubere Kleidung bringen und bat Dora zum ersten Mal um eine der Tabletten, die ihrer Freundin das Überleben sicherten.

Unterdessen aber hatte Benito Suárez, der in einer Art finsterer Nachdenklichkeit auf dem Sofa im Wohnzimmer vor sich hin grübelte, erkannt, dass der Bauer aufgrund seines Alters bestimmt einen gewissen Einfluss auf die armen Leute von Sabanalarga ausübe, das heißt, über diese ganze Meute von armen Teufeln, die allesamt nur auf die erstbeste Gelegenheit warteten, sich fremdes Land unter den Nagel zu reißen und sich anschließend unter Beihilfe irgendeines dieser demagogischen oder sich für liberal haltenden Priesterchen als Pachtbauern zu bezeichnen, und er, Benito Suárez, der vorhatte, seine Finca in eine riesige Zuchtstätte für Rassehunde zu verwandeln, hätte sich wohl bald wiederholten Übergriffen und Invasionen ausgesetzt gesehen, wenn er dem Bauern nicht so energisch gegenübergetreten wäre, als dieser sich dazu erdreistet hatte, ihn wie seinesgleichen zu behandeln. Denn selbst wenn der ihn wegen der Entschädigung, die er ihm zu zahlen vorschlug (und tatsächlich großzügig zahlte), nicht anzeigte, so würde er denen, die ihm nahestanden, von dem Geschehenen berichten und ihnen allen damit letztlich Respekt vor seinem Angreifer einflößen. Seinen barbarischen Impuls, der ihn dazu gebracht hatte, aus dem Jeep zu springen und mit einer Machete bewaffnet über einen unschuldigen Alten herzufallen, verwandelte Benito Suárez in die völlige Abstraktion, als wäre seine Reaktion ein ganz natürlicher Teil der menschlichen Regungen oder wahlweise der männlichen Eigenschaften, die zu bewundern seine Mutter ihm von Kindesbeinen an eingebläut hatte, als sie ihn bis aufs Blut ausgepeitscht und ihm dabei eine stoische Haltung abverlangt hatte – kein Geschrei, kein Geflenne, sondern den Wagemut und das maßvolle Gemüt der grausamen Krieger, die ihren Gegnern in Rom, Neapel und Turin Rizinusöl in die Kehlen gossen und zwischen schwarzen Bannern die faschistische Hymne anstimmten. Außerdem, und es war, als schließe sich hier der Kreis nach zwei Stunden Grübelei auf dem Wohnzimmersofa – noch lag der Bauer auf der Chirurgie und würde dort auch bis zum nächsten Tag bleiben –, hatte Benito Suárez sich seine Theorie der Emanationen zurechtgelegt, der zufolge sein Körper sich einer von diesem Mann ausgehenden Welle der Feindseligkeit ausgesetzt gesehen hatte, als dieser sich ihm auf dem Weg zu seiner Finca in den Weg stellte, und sein Körper daher nichts weiter getan hatte, als die Gegnerschaft zu ahnen, zu erfassen und zu kanalisieren, welche die Bewohner von Sabanalarga ihm, Benito Suárez, entgegenbringen würden, weil sie ihm seinen gesellschaftlichen Aufstieg niemals verzeihen konnten, wo sie doch eine gemeinsame Herkunft besaßen, und weil sie, ihrer Faulheit wegen selbst zu Armut, Feigheit und Bösgläubigkeit verdammt, zu dem Glauben neigen würden, er sei wie sie, ebenso minderbemittelt und unfähig, seine eigenen Interessen zu verteidigen.

Von körperlichen Emanationen, die das kollektive Unbewusste vermittele, würde Lina Benito Suárez fast ein Jahr lang reden hören, genauso lange, wie der Bauer im Krankenhaus lag, und auch ungefähr so lange, bis das wundervolle Boxerweibchen, das man mitsamt allerhand Bescheinigungen, die Auskunft über seine edle Abstammung gaben, aus Medellín angeschafft hatte und das quasi zur Ur-Gebärmutter der Projekte von Benito Suárez werden sollte, seine zweite Läufigkeit erlebte und sich mit dem einzigen Tier der Stadt vereinigen konnte, das ihrem Pedigree ebenbürtig war, ein korpulenter, aber lustloser Boxer, der sich darauf versteifte, unter Doras Bett Zuflucht zu suchen, während die Hündin, Penélope, durch den Patio trottete und an der Tür des Dienstboteneingangs kratzte, bis sie es eines Nachmittags nach einem Ansturm auf den Riegel hinausschaffte und sich dort mit dem erstbesten Straßenköter paarte, der ihr über den Weg lief.

Lina und Dora unterhielten sich gerade im Wohnzimmer, als sie den Studebaker bremsen und fast unmittelbar darauf das Gebrüll von Benito Suárez hörten, der nach Antonia rief, der Nachbarin und Inhaberin der Apotheke nebenan, denn der Köter war ihrer, weswegen Benito Suárez ihr nun tausend Dinge auf einmal vorwarf, besser gesagt, sie ihr vorzuwerfen versuchte, da aus seiner Kehle bloß verworrene Laute und von einer Art Schluckauf zerschnittene Worte drangen, derweil er im Kreis um die zwei Tiere herumlief und nach ihnen trat – sie hatten bereits kopuliert, hingen aber noch aneinander, mit niedergeschlagenem Blick, als sei ihnen das Gebrüll peinlich –, während Antonia die Hunde zu schützen versuchte, indem sie sich zwischen sie und Benito Suárez' weiße Schuhe mit den groben Gummisohlen schob, und dann kamen schon die Schaulustigen zusammen, Nachbarn, Gärtner, ein paar Taxifahrer, und feierten den Anblick unter Gelächter und obszönen Bemerkungen, ohne dass Benito Suárez es mitzubekommen schien, gefangen, wie er war, in seiner Wut, die nichts weiter zuließ, als wilde Beschimpfungen gegen Antonia auszustoßen. Dann aber hielt er inne und blickte sich um, und als Lina sah, wie sich sein Kiefer jäh zusammenzog, da ahnte sie, dass diese Szene mit einer Geste enden würde, die das Gelächter und die Frotzeleien mit einem Schlag beenden sollte, also wunderte sie sich nicht weiter, als sie ihn zum Studebaker rennen und dort den Revolver herausholen sah, um sich dann mit der gezückten Waffe und zusammengekniffenen Augen der Menge zuzuwenden, die, mit einem Mal verstummt, ein, zwei Meter zurückzuweichen begann, bis sie sich auflöste und nur noch Antonia, Lina und die jetzt wieder vom Köter befreite Hündin auf dem Bordstein zurückblieben: Lina, die sich fragte, auf wen er wohl schießen würde, denn ihrem Ermessen nach konnte nur ein Schuss ihn aus der Lächerlichkeit befreien, und die Hündin, die, zu nobel und zu wohlgenährt, um die notwendige Achtsamkeit zu besitzen, ihn freudig begrüßte und dazu ansetzte, die Hüfte nach links zu bewegen und die Pfoten zu heben – ihre letzte Regung, bevor sie mit einer Kugel in der Schnauze auf die Bordsteinkante sank.

Dieser Vorfall sollte der Ursprung oder, besser gesagt, der Ausgangspunkt einer neuen Theorie sein: jener der Imprägnation. Sie wurde von Benito Suárez mit dem Zweck erarbeitet, Lina – und wer immer es hören wollte – zu beweisen, dass die Spermatozoen eines Männchens ein Weibchen auf unauslöschliche Weise prägten, oder besser: Es genügte, dass Letzteres einmal geschwängert worden war, um auch danach weiter Kinder mit den gleichen genetischen Eigenschaften wie die ersten zu gebären, selbst wenn der Erzeuger ein anderer war, eine bloße Erfindung, die zwar wie jene der Emanationen seine inkohärenten Handlungen zu erklären versuchte, Lina aber als Alarmsignal diente, weil ihr Benito Suárez' Gedichte schon damals eine Beziehung offenbart hatten, die er mit einer verheirateten und offenbar schwangeren Frau führte. Derselben hatte er eine Ode mit dem Titel »Unmögliche Liebe« gewidmet, in der er auf ihren Gatten anspielte, einen Bruder im Geiste, mit dem er einiges erlebt und erlitten hatte; die Rede war von einer finsteren, bei Anatomiestunden unter Toten verbrachten Jugend, sodass das Gedicht eine alte Studienfreundschaft vermuten ließ, was aber im absoluten Widerstreit mit der Wirklichkeit stand, denn der Gatte der Geliebten stellte sich als Student der Rechtswissenschaften heraus, der weder Anatomie-Vorlesungen gehört noch jemals einen Toten gesehen hatte, dafür schon zweimal wegen Geschwüren in der Klinik Las tres Marías operiert worden war, deren Gesellschafter Benito Suárez zusammen mit neun weiteren Ärzten war.

Es war also dieser Unsinn mit der Imprägnation, der Lina am meisten Sorge bereitete. Sie wusste schließlich, dass Benito Suárez verliebt war, und zwar ernsthaft. Ihr Leben lang würde sie sich daran erinnern, wie er an einem Plattenspieler tränenüberströmt einer kläglichen Aufnahme von Gedichten Rubén Daríos lauschte, besser gesagt, sie würde diesen Augenblick in ihrer Erinnerung mit folgendem Vers in Verbindung bringen: »Weißt du noch, dass du eine Marguerite Gautier sein wolltest?« Und wie er ihr mit vor lauter Aufregung ganz brüchiger Stimme und unter Tränen gestand: »Es gibt jemand anderen in meinem Leben«, während der Plattenspieler, den Eindruck hatte Lina jedenfalls Jahre später, unendlich weiter leierte: »Weißt du noch, dass du eine Marguerite Gautier sein wolltest?« Einige Tage danach schickte er ihr per Post ein Sammelsurium von Gedichten mit kurzen, jeweils viersilbigen Versen von überaus zweifelhafter Musikalität, die Lina für ihn korrigiert und kommentiert hatte, ohne ihren Inhalt zu erwähnen oder ihm größere Aufmerksamkeit zu schenken. Zu erfahren, dass seine Geliebte, die Enriqueta seiner Anagramme, schwanger von ihm war – sonst wäre er nicht so sehr auf der Sache mit der Imprägnation herumgeritten –, war jedoch etwas ganz anderes, denn Benito Suárez wollte einen Sohn, noch einen, einen echten Stammhalter, der nicht so herumflennte wie Renato, wenn er ihn auf den städtischen Schlachthof schleppte, um gemeinsam zuzusehen, wie den Rindern die Kehle durchgeschnitten wurde, und damit seinen Charakter zu stählen, einen Sohn, der nicht immer gleich einen Nervenzusammenbruch kriegte, wenn seinem Vater danach war, Dora zu schlagen, einen Bauern mit der Machete niederzumachen oder auf eine Hündin zu schießen. Trotzdem zählte Lina auf den Ehemann der Geliebten, den sie noch für einen Arzt hielt und daher, zumindest dem Prinzip nach, für jemanden, der ungefähr dieselbe von der Gesellschaft zugesprochene Macht genoss wie Benito Suárez, und hoffte weiter, dass die Schwierigkeit, gleich zwei Ehen auflösen und sich zwischen zwei Söhnen entscheiden zu müssen, Benito Suárez vielleicht ein wenig zur Vernunft bringen würde, während die Zeit schon alles Weitere regelte. Lina war dabei aber nicht im Entferntesten auf die Idee gekommen, Benito Suárez könne sich längst entschieden haben, die Dinge auf seine Weise zu regeln, das heißt, mit Brutalität in Bezug auf den Ehemann und mit mehr Raffinesse in Bezug auf Dora, die er, just als er die von Enriqueta inspirierten Gedichte zu schreiben begann, gezwungen hatte, sich bei Jerónimo Vargas, dem rotbärtigen Psychiater, einer Analyse zu unterziehen. Diese Psychoanalyse konnte man nicht weiter ernst nehmen, erstens, weil Jerónimo Vargas gar kein Psychoanalytiker war, aber auch, und das schien Dora bewusst zu sein, weil eine schlecht verdaute Lektüre Wilhelm Reichs bewiesen hatte, wie wenig Urteilsvermögen Vargas besaß, wenn man davon ausging, dass er überhaupt jemals welches besessen hatte, und weil er seit seiner Heirat mit einer groß gewachsenen, dürren jungen Unbekannten aus dem Landesinneren, von milchigem Teint und geschminkt wie die Gréco in den fünfziger Jahren, angefangen hatte, eine wirre Theorie über die befreiende Kraft des Orgasmus in die Praxis zu überführen, beziehungsweise: eine Theorie des permanenten Orgasmus, der seiner Meinung nach im Mann die schöpferischen Kräfte des Universums freisetzte, was allerdings, unter anderem, die bedingungslose Beteiligung der Frau voraussetzte, weswegen seine Gattin, dieses Mädchen mit dem Hungerblick und den grün geschminkten Augenlidern, den ganzen Tag nackt zu Hause verbringen und alle drei bis vier Stunden den sogenannten ehelichen Pflichten nachkommen musste, die er, Jerónimo Vargas, mit chronometrischer Genauigkeit erfüllte, was so weit ging, dass er die Analysesitzungen mit Dora unterbrach, die Dringlichkeit erklärte, mit der er nun Geschlechtsverkehr haben müsse, und recht schnell mit verschwitztem Hemd und manchmal auch mit einem grünlich schimmernden Fleck am Ansatz seiner roten Barthaare zurückkam. Mit anderen Worten, Doras Psychoanalyse (in der Regel tat sie nichts weiter, als den chaotischen Erörterungen von Jerónimo Vargas zu lauschen) hätte durchaus eine willkommene Abwechslung sein können, wäre sie nicht mit dieser Liebesgeschichte von Benito Suárez zusammengefallen und wäre sie vor allem nicht von den großen Mengen Beruhigungstabletten begleitet gewesen, die in den Tagen, in denen jene Enriqueta kurz vor der Entbindung stehen musste, mit einem Mal dem Rezept für besonders starke Medikamente wichen, das Lina vorsichtshalber an sich nahm. Nicht etwa, weil sie die Wahrheit ahnte – obwohl sie Benito Suárez kannte, widerstrebte es ihr, sich solch eine Episode aus einem mittelmäßigen Fortsetzungsroman auszumalen –, wohl aber dessen Absicht, Doras Willen zu schwächen und sie dazu zu zwingen, auf Renato zu verzichten, oder irgendetwas in dieser Art.

Die ärztliche Verschreibung sollte später Teil des umfangreichen Schriftsatzes werden, den Doras Anwalt dem Gerichtshof vorlegte, nachdem Benito Suárez Renato im Haus seiner Schwester versteckt hatte, doch er sollte in dieser Sache nicht mehr von Nutzen sein, weil Benito Suárez schnell den Rückzug antrat, als seine Absicht bekannt wurde, Dora in einem Heim wegzusperren, und zwar über die Köchin, die dabei zuhörte, wie er mit Jerónimo Vargas über die Sache sprach, und wiederum Berenice darüber in Kenntnis setzte, die an diesem Abend wie gewohnt die Straßen des Viertels ablief, um sich von Gärtnern und Dienstmädchen den neuesten Tratsch erzählen zu lassen und so von den Wechselfällen im Leben der Bewohner von El Prado zu erfahren. In der Regel ergötzte sich Berenice an jedem einzelnen Vorfall, der ihre schlechte Meinung von den Weißen bestätigte, da Dora aber ihre Sympathie genoss, sprang sie entsetzt auf und riss sich die Latschen von den Füßen, um ihr beachtliches Körpergewicht besser auszubalancieren, während sie nach Hause eilte. Genau dieser Anblick bot sich Lina, als sie sah, wie Berenice angerannt kam: barfuß und außer Atem, mit ihren melonengroßen, unter der geblümten Bluse schlackernden Brüsten und den erschrocken dreinblickenden, tränenverschleierten Augen – es waren nicht die Pupillen, sondern die weißen Augäpfel, die zu kreisen und dann aus der Bahn zu geraten begannen, wenn sie es mit der Angst zu tun bekam –, bis sie endlich wieder Worte fand und Lina zwischen Geschrei und Gejammer etwas von Wahnsinnigen, Irrenanstalten und Ambulanz vorstammelte, bis die ins Wohnzimmer eintretende Großmutter sie jäh unterbrach und bat, alles noch einmal in Ruhe darzulegen. Aus ihrer Erzählung ließ sich ableiten, dass Jerónimo Vargas bereits für neun Uhr morgens am nächsten Tag die Aufnahme Doras in der Klinik El Reposo beantragt hatte, sobald Renato auf dem Weg in die Schule wäre. Die Großmutter hörte Berenice zu, ohne sie zu unterbrechen, machte mit der Hand aber eine beruhigende Geste in der Luft und schickte sie dann mit einer ähnlichen Bewegung kommentarlos in die Küche, damit sie und Lina unter sich sein konnten. Lina fiel auf, dass sie nachdenklich geworden war: Eisern und klein, ihr gerade so über die Hüfte reichend, stand sie neben ihr und starrte den Knauf ihres Gehstocks an. Vielleicht machte sie sich trotz ihres uralten, nicht auszuräumenden Misstrauens gegenüber dem Geschwätz der Dienstmädchen Gedanken über Berenice' Erzählung. Oder aber – und wie ihr der Gedanke kam, da fühlte sich Lina zurückversetzt in eine Verzweiflung aus Kindertagen, als ihr eine bestimmte Form des Verstehens immer unzugänglich geblieben war – die Großmutter begann insgeheim, mit dem Muster zu brechen, das es ihr bislang ermöglicht hatte, Benito Suárez' Verhalten nachzuvollziehen, und bewegte sich nun auf einer komplexeren Reflexionsebene, auf den Spuren der Verwandlung, die Benito Suárez selbst durchlitten hatte, um die Rolle des wutschnaubenden, kleinkarierten und letztlich durchschaubar despotischen Ehemanns abzustreifen, den Hundemörder hinter sich zu lassen, den Mann, der arme Alte angriff und miese Gedichte verfasste – um auf diese Weise in die Gedankenlabyrinthe eines berechnenden Mannes vorzudringen, der seine Gewalt jetzt mit der Tücke eines florentinischen Höflings ausübte. Oder aber es hatte nie ein solches Schema gegeben, und die Großmutter nahm sich, nachdem sie von dieser Veränderung in der Ordnung der Dinge erfahren hatte, nun die Zeit, ebendieses Schema in Ruhe zu durchdenken, während Lina geduldig auf ihre Schlussfolgerungen wartete, obwohl ihr tausend Pläne durch den Kopf gingen, angefangen bei dem, Dora bei sich zu verstecken, bis hin zu dem, Jerónimo Vargas mit der Presse und einem Skandal zu drohen. Über all das dachte sie in einem Zustand ziemlicher Verwirrung nach, denn selbst in diesem Augenblick suchte sie aus uneingestandener Zuneigung zu einem Menschen, dem sie so wenig über den Weg traute wie einem Skorpion, unbewusst nach den zweifelhaften Seiten der Angelegenheit, einem Fehler, einem Riss, Bruch oder irgendetwas Haltgebendem, und begann sich zu fragen, ob Berenice mit ihrem Hang zur Übertreibung nicht zu dick aufgetragen oder den Sinn eines harmlosen Gesprächs entstellt hatte, das wiederum von Doras Köchin falsch interpretiert worden war – als sie die Großmutter in einem ruhigen, aber felsenfest entschlossenen Ton sagen hörte: »Du musst sofort deinen Vater von der Sache in Kenntnis setzen.«

Ihr Vater war so ziemlich der letzte Mensch auf der Welt, zu dem Lina gegangen wäre, um ihm zu erklären, dass Benito Suárez vorhabe, Dora in einer Irrenanstalt wegzusperren. Nicht, weil ihrem Vater Doras Schicksal gleichgültig war: Auch wenn er nie darüber sprach, verfiel er über dem Thema in angespanntes Schweigen oder zog sich von diesbezüglichen Gesprächen nach dem Essen lieber zurück. Lina war aufgefallen, dass er sich sogar darum bemühte hatte, später aus dem Büro zurückzukommen, als Benito Suárez zur feierlichen Begehung des ersten Jahrestags seiner Begegnung mit der

Großmutter mit einem aufwändigen Blumenstrauß aufgetaucht war. Der Humor ihres Vaters, seine unerhörte Gleichgültigkeit gegenüber den Wechselfällen des Lebens, hatte jedoch dazu geführt, dass Lina ihn eigentlich nie mit ihren Problemen behelligte, als könne sie in diesem unbekümmerten, fröhlichen Riesen, der ohne mit der Wimpern zu zucken dabei zugesehen hätte, wie die Grundfesten seines Hauses einstürzten, und in aller Ruhe seinen klapprigen Dodge mit zehn Stundenkilometern durch die Gegend kutschierte, alle möglichen Persönlichkeiten auf einmal finden: den Freund, den Gelehrten, der sie in Geschichte unterwies, alles, nur nicht den Mann, der in der Lage gewesen wäre, ihr zu sagen, was zu tun war, wenn ihre Kleidung plötzlich Feuer finge oder ihr etwas ähnlich Schlimmes widerfahren würde. Also sprang sie an der Straßenecke der Calle 72 eilig in einen Bus und fuhr, der Hitze und dem Geschrei der Passagiere gegenüber völlig gleichgültig, ins Stadtzentrum hinunter, schielte immer wieder nach dem von Jerónimo Vargas ausgestellten Rezept in ihrer Tasche, um sicherzugehen, dass es noch da war, und legte sich die Worte zurecht, mit denen sie ihrem Vater Doras Lage in aller Drastik darlegen würde, ohne ihm Zeit zu lassen, sie mit einem seiner gewohnten Sprüche oder irgendeinem spöttischen Kommentar über Berenice' unsinniges Gerede zu unterbrechen. Schon sah Lina vor ihrem inneren Auge, wie seine Skepsis sich erhob, noch eine Pirouette drehte und dann alles vom Tisch fegte, sah es vor sich, je mehr sie sich bemühte, eine wirklich schauderhafte Geschichte zu erzählen, basierend auf Indizien, die in den Augen ihres Vaters in keiner Weise stichhaltig sein konnten: eine Psychoanalyse, ein paar Gedichte, Dienstmädchengerede. Sie erzählte sich diese Geschichte wieder und wieder, inmitten des Busgeratters und des Gestanks nach verbranntem Benzin, und eine halbe Stunde später noch einmal, als sie in der Calle San Blas in seinem Büro auf ihn wartete, das er wie immer nicht abgeschlossen hatte, auf die Gefahr hin, seine einzige Habseligkeit einzubüßen, wenn man denn die alte schwarze Remington mit den eingeklemmten Tasten, auf der er mit zwei Fingern, aber in unfassbarem Tempo Protokolle und Gesuche zu schreiben pflegte, als solche bezeichnen konnte. Hier also sollte sich Doras Schicksal entscheiden, und in gewisser Hinsicht auch jenes von Benito Suárez, in diesem staubigen Büro, an das sich Lina viele Jahre später ebenso gerührt wie erstaunt erinnern würde: die Remington und an der Wand, neben einer gerahmten Fotografie ihrer Hände, die sie eines Tages ausgeschnitten und in den Abfall geworfen hatte, das Ölgemälde des Urgroßvaters, Sohn eines Rabbiners, Diplomat und, ihrem Vater zufolge, Neunter in der Thronfolge Israels (sofern es in Israel wieder eine Monarchie gegeben hätte), der außerdem der Grund dafür war, dass Cartagena de Indias beinahe von der holländischen Flotte zerstört worden wäre. Vom Fenster dieses Büros aus, in das sich noch kein Mann mit mehr als hundert Pesos in der Tasche verirrt hatte, würde Lina zusehen, wie ihr Vater in seinem weißen, wundersam sauberen, wundersam luftigen Leinenanzug inmitten dieser bleiernen Hitze, unter der der Asphalt wegschmolz, die Calle San Blas hinaufgelaufen kam, wie er Bettlern, Schuhputzern und Süßwarenverkäufern zulächelte und sie sicher alle Lucho nannte, weil es zu viele waren, als dass er sich all ihre Namen hätte merken können. Sie würde das Keuchen des Fahrstuhls hören, der ihn ins Büro hinaufbrachte, den beschwingten Ton seiner Stimme, wenn er sie begrüßte, das Quietschen des Drehstuhls, auf dem er unter dem wehleidig knatternden Flügelschlag des Deckenventilators am Schreibtisch Platz nahm, und würde dann erstaunt, ja beinahe perplex seinen ernsthaften Gesichtsausdruck betrachten, während sie erzählte, was sie wusste – und schließlich noch das Rezept von Jerónimo Vargas aus der Handtasche zog. Denn diesmal gab es nichts zu lachen, keine Scherze, keine Spötteleien, nicht die geringste Spur von Skepsis. Die Miene ihres Vaters war versteinert – was Lina insgesamt nur drei Mal bei ihm und immer in großer Angst erleben würde. Er wirkte starr, mit angespannten Muskeln und so beunruhigend zusammengekniffenen Augen, dass nur noch ein wütendes Glitzern zu sehen war. Ohne ein Wort zu sagen oder das auf dem Schreibtisch abgelegte Rezept überhaupt nur angesehen zu haben, griff er zum Telefon, wählte langsam eine Nummer, und als am anderen Ende der Leitung Benito Suárez' Stimme erklang, da hörte Lina ihren Vater mit zorngedämpfter Stimme sagen: »Hören Sie, Benito Suárez, wenn Sie Dora ins Irrenhaus stecken, dann stecke ich Sie ins Gefängnis. Sie wissen, dass ich das kann.« Und damit genug, denn ihr Vater legte den Hörer auf, ohne eine Antwort abzuwarten. Lina war sprachlos. Einerseits hatte sie den Eindruck, endlich die Bedeutung, die Tragweite und das ganze Gewicht des Wortes »Gesetz« erfasst zu haben, also des Begriffs, in dessen Namen ein so friedliebender Mensch wie ihr Vater, der noch nie in seinem Leben eine Waffe in der Hand gehalten hatte, Benito Suárez von seinem bescheidenen Büro in der Calle San Blas aus herausfordern konnte. Andererseits hatte sie aus seinen Worten eine unwiderrufliche Drohung herausgehört, die Anspielung auf etwas, das ihr Bericht, ohne dass sie dies beabsichtigte, ganz offensichtlich bestätigt hatte. Da sie aber die Reserviertheit ihres Vaters in allem kannte, was auf die eine oder andere Weise seine beruflichen Angelegenheiten berührte, verzichtete sie darauf, nachzufragen, und verließ sein Büro mit einem Gefühl der Erleichterung, aber nicht triumphierend – ging sie doch ohnehin davon aus, dass Benito Suárez auf lange Sicht am längeren Hebel saß und ein Waffenstillstand wie so oft höchstens ein paar Monate anhalten würde. Und was blieb, war die beruhigende Vorstellung von Dora in ihrem Haus, wie sie sich, zwar mit Beruhigungstabletten vollgepumpt, das ja, aber wenigstens bei Verstand, die Langeweile damit vertrieb, sich um Renato und die zwei als Ersatz für Penélope aus Medellín hergebrachten Boxerwelpen zu kümmern.

Die Sorge kam erst später, als Lina Berenice von dem Gespräch mit ihrem Vater erzählte und diese vor Schreck verstummte, als hätte sie den Hufschlag der herannahenden Reiter der Apokalypse gehört. Denn Berenice verstummte buchstäblich. Sie schwieg sich nicht nur in diesem Moment darüber aus, was sie davon hielt, so unnötig erschien es ihr, ihre Überlegungen mitzuteilen, ja, sie verfiel eine ganze Woche in konsterniertes Schweigen, womöglich eine Reminiszenz an andere Zeiten, an dunkle Nächte, in denen das Gewisper des Urwalds von klagenden Rufen zerschnitten und andernorts das Rauschen der Wellen von metallenem Kettengerassel beantwortet worden war, im blendenden Licht eines vorher nie gesehenen Hafens die Peitschen durch die Luft gesirrt waren. Eine ganze Woche lang würde Lina sie bei Anbruch des Abends verängstigt am Fenster stehen sehen, wo sie mit ihren im Vergleich zum ausladenden Körper winzigen Händen an den Vorhängen herumnestelte, die Schultern immer wieder unter Schluchzern erbebend, die sie schnell erstickte, wohl um nicht die Aufmerksamkeit der Großmutter zu erregen. Lina bemerkte ihre geröteten Augen, wenn sie, ganz in Schwarz mit einer feinen weißen Schürze gekleidet, das

Abendessen servierte und dabei eine Miene der Verzweiflung und des Fatalismus zur Schau trug. Sie hörte sie nachts die Türen verriegeln und den Tag über in der Küche vor sich hin seufzen, bis Lina sich davon anstecken ließ – oder vielleicht doch, wie es hieß, aufgrund jenes unbestimmbaren Quäntchens schwarzen Bluts in ihren Adern – und selbst verstohlen auf die Straße hinausblickte, mehr oder minder aufmerksam die entlangfahrenden Autos musterte und mehr oder minder sicher war, dass früher oder später Benito Suárez ein Lebenszeichen von sich geben würde.

Und so war es denn auch, sprich, er erschien eines Abends, als Lina, ihre Großmutter und ihr Vater gerade beim Essen saßen und, wie zu befürchten, war es Berenice, die ihn zuerst erblickte. Noch bevor der unheilvolle Studebaker um die Ecke bog, war Berenice schon mit völlig entgleisten Gesichtszügen ins Esszimmer gestürzt und hatte geschrien: »Er ist es, er ist es, Niña Jimena, dieser Irre ist da!« Es war sinnlos, dass die Großmutter sie bat, ihn eintreten zu lassen: Berenice war in diesem Augenblick außerstande, dieser oder einer anderen Anweisung Folge zu leisten. Es war also an Lina, die Tür zu öffnen, um auf einen vor Zufriedenheit strotzenden Benito Suárez zu treffen, einen großen Korb mit Champagnerflaschen im Arm und begleitet von Dora, die neben ihm trüber denn je wirkte und in ihrer ewigen Aufmachung erschienen war: Bluse und Rock von Sears und eine womöglich zu diesem Anlass erstmals vorgeführte weiße Handtasche. Die beiden folgten Lina den Flur entlang und betraten das Esszimmer, in dem der Vater und die Großmutter unbeirrt weiteraßen, Berenice sich aber gegen das Sideboard drückte, hinter dem Lina viele Jahre zuvor Dora versteckt hatte, nachdem sie sie mit blutüberströmtem Gesicht den Garten hatte durchqueren sehen. Und während Berenice sich traute, an den Tisch zu treten und ein Messer nach dem anderen einzusammeln, und die Pupillen von Linas Vater mit denen der Großmutter in einem einzigen, neutralen, ausdruckslosen Blick zusammenflossen, da setzte Benito Suárez zu einer seiner großspurigen Reden an, die wirkten, als hätte er sie vor dem Spiegel oder, besser, auf einer scheinwerferbeleuchteten Bühne eingeübt, und erklärte nun, seine Ehre sei aufs Schändlichste verleumdet worden, aus schierem Neid, den sein Persönlichkeit bei kleingeistigen Gemütern offenbar herausfordere, aber hier stehe ja zum Gegenbeweis seine völlig unversehrte und gesunde Frau, die mehr als würdige Gattin und Mutter seines Sohnes, die ihrer – bei zartbesaiteten Frauenseelen so häufigen – Depressionen wegen von einem Arzt einer wissenschaftlich fundierten Behandlung unterzogen worden sei. »Nun aber ist sie geheilt«, sagte er und wies mit dem Finger auf Dora, als spräche er zu Medizinstudenten in einem Hörsaal. »Und um dies zu feiern, dies und das Zerstreuen ruchloser Verdächtigungen, gestatte ich mir, Ihnen diesen Champagner zu kredenzen. Sie da«, und er wandte sich an Berenice, die die Messer unter der Schürze verschwinden ließ und auf den Korb starrte, in dem die mit bunten Schleifen verzierten Flaschen lagen: »Bringen Sie uns vier Gläser, nein, fünf«, fügte er mit einem Blick Richtung Dora hinzu, deren Anwesenheit er ganz vergessen zu haben schien.

Dora besaß in seinen Augen nämlich die seltsame Eigenschaft, nur halb und bisweilen gar nicht zu existieren. Sie war weniger ein Mensch als vielmehr etwas, das nach seinem Gutdünken auftauchte und wieder verschwand, seine Schläge und Schreie einfach hinnahm, seine Befehle wie eine Maschine befolgte, ohne ihm jemals auch nur den geringsten Widerstand entgegenzubringen. Womöglich war das so, dachte Lina damals, weil Widerstand in jedem Fall Nachdenken voraussetzte oder zumindest verlangte, sich klarzumachen, dass die von der Gesellschaft auferlegten Werte verhandelbar waren oder abgelehnt werden konnten – und das war Dora nie in den Sinn gekommen. Sie hatte ihre Ehe mit der gleichen unbedachten Passivität akzeptiert wie, wenngleich aus anderen Gründen, Doña Eulalia del Valle die ihre, weil sie der Ehe nämlich jenen Status des Heiligen zusprach, den der Katechismus vermittelte, den die Gesellschaft anerkannte und dieser Priester aus Puerto Colombia und Freund von Benito Suárez, der sie getraut hatte, mit so viel Nachdruck verteidigte. Und ausgehend von dieser Prämisse war keinerlei Verweigerung mehr möglich, ja mehr noch, sie ließ keine einzige Frage, kein Zweifeln und kein Abwägen zu, denn jedwede Überlegung führte wohl oder übel dazu, die Grundfesten einer a priori als ewig und unverletzlich geltenden Verbindung infrage zu stellen. Ihre Lage, die in Hunderten von Romanen um die Jahrhundertwende thematisiert worden war und die der fast aller verheirateten Frauen glich, die Lina kannte, war damit allein allerdings nicht zu erklären, da Dora weder Standesdünkel noch Geld interessierten; außerdem war sie Atheistin, wenn auch nicht aus Überzeugung, sondern aus Gleichgültigkeit, sprich, sie hatte noch nie wissen wollen, wieso der Tag auf die Nacht folgte, woher Gut und Böse, woher das Wunder des Lebens und der Skandal des Todes rührten. Lina war bewusst, dass Doras Gedanken um das Unmittelbare kreisten und auf der Ebene ihrer direkten Sinneseindrücke verharrten, mit der Trägheit einer Pflanze, die unter dem Einfall der Sonne verdorrt und bei jedem Windstoß erzittert. Nach elf Jahren des Zusammenlebens mit Benito Suárez war ihre Reaktionsfähigkeit abgestumpft, und sie besaß nicht einmal mehr einen Verteidigungsinstinkt, diesen blinden, chemischen, elementaren Instinkt, der schon bei einer Katze dazu führte, dass sich deren Fell sträubte und sich die Ohren anlegten, wenn sie Gefahr witterte. Dora nahm hin, gab nach und ließ zu, dass man sie überging wie jemand, der weiß, dass sein Wille gebrochen und für immer verloren ist, oder noch schlimmer: Denn das Bewusstsein dieses Verlusts hätte ja vorausgesetzt, über diesen Verlust nachdenken zu können, und das hätte bedeutet, die Autorität von Benito Suárez als solche zu benennen und als etwas zu erkennen, das sich gegen sie richtete, aber außerhalb von ihr lag, etwas, das auf einen Begriff heruntergebrochen werden konnte. Doch Dora tauchte in diese Autorität ein, als existiere sie so natürlich wie die Luft, die Lebewesen und Dinge, die sie um sich herum wahrnahm, und sie tat es weniger aus Angst, wenngleich Angst bestimmt zu ihrer Fügsamkeit beigetragen hatte, sondern aus einer kindlichen Dankbarkeit gegenüber jenem Mann, der sie geheiratet und ihr ein Dach über dem Kopf, ein Kind und einen Namen geschenkt hatte, obwohl er sie doch in entehrtem Zustand vorgefunden hatte. Eigentlich speiste sich das Gefühl der Ehrlosigkeit nicht so sehr aus der Verachtung, die ihr die Gesellschaft entgegenbringen mochte, sondern aus der Verachtung, die sie sich selbst gegenüber empfand. Ja, Dora hatte im Lauf der Zeit ihre Jugend ausgeschlagen wie ein Erbe, diesen Lebensdrang verleugnet, der es ihr erlaubt hatte, ihren Körper dem Begehren zu öffnen, ihre Sinnlichkeit bedingungslos oder nur im Tausch gegen die Lust zu verschenken, die sie spürte, wenn sie selbst welche weckte, um sich stattdessen von einem stumpfen Schamgefühl einschüchtern zu lassen, das sie in Linas Augen wie einen bedingten Reflex erlernt hatte, wurden die Schläge, Tritte und das Geschrei von Benito Suárez doch stets begleitet von Anspielungen auf ihre abartige Beziehung zu Andrés Larosca und die nicht minder schamlose Sexualität, die sie zur Schau gestellt hatte, als er sie kennenlernte. Dazu mischte sich noch das Klagelied ihrer Mutter, Doña Eulalia del Valle, der Doras Ursünde dazu diente, ihre eigene Feigheit im Umgang mit Benito Suárez zu rechtfertigen, das heißt, ihren Protest darauf zu beschränken, Jeremiaden über eine Tochter anzustimmen, deren Untergang unabwendbar war, weil sie ihre Warnungen überhört, sich kein Vorbild an ihr genommen und ihren Namen besudelt hatte, was allen Schmerz und alle Demütigung Doras in einen weiteren Grund verwandelte, um sich selbst bemitleiden zu können. Und dann war da noch die Umwelt, all das, was Dora seit ihrer Geburt gesehen und gehört, was sie in der Schule gelernt, was ihr die Religion beigebracht, was sie in Romanen gelesen hatte und ihr in Kinofilmen nahegelegt worden war, sprich, diese ganze Unterdrückungsmoral, die einen Augenblick lang von der Glut ihres jungen Körpers besiegt worden war, die sich dann aber in ihrem Geist breitgemacht, sich dort definitiv eingenistet und ihn verändert hatte, bis sich darin nicht etwa ein Konzentrat aus religiös, philosophisch und vom Aberglauben eingefärbten Grundsätzen gebildet hatte, sondern eine fürchterliche Anhäufung von ebenso schlichten wie starren Gemeinplätzen, die sie gegenüber Benito Suárez' Schmähreden völlig wehrlos machten, schien sie in diesen doch auf das Echo ihrer eigenen gegen sich selbst gerichteten Ablehnung zu treffen. Selbiger Benito Suárez wiederum hatte, indem er sie ehelichte, ihre verlorene Würde wiederhergestellt, war ihr Beschützer, Kontakt sowie Zugang zur Wirklichkeit gewesen, denn abgesehen von ihrer Mutter, Doña Eulalia del Valle, diesem wehleidigen, unter den Bäumen des Patio alternden Schattengewächs, und Lina, die ihr letztlich nicht viel brachte, war da eben nur Benito Suárez, auf den Dora zählen konnte. Aus dieser Abhängigkeit (und auch aus der Angst) war ein Gefühl erwachsen, das Lina nie richtig zu fassen vermochte: Es ähnelte dem Respekt, der besänftigenden Verehrung von verschreckten Höhlenmenschen, die die Grausamkeit ihrer Götter zu mildern versuchten, und der Art, wie diese von Feigheit geschlagenen, furchtsamen Primitiven die Verhaltensweisen erprobten, die ihren jeweiligen Gott nicht erzürnten, seine Gunst oder Gnade hervorriefen. Dieser Kult bot den einzigen Bezugspunkt in einer feindlichen, unverständlichen Welt, die allein Benito Suárez kannte und beherrschte: Seine Stimme war ihr Leitstern bei Nacht und ihre Sonne bei Tage, er war Leuchtturm, Wegweiser, Gedächtnis, Cicerone. Jeder Zweifel, ja schon das kleinste Hinterfragen konnte unwiederbringlich auf Abwege führen. Womöglich lauschte Dora deswegen seinen Reden so vorbehaltlos und zeigte sich seinen Absichten gegenüber nie argwöhnisch; womöglich wäre es deswegen zu viel von ihr verlangt gewesen, diesem Mann zu misstrauen, der die totale Macht über sie besaß, selbst wenn man die (wenngleich bislang nur hypothetische) Tatsache anerkannte, dass dieser heimlich geplant hatte, sie in eine Irrenanstalt zu stecken.

Wenn es nach Lina gegangen wäre, hätte Dora nie davon erfahren. Die wenigen Menschen, die mit ihr verkehrten, Doña Eulalia del Valle, Antonia, die Nachbarin, die Schwiegermutter, die Schwägerin und ihre Hausangestellten, sie alle hatten denselben Reflex gehabt: die Wahrheit zu verschweigen oder so zu verzerren, dass alles auf ein Missverständnis zwischen Benito Suárez und Jerónimo Vargas hinauslief. Seltsamerweise führte diese Geschichte mit dem Missverständnis zu einem Bruch in der Freundschaft zwischen den beiden Männern, so als hätte die Notwendigkeit, Zwietracht vorzutäuschen, Letztere wirklich gesät, vielleicht aber auch, weil sie sich mit einem Mal außerhalb ihrer gewohnten Beziehung bewegten, der Kumpeleien, mit denen sie sich gegenseitig beschwichtigen konnten, und dabei die Möglichkeit erkannten, sich gegenseitig fertigzumachen, und sie fanden keinen Grund, genau dies nicht zu tun. Die zwei hatten sich als Kinder im Colegio de los Hermanos Cristianos kennengelernt und waren bereits nach einer Woche im Pausenhof mit den Fäusten aufeinander losgegangen, unter dem zufriedenen Blick des Aufsehers, einem finsteren, kantigen Galicier, stämmig wie der Bauer, der er war, und damit beauftragt, die Schüler, die unter seiner Obhut standen, zur Not mit Genickschlägen zum Gehorsam zu erziehen. Wahrscheinlich hatte er die Gefahr bereits gewittert, als er die beiden am Tag des Schulbeginns aus dem Bus steigen sah, selbst wenn sie erst zehn Jahre alt waren und ins Colegio Biffi so verblendet wie zwei Welpen eintraten, die man plötzlich in einen Zwinger mit ausgewachsenen Tieren wirft. Die gesamte Woche über, so erzählte es später Benito Suárez, hatte der

Galicier sie vom Korridor aus beobachtet, doch keiner der beiden habe bemerkt, dass er sich nur auf sie konzentrierte, denn sie waren ihrerseits damit beschäftigt, die psychische Widerstandskraft ihrer Lehrer einzuschätzen und auf die Probe zu stellen, indem sie das größtmögliche Chaos anzettelten – mithilfe von Schleudern, Pfeilen, Spottnamen, Grimassen, Beleidigungen und allen möglichen Pöbeleien, die sie sich schon als Anführer ihrer jeweiligen Cliquen in der Nachbarschaft ausgedacht hatten, er und Jerónimo Vargas mit den in Perfektion vereinten Kräften derjenigen, die einander für ebenbürtig halten oder wissen, dass sie dasselbe Ziel verfolgen – bis zu jenem Morgen, an dem der Galicier sie auf dem Pausenhof zu einer Schlägerei anstachelte und dadurch versuchte, ihrer Kumpelei ein Ende zu bereiten, womit er allerdings keinen Erfolg hatte, weil die Welpen beim ersten Schlagabtausch merkten, dass es sinnvoller war, sich zum geeigneten Zeitpunkt gegen den gemeinsamen Feind zu wenden, aber noch nicht jetzt, wegen der Gefahr eines Schulverweises, sondern erst später: Als sie mit ihrem Diplom in der Tasche gerade das Theater verließen, in dem die Abschlussfeier stattgefunden hatte, trafen sie in einer Gasse auf den Galicier und verpassten ihm endlich jene Tracht Prügel, vor der er sich schon seit sechs Jahren fürchtete, seit dem Tag, als er sie aus dem Bus steigen sah.

Auf diese Weise also hatten sie diese erste Prüfung in der Schule gemeinsam bestanden, und gemeinsam hatten sie auch zum ersten Mal ein Bordell besucht und waren ins selbe Flugzeug nach Bogotá gestiegen, um dort ein Medizinstudium aufzunehmen. Zwei Bestien, dachte Lina, die wussten, worin sie sich ähnelten und worin sie sich von den anderen unterschieden, und deshalb bereit waren, einander beizustehen, wenn eine von ihnen in Schwierigkeiten geriet, deren Bündnis aber anfällig wurde, sobald sie sich durch Zufall in verfeindeten Lagern wiederfanden und der subtile Mechanismus von gegenseitiger Anerkennung und Solidarität, der verhinderte, dass sie einander angriffen, außer Kraft gesetzt wurde. Denn nur wenn man etwas so scheinbar Abwegiges wie Geruch, Farbe, Federkleid oder rituelles Verhalten in Betracht zog, wurde nachvollziehbar, wieso die beiden weiter miteinander befreundet waren, dann aber plötzlich ohne triftigen Grund anfingen, sich über alles Mögliche zu streiten, insbesondere darüber, wie mit einer Frau umzugehen sei. Zugegeben, auch Nietzsche und Reich hatten hierzu unterschiedliche Meinungen, und Jerónimo Vargas schien wirklich in die klapperdürre junge Frau verliebt zu sein, die bei ihm zu Hause den ganzen Tag über nackt herumschlich. Doch nach Monaten des Eingeschlossenseins, der Hitze, der Einsamkeit, der von morgens bis abends zugezogenen Vorhänge, um die Nachbarn nicht zu verschrecken, begann die junge Frau selbst sich zu langweilen, und auch wenn nur wenige Frauen der Stadt so gut bedient waren wie sie, sehnte sie sich nach einem ausgeglicheneren Leben, weswegen sie Jerónimo Vargas damit drohte, ihre Koffer zu packen und nach Tunja, Sogamoso, Ramiriquí oder woher auch immer sie gekommen war, zurückzukehren, eine Aussicht, die Letzteren in Schrecken versetzte und dazu brachte, den Rat von Benito Suárez einzuholen, nach dessen Ansicht man eine Frau dressierte wie einen Hund, ja, es komme gar nicht infrage, sich ihre Meinungen anzuhören, ihre Drohungen ernst zu nehmen oder ihren Launen nachzugeben, nichts da – was getan werden musste, war, ihr, im Einklang mit den Gesetzen der Götter und der Menschen, den Willen des Mannes aufzuzwingen. Von diesen Vorsätzen ganz beschwingt hatte Jerónimo Vargas seine alltägliche Ehe-Orgie fortgesetzt, bis die mittlerweile wütende junge Frau einen Weg fand, ihn zu zügeln: Sie ließ sich ein Kind machen und lehnte fortan jeden sexuellen Kontakt während der Schwangerschaft ab, was ihn frustrierte, erzürnte und vor allem gegen Benito Suárez aufbrachte, den er noch am selben Abend, als er von der Schwangerschaft erfuhr, auf eine so merkwürdige Art und Weise beschimpfte, dass selbst Dora sich danach Gedanken über seine geistige Gesundheit machen sollte: Denn sie und Benito Suárez waren an diesem Tag zum ersten Mal bei Jerónimo Vargas eingeladen, und als sie eintrafen, öffnete er ihnen zwar die Tür, aber nur, um sie ihnen gleich wieder vor der Nase zuzuschlagen, nachdem er sie barsch angefahren hatte, was zum Teufel sie bei ihm zu suchen hätten. Damit jedoch hatte er das Kriegsbeil ausgegraben und einen Konflikt losgetreten, den zu schüren ein Schulaufseher sich Jahre zuvor vergeblich bemüht hatte und der seinen Höhepunkt zwei Monate später erreichen sollte, und zwar bei Dora zu Hause, wo Benito Suárez und Jerónimo Vargas mit bloßen Fäusten aufeinander losgingen, das gesamte Porzellan im Wohnzimmer zerdepperten und einen nagelneuen Teppich mit Blut besudelten.

Das geschah an einem Karnevalsmontag oder -dienstag. Am Vorabend hatte sich Benito Suárez als Schwarzer verkleidet und sich zu diesem Zweck Schuhcreme ins Gesicht geschmiert, und nachdem er den ganzen Nachmittag über gesoffen hatte, war er bei Jerónimo Vargas vorbeigegangen, angeblich um endlich Frieden zu schließen, im Haus hatte er jedoch nur dessen dürre Frau angetroffen, nach ihren zwei Monaten Schwangerschaft noch knochiger und ausgemergelter als zuvor und außerdem völlig eingeschüchtert – vom Karneval, zu dem ihr Mann mit dem Dienstmädchen geeilt war und sie allein gelassen hatte, von diesen Männern und Frauen, die sie beim Blumenschlacht genannten Umzug gesehen hatte, allesamt geschminkt, Maismehl in die Menge streuend und aus Flaschen trinkend, von dem Lärm, den Tänzen, dem ungeheuren Chaos, in dem vier Tage lang die übliche Trägheit einer Stadt versank, die sie, die junge Frau aus Tunja oder Sogamoso, bisher nur als verschlafen und von der Sonne versengt erlebt hatte, das heißt, bei den wenigen Malen, zu denen sie von ihrem Mann die Erlaubnis erhalten hatte, sich etwas überzustreifen und durch die Straßen zu spazieren. Als sie nun also die Tür öffnete und da der pechschwarze Benito Suárez stand, bekam sie es mit der Angst zu tun; womöglich hatte sie ihn schon immer gefürchtet, und Benito Suárez wusste es oder begriff es in ebendiesem Augenblick, jedenfalls sah er sie starr an und begann, einen Irren nachzuäffen, sprich, solche Grimassen zu schneiden und Geräusche auszustoßen, wie er sie bei Verrückten beobachtet hatte, und ging mit einer Drohgebärde auf sie zu, während sie zurückwich und dann die Treppe hinaufzurennen anfing, dort ausglitt und endlich Hilfeschreie ausstieß, die zu Schmerzensschreien wurden, als sie die Wehen der nahenden Fehlgeburt spürte. Benito Suárez schaffte es noch, einen Krankenwagen zu rufen, das Kind aber war schon verloren. Aus diesem Grund gingen er und Jerónimo Vargas aufeinander los, kamen ihre jeweiligen Geheimnisse ans Licht, und auf diesem Weg erfuhr Dora, die sich mit Renato im Badezimmer verschanzt hatte, von der Existenz Enriquetas und vom Zweck ihrer eigenen Psychoanalyse. Da brach sie in sich zusammen: Verstört und entmutigt versank sie in ihrer Trägheit, wie ein Tier, das sich zurückzieht und in der Finsternis des Verstecks, das es sich zum Sterben ausgesucht hat, dem Gewicht seines eigenen Körpers nachgibt.

V

Hätte Lina ihre Großmutter gefragt, was die beste Methode sei, einen Instinkt zu beherrschen, hätte sie bestimmt zu hören bekommen, dass die Triebe an Orten wirkten, an die sich niemals jemand vorzuwagen gewusst hatte, womit sie ihr letztlich dazu geraten hätte, lieber Vorsicht walten zu lassen, auch wenn sie sich sonst so gerne einmischte. Denn die Großmutter war der Meinung, der Instinkt reguliere sich auf seine eigene Weise und könne in ein und demselben Menschen auf die gegensätzlichsten Neigungen treffen, die seine Gewalttätigkeit im Zaum hielten oder ihn von seinem Ziel abbrachten und jenem Menschen so erlaubten, sich immer wieder den gesellschaftlich etablierten Regeln anzupassen. Einen Menschen endgültig zu verurteilen oder ihm moralische Imperative aufzuerlegen, die an eine völlig utopische Entscheidungsfreiheit geknüpft waren, lief daher in den Augen der Großmutter darauf hinaus, in diesem Menschen Schuldgefühle zu schüren und folglich eine Aggressivität zu tadeln, die sich womöglich nur einen Augenblick lang Ausdruck verschaffen musste, um gleich danach wieder abzuflauen. Vor allem bedeutete es, diesen Menschen in sein Alleinsein zu verbannen, alle Brücken einzureißen, die ihn mit den anderen Menschen verbanden und es ihm erlaubten, sich in diesen wiederzuerkennen, in ihnen sein eigenes Spiegelbild zu sehen: im Guten wie im Schlechten, in allem Glanz und allem Elend. War er jedoch erst einmal abgeschnitten, verlor er entweder allen Mut und jeden Respekt vor sich selbst, oder aber er verschanzte sich hinter einem irrwitzigen Stolz und versuchte, sich über weitere Dummheiten zu rechtfertigen. Doch egal, was geschah, der Instinkt verschwand nie: Er blieb, lag auf der Lauer, war so unberechenbar wie nie zuvor, und je länger er heftig unterdrückt worden war, umso geringer war der Reiz, der ausreichte, um ihn wieder zum Leben zu erwecken.

Geleitet von diesem Gedanken, war die Großmutter womöglich die Einzige, die Benito Suárez' Verhalten während der acht Monate nach seinem groben Streit mit Jerónimo Vargas an jenem Karnevalstag ohne jeden Optimismus verfolgte. In diesen acht Monaten nämlich schien Benito Suárez' Persönlichkeit einen unerwarteten Wandel durchzumachen: Der jähzornige, despotische Mann mäßigte sich, suchte die Nähe anderer Menschen und verfasste Verse im Überfluss, in denen er eine Art philosophischen Verdruss über die Launenhaftigkeit des Schicksals zum Ausdruck brachte. Wahrscheinlich beeinflusst von der Lektüre griechischer Autoren, beteuerte er in seinen damaligen Gedichten, das Schicksal verhöhne wie ein unbarmherziger Gott alle menschlichen Vorhaben, lasse jede Hoffnung zu Staub zerfallen und sperre jedes Menschenleben in ein Labyrinth unergründlicher Absichten. Dieses Gefühl der Ohnmacht hatte recht konkrete Ursachen: Enriquetas Kind war tot zur Welt gekommen, einen Monat, nachdem ihr Mann, der Jurastudent Antonio Hidalgo, auf unerfindliche Weise in der Klinik Las tres Marías verstorben war. Des Weiteren wirkte Jerónimo Vargas – indem er, sich auf seine frisch erworbenen psychoanalytischen Kenntnisse gründend, Benito Suárez den unbewussten Wunsch zuschrieb, bei Vargas' Frau eine Fehlgeburt zu verursachen, weil der Tod von Enriquetas Kind seiner eigenen Vaterschaft einen Strich durch die Rechnung gemacht hatte – heimtückisch an der Verbreitung gewisser Gerüchte mit, die, hätten sie sich als wahr erwiesen, Benito Suárez' Recht, seinen Beruf auszuüben, mindestens infrage gestellt hätten. Und dann war da noch Dora, das Problem mit Dora. Auf die eine oder andere Weise war sie für ihn zwar immer ein Problem gewesen, er hatte sie jedoch, so gut es ging, wenigstens als seine Gattin vorzeigen können, sprich, als eine erloschene Frau, die ihren ehelichen Pflichten aufs Gründlichste nachkam, sich also um die häuslichen Angelegenheiten kümmerte und dem Schatten ihres Mannes auf Schritt und Tritt folgte. Plötzlich aber wehrte sich dieses Ding aus Knetgummi, die Gestalt anzunehmen, die seine Hände ihm aufzwingen wollten, hörte auf, vorzeig- oder ausstellbar zu sein, aber nicht etwa aus eigenem Entschluss, aus einem Akt des Willens oder Widerstands heraus, sondern im Gegenteil, weil sie sich allzu sehr verbiegen ließ, was paradoxerweise ihr Wesen als fügsames Ding pervertierte. Dora war nichts, das heißt, seit dem Tag, als sie von Benito Suárez' Bemühungen erfahren hatte, sie in einer Anstalt wegzusperren, schien sie aufgehört zu haben, lebendig zu sein. Sie faltete sich in sich selbst ein, weigerte sich, die Tabletten zu nehmen, an die sich ihr Körper gewöhnt hatte, und versank in einen Zustand unüberwindbarer Niedergeschlagenheit, dessen Zweck, wenn er denn einen hatte, der Rückzug ins Schweigen, in die Apathie, womöglich gar in den Tod war. Lina ging jeden Tag in Begleitung von Berenice gegen zwölf Uhr mittags zu ihr. Gemeinsam hoben sie sie aus dem Bett, brachten sie ins Bad, setzten sie auf einem Holzschemel unter die Dusche und wuschen den dürren, leicht in sich zusammengezogenen Körper, der sich bewegen ließ wie der einer Puppe. Dann hievten sie sie in einen Schaukelstuhl, legten ihr eine rote Decke über die Beine, fütterten sie Löffel um Löffel mit ein wenig Kartoffelbrei und Hackfleisch und stellten ihr, bevor sie gingen, ein Glas Aguapanela hin. In den Abendstunden kam Lina wieder, um sie auf die Toilette und dann ins Bett zu bringen, wo sie anscheinend weder schlief noch träumte noch an irgendetwas dachte.

In diesem Zustand konnte sie natürlich unmöglich in der Öffentlichkeit auftreten, um, wie Benito Suárez es sich wünschte, diejenigen Lügen zu strafen, die behaupteten, er habe sie in eine Irrenanstalt gesteckt oder in die geistige Umnachtung getrieben (was der Wahrheit um einiges näherkam), nur damit er eine Frau heiraten könne, deren Ehemann er umgebracht habe, als dieser nach einer harmlosen und gut überstandenen Operation in einem Zimmer der Klinik Las tres Marías schlief. Soweit Lina wusste, gab es keine wirklichen Anhaltspunkte, die diese Annahme stützten, ja es war noch nicht einmal die Untersuchung eingeleitet worden, die später zum Drama führen sollte, doch es wurde geredet, getuschelt, aufgeregt von Mund zu Mund weitererzählt, was im Ergebnis aufs Gleiche hinauslief, um nicht zu sagen, noch schlimmer war. Sämtliche Versuche, die Benito Suárez unternommen hatte, um Dora aus ihrer Apathie herauszuholen, waren gescheitert; vergeblich versuchte er, auf sie einzureden, machte ihr Versprechungen, Geschenke, vergeblich setzte er auf die Wahrheit und auf Lügen, auf Verführung und auf Drohungen. Eines Tages wollte er sie womöglich aus Verzweiflung dazu zwingen, ein paar Tabletten zu schlucken, und als sie diese wieder ausspuckte, versetzte er ihr einen

Schlag auf den Mund und fesselte sie dann an den Schaukelstuhl, um ihr vermeintlich ein Aufputschmittel zu spritzen, womit er aber nur bewirkte, dass sie eine Synkope erlitt und über fünfzehn Stunden lang bewusstlos blieb. Diesmal reagierte Lina mit demselben Hass, mit derselben ruhigen und doch unbezähmbaren Entschlossenheit, die sie Jahre zuvor über die Flure in ihrem Haus bis in den Patio hatte huschen lassen, wo ein Hund ohne Namen und Rasse an der Kette lag und im Stillen darauf wartete, den erstbesten Mann, den man in seine Nähe ließ, in Stücke zu reißen, um diesen dann am Halsband zu Benito Suárez zu führen, der Reißaus nahm, mit einem Hund am Leib, der seine Hose in Fetzen biss, ihm die Haut von den Armen riss, die Zähne in seinem Gesäß versenkte, ihn zu Boden warf, selbst dann nicht vom ihm abließ, als Benito Suárez sich mit Schlägen und Tritten zur Wehr setzte, und sogar noch die Tür des Studebakers anfiel, als sich der Mann endlich in Sicherheit bringen konnte.

Vielleicht dachte Benito Suárez an diese Szene mit dem Hund, als er sah, wie Lina in das Zimmer trat, in dem er Dora zu reanimieren versuchte, und mit dem Revolver, mit seinem im Handschuhfach des blauen Studebakers aufbewahrten Revolver, auf ihn zielte. Auf die Idee, den Revolver an sich zu nehmen, war Lina gekommen, als sie, eben bei Dora eingetroffen, von deren Nachbarin Antonia herbeigewunken worden war und die ihr erzählt hatte, Benito Suárez habe sich bei ihr vorhin einen Medikamentenmix besorgt, den man bei Reanimationen einsetzte. Noch bevor Antonia zu reden anfing, hatte Lina, womöglich wegen der Miene der Nachbarin, beim Anblick des Studebakers, den sie in der Garage stehen sah, an den Revolver gedacht. Wann genau sie die Waffe aus dem Fach riss und wie sie anschließend durch die Dienstbotentür gelangte, den Zeigefinger am Abzug, vorbei am entsetzten Blick von Doras Köchin, das hätte sie nicht mehr sagen können. Sie erinnerte sich nur noch an ihre Assoziation und daran, dass ihr die Augen der Köchin wie in der Dunkelheit aufleuchtende Glühwürmchen erschienen waren. Die Zeitspanne, die zwischen dem Moment verging, in dem sie Antonia sprechen hörte, und jenem, in dem sie in Doras Zimmer trat, war in ihrem Kopf ausgelöscht worden. Und niemals mehr, auch viele Jahre später nicht, sollte die Erinnerung daran zurückkehren. Woran sie sich jedoch erinnern sollte, später, als Benito Suárez sich aus dem Staub gemacht und sie Dora zu sich nach Hause hatte bringen lassen, war dies: dass sie, als sie das Zimmer betrat, den Revolver in der Hand hielt, dass Benito Suárez sich umdrehte und sie ansah. Sie wiederum sah Dora auf dem Bett liegen, ihren entzweigeschlagenen Mund, angeschwollen wie der eines Boxers nach dem Knockout, dazu vier schon geronnene Blutfäden am Kinn. Dora wirkte wie tot, ja sie hielt sie für tot. Plötzlich fiel ihr ein, dass Benito Suárez einmal gelesen zu haben meinte, Frauen würden immer danebenschießen, weil sie auf den Kopf statt auf den Bauch zielten, und genau das rief sie ihm nun ins Gedächtnis. Sie ließ den Revolver etwas sinken und sagte: »Ich werde Ihnen nicht in den Kopf schießen, sondern in den Bauch.« Und da nahm Benito Suárez die Beine in die Hand.

Noch oft würde sich Lina erschrocken fragen, ob sie letztlich dazu imstande gewesen wäre, zu schießen und ein Leben zu zerstören, ja, das Leben, das Einzige, was sie auf der Welt wirklich verehrte, dieses unerklärliche Prinzip, das zu respektieren ihr die Großmutter beigebracht hatte – sei es bei Menschen, Tieren oder sogar Pflanzen. Wahrscheinlich hätte sie Benito Suárez nicht getötet, dachte sie doch eine Sekunde, bevor sie ihn davonrennen sah, dass es besser war, ihm in die Beine zu schießen. Aber dass sie ihm mit dem Tod gedroht hatte, war für sie die Offenbarung einer ungeahnt finsteren Seite ihrer selbst und gleichzeitig eine fürchterliche Lehre in Demut. In jedem Fall half ihr der Ausbruch, um Dora zu sich zu bringen und dann der Fürsorge von Doktor Ignacio Agudelo zu übergeben, während sie selbst sich auf den Auftritt von Benito Suárez vorbereitete und versuchte, sich seine Reaktion auszumalen, oder besser: die Haltung, in der seine Reaktion ihren Ausdruck finden würde. Und sie war sich dabei sicher, dieses Mal jede Bekundung von Unterwürfigkeit oder Nachgiebigkeit von vornherein ausschließen zu können, denn die schlichte Tatsache, vor einer Frau geflohen zu sein, die obendrein noch seinen eigenen Revolver in der Hand gehalten hatte, musste für ihn eine unüberbietbare Demütigung darstellen. Sie wartete also in Ruhe auf ihn, das heißt, in relativer Ruhe, jedenfalls, wenn man ihren Gemütszustand mit jenem von Berenice verglich, die Tag und Nacht Wache an Doras Bett hielt, ein Messer in den Falten ihrer gestärkten Schürze. Als sie sich aber alles noch einmal durch den Kopf gehen ließ, zeichnete sich allmählich die Figur ab, die Benito Suárez dabei helfen würde, sich seine Selbstliebe zu bewahren: der beleidigte, gleichwohl verzeihensbereite Mann, verstand er doch, dass sein Angreifer (also Lina) angesichts einer bewusstlos daliegenden Dora impulsiv gehandelt hatte. Ebenso ging sie davon aus, dass Benito Suárez ihren Vater zum Gesprächspartner erwählen würde, einerseits als Revanche für den so demütigenden Telefonanruf, aber auch, um seinem Protest eine förmliche Note zu verleihen. Deswegen wunderte sie sich nicht weiter darüber, dass er ihr, als er endlich bei ihnen zu Hause auftauchte und sie ihn hereinbat, zum Gruß nur kurz zunickte und schnell den Flur bis zu jenem Zimmer durchquerte, in dem ihr Vater gerade lesend neben dem großen schmiedeeisernen Gitter zum Patio saß und die abendliche Kühle genoss. Was sie hingegen beunruhigte, war sein Erscheinungsbild, das heißt, nicht so sehr der Eindruck verletzter Würde, das gehörte zum Programm; ebenso wenig seine Blässe oder der Dreitagebart, der auf schlaflose Nächte und – glaubte man dem, was Doras Köchin Berenice erzählt hatte – auf Appetitlosigkeit und erhöhten Whiskeykonsum schließen ließ. Nein, da war vielmehr etwas Neues in seinem Auftreten, etwas, das aus der Posse entstanden war, sich dann aber in unverfrorenen Fatalismus, in verzweifelte Entschlossenheit verwandelt hatte, ganz so, als habe er endlich entschieden, sich mit dem Dämon, der in ihm schlief, zu versöhnen. Und dennoch hatte das, was sich in seinem Bewusstsein eingerichtet zu haben schien – Resignation, Anpassung, Verwahrlosung –, nichts mit Dora zu tun. Zu dem Schluss kam Lina jedenfalls, als sie ihm durch den Flur folgte und mit ansah, wie er gegen die Krawatte lief, die ihr Vater in den Türrahmen seines Zimmers gehängt hatte, um die Fledermäuse in die Irre zu führen: Dora war in dem Moment nur ein Vorwand für eine neue Darbietung, nun aber kurzzeitig unterbrochen von dieser unerwarteten Krawatte, die da plötzlich vor seinen Augen herumtänzelte und der er mit einer brüsken Bewegung auswich, als sei er, ohne es zu wissen, selbst die Fledermaus, zu deren Verwirrung die Krawatte bestimmt war. Und Dora blieb ein Vorwand während der ganzen Szene, die sich abspielte, als er sich dann an Linas Vater wandte, der, ohne sich aus seinem Schaukelstuhl zu erheben, das Buch auf den Tisch und darauf seine Brille legte und dann Benito Suárez mit nach hinten gelehntem Kopf musterte, um einem nun womöglich folgenden

Sermon über die Rechte des Ehemannes oder irgendeinem anderen rechtsverdreherischen Geschwätz besser zuhören zu können (denn das Einzige, was ihr Vater über die Anwesenheit Doras bei ihnen zu Hause wusste, war, dass Lina diese in ohnmächtigem Zustand zu sich geholt hatte, um sie von Doktor Agudelo behandeln zu lassen). Er war aber keinesfalls auf den Satz vorbereitet, den Benito Suárez nun mit fast unhörbarer Stimme durch den zusammengepressten Kiefer hervorstieß: »Doktor Insignares, ich habe Ihnen etwas Wichtiges mitzuteilen: Ich werde Ihre Tochter wegen versuchten Mordes anzeigen.« Ihr Vater blinzelte gleich zweimal: »Na, na, wovon reden Sie da, Benito Suárez?« »Von mir«, ging Lina dazwischen. »Ich habe mit seinem Revolver auf ihn gezielt, bevor er Dora ganz umbringt.« Benito Suárez' Gesicht verkrampfte sich noch weiter, und seine Nasenlöcher blähten sich mit jedem Atemzug auf. »Da haben wir's, Doktor Insignares, die Beschuldigte gesteht: Sie hat versucht, mich zu ermorden, und außerdem meine Frau entführt.« In den Augen ihres Vaters sah Lina ein Lächeln aufblitzen, das er aber umgehend durch die nachsichtige Gelassenheit ersetzte, mit der man die Erregten zu betrachten pflegt. »Hören Sie, Benito Suárez«, sagte er. »So schlimm ist die Sache nun wirklich nicht.« Und da spürte sie plötzlich Benito Suárez' Verwirrung, seine zornige Ohnmacht in ihrem eigenen Innern. Denn davon, dass sie es wahrnahm, konnte keine Rede sein, sie musste ihn ja nicht einmal ansehen. Einen Augenblick lang, der ungefähr so flüchtig war wie der Schatten einer Wolke um die Mittagszeit, hatte sie das Gefühl, sich in ihm wiederzufinden, in diesem Bewusstsein des Gedemütigten, der gekommen war, um eine Art Wiedergutmachung zu verlangen, in der Gewissheit, endlich die Karte in der Hand zu halten, die es ihm erlaubte, Respekt, ein Zwiegespräch oder sogar eine Entschuldigung einzufordern – nur um dann auf einen vollkommen ruhigen Mann zu treffen, der seine Anschuldigungen nicht ernst nahm und sich auch noch erdreistete, ihm mit Herablassung zu begegnen. Er, Benito Suárez, war ohne Revolver oder irgendeine andere Waffe gekommen, und ihr Vater war kein armer Teufel aus Sabanalarga. Deshalb zögerte er, und auch dieses Zögern konnte Lina in sich spüren. Dann aber verlor sie den Kontakt zu ihm, ja mehr noch, sie hatte das Gefühl, Benito Suárez verliere jeden Kontakt mit der Realität. Sie sah zu, wie er zurückwich, wieder gegen die zur Verwirrung der

Fledermäuse aufgehängte Krawatte stieß und diese eine Sekunde lang entgeistert anstarrte, als handele es sich um einen gegen ihn gerichteten bösen Zauber. Dann wandelte sich seine Miene, ohne dass er sich bewegt oder die Krawatte aus den Augen gelassen hätte: Sie musste ihm vorkommen wie ein absichtlicher Affront, doch in einem Anflug von Geistesgegenwart schien er sich zu sagen, dass niemand, nicht einmal der alte Fuchs, der ihr Vater war, hätte wissen können, dass er ihn an diesem Tag, um diese Zeit und an diesem Ort aufsuchen wollte. Also verwandelte er die Krawatte in etwas anderes, womöglich in das Symbol der Verfolgung, deren Opfer er war oder zu sein meinte, riss sie mit einem Streich zu Boden und fing an, mit den schweren Gummisohlen seiner weißen Schuhe auf ihr herumzutrampeln.

Dieses Schauspiel beobachtete ihr Vater völlig ungerührt von seinem Schaukelstuhl aus, während am anderen Ende des Flurs Berenice die Haustür öffnete. Benito Suárez blickte die beiden an, im Gesicht die wütende Angst eines in die Enge getriebenen Tieres, und wieder beschleunigte sich sein Atem. Stammelnd brachte er das Wort »entführt« heraus, er wiederholte es ein paarmal, dann endlich gelang ihm der ganze Satz: »Man hat meine Frau entführt.« Dieser Einfall diente ihm als eine Art geistiger Halt oder vielmehr als Rechtfertigung, dank der er das Gleichgewicht etwas zurückgewann, denn plötzlich fasste er sich wieder und ging dann recht forsch zum Telefon, um die Polizei zu rufen, beziehungsweise, er griff nach dem Hörer und fing scheinbar an, mit jemandem zu reden, demgegenüber er behauptete, Lina habe seine Frau verschleppt, ja er selbst befinde sich in der Gewalt von Doktor Insignares – allerdings hatte er gar keine Nummer gewählt und schien sich darüber nicht mal im Klaren zu sein. Lina sah ihm mit einer Mischung aus Misstrauen und Mitleid zu: Sie wusste, dass Benito Suárez gerade einen falschen Schritt getan hatte, oder, anders gesagt, einen Schritt über die gewundene Grenze zwischen Vernunft und Unvernunft, doch es war ihr unklar, wie seine Reaktion ausfallen würde, wenn er wieder in die Realität zurückfand und feststellte, dass er in ein Telefon sprach, bei dem er lediglich den Hörer abgenommen hatte. Zum Glück nahm sich ihre Großmutter schließlich der Sache an, denn sie erschien in einer Seitentür, grüßte ihn, lief auf ihren Gehstock gestützt an ihm vorbei und sagte: »Kommen

Sie doch zu mir auf die Terrasse, wenn Sie fertig sind mit Telefonieren, dann trinken wir einen Zitronentee.« Lina sollte nie erfahren, was die beiden miteinander sprachen. Sie beschränkte sich darauf, Berenice das Tablett mit den zwei Teetassen abzunehmen und auf die Terrasse zu bringen, wo Benito Suárez, auf dem Boden knieend, den Kopf in den Schoß der Großmutter gelegt, wie ein Kind heulte. Aus dem Blick ihrer Großmutter las sie ab, dass sie auf der Stelle zu verschwinden habe. Also schloss sich Lina in ihr Zimmer ein und hörte erst etwa drei Stunden später, gegen Mitternacht, wie die Tür zur Straße aufging, der Motor des blauen Studebakers ansprang und dann die behutsamen, beinahe verstohlenen Schritte ihrer Großmutter, die ein Licht nach dem anderen im Haus löschte, bevor sie zu Bett ging. Es sollte das letzte Mal sein, dass die Großmutter sich auf der Terrasse mit Benito Suárez unterhielt.

Danach ließ das Verhalten von Benito Suárez acht Monate lang nichts zu wünschen übrig: Er ging liebevoll mit Dora um, lud sie zu den Filmpremieren ins Kino ein und führte sie eines Samstagabends sogar zum Tanzen in den Patio Andaluz aus. Seine plötzliche Freundlichkeit ließ den undefinierbaren Ausdruck der Selbstakzeptanz, die böswillige Nachgiebigkeit gegenüber seinem anderen, womöglich tieferen und authentischeren Ich, das sporadisch in Erscheinung trat und dessen Zerstörungswut er stets zu rechtfertigen versucht hatte, nur noch deutlicher hervortreten. In Anbetracht seiner neuen, entschlossenen Miene mit den wachsamen Augen, die sich verschleierten, ohne auch nur die geringste Gefühlsregung erkennen zu lassen, fühlte sich Lina mit Unbehagen an die Theorien ihrer Großmutter über die Unterdrückung des Instinkts erinnert, mit denen diese erklärte, zwar einen unbarmherzigen Fatalismus abzulehnen oder zumindest nicht ganz zu teilen, aber gleichwohl auf den großen Knall zu warten, der die Dinge wieder an ihren rechten Platz rücken würde. Weil Lina Benito Suárez zu gut kannte, um ihm abzunehmen, dass er sich von heute auf morgen von Grund auf gewandelt haben könnte. Und weil sie wusste, dass er damals mit einem ernsten Problem, einem richtigen Problem konfrontiert war, mit der Untersuchung zum Tod des Jurastudenten Antonio Hidalgo, die seine Mitgesellschafter in der Klinik Las tres Marías heimlich angestrengt hatten. Wie so oft bei den in der Stadt begangenen Gewalttätigkeiten konnte diese

Untersuchung jederzeit eingestellt werden, besser gesagt, sie hätte zur bloßen Pantomime verkommen können, wenn nicht der Klinikleiter höchstpersönlich die Untersuchung geleitet hätte, Doktor Vesga, der mit seiner Frau und seinen sechs Kindern aus Santander im Nordosten des Landes nach Barranquilla gekommen war – auf der Flucht vor der Gewalt. Wobei »Flucht« vielleicht nicht das geeignetste Wort war, um alles zu erfassen, was Vesga zu planen, zu verfolgen oder in die Tat umzusetzen in der Lage war. Denn es war einfacher, sich vorzustellen, wie er einer Meute von Chulavita-Paramilitärs die Stirn bot, als sich auszumalen, dass er das alte Haus seiner Vorfahren verließ, selbst wenn dieses Haus niedergebrannt, seine Mutter vergewaltigt und seine zwei Brüder mit der Machete enthauptet worden waren. Als genau dies geschehen war, hatte er gerade seine Facharztausbildung in Frankreich absolviert, so erzählte Doktor Agudelo es Lina, und offenbar hatte Doktor Vesga seine Frau und seine Kinder zurückgelassen, um mit einem ganzen Arsenal an Granaten und Gewehren, die er über die venezolanische Grenze schmuggelte, zurückzukehren und die Waffen unter den Arbeitern seines Anwesens zu verteilen, die dem Massaker entkommen waren und mit ihm zusammen ein Jahr lang versuchten, jeden Einzelnen derjenigen aufzuspüren und zu fassen, die verantwortlich für die Vernichtung seiner Familie waren. Vielleicht brachte er sie alle um, weil er aus Santander stammte. Vielleicht auch nur ein paar von ihnen, weil er Arzt war. In jedem Fall führte ihn das, was er gesehen (wenn er denn etwas gesehen hatte) oder getan hatte (wenn er denn etwas getan hatte), zu der unerschütterlichen Erkenntnis, dass das Gute und das Böse überaus konkrete Wesenheiten waren, die man unter allen Umständen identifizieren konnte. So war er also nach Barranquilla gekommen: mit seiner Frau und den Kindern, seinen Tempelritter-Prinzipien und dem Ruf, einer der besten Chirurgen des Landes zu sein. Und er war es, glaubte man den Ärzten, die sich um ihn scharten, wenn er im größten Krankenhaus der Stadt unentgeltlich operierte; sie folgten ihm ehrfürchtig über die Klinikflure und stritten sich darum, ihm im Operationssaal assistieren zu dürfen. Als einzige operationstechnische Assistentin des Krankenhauses war Lina dreimal Teil seines Teams gewesen; dreimal half sie ihm beim Anziehen des grünen Kittels sowie beim Überziehen der Gummihandschuhe und reichte ihm voller Angst, auch nur den allerkleinsten Fehler zu begehen, zitternd die Pinzette, mit der er akribisch, mit beinahe übermenschlicher Genauigkeit und ungeheurer Präzision Blutgefäße schloss, Fett entnahm, Tumore einkreiste. Bei den großen Operationen, zu denen sie natürlich nicht hinzugebeten wurde, durften die älteren Ärzte zusehen oder assistieren, die jüngeren waren froh, wenn sie als Helfer dabei sein durften, oder drängten sich hinter der Tür, um durch die runden Fenster in den OP schielen zu können. So ein Mann musste Benito Suárez wohl oder übel beeindrucken, denn er war, was er selbst so gerne gewesen wäre: ein berühmter Chirurg, Nachfahre einer alten Familie von Edelleuten und ein Mensch, von dem es hieß, er habe rücksichtslos die Seinen gerächt; kein Angeber oder Großmaul, sondern einfach nur ein Mann und obendrein aufrichtig, einer, der kein Blatt vor den Mund nahm und sein Handeln an dem ausrichtete, was er für seine Pflicht hielt.

Seine Rechtschaffenheit oder, wenn man so will, seine Skrupel beziehungsweise sein Berufsethos sorgten dafür, dass er die Gerüchte ernst nahm, die Benito Suárez die Schuld am Tod des Jurastudenten Antonio Hidalgo zuschrieben. Er selbst hatte die Operation durchgeführt und den Patienten in der Nacht seines Todes längst außer Gefahr geglaubt. Und selbst wenn ein hämorrhagisches Syndrom durch eine zufällige, nicht vorhersehbare Komplikation grundsätzlich denkbar war, umso mehr, als Hidalgo aus Unachtsamkeit oder Unwissen vergessen hatte, ihm mitzuteilen, dass er ein Jahr zuvor an Hepatitis erkrankt war, blieben da doch zwei äußerst seltsame Umstände zu klären: die kleine Nonne, die sich in der Nacht auf der chirurgischen Station befunden hatte, schwor, gesehen zu haben, wie Benito Suárez aus dem Zimmer von Antonio Hidalgo getreten war; außerdem war dem Verantwortlichen des Medikamentenlagers am selben Tag aufgefallen, dass eine Schachtel Heparin verschwunden war. Die Schachtel konnte natürlich von jedem entwendet worden sein, nun gut, nicht wirklich von jedem, denn nur Ärzte und Krankenschwestern mit einer Verordnung durften das Lager betreten und mussten eine Quittung unterschreiben, wenn sie es mit den angeforderten Mitteln wieder verließen. Benito Suárez war dort um etwa sechs Uhr abends (seine Unterschrift war auf der Liste zu sehen) auf der Suche nach einem neuen Narkosemittel gewesen, dessen Nebenwirkungen er kennenlernen wollte, bevor er es zur Anwendung bei dem Patienten freigab, den er am folgenden Tag operieren sollte. Wenn das nicht dafür sprach, dass er der Urheber des Diebstahls war, so blieb es doch unerklärlich, ja verdächtig, dass er sich im Zimmer von Antonio Hidalgo aufgehalten haben sollte, der gar nicht sein Patient war, und zwar genau zu dem Zeitpunkt, als die kleine Nonne wegen eines falschen Alarms gerade ihren Posten verlassen hatte, falsch deswegen, weil der Kranke des Zimmers, aus dem der Alarm kam, eigentlich unter der Wirkung eines starken Beruhigungsmittels schlief. Genau hier nahm das Rätsel sein Anfang: Die kleine Nonne hatte die Klingel aus Zimmer 20 gehört, was ihr an sich schon recht seltsam vorgekommen war; dann hatte sie einmal den ganzen Flur durchquert, das Zimmer betreten und festgestellt, dass der Kranke schlief; woraufhin sie sich ausmalte, dieser sei vielleicht plötzlich wachgeworden und habe unbewusst die Klingel betätigt, um gleich wieder in sich zusammenzusacken. Als sie auf den Flur zurückkehrte, sah sie Benito Suárez die Tür des Zimmers von Antonio Hidalgo hinter sich schließen und so hastig fortgehen, dass sie, wie sie später bei den Ermittlungen erklärte, davon ausging, es sei etwas Schlimmes mit dem Kranken geschehen, wenn ein Arzt ihn um diese Uhrzeit noch untersuchte. Sie eilte deswegen an das Bett von Hidalgo und wunderte sich ein wenig darüber, dass dieser so friedlich schlief. Sechs Stunden später, bei ihrer letzten Runde, hatte sie ihn dann leblos vorgefunden, der Körper mit blauen Flecken übersät, die Augen rot angelaufen, dazu Nasenbluten. Die Autopsie ergab: schweres hämorrhagisches Syndrom bei einem jungen Mann, der nach der Operation eines Geschwürs eine Venenentzündung entwickelt und deshalb eine Heparin-Infusion erhalten hatte. Es handelte sich jedoch um einen Patienten von Dr. Vesga, und Dr. Vesga mochte es nicht, wenn ihm seine Patienten wegstarben, besser gesagt, es erschien ihm unerträglich. Wenn ein guter Arzt, wie Dr. Agudelo Lina immer wieder dargelegt hatte, den Tod zu seinem persönlichen Feind erklärte, gegen den er beharrlich, ja fast krankhaft ankämpfte, so war Dr. Vesga ein Arzt bis ins Mark: Er hasste den Tod: Er hatte gelernt, seine Versteckspiele, Listen und Täuschungsmanöver zu erkennen, seine Präsenz Monate, mitunter Jahre im Voraus zu bemerken, und er ging auf ihn los wie ein Stier, allerdings wie ein bereits mit der Capa gereizter Stier, dessen Waffen unablässige Fortbildungen, ein klinischer Blick und ein unerbittliches Skalpell waren. Hidalgos unerwarteter Tod war ein schwerer Schlag für ihn, mehr noch – wenn man seine rigorose Ethik berücksichtigte –, ein Vorwurf der Fahrlässigkeit gegen sich selbst: Er hatte Hidalgo mit dem verordneten Heilmittel zum Tode verurteilt, denn mit Sicherheit hatte die Hepatitis zu Blutkreislauf-Problemen geführt. Er war dafür verantwortlich. Er und auch Hidalgos Familie, die es versäumt hatte, ihn über eine Krankheit in Kenntnis zu setzen, deren Nachwirkungen bei einer Operation tödlich sein konnten. Gleiches galt für das Klinikpersonal, falls wirklich jemand die Heparin-Dosis so schonungslos erhöht hatte. Erst verfolgte Dr. Vesga Schritt für Schritt die Autopsie und untersuchte dann unermüdlich alles, was mit Hidalgos Tod zusammenhängen konnte, von dem Moment an, in dem der den Operationssaal verlassen hatte: nicht nur die Patientenakte, in der alle Auffälligkeiten und Reaktionen auf die Medikamentengabe verzeichnet worden waren und die er bereits allabendlich und -morgendlich geprüft hatte, sondern auch die Laborwerte und EKGs sowie sämtliche Geräte auf seinem Zimmer. Wie ein Staatsanwalt befragte er die Krankenschwestern, die sich drei Tage lang um Hidalgo gekümmert hatten, um zu überprüfen, ob dieser auch wirklich alle von ihm verordneten Medikamente in der angegebenen Dosierung erhalten hatte. Bis schließlich die kleine Nonne an der Reihe war, die ohne jeden bösen Willen erzählte, Benito Suárez sei nur wenige Stunden, bevor sie Hidalgo tot aufgefunden hatte, aus dessen Zimmer herausgetreten. In diesen Tagen nun hatte Antonio Hidalgos Vater ihn aufgesucht und recht aufgeregt einen anonymen Brief vorgelegt, den Dr. Vesga jedoch gar nicht erst ganz durchlas. In seinen Augen war ein anonymer Brief äußerst verachtenswert, womöglich der Racheakt einer sitzengelassenen Krankenschwester – obwohl Dr. Vesga keinerlei Verhältnisse zwischen Ärzten und dem Rest des Personals duldete –, aber in diesem Fall gab es nun einmal diese beunruhigende Koinzidenz. Warum hatte Benito Suárez das Zimmer von Hidalgo betreten, wenn dieser überhaupt nicht sein Patient war, und vor allem: Warum hatte er, als er dazu befragt wurde, die Behauptung der kleinen Nonne so vehement bestritten? Vor die Wahl gestellt zwischen einer Frau, die sich im Dienst an den anderen aufopferte, und einem überspannten Rowdy gab es für Dr. Vesga keinen Zweifel, für wen er sich entschied. Dennoch unterzog er die kleine Nonne, ob nun aus Misstrauen oder aus gebotener Objektivität, einem Sehtest, bei dem aber keinerlei Anomalien gefunden wurden, und dann rekonstruierte er zur selben Uhrzeit, zu der Hidalgo gestorben war, die Szene, das heißt, er begab sich zu Zimmer 20, kehrte von dort aus auf den Flur zurück und stellte fest, dass von dort aus jeder Mensch, der das Zimmer verließ, in dem Hidalgo gestorben war, problemlos zu identifizieren war. Von diesem Augenblick an blieb ihm nichts anderes übrig, als den Motiven eines Verbrechens nachzuspüren, das er sich mit Schrecken auszumalen begann. Da er jedoch recht abgeschottet lebte und den Ruf hatte, Klatsch und Tratsch zu verabscheuen, waren die von Jerónimo Vargas verbreiteten Gerüchte noch nicht bis zu ihm gedrungen.

Währenddessen unternahm Benito Suárez alles Mögliche und Unmögliche, um sein öffentliches Bild zu verbessern, indem er seine Gewaltbereitschaft zügelte, die unter anderen Umständen sämtliche Mitgesellschafter der Klinik Las tres Marías zu spüren bekommen hätten, allen voran Jerónimo Vargas. Die Anschuldigung, die gegen ihn vorlag, wog jedoch zu schwer, als dass er es sich hätte erlauben können, seinen Impulsen nachzugeben, zu eindeutig war sie, als dass er unbesonnen darauf hätte reagieren können. Mit einem Mal musste er einsehen, dass ihm das Auftreten als stets mit Revolver bewaffnetes Großmaul nicht mehr zum Vorteil gereichte, ihm weder den erwünschten Respekt einbrachte noch diesen beharrlichen Mann aufhielt, der den Gerüchten zufolge vor einigen Jahren sein Leben aufs Spiel gesetzt hatte, als er sich einer Horde von Chulavita-Schergen entgegenstellte. All seine Grenzüberschreitungen, all die Brutalität seines Gebarens, das es ihm erlaubt hatte, sich straflos in der Welt zu behaupten, tauchten nun wieder aus der Erinnerung derer auf, die seine Opfer, Komplizen oder Zeugen seiner Taten geworden waren, um ihm – ohne irgendeine Form des *in dubio pro reo* – die Verantwortung für ein Verbrechen zur Last zu legen, das er womöglich gar nicht begangen hatte. Diese Annahme jedenfalls bevorzugte Lina damals, denn sie wusste, wie viel stolze Genugtuung Benito Suárez aus seinem Beruf zog, und womöglich hatte er genau das ihrer Großmutter anvertraut, als sie sich in jener Nacht zum Gespräch auf die Terrasse zurückgezogen hatten. Ein Echo dieses Zweifels sollte Lina Jahre später auf eine recht seltsame Weise erreichen, als sie bereits in Paris lebte und Benito Suárez nur noch eine immer undeutlicher werdende Erinnerung unter vielen anderen war.

Es geschah eines Nachmittags in einem endlosen Sommer, der ihr die gnadenlose Hitze von Barranquilla ins Gedächtnis gerufen hatte, während sie Papiere von früher sortierte und in eine Contrex-Kiste packte, um diese in ihr neues *chambre de bonne* zu schaffen, das sie unweit der Plaçe Maubert angemietet hatte; da war sie plötzlich auf einen noch verschlossenen Umschlag gestoßen, auf einen an ihre Großmutter gerichteten Brief, der erst zwei Wochen nach deren Begräbnis eingetroffen war und dessen Existenz sie, Lina, völlig vergessen hatte. In dem Schreiben – ein wirres, ja wahnsinniges Kauderwelsch, in dem sich ohne Rücksicht auf irgendeine Logik Schwüre, Nietzsche-Zitate und Gedichtstrophen vermengten, verfasst in einer offenkundig zittrigen Handschrift, die sich wie die eines Kindes hoch und runter bewegte und bei jedem Wort über die waagrechten Linien des Papiers rutschte – versuchte Benito Suárez, der Großmutter zu erklären, was geschehen war, und er erinnerte sie an ein Gespräch, das er mit ihr geführt und in dem er ihr erklärt hatte, Opfer einer ruchlosen Anschuldigung geworden zu sein. Er, schrieb er in dem Brief, wäre ohne Weiteres dazu imstande gewesen, Enriquetas Mann zu einem Duell herauszufordern, niemals aber dazu, ihm die Dosis eines Medikaments so brutal zu erhöhen, dass ihn dies töten werde, nicht, solange der Mann wehrlos in seiner eigenen Klinik lag; außerdem habe er gewusst, dass der andere dazu verurteilt war, ein neues Geschwür auszubilden, und einer weiteren Operation nicht standhalten würde. Und weiter unten, mitten im Durcheinander dieses verquälten Schriftstücks, stieß Lina auf einen erstaunlichen klaren Satz, in dem sich die Schlussfolgerung verdichtete, auf die auch sie selbst gekommen war: »Ich bin ein Mörder, ja, aber mehr noch bin ich Arzt. Die Tätigkeit, bei der ich mich von meiner besten Seite zeigen konnte, würde ich niemals in Verruf bringen.«

Beim Lesen des Briefs fühlte sich Lina mit einem Schlag in jene Tage zurückversetzt, als sie das Verhalten von Benito Suárez mit Dr. Agudelo besprach, der ihn ebenfalls nicht für verantwortlich an dem Verbrechen hielt, das ihm die Kollegen zur Last legten, weswegen er sogar zu seinen Gunsten bei Dr. Vesga vorgesprochen hatte. Schließlich gab es keinerlei Beweis für Benito Suárez' Schuld, kein wirklich stichhaltiges Indiz, und selbst seine Beziehung zu Enriqueta, die aus ihm einen vermeintlichen Mörder machte, konnte paradoxerweise dabei dienlich sein, über seine Unschuld zu spekulieren: Denn Antonio Hidalgo war in der Tat zum Tode verurteilt: Innerhalb von zwei Jahren war er dreimal an einem Geschwür im Zwölffingerdarm operiert worden, und das gesamte wissenschaftliche Rüstzeug von Dr. Vesga, sein Skalpell, seine Behandlungen und Ratschläge prallten an der Lebensuntüchtigkeit dieses jungen Mannes mit dem fiebrigen Blick ab, den Lina so oft im Hof der Universität vom Tisch aus auf die Studenten hatte einreden hören. Enriquetas Mann war damals ein polizeibekannter Agitator, von dem sich die jungen Leute tunlichst fernhielten, die auf der Suche nach einer revolutionären Strategie aufmerksam Marx und Engels lasen und die Monate oder Jahre später, angeödet von all dem Geschwätz, all dem Zaudern ihrer Anführer und der Politik der kommunistischen Partei, losziehen würden, um sich im Guerrillakrieg zu opfern. Hidalgo schien keine Zeit zum Nachdenken zu haben: Er wollte die Gesellschaft von heute auf morgen verändern und glaubte dabei unbeirrt an die Agitation der Studenten, hielt sie für das Sesam-öffne-dich der Revolution. Mit den Jahren würde Lina nur ein einziges Bild von ihm in Erinnerung behalten: das eines dünnen, blassen jungen Mannes, der ein Schild schwenkend und heiser vom vielen Geschrei die Demonstrationen anführte und als Erster die Prügel der Polizei abbekam. Persönlich war sie ihm nie begegnet, ihr Vater hingegen schon, denn er hatte ihn zweimal aus dem Gefängnis geholt – einmal, als Hidalgo die Schaufenster der Händler in der Calle Cuartel eingeschlagen, ein anderes Mal, als er einen Wagen in Brand gesetzt hatte. Ihr Vater hielt Hidalgo für einen Erleuchteten, für so etwas wie einen vom Glauben besessenen, von der Leidenschaft verzehrten und von seinen utopischen Vorstellungen geblendeten Menschen, dem mit Vernunft oder überhaupt mit Reden oder Argumenten gar nicht beizukommen war, bei dem es einfach darum ging, ihn freizubekommen, damit seine Verletzungen versorgt würden, und eine Woche später traf man ihn dann wieder an der Universität an, wo er erneut für Aufruhr sorgte und eine weitere Demonstration gegen was auch immer organisierte, und so würde es weitergehen, bis das nächste Geschwür seinem Leben ein Ende bereitete. Wenn ihr Vater dem Sohn eines weniger einflussreichen Kollegen half, so hatte er sich anfangs aus Neugierde, aber nicht ohne Sympathie, für Hidalgo interessiert, da er in ihm die kleine Ausführung oder, wenn man so will, den Embryo eines dieser Wirbelstürme erkannte, die von Zeit zu Zeit über die Welt hinwegfegten: die Dschingis Khans oder Alexanders, die Napoleons, Lenins und Hitlers – Männer, deren Lebensgeschichten er auswendig kannte und die er für den Abglanz, das Werkzeug und den Paroxysmus der menschlichen Dummheit hielt. Allerdings war ihm Hidalgo irgendwann weniger als Embryo denn als Fehlgeburt erschienen, weil sich sein Fanatismus auf eine übertrieben manichäische Weise äußerte und bisweilen sogar direkt in Richtung Psychiatrie wies, das jedenfalls hörte ihn Lina sagen, als er das erste (und einzige) Mal von Enriquetas Mann sprach, und er sagte das weniger zu dem Zweck, diesen Mann greifbar zu machen, als vielmehr, um Enriqueta zu verteidigen, auch wenn Lina diese gar nicht wirklich angegriffen hatte, nun gut, sie hatte bei ihrer Erwähnung eine Bezeichnung verwendet, die ihrem Vater wohl abwertend oder so ungerecht vorkam, dass er meinte, er müsse seinerseits die Rolle Enriquetas in dieser ganzen Geschichte verdeutlichen. Die Rolle war seiner Ansicht nach die eines träumerischen, eher strohköpfigen Wesens, dem jedes Kalkül abging und das nun hin- und hergerissen war zwischen einem überspannten Ehemann, der es ein Jahr nach der Vermählung immer noch nicht geschafft hatte, ihr die Jungfräulichkeit zu nehmen, und einem mindestens genauso wahnsinnigen Liebhaber, der nach dem Ende der erzwungenen Abstinenz seine Männlichkeit umso mehr unter Beweis stellen musste. Beide waren maßlos in ihrem Wahn, bewegten sich jenseits dessen, was die junge Frau verstehen, durchdenken oder fassen konnte, diese junge Frau, die im Viertel von San José in einem Haus mit rosa Fassade, zwei nicht allzu großen Zimmern und einer vom Ofenrauch rußschwarzen Küche geboren worden war: Ihre einzige Vertraute war die Mutter, eine Witwe, die aus Wohltätigkeit in einem Notariat angestellt worden war und morgens um sechs in den Bus stieg, um erst abends wieder heimzukehren, und auch sie hatte wenig von der Sache begriffen: Sie wurde weder schlau aus dem Schwiegersohn, diesem Schmarotzer, der nicht zum Studieren und nicht zum Arbeiten taugte und durch nichts dazu beitrug, den Alltag zu meistern, weil er immer nur wie besessen und im Namen eines gewissen Marx von der Revolution faselte; noch aus dem Liebhaber, diesem wilden Benito Suárez, den sie wohl zwischen Entsetzen und Faszination schwankend betrachtete und darüber schimpfte, dass ihre Tochter ihn kennengelernt hatte, als er bereits verheiratet war. Das Getratsche, das der auffällige blaue Studebaker in der Nachbarschaft auslöste, beschämte sie ein bisschen, erfüllte sie aber auch mit Stolz: Jahrelang hatten sie und Enriqueta erlebt, was es hieß, sich mit leerem Magen schlafen zu legen, den Verkäufer an der Ecke um einen Aufschub oder einen neuen Kredit anbetteln oder mit einem demütigen Lächeln die abgelegte Kleidung irgendeiner Verwandten annehmen zu müssen. Aber sie hatten ihre Prinzipien, zumindest sie, die Mutter, hatte sich immer geweigert, sich zu prostituieren, obgleich sie, als ihr Mann starb, durchaus noch die Begierde der Männer geweckt hatte, und in ebendiesem Geist der Unbestechlichkeit hatte sie Enriqueta erzogen, dieses wunderschöne Mädchen, das einem Botticelli-Gemälde entsprungen zu sein schien. Benito Suárez war von ihr zähneknirschend akzeptiert worden, nicht seines Geldes wegen – der Herd, der Kühlschrank, all diese Dinge waren im Laufe der Zeit zusammengekommen, ohne dass wirklich von Prostitution die Rede sein konnte –, sondern weil er ein Mann war, und Enriqueta wollte einen Mann. Womöglich hatte die Mutter in all den Jahren der stoisch hingenommenen Armut von einem Ehemann geträumt, nach dem Enriquetas Schönheit verlangen durfte, ohne große Ansprüche zwar, dafür wusste sie zu gut, wie es im Leben ging, aber auch ohne übertriebene Bescheidenheit, nein, sie wünschte sich schlicht einen Mann, der sie beide aus dem überhitzten rosa Häuschen in San José herausholen würde, um mit ihnen in die Nähe von El Prado zu ziehen und auf diese Weise das Gesicht des Ladenbesitzers samt den verwaschenen Klamotten der Verwandten aus ihrem Gedächtnis zu streichen. Der Sinn fürs Praktische, den sie sich bei ihrer Arbeit im Notariat erworben hatte, erlaubte es ihr, in Benito Suárez den bestmöglichen Ersatzkandidaten zu sehen, während sie auf die versprochene Scheidung und heimlich, ohne sich dies jemals einzugestehen, vielleicht sogar auf den Tod des aufwieglerischen Schwiegersohns wartete, der zu nichts anderem imstande war, als sich auf Demonstrationen verprügeln zu lassen, und dann auch noch die Geschwüre bekam, die ihm Dr. Vesga in der Klinik Las tres Marías herausschnitt.

Der detaillierten Schilderung ihres Vaters entnahm Lina also, dass alle Welt Antonio Hidalgo seinem Verderben entgegengehen sah und vor allem Benito Suárez im Bilde war, weil er wusste, dass Dr. Vesgas Verschreibungen nie die Apotheke erreicht hatten und dass außerdem Hidalgos Aktivitäten als Agitator, die vermutlich mit den selbstgebastelten, plötzlich überall in der Stadt explodierenden Bomben in Zusammenhang standen, zu einer Art Verfolgungswahn und einer ständigen Alarmbereitschaft bei ihm geführt hatten, was die Ausbildung neuer Geschwüre begünstigte, gegen die das Skalpell von Dr. Vesga nichts mehr würde ausrichten können. Die Operation, die ihn das Leben kostete, war zudem nicht so belanglos gewesen, wie behauptet wurde: Hidalgo hatte zuvor Blut gespuckt und war so geschwächt gewesen, dass man ihn mit dem Krankenwagen in die Klinik bringen musste. Lina konnte sich gut vorstellen, wie Benito Suárez die Klingel in Zimmer 20 betätigte, um die kleine Nonne abzulenken und sich selbst ein Bild von Hidalgos Zustand zu machen: Sein medizinisch geschultes Auge musste schnell erkannt haben, dass Hidalgo die Nacht nicht überstehen würde, woraufhin er davongeeilt war, aus Angst, später der unterlassenen Hilfeleistung beschuldigt zu werden. Dass die kleine Nonne ihn aus dem Zimmer kommen sah und am selben Tag auch noch die Heparin-Schachtel verschwunden war, führte ihn wohl weg von Nietzsche, hin zu den griechischen Autoren und zu diesen unberechenbaren Wesen, die sich in das Leben der Menschen einmischten und sie mit ihren Launen ins Verderben trieben. Ja, vielleicht verschwand Nietzsche auch ganz und überließ seinen Platz dem kleinen Jungen, der in seiner Kindheit von der Mutter verprügelt worden war, während die anderen Jungs aus seiner Clique zur Strafe lediglich ausgeschimpft wurden. Oder vielleicht verbarg sich hinter dem Verweis auf die Willkür der Götter des Olymps die Erinnerung an noch finsterere, jahrhundertelang verdrängte Wesen, Geistwesen, die im Urwald an der Seite des Leoparden herumsprangen, die Haut mit Pusteln übersäten, die Flüsse verrücktspielen ließen und tosend aus den Tiefen der Erde emporstiegen. Wie auch immer es gewesen sein mochte, Benito Suárez schien nicht dafür gemacht, sich diesem Schicksalsschlag entgegenzustellen. Er besaß nicht die Geduld des Mannes, der durch den Schmerz seine eigene Widerstandskraft entdeckt und deshalb zu beobachten gelernt hat, woher der Wind weht, während die anderen in dem Feuer verenden, das sie selbst gelegt haben. Er wusste, wie man eine Festung überfiel, aber nicht, wie man einer Belagerung standhielt, er wusste, wie man auf einen Angreifer reagierte, aber nicht, wie man ihn entwaffnete, er war in der Lage, wie ein Hund einem Hasen hinterherzujagen, aber nicht dazu, wie die Katze reglos vor einem Loch zu verharren, aus dem früher oder später die Maus schlüpfen würde. Selbst noch in den acht Monaten, in denen er sich in Vernunft übte, trickste ihn sein Charakter aus, indem er im ungeeignetsten Moment diese Gewaltbereitschaft sichtbar werden ließ, mit deren Existenz sich Benito Suárez allem Anschein nach von jenem Tag an ausgesöhnt hatte, an dem sein Berufsethos infrage gestellt worden war. Als habe die Tatsache, Arzt zu sein, gegen das Elend der *conditio humana* anzugehen, ihm erlaubt, sich in die Gesellschaft einzufügen und dabei ein immer prekäres, aber effektives Gleichgewicht zu halten, wenn man sich vor Augen führte, dass er trotz allem ein Haus (in El Prado) bewohnte, einen Wagen (einen Studebaker) fuhr und seinen Lebensunterhalt auf ehrbare Weise verdiente (indem er seinen Beruf ausübte). Noch war er kein Aussätziger, noch war er nicht der Mann auf der Flucht, den die Polizei über den glühenden Sand der Wüste von La Guajira verfolgen würde, nicht der Verbannte, der in einem elenden Nest im Amazonasgebiet ausgehungerte Indios für eine Handvoll Essen behandeln würde. Nein. Noch konnte er sich vorstellen als Doktor Benito Suárez, Chirurg, Mitinhaber der besten Klinik der Stadt, als ein Mann, der in eine ehrbare, adelstiteltragende Familie eingeheiratet hatte. Zu all dem war er geworden, um ein Unglück abzuwenden, das ihn in den Ruin stürzen würde, doch sein Charakter, sein Naturell, sein Instinkt oder was auch immer betrog ihn.

Es geschah an dem Abend, der als krönender Abschluss seines allerjüngsten Soziallebens gedacht war, wenn man so die Abfolge wirrer Einladungen nennen konnte, mittels derer er hoffte, von jetzt auf gleich die Freundschaft einiger Persönlichkeiten zu gewinnen, die er bislang nur im strikt beruflichen Rahmen kennengelernt hatte und die entweder zurückhaltend oder verblüfft darauf reagierten, plötzlich Benito Suárez am Telefon zu haben, der sie noch für den selbigen Tag oder den folgenden oder wann immer sie wollten zum Abendessen zu sich einlud, während Dora, die zum ersten Mal genug Geld zur Verfügung hatte, um Stofftischdecken, Silbergedeck, Porzellan und als Schmuggelware ins Land gekommene französische Gläser zu kaufen, sich mit den vielfältigen Aufgaben der Gastgeberin abmühte, die sie nicht war und auch nie hatte sein wollen. Sie wurde dabei von Lina mit Rat und mit Tat von Berenice unterstützt, deren Cordon Bleu ihr einen solch guten Ruf bescherte, dass er es ihr gestattete, despotisch über eine andere Küche zu herrschen und Doras Dienstpersonal in der Zubereitung von Torten, Saucen, Füllungen und allen möglichen anderen Delikatessen anzuweisen, die herzustellen sie vor vierzig Jahren gelernt hatte, als sie dem französischen Koch im Hotel del Prado bei der Arbeit zugeguckt hatte. Trotz Doras flehentlicher Bitten hatte sich Lina stets geweigert, an diesen Zusammenkünften teilzunehmen, wegen des Ekels, den es ihr bereitete, erstens einem äußerst verschlossenen Benito Suárez gegenüberzusitzen, dessen Absichten sie sich nicht vorstellen, aber fürchten konnte, dank der Gründlichkeit, mit der er sie zu verbergen suchte, und zweitens einer Dora, die mit der Seligkeit der Genesenen, die man nach langer Krankheit aus dem Sanatorium entlassen hatte, vor sich hin lächelte. An besagtem Abend wurde der Empfang jedoch zu Ehren von Doktor Vesga ausgerichtet, was nach Einschätzung von Benito Suárez die Anwesenheit einer Frau von Welt erforderlich machte, wie er Lina freundlicherweise nannte, als er sie einlud, also einer Frau, die daran gewöhnt war, häufig den Country Club zu besuchen, ein Gespräch in Gang zu bringen, die Leute zu unterhalten, kurzum: jemand, der in der Lage war, Dora beizustehen, die ihrer Schüchternheit wegen völlig unterging und den ganzen Abend den Mund nicht aufbekam.

Lina nahm die Einladung an, weil sie, nachdem sie Berenice' Menü abgesegnet und geholfen hatte, die Tafel, Blumenvasen, Aschenbecher und Snacks zu arrangieren, glaubte, einem konventionellen Empfang beizuwohnen. Alles schien in bester Ordnung zu sein, auch Benito Suárez, der die Gäste an der Tür empfing, die anschließend etwas hilflos in den Saal traten, wo sie einander dann aber mit sichtlicher Erleichterung erkannten und begrüßten, während der für den Anlass angestellte Kellner sich beeilte, ihnen ein paar kräftige Whiskeys zu reichen, dank derer sich langsam die gedrückte Stimmung und auch der störende Eindruck auflöste, sie könnten womöglich ungewollt an einer Farce beteiligt sein, die den Zweck hatte, sie zu bestechen. Der Einzige, der keinerlei Unbehagen verspürte, war Doktor Vesga, dem zu Ehren die Zeremonie ja überhaupt ausgerichtet wurde, weil seine Anwesenheit weder der Befürchtung entsprang, Benito Suárez andernfalls zu brüskieren, noch mit der unbewussten Absicht zu tun hatte, sich von dessen Einladung umschmeicheln zu lassen, sondern, wie Doktor Agudelo Lina in einer Ecke des Saals darlegte, vielmehr dem Wunsch folgte, sich einmal mit eigenen Augen den Rahmen anzusehen, innerhalb dessen sich das Leben eines Menschen abspielte, den ein für alle Mal zu entlarven er vorhatte. War Dr. Vesga der These vom Verbrechen bis dahin mit Vorbehalten begegnet, weil er davon ausging, dass ein so impulsiver Mensch wie Benito Suárez dazu neigte, im Affekt zu handeln, so war er über der Geschichte, die ihm Jerónimo Vargas einige Tage zuvor erzählt hatte, aus dem Staunen nicht mehr herausgekommen. Nicht etwa, weil er Vargas' Groschenromanversion – die Geschichte vom Psychiater, bei dem plötzlich der Gatte einer Patientin vor der Tür steht und ihn auffordert, er solle diese ins Irrenhaus einweisen, und der, als er sich dem verweigert, Vergeltungsaktionen gegen seine eigene Frau erleiden muss – in allen Details geglaubt hätte, sondern weil er hier eine Fähigkeit zum Kalkül entdeckte, die er Benito Suárez niemals zugeschrieben hätte. Also stand er nun da, scharfsinnig und kühl, und beobachtete, ohne irgendein Vergnügen daran zu finden, die Dinge und Menschen um sich herum. Sein Blick glitt über die groben, weiß lackierten Möbel, die schrillen Farben der Polstergarnitur und den falschen Perserteppich, während Lina, die ihn keine Sekunde aus den Augen ließ, sich heimlich beglückwünschte, zumindest Benito Suárez' Porzellan unter dem Vorwand, den Salon mit Rosen und Gladiolen schmücken zu wollen, durch Vasen aus ihrem Haus ersetzt zu haben. Ab und an verweilte Dr. Vesgas Blick, durchdringend und von klinischer Präzision, bei Dora, prüfte anhand ihrer Mienen und Gebärden die möglicherweise pathologischen Züge ihrer Persönlichkeit und erahnte vielleicht in der Trägheit ihres Ausdrucks, in ihrem aufgedunsenen Gesicht die verzweifelte Erschöpfung von zwölf Jahren Ehe mit Benito Suárez. Auch Renato, dieser unerzogene Junge, den Lina noch nie hatte lächeln sehen, zog Dr. Vesgas Aufmerksamkeit auf sich: Er rannte umher, rempelte die Gäste an und schnappte mit jähen Bewegungen nach den Knabbereien auf den Tabletts. Und dann tat Renato etwas, was Lina ihn schon einmal vor den unerschrockenen Augen seines Vaters hatte tun sehen: Er trat einem kleinen Foxterrier-Weibchen in die Schnauze und trat ohne jede Rücksicht auf ihr Gejaule weiter auf die Hündin ein, bis es ihr gelang, sich unter dem Tisch zu verkriechen. Benito Suárez hatte die Szene beobachtet, ohne dazwischenzugehen oder Renato gegenüber auch nur die geringste Mahnung auszusprechen, und in Sekundenschnelle weiteten sich die Pupillen von Doktor Vesga wie das Auge eines Computers, der alles erfasst, festhält und für die Ewigkeit speichert. Dann schwenkten die Pupillen zu Lina, musterten sie, drangen in sie ein und erkannten den instinktiven Schrecken, den Renatos Verhalten bei ihr ausgelöst hatte.

Von diesem Moment an fühlte sich Lina unwohl in ihrer Haut oder sie störte sich vielmehr an der Ambivalenz der Situation: Benito Suárez hatte sie halbherzig um Hilfe gebeten, und sie hatte sie ihm halbherzig zugestanden, hatte ihm den Empfang organisiert und durch ihre Anwesenheit sowohl die Freundschaft, die sie eigentlich verband, als auch die geringe Bedeutung demonstriert, die sie den Anschuldigungen gegen ihn beimaß. Überraschenderweise baute sich zwischen ihr und Doktor Vesga eine Verbindung auf, ein Einvernehmen, das sich durch nichts erklären ließ, denn das Wenige, was Lina über seinen Charakter wusste: seine Strenge, seine Vorliebe für Autorität und seine Neigung, die Welt nur in schwarz-weiß zu sehen, und zuletzt noch die Anmaßung, mit der er meinte, einem Inquisitor gleich in Benito Suárez' Privatleben herumschnüffeln zu dürfen – all das reichte aus, um bei ihr die lebhafteste Antipathie gegen ihn zu wecken. Und doch, da war dieser Verbindungsstrom, warm und widersprüchlich zugleich, er hielt den ganzen Abend über – bis mit der konventionellen Feier Schluss war, weil Benito Suárez' seltsame Auffassung davon, wie Leute zu amüsieren waren, zum Vorschein kam –, und diese Verbindung erlaubte es ihr, Doktor Vesgas Reaktionen zu erraten, zu erfassen und zu teilen, begleitet von einem unangenehmen Gefühl der Ohnmacht, vielleicht weil das, was er wahrnahm, der Realität entsprach, ohne aber die gesamte Realität abzubilden, und Lina ihm genau das nicht erklären konnte: Benito Suárez waren die Feinheiten des mondänen Lebens nicht vertraut, und wenn seine Mutter, Doña Giovanna Mantini, schon seine Neigung zur Trägheit, Verantwortungslosigkeit und Ungeniertheit aus ihm herausgeprügelt hatte, um ihm die Werte des europäischen Großbürgertums, dessen Verständnis von Arbeit und Strebsamkeit einzutrichtern, so hatte sie, womöglich weil sie es für vergebene Liebesmüh hielt, nie versucht, aus ihm einen liebenswerten Menschen zu machen, sensibel gegenüber den Nuancen der Höflichkeit, die das Miteinander unter Menschen so erleichtern. So kam es, dass Benito Suárez inmitten dieser Festgesellschaft, zu einem großen Teil Ärzte der Mittelschicht, die allerdings mehr oder weniger an die Gepflogenheiten des lokalen Bürgertums gewöhnt waren, die Rolle des Elefanten auf der Gänseblümchenwiese übernahm: Seine Stimme beherrschte jede Unterhaltung, er riss seinen Mund beim Verzehr der Snacks zu weit auf, seine Bewegungen waren so ruppig wie sein Ton, wenn er sich an den Kellner wandte, und mit seiner Art, mit Dora umzugehen, ihr Befehle zu erteilen, sie wegen Kleinigkeiten zu kritisieren, hätte er noch den größten Frauenhasser unter den Versammelten brüskieren können. Außerdem wusste Benito Suárez nicht, dass es das oberste Gebot für einen Gastgeber war, möglichst selten die Aufmerksamkeit der Gäste zu erregen, also marschierte er zwischen ihnen herum und pries die Qualität seines Whiskeys oder die Herkunft seiner Gläser an oder, schlimmer noch, er bat umständlich darum, man möge ihm für die Einladung danken. Lina verfolgte dieses Prahlen mit seinem schlechten Geschmack und die sich darin unterschwellig ausdrückende Aggressivität mit den Augen Doktor Vesgas und beschloss daher unter dem Vorwand, Berenice' *soufflé* dürfe keine Minute länger im Ofen verbleiben, den Moment vorzuverlegen, da man zu Tisch ging; in diesem Augenblick aber erklärte Benito Suárez plötzlich laut, es werde gleich einen im großen städtischen Krankenhaus gedrehten Film zu sehen geben. Das Gemurmel verstummte, die Lichter gingen aus, und dann versammelte sich die Gesellschaft um Benito Suárez und den glänzenden Projektor, der plötzlich neben ihm aufgetaucht war. Der Film zeigte eine von ihm durchgeführte Operation, bei der er einer alten Frau einen vom Bauch über die Knie reichenden Tumor entfernt hatte, einen so riesigen Tumor, dass die arme Frau sich zur Fortbewegung eine Art Wägelchen auf zwei Rädern hatte bauen lassen, in dessen Zentrum ein Holzbrett für die Ablage der Wucherung und am oberen Ende zwei Stangen zum Lenken angebracht waren. An die Wand projiziert erschienen der OP-Saal, der in Feldern isolierte Tumor und Benito Suárez in vollem Einsatz, von Assistenten umgeben, die ihm Instrumente reichten und ihm den Schweiß von der Stirn wischten. Kein Detail der OP wurde ausgelassen, weswegen nach etwa einer Stunde die Mehrzahl der Frauen den Salon bereits verlassen hatte, einige von ihnen schluchzend, andere händeringend auf der Suche nach der Toilette, um sich zu übergeben. Die anderen folgten der Vorführung weiter in betretenem Schweigen, und auch Lina blieb im Salon, jedoch ohne zu wissen, was sie tun sollte, ab und an ging sie in die Küche, um Berenice zu beruhigen, die völlig aufgelöst dabei zusah, wie ihr Soufflé in sich zusammenfiel und ihr pflaumengefüllter Truthahn verkohlte. Benito Suárez hingegen strahlte: Er hatte die besten Ärzte der Stadt, allen voran Doktor Vesga, um sich geschart, damit sie nun Schritt für Schritt die große Operation seines Lebens verfolgen konnten, die im Geheimen durchgeführt und gefilmt worden war, um sie alle zu überraschen. In seinem Freudentaumel und auch wegen der Whiskeys, die er schon intus hatte, bekam er nicht mit, dass die bestürzten Gäste einander missbilligende Blicke zuwarfen. Doktor Vesga wiederum blickte niemanden an. Sein Gesicht hatte einen unveränderlichen Ausdruck eisiger Verblüffung angenommen. In einem Operationssaal zu filmen, ohne Vorkehrungen zur Sterilität zu treffen, war eine unzumutbare Verantwortungslosigkeit, sich ohne jede Scham öffentlich zu rühmen eine verwerfliche Schwäche, seinen Gästen eine solche Filmvorführung aufzudrängen, ein gravierender Verstoß gegen die Grundregeln der Höflichkeit. Aus seiner zornigen Starre aber riss Doktor Vesga der letzte Teil des Films – der eigentlich der Anfang hätte sein sollen –, in dem die arme alte Frau ein paar Tage vor der Operation zu sehen war, nackt und beschämt, beim Versuch, die schlaffen Brüste mit einer Hand zu bedecken und das Gesicht vor der Kamera zu verbergen, die jedoch gnadenlos auf ihr Gesicht hielt, um schließlich doch noch ihre mit Tränen gefüllten, bereits niedergeschlagenen, gedemütigten Augen zu erfassen. Doktor Vesga stellte sein Whiskeyglas, aus dem er keinen einzigen Tropfen getrunken hatte, auf dem Tisch ab und sagte mit vor Verachtung metallisch klingender Stimme: »Das ist Auschwitz! Sie haben kein Recht, Doktor Suárez, das menschliche Elend derartig zu missbrauchen und damit Ihren Beruf zu entehren, uns alle hier zu entehren.« Jemand schaltete das Licht an, und Lina sah Benito Suárez mit verdutzter Miene neben dem Projektor stehen. Allmählich verzog sich sein Gesicht vor Wut, und die Lippen öffneten sich, als wolle er zum Sprechen ansetzen, aus seiner Kehle aber drang kein Ton, nicht einmal das verzweifelte Stottern, das Lina in anderen Situationen bemerkt hatte. Da fegte er den Projektor zu Boden und ging auf Doktor Vesga zu, der ihn reglos erwartete, ja, sich überhaupt nicht regte, dem Körper weder auswich noch einen Schritt zurück machte, sondern lediglich den linken Arm hob, um sein Gesicht abzuschirmen, und mit dem rechten reagierte er auf Benito Suárez' Fausthieb, bugsierte seinen Gegner ans andere Ende des Salons, wo ihn Lina wie benommen niederplumpsen und einige der besten Blumenvasen ihrer Großmutter mit sich reißen sah. Und noch während Benito Suárez vom Blumenwasser übergossen und von sieben Gladiolen umgeben auf dem Teppich lag, verabschiedete sich Doktor Vesga von Dora mit entschuldigenden Worten und verließ, gefolgt von den anderen Gästen, das Haus.

Und doch war es nicht dieser Vorfall, der Doktor Vesga dazu bewog, einen Monat später den Vorsitz der Gesellschafterversammlung zu übernehmen, bei der das Verhalten von Benito Suárez besprochen und eventuell entschieden werden sollte, ihn aus der Klinik zu entlassen. Aber weder dieser Anlass noch der Skandal, für den Benito Suárez sorgte, als er Dora noch in derselben Nacht der Feier aus dem Haus prügelte und damit im Morgengrauen die Nachbarn weckte, die mit ansahen, wie die Tür aufging und Dora von Benito Suárez mit Fußtritten nach draußen befördert wurde, bis er sie halb ohnmächtig im Garten liegen ließ, wo Lina, alarmiert von Antonia, der Besitzerin der Apotheke nebenan, sie vorfand, als sie schließlich dort eintraf, zusammen mit Doña Eulalia del Valle, einem Anwalt und zwei als Zeugen hinzugezogenen Freunden, die bestätigen konnten, dass Dora unter Gewaltanwendung dazu gezwungen worden war, die eheliche Wohnstätte zu verlassen. Nein, das eine wie das andere Ereignis hatte lediglich Doktor Vesgas Verachtung für Benito Suárez verstärkt und ihn dazu angestachelt, die Ermittlungen zum Tod des Jurastudenten Antonio Hidalgo fortzusetzen, wenngleich im Wissen, dass er niemals genau würde belegen können, ob dessen Tod einem fast perfekten Verbrechen oder aber dem Zusammenspiel unbestimmbarer Umstände zuzuschreiben war. Vielleicht tat Doktor Vesga so, als folge er der Fährte eines Hasen, während er sich aber eigentlich ins Revier eines Löwen vorwagte, wohl wissend, dass dieser ihn im Auge hatte, und genau deswegen, um ihn zu reizen, mit der Machete das Buschwerk kurz und klein schlug, das Gestrüpp unter seinen Stiefeln zerdrückte und zuließ, dass der Wind seine Duftmarke in alle Richtungen verteilte, während der Löwe, verborgen im Dickicht, den Bauch an den Boden gepresst, über seine Körperhitze und seinen Herzschlag spürte, wie in ihm der selbstmörderische Drang wuchs, sich auf diesen Mann zu stürzen, der ihn auf so unverschämte Weise herausforderte. Nur seine Furchtlosigkeit konnte Doktor Vesga dazu bringen, sich auf etwas Derartiges einzulassen, vielleicht auch seine Skrupel und vor allem anderen der Zweifel: Lina, die ihm dreimal bei Operationen assistiert hatte, wusste, dass er zutiefst von seinem Beruf als Chirurg geprägt war, vom Bedürfnis, alles mit den eigenen Augen zu erkunden und mit diesen eigenen Augen die Ausbreitung, das Wesen und die Tiefe des Bösen zu vermessen. Wenn er also Benito Suárez herausforderte, schien Doktor Vesga demselben Impuls zu folgen, dem Wunsch, die Wahrheit zu erfahren, die Unmöglichkeit, Ungewissheit zuzulassen, hinzunehmen oder auszuhalten, und er griff dabei auf eine in seinem Beruf so hilfreiche Strategie zurück, allerdings indem er die Taktik änderte, denn man konnte es Taktik nennen, alle Menschen, die sich in den drei Tagen vor seinem Tod um Hidalgo gekümmert hatten, mit unendlichen Befragungen zu schikanieren. Ganz offensichtlich konzentrierte sich sein Interesse, so hatte Doktor Agudelo Lina erklärt, nun auf ein einziges Detail, nämlich auf die Frage, ob Benito Suárez, als man ihn ins Medikamentenlager hineingehen und das Zimmer, in dem Hidalgo starb, verlassen sah, seine Arzttasche dabeigehabt hatte oder nicht. Weder die Aussagen der zwei Nonnen, die einander in jeder erneuten Befragung widersprachen, noch die der anderen Ärzte und Krankenschwestern, die sich plötzlich mit unglaublicher Genauigkeit daran erinnern konnten, Benito Suárez an jenem Tag mit seiner Tasche in der Hand auf irgendeinem Flur begegnet zu sein, waren Doktor Vesga von größerem Nutzen, denn er musste aller Logik nach schnell begreifen, dass nur die Aussage eines Augenzeugen beweisen konnte, ob es zu einem Verbrechen gekommen war. Nein, er wollte einfach nur den Löwen in Rage versetzen und damit zwingen, sich zu zeigen, und in genau diese Falle tappte Benito Suárez, besser gesagt, er verteilte zwei oder drei Prankenhiebe, die die Partner der Klinik Las tres Marías dermaßen aufbrachten, dass sie sich entschlossen, jene Versammlung einzuberufen, deren Vorsitz Doktor Vesga als Klinikleiter übernahm. Die Anschuldigungen, die gegen Benito Suárez vorlagen – er hatte die Nonnen bedroht, hatte versucht, die Krankenschwestern zu bestechen, und ein ungeschicktes Manöver unternommen, um einem anderen Arzt den Diebstahl der Heparin-Schachtel in die Schuhe zu schieben –, reichten aus, ihn aus der Klinik Las tres Marías zu entlassen, ohne dass deswegen sein berufliches Ansehen größeren Schaden genommen hätte. Das jedoch wusste Benito Suárez nicht. Er fuhr an jenem Tag in seinem blauen Studebaker an der Klinik vor, trug seinen gestärkten Arztkittel und seine weißen Schuhe mit den dicken Gummisohlen. In der Hand die Tasche, den Gegenstand so vieler Mutmaßungen, das Gesicht in sich zusammengefallen und bleich, als sei es eine Gipsmaske. Er trat in den kahlen weißen Raum, in dem nur das Surren der Klimaanlagen zu hören war, blickte die bereits am Tisch sitzenden Ärzte hochmütig an, und während er seine halbgeöffnete Tasche auf den Tisch stellte, lehnte er das Angebot ab, Platz zu nehmen, und sagte: »Ich bin gekommen, um meine Ehre zu verteidigen, und zwar aufrecht.« Es war recht wahrscheinlich, dass Benito Suárez, wie Doktor Agudelo Lina gegenüber vermutete, davon überzeugt war, man werde ihm den Tod des Jurastudenten Antonio Hidalgo zur Last legen. In jedem Fall war er nicht ganz bei Verstand: Er wusste Bescheid über die Ermittlungen des Doktor Vesga und ging deswegen davon aus, dieser halte ihn für schuldig, ja er stellte sich womöglich sogar vor, der andere habe eine Möglichkeit gefunden, ihn zu ruinieren: In den letzten Tagen, die er in Barranquilla verbringen sollte, vor allem in der Woche vor der Anhörung, war er in einen der Paranoia nahen Zustand geraten, hatte sich geweigert, das Haus zu verlassen und stündlich mit einer Krankenschwester der Klinik Las tres Marías telefoniert, einer einstigen Geliebten, die er verlassen hatte und die ihn nun über die seine Lage betreffenden Gerüchte, den Klatsch und den Tratsch auf dem Laufenden hielt, und er hatte sich eine windige Anwältin genommen, dieselbe, die später seine Verteidigung übernehmen, seine Flucht vorbereiten und schließlich Renato auf immer von Dora trennen würde. Wäre er, wenn schon nicht zu ein wenig Selbstkontrolle, wenigstens dazu imstande gewesen, die Situation klar zu analysieren, dann hätte er begriffen, dass Doktor Vesga keineswegs die Absicht hatte, ihm ein unbeweisbares Verbrechen anzulasten und damit das Risiko einzugehen, selbst wegen Verleumdung und übler Nachrede vor Gericht zu landen, sondern dass er ihm die Einschüchterung des Klinikpersonals vorhalten wollte, ebenso wie die Art und Weise, mit der er versucht hatte, eine Krankenschwester zu bestechen, damit diese behaupte, sie habe einen anderen Arzt beim Diebstahl der Schachtel Heparin ertappt.

Doch Benito Suárez war damals bereits in ganz anderen Gewässern unterwegs, wie Lina in Paris beim Lesen seines an die Großmutter und in Unkenntnis deren Todes verfassten Briefes begreifen sollte. Er fühlte sich, so schrieb er darin, als werde er in der Art eines Jüngsten Gerichts einem unbarmherzigen Gott vorgeführt, der in seinem Gedächtnis alle Sünden aufbewahrte, die er zeit seines Lebens, ja sogar schon vor seiner Geburt begangen hatte. Womöglich dachte er bei Sünde daran, seinen Vater, der ihn gezeugt hatte, verabscheut zu haben, das Blut, das dieser Vater an ihn weitergegeben hatte, verflucht und als Erwachsener eine Rechtfertigung für die Peitschenhiebe geliefert zu haben, die als Kind seinen Rücken mit Narben überzogen hatten, eine Rechtfertigung, die ihn dazu verdammen sollte, so lange wie ein Vandale durchs Leben zu streifen, bis er seine Frau ausgelöscht und den Charakter seines Sohnes endgültig verdorben hatte. Oder aber er bezog sich auf etwas wirre Weise auf die Sünde, den aggressiven, gewalttätigen und herrschsüchtigen Mann, den die Gesellschaft ihm als Vorbild vorgesetzt hatte, auf eine derart extreme Weise verkörpert und ignorant jede alternative Vorstellung von menschlichen Beziehungen, jedes andere Modell, eine vergessene Botschaft, ein Ideal oder eine Sehnsucht verunglimpft zu haben. Wenn es Gott nie gegeben hatte, so begann für Nietzsche nun der Todeskampf.

Doch auch ohne diesen Brief gelesen zu haben, hatte Lina eine Vorstellung von der Hölle, die Benito Suárez durchlebt haben musste, nachdem er Dora aus dem Haus geprügelt und damit den letzten Damm zum Einsturz gebracht hatte, der ihn vor der Feindseligkeit einer Welt geschützt hatte, die ihn hatte werden lassen, was er war, und ihn dafür sogar noch belohnt hatte, die sich aber beim geringsten Treuebruch seinerseits wie eine Viper auf ihn stürzen würde: Indem er seine Handhabe als Arzt und als Ehemann unter Beweis gestellt hatte, hatte Benito Suárez diese Welt hintergangen, nach Art des Vatermörders, der den Hass auf den Vater sichtbar macht, oder nach jener der Ehebrecherin, die die weibliche Sexualität offenkundig werden lässt. Genau diese Unachtsamkeit würde ihn teuer zu stehen kommen. Er begann sie zunächst mit der Einsamkeit zu bezahlen, denn er blieb allein, beraten von zwei Frauen, die ihn, ohne dass er es wusste, in den Ruin treiben wollten: eine einst von ihm ausgenutzte Krankenschwester, die die Gelegenheit gekommen sah, sich an ihm zu rächen, indem sie ihn in Angst und Schrecken versetzte, und eine Anwältin, die der Kampf, dieselben Privilegien wie die der Männer zu erlangen (also gegen ihre Probleme an der Universität, die ironische Verachtung durch manche Professoren, die ständige Konfrontation mit einem frauenfeindlichen Kodex anzugehen), wahrscheinlich dazu gebracht hatte, Männer zu verabscheuen und Frauen zu verachten. Niemand erfuhr jemals, wie er ihre Bekanntschaft gemacht hatte und was die beiden letztlich für ein Verhältnis verband. Eine einzige Unterredung mit ihr genügte Lina, um den Eindruck zu gewinnen, diese Frau habe ihn ins Verderben gestürzt: allerdings ohne ihn zu stoßen, ja selbst ohne ihm überhaupt den Weg zum Abgrund zu weisen, sondern einfach, indem sie sich mit der Perversität eines Arztes, der die Gründe eines depressiven Patienten hinnimmt und in dessen Reichweite eine Zyankalikapsel liegen lässt, Benito Suárez' eigener Logik fügte. Denn sie war es, die ihm die juristischen Tricks verriet, über die er im Falle eines Prozesses der Haft entkommen konnte. Wenn Benito Suárez nicht davon überzeugt gewesen wäre, dass er seine Tat eines Tages vor Gericht mit dem grandiosesten Auftritt seines Lebens würde rechtfertigen müssen, wäre seine Haltung, seine Geistesverfassung vielleicht eine andere gewesen, als er in jenen Saal trat, in dem sich die Gesellschafter der Klinik Las tres Marías versammelt hatten. Dank der Ratschläge dieser Frau glaubte er, zwischen folgenden Alternativen wählen zu können: Entweder er tat, was er dann eben tat, und floh, bis die Umstände es ihm erlaubten, sich einem ihm gegenüber positiv voreingenommenen Gericht zu stellen, mit seinem Namen auf den Titelseiten und seiner Tat als Gesprächsthema unter den besten Juristen des Landes; oder aber er reagierte auf die Anschuldigung von Doktor Vesga, indem er eine gut vorbereitete Rede verlas, von der er glaubte, sie werde ihm den Respekt der versammelten Ärzte einbringen und seine Würde wiederherstellen. In seiner Tasche verbarg er, neben der vierseitigen Rede, den Revolver: Doktor Vesga hatte nicht begriffen, dass der Löwe noch nicht ganz in die Falle gegangen war. Als Benito Suárez sein »Ich bin gekommen, um meine Ehre zu verteidigen, und zwar aufrecht« herausposaunte, beging er deshalb die Unvorsichtigkeit, ihm in einem ironischen Ton zu antworten: »Nun setzen Sie sich mal lieber, Doktor Suárez, Ihre Ehre lässt doch bestimmt einen Hocker zu.« Jemand lachte. Erst einen Augenblick später, als Benito Suárez den kurzen, grausamen schwarzen Gegenstand aus der Tasche holte, wurde Doktor Vesga klar, dass er den Löwen allzu empfindlich getroffen hatte. Dieser Gegenstand war ihm schicksalshaft vertraut: Von Kindesbeinen an, als er ihn an den Gürteln der Maultiertreiber stecken sah, die über die unwegsamen Anhöhen der Gegend zogen, in der er geboren war, und ebenso später, während des Studiums, bei den frühmorgendlichen Fehden in den Kneipen und Bars der Hauptstadt, hatte er dies hier vorausgesehen. Und aus genau dem Grund sagte er nun nicht mit Panik, sondern schlicht mit leichtem Erstaunen in der Stimme: »Sie werden mich doch nicht umbringen«, kurz bevor seine Kollegen unter dem ersten Schuss zusammenzuckten: Sie sahen, wie die Scherben eines auf dem Tisch stehenden Glases zersplitterten, und sie sahen, wie Vesga langsam in sich zusammensackte, eine Blutblüte auf dem Hemd. Die fünf Schüsse danach waren unnötig, waren bereits die Schüsse eines Verrückten. So kam es, dass Benito Suárez endlich die Tat beging, zu der er nach Einschätzung von Linas Großmutter immer vorherbestimmt gewesen war.

ZWEI

I

»Nur von den Früchten des Baumes, der in der Mitte des Gartens steht, hat Gott gesagt: Davon dürft ihr nicht essen und daran dürft ihr nicht rühren, sonst werdet ihr sterben. Darauf sagte die Schlange zur Frau: Nein, ihr werdet nicht sterben. Gott weiß vielmehr: Sobald ihr davon esst, gehen euch die Augen auf; ihr werdet wie Gott und erkennt Gut und Böse.«

Von Beginn an also, kaum dass sie anfingen, sich ihre Geschichte zusammenzufabulieren, hatten sich die Männer als feige erwiesen: Nachdem sie in der Frau stillschweigend den Ursprung der Rebellion erkannt hatten, setzten sie umgehend die ungeheure Machtbotschaft, die in diesen Sätzen steckte, herab und reduzierten sie umso leichter auf ein Verlustgefühl. Denn die Männer entkamen dem Gesetz des Vaters nie, und wenn sie sich ihm, angeleitet von einem weiblichen Kopf, auch nur einen Augenblick lang entgegenstellten, gaben sie im nächsten Moment schon wieder klein bei und unterwarfen sich reumütig und verängstigt seiner Autorität. So jedenfalls sprach Tante Eloísa von einem türkisblauen Samtsessel aus, umgeben von ihren Birmakatzen, unterm Surren der Ventilatoren, die die Schwüle der Straße, die Backofenhitze und die klebrige Feuchtigkeit verscheuchten, als existiere in ihrem Haus die Stadt gar nicht oder sei Traum oder Täuschung, sobald Lina das riesige schmiedeeiserne Eingangstor öffnete und den Garten mit den uralten Ceibabäumen durchquerte, die Granitstufen emporstieg und eine Welt der Stille betrat, in der das Licht dem Dämmer wich und in jedem Raum, in jeder Kammer faszinierende, von weither herangeschleppte und in den Duft von Rosen, Jasmin und Sandelholz eingehüllte Gegenstände aufleuchteten. Als Kind war Lina etwa einmal die Woche hier an der Hand ihrer Großmutter aufgetaucht; später, als sie groß war, fuhr sie ihre Großmutter immer wieder dorthin, kam manchmal aber auch alleine vorbei, um die heitere Tante mit den gefärbten Haaren und den böse funkelnden Augen zu besuchen, an der die Jahre so spurlos vorübergezogen waren, die Begriffe, Religionen, Ideologien sprengte und alle möglichen anderen, von den Männern ersonnenen Tricksereien überlistete, mit denen sie versuchten, ihre Machenschaften zu rechtfertigen und die Frau zu unterwerfen. Denn seit Anbeginn der Zeit war genau das der Zweck all des Geredes gewesen: eine schlüssige Erklärung zu finden für die zornerfüllte, blutige Geschichte, an der das Männchen einer fehlerhaften, nicht anpassungsfähigen, eines Irrtums der Natur wegen in ihrer Evolution steckengebliebenen Spezies im Laufe seines Aufenthaltes auf diesem Planeten gestrickt hatte, indem es grundlos Leben zerstörte, also nicht etwa, um sich zu ernähren, zu verteidigen oder seinen Nachwuchs zu schützen, sondern um seine wahnhaften Triebe zu befriedigen, und dies, obwohl das Männchen eigentlich im Besitz eines Instruments war, das imstande gewesen wäre, seinen Wahn einzudämmen. Besagtes Instrument aber hatte es ihm lediglich erlaubt, sein Verhalten über ein Gemisch aus kindlichen Glaubenssätzen und törichten Deutungsversuchen zu entschuldigen, auf die sich Tante Eloísa schmunzelnd bezog, unterdessen sie Lina anwies, bestimmte Bücher aus dem Regal zu ziehen. Die Tante bat sie dann jeweils, eine markierte Seite darin aufzuschlagen und von einer bestimmten Stelle an vorzulesen, um in den entsprechenden Passagen die Bestätigung jener Behauptungen zu finden, die Lina so ungeheuerlich amüsierten, wenngleich sie deren subversiven Charakter bemerkte, und auch den unendlichen Zweifel, der sich allmählich in ihrem Bewusstsein einzunisten begann. Dabei hatte sie sich als kleines Mädchen doch sehr von der alttestamentarischen Anekdote begeistern lassen, ja sie hatte in der Fantasie sogar derart mit ihr gespielt, dass sie zum Beispiel Adam mit seinem kläglichen Feigenblatt einmal für ein bemitleidenswertes Geschöpf hielt und sich darüber aufregte, dass Eva nicht auch etwas von der Frucht des Baumes gegessen hatte, um das ewige Leben zu erhalten, bevor ihr der Weg zum Garten Eden vom Feuerschwert des fiesen Cherubs versperrt wurde. Bereits mit zwölf Jahren war Lina der Meinung, die Sache wäre anders gelaufen, wenn sich anstelle von Eva im Garten Eden ihre Tante Eloísa aufgehalten hätte. Diese hätte zunächst einmal Adam davon überzeugt, dass ihre Sexualität – was auch immer der zornige Gott der Genesis dazu sagen mochte – eine wunderbare Entdeckung sei und es weitaus lohnenswerter wäre, sie lustvoll auszuleben, als sie so verschämt zu verfluchen. Sie hätte Adam erklärt, dass es keineswegs auf eine göttliche Strafe zurückzuführen war, wenn man der weißen Leere des Nichts entsprang, um in das dunkle Nichts des Todes hinabzustürzen, sondern auf die Gesetze der organischen Materie; dass jede gegen die Frau gerichtete Handlung sich auf perfide Weise gegen ihn selbst wenden würde; dass jeder, der die Frau wie Hesiod als Fluch, Verhängnis der Männer, Begehrens- und Sehnsuchtsgräuel bezeichnete, einer Vorhölle aus Kummer und Kälte entgegensah. Vielleicht hätte Tante Eloísa aber auch gar nichts erklären müssen, dachte Lina gebannt, womöglich hätten schon ihre Schönheit, ihr wendiger Geist und ihre unendliche Verführungskraft ausgereicht, um die Aggressivität Adams und seines Gottes zu besänftigen. Lina stellte sich vor, wie sie mit dem biblischen Herrn des Donners stritt, bis dessen Eitelkeit zu Staub zerfiel, oder sich mit denen anlegte, die diese kriegslüsterne Figur erfunden hatten, um ihnen klarzumachen, dass die Beschwernisse des Lebens in der Dialektik desselben angelegt waren, und man sich, sofern man ein wenig Weisheit erlangen wollte, wiederum dieser Dialektik fügen musste. Doch gerade im Namen der Weisheit hatte Tante Eloísa schon in jungen Jahren aufgehört, sich überhaupt auf Gespräche mit Männern einzulassen. Sie waren zu anders: grob, muskulös, chaotisch; ihre nervliche Anspannung ließ sie unüberlegt handeln, ihre Adrenalinproduktion machte sie krankhaft aggressiv, und das Gleichmaß ihres Hormonspiegels verhinderte, dass sie die gesamte Palette der Empfindungen kennenlernten. Ob aus Maßlosigkeit oder aus Schwäche – sie entfernten sich von der Norm: der Frau: diesem Wesen, das Leben schenkte, bewahrte und es immer weiter bejahte, inmitten des unentwegten Chaos, das durch die bloße Existenz des Mannes entstand, der es trotz all der Frustration geschafft hatte, seine tatsächliche Bedeutungslosigkeit zu ignorieren und sich selbst als Schöpfung nach dem Abbild Gottes darzustellen (worüber sich das Universum hätte krummlachen müssen), und der sich unter Rückgriff auf seine physische Kraft an der weiblichen Fruchtbarkeit gerächt hatte – auf allen Stufen dessen, was sie als Kultur bezeichneten, wobei es sich letztendlich nur um unterschiedliche Ausführungen ein und derselben Barbarei handelte. Eine Barbarei, die sich in ihrer anfänglichen Offenheit bei jenen primitiven Völkern zeigte, die den Scheideneingang zunähten, um ihn dann mit einem Messer wieder zu öffnen, oder die Klitoris mit einem Instrument aufrissen, das einem Dietrich ähnlich war. Auf etwas raffiniertere oder besser getarnte Weise wirkte diese Barbarei auch in jener Gesellschaft, der sich anzupassen Tante Eloísa beschlossen hatte, ohne sich aber jemals von ihr entfremden zu lassen, das heißt, sie nahm weiterhin den Platz ein, der ihr von Natur aus zustand, nämlich den einer von Liebhabern und Dienern umgebenen Königin, die zu den Vertretern des unterlegenen Geschlechts gleichwohl hervorragende Beziehungen unterhielt, denn Tante Eloísa liebte sie trotz ihrer Mängel, diese behaarten, eingebildeten, eitlen Männer, die ihr zeit ihres Lebens so ungeheuer viel Genuss bereitet hatten.

Diesem Blick auf die Dinge folgend hatte Tante Eloísa Regeln für die Beurteilung von Menschen aufgestellt, und zwar ohne die Nachsicht ihrer Schwester Jimena, also Linas Großmutter, der es trotz ihrer Hellsichtigkeit gelang, alle Welt ins Herz zu schließen. Tante Eloísa hätte die Anwesenheit einer Person wie Benito Suárez bei sich zu Hause keinen Augenblick lang geduldet. Grobheit widerte sie an, Gewalt verachtete sie. Sie hatte ihr Leben lang das Schicksal wieder und wieder herausgefordert, und aus diesem zähen Kampf gegen die Gesellschaft, die vergeblich versucht hatte, sie auf Immanenz zu reduzieren, ihre Sexualität zu beherrschen und sie dem Verzicht zu unterwerfen, hatte sie ein ziemlich elitäres Menschenbild entwickelt, demzufolge Freiheit, zumindest sobald man einen gewissen Bewusstseinsstand erreicht hatte – immer möglich war, sofern man nur den Mut besaß, sie auch wirklich anzunehmen. Wenn sie von Menschen sprach, bezog sich Tante Eloísa, um etwas genauer zu sein, natürlich ausschließlich auf Frauen, jedenfalls wenn sie ihrem Verhalten nach zwei verschiedenen Typen zugeordnet werden konnten: denjenigen, die, obwohl sie die Last von Ideologie oder Religion abgeschüttelt hatten, die männliche Vorherrschaft im Namen der Liebe, der Kinder oder der Sicherheit akzeptierten, und den anderen, den seltsamen, verletzlichen, flüchtigen Frauen, die mit ausgebreiteten, wenngleich schrotdurchsiebten Flügeln, doch zumindest frei durchs Leben flogen, um immer weiter aufzusteigen, bis sie wie Ikarus in einem Flammenwirbel in die Tiefen des Meers hinabstürzten.

Die Männer fürchteten diese Frauen fasziniert und begehrten sie mit Schrecken. Doch wenn sie ihnen näherkamen, erkannten sie, wie zerbrechlich die Konventionen waren, die sie selbst zu ihrem eigenen Machterhalt aufgestellt hatten. Diese Frauen forderten die Ordnung heraus, indem sie ihnen eine Frucht hinhielten, oder säten Zweifel, indem sie eine Büchse öffneten. Sie tanzten spöttelnd mit dem abgehackten Kopf eines Propheten herum oder tauchten inmitten des Wüstensandes auf, um Einsiedler zu quälen. Sie wirkten ungreifbar, schienen nah und blieben doch immer fern.

Tante Eloísa hatte nur wenige solcher Frauen kennengelernt, und in dieser Stadt nur eine einzige: Divina Arriaga, Catalinas Mutter. Vom ersten Tag an, als sie Divina Arriaga in Paris in Begleitung zweier weißer Windhunde den Salon von Sonia Delaunay betreten sah, war sie von ihr beeindruckt gewesen. Nicht ohne Bewunderung erzählte sie Lina, wie die anderen Gäste ihr Kommen vorausgeahnt hatten, womöglich aufgrund des Motorengeräuschs ihres Bugatti oder des gestelzten Schritts der Windhunde, die den Boden gar nicht richtig zu berühren, sondern mit den Spitzen ihrer Krallen bloß zu streifen schienen. Und wie sie alle geschwiegen hatten, die Gläser in den reglosen Händen, die Augen starr auf die Tür gerichtet, in der sie dann endlich erschienen war, hochmütig und prächtig in ihrem weißen, goldbesetzten Satingewand und der Stola aus Federn, die man irgendeinem seltenen Vogel ausgerupft hatte. Sie war schön, betonte Tante Eloísa, ihre Schönheit brachte durcheinander wie eine Beleidigung; ihr Haar war schwarz, die Augen leuchteten grün. Sie bewegte sich mit der trügerischen Trägheit einer Katze durch den Raum, an Großkatzen wiederum erinnerte ihre unnahbare Sinnlichkeit, weil sie sich weder darbot noch zur Schau stellte noch verführen wollte. Divina Arriaga nahm sich: einen Gegenstand, ein Pferd, einen Mann, allerdings nicht, um zu besitzen – tatsächlich schien sie über jeden Besitzanspruch erhaben –, sondern, um das eine oder den anderen für einen Augenblick in ihr Leben einzubauen, genau so lange, wie sie ihren Blick darauf ruhen ließ, wie sie durch den Wald ritt oder mit einem Mann inmitten der platinfarbenen Satinbettwäsche schlief, die sie neben ihren Angestellten und den Windhunden auf all ihre Reisen mitnahm.

Lina wunderte es, jemanden so über Divina Arriaga reden zu hören, und je älter sie wurde, desto schwerer fiel es ihr, diese schillernde Figur mit der blassen Frau in Verbindung zu bringen, die mit abwesender Miene und umsorgt von ihrer ebenso spröden Bediensteten in einem abgedunkelten Zimmer vor sich hin siechte. Manchmal, wenn sie mit Catalina in einem der Zimmer des alten Anwesens spielte, rief die Angestellte Lina herbei, und bat die beiden, ihr in das Zimmer zu folgen, in dem ihnen eine diesmal nicht ganz so blasse und erneut geistesanwesende Divina Arriaga eine Tasse Tee reichte. Sie folgte dabei einem genau abgestimmten Ritual, das eine uralte Zeremonie vermuten ließ, bei der jede Geste symbolisch auf etwas verwies, das Lina weder begreifen konnte noch wollte, aus demselben Grund, aus dem sie beim Betreten des Zimmers ihre Stimme senkte, vor lauter Angst, den Bann zu brechen, den die Anwesenheit dieser schweigsamen Gestalt auslöste, deren weiße, fast durchscheinende Finger wie taumelnde Schmetterlinge über dem silbernen Samowar und den Teeschalen aus Limoges flatterten. Die andere, in den Gesprächen heraufbeschworene Divina Arriaga schien wie ein feixendes Gespenst aus der Finsternis dieses Zimmers aufzutauchen, so wie sich umgekehrt das Bild der zwischen seidenen Kissen vor sich hin dösenden Frau in Tante Eloísas Worten und dem Raunen der Ventilatoren verhedderte, während sich Tante Eloísa in den rosaroten Empfindungen ihrer wilden Jahre verlor: *Le Dôme, La Rotonde* – und bis in die frühen Morgenstunden Tango und Foxtrott im *Bal Nègre,* und über allem Divina Arriagas flammende Schönheit. Beide Bilder würden sich in Linas Gedächtnis einbrennen; zunächst einmal überlagerten sie einander, bis sie im Laufe der Jahre auseinanderzufallen begannen und sie schließlich begriff, welches Ziel ihre Tante verfolgte, nämlich, das Leben einer Frau zu rekonstruieren, deren Name in der Stadt gleichbedeutend mit Skandal war.

Tante Eloísa hatte aus ihrer Absicht, den Einfluss zunichte zu machen, den die Großmutter auf Lina ausübte, nie ein Geheimnis gemacht, und da sich ihre Großmutter nicht weiter daran zu stoßen schien, hatte Lina wohlig dem Sirenengesang gelauscht, den sie seit Kindertagen vernommen und der sie zur Rebellion gegen die dumpf-fatalistische Vorstellung aufgerufen hatte, die Zukunft sei in der Vergangenheit angelegt und jede Möglichkeit, das Leben durch bewusstes Handeln zu ändern, von vornherein ausgeschlossen. Selbst im Wissen, dass Tante Eloísa die Ansichten ihrer

Großmutter böswillig und aus reiner Spötterei kleinredete, würde Lina, umgeben vom Surren der Ventilatoren und den schnurrenden, um die Beine streifenden Birmakatzen, den beiden Frauen bei ihren Streitereien über das Thema zuhören, ohne daraus einen wirklichen Schluss ziehen zu können, weil ihr die von der einen angeführten Argumente gleichermaßen stichhaltig schienen wie die der anderen, insbesondere dann, wenn es um Divina Arriaga ging und die beiden versuchten, zu analysieren, welche Faktoren deren Persönlichkeit beeinflusst haben mochten. Die Großmutter konzentrierte sich meistens auf Divinas privilegierte Herkunft: Sie war die zwölfte Tochter eines Millionärsehepaars, dessen elf frühere Nachkommen jeweils vor dem ersten Lebensjahr gestorben waren, sodass es die Arriagas für klug hielten, ihre Tochter vor der grausamen Hitze Barranquillas zu schützen – war diese doch nur für die Kühe geeignet, die vor drei Jahrhunderten auf der Flucht vor der Dürre ihre Besitzer gezwungen hatten, sich in dieser Hölle niederzulassen –, weswegen sie Divina in noch sehr jungen Jahren nach Europa schickten, in Begleitung mehrerer Erzieherinnen, die den Auftrag hatten, sich um ihre Ausbildung zu kümmern, ohne sich auch nur der geringsten ihrer Launen zu widersetzen. Tante Eloísa ließ diese Angelegenheit lieber beiseite: Sie hätte zwar niemals in Abrede gestellt, dass es bedeutsam war, wenn man in eine Wiege gelegt wurde, um die sich die besten Feen scharten, aber sie hatte genug verzogene Erbinnen gesehen, die vom Leben in die Knie gezwungen wurden wie jedes beliebige Hausmädchen, ja, die Erbinnen rutschten mitunter sogar schneller ins Unglück, weil der Narzissmus ihnen den Blick auf die Umwelt verstellte und die Nachgiebigkeit, die man ihnen als Kinder entgegengebracht hatte, sie kampfunfähig gemacht und jeden kritischen Verstand getilgt hatte. Tante Eloísa war höchstens dazu bereit, die Umstände, auf die die Großmutter sich bezog, als notwendige, aber nicht als allein ausreichende Bedingung hinzunehmen, um Divina Arriagas Charakter zu erklären, ihren Scharfsinn und ihre Entschlossenheit, mit der sie bereits als Fünfjährige unter insgesamt zwanzig Bewerberinnen eine Engländerin zu ihrer Erzieherin erwählt hatte, die so freiheitsliebend war, dass sie Divina umgehend nach Berlin schaffte und dort in der Tanzschule von Isadora Duncan einschrieb. Denn tatsächlich hatte Divina selbst sie ausgesucht, nachdem sie zuvor alle anderen Bewerberinnen abgelehnt hatte, ohne ihrer verdutzt dreinblickenden Mutter irgendeine Erklärung dafür zu geben, war diese doch ohnehin unfähig, sich ihr zu widersetzen, ausgelaugt wie sie war von zwölf aufeinanderfolgenden Geburten und der stillen Überzeugung, dieses so schockierend schöne Mädchen sei Werk und Gnade des Bösen. Schließlich trug Divina Arriaga unmöglich die Gene beider Elternteile in sich, sondern nur jene des Vaters, jenes anderen Teufels, der sie einst der klösterlichen Ruhe ihres Zuhauses, ihrem Gebetbuch und dem täglichen Gottesdienstbesuch entrissen hatte, um sie in seinen Streitwagen zu hieven, mit dem er gegen die gesamte Welt ankämpfte, bis er es zum reichsten Mann der Stadt gebracht hatte; ein Mann, der sich wütend in seine Konkurrenten und alle Idioten verbiss, die seinen Weg kreuzten, und sich darüber hinaus gegen alles stellte, was man Divina Arriaga verwirrenderweise als seine Tugend verkauft hatte: eine gewisse Contenance sowie eine Sittsamkeit, die alle Frauen ihrer Familie an ihm hervorgehoben hatten, die er aber noch am Tag ihrer Hochzeit auf eine perverse Art zunichtemachen würde, als er in ihrem Unterleib ein unauslöschliches Feuer entfachte, das den Lauf der Jahre überstand und unempfänglich war für die Drohungen der Priester, und die sie erzittern und ihn glucksen ließen, ein jede Nacht wiederaufflammendes Feuer, egal ob in der Stille der Luxushotels oder den prächtigen Kabinen der Transatlantikdampfer, die sie so eilig aufsuchten, er auf der Jagd nach seinen Geschäften, Kunden und Verträgen, sie als sein nächtlicher Schatten, sein Lustgarten, seine vom Begehren vergiftete Blume, die der Himmel mit dem Tod von elf Kindern strafen und die Hölle mit einer Tochter belohnen würde, deren Schönheit so unverschämt war, dass sie nur Divina heißen konnte.

Die Mutter also fürchtete sie, und nie wäre es ihr in den Sinn gekommen, sich ihrem Willen zu widersetzen, wohingegen Divina Arriaga die Mutter immer ignoriert hatte, womöglich, weil sie sie für die bloße Verlängerung des Vaters hielt, mit dem sie sich vorbehaltlos identifizierte, dem Herrn und Gebieter über das wunderschöne Anwesen, in dem sie von gutwilligen Ammen umgeben die ersten fünf Jahre ihres Lebens verbrachte. Hier lebte sie und wartete sie auf ihn, wartete darauf, dass er plötzlich zwischen den Linden des Gartens erschien, in diesem Licht, das sich in seiner schillernden Dichte von Silber ihrem Gedächtnis einprägen sollte. Stets kam er von weit her, kraftstrotzend, heiter, mit Geschenken beladen, die für alle elf toten Geschwister auch noch gereicht hätten: maßstabsgetreue Miniaturautos, ein Pony mit goldener Mähne, ein Spielzeuggewehr, das sie über der Schulter trug, wenn sie im Morgengrauen loszogen, um Kaninchen in den Wäldern zu jagen, wo Lina an einem Frühlingssonntag siebzig, achtzig Jahre später nur noch auf die traurigen, immergleichen Hausfassaden der Pariser Vorstädte treffen würde, und in einer menschenleeren Straße auch auf das von Tante Eloísa beschriebene Haus, das selbst in verlassenem Zustand herrschaftlich wirkte, mit seinem Portikus aus halbzerfallenen Säulen, den Linden im Garten, die dem Lauf der Zeit gleichmütig trotzten und in ebendiesem silbernen, durch das Laub einfallenden Licht wie verklärt aussahen. Lina betrat das Haus nicht, aber sie sah den unkrautüberwucherten Rasen, den von grässlichem Schlamm bedeckten Brunnen, das grüne, seit Langem stillstehende Wasser des Teichs. Sie lief eine zertretene Allee entlang und suchte in ihrer Erinnerung vergebens nach längst verlorenen Erinnerungen, ging den Garten auf und ab, bis sie von einem im Gras liegenden Marmorkopf überrascht wurde, den sie aufhob, betrachtete und mit traurigem Erstaunen betastete wie eine Blinde, es war der Kopf eines ernst dreinblickenden Mädchens mit offenem Haar, das Catalina in dem Alter, als Lina sie kennenlernte, erstaunlich ähnlich sah. Es war das Mädchen, das Divina Arriaga gewesen war, kurz bevor sie ihre Eltern ins Ritz begleitete, um sich in einem der Säle des Hotels ohne jede Begeisterung die Reihe von Erzieherinnen anzusehen, von denen sie die Einzige auswählte, die imstande sein würde, sie in die Freiheit zu führen, was sie mit dem gleichen wachen, unbeugsamen Geist tat, der sie ein paar Jahre später dazu bewegen würde, diese englische Erzieherin durch eine Anthropologin zu ersetzen, die vielleicht weniger umgänglich, dafür aber bereit war, Himmel und Erde in Bewegung zu setzen wie Pygmalion, um das Projekt jener Frau zu unterstützen, die Divina Arriaga damals gewesen war. An der Seite der Anthropologin reiste sie um die Welt und lernte die Vergangenheit jeweils an dem Ort kennen, an dem sie sich zugetragen hatte: Aristoteles las sie unter den Säulen des Parthenon, Vergil übersetzte sie in einem Haus in Mantua, das Mittelalter entdeckte sie in Gestalt von

Ruinen, Burgen und Klöstern; Etappe um Etappe rekonstruierte sie den Marsch der Heere Hannibals, Timurs, Cäsars und Napoleons. Von all dem, erklärte Tante Eloísa, waren eine ziemlich solide Bildung und die Kenntnis mehrerer Sprachen geblieben, was dafür sorgte, dass sie das R nicht rollen konnte wie im Spanischen üblich. Auch körperliche Stärke war ihr geblieben: Obgleich dünn und von zerbrechlicher Gestalt, konnte sie den gesamten Tag auf einem Pferd verbringen, als pulsierte in ihr die Kraft aller elf Geschwister. Sie begeisterte sich für Fuchsjagd, Fechten und dafür, entlegene Gebiete zu bereisen, immer gefolgt von der Anthropologin, die sie mit Sicherheit liebte, ohne es zu wissen. Und die der jungen Frau eines Tages nicht mehr folgen konnte, als diese sich nach hundert Kilometern mit einem Rucksack auf den Schultern zu ihr umwandte und immer noch frisch wie eine gerade aus dem Wasser gezogene Rose wirkte. Sie starb an einem Infarkt, wie Divina Arriaga Tante Eloísa bei einem Glas Pastis auf der Terrasse des La Coupole berichtete. Sie, die mit Vertraulichkeiten so geizte, die so verschwiegen war, wenn es um ihre Vergangenheit ging, wählte ausgerechnet diese Anekdote aus, um ihre Jugend zusammenzufassen. Sie erzählte aber nicht davon, wie diese Anthropologin eine Erbin, die dazu bestimmt war, als fügsamer Schmetterling das Heim eines beliebigen Gatten zu schmücken, zu einer jungen Frau gemacht hatte, die Freude daran hatte, Klassiker im Original zu lesen oder die Sitten und Gebräuche einer tibetanischen Mönchssekte zu beobachten; ebenso wenig sprach sie von den Widrigkeiten, denen sie auf ihren Reisen begegnet war, von den Anstrengungen, dem Dreck, dem Hunger, den unbekannten Speisen. Nein. Sie beschränkte sich darauf, von einem Ereignis zu berichten, das ihre an der Seite der Anthropologin gemachten Erfahrungen verdichtete und insbesondere deutlich machte, was diese Frau ihr über die Männer sowie darüber beigebracht hatte, wie man auf ihre Gewalttätigkeit reagierte: unter Verwendung eines Gewehrs. Ein Revolver oder ein Messer hätten es auch getan, bemerkte Tante Eloísa, obgleich das Gewehr ohne jeden Zweifel wirksamer war, wenn es darum ging, drei wildgewordenen Männern die Stirn zu bieten, die sie zu vergewaltigen beabsichtigten. Divina Arriaga hatte dabei geholfen, das Grab der Anthropologin in der afrikanischen Wüste auszuheben, die sie gerade, verkleidet als englische Entdeckungsreisende, durchquerten, als ihre Mentorin der Infarkt ereilte. Sie hatte die Nacht über am Fuß des Grabs Wache gehalten, in der Annahme, der Führer und die zwei Träger würden keinen größeren Unterschied machen zwischen der Frau, die sie eigentlich war, und dem vom Tod seines Mentors bestürzten jungen Mann, den sie sahen. Sie erzählte, wie sie über Stunden auf die Bewegungen der Männer geachtet und in der Finsternis das Flackern ihrer lüsternen Augen verfolgt hatte und wie sie dann, als ihr klar wurde, dass sie sich auf sie stürzen würden, langsam das Gewehr hob und dreimal abdrückte. Darüber verstummte sie, verfiel dann ganz in Schweigen und sah dem aus ihrer Zigarette mit der Perlmuttspitze ziehenden Rauch nach, während die Passanten den Schritt drosselten, um sie zu betrachten, wie sie da auf dieser Terrasse in Montparnasse saß.

Tante Eloísa konnte sich nicht daran erinnern, jemals den Namen der Anthropologin aus ihrem Mund gehört zu haben, und Lina würde ihn erst sehr viel später zufällig herausfinden, auch wenn sie damals bereits aufgehört hatte, daran zu glauben, der Zufall habe in ihre Beziehungen zu Divina Arriaga oder, genauer gesagt, in die zarten Bande eingegriffen, die Divina Arriaga zwischen ihnen beiden geknüpft hatte, als sie, eben in die Stadt zurückgekehrt, ihrer Großmutter ein Kärtchen schickte, auf dem sie sie bat, Lina in ihr Anwesen in El Prado zu schicken, um sie Catalina vorzustellen. Denn auch hier traf Divina Arriaga eine Entscheidung, legte sie dieselbe Fähigkeit an den Tag, hellsichtig auf jemandes Verhalten zu setzen und seine Handlungen langfristig vorauszusehen, nicht aufgrund dessen, was Lina damals war, denn sie war, wenn überhaupt, erst acht Jahre alt, sondern aufgrund der Vorstellung, die sich Divina Arriaga davon machte, was Lina unter dem Einfluss der Großmutter einmal werden würde. Und auch darin täuschte sie sich nicht: Genauso wie ihre Erzieherinnen und Liebhaber war Lina ihr immer zu Diensten, ja selbst noch nach dem Tod von Divina war sie ihr von Nutzen, auch wenn sie davon jahrelang nichts ahnte und erst später begriff, welche Rolle die zwischen seidenen Kissen verdunstete Frau ihr zugesprochen hatte, diese Frau, die sie eines Nachts, kurz bevor sie endgültig ins lange Vergessen ihrer Krankheit glitt, alleine zu sich ins Zimmer kommen ließ, um ihr mit letztmalig aufflackernden Augen, als werde sie für einen Moment aus ihren Träumen aus Moos, Algen, Weiden und verwelkten

Lilien gerissen, zuzuraunen: »Steh Catalina bei. Dein Vater wird dir erklären, wann es so weit ist und was du zu tun hast.«

Lina und ihr so sehr von Vernunft geprägter jugendlicher Geist weigerten sich, in dieser Bitte etwas anderes zu sehen als den Fieberwahn einer Kranken. Catalina brauchte überhaupt keine Hilfe und mied damals Linas Nähe, ja sie weigerte sich sogar, ans Telefon zu gehen: Dermaßen entschlossen war sie, Álvaro Espinoza zu heiraten, einen verhärmten, schweigsamen Mann, der von einer unbegreiflichen Verachtung der gesamten Menschheit angetrieben schien. Monatelang hatte sich Catalina unbarmherzig über ihn lustig gemacht, seine Einladungen systematisch ausgeschlagen und den Eindruck, den er bei ihr hinterließ, mit Lina geteilt, hatte über sein fettig glänzendes Mulattengesicht und seine ewig schweißnassen Hände gelästert und erklärt, seinem schmuddeligen Hemdkragen entströme derselbe Muff wie den schwarzen Soutanen der Priester. All das stimmte, war aber Linas Meinung nach eher unwichtig im Vergleich zu seinen Einstellungen und seiner perversen Beharrlichkeit, Catalina unbedingt heiraten zu wollen. Denn in seiner Gleichgültigkeit gegenüber der Ablehnung, die er von ihr erfuhr, lag etwas Ungesundes und äußerst Unheimliches, ebenso wie in der Art, mit der er sie später verführte, indem er sie korrumpierte, das heißt, indem er ihr sein Ansehen und seine Beziehungen anbot, um sie in die Gesellschaft einzuführen, die sie so bitter gedemütigt hatte, als man mit ihr in erster Linie die Tochter von Divina Arriaga abstrafte.

Als es zu ebendiesem Affront, zu ihrer öffentlichen Beleidigung gekommen war, da wusste Catalina nicht, wer ihre Mutter war und wie über sie in der Stadt geredet wurde. In der Tat war ihr nicht bewusst, dass es allen Grund für sie gab, bekümmert zu sein und ihr Selbstvertrauen einzubüßen, denn wie die Erbinnen, von denen Tante Eloísa gesprochen hatte, war Catalina von ihrer Schönheit paradoxerweise geschützt und zugleich entwaffnet worden: Wo sie auch hinkam, öffneten sich die Türen wie von selbst, und wenn sie verschlossen blieben, dann bekam sie es entweder nicht mit oder entschied sich dafür, es nicht mitzukriegen, wählte stets den einfachen Weg. Lina führte diese Ungezwungenheit auf die Bewunderung zurück, die sie bei anderen Menschen auslöste und für eine Art Nimbus sorgte, durch den die Dinge zu ihr durchsickerten, mehr als

Echo denn als Lärm, mehr als Schaum denn als Welle, mehr als Widerschein denn als Licht, und hinter diesem Nimbus blieb Catalina isoliert wie eine in Zellophanpapier eingewickelte Puppe. Dies und ihre Fähigkeit, Hindernisse zu umgehen, indem sie stets den weniger aufwändigen, wenngleich nicht unbedingt besseren Nebenweg wählte, gehörten zu den Charaktereigenschaften, die Lina sehr beeindruckt hatten, als sie sich kennenlernten, und vor denen ihre Großmutter sie zu schützen versuchte, indem sie Lina von jedem Nachahmungsversuch entschieden abriet. Doch es wäre ohnehin niemand auf der Welt in der Lage gewesen, Catalina nachzuahmen oder ihr auch nur ähnlich zu werden: Es war unmöglich, ihre leuchtend grünen Augen, ihr ebenholzschwarzes Haar oder diese Haut zu haben, die rosig war wie das Innere der großen Meeresschneckenhäuser: unmöglich, so viel Schönheit zu besitzen, um sich die Nonchalance, ja sogar Eleganz zu gönnen, diese Schönheit vergessen zu lassen. Vor allem aber war es unmöglich, ihren Zauber nachzuahmen. Vielleicht weil sie sich immer sofort und umstandslos geliebt fühlte, nahm Catalinas Herz ausschließlich angenehme Gefühle auf, die ihren Bewunderern als das Lächeln einer Göttin oder als der Blick eines Kindes erschien, das niemals dem Bösen begegnet ist. In den Jahren, in denen sie zusammen in La Enseñanza zur Schule gingen, sah Lina sie weder je streiten, noch je zum Opfer der Bösartigkeit der Nonnen werden, ja, sie war sogar deren Liebling: Es genügte, dass Catalina zu denen gehörte, die gerade für Unruhe sorgten, schon schmunzelten die Nonnen bloß darüber, und die Strafe fiel äußerst milde aus. Dabei war Catalina fast immer beteiligt, wenn es Unruhe gab: Sie stiftete an, Lina führte aus. Denn zu ihrem ausgezeichneten Gedächtnis, das es Catalina ermöglichte, eine ganze Seite nach nur einmaligem Lesen auswendig zu können, sowie zu ihrer mathematischen Begabung gesellte sich ein frecher Geist, der darauf sann, die ameisenhafte Unterwürfigkeit zu untergraben, die die Nonnen ihnen aufzuerlegen versuchten. Das geschah mithilfe von zwanzig blauen Karteikärtchen, Noten genannt, auf denen jeweils die Nummer jeder Schülerin aufgedruckt war und deren Verlust oder strafender Entzug die Betragensbeurteilung in Mitleidenschaft zog, die am Ende jeder Woche öffentlich und in Anwesenheit der Obernonne während einer Zeremonie verlesen wurde, welche mit der Jungfrau gewidmeten Lobgesängen eröffnet und damit beendet wurde, dass die zwei oder drei Schülerinnen, die es geschafft hatten, ihre zwanzig Karteikärtchen zu behalten, stolz bis zum Garten vormarschierten und dort die Nationalflagge hissten. Catalina verlor immer so viele Punkte wie Lina, doch mindestens einmal im Monat schaffte sie es auch unter die fahnenhissenden Mitschülerinnen. Darüber rätselte Lina, ohne sich zu ärgern, denn schon damals empfand sie diese heitere Zuneigung für Catalina, die sie ihr Leben lang begleiten sollte; sie wunderte sich nicht einmal, als sie eines Tages bemerkte, dass die Präfektin höchstpersönlich heimlich die Noten zurückgab, die Catalina bei anderen Nonnen eingebüßt hatte – wenn es die betreffenden Nonnen nicht ohnehin schon selbst taten, und zwar ebenso heimlich und womöglich deswegen, weil sie sie zwischen den aufgereihten Schülerinnen den Flur durchqueren sehen wollten, schön, wie sie war, mit ihren grünen Augen und der sich in ihnen widerspiegelnden immateriellen Reinheit, die allem Schmerz und aller Erkenntnis fern zu sein schien; kurzum: genau so, wie sie jedes Jahr auf der Schulfeier vor einem hingerissenem Publikum die Heilige Johanna von Lestonnac gab, die Gründerin des religiösen Ordens, dem die Nonnen von La Enseñanza angehörten.

Denn Catalina war rein und für das Böse unerreichbar, wie ein Vogel, an dessen Federkleid aller Dreck der Welt abperlte, ohne auch nur die geringste Spur zu hinterlassen. Und ob das nun paradox wirkte oder nicht: Sie bewahrte sich für den Rest des Lebens etwas von dieser Reinheit, selbst als sie Álvaro Espinoza mit jedem beliebigen Mann, der ihr Begehren weckte, betrog und ihn später nach allen Regeln der Kunst in den Selbstmord trieb. Damals hatte Catalina bereits einen moralischen Kodex ausgetüftelt, an den sie sich stets halten würde und dessen Regeln darin bestanden, sich niemals selbst zu betrügen und keine Rechtfertigung für ihre verwerflichen Taten zu suchen. Vielleicht irrten die Nonnen sich nicht, wenn sie ihr gute Zensuren schenkten, weil sie damit ein gewisses Vertrauen in den Kern von Catalinas Charakter und zudem Zweifel am angeblichen Ruin Divina Arriagas zum Ausdruck brachten. Denn wäre Catalina einfach nur die Waise eines Unbekannten gewesen, von dem man nicht einmal wusste, ob er überhaupt wirklich mit der Frau verheiratet gewesen war, die den schändlichsten Skandal der Stadt verursacht hatte, das heißt, wenn da nicht wenigstens ein

Fünkchen Wahrheit in der Geschichte gesteckt hätte, die man sich gerüchteweise über diesen Mann erzählte, ein von den Nazis verfolgter polnischer Adliger und aktives Mitglied der französischen Résistance, der in einem alten Haus in der Bretagne zu Tode gefoltert worden war. Und wenn Divina Arriaga wirklich erledigt gewesen wäre, als sie das Schiff bestieg, mit dem sie wie in einem Sarg für immer nach Barranquilla kommen sollte, dann, ja, dann hätte Catalina nicht mit einer solchen Leichtigkeit diese blauen Kärtchen zurückbekommen und wäre sehr wahrscheinlich nicht einmal in der Schule aufgenommen worden. La Enseñanza durften nur Töchter aus gutem Hause oder Erbinnen von Großgrundbesitzern der karibischen Küste besuchen, die ihre Töchter so lange einschlossen, bis der geeignete Augenblick gekommen war, um ihnen den passenden Gatten zu besorgen – und auch die wurden nur unter der Voraussetzung zugelassen, dass sie wirklich mindestens neun Monate nach der katholischen Eheschließung ihrer Eltern geboren worden waren und die Eltern oder, besser gesagt, die Mutter, ihr Leben lang ein vorbildhaftes Verhalten an den Tag gelegt hatte. Nach allem, was so geredet wurde, erfüllte Catalina diese Bedingungen nicht: Als sie in die Stadt kam, war sie bereits zehn Jahre alt, sprach nur mit Mühe Spanisch, und ihre Mutter, Divina Arriaga, ließ sie als kolumbianische Staatsbürgerin und am 21. August 1937 in Saint-Malo geborene, rechtmäßige Tochter eines gewissen Stanislaw Czartoryski registrieren, ohne jedoch irgendwelche Papiere oder Dokumente vorzulegen, die dies hätten bestätigen können, weil das Rathaus, in dem diese sich befunden hatten, einem Feuer nach alliiertem Luftbombenangriff zum Opfer gefallen war. Das Einzige, was die Leute wussten, war, dass Divina Arriaga in Begleitung eines ihr täuschend ähnlich sehenden Mädchens mit unaussprechlichem Nachnamen zurückgekehrt war. Sie erfuhren auch, dass sie das alte Anwesen ihrer Eltern bezogen und das nötige Geld zusammengekratzt hatte, um dieses aus seinem verwitterten Zustand zu befreien, doch weder empfing sie Besuch noch nahm sie Einladungen an noch kehrte sie auf irgendeine Art zu ihrer Lebensweise zurück, die die Stadt über zwanzig Jahre in Atem gehalten hatte. Und von da an wurde von Ruin gesprochen. Mit Schadenfreude. Mit Erleichterung.

Von Ruin war auch die Rede gewesen, als sie das erste Mal erschienen war, genauer gesagt, als sie nach Europa zurückkehrte und in Barranquilla eine erschütterte Bourgeoisie zurückließ, die mitgenommen war von dem heillosen Durcheinander, als dessen Ursprung, Anstifterin und Zeremonienmeisterin man sie identifiziert hatte, ebenso wie man ihr alles Mögliche andichtete, von einem Hang zur Libertinage bis hin zu einem direkten Pakt mit dem Teufel, von dem sie die Anweisung erhalten haben sollte, für Aufruhr zu sorgen, um die Seelen ins Verderben zu reiten, die Mitglieder der herrschenden Klasse zu diskreditieren und damit dem gottlosen Materialismus zum Durchbruch zu verhelfen. Mit den Jahren würden diese Spekulationen vergessen sein, nicht aber der Skandal, der sie hervorgerufen hatte und Divina Arriaga zum Inbegriff all dessen werden ließ, was Leute von Rang und Namen zweifellos schon aus moralischen Gründen zu verurteilen gezwungen waren, aber auch deswegen, weil die offene Herausforderung der gesellschaftlichen Konventionen sie offensichtlich ins Verderben geführt hatte: In der Tat hatte Divina Arriaga durch ihren Weggang aus Barranquilla alle materiellen Güter verloren. Nichts war von dem Flussfahrtunternehmen ihres Vaters übriggeblieben, nichts von dem Import-Export-Geschäft, das den nationalen Handel mit Deutschland fast vollständig abgewickelt und dessen Aktien Tante Eloísa erworben hatte. Zumindest hatte sie auf nichts mehr Zugriff, und niemand, der bei Verstand war, glaubte daran, dass ihr von dem bei diesen Geschäften gemachten Geld nach den Orgien, mit denen sie die Stadt in Unruhe versetzt hatte, noch etwas geblieben sein könnte. Nur Tante Eloísa, die ihre Anteile in klingender Münze gezahlt hatte, war so blöd, das zu glauben und sogar zu behaupten, dass besagte Orgien Divina Arriaga dabei geholfen hätten, ein paar Pesos loszuwerden, deren Umtausch in Gold oder ausländische Devisen ihr lediglich Probleme mit dem Fiskus eingebracht hätten. Allerdings sprach Tante Eloísa nur mit sehr wenigen Menschen, und Divina Arriagas finanzieller Ruin beruhigte ganz allgemein die Gemüter und wirkte sich insbesondere lindernd auf die Empörung derer aus, die es unzumutbar fanden, dass eine Frau sich ein derart ungebührliches Verhalten erlaubt hatte, ohne dafür bestraft zu werden. Divina Arriagas Ruin diente auch den anderen Frauen als Mahnung; denen, die es wagten, von einer wie auch immer gearteten Emanzipation zu träumen, und denen, die nicht zu träumen wagten, brav ihre Pflichten erfüllten und sich die Bitterkeit mit häuslicher Geschäftigkeit vertrieben. Auf lange Sicht aber würde ihr Ruin vor allem als Exempel dienen: Mehreren Generationen von Mädchen würde, vor Sorge in sich zusammengeschrumpft, die Geschichte Divina Arriagas erzählt werden, damit sie verstanden, was denen blühte, die die Herrschaft der Männer auf die Probe stellten: Sie war in die Fülle hineingeboren, von der Stadt wie eine Göttin behandelt worden, hatte das Erbe jedoch mit unbotmäßigen Gelagen verschleudert und sich dann inmitten der allgemeinen Missbilligung einfach so davongemacht, war von Freunden verlassen und von ihrem Geliebten Ricardo Montes de Trajuela verstoßen worden, der ihr eines Nachts beim Poker drei Häuser abgeknöpft hatte und am nächsten Tag in Begleitung von Zeugen und einem Notar bei ihr vorstellig geworden war, um die Übergabe der Urkunden einzufordern. Ricardo Montes de Trajuela, der gutaussehende, elegante Spross einer Adelsfamilie, hatte in Oxford gelernt, wie man einen Smoking trug, mit Bediensteten umging oder ein Vermögen schätzte. Dass er nun eine solche Gemeinheit beging, bedeutete nicht nur, dass er die Frau, die fünf Monate lang seine Geliebte gewesen war, zutiefst verachtete, sondern außerdem, dass er, überzeugt von Divina Arriagas nahendem Unglück, alle in Oxford oder sonst wo gelernten Regeln des guten Benehmens vergaß, um ihr die letzten Reste ihres Vermögens zu entreißen. Tante Eloísa hatte natürlich ihre eigene Version der Geschichte: Divina Arriaga habe diesen Mitgiftjäger, der schön sein mochte, aber nicht besonders klug war, ganz bewusst und dem alten Sprichwort gemäß ausgewählt, dass wem es an Brot mangele, eben Kuchen essen solle. Das berüchtigte Pokerspiel wiederum, dem Tante Eloísa beigewohnt hatte, habe Divina Arriaga die Gelegenheit geboten, Ricardo Montes de Trajuela mit einer üppigen Abfindung zu entlassen und ihn darüber hinaus genötigt, sein wahres Gesicht zu zeigen. Auf diese Weise habe sie dem Spiel, dem sie sich während ihres gesamten Aufenthaltes in der Stadt – beziehungsweise seit ihr klar geworden war, zu welchem Grad der Heuchelei die Angehörigen der städtischen Elite in der Lage waren – hingegeben hatte, endgültig die Krone aufgesetzt.

Nichts ließ einen solchen Ausgang vermuten, als Divina Arriaga erstmals nach Barranquilla gekommen war, um sich um ihre Erbschaft zu kümmern, und sich ihr die Männer und Frauen, die sich ihrem Vater mit den erbärmlichsten Schmeicheleien angedient hatten, zu Füßen warfen und sich an ihrem sagenhaften Schmuck, ihren wundervollen Gewändern und der Unverfrorenheit ergötzten, mit der sie ihre Vorstellungen äußerte, die inmitten des ungebildeten Puritanismus der Stadt wie Feuerwerkskörper einschlugen. Diese Huldigungen hatten Divina Arriaga sehr überrascht, doch als Schülerin einer Anthropologin begann sie, sich nicht ohne Neugierde mit den Sitten und Gebräuchen der Einheimischen zu befassen. Rasch hatte sie begriffen, dass das rassistische, selbstgenügsame und so außerordentlich beschränkte Bürgertum der Stadt in einem Morast der Unzufriedenheit vor sich hin dümpelte, aus dem Bläschen an die Oberfläche stiegen, die unter den Frauen die Form von Getratsche annahmen – wenn diese während eines Canasta-Spiels mühsam verdauten, was sie bei ihren mittäglichen Gelagen verzehrt hatten, bei denen jeder Maisfladen, jede weitere Portion Reis mit Fleisch die Schmach unbefriedigender Nächte linderte – und die Gestalt von obszönen Derbheiten unter den Männern, die um die schäbigen Privilegien einer Provinzstadt buhlten und in Puffs polternd nach Belohnung suchten, wo Mädchen anschafften, neben denen die Huren von Saint-Denis sich wie Prinzessinnen ausnahmen. Ihren von der Anthropologin übernommenen Leitsätzen folgend beschränkte sich Divina Arriaga darauf, die Einheimischen begleitend zu beobachten, wie sie es auch bei einem Stamm afrikanischer Pygmäen getan hätte, sie analysierte Verhaltensmuster, ohne sich einzumischen, und ihre Schlussfolgerungen behielt sie für sich. Da die Bürger der Stadt nun aber keine afrikanischen Pygmäen waren, also auf die Reize einer fortschrittlichen Kultur reagieren wollten – die Divina Arriaga ihnen schon durch ihre schlichte Anwesenheit darbot –, begannen sie, die äußerlichen Merkmale von Divinas Persönlichkeit nachzuahmen, ohne zu berücksichtigen, dass diese Persönlichkeit, um überhaupt erst ausgebildet zu werden, vierundzwanzig Jahre Erfahrung und vorbildlicher Erziehung hinter sich gebracht hatte. Also hätten sie angefangen, sie auf unbeholfene Weise nachzuahmen, erklärte Tante Eloísa: Die Röcke und die Haare, inspiriert von Divinas Schnitt *à la garçonne*, wurden kürzer getragen; farbige Strumpfhosen und spitze Schuhe tauchten ebenso auf wie die Fransenkleider mit den langen Halsketten und den Stirnbändern; außerdem kam folgendes Lied in

Mode: »Die Mode von Tutanchamun ist weltweit eine Obsession und allerorts spricht man bereits vom Pharao.« Derweil beschlossen die Frauen, in aller Öffentlichkeit zu rauchen, und lernten, wie man Whiskey trank – die Männer gesellten sich auf den Partys zum ersten (und letzten) Mal in der Geschichte der Stadt zu ihren Gattinnen, anstatt sich in eine Ecke zu verdrücken und über Politik und Bordelle zu reden. Alle Welt feierte Divina Arriaga. Man richtete ihr zu Ehren allabendlich Empfänge und Bälle aus, zum Ausgleich lud sie fünfzehn oder zwanzig Paare zum *Weekend* auf ihr Anwesen nach Puerto Colombia ein, ohne zu ahnen, dass diese Zusammenkünfte, die mit der größten Sorgfalt vorbereitet wurden und mit Lagerfeuern am Strand, Gartenpavillons und Essen und Trinken nach Belieben aufwarteten, sich in wahrhaftige Bacchanalien verwandeln würden, als die Gäste, die bis dahin treue Verlobte, Familienväter oder -mütter, allerdings auch Gefangene eines Dickichts von Verboten gewesen waren, anfingen, sich völlig zügellos zu benehmen – sie waren nun endlich einmal unter sich, unter Bedingungen, die dazu einluden, sich gehen zu lassen –, und ihren Begehren mit jenem Furor nachgaben, der alle Gebotsübertretungen begleitet. Auch Trotz war im Spiel, eine dunkle, vage und unausgesprochene Absicht, die Folgen ihres Handelns wegzuschieben oder in der Schwebe zu halten, indem sie das Gleiche wieder taten, bis sogar Tante Eloísa, die in ihrem Leben durchaus schon so einiges gesehen hatte, verblüfft, ja entsetzt über die Ausschweifungen war. Durch sie und Berenice' umständliche Berichte sollte Lina erfahren, was sich in diesem Haus in Puerto Colombia während der fünf Monate zugetragen hatte, die Divina Arriaga in der Stadt verbrachte und dabei mit Tabus und Konventionen brach, nicht so sehr durch ihr Verhalten – schließlich hielt sie sich von den Exzessen eher fern, und es konnte erst am Ende überhaupt mit Gewissheit gesagt werden, dass sie die Geliebte von Ricardo Montes de Trajuela gewesen war –, sondern der Verwirrung wegen, die ihre ironische Nachsicht gegenüber den Schwächen und Selbstwidersprüchen derjenigen auslöste, die danach trachteten, auf irgendeine Weise an ihr ungeheures, von ihrem Vater geerbtes Vermögen heranzukommen und darauf aus waren, sie zu verführen, stattdessen aber einer nach dem anderen der unheimlichen Verführungskraft ihrer Absichten verfielen. Sie verfielen ihr auf grässliche Weise, aber auch, wie Tante

Eloísa versicherte, verdientermaßen, und ebenso sicher dürfte Divina Arriaga es genau so allen möglichen künftigen Freunden oder Dürrenmatt-Kennern erzählt haben, denen sie erklärte, die Figuren aus der Kleinstadt Güllen und ihr – natürlich auf eine überzogene Art – dargestelltes Verhalten könne gut und gerne mit jenem der Bourgeois von Barranquilla verglichen werden, die zum Verzicht auf jeden moralischen Grundsatz bereit waren, wenn es ihnen dadurch gelänge, von einer schwerreichen Frau unter die Fittiche genommen zu werden. Hierin erschöpfte sich die Analogie, weil die Frau, die in Barranquilla zu Besuch war, Divina Arriaga, gerade einmal vierundzwanzig Jahre alt war und der Stadt gegenüber keinerlei Groll hegte. Von Groll konnte auch später nicht die Rede sein, als sie herausfand, dass ihre Freundinnen, die eine Stunde vor den Partys bei ihr vorbeizukommen pflegten, um ihr angeblich beim Ankleiden zu helfen, und die Männer, die ihr stets bereitwillig schmeichelten, um ihre Pfründe in den Unternehmen von Divinas Vaters zu verteidigen oder überhaupt erst einzuheimsen, sich hinter ihrem Rücken über sie lustig machten und ihr alle möglichen niederträchtigen Taten oder unlautere Absichten unterstellten. Nein. Es wäre korrekter gewesen, eine Regung in Betracht zu ziehen, die Tante Eloísa mit großem Respekt Perversität genannt hatte. Wenn Lina richtig verstand, so setzte Perversität eine gewisse Raffinesse ebenso wie Sinn für Humor voraus. Wie die Anwältin, die Benito Suárez ruinierte, indem sie dessen eigene Logik anwandte, so beschränkte sich Divina Arriaga darauf, die Bedingungen zu schaffen, unter denen ihre vermeintlichen Freunde den Verlockungen ausgesetzt sein würden. Es ging nicht nur darum, ihnen ein Haus zur Verfügung zu stellen, das über zwanzig Zimmer verfügte, von einem dichten Garten umgeben und direkt an einem Strand gelegen war, wohin sich nach sechs Uhr abends jedes Pärchen flüchten konnte, ohne dass es jemand merkte: Es ging eher um die ihr eigene Toleranz, um die Leichtigkeit, mit der sie die Vertraulichkeiten der Frauen und die Intrigen der Männer aufnahm und es zuließ, dass sie sich in den Stricken verfingen, die ihre Leidenschaften selbst flochten. In der Tiefe ihrer Pupillen flackerte, auch wenn sie kein Kreuz in der Hand trug, die faszinierte Verachtung der ersten Konquistadoren. Ohne dass sie je danach getrachtet oder darum gebeten hätte, sondern allein aufgrund ihres

Vermögens hatte man ihr die Macht des Urteils zugesprochen – sie aber befreite, statt zu unterdrücken. Wer in ihr Haus in Puerto Colombia kam, hatte den Eindruck, der Stadt entflohen zu sein, und begab sich ihren Launen folgend in das Labyrinth eines fremden Ichs, das betreten und wieder verlassen werden konnte, bis die innerste Wahrheit erreicht war, die zur Euphorie oder in den Selbstmord führte oder dazu, das ganze Vermögen am Pokertisch zu verlieren, das eigene Leben bei einer lächerlichen Wette aufs Spiel zu setzen oder das Verlangen nach der Frau eines Freundes beziehungsweise nach dem Freund selbst zu entdecken.

Und so folgte in den fünf Monaten ein Skandal auf den anderen, während man sich in der Stadt alle Mühe gab, sie zu ignorieren, sei es, weil stets mindestens ein Mitglied einer jeden Familie an Divina Arriagas Partys teilnahm oder von ihrer Gunst abhängig war, sei es, weil das unverschämte Anwachsen ihres Vermögens einen fast heiligen Respekt einflößte, der alles Getuschel verstummen oder unhörbar werden ließ. Trotzdem war man im Bilde: Viele waren es, die am Wochenende die Eisenbahn nach Puerto Colombia nahmen und am sandigen Bahnhof ausstiegen, ohne genau zu wissen, wohin es ging, um dann erfolglos nach einem Zimmer im einzigen Heilbad des Dorfes zu fragen, das von vorausschauenden Sommergästen besetzt war, die mit einem Mal die wohltuende Wirkung der Meerwassertherapie entdeckt hatten. Menschen von edler Abstammung, die aber ihres bescheidenen Standes wegen nicht bis zu Divina Arriaga vordrangen, schlichen sich bei Anbruch der Dunkelheit in die Gärten des Anwesens und erhaschten, verborgen hinter Palmen und Hecken, einen Blick auf die heiteren, zur Musik der Trios, Orchester und kubanischen Ensembles tanzenden Gäste, während vom Strand her der Geruch von über der Glut gegarten Kälbern und Spanferkeln aufstieg, die ein rätselhafter, aus Cayenne geflohener und von Divina Arriaga zum Koch beförderter Franzose, der später zusammen mit seiner Schülerin und Geliebten Berenice im Hotel del Prado angestellt werden würde, mit geheimnisvoll gewürzten Saucen beträufelte. Ebendiese Berenice sollte Lina davon erzählen, wie die Gäste eines Nachts beschlossen, diese Art der Belagerung zu beenden und eigens deswegen mitgebrachte Jagdhunde losließen, um die Eindringlinge in die Flucht zu schlagen und sie beschämt und gedemütigt durch die dunklen Dorfgassen zu treiben.

Und selbst da gab es keine Beschwerden. Als aber der Karneval begann und Divina Arriaga einen Trupp bereitstellte, von dem noch Jahre danach gesprochen werden sollte, war die Wut über die achtzig ungebührlich verkleideten Menschen, die in den Country Club einmarschierten, so groß, dass es unmöglich war, weiter wegzuschauen. Denn es handelte sich mitnichten um eine gewöhnliche Karnevalstruppe, also um eine Truppe mit einem mehr oder minder harmlosen Motto, dem sich die Vorstellungskraft jedes Beteiligten anzupassen hatte. Nein. Hier vermischte sich alles Mögliche auf unerhörte Weise: Wohltätige Schwestern schoben mit nichts als einer Windel bekleidete Männer in Kinderwagen umher, in denen diese mit ihren behaarten Beinen vor sich hin strampelten, im Mund eine mit Whiskey gefüllte Nuckelflasche; dazu Schülerinnen in der Uniform des Colegio Nuestra Señora de Lourdes, die von feixenden alten Männern an ihren Zöpfen gezogen wurden, sowie herausgeputzte Transvestiten, die ungeniert mit dem Publikum flirteten, weiterhin: vier als scheinfromme Mamasantas verkleidete katholische Oberinnen. Kurzum: Der blanke Horror. Das Schlimmste für die Leute aber war, dass Divina Arriaga, von deren Anwesen im Prado der Trupp gestartet war, sich um Mitternacht in einem prächtigen schwarzen Kleid zeigte und so majestätisch wie noch nie wirkte, und zugleich seltsam abwesend und gleichgültig gegenüber dem Getöse ihrer Freunde, von denen sie kaum Notiz nahm, während sie an ihrem Tisch, begleitet von einem unbekannten Herrn im Smoking, Champagner zu trinken begann. Unterdessen gaben sich die Mitglieder des Clubs immer ausschweifender: Auf der Tanzfläche fielen sich die Paare nach Lust und Laune – und nicht unbedingt gemäß ihrer ehelichen Gelöbnisse – um den Hals; die Lichter waren gelöscht worden, und aus den Ecken drangen Seufzer der Lust und der Erregung; die Trunkenbolde, die in der Regel um Mitternacht gingen oder gegangen wurden, riefen, nachdem sie den Clubdirektor in seinem Büro eingeschlossen hatten, am Schwimmbecken den Wettstreit um den längsten und üppigsten Urinstrahl aus; andere prügelten sich und zerstörten die aufwändig gepflegten Stauden der Gartenanlage, und ein paar verzweifelte Frauen liefen den Bediensteten hinterher und flehten sie an, dem Treiben ein Ende zu bereiten. Bei aller Verblüffung waren die Bediensteten die Einzigen, die die Fassung behielten: Sie befreiten nicht nur den Direktor und schlossen die Alkoholika weg, sondern löschten auch ein Feuer, das sich auszubreiten drohte, als jemand eine lodernde Tischdecke auf die Vorhänge im Billardsaal warf. Ihnen also war es zu verdanken, dass die Polizei nicht eingeschaltet werden musste, was den Ruf des Clubs auf nicht wiedergutzumachende Weise beschädigt hätte. Dennoch waren die Leute am Tag darauf völlig bestürzt. Angesichts des Ausmaßes des Unheils ließen die Priester, die erst noch getobt und mit Exkommunikation gedroht hatten, ihre Klage fallen, denn es schien allzu wahnwitzig, die gesamte herrschende Klasse der Stadt aus der Kirche ausschließen zu wollen. Wie zu erwarten, erwähnte die Presse die Angelegenheit mit keinem Wort, die Frauen rannten zur Beichte, die Männer erinnerten sich plötzlich wieder an die Pflichten, die zur Machtausübung gehörten, und die armen Bediensteten des Country Clubs verloren ihre Anstellung, allerdings mit einer dicken Abfindung in der Tasche, um ihr Vergessen zu erkaufen. Zur Buhfrau, zum Sündenbock, kurz: zur Verantwortlichen wurde schließlich Divina Arriaga gemacht, und zwar genau in dem Moment, als sich herausstellte, dass vom Vermögen ihres Vaters so gut wie nichts mehr übrig war. Daraufhin begannen ein paar gratismutige Leute herumzutönen, ihr Verhalten sei eine Schande für die Stadt, und begaben sich zur Präsidentin des katholischen Frauenordens. Die bat, nachdem sie die auf Abwege geratenen Schafe aus der Kongregation ausgeschlossen hatte, den Bischof um eine Audienz, damit dieser eine Kommission von Honoratioren einberufe, die Divina Arriaga entschlossen entgegentreten und ihr die Leviten lesen solle. Über den Inhalt dieser Leviten war man sich indes nicht wirklich im Klaren, weder die Präsidentin noch diejenigen Personen, die sie zur Kurie begleiteten und vom Bischof die Erlaubnis erhielten, die Kommission zu bilden. Es war ohnehin schon schwer genug, fünfzehn untadelige Personen zusammenzubekommen, sprich, solche ohne Verwandte, die auf die eine oder andere Weise mit Divina Arriaga verbandelt waren oder von den Privilegien ihrer Freundschaft profitierten. Nach reiflicher Überlegung beschlossen die ausgewählten Honoratioren, Divina Arriaga Korruption vorzuwerfen und sie zum Verkauf ihrer Anteile des Country Clubs aufzufordern, was in einer Stadt, in der die Mitgliedschaft im Club das Distinktionsmerkmal schlechthin war, der Höchststrafe gleichkam, vergleichbar mit der Degradierung eines Militärs oder dem Kirchenbann für einen Priester. In der Mitteilung, mit der sie Divina Arriaga zu einem *rendez-vous* einluden (sie schrieben es auf Französisch, nachdem sie ein Wörterbuch zu Rate gezogen hatten), deutete nichts auf dieses Vorhaben hin, vielmehr wurden darin etwas schwammige Überlegungen angestellt, man habe ein Interesse daran, herauszufinden, wer die Verantwortung für besagten Karnevalstrupp trage, der auf so infame Weise die traute Tradition des Karnevals von Barranquilla kaputtgemacht habe. Da Divina Arriaga nicht darauf einging, tauchten die Mitglieder der Kommission am Tag der Verabredung vor ihrem Anwesen auf und sprachen sich gegenseitig Mut zu, indem sie sich noch einmal alle unerhörten Zwischenfälle, zu denen es in den fünf Monaten seit ihrer Ankunft gekommen war, in Erinnerung riefen und daran gemahnten, welch schlechtes Vorbild Divina Arriagas Verirrungen für die Jugend böten. Die Tür öffnete ihnen ein riesiger, lächelnder schwarzer Bediensteter, der noch völlig desorientiert war, weil er eben erst aus Haiti eingetroffen war und kein Wort Spanisch sprach. Da erst fiel den Honoratioren auf, dass die Fensterläden verschlossen waren und der Flügel im Saal mit einem blauen Wachstuch bedeckt war. Dieses Haus war überhaupt nicht dafür hergerichtet, irgendjemanden zu empfangen, weder die Herren der Stadt noch den einfachsten Straßenkehrer. Kein einziges Bild hing mehr an der Wand, und die unter holländischen Bezügen steckenden Möbel bereiteten sich auf einen langen Schlaf vor. Sie spürten, wie die Empörung in ihnen aufstieg, und fragten den Schwarzen, wo sich Divina Arriaga befinde, der Schwarze aber tat nichts weiter als zu lächeln und vergnügt den Kopf hin und her zu drehen. Dann schien er zu begreifen und entblößte unter schallendem Gelächter seine weißen Zähne. »Madame?« Er öffnete das Fenster und wies hinaus auf das gleichmütig übers Meer davonfahrende, im Licht der Dämmerung golden aufscheinende Schiff, das mit seinen heulenden Sirenen bekanntgab: Divina Arriaga hatte ihre Flügel ausgebreitet und war aufgebrochen, schwebte wie ein riesiger Vogel bereits in der Ferne, jenseits von Gut und Böse.

II

Lina konnte nichts mit der Dialektik anfangen, die Tante Eloísa dazu gebracht hatte, die Werteskala auszutüfteln, gemäß der sie sich selbst weit über den gewöhnlichen Frauen einordnete, während sie gleichzeitig die Mystifizierung der Männer ablehnte. Vielleicht lag es daran, dass diese Dialektik auf einem Paradoxon beruhte, das zu entschlüsseln sie ihr niemals helfen wollte, allenfalls ließ Tante Eloísa durchblicken, dass sich hinter der vermeintlichen Leichtigkeit ihrer Überlegungen und der heiteren Unbeschwertheit ihrer Schlussfolgerungen ein eiserner Wille verbarg, durch den sie alle möglichen Probleme überwunden hatte, mit denen sie die Existenz der Männer konfrontierte, bis sie sich schließlich das merkwürdige Privileg eroberte, ihr eigenes Frausein anzunehmen. Frau zu sein hieß für Tante Eloísa, mit der Natur in einem gewissen Einklang zu stehen und sich deren Rhythmen anzupassen: Zu keiner Zeit hatten die Frauen in der Natur einen Feind gesehen, der bezwungen oder zerstört werden musste. Die Natur war eher Doppelgängerin, Verbündete, ein Spiegel, in dem sie den Widerschein ihrer eigenen Zyklen und eigenen Fruchtbarkeit erkannten. Aus der Natur rührte die Kraft, die menschliche Spezies allem verheerenden Wahnsinn der Männer zum Trotz am Leben zu erhalten, aber auch die Schwäche, die sie zu den Sklavinnen der Männer gemacht hatte. Also musste der Weiblichkeit erst abgeschworen werden, um sie sich dann, nach Kampf und Triumph und unter Einsatz männlicher Mittel, zurückzugewinnen wie eine Belohnung, die aber eben nicht mehr mit Demütigung oder irgendeiner Knechtschaft einherging, sprich: Ein bei der Geburt erworbenes Gut wurde zu etwas, das zunächst absichtlich verloren ging und dann bei klarstem Verstand wieder zurückerobert wurde. Das hatte Divina Arriaga schon sehr früh begriffen. Und auch Catalina kam rechtzeitig dahinter – rechtzeitig, weil es nicht genügte, sich aller Verführungstricks, Fallstricke und Lügen bewusst zu werden, die mit dem von Odysseus auf seinen Irrfahrten vorgeführten Listenreichtum vermieden werden mussten. Nein. Die aus Initiation und Prüfung bestehende Reise musste in einem eher kurzen Zeitraum gelingen, damit am Ende der Überfahrt noch lebensnotwendige Kraft und Begeisterung übrig waren; außerdem bedeutete die Rückkehr keine Entsagung, sie bestand nicht in diesem Geisteszustand, der die Wirklichkeit zu verändern vermochte, sondern eher in einer Art Rückzug, in Machtverdrossenheit, durch die triumphierend die eigene Versöhnung mit der Liebe und der Sinnlichkeit gelang, die die so weise Natur der Frau geschenkt hatte.

Ob es Catalina gelungen war, diesen Zustand zu erreichen oder nicht, das erfuhr Lina nie. Jedes Mal, wenn sie einander in Paris begegneten, hatte sie das Gefühl, in ihren grünen Augen die beunruhigende Kälte eines auf der Lauer liegenden Jägers zu erkennen. Eines Tages zum Beispiel begleitete sie sie auf eine Ausstellung, deren Hauptexponat ein Porträt Divina Arriagas war, das diese überaus blass zeigte, den langen Hals von einer Perlenkette umschlungen. Und während die Blicke der Besucher ungläubig zwischen dem Bild und Catalina hin und her glitten, hörte Lina diese sagen: »Ich wusste von seiner Existenz, es gehört aber zu einer privaten Sammlung, man kann es nicht verkaufen.« Catalina würde ihr über diese Szene, die auf Lina so trostlos wirkte wie die von Benito Suárez geohrfeigte Dora oder das vor Verzweiflung verzerrte Gesicht von Beatriz, lange im Gedächtnis bleiben: wie sie mit triumphierender, überheblicher Miene die Stufen des Museums hinunterschritt, den Chauffeur des Rolls-Royce, den sie in Paris zu mieten pflegte, mit einer arroganten Geste herbeiwinkte, während sie sich immer wieder dasselbe sagte, das ist alles, man kann es weder kaufen noch verkaufen. Erst kurz vor Ende ihres Lebens erfuhr Lina, dass Catalina aus Liebe, aus reiner Liebe, mit einem nordamerikanischen Millionär zusammenlebte, und da stellte sie sich lieber vor, Catalina habe die freche Sanftmut ihrer Kindheit und den Charme ihrer Jugend zurückerlangt und lebe in einem prächtigen New Yorker Apartment, ruhigen Herzens alternd, weil sie begriffen hatte, dass der unerbittliche Kampf, den sie, um ihre Integrität zu wahren, gegen die Welt hatte führen müssen, bloß eine Durststrecke gewesen war.

In diesen Kampf war sie mit gerade einmal siebzehn Jahren verwickelt worden – ganz ohne Waffen, mit denen sie sich hätte verteidigen können. Überdies blindlings, weil sie nichts von dem Groll ahnte, den die Stadt gegen ihre Mutter hegte, und ebenso wenig ahnen konnte, welchen Hass sie als schöne, unendlich schöne Frau hervorrufen würde. Sie war ein wohlerzogenes Mädchen, aufgewachsen in einer Welt ohne Ecken und Kanten, einer in Seide und Tüll gehüllten Welt, die sie ohne jede Einschränkung oder Behinderung durchschreiten konnte, weil alles darauf ausgerichtet war, sie zu beschützen und sich ihrem Willen zu fügen. An der Seite ihrer in der Sterbekammer abgeschotteten Mutter, die sie einmal die Woche zu sich rief, um sich – vermutlich – anzusehen, um wie viele Zentimeter sie gewachsen war oder ob irgendetwas an ihrem Körper bereits die sittenstrenge Schlichtheit der Schuluniform herauszufordern drohte. Ihre Pupillen suchten nach Anzeichen von Aufmüpfigkeit oder Neugierde, und ihr fachkundiges Auge erkannte womöglich ihren leichtsinnigen Geist ebenso wie die Tatsache, dass ihre Umgebung es ihr abverlangte, Konflikten aus dem Weg zu gehen, die sie früher oder später einholen würden. Und doch vertraute sie auf die ungeheure Macht des Vererbten und war überzeugt davon, dass hinter der harmlosen Erscheinung Catalinas ein angriffslustiges Raubtier lauerte, das seine Muskeln spielen lassen und mit ausgefahrenen Krallen zum Sprung ansetzen würde, wenn das entsprechende Signal es aus seinem Dämmerzustand holte. Divina Arriaga rechnete fest mit diesem wilden Erwachen, denn noch bevor sie nach Barranquilla zurückkehrte, hatte sie einen Mechanismus ersonnen, der sich in Gang setzen würde, sobald Catalina sich entschloss, zu reagieren, das heißt, sobald sie begriffen hätte, dass mit den Waffen der Frau zu kämpfen so unwirksam war wie der Versuch, sich einem Panzer mit einer Zwille und drei Kieselsteinchen entgegenzustellen. Sie hatte sogar ausgerechnet, wieviel Zeit die Sache in Anspruch nehmen würde: etwa dreißig Jahre. Das war so gut wie nichts, beziehungsweise eine recht kurze Zeitspanne für diese von einer namenlosen, aber unheilbaren Krankheit niedergeworfene Frau, der es allerdings in ihren wenigen hellsichtigen Momenten gelang, sich vorzustellen, wie ihre Tochter sich auf unbeholfene Weise gegen eine – von ihr bereits besiegte und eingenommene – Ordnung wehrte, nach und nach aber die für deren Eroberung nötigen Erkenntnisse sammelte. Für einen Moment kam die so geduldige und vorausschauende Mutter zu sich, konnte dank ihrer eingeschlafenen, in sich zurückgezogenen Fähigkeiten mit einem Mal die Ewigkeit erfassen und begriff, dass dreißig Jahre im langen Herzschlag des Lebens nichts weiter als ein kurzes Pochen waren: Also würde sie sich, ohne mit der Wimper zu zucken, den von Catalina auserwählten Mann ansehen, diesen hässlichen Mulatten mit dem von Pickelnarben übersäten Gesicht, das schon einzufallen begann, als verändere sein Hass auf Frauen, Schwarze, Mittellose und Schwache das Funktionieren seiner Drüsen, als produzierten diese anstelle der für den Körper notwendigen Säfte Säuren, die die Textur des Gesichts zu verändern in der Lage waren und es fahl und alt wie einen Schrumpfkopf aussehen ließen. Sie – die Frau, deren seltsame Krankheit sie die Schönheit der Jugend bewahren ließ, ja sie sogar verfeinerte, denn ihre Haut wirkte noch durchscheinender und der fiebrige Glanz ihrer grünen Augen noch intensiver – würde Catalinas Verlobten mustern, ohne mit der Wimper zu zucken, und ihm gestatten, ganze zwei Stunden lang seine jesuitischen Glaubenssätze auszubreiten, die ihm, so glaubte er, helfen würden, dem Fluch zu entkommen, ein Mulatte und Frauenfeind zu sein – und das in einer Gesellschaft, die auf Gedeih und Verderb den weißen Mann zum Ideal erhob, also denjenigen, dem die Verunreinigung des Bluts seiner Vorfahren am wenigsten anzusehen war und dem es am besten gelungen war, seine homosexuellen Neigungen zu unterdrücken, um sich mit einer Frau seines Standes zusammenzutun und eine Familie zu gründen.

Divina Arriaga zeigte sich bereit, ihn drei Monate vor der Hochzeit und auch noch am Tag der Hochzeit selbst zu empfangen, dann jedoch nicht mehr. Die erste Begegnung reichte ihr zweifellos, um Álvaro Espinoza unter die Lupe zu nehmen und ihn dann, nachdem sie die Besonderheiten seines Charakters erfasst hatte, Catalina zu überlassen, wohl wissend, was ihrer Tochter in der Beziehung mit diesem Mann bevorstand. Sie verlor kein einziges Wort darüber. Lina war zugegen und sah, wie Divina Arriaga ihre Tochter eindringlich anblickte, womöglich in der Absicht, ihre Widerstandsfähigkeit zu abzuschätzen, so wie sie es zwei Monate zuvor getan hatte, als Catalina ihr eröffnete, dass sie bei der Pressewahl zur Schönheitskönigin teilnehmen werde. Und Lina begriff, was da vor sich ging, oder meinte zumindest, es zu begreifen: Divina Arriaga hatte das Unglück kommen sehen, ohne den Versuch zu unternehmen, es aufzuhalten, und zwar nicht etwa deshalb, weil es ihr an Zuneigung gegenüber ihrer sich ins Verderben stürzenden Tochter gefehlt hätte, sondern weil sie gemäß ihrer Logik – die in ihrer Klarheit so unerbittlich war wie sie der von Tante Eloísa vorgetragenen ähnelte – der Überzeugung war: Je größer der Irrtum, umso kürzer die Lehrzeit. Sie hatte Catalina keine Erziehung durch Anthropologinnen bieten können, keine Reisen, die den Zweck verfolgten, die Vergangenheit vor ihren Augen lebendig werden zu lassen, und auch nicht die ständige Konfrontation mit anderen Glaubensformen und Bräuchen, um ihr die Selbstzweifel auszutreiben, keine Museumsbesuche oder Opernspektakel oder Konzerterlebnisse. Nichts hatte sie ihr bieten können, nichts außer dieser staubigen Stadt, in der innere Einkehr unmöglich und Nachdenken wirkungslos war, unter dieser Sonne, die die Augen des Menschen zu versengen bestimmt war, die urplötzlich aus der Schwärze der Nacht emporstieg, um gnadenlos und mit unheilbringender Gemächlichkeit bis zur nächsten Nacht den Himmel entlangzuwandern. Das künstlerische Leben von Barranquilla, das sich auf eine nutzlose Musikakademie, glühend heiße und schließlich in Kinosäle umgewandelte Theater sowie auf ein paar hungerleidende Dichter beschränkte, die den industriellen Fortschritt besangen und Sainetes verfassten, mit denen sie der Eitelkeit der einheimischen Honoratioren schmeichelten, war schauriger als jede Parodie: Sie war nichts weiter als das nostalgische Gestammel einer vergessenen Kultur, die lückenhafte Erinnerung an eine verlorene Vergangenheit, die mechanischen Gesten eines Rituals, dessen Bedeutung sich schon vor langer Zeit in den Mäandern des kollektiven Gedächtnisses verloren hatte. Und doch hatte Divina Arriaga genau diesen Ort als Lebensmittelpunkt für Catalina erwählt – und als letzte Etappe ihres eigenen langsamen Niedergangs durch die Krankheit, diesem merkwürdigen Übel, das ihren Geist durcheinandergebracht und, wie Tante Eloísa erklärte, dadurch alle ihre Irrtümer zu verantworten hatte, angefangen beim allerersten, als sie entschied, ihren fabelhaft ausbalancierten Flug zu beenden und sich hinab in eine Welt zu begeben, die nicht die ihre war und in der ihr nichts übrigblieb, als, egal wie sehr sie sich dem auch verweigerte,

Schönheit, Ironie und Erotik zu verherrlichen, indem sie ihre Laster zur Schau stellte, um so in der für sie vorgesehenen Lebenszeit den Prozess zu beschleunigen, der diese Welt in den Ruin führen sollte. Doch durch die Krankheit ihrer Kräfte beraubt, hatte sie diese Welt so sehr akzeptiert, dass sie dem Schrecken nicht mehr entkam. Es war ein vom Krieg und seinen Gräueln, ein von allergrößter Trostlosigkeit angetriebener Schrecken. Zig Mal hatte Divina Arriaga die Anthropologin erläutern hören, wieso das seit sechstausend Jahren über das Zusammenleben der Menschen bestimmende System gar nichts anderes als Katastrophen hervorbringen konnte: Und egal wie sehr es sich auf die eine oder andere Weise verkleidete, sich über alle möglichen Ideologien manifestierte und sich mithilfe angeblich gegensätzlicher Prinzipien tarnte, blieb das Ergebnis doch dasselbe. Aber krank und mit angesengten Flügeln umherirrend war sie so unbesonnen gewesen, dem männlichen Gesetz genügend Geltungskraft beizumessen, um an eine intelligente Evolution zu glauben, ausgehend von der Kultur, die auf dem zivilisiertesten Kontinent des Planeten in voller Blüte stand. Und siehe da, genau diesem Kontinent waren die abscheulichen Ideologien und die ersten Donnerschläge der Apokalypse entsprungen: Aus der Heimat von Beethoven, Goethe und Kant stammten die Horden von Automaten, die stumpfsinnig dem Geschrei eines verrückt gewordenen Clowns hinterhermarschierten, aus Italien mit seinen Palästen und Kathedralen kamen die verrohten Massen, die dem Hofnarren dieses Clowns mit fiebriger Begeisterung gehorchten. Nachdem in Spanien alle Illusionen zerschlagen waren und in Russland der kommunistische Traum im Sterben lag, hatte Divina Arriaga alle Hoffnung aufgegeben und sich in ihr eigenes Leben zurückgezogen. Irgendwo auf dem brennenden europäischen Kontinent versteckte sich der Mann, den sie so sehr liebte, dass sie ihn zum Vater ihrer Tochter auserkoren hatte. Verzweifelt suchte sie ihn, angeführt von ihrem Dienstmädchen und den zwei weißen Windhunden, bis sie ihn in London als Teil eines Spionagenetzes und für die französische Résistance tätigen Agenten ausfindig machte. Ob sie an seiner Seite arbeitete, erfuhr man nie, Tante Eloísa wies die bloße Vermutung empört zurück. Eine ihrer Freundinnen hatte Divina Arriaga schlicht und ergreifend im Winter 1942 in ihrem Stadtpalais in Neuilly-sur-Seine angetroffen, wie sie sich im einzigen beheizten Raum des Hauses an einem Tisch über die Landkarte Frankreichs beugte. Neben der Karte, die mit roten Pfeilen bespickt war, welche den Vormarsch der Truppen des Dritten Reichs anzeigten, hatte ein Stapel geheimer Zeitungen gelegen, aus einem Radio drangen gedämpft die Londoner Nachrichten. Unten, im eisigen, mit Gobelins geschmückten Salon, wartete ein schöner deutscher Offizier auf sie, ein Verwandter des besagten Stanislaw und wie sie Verächter des Nazismus, der sie mit allen möglichen Passierscheinen versorgte, mithilfe derer sie das Land durchqueren und den Spuren (oder Anweisungen) ihres Geliebten folgen konnte. Ebendieser Offizier würde ihr den letzten Hinweis geben und sie zu einem zwanzig Minuten von Saint-Malo entfernt gelegenen, von der Gestapo beschlagnahmten Herrenhaus führen, in dessen Keller zu Tode gefoltert wurde. Die Deutschen hatten es gerade verlassen, als Divina Arriaga dort eintraf. Jahre später würde auch Lina dort erscheinen und sich als Fotografin ausgeben. Das Haus wurde von seinen Besitzern damals nur im August genutzt, weswegen sich ein altes Bauernpaar um seinen Erhalt kümmerte; der Mann humpelte und wirkte abweisend; die Frau hingegen ließ Lina das Haus fotografieren und entschuldigte sich, als sie über eine schwach beleuchtete Treppe in den Keller hinunterstiegen, für den beißenden, in den Augen stechenden Geruch. Sie putze jede Woche Boden und Wände mit Ammoniak, erklärte sie in großer Verwirrung, damit die Flecken, die sie Jahre zuvor schon einmal fortgewischt hatte, nie wieder auftauchten. Als sie diesen Keller betrat, hatte Divina Arriaga zum ersten Mal ganz deutlich die Symptome ihrer Krankheit wahrgenommen. Aus dem in einer Grotte am Ende des Gartens eingerichteten Massengrab stieg der Gestank von verwesendem Fleisch auf. Ein Mann, der vor Kurzem zu Tode gefoltert worden war, lag auf dem Boden, der Körper vor Schmerz verdreht wie der einer Marionette. Auf dem Fußboden sah man frische Blutspuren, an den Wandhaken klebte geronnenes Blut. Divina Arriaga betrachtete all dies, bis sich ihr Blick plötzlich trübte. Es wäre nicht ganz zutreffend, zu behaupten, sie habe das Bewusstsein verloren, denn sie blieb auf den Beinen und stieg mit ebendiesen Beinen die Treppen wieder hinauf, trat auf die Straße hinaus und machte sich auf den Weg nach Lausanne, zu Catalina. Aber an nichts davon oder, besser gesagt, nur an Teile davon sollte sie sich später erinnern. Ja, sie vergaß sogar die aufwändigen bürokratischen Formalitäten, die sie kurz danach zum Abschluss brachte, um ihr Vermögen für die Zeit zu sichern, bis Catalina erwachsen wäre. Ihr Verstand schaltete sich intervallweise an, dann wieder aus: An manchen Tagen funktionierte er hervorragend, anschließend tauchte er wieder ab in einen leeren Wachtraum: Ein paar Stunden fand er in die Wirklichkeit der Dinge zurück und entschwand dann angesichts der Wirklichkeit der Dinge plötzlich wieder: Stieg das Bild des Kellers in ihrem Gedächtnis auf, gelang es ihr nicht, es einem bestimmten Ort zuzuordnen – womöglich weil ihr Bewusstsein in diesem Keller zerschmettert worden war wie ein Kristallglas vom Aufprall eines Steins. Sie schaffte es anschließend zwar, Bruchstücke zusammenzufügen und sich sogar an das zu erinnern, woran sie sich eigentlich nicht mehr erinnerte, diese Augenblicke der Klarheit aber wurden in der Zeit, in der Catalina heranwuchs, immer seltener, die Abstände zwischen ihnen immer größer, ganz so, als habe sich Divina Arriaga heimlich eine Frist gesetzt, bis zu deren Ablauf sie noch für Catalina da sein musste, danach würde Catalina sie nicht mehr brauchen: Sie ließ ihr stets die Freiheit, zu entscheiden, ohne sie dabei zu lenken, das heißt, sie äußerte niemals eine Meinung, die sich auf den Einfluss, den die Umwelt auf sie hatte, hätte auswirken können, überließ sie also völlig sich selbst und ihren Kräften, als würde ein Erwachsener ein Kind in einer riesigen Wüste mit genügend Wasser und Nahrung für die Durchquerung aussetzen und ihm dazu noch ein paar Tiere an die Hand geben, die das Wasser und die Nahrung schleppen konnten, aber mehr nicht: Das Kind blieb allein mit der Entscheidung, ob es seinen Weg am Tag oder in der Nacht fortsetzte, ob es seine Augen der Sonne bis zur Erblindung aussetzen oder sich von den am Himmel blinkenden Sternen leiten lassen sollte. Auf diese Weise wurde Divina Arriagas Anwesenheit für ihre Tochter eher zur Abwesenheit, die ihr jedoch niemand zum Vorwurf machen könne, wie Tante Eloísa erklärte, wäre dies doch nicht weniger vermessen gewesen, als einem Toten vorzuwerfen, dass er nicht mehr am Leben war: Als sie das Schiff bestieg, das sie zusammen mit Catalina, dem Dienstmädchen und den beiden letzten weißen Windhunden endgültig nach Barranquilla zurückbrachte, nahm Divina Arriaga viele Dinge mit an Bord, darunter Bücher,

Möbel, Geschirr und Porzellan, vor allem aber, wie Dracula, ihren eigenen Sarg, ja sie hatte sich sogar gleich hineingelegt, denn sie hatte Barranquilla schon immer für einen riesigen Friedhof, für einen Ort der Trostlosigkeit und des Verfalls gehalten.

So ganz sich selbst überlassen, hatte Catalina nicht wirklich erfahren, was Autorität bedeutete; nicht einmal die Schule war ihr lästig, sondern sie genoss es, mit Zahlen zu spielen oder das Triebwerk von Sprachen auseinanderzunehmen; die Geschichte, ob heilig oder irdisch, bestand für sie aus einer Aneinanderreihung mehr oder minder interessanter Anekdoten, und während sie Landkarten zeichnete oder die Namen von Bergen und Flüssen auswendiglernte, träumte sie sich fort auf Reisen in exotische Länder. Außerdem bot die Schule ihr die Möglichkeit, Freundinnen zu finden und diese ihrem Einfluss zu unterwerfen, die Ordnung auf den Kopf zu stellen und Spaß zu haben: Neben einem angeborenen Überlegenheitsgefühl trug sie eine heitere Lust an der Aufsässigkeit in sich, die ihr paradoxerweise die Sympathie sowohl der Nonnen als auch der Schülerinnen einbrachte: Man verdankte ihr nicht nur die ausgefeiltesten Methoden, um bei den Prüfungen zu schummeln, es war auch sie, die auf die Idee kam, den ärmeren Mitschülerinnen Getränke und Süßigkeiten zu einem günstigeren Preis anzubieten, die eine Nonne sie während der Pausen verkaufen ließ beziehungsweise die zu verkaufen sie selbst angeboten hatten, um nicht weiter in der prallen Sonne spielen zu müssen und stattdessen hinter dem kleinen Tresen zu stehen, die Kühle der eisgefüllten Tonnen, in denen Coca-Cola und Orangenlimonade lagerten, an den Beinen zu spüren und ungestört herumlästern zu können. Wenn Kassensturz gemacht wurde, glich Catalina den Fehlbetrag aus eigener Tasche aus, ohne im Gegenzug etwas dafür zu verlangen, und niemand außer Lina würde etwas von ihrer Großzügigkeit erfahren. Diese desinteressierte Haltung in Geldfragen würde sie ihr Leben lang beibehalten, nicht nur, als Álvaro Espinozas widerlicher Geiz Geld zum Gegenstand ihrer Besessenheit werden ließ, sondern auch, als sie anfing, mit Kunst zu handeln, und von einem Ende der Vereinigten Staaten zum anderen reiste, um Gemälde zu kaufen und zu verkaufen. Ganz gleich, ob sie es durch Fleiß und Klugheit selbst erwarb oder es als Kind haufenweise von Divina Arriagas Bediensteter in die Hand gedrückt bekam, niemals war Geld für sie ein Mittel gewesen, um die schönen Dinge des Lebens zu bekommen, sondern immer eines, das ihr den wohligen Eindruck verschaffte, sie handele in Übereinstimmung mit dem Selbstbild, das sie so gerne zur Schau tragen wollte.

Jahrelang war Catalina auf der Suche nach Liebe, weniger nach der Liebe einer bestimmten Person, als vielmehr nach der all jener Wesen, denen das Privileg zuteilwurde, sie zu sehen, zu betrachten und als die kindliche Göttin zu verehren, für die sie sich insgeheim hielt. Da sie zu intelligent war, um sich mit schlichtem Narzissmus zu begnügen, hatte sie schnell gelernt, die Bewunderung kleinzureden, die ihre Schönheit weckte, und sich eine biegsame Persönlichkeit zugelegt, mit der sie ihre Gesprächspartner unterwarf, weil sie noch die subtilsten Spielarten der Komplizenschaft beherrschte. Aus dieser unterirdischen Arbeit an sich selbst – denn es war mühevolle Arbeit, die anderen in ihrem Verhalten und ihren Beweggründen zu verstehen, an die Stelle der ablehnenden Haltung eine tolerante Einstellung rücken zu lassen – folgte eine ausgeprägte, später noch sehr nützlich werdende Neigung zur Analyse sowie ein Bewusstsein ohne feste Struktur, dessen Herausbildung von einem Drang zum Nachdenken untergraben wurde, wobei sich letztlich immer wieder eine gewisse Nachgiebigkeit Bahn brach, die sie vom Zwang entband, Urteile oder Missbilligung äußern zu müssen. Wie ihre Mutter nahm Catalina alles hin. Verbarg sich aber hinter Divina Arriagas nachsichtigem Blick eine gute Portion ironischer, beinahe verächtlicher Neugierde, so wollte Catalina im Tausch gegen ihre Nachsicht einfach nur geliebt werden. Diese Gemütsverfassung hätte trotz Catalinas eigentlicher Beweggründe gegebenenfalls zu Freundlichkeit und Güte führen können, jedenfalls glaubte das Lina lange Zeit. Weder ihr noch Catalina war jedoch damals klar, dass, wenn sich der Schönheit mit ihrer mörderischen Verführungsmacht ein mehr oder weniger naives Wohlwollen hinzugesellte, der Zerstörungswunsch, den erstere hervorrief, von ebendiesem Wohlwollen noch angestachelt wurde – so, wie der Anblick eines kleinen, unschuldig herumtollenden Tiers den Wunsch des Kindes weckt, es zu quälen.

Genau das würden sie eines Abends gemeinsam im Country Club begreifen, just als die Umstände Catalina dazu verleiteten, ihre Jugendzeit hinter sich zu lassen, ja, verleiteten oder, mehr noch, zwangen, denn bis dato hatte sie durch nichts den Wunsch erkennen lassen, am Leben der Erwachsenen teilzuhaben, und obwohl sie den höheren Abschluss schon in der Tasche hatte, erweckte sie ihres ungeschminkten Gesichts und ihrer unbefangenen Art wegen immer noch den Eindruck eines Schulmädchens. Sie hatte nichts anderes im Kopf als Meer, Kino, Reiten. An den Wochenenden gingen Lina und sie in den Country Club, oder sie sahen gleich sechs Filme hintereinander; wanderten vom Teatro Rex weiter ins Murillo, gingen abends zu irgendeiner Doppelvorstellung ins Freiluftkino. Sie aßen ohne Sinn und Verstand, trugen Bluejeans und waren Fans des Fußballvereins Junior. Lina hatte allerdings zwei Interessen, die Catalina nicht teilte: die Leidenschaft für Literatur und die Schwäche für Männer. Lina hatte sich schon früh als Frau gefühlt, Catalina hingegen schien von Sexualität nichts wissen zu wollen: Von Männern hielt sie sich fern, als ob sie in ihrem tiefsten Inneren Angst davor hätte, es könne offenbar werden, dass sie nicht nur verführen, sondern auch quälen konnte. Ihre aufrührerische Schönheit war also nicht nur durch die Bluejeans und die kindlich zum Pferdeschwanz gebundenen Haare neutralisiert, sondern auch dadurch, dass Catalina diese Schönheit verleugnete, indem sie den Eindruck vermittelte, sie sei sich ihrer Weiblichkeit nicht bewusst, das heißt, als erkenne sie keinen großen Unterschied zwischen sich selbst und den Vertretern des anderen Geschlechts. Und in gewisser Weise stimmte das. Sie war dreizehn Jahre alt gewesen, als Divina Arriagas Dienstmädchen eines Abends mit einer Packung Damenbinden in der Hand zu ihr ins Zimmer gekommen war, um ihr auf eine genaue, aber unpersönliche Weise darzulegen, welche körperlichen Veränderungen ihr bevorstanden, und ihr den Gebrauch der in der Schachtel befindlichen Baumwoll-Rechtecke zu erläutern. Catalina nahm die Menstruation entsprechend gleichgültig hin und entschied allenfalls, wenn ihre Periode an einem Wochenende begann, statt eines Schwimmbadbesuchs im Country Club auf der Finca einer Verwandten ihrer Mutter einen Reitausflug zu unternehmen. Aus mehr bestand ihre Pubertätskrise nicht. Menstruationskrämpfe kannte sie nicht, ihre Brüste, zwei sich lediglich andeutende, feste Kegel, hatten sich nur langsam entwickelt, und ihre Gesichtshaut, die der Sonne und dem Wind gegenüber unempfindlich war, würde auf ewig die Beschaffenheit aus Kindertagen beibehalten. Sie erfreute sich bester Gesundheit, richtete ihre ganze Energie aufs Lernen und den Sport – und einen Großteil ihrer Intelligenz aufs Schachspiel. Tatsächlich spielte Catalina fast jede Nacht Schach mit Divina Arriagas Dienstmädchen, einer Frau mit mehr oder minder asiatischen Zügen, die mehrere Sprachen akzentfrei sprach, sich aber in keiner davon wirklich verständlich machte. Niemand wusste, woher sie kam, und es wäre verlorene Liebesmüh gewesen, ihr Alter schätzen zu wollen. Tante Eloísa, die sie in den zwanziger Jahren in Paris kennengelernt hatte, behauptete, sie habe schon damals denselben unnahbaren Ausdruck besessen und dasselbe steinerne Schweigen verbreitet: ein Schatten, der aus Gründen, die längst vergessen waren, aber womöglich mit einer weit zurückliegenden, nur mit lebenslanger Treue zu tilgenden Schuld zusammenhingen, dem Dienst an Divina Arriaga vollkommen ergeben war. Catalina beachtete sie nicht weiter und beschränkte sich darauf, die für sie zuständigen Bediensteten anzuweisen. Doch irgendwann, so erklärte Tante Eloísa, musste sich das Dienstmädchen wohl für das Schicksal dieses in der Wüste sich selbst überlassenen Mädchens interessiert haben und hatte ihr beigebracht, wie man über einem prächtigen Schachbrett und seinen zweiunddreißig mit Lapislazuli bestückten Elfenbeinfiguren ins Grübeln geraten konnte, ohne dabei allerdings ihre Schweigsamkeit aufzugeben. Das heißt, dass die Bedienstete gerade einmal die Worte verlor, die nötig waren, um zu verkünden, dass sie das Spiel gewonnen hatte oder dabei war, es zu gewinnen. Beobachtete sie die beiden beim Spiel, konnte Lina sehen, in welche kaum merkliche Höhen sich Catalinas Konzentrationsfähigkeit aufschwingen konnte, und ebenso erkennbar wurde ihre Neigung – die erst mit den Jahren nachlassen sollte –, spontan die schnellste Lösung zu wählen, auch auf die Gefahr hin, eine wichtige Figur zu opfern oder eine geduldig ausgeklügelte Strategie mit einem Schlag zunichte zu machen. Wenn dem Divina Arriagas Dienstmädchen auch auf die Schliche kam – und es war unmöglich, dass sie es nicht bemerkte –, spielte sie dennoch weiter, ohne dass sich irgendetwas an ihrem unerschütterlichen Gesichtsausdruck veränderte, den sie bereits aufgelegt hatte, als die noch kleine Catalina trotz eines Verbands am Knie auf der Straße herumgetollt war. Wahrscheinlich folgte sie dabei dem Rat Divina Arriagas beziehungsweise einer Taktik, die

Tante Eloísa dieser zuschrieb: Da die Umstände es erstens verhinderten, ihre Tochter mit etwas anderem in Berührung zu bringen als mit dieser Stadt und ihrem unerbittlichen Klima – in dem jede geistige Anstrengung sich auf wenige Momente am Tag beschränken musste, in denen sich der Körper von seinem zwar unbewussten und doch bitteren Kampf der Anpassung an Sonne, Hitze Feuchtigkeit erholen konnte, und zudem bei den anderen Menschen nichts weiter als spöttische, wenn nicht gar misstrauische Apathie hervorrief; weil da zweitens keine Anthropologin war, die Neugierde und kritischen Geist hätte wecken können, und sie, die Mutter, sich schon lange für tot hielt, war es besser, das Leben beharrlich seine Arbeit tun zu lassen: Also her mit der Lebenserfahrung, egal welche Gestalt sie annahm, ob Fahrradsturz oder eingebüßte Dame beim Schach, es sollte ihr recht sein, solange dadurch Catalina der Weg gewiesen wurde, den sie lieber nicht einschlagen sollte. Angesichts eines Mannes wie Álvaro Espinoza, dessen Frauenverachtung schon bald alle Träume vom ehelichen Glück zerstören sollte, musste Divina Arriaga daher den gleichen ironischen und sanften Fatalismus wahrgenommen haben, den sie schon drei Monate zuvor zur Schau getragen hatte, als Catalina mit vor Freude geröteten Wangen in ihr Zimmer stürmte und erklärte, man habe ihr angeboten, in einem fragwürdigen, von der Presse ausgerichteten Schönheitswettbewerb als Kandidatin einer Lokalzeitung anzutreten. Auch diesmal hielt sich Divina Arriaga zurück, obwohl sie die Reaktion der Gesellschaft von Barranquilla bereits erahnte: Von der unüberwindbaren Finsternis ihres Zimmers aus, in dem sich das Getöse der Welt auflöste, hatte sie erfahren, wie sehr die Bewohner des Prado Catalina ausgrenzten; sie wusste, dass sie, abgesehen von Doras, Linas und Isabels Geburtstagsfeiern nie zu ihren Mitschülerinnen nach Hause eingeladen wurde, dass keine Karnevalskönigin sie je gebeten hatte, Teil ihres Gefolges zu sein. Und sie musste wohl auch ahnen, dass Catalina in ihrer Neigung, alles zu übersehen, was sie hätte kränken können, die Zurückweisungen nicht übelnahm und sich als Kind mit der Zuneigung ihrer besten Freundinnen zufriedengab und später dann ihre Jugendzeit in die Länge zog, um sich nicht genötigt zu sehen, ihre Position in einem sozialen Gefüge zu bestimmen, das sie auf heimtückische Weise ablehnte. In einem Wettstreit anzutreten, ganz gleich, ob es sich um einen Schönheitswettbewerb oder um den Preis für die beste Kokosnuss oder was auch immer handelte, würde indes mit so viel Bösartigkeit einhergehen, dass daraus das perfekte Sprungbrett zu werden versprach, um Catalina in die Welt der Erwachsenen zu katapultieren. Die einzige Entscheidung, die Divina Arriaga traf, bestand darin, ihr schweigsames Alter Ego, diese Frau, die irgendwo jenseits der imaginären, vom Nordpol zum Persischen Golf verlaufenden Linie geboren worden war, darauf hinzuweisen, dass die Tür ihres Hauses von nun an einer Cousine ersten Grades namens Pura de Altamirano offenstand, die sich weigerte, an ihren Ruin zu glauben, und deswegen schon seit langer Zeit vergeblich versuchte, sich bei ihr einzunisten. Divina Arriaga hatte keinerlei Absicht, sie persönlich zu empfangen – und tatsächlich kam es auch nie dazu –, die Cousine jedoch, eine Witwe mit sechs Töchtern und knappem Einkommen, würde Catalina beistehen und zugleich den Trubel, den der Wettbewerb verursachen würde, ausnutzen können, um ihre älteste Tochter Adelaida, die bereits im heiratsfähigen Alter war, aber keinen einzigen Heiratsanwärter in Aussicht hatte, in Stellung zu bringen. Gleich nach ihrem ersten Gespräch mit dem Dienstmädchen unternahm Pura eine Reise nach Miami, von der sie vollbepackt mit Kleidern für Catalina und Adelaida zurückkam, die die beiden in zwei vor Eleganz nur so sprühende junge Damen verwandelten, wie einer der passionierten Journalisten, die auf Catalinas Seite waren, in der Woche darauf schrieb. Zu diesem Zeitpunkt war aus dem Schönheitswettbewerb ein erbitterter Kampf geworden, der die jeweiligen Befürworter der beiden Kandidatinnen in zwei verfeindete Lager spaltete. Auf der einen Seite Catalina, die nicht nur die gesamte Belegschaft des *Diario del Caribe* vom Chefredakteur bis zum unbedeutendsten Setzer hinter sich hatte, sondern auch die Mittelschicht, die von der Geschichte ihrer Mutter fasziniert war, sowie die armen Leute, die sich daran gewöhnt hatten, jedes Jahr – begleitet von vier Tagen Urlaub und Unmengen von Rum – eine Karnevalskönigin vorgeführt zu bekommen: als Botschafterin, die zwar einerseits unantastbar, andererseits aber ihren Blicken restlos ausgesetzt und ihrer Bewunderung anheimgegeben war; und ebenso als Zauberspiegel, aus dem alles Elend floh und der nur noch den Wunschtraum spiegelte, dass sie ein Teil der Welt derjenigen wurde, die sie auserkoren hatten und die glaubten, sie hätten in Catalina endlich eine echte Königin gefunden, eine Königin mit einem so ungewöhnlichen und unaussprechlichen Nachnamen, dass er an einen richtigen Fürstenhof statt an Kostümfest denken ließ, an edles Tuch statt Flitterstaat, an Mantel-und-Degen-Filme à la Metro-Goldwyn-Mayer; eine Königin, die so liebenswürdig war, dass Wohltätigkeitsorganisationen sie darum baten, Krankenhäuser und Heime zu besuchen, weil ihr Anblick die Schmerzen der Notleidenden lindere und die Wahnzustände aufgebrachter Gemüter besänftige; und so schön, dass ihr Porträt in den Unterkünften der Prostituierten neben das Bildnis der Jungfrau der Unbefleckten Empfängnis gehängt wurde und die Mörder aus der Calle del Crimen sich in ihrem Namen schlugen. Auf der anderen Seite, als Kandidatin von *El Heraldo*, trat Rosario Gómez an, eine nette, nicht weiter aufregende junge Frau, für deren Sieg sich all jene einsetzten, die im glorreichen Aufstieg Catalinas – vor allem wegen ihrer teuflischen Ähnlichkeit mit Divina Arriaga – eine Verhöhnung der moralischen Gepflogenheiten der Stadt sahen. Über das Mädchen, das im Country Club auf der Schaukel gesessen hatte und durch den Garten getollt war, hatten sie hinwegsehen können, ebenso wie sie die Jugendliche in den Bluejeans und Mokassins ignorieren konnten, die dort mit Lina bei Eis und Cola an einem Tisch saß. Als ihnen nun aber klar wurde, welche Wendung das Ganze nahm, da sah ihre Reaktion anders aus: Der Presse-Schönheitswettbewerb, der zu Beginn keinerlei Aufmerksamkeit erregt hatte, weil er zum ersten Mal ausgerichtet und eher als neuester Einfall der Tourismus-Asse von Cartagena wahrgenommen wurde, geriet mit einem Mal zum Ereignis. Die Leute wurden zur Wahl aufgerufen von Journalisten und Radiosprechern, die alle zehn Minuten die Sendung unterbrachen, um die Stimmen für die jeweiligen Kandidatinnen auszuzählen. Außerdem war Catalina quasi über Nacht zur Frau, ja zu einer atemberaubenden Schönheit geworden; ihr Antlitz prangte jeden Tag auf der Titelseite des *Diario del Caribe*. Dutzende Menschen sammelten sich auf dem Gehsteig vor ihrem Zuhause und harrten dort in der Sonne aus, um sie auf die Straße treten zu sehen, wo sie das vom Chefredakteur der Zeitung bereitgestellte Cabrio bestieg und dann die Stadt durchquerte, gefolgt von den Autos ihrer Fans, die unter lautem Gehupe und großem Getöse den Verkehr aufhielten und ihren Namen skandierten:

»Ca-ta-li-na, Ca-ta-li-na!« Die Leute unterbrachen ihre Arbeit, um sie zu sehen: Auf die Gefahr hin, bestohlen zu werden, vergaßen die Händler ihre Ware; Sekretärinnen ließen ihre Schreibmaschinen im Stich und stürmten zum Fenster, und vergeblich ertönten die schrillen Trillerpfeifen der Vorarbeiter über den wild durcheinander rennenden Arbeiterinnen, die jedes Guckloch nutzten, um das schönste Wesen zu erspähen, das je vor Menschenaugen getreten war. So jedenfalls jubelten die Journalisten, die ihr folgten, sie verfolgten, sie liebestoll bedrängten, ihr Verse, Anagramme und blumige Reportagen widmeten, die zum Heulen und zum Lachen gleichermaßen waren und in denen sie Catalinas Schönheit mit Worten beschworen, die den Geruch alter Bücher verströmten und aus den staubigsten, schwermütigsten Winkeln des Gedächtnisses zu kommen schienen. Alle Welt kommentierte und trug diese Schwärmereien weiter, von den Gebildeten bis hin zu den Analphabeten, denn alle waren gleichermaßen von der Leidenschaft für Catalina gepackt, und zwar umso mehr, als bekannt wurde, dass die Anwohner von El Prado sie ablehnten und ihre Geringschätzung sogar noch offenkundiger werden ließen, indem sie Feste zu Ehren von Rosario Gómez ausrichteten sowie (bisweilen durch Bestechung und Drohungen besorgte) Unterstützer für jene Kandidatin sammelten, die *El Heraldo* mit Pauken und Trompeten ankündigte, um auf diese Weise die Apathie seiner Redakteure und die offenkundig bösen Absichten seiner Setzer zu übertönen versuchte.

Doch Catalina las den *Heraldo* gar nicht. Es war also nutzlos, dass Divina Arriagas Dienstmädchen ihr die Zeitung aufs Nachttischchen legte, wenn sie Catalina das Frühstück ans Bett brachte; und es nützte auch nichts, wenn Lina sie darauf aufmerksam zu machen versuchte, dass ihre einstigen Fürsprecher, ehemalige Mitschülerinnen und Tennispartner, sich dem Lager ihrer Kontrahentin anschlossen und Catalinas Unterstützung raubeinigen Fanatikern überließen, deren Namen sie nicht einmal kannte. Auf solche winzigen Details achtete Catalina nicht, vielleicht bemerkte sie sie nicht einmal. Sie war so sehr in Vergnügung und Genuss abgeglitten, dass sie die Welt nur noch von den goldenen Gefilden einer Göttin herab betrachten konnte. Dass sie die Hübscheste war, wusste sie schon lange, nun aber versetzte ihre Schönheit eine ganze Stadt in Ekstase und spiegelte sich bis ins Unendliche in Hunderten Pupillen wider, die ihr völlig gebannt folgten, wohin sie auch ging. Sie war immer warmherzig gewesen, und jetzt wurde dieser Charakterzug von den täglich größer werdenden Massen mit Bewunderung erkannt, man suchte sie auf, um ihr Hände, Zettel und sogar kranke Kinder entgegenzustrecken, denn man begann zu glauben, sie könne Wunder tun. Man verlangte nach ihr in den Armenvierteln, wo Komitees zur Unterstützung ihrer Kandidatur gegründet wurden. Diejenigen, die über Stunden auf sie warteten, riefen ihren Namen im Rhythmus religiöser Beschwörungen, was sie nur für wenige Sekunden unterbrachen, um über das Radio irgendeines Diebs oder Bessergestellten zu erfahren, ob ihre Bemühungen gefruchtet hatten, wenn der Übertragungswagen, der Catalina begleitete, ihren aktuellen Standort durchgab. »Ca-ta-li-na, Ca-ta-li-na«, und da, ein Schrei aus der Menge, ja, sie war es, mit dem in der Mittagssonne tausendfach aufblitzenden schwarzen Haar, den grünen, im ebenmäßigen Gesicht smaragdgleich funkelnden Augen, den weißen Händen, mit denen sie den anderen dunklen, schwieligen, trockenen Händen zuwinkte, während sich das Cabrio den Weg durch die Menge bahnte, die vor Begeisterung hin und her wogte. Zurück auf ihrem Anwesen in El Prado schaffte es Catalina gerade noch unter die Dusche, dann fiel sie erschöpft ins Bett, wo sie im Nu mit gelöstem Gesichtsausdruck und zu einem Lächeln halbgeöffneten Lippen einschlief.

Sie war glücklich. So glücklich, dass es unanständig gewesen wäre, ihr von den Gerüchten zu erzählen, die unter den Bewohnern von El Prado zirkulierten, ihr zu sagen, dass man ihre Mutter zur Hure und sie zu ihrer natürlichen Nachfolgerin, wenn nicht gar zur Ausländerin erklärte, die hier nur aufgetaucht sei, um das Volk aufzustacheln. Es wäre unanständig gewesen, fand Lina, und so grausam, wie wenn man einem von der Harmonie, der Reinheit und dem Widerhall seines eigenen Gesangs trunkenen Kanarienvogel die Stimmbänder durchtrennte, denn es war allzu zart und klein, was sich hier unbewusst damit brüstete, auf seinen wunderbaren Daseinsgrund gestoßen zu sein. Obwohl sie Divina Arriagas Geschichte und ihre unheilvolle Beziehung zur Stadt kannte, konnte sich Lina das Ausmaß des Ressentiments nicht erklären. Sie konnte damals nicht ahnen, welch unerträgliche Zumutung eine sich selbst und den anderen gegenüber freie Frau war, in gleich welcher Gesellschaft und vor allem dann, wenn diese Frau imstande war, mit nur einem Blick alle Illusionen hinwegzufegen, bis der Kaiser nackt war, ja mehr noch, wenn sie imstande war, in ein Reich vorzudringen, in dem es niemals einen Kaiser gegeben hatte und auch nie geben würde. Wer das verstehen wollte, musste sich Tante Eloísas Denkweise zu eigen machen und in Divina Arriagas Rebellion – zumindest die jener Zeit, bevor sich ihr Verstand krankheitsbedingt trübte – die metaphysische Eigenart erkennen, die ihr die Tante zuschrieb. Tante Eloísa sah diese Rebellion als einen mit aller Härte geführten Kampf gegen heuchlerische Sitten und vorgetäuschte Gefühle, der darauf angelegt war, die männlich geprägte Ordnung an ihrer Achillesferse zu treffen, um auf den Trümmern dieser Ordnung eine neue Moral zu errichten. Lina ließ diese Beteuerung lediglich als Hypothese gelten und tröstete sich halbherzig damit, dass es dann zumindest eine Erklärung dafür gebe, wieso immer alle über der Erinnerung an Divina Arriaga zusammenzuckten und sofort eine nicht benennbare Gefahr witterten, begleitet von einer Angst, die dann merkwürdigerweise zu Respekt wurde und jedes Verlangen nach Aggression neutralisierte. Selbst als Divina Arriaga bettlägerig und offenbar ruiniert war, zogen es ihre Feinde vor, sie in Ruhe zu lassen wie eine unheilbringende Gottheit, die man meidet, deren Macht man jedoch lieber durch Verleumdung zu bannen versucht. Catalina besaß weder das Vermögen noch die Arroganz ihrer Mutter, stattdessen aber genügend Naivität, um zu glauben, dass sie sich dem üblen Gerede ungestraft aussetzen oder auf einen Ball des Country Clubs gehen konnte, obwohl die meisten Clubmitglieder Rosario Gómez unterstützten, nur weil sie Catalinas Rivalin war.

Anfangs war dieser Ball nicht vorgesehen gewesen, vielmehr hatten die örtlichen Veranstalter geplant, die Wahl am Tag darauf im Hotel del Prado mit einem Defilee der Kandidatinnen vor einer Jury aus alten lüsternen Männern stattfinden zu lassen, wie es bei den Schönheitswettbewerben sonst üblich war. Allerdings hatte der Besitzer des *Diario del Caribe*, ungehalten über die Geringschätzung, die seiner Kandidatin vonseiten des Country Clubs entgegengebracht wurde, vom Vorstand des Clubs einen Empfang zu Ehren der beiden Kandidatinnen eingefordert, damit der Club seine Unparteilichkeit unter Beweis stellen könne. Den Warnungen ihrer Verwandten Pura de Altamirano zum Trotz, deren soziales Feingefühl durch ihre weit zurückliegenden Erfahrungen als Frau von Welt ebenso geschärft worden war wie durch ihre jüngeren Scherereien als verarmte Witwe, beschloss Catalina nicht nur, am Ball teilzunehmen, sondern zu dieser Gelegenheit auch noch ihr prächtigstes Kleid anzuziehen: ein weißes, über und über mit winzigen elfenbeinfarbenen Perlen besticktes Gazekleid, zu dem sie überdies noch ein prunkvolles Perlencollier aus dem mütterlichen Schmuckkästchen anlegte, eben jenes Collier, das Divina Arriaga in ihren glanzvollen Nächten oft getragen hatte, wenn sie wie das funkelnde Auge einer Göttin aus der Wolke ihrer Verehrer hervortrat.

Lina war schon früh am Morgen zu ihr gegangen. Catalina hatte mittlerweile gelernt, sich zu schminken, und sie ließ sich von Angélica frisieren. Die Spanierin mit den Zauberhänden bürstete ihr Haar, bauschte es auf und drapierte es, bis seine ganze Üppigkeit zur Geltung kam. An diesem Abend jedoch beschloss sie, womöglich inspiriert durch den Stil des Kleides oder gar unter dem Einfluss eines bösartigen Kobolds stehend, Catalinas Haar bis zu den Ohrläppchen herunterzuzupfen und dann zu einem Dutt zusammenzustecken, wodurch ihre Frisur, wenigstens von vorne, auf eigenartige Weise an einen *Garçonne*-Schnitt erinnerte. Als Catalina im Salon erschien, wo ihre Freunde auf sie warteten, hatte Lina das Gefühl, in der Zeit zurückgereist zu sein und plötzlich Divina Arriaga vor sich zu haben: dieselbe blendende Schönheit, dieselbe kecke Ausstrahlung, dieselbe im satten Grün der Augen aufschimmernde Sinnlichkeit. Sie war die perfekte Kopie ihrer Mutter, die im oberen Stockwerk vor sich hin dämmerte und deren Verstand zwischen blitzartigen Momenten der Geistesgegenwart und schweren, langen, endlosen Stunden des Erloschenseins hin und her huschte. Eine Kopie war sie allerdings nur körperlich, denn Catalinas Erscheinung entsprach in keiner Weise ihrer Persönlichkeit. Während Lina sie den Salon durchschreiten sah, fiel ihr ein, dass ihr ebendiese Einschätzung vor einigen Tagen noch eine bissige Reaktion seitens Tante Eloísas eingetragen hatte, weil deren Ansicht nach Persönlichkeit mitnichten mit Charakter gleichzusetzen sei, da sich erstere aus zweiterem herausbilde, ja der Charakter sei der angeborene, unveränderliche und womöglich sogar vererbbare Kern der Persönlichkeit. Und genau da begriff Lina, dass sie Catalina unmöglich hätte definieren können. Dora kam ihr mehr oder minder amorph vor, und was sie selbst betraf, so neigte sie zu eher verdrossenen Betrachtungen, doch Catalina entzog sich entschieden jeder Definition, als habe sich das, was sie zu beschreiben erlaubt hätte, bislang hinter einem starrsinnigen und womöglich unbewussten Anpassungswillen verborgen. Sie kannten sich zwar von Kindesbeinen an, waren zusammen aufgewachsen und zur Schule gegangen, aber es war Lina nicht gelungen, Catalinas aus Höflichkeit und Ungezwungenheit errichteten Schutzwall zu durchdringen. Und jetzt staunte sie plötzlich über Catalinas Umgänglichkeit und darüber, wie diese durch die Welt lief, die unschönen Seiten des Lebens ausblendete und immer sofort die einfachste Lösung fand. Ganz gleich, was Tante Eloísas Meinung war – denn die Tante neigte dazu, in Catalinas Sinn fürs Praktische, der sie dazu brachte, sich allem anzupassen, ohne sich je von Widrigkeiten beeindrucken zu lassen, eine noch nicht völlig zum Vorschein gekommene Kraft zu vermuten, so etwas wie einen Embryo, der den Moment seiner Geburt aus nur von ihm vorausgeahnten Gründen hinauszögerte. Für Tante Eloísa war dies Teil von Catalinas Charakter, und daher ging sie davon aus, dass dieser Charakter sie an jenem Abend einen falschen Schritt hatte tun lassen. Schließlich hatte Catalina sich nicht etwa deswegen zur Teilnahme am Ball entschlossen, weil sie ihren Verleumdern (von deren Existenz sie gar nicht wusste) trotzen wollte oder weil sie ihre Rivalin demütigen wollte, indem sie in einem Aufzug erschien, der, da er sie so prächtig aussehen ließ, jeden Versuch, ihr die Krone oder was auch immer streitig zu machen, der Lächerlichkeit preisgab. Da sie aber mit zwei einander widersprechenden Forderungen konfrontiert war, jener ihrer Cousine, die ihr nahelegte, nicht zum Ball zu gehen, und jener des Inhabers des *Diario del Caribe*, der sie unter allem Umständen im Country Club sehen wollte, hatte Catalina aus Bequemlichkeit dem stärkeren Willen Folge geleistet, ohne sich Gedanken über die Konsequenzen ihrer Entscheidung zu machen.

Die allerdings hätte sich ohnehin niemand ausmalen können. Nicht einmal Lina, die während der Fahrt zum Country Club immerhin in Erwägung gezogen hatte, welche Formen die Zurückweisung annehmen konnte – ein eisiger Empfang, verkrampfter Applaus, distanzierte Begrüßungen –, ahnte, was geschehen sollte.

Tatsächlich hatten die Mitglieder des Country Clubs die Ankündigung des Balls mit Verwunderung zur Kenntnis genommen, so gewöhnt waren sie schon daran, jeden Samstagabend Rosario Gómez mit ihrem Gefolge erscheinen zu sehen, und so überzeugt, die Jury werde trotz der bescheidenen äußeren Reize Rosarios den Anstand haben, für ihren Sieg zu sorgen. Die Klügsten unter ihnen hielten den Rummel um diese ganze Sache für unverhältnismäßig und gingen insgeheim von einem Anfall kollektiver Hysterie aus. Vorsichtig, wie sie waren, sprachen sie darüber aber lieber nur hinter vorgehaltener Hand, und zwar nicht nur, weil sie verhindern wollten, dass der Groll unter ihren Frauen weiter anwuchs, sondern auch deswegen, um diese für eine Weile abzulenken und darüber hinaus glauben zu lassen, sie würden eine Form moralischer Macht ausüben, die ihrer eigenen keineswegs widersprach, ja mehr noch, diese sogar verstärkte. Die überwiegende Anzahl der Männer aber war schlicht hingerissen von Catalina: Sie verkörperte die aufreizende Kindfrau, verlockend aufgrund ihrer Schönheit, unerreichbar aufgrund ihres Alters. Vor allem aber war Catalina die Tochter von Divina Arriaga, und diese wiederum war nach all dem Tratsch zum Gespenst der Wollust geworden, das den Männern mit ihren domestizierten Ehefrauen und ihren billigen, vorhersehbaren Prostituierten das Bild absoluter Sinnlichkeit vorhielt, die sie einst in Kindertagen erahnt, im Laufe des Lebens aber erfolglos gesucht hatten und von der nur ein unkenntlich gewordenes, in Auflösung begriffenes, tödliches Begehren übriggeblieben war, das in den Tiefen ihres Unbewussten vor sich hin polterte. Und mit einem Mal wurde dieses Bild Wirklichkeit, stieg mit dem lüsternen Gang einer Nymphe die Stufen des Country Clubs empor, blitzte sie aus grünen Augen an, erweckte die Unruhe von damals wieder zum Leben und ließ sie unwillkürlich und berauscht klatschen und dann Catalinas Namen rufen – so wie sie in ihrem Innern immer wieder nach Divina Arriaga gerufen hatten. Strahlend lief Catalina den Flur entlang und lächelte ihnen zu. Sie lächelte ihnen zu, als die erste Tomate an ihrer Schulter zerplatzte und wie eine Blutgeschwulst ihr prächtiges Gazekleid hinunterrann. Eine Hand streckte sich nach ihrem Collier, jemand verursachte einen Kurzschluss – und von da an versank alles im Chaos. Im Licht der aufflackernden Streichhölzer sah Lina Stühle fliegen und Leute herumrennen, sah, wie

Männer sich prügelten, Frauen den Perlen des Colliers hinterherrobbten und die Orchestermusiker ihre Instrumente in die Luft hoben, um sie zu schützen. Alle Welt schien außer sich, nur Catalina nicht: Ein ganzer Schwall von Dreck und Beschimpfungen war auf sie niedergegangen, man hatte ihr das Collier ihrer Mutter vom Hals gerissen, das Kleid war völlig zerschlissen, und ihr Rücken zeigte Kratzspuren. Ihr Gesicht aber drückte weder Schmerz noch Kränkung aus. Nur Erstaunen. Eisiges Erstaunen. Lina, die ihrerseits Beschimpfungen hatte einstecken müssen und nur mit Mühe die Tränen zurückhalten konnte, half ihr zur Tür hinüber und wurde währenddessen von dem Gedanken erschüttert, dass Divina Arriaga, die nach und nach ihren Körper verließ, möglicherweise ganz langsam, ganz allmählich angefangen hatte, in Catalina wieder lebendig zu werden.

Diese fantastische, beinahe esoterische Vorstellung würde Lina in den darauffolgenden Tagen immer wieder heimsuchen. Denn anstatt zurückzuschrecken, das Feld zu räumen oder sich der Neugierde der Menge irgendwie zu entziehen, nahm Catalina umstandslos die Unterstützung der machiavellistischsten Person an, auf die sie zählen konnte: Es war besagter Álvaro Espinoza, der ihr seit Monaten erfolglos nachstellte, ihr hinterhertelefonierte, im Country Club nach ihr suchte und dabei die Patienten der psychiatrischen Klinik, in der er wie ein Kaiser herrschte, im Stich ließ. Álvaro Espinoza bot gleich zwei Vorteile: Er war Mitglied im Leitungskomitee des Country Clubs und einer der Lieblinge der Oberschicht von Cartagena, weil er dort geboren und aufgewachsen war, bevor seine Eltern sich aus unbekannten Gründen dazu entschlossen, nach Barranquilla zu ziehen. Catalina hatte ihn nicht ausstehen können, sie ertrug seine Pedanterie nicht, seine Hartnäckigkeit, ja, nicht einmal die Selbstgefälligkeit, mit der er ihr versichert hatte, sie werde früher oder später seine Frau sein, weil sonst kein Mann imstande wäre, sich dergestalt mit der Gesellschaft anzulegen, indem er die Tochter von Divina Arriaga heiratete. Obwohl sie den tieferen Sinn des Satzes nicht begriff und das Interesse, das sie bei der in diesem Augenblick besten Partie weckte, ihre Eitelkeit insgeheim doch berührte, begann Catalina ihn mit einem Schlag zu hassen, weil sie in diesem Moment erkannte, wie sehr sie sich vor seiner körperlichen Erscheinung ekelte, vor seiner fettigen, grobporigen Nase, dem Sabber in seinen Mundwinkeln, dem ranzigen Schweißgeruch, der seinen Hemden anhaftete, und sie entwickelte eine Abneigung, die allein ihrer Heftigkeit wegen auch von einer dunklen Anziehungskraft zeugte, die Lina sich nicht auszumalen vermochte. Voller Unschuld hatte sie anfänglich akzeptiert, gemeinsam über die Mäuerchen des Country Clubs zu springen oder quer über den Golfplatz davonzurennen, sobald sein schwarzer Cadillac auftauchte, gewaltig und schwarz wie ein Leichenwagen – und sie hatte es nicht nur getan, um Catalina zu erfreuen, sondern auch, um die wilden Geister wieder zum Leben zu erwecken, die sie begleitet hatten, wenn sie mit ihren Nichten und Neffen Verstecken spielte oder sich einen Spaß daraus machte, die von den Nonnen geforderte Disziplin zu hintertreiben: Wie oft hatten Isabel, Catalina und sie, selbst auf die Gefahr hin, von der Schule verwiesen zu werden, an die im Konvent lebenden Schülerinnen gerichtete Brieflein eingeschleust und andere hinausgeschmuggelt; wie oft hatten sie den Nähkurs geschwänzt und sich in den Hof mit den Obstbäumen gestohlen, den zu betreten ihnen von den Nonnen verwehrt wurde, um dort von den durstlöschenden Honigbeeren und Mombinpflaumen zu naschen oder sich zur Erfrischung einen Strahl Wasser aus dem Gartenschlauch zu gönnen. Dass Álvaro Espinoza in diesem Sinne die Mutter Oberin ersetzte, änderte ihrer Ansicht nach nicht viel, und die Tricks, die sie anwandten, um ihm zu entkommen, ließen den spielerischen Geist weiterleben, den Lina später so vermissen sollte, als ihre Kindheit endgültig vorüber war. Catalinas Reaktion aber war um einiges komplexer: Selbst wenn ihre Zurückweisung nicht im Herumtollen der Heranwachsenden bestand, das den Zweck verfolgte, den Mann zu reizen und zu erregen, weckte die Hartnäckigkeit dieses Mannes eine vage Verwirrung in ihr, die für sie, wie sie Jahre später Lina gegenüber eingestehen würde, mit der Erinnerung an Andrés Larosca verbunden war, der vor dem flammenden Abendhimmel am Strand Dora vögelte; nicht etwa, weil sie sich nach ebendiesem Mann, nach seinem Körper, nach der Berührung durch seine Hände gesehnt hätte, sondern weil es sie nach dem Begehren verlangte, das Larosca wohl nach Dora empfunden haben musste, wenn er, nur um sie zu sehen, zu jeder erdenklichen Stunde am Abend die ganze Stadt durchquerte und dann unbeirrt ihre Abfuhren ertrug. Und obwohl sie Álvaro Espinozas

Behauptung, es sei ausgeschlossen, dass sich je ein Mann finden würde, der bereit war, die Tochter Divina Arriagas zu ehelichen, nicht weiter ernst nahm, ließ sie es doch zu, dass der Zweifel an ihrem Gewissen nagte, und bereitete sich so darauf vor, die Hilfe anzunehmen, die er ihr nach der Demütigung durch die Mitglieder des Country Clubs eilig angeboten hatte: Denn auf ihn ging die Idee zurück, sich an die Organisatoren des Schönheitswettbewerbes in Cartagena zu wenden, allesamt seine Freunde und sogar Verwandte, um zu erreichen, dass Rosario Gómez als Kandidatin des Departamento von Atlántico und Catalina als Kandidatin von La Guajira aufgestellt würden – ausgerechnet von La Guajira, empörte sich Tante Eloísa, ein Verwaltungsbezirk, der damals von lese- und schreibunfähigen Indios besiedelt war, die noch nie eine Zeitung in der Hand gehabt hatten, und selbst wenn ihnen eine unter die Augen gekommen wäre, hätten sie sie wahrscheinlich für Altpapier gehalten und nicht einmal ihre bunten Webtücher darin eingewickelt. Jedenfalls gelangte Catalina dank dieses zweifelhaften Titels der Schönheitskönigin von La Guajira nach Cartagena und fuhr dort, begleitet von vier vom Bürgermeister gestellten Motorrädern und ihrem Sirenengeheul, durch die Straßen der Stadt und sorgte unter den Menschenmassen für den gleichen Wirbel wie schon in Barranquilla. Die Vertreter der Oberschicht von Cartagena reagierten mit respektvoller Faszination, neigten sie doch eher dazu, auf den Glanz ihrer Nachnamen und die Farbe ihrer Haut zu achten als auf die spinnerten Geschichten von irgendwelchen Ausschweifungen, schließlich hatten sie seit den unsicheren Zeiten der Kolonie schon so einiges gesehen und aus reiner Klassensolidarität hingenommen. Selbstverständlich konnten sie es nicht so weit treiben, Catalina die Krone zuzugestehen, und zogen es daher um der lieben Ruhe willen vor, ihre eigene Vertreterin zu ehren. Dennoch war letztlich Catalina die Siegerin: Während sich Rosario Gómez mitsamt Gefolge in den Zimmern des Hotel Caribe vor Wut die Fingernägel abkaute, wurden ihr die Privilegien und Auszeichnungen zuteil, die eigentlich der Schönheitskönigin vorbehalten waren: Man lud sie überallhin ein, richtete Feste zu ihren Ehren aus; sie erntete stürmischen Applaus, wenn sie in immer prunkvolleren Kleidern auf Gala-Bällen erschien, den Schmuck ihrer Mutter zur Schau trug und, wie ihre Mutter, wahre Herrlichkeit ausstrahlte.

Völlig gebannt und mit der Naivität ihrer fünfzehn Jahre sah Lina ihr zu und lernte nach und nach die komplizierten Mechanismen des gesellschaftlichen Erfolgs kennen. Es war nicht damit getan, hübsch zu sein, Geld zu haben, sich gut zu kleiden; man musste sich auch geistig verwandeln, sich einer Art Selbstzensur unterwerfen, dank der, wie durch jene Cremes, die die Haut samtig machten, jede Unreinheit verborgen blieb, und ebenso jeder Gedanke, der dazu angetan war, das Bild der Puppe in Zweifel zu ziehen, die darauf programmiert war, mit erlesener Dummheit denen zu antworten, die keine Minute lang an ihrer Dummheit zweifelten, und deswegen musste man bei sich selbst jedes kleinste Anzeichen von eigenständiger Persönlichkeit, jede Art von Blick, Wort oder Geste unterbinden, alles, was von Bewusstsein hätte zeugen können und so die Verzauberung derjenigen aufgehoben hätte, die sie lediglich als Objekt bewundern konnten und wollten. Álvaro Espinoza waren die neuen von Catalina angewandten Verführungskünste nicht fremd; die subtilen Erklärungen und ausgefeilten Ratschläge kamen ja von ihm, und auf jedes noch so kleine Anzeichen von Zurückhaltung oder Auflehnung reagierte er mit grober Bissigkeit. Catalina hatte wie er zu denken – oder überhaupt nicht; sie musste hinnehmen, dass ihr einziges Interesse fürs Erste im gesellschaftlichen Erfolg bestand und sie sich daher in erster Linie darum zu sorgen hatte, was wohl die Leute sagen würden; sie musste sich anhören, dass ihre Cousine Adelaida Angst vor Inzest habe und sie deswegen anspornte, die Gesellschaft junger Männer zu suchen, und dass Lina sie, indem sie Catalina vor seiner Befehlsgewalt warnte, für sich wolle und so lesbische Neigungen verrate. Mit Ausnahme seines bescheidenen Freundeskreises beurteilte Álvaro Espinoza die meisten Menschen nach ihren angeblichen krankhaften Zügen, und sämtliche Männer und Frauen, die sich Catalina näherten, fielen in die Kategorie impotent oder homosexuell. Da Catalina diese Begriffe noch nie zu Ohren gekommen waren und sie sich nur unter Mühe einen Reim darauf machen konnte, hörte sie ihm erst einmal verdutzt zu und wusste nicht recht, ob sie ihn für einen Verrückten oder eher für einen Hexer halten sollte, der sie in die Geheimnisse des Lebens mit demselben herablassenden Scharfsinn einweihte, den er an den Tag gelegt hatte, als er entschied, sie der Gesellschaft Barranquillas aufzudrängen. Seine psychoanalytischen Theorien weckten ihre Neugierde, ohne sie gänzlich zu überzeugen, schließlich war ihr im Internat in Lausanne weder Vater noch sonst irgendein Mann untergekommen, weswegen sie sich auf so etwas wie Inzest gar keinen Reim machen konnte. Und da sie überhaupt erst mit fünfzehn Jahren zum ersten Mal einen nackten Mann gesehen hatte, ging ihr auch nicht in den Kopf, wieso sie, nur weil sie kein männliches Geschlechtsorgan besaß, seit Kindesbeinen an einem Komplex hätte leiden sollen. Trotz dieser Verwirrung erweckten Álvaro Espinozas Behauptungen allmählich eine Sexualität zum Leben, die bislang im Tiefschlaf gelegen hatte – einerseits unfreiwillig, schließlich war Catalina als Einzelkind und Schülerin von Klosternonnen aufgewachsen, andererseits aber auch, weil Catalina über ihre erste Begegnung mit der Liebe nicht besonders eingehend nachgedacht hatte, sich darunter vielmehr etwas zwar Absehbares und sogar Unvermeidliches, aber zugleich in der Ferne Liegendes vorgestellt hatte, also etwas, das ihrem Schicksal als Frau eingeschrieben war, das sie einholen und jeder Möglichkeit, sich eine eigene Zukunft auszumalen, den Garaus machen würde. Wie in den Filmen, die sie sah, krönte die Liebe ein Abenteuer und setzte dem Leben ein Ende. Der Vorhang fiel mit dem letzten Kuss, dann begann die dunkle Phase der dauerhaften Benommenheit, vage Bilder von Kindern, Feiern und Reisen flimmerten vorüber – ohne dass sie jemals etwas an der aufregenden Erscheinung des Mannes geändert hätten, der da an einem Strand völlig gleichgültig gegenüber dem Vergehen der Zeit und den Wechselfällen des Lebens begierig die Nähe ihrer Lippen suchte. Dieser Mann war immer schon blond gewesen, elegant und schön: Er war von energischem Ausdruck, katzenhaftem Gang und beunruhigender Stärke, kurz: Er war alles, was ihn Andrés Larosca ähnlich sein ließ – und ihn von Álvaro Espinoza unterschied, mit seiner knorrigen Miene und der angesabberten Zigarette zwischen den nikotingelben Fingern. Aber Álvaro Espinoza war nun einmal da, verfügbar und hilfsbereit, und er brachte ihr allein schon dadurch den Respekt der Leute ein, dass er sie am Arm durch die Salons führte. Und Catalina würde lange brauchen, bis sie die Häme vergaß, die sich im Country Club über sie ergossen hatte. Sie vergaß sie eigentlich nie.

III

Sollte Tante Eloísa noch einen Zweifel daran gehabt haben, dass die Menschheit dazu verurteilt war, vom Planeten zu verschwinden, dann hatte sich dieser spätestens am 7. August 1945 in Luft aufgelöst, als sie, noch im Bett weilend, an der Seite ihrer Birmakatzen verschlafen den ersten Schluck Tamarindensaft zu sich nahm und in der Lokalzeitung las, dass über Hiroshima eine Atombombe abgeworfen worden war. Es beschäftigte sie nicht so sehr, dass der menschliche Irrsinn es bis zum Äußersten hatte kommen lassen – schließlich war das im Laufe der Geschichte schon etliche Male geschehen –, sie dachte vielmehr, dass es von nun an unmöglich sein würde, den Prozess aufzuhalten, der die Spezies Mensch in den Selbstmord trieb. Es blieb schlichtweg nicht mehr genug Zeit, um von Grund auf die Struktur einer Gesellschaft zu ändern, die blindwütig an ihrer Zerstörung arbeitete, indem sie die Gewalt zu ihrer präferierten Handlungsweise erkoren hatte. Sie faltete die Zeitung zusammen und glaubte, Glockenschläge zu hören, die das Ende der Hoffnung einläuteten und davon kündeten, dass die schauerlichen Kräfte, denen das Patriarchat entsprungen war, ihr Werk der Verwüstung gekrönt hatten und dass derselbe Dämon, der den Menschen einst zum Kampf um die Macht angestiftet hatte, ihm ironischerweise auch die Macht zur Selbstzerstörung verliehen hatte. Bislang hatte Tante Eloísa das Patriarchat für eine vorübergehende Erscheinung, für eine Sackgasse gehalten, in die sich unzählige Generationen verrannt hatten und sich darin gegenseitig die Köpfe einschlugen, aus der die Menschheit jedoch früher oder später herausfinden würde, um eine neue Ordnung zu errichten, in der die Liebe über die Angst und das Leben endlich über den Tod siegte. Diese Katastrophe nun aber zerschlug jeden Traum von besseren Zeiten, von jetzt an galt es hinzunehmen, dass sich die Rettung nur noch auf Ebene des Individuums vollziehen könne und jeder einzelne Mensch dazu aufgefordert sein würde, sich seiner Ketten zu entledigen und mit den Waffen, die ihm zur Verfügung standen, gegen die Unterdrückung zu kämpfen, wo sie ihm begegnete – ohne sich von irgendwelchen Gewissensbissen hemmen zu lassen. Die Männer hatten eine unsinnige Ordnung ersonnen, deren Sinn und Zweck die Unterwerfung der Frau war: Ob deren Komplizenschaft nun unschuldig oder schuldhaft war – sie blieb ein Opfer dieser Ordnung, und das entband sie von jeder Verantwortung, denn sie würde, wenn sich ihre Intelligenz nicht den Vorurteilen beugte und ihr Mut dem Druck der Umwelt standhielt, ihre gesamte Energie noch immer darauf verwenden müssen, sich in einem zähen, beschwerlichen, überaus leidvollen sowie von Einsamkeit gezeichneten Lernprozess selbst zu befreien, einem Prozess, der darin gipfelte, dass sie von der Welt die Achtung ihrer Menschenwürde einforderte, und der damit begann, dass sie dem Mann das Wort entzog, das dieser mit so viel Geschick eingesetzt hatte, um sie seinen Launen zu unterwerfen und auf diese Weise das Vorbild für all jene grauenvollen Beziehungen zu erschaffen, in denen der Mensch dem anderen Menschen Wolf war. Im Anfang war das Wort, hieß es in der Bibel, und wenigstens hierin sprach die Bibel die Wahrheit.

Ausgerechnet Catalina war sich jedoch der Macht des Wortes nicht bewusst, Álvaro Espinoza hingegen war bis in die dunkelsten Windungen mit dieser Macht vertraut, hatte er doch das Wort zu seinem liebsten Werkzeug gemacht und um es zu beherrschen viele Jahre an einer jesuitischen Universität studiert. Und dann, als er der Ansicht war, die Jesuiten hätten ihm alles beigebracht, was sie über Verstellungs- und Enttarnungskunst wussten, hatte er, diskret und scheinbar harmlos, in einer Pariser Irrenanstalt gearbeitet, dabei aber wachsam all seine Fangarme ausgebreitet, um auch noch das allerletzte Geheimnis dieser so ausgezeichneten Erfindung zu fassen zu kriegen, die es – wenn man sich ihrer zu bedienen wusste – einem erlaubte, die Seele der anderen auszutricksen, ihre Gefühle zu entlarven, ihre Verhaltensweisen vorauszusehen und ihren Willen zu brechen. Die psychiatrische Praxis oder, besser gesagt: die Beziehungen, die er dabei zu seinen Patienten aufbaute, hatten Tante Eloísas Annahme bestätigt, dass dieser Mann ein von dunkelsten Instinkten getriebenes Raubtier war, das skrupellos nach Befriedigung derselben trachtete. Was die Frau anging, so hatte Freud ja den Schlüssel zu ihrem Verhalten gefunden: Kastriert und nachtragend, wie sie war, war ihr Benehmen darauf ausgerichtet, die Kraft des anderen Geschlechts zu schwächen, wofür sie auf ihre ureigene Neigung zur Lüsternheit zurückgriff – was auch der Grund war, weswegen ihr Wirken ganz auf die Reproduktion ihrer Gattung beschränkt werden musste, allerdings nur übergangsweise, würde es dem Mann doch eines Tages dank der Herstellung von Retortenbabys gelingen, sich ihrer gänzlich zu entledigen. Bis es jedoch so weit war, musste man sie dazu zwingen, sich mit ihrem Zustand abzufinden, weil die Feindseligkeit der Frau – ebenso wie die der Schwarzen, der Juden, der Geisteskranken und der Schwächlinge – von ihrer Wut über die Macht derjenigen herrührte, die ihnen auf natürliche Weise überlegen waren, was jene unsinnigen Konflikte hervorrief, der die Gesellschaft wiederum mithilfe der Psychiatrie beizukommen versuchte.

Álvaro Espinoza liebte Ordnung. Nicht einmal die in der Jesuitenschule erworbenen ontologischen Kenntnisse hatten seinen Abscheu vor dem widerlichen Chaos gemildert, aus dem das Leben bestand: In der unendlichen Kälte der Ewigkeit, in der metallischen Schönheit der Sterne, in der vollendeten Harmonie des Absoluten hatte ein wahnsinniger Wille dieses gierige, schleimige, hartnäckige Etwas eingeschleppt, das sich, kaum hatte es begonnen zu existieren, auch schon wieder zu zersetzen anfing und, um existieren zu können, gezwungen war, den Tod herbeizuführen. Der Gedanke, die Schöpfung sei diabolischen Ursprungs, und all das, was dieser Gedanke an Zweifeln an der Macht und der Güte Gottes mit sich brachte, hatten seinem Wunsch, dem Orden des Heiligen Ignatius beizutreten, ein Ende bereitet und zu seinem dritten Selbstmordversuch geführt. Tante Eloísa, eine der wenigen Personen in der Stadt, mit der seine Mutter verkehrte, hatte Álvaro Espinoza einst, als sein Vater im Zimmer nebenan gerade unter Zuckungen und Geschrei einem *delirium tremens* erlegen war, gelassen in seinem Schaukelstuhl sitzen sehen. Álvaro Espinoza beschloss also, sich auf Psychiatrie zu spezialisieren, um das Wort und damit die Welt zu beherrschen und auf diese Weise vor den Ärzten, die ihn in eine Anstalt stecken wollten, vor seinen Kommilitonen, die ihn schon immer verspottet hatten, und vor der fehlenden Liebe einer

Mutter zu fliehen, die, wenn er sie besuchte, das plötzliche Bedürfnis nach einer Badekur in Puerto Colombia verspürte, weil seine Anwesenheit eine qualvolle allergische Reaktion bei ihr auslöste. Doña Clotilde del Real, so hieß seine Mutter, wurde von Tante Eloísa als merkwürdig bezeichnet, wobei dieses Adjektiv eigentlich »unerklärlich« meinte. In den sechziger Jahren sollte Lina einmal im Spaß darüber nachdenken, wie ihre Tante, wenn sie in ihrer Zeit gelebt hätte, wohl den Ausdruck »neigt zur Somatisierung« verwendet hätte, um eine Person zu beschreiben, die eisern Haltung bewahrte, während sich die Traumata ihres Gefühlslebens wie wild in Krankheiten verwandelten. Damals aber hatte Doña Clotilde, die mittlerweile zusammen mit einem unerträglich verzogenen Zwergpudel in einer Pariser Luxuswohnung der Rue de Faubourg Saint-Honoré lebte, bereits sämtliche Gesundheitsprobleme hinter sich gelassen und verbrachte ihre Zeit entweder damit, an den Redaktionssitzungen einer größtenteils von ihr finanzierten Frauenzeitschrift teilzunehmen, oder damit, auf Kreuzfahrt mit ihrem aktuellen Liebhaber zu gehen, einem neunzigjährigen Ex-Playboy, der genauso blasiert und unberechenbar war wie das Hündchen. An Barranquilla schien sie keinen Gedanken zu verschwenden, und was ihren Sohn anging, so hielt es Lina angesichts der Tatsache, dass dieser so aufmerksam gewesen war, sich endgültig aus ihrem Leben zurückzuziehen, für höflicher, ihn gar nicht erst zu erwähnen. Strenggenommen war er nie Teil ihres Lebens gewesen, und daraus hatte sie nie einen Hehl gemacht. Den Erinnerungen Tante Eloísas zufolge hatte kein Mensch jemals gesehen, dass Doña Clotilde del Real ihren Sohn berührte – nein, es ging nicht ums Windelwechseln, Flaschegeben oder Spazierenfahren, sondern schlicht darum, dass sie ihn nie berührte. Ein Riesenekel verhinderte es, dass sie die Hände nach diesem klebrigen schwärzlichen Kind ausstreckte, das die Hebamme nach achtundvierzig leidvollen Stunden aus ihrem Leib geholt hatte und das die ersten drei Monate Tag und Nacht wie am Spieß schrie und sie vom Schlafen abhielt, bis sie, dem Wahnsinn nahe, der Bediensteten befahl, das Kind in den Wirtschaftstrakt des Hauses zu verfrachten, ein paar Bahareque-Hütten, die früher für die Unterbringung von Sklaven genutzt worden waren. Als das Kind erschöpft das Geplärre aufgab, zwang ihr Sinn für das Schickliche sie, ihm ein Zimmer im Haus zu überlassen, jenes, das am weitesten von ihrem entfernt war – das Kind zu berühren gelang ihr aber nie.

Doña Clotilde del Real war in Gottesfurcht, das heißt, in panischer Angst vor einem besonders stumpfsinnigen Vater, erzogen worden, dessen reaktionäre Ansichten sogar die überaus konservativen Mitglieder des Club Cartagena in Erregung versetzten. Nachdem er seine Frau zu Tode geschwängert hatte, tyrannisierte er seine fünfzehn Kinder und verlangte ihnen eiserne Disziplin und untertänigsten Gehorsam ab: Keines von ihnen durfte ihn duzen, ihm in die Augen sehen, das Wort an ihn richten, bei Tisch sprechen, seine Anweisungen infrage stellen oder ohne seine Erlaubnis das Haus verlassen, und die geringste Zuwiderhandlung wurde auf grausame Weise mit der Peitsche bestraft, weswegen in jedem Zimmer des Hauses eine an der Wand hing. Auf diese Gewaltherrschaft reagierten die Söhne entsprechend ihrer Gesundheit und ihres Temperaments: Die Schwächsten starben, noch bevor sie das Jugendalter erreichten, sei es an einer Seuche, einer Erkältung, an Fieber oder Tuberkulose. Unter den Überlebenden flohen zwei als blinde Passagiere auf einem Schiff in Richtung Jamaika, und weder hier noch irgendwo sonst erfuhr man je etwas von ihrem Verbleib; einer brachte sich um, ein anderer verfiel dem Alkohol, ein weiterer verbrachte seine Jugend in Bordellen, bis er sich die Syphilis einfing und sein Augenlicht verlor. Und doch zog Don Cipriano del Real seine Erziehungsmethoden nie in Zweifel, denn Gottes Gnade wollte es, dass einer seiner Sprösslinge Ordenstracht anlegte und Bischof wurde und ein anderer – der, der ihm am meisten ähnelte –, für eine gewisse Zeit die Konservative Partei von Cartagena anführte und es sogar zum Senator der Republik schaffte. Auch die Töchter gaben ihm nicht wirklich Anlass zu Verdruss, obgleich seine despotische Herrschaft die zwei ältesten von ihnen hinter die Gitter eines Klosters fliehen ließ, was sein Vorhaben vereitelte, die Älteste von ihnen mit dem gewieften Händler Genaro Espinoza zu verheiraten. Dieser war einst sein Vermögensverwalter gewesen, dann sein Geschäftspartner und später sein unerbittlicher Gläubiger, der sich jedoch versöhnlich zeigen wollte, wenn man ihm Zugang zu den aristokratischen Kreisen von Cartagena verschaffte. Die Unannehmlichkeiten sollte Don Cipriano schließlich dank Doña Clotilde überwinden, die zugebenermaßen etwas kränklich, aber so fügsam war, dass sie nicht einmal als Kind Peitschenhiebe eingeheimst hatte. Sie war verliebt in einen wohlhabenden Verwandten, der unglücklicherweise aber zu jung war, um über sein Vermögen verfügen und Don Ciprianos Schulden tilgen zu können.

Er hieß Cristian, war gut aussehend und wollte sich mit seinen sechzehn Jahren auf keine Verlobung festlegen. Der Stolz seiner Kaste, sein hitziges Temperament und die Einfalt des Herzens hinderten ihn daran. Das Schicksal wollte es, dass sein Vater in jenen Tagen einem Indio einen prächtigen Vollblüter abkaufte, der aus edlem Stall kam und als Fohlen ausgerissen, in die Berge geflohen war, um sich dort seine Freiheit zu erobern: ein pechschwarzes, bald zur Legende gewordenes Tier, das die Jäger beobachtet haben wollten, wie es mit dem Wind durch die öde Savannenlandschaft des Sinú um die Wette rannte, und von dessen Ungestüm mehrere niedergetrampelte Pumas sowie die blutigen Überreste der Hunde zeugten, die ihm auf den Leib gehetzt worden waren. Der Indio war schlauer gewesen: Er grub Pfeil und Bogen seines Großvaters aus, bat seine Frau, sie möge ihm ein Gebräu aus hypnotisch wirkenden Kräutern zubereiten, band eine brünstige Stute an einen Regenbaum und schlug sich ins Dickicht.

Als das Pferd in der Hacienda von Cristians Vater erwachte, scheute es: Es hatte einen Strick um den Hals hängen und erkannte die Verschläge des Hofs wieder, von dem es als Fohlen unwissentlich geflohen war: im Galopp, immer wieder vom Hunger, der Sonne und den Insekten überwältigt, die Nüstern auf der Suche nach Wasser geweitet – doch ohne Halfter. Unentwegt hatte es sein Leben aufs Spiel gesetzt, die Natter vom Ast des Baums, den zarten Busch vom heimtückischen Puma, die nächtliche Brise vom Geflatter des Vampirs unterscheiden müssen, aber es hatte nach Belieben umherrennen und in seiner schwarzen Mähne allen Staub und Mut, alle Einsamkeit der Savanne einfangen können. Es fürchtete den Menschen nicht, es hasste ihn. Denn seinen Verstand hatte es nicht verloren, vielmehr hatte es durch seinen Überlebenskampf die Intelligenz wiedererlangt, die seine Rasse einst besessen haben musste. Deswegen ließ es den ersten auf die Reitbahn tretenden Stallknecht auch näherkommen, um ihn dann mit einem wohlüberlegten Tritt auszuknocken. Am Morgen der Hochzeit von Doña Clotilde de Real ließ Cristian das Pferd von den Knechten festhalten. Er war gerade aufgesessen, als er seinen Vater auf sich zurennen sah, dem er einen Moment, bevor er die Zügel mit der Machete durchtrennte, entgegenschrie, das Pferd solle, falls es ihn umbringe, in die Freiheit entlassen werden. So kam es, dass der widerspenstige Vollblüter in die Savanne zurückkehrte und Lina Jahre später beim Besuch einer Tante, die in einer Hacienda an den Ufern des Sinú lebte, von einem durch Staubwolken preschenden Geisterpferd erzählt bekam, das die unglücklichen Menschen, die seinen Weg kreuzten, in Stücke zu reißen pflegte. Und so kam es, dass Doña Clotilde del Real zu spüren meinte, wie dieses Pferd die ganzen sieben Monate über, die sie mit Álvaro Espinoza schwanger war, unter ihrem Fenster herumtänzelte – bis ihr eine eisige Flüssigkeit die Schenkel hinunterlief und ihr Körper unter Krämpfen versuchte, einen Fötus loszuwerden, den ein Fremder sieben Monate vorher in ihren Unterleib eingepflanzt hatte, während sie bewusstlos auf einem Bett gelegen hatte, noch in ihrem weißen Brautkleid und genauso kreidebleich, wie sie zuvor, beim ersten Champagnerglas und inmitten der Hochzeitsgäste, zu Boden gestürzt war, als jemand die Saaltür aufgerissen und Cristians Tod verkündet hatte.

Gemäß der gesellschaftlichen Ordnung der Dinge war dieser Zwischenfall nicht weiter von Belang, und Doña Clotilde hätte ohne weitere Umstände den Stumpfsinn eines geschlechtslosen Ehelebens hinnehmen können, wenn ihr Körper ihr nicht so übel mitgespielt hätte: Denn der reagierte auf das Sperma ihres Mannes mit einer derartigen Abstoßung, dass sie nach jedem Beischlaf von Ekzemen und Quaddeln übersät war. Der Fall, der von sämtlichen Ärzten, Heilern und Scharlatanen der Stadt begutachtet wurde, war äußerst ungewöhnlich: Sobald Genaro Espinoza über der reglosen und äußerst tugendsamen Doña Clotilde masturbierte, spürte sie ein fürchterliches Brennen an ihren Geschlechtsorganen, die anfingen, sich zu röten und zu entzünden, bis sich die Haut ablöste, während der Rest des Körpers ebenfalls allergische Reaktionen zeigte und unter windpockenähnlichen Blasen zu jucken begann. Dieses Martyrium fand erst ein Ende durch die Intervention ihres geistlichen Führers – also nachdem der Schmuck von Doña Clotilde de Real an die Jungfrau ihrer Kirchengemeinde gestiftet worden war –, erklärte der Kirchenmann den Betroffenen doch, dass das Phänomen der Abstoßung beziehungsweise der Repulsion, abgeleitet vom lateinischen Wort *repellere*, zeige, dass nicht einmal das christliche Sakrament der Ehe in der Lage gewesen sei, die Ur-Reinheit eines Wesens aufzuheben, das der Plan Gottes wohl zur Keuschheit bestimmt hatte. Wahrscheinlich hatte ihr Vater, als er Doña Clotilde die Ehe aufzwang und sie so von dem durch ihre älteren Schwestern vorgezeichneten Weg abgebracht hatte, eine fürchterliche Ruchlosigkeit begangen – nicht nur, weil er sich dem Willen des Allerhöchsten widersetzt hatte, sondern auch und vor allem deswegen, weil er ein unschuldiges Geschöpf der Lüsternheit eines Individuums ausgeliefert hatte, das die übelsten Bordelle frequentierte und von dessen Verdorbenheit schon mehr als eine Prostituierte im Beichtstuhl voller Entsetzen Zeugnis abgelegt hatte. Don Cipriano del Real hatte mittlerweile sein verpfändetes Hab und Gut wiedererlangt und konnte es sich also leisten, sich seiner Würde zu erinnern; schuldbewusst schlug er sich auf die Brust und brach bald einen Streit mit seinem Schwiegersohn vom Zaun: Er hielt ihm vor, seine Tochter zu verderben, sie mit seinem von der Sünde vergifteten Saft krank zu machen, denn nur bestimmte Sexualpraktiken des Schwiegersohns konnten diese gemeinen Ausschläge an ihrem Körper erklären, Bläschen wie jene, die nach dem Genuss verdorbener Meeresfrüchte auftraten. Siegesgewiss drohte er schließlich sogar mit Scheidung, was nicht nur Genaro Espinozas gesellschaftliche Aufstiegsambitionen vereitelt, sondern auch ernsthafte Zweifel an seiner Manneskraft hätte aufkommen lassen sowie die Böswilligkeit derjenigen angestachelt hätte, die sich weigerten, zu vergessen, wie sehr ihn seine Gattin beschämt hatte, als sie mitten auf der Hochzeitsfeier in Ohnmacht gefallen war, weil sie vom Tod eines Burschen erfahren hatte, der dreißig Jahre jünger war als er. Und zu allem Überfluss hatte sie auch noch ein Sieben-Monats-Kind zur Welt gebracht, was die Zweifel an seiner Vaterschaft nährte und die spöttischen Blicke hervorrief, die Genaro glaubte, in den Gesichtern der Mitglieder des Club Cartagena erkennen zu können, wenn er durch die Salons huschte – zu eilfertig beziehungsweise mit übertriebener Schüchternheit, jedenfalls, so sagte Tante Eloísa, nie in der richtigen Kombination von Gleichmut und Höflichkeit, die Weltläufigkeit ausmacht. Also sah sich Genaro gezwungen, eine Zweckehe mit einer Frau hinzunehmen, der er nichts vorwerfen konnte, weil sie keinerlei Anziehung zu anderen Männern zu empfinden schien und sich zudem mit matronenhafter Beflissenheit um den Haushalt kümmerte. Er rächte sich auf seine Weise, indem er jede Nacht ostentativ durch die Bordelle zog, sie höchstens zu gesellschaftlichen Empfängen ausführte und auch nur zu diesen Anlässen die mickrige monatliche Zuwendung erhöhte, die sie dazu zwang, sich im Grunde nur von Zuckerwasser zu ernähren. Sie nahm ihr Unglück mit einer Resignation hin, die ihr die Liebe ihres Vaters eintragen sollte, der vom Alter geschwächt und darüber bekümmert war, den Glanz seines Namens nicht weitergeben zu können, denn seine einzige rechtmäßige Schwiegertochter hasste ihn nicht nur, sondern hatte auch lediglich vier Töchter zur Welt gebracht, bevor sie nach einer Fehlgeburt unfruchtbar wurde. Mit der Zeit hatte sich der Vater angewöhnt, allabendlich bei Doña Clotilde vorbeizusehen, begleitet von einer Schwarzen, die einen Korb voller Lebensmittel schleppte, er setzte sich in den Bereich des Portikus, wo er ein Erfrischungsgetränk nahm und mit senilem Starrsinn ein endloses Lamento darüber begann, dass der Criollo von Bolívar die spanische Vorherrschaft beendet und damit die Abschaffung der Sklaverei zugelassen habe, wodurch Schluss gewesen sei mit einer geordneten Gesellschaft, in der jeder wusste, wo er hingehörte, ja, was zu nichts als diesem Chaos geführt habe, mit dem sich dieses unglückselige Land nun herumschlug, in dem selbst die Analphabeten dank der unheilbringenden Demokratie wählen durften. Doña Clotilde, die heimlich Voltaire und Diderot zu lesen begonnen hatte, stimmte ihm lächelnd zu, so wie sie zum Zeichen der Missbilligung die Augen niederschlug – nachdem sie den ganzen Tag über den Schicksalsschlägen der Iphigenie geweint hatte –, wenn ihr Vater zorngetrieben herumtönte, die Liberalen würden eines Tages sogar noch die Frauen an die Wahlurnen lassen. Und irgendwann waren aus dem Korb mit den Lebensmitteln Geldmünzen geworden, und die Münzen wiederum wichen Schenkungen von Grundstücken in Barranquilla, und als ihr Vater starb, war sie in Besitz des größten und besten Teils seines Vermögens. So kam es, dass sie zwischen unergründlichen Hautausschlägen und stiller List, mit der sie den Vater mit dem verhassten Gatten und den Gatten mit den enterbten Geschwistern streiten ließ, langsam alle um den Finger wickelte – unter dem Vorwand, das Vermögen eines Sohns zu sichern, den sie gar nicht liebte und dem sie niemals auch nur einen Centavo ihres Erbes abgeben würde. Soweit Lina wusste, würde sie das Geld für eine Psychoanalyse in Spanien, zwei Schönheitsoperationen in den USA und eine Verjüngungskur in Rumänien ausgeben, bevor sie sich mit dem geschniegelten Hündchen bis an ihr Lebensende in besagter Wohnung in der Rue du Faubourg Saint-Honoré niederließ und dank der vielen Kreuzfahrtbekanntschaften alle sechs Monate den Liebhaber wechselte. Die Männer, die ihr das Leben so vergällt hatten, waren allesamt mausetot und lagen in Kolumbien unter der Erde, doch an der mit elfenbeinfarbener Seide bezogenen Wand ihrer Wohnung hing zwischen zwei Gemälden von Berthe Morisot ein kleines Ölbild, dessen gewellter Firnis darauf hindeutete, dass es lange verstaut gewesen war: Es zeigte einen ausgesprochen schönen, leidenschaftlich dreinblickenden jungen Mann vor der Stadtmauer Cartagenas. Es lag so viel Anmut in der Haltung, so viel Unschuld im Blick dieses Mannes, dass Lina sofort begriff, wieso sein Gespenst Álvaro Espinoza umgetrieben hatte und mitverantwortlich für seinen Selbstmord war. Er, der so sehr auf die Macht des Wortes setzte, hatte vergessen, dass die Kraft der Toten gerade darin wurzelt, dass sie nicht sprechen.

Auch seine Mutter sprach nicht. Nie. Jedenfalls nicht mit ihm. Immer wenn er vom Colegio San Pedro Claver, in das man ihn in sehr jungen Jahren als Internatsschüler gesteckt hatte, in den Ferien nach Hause kam, begegnete er einer distinguierten, geistesabwesenden Frau, die sich darauf beschränkte, ihn zu fragen, ob ihn seine Asthmaanfälle im vergangenen Schuljahr auch nicht allzu sehr beeinträchtigt hätten. Er entsann sich der vielen Nächte, die er um Atem ringend im Krankenzimmer verbracht hatte. In dem kahlen Raum hatte er sich an die Gitterstäbe eines Bettes geklammert und war fast erstickt unter dem Holzkruzifix, das ihm ein Pater vor die Augen hielt, damit er Gott um Gnade anrief. Er dachte an die kalten Duschen um fünf Uhr morgens, nach schlafloser Nacht und genau in dem Moment, wenn die Müdigkeit seine Lider in Bleijalousien verwandelte. Dazu kamen die grauenhaften Turnübungen, die seine Knie weich werden und ihn zum Vergnügen seiner Mitschüler mitunter wie erschlagen und völlig entkräftet zu Boden gehen ließen. Doch er sagte nichts, unmöglich, kein einziges Wort bekam er heraus. Und das lag nicht so sehr an der Furcht, die ihm die Gleichgültigkeit dieser Frau einflößte, die ihn schon gar nicht mehr ansah und sich von ihrer Angestellten gerade ein paar kalte Kompressen anlegen ließ: Im Grunde hätte er ihr nur mit einem heftigen Schrei antworten können, aber man hatte ihm beigebracht, dass Männer nicht schrien. Kein Mann tat es, erst recht nicht er, wenn er den zweifachen Titel zur Schau trug, Jesuitenschüler und Sohn eines Konservativen zu sein. Und noch weniger, wenn er – das jedoch erahnte er damals lediglich – der weißen Rasse angehörend, sprich als Teil der Auserwählten, als Teil derjenigen, die führten, befahlen und regierten, einen Großvater väterlicherseits hatte, der die Sorglosigkeit besessen hatte, eine Mestizin zu heiraten. Anfangs war ihm dieser Makel nicht aufgefallen, zu abgeschirmt von der Außenwelt war er gewesen, in den Armen dieser Schwarzen, die sich mit einer tierhaften Zärtlichkeit um ihn kümmerte, wie sie in jener Zeit nur eine Schwarze für ein Kind zu empfinden imstande war. Sie behandelte ihn kaum anders als seinen Milchbruder, den Sohn eines holländischen Abenteurers, dem die Launen der Genetik einen helleren Teint und ein ebenmäßiges Gesicht geschenkt hatten. Alles änderte sich, als die Schwarze starb, der Holländer Henk zu sich holte und er selbst auf eine Schule kam, in der die sonnige Sanftmut der Schwarzen vom Stolz und vom Wettbewerbsgeist der Weißen abgelöst wurde und seine von der Mutter geerbte kränkliche Konstitution auf die Grobheit der Jungs traf, die von den Soldaten Christi erzogen worden waren; er wurde auf brutale Weise genötigt, sich einem anderen Modell anzupassen, und womöglich nahm er dessen Werte gerade deswegen besonders nachdrücklich an, weil er von dem neuen Modell ausgeschlossen wurde. Je mehr er es zu verinnerlichen versuchte, desto qualvoller wurden die Asthmaanfälle, doch nur auf diesem Wege würde es ihm gelingen, sich in diese Welt der Macht einzufügen und die Zuneigung seines Vaters zu erringen, des einzigen Menschen, der ihn zu lieben bereit war, obgleich nicht bedingungslos, das heißt, lediglich wenn er sich bemühte, seinem Namen das Ansehen zu verschaffen, das ihm bisher nur per Vollmacht zuteilgeworden war, und zu jenen Würden aufzusteigen, die dem Vater, trotz der Ehe mit einer Del Real, verwehrt geblieben waren. Doch davon wusste Álvaro Espinoza nichts. Gefolgt von einem jungen Schwarzen, der ihm seine Habseligkeiten trug, trat er nun durch die Eingangstür seines Hauses und ging sehr aufrecht die teppichbedeckte, wie eine rote Serpentine in die zweite Etage führende Treppe hinauf, wo seine Mutter sich bei einem Kräutertee mit ihren Freundinnen ausruhte; er schob einen Perlenvorhang zur Seite, verbeugte sich vor ihr und küsste ihre schnell zurückgezogenen Fingerspitzen, bevor er gefragt wurde, ob seine Asthmaanfälle wohl bessere Noten in der Schule verhindert hätten. Er spürte, wie der uralte Schrei ihm die Kehle verknotete, doch statt sie erschüttert und von ihrer schrecklichen Distanziertheit eingeschüchtert anzustarren, schaffte er es, ihre Freundinnen zu grüßen und sich dann stillschweigend zurückzuziehen, hinter sich das Klimpern des Vorhangs. Drei Monate Einsamkeit lagen vor ihm. Man sah ihn seine Eltern zur Sonntagsmesse begleiten, er steckte in einem weißen Anzug, unter den Achseln eine Schweißsichel, das Gesicht mit eitrigen Pickeln übersät, die er unter einem europäischen Strohhut zu verstecken suchte, den einst einer seiner eleganten Onkel getragen hatte. Man begegnete ihm manchmal auf der Straße, mager, mit seltsamer Miene und nachdenklichem Blick, als hinge er tiefschürfenden Überlegungen nach und bekomme nichts von seiner Umgebung mit. Vor allem vermied er es, schwarze Menschen anzublicken oder sie anzusprechen: Schon damals brüstete er sich mit der Verachtung, die er für Schwarze empfand, und ließ auf gesellschaftlichen Zusammenkünften nicht einmal die winzigste Gelegenheit aus, seine Argumente gegen die Nachkommen Hams vorzutragen, etwa indem er behauptete, diese hätten niemals so etwas wie eine Zivilisation hervorgebracht, ja, rein gar nichts, was auch nur annähernd diesen Namen verdiente, und hätten weder mit wissenschaftlichen Entdeckungen noch auf religiöser, moralischer oder philosophischer Ebene jemals zum Fortschritt der Menschheit beigetragen. Die Leute aus Cartagena nannten ihn »eingebildet« und gingen davon aus, dass seine Geziertheit mit der Zeit genauso verschwinden würde wie die Pickel des Jugendlichen, weil man in dieser alten Stadt der Inquisitoren und Sklavenhändler sehr viel diskreter war und die Heuchelei sich schlangenhaft in Gestalt barocker Spitzfindigkeiten bewegte, die die Kinder allmählich verstanden, wenn sie den Erwachsenen aufmerksam zuhörten, bis sie in den Falten und Winkeln ihrer Reden die niederträchtigen Schattierungen der rassistischen Diskriminierung, die sich in der Alltagssprache verbargen, mit demselben Spürsinn entdeckten, mit der sie einen Mulatten zu erkennen lernten: eben nicht mehr so sehr anhand der offensichtlichen Indizien wie der Hautfarbe oder krausem Haar, sondern an etwas weniger Auffälligem – einer bestimmten violetten Färbung des Zahnfleisches, einer dunklen Tönung rund um die Fingernägel –, wodurch man eine fünfzig oder hundert Jahre alte Liebesgeschichte entlarven konnte, zur großen Freude einer an Hassgefühlen erstickenden Gesellschaft, die so alt waren wie die Festungsmauern der Stadt, in der sich ein jeder rühmte, das Leben und die Abenteuer seiner Vorfahren auswendig zu kennen, und zwar von dem Augenblick an, da der Erste seines Geschlechts in glänzender Rüstung und mit federgeschmücktem Helm im Namen Gottes und des Königs in ebendieser Stadt angelegt hatte. Selbstverständlich waren sie alle Mestizen, egal wie sehr sie sich bemühten, es zu ignorieren, und Rassisten, auch wenn das Konzept damals nicht einmal in Worte gefasst werden konnte und Lina noch viele Jahre später, als der Begriff sich bereits seinen Weg gebahnt hatte und sie in einem Pariser Restaurant mit einem der feinsten Exemplare seiner Klasse diskutierte, zusehen musste, wie sich dieses schöne, aber zu blasse Gesicht, konfrontiert mit einer solchen empörenden Bezichtigung, zu einer Grimasse verzog: Sie hatten ihre Schwarzen doch niemals geschlagen oder gelyncht, ja, sie hatten sie doch gern, hatten sie aufgenommen und ihnen ein anständiges Leben außerhalb des kolonialen Stadtkerns von Cartagena ermöglicht: Die Schwarzen durften fischen, Schuhe putzen, Lottoscheine verkaufen, und wenn sie sehr alt oder sehr arm waren, dann durften sie an den Kirchentüren betteln: Man duzte sie mit spöttischer Ungezwungenheit, ohne dass darin auch nur die geringste Spur von Verachtung mitschwang, und im Gegensatz zu den durchgeknallten Amis tolerierte man ihre Schwächen, weil man ja von vornherein wusste, dass keine Religion oder Ideologie es schaffen würde, sie weniger betrügerisch, faul oder feige zu machen. Vor diesem Hintergrund wirkte eine Haltung wie die von Álvaro Espinoza auf die Bewohner von Cartagena verstörend, und sie begannen sich zu fragen, ob die Jesuiten über seine Intelligenz nicht allzu wohlwollende Berechnungen angestellt hatten: Da konnte er noch so gute Noten in der Schule einheimsen und alljährlich mit Preisen und Auszeichnungen überhäuft werden, er wirkte unfähig, sich an die elementarsten Regeln des Zusammenlebens zu halten, und obendrein hatte er die Unnachgiebigkeit seines Großvaters mütterlicherseits übernommen und schien vergessen zu haben, wen sein Großvater väterlicherseits geehelicht hatte. Nur sein Status als notorischer Prügelknabe im Colegio San Pedro Claver hatte verhindert, dass man seiner Erinnerung auf die Sprünge half, auch wenn seine Mitschüler sich damals schon den widerlichen Scherz erlaubten, seinen Penis anzugrapschen, wenn gerade kein Jesuit in der Nähe war. Sie stürzten sich regelrecht auf ihn, sobald die Luft rein war, und brüllten »Zehn Ziegenböcke für den, der Álvaro Espinoza an die Wäsche geht!«, und dann hastete er verzweifelt über die Flure, bis er sich in Sicherheit bringen konnte oder einer von ihnen das genannte Ziel erreichte. Unter anderem wegen dieses Spiels wurde Álvaro Espinoza der Umstand, dass er Mestize war, quasi ins Gesicht geschleudert, und zwar auf eine Weise, dass alle, er selbst eingeschlossen, es anschließend lieber vergaßen, bis auf einen späteren Bekannten von Lina, der die Szene im Gedächtnis speicherte, um, wie er behauptete, die Urszene seiner eigenen Päderastie festzuhalten, dieser unbeschreiblichen Lust, die er empfand, wenn er sah, wie ein beliebiger Heranwachsender, der sonst rau war wie Schmirgelpapier, alle Überheblichkeit verlor und den Abgrund der Passivität erkannte, der sich in dem Glied verbarg, das er bisher nur als Gegenstand der Aktivität wahrgenommen hatte und es dann mit jenem Ausdruck verlegener Geilheit betrachtete, die auch kurz in Álvaro Espinozas Augen aufgeblitzt war, als einer der Ribon-Zwillinge sein Geschlecht berührte, das daraufhin steif wurde und vor den erstaunten Augen der Jungs, die ihn vom Fußballfeld bis hierher verfolgt hatten, die Hose seiner Schuluniform benetzte, während der andere Zwilling entsetzt verkündete, nur ein Zambo könne so eine Schwuchtel sein.

Von da an war es ihm unmöglich, seine Leiden mit dem stolzen Bewusstsein zu kompensieren, einer Herrenrasse anzugehören. Gleichwohl hätte Álvaro Espinoza bemerken müssen, dass sein Vater in den Ahnengeschichten die Nachfahren mütterlicherseits stets ausließ – als seien die Männer seiner Familie eine Generation lang mittels eines göttlichen Hauchs erschaffen worden. Dem Rätsel auf die Schliche zu kommen, hatte er jedoch nie versucht, vielleicht weil er sich davor fürchtete, herauszufinden, dass seine

Großmutter wirklich eine hübsche Mulattin unbekannter Herkunft gewesen war, die man eines Tages barfuß in die Stadt hatte kommen sehen, in Begleitung eines hässlichen Hundes, ein Bündel mit Schlappschuhen und ein paar Maiswecken unterm Arm, die ihr die Mutter eingepackt hatte, bevor sie sie auf die Suche nach einer anständigen Arbeit Richtung Cartagena schickte und anwies, immer schön die Schenkel zusammenzupressen, was auch immer man von ihr verlangte, ein Rat, den das Mädchen mit dem goldenen Teint und den Augen eines Zickleins strengstens befolgen würde, als sie eine Anstellung im Hause Espinoza fand und den Zudringlichkeiten, Drohungen, Schmeicheleien und Schöntuereien des einzigen ledigen Sohns hartnäckig widerstand, bis der vor Lust fast verrückt wurde und sich zur Eheschließung gezwungen sah. Neun Monate darauf starb sie bei der Niederkunft, und das Kind, Genaro Espinoza, wurde in die Obhut einer Schwester des Vaters gegeben, die verheiratet, aber unfruchtbar und so neurotisch war, dass sie dem Kleinen, wenngleich sie ihn als ihren eigenen Sohn betrachtete, niemals verzieh, dem Schoß einer Plebejerin entsprungen zu sein. Sie wurde von wirren und höchstwahrscheinlich inzestuösen Gefühlen geplagt, überhäufte ihn mal in völlig unberechenbaren Anfällen von Zärtlichkeit mit Küssen, dann wieder schlug sie ihn mit der Peitsche, wenn irgendeine seiner Launen oder irgendein Ungehorsam sie an die verhasste Mulattin erinnerte, die ihre Familie mithilfe von ihr verfluchter, wenngleich insgeheim geneideter Kniffe in Verruf gebracht hatte. Währenddessen kämpfte Genaro Espinoza gegen eine fürchterliche Unruhe an, der er mit seinem ersten Besuch im Bordell Einhalt gebot – wo er die Erleichterung entdeckte, die es bedeutet, Frauen wie Tiere behandeln zu können – und die sechsundvierzig Jahre später erneut auftreten würde, als er nach der Heirat mit Doña Clotilde del Real wieder der Verunsicherung aus Jugendzeiten begegnete, das heißt, sich den Launen eines Wesens ausgeliefert sah, das unbegreiflich oder zumindest weitaus komplizierter war als ein Tier.

Aus all diesen Erfahrungen zog er die tiefe Überzeugung, dass die Frauen existierten, um den Charakter des Mannes zu verderben, dass sie ihn dazu brachten, seine Würde in den Bordellen zu zerstören, oder ihn damit zur Weißglut trieben, dass sie sich hinter den gebauschten Schleiern der Ehe verkrochen und unter tausend

Vorwänden seiner Kontrolle entzogen. Gewisse Dinge des Lebens verstand Genaro Espinoza nicht besonders gut, und so ging er, wie er jahrelang im Alkoholrausch vor sich hin wimmerte, fest davon aus, dass man ihn immer betrogen hatte. Vielleicht bezog er sich dabei – auch wenn sein Gewissen vorsichtshalber nicht die geringste Erinnerung daran besaß – auf den fernen Verrat, dem seine jüdischen Vorfahren zum Opfer gefallen waren, die, obwohl sie ihrem Glauben entsagt hatten, um der Inquisition zu entkommen, derart angefeindet und bedrängt worden waren, dass sie sich für die Namenlosigkeit entschieden und Zuflucht in Cartagena suchten. Der wahre Verrat jedoch hatte sich vor Anbeginn der Zeit ereignet, und offenbar kannte er weder Namen noch konnte er erklärt werden: Weil man ihm davon erzählt hatte und alles, was er um sich herum wahrnahm, es zu bestätigen schien, wusste er, dass es Unterschiede zwischen den Männern gab und sie über eine Hierarchie bestimmten, innerhalb derer die Fähigsten die besten Posten besetzten und folglich das Recht hatten, von den ihnen Unterstellten Unterwerfung zu verlangen. Das Problem lag in ebendieser Unterwerfung, die so unfassbar und substanzlos war, als seien die, die sie ertrugen, der Auffassung, sie spielten in einer Komödie mit, in der bei der kleinsten Unachtsamkeit die Rollen vertauscht werden konnten. Nachdem er auf seinen Geschäftsreisen ins Landesinnere das Verhalten der einfachen Leute dort beobachtet hatte – die Art, mit der sie den Hut abnahmen, den Blick senkten, um ein »Euer Gnaden« zu murmeln und sich dabei in ihrem Poncho ganz kleinmachten –, war er zu dem vielleicht allzu voreiligen Schluss gekommen, die Unverfrorenheit der *Costeños* sei geografisch erklärbar oder hänge irgendwie mit dem feuchten Klima, der gewaltigen Sonneneinstrahlung oder der Intensität des Lichts zusammen, alles Spekulationen, mit denen er die Saufnasen des Club Cartagena unterhielt, bis diese vor Langeweile wegnickten. Wenn seine geistige Wendigkeit durch den übermäßigen Alkoholgenuss allmählich abnahm, wurden aus seinen Spekulationen offene Hetzreden gegen die Passatwinde, die seiner Ansicht nach für die Trägheit der anständigen Leute und die Respektlosigkeit des Pöbels verantwortlich waren. Aber obgleich besessen von dem sozialen Phänomen, dass an der Atlantikküste die Subalternen die Unterlegenheit ihres Standes nicht verinnerlichten und sich mit einer Mauer aus heiterer Unbefangenheit umgaben, die sie dafür unempfänglich machte, ließ Genaro Espinoza nie davon ab, die Frauen für all seinen Verdruss verantwortlich zu machen, schließlich hatte ihn das Unglück nur durch sie ereilt: von dem Moment an, da er aus dem Schoß dieser verschlagenen Mulattin gekrochen war, die seinen Vater in einem verflixten Augenblick verführt hatte – bis hin zur Ehe mit dieser kaum zu fassenden Gattin, deren Körper bei der kleinsten Berührung mit Quaddeln übersät war, was ihn zur Witzfigur von ganz Cartagena gemacht hatte. Sogar den Prostituierten würde es eines Tages gelingen, sein Selbstvertrauen zu zerstören: Als er älter wurde, begegnete er ihnen plötzlich in seinen Träumen, spöttelnd und grinsend, in prachtvolle Gewänder von Kurtisanen und Odalisken gehüllt, stiegen sie aus der Tiefe seiner Erinnerung empor, ausgerechnet sie, das dreckige Gesindel der Gesellschaft, sie, die er nach Lust und Laune ausgepeitscht, auf deren Körper er uriniert oder in deren Münder er abgespritzt hatte, die aber, wenn sie ihm zusahen, wie er seine Hose wieder anzog und ein paar Münzen auf die Leinenpritsche warf, seinen Anblick auf dem Grund ihrer Augen festhielten, ihn bewahrten, solange sie lebten, und sein Bild, wenn sie starben, womöglich seinen Widerschein fand in einem ewigen Auge, von dessen Netzhaut kein Bild jemals mehr verschwand.

Dennoch brachte er, sobald er von dem peinlichen Vorkommnis in der Schule San Pedro Claver erfuhr, seinen Sohn in ein Hurenhaus, weil er ganz besessen war von der Sorge, zu all seinem Unglück könne sich auch noch jenes hinzugesellen, der Vater eines Homosexuellen zu sein. Er drohte der Besitzerin des Bordells, Doña Ofilia, ihr die Polizei, die Priester und den Katholischen Frauenorden auf den Hals zu hetzen, wenn es ihr nicht gelang, seinem Sohn einen ordentlichen Fick zu bescheren, er werde so lange hier ausharren, in einer Hängematte im Patio, bis man ihm die frohe Botschaft überbringe, für die er bereit sei, den hundertfachen Preis für alle Mädchen des Bordells zusammen zu zahlen, sprich, so viel wie für eine kerngesunde Kuh. Er wartete drei Tage lang. Drei Tage der Angst für Ofilia, die den schwermütigen Heranwachsenden erst in ein Zimmer sperrte, das sie durch einen in die Holzwand geschlagenen Spalt überblicken konnte, und danach eine Dirne nach der anderen aufmarschieren ließ: herrliche Schwarze mit Lacklederhaut,

Mulattinnen mit reifen Brüsten, bleiche Weiße mit wasserstoffblonden Haaren, dazu ihre ganze Sammlung von Küken, Zwerginnen, Albinos und Mongoloiden, kurzum, alle Arten von Frauen, die dazu angetan waren, männliches Begehren zu wecken – der bekloppte Junge aber zeigte nicht das geringste Anzeichen von Erregung, kauerte in einer Ecke, wo er verschreckt die Perlen seines Rosenkranzes abzählte und bei jeder Annäherung einen Asthmaanfall erlitt, während Ofilia einerseits Changó, andererseits den Heiligen Antonius um die passende Lösung, um Gnade und dann um die rettende Eingebung anrief, bis sie diese endlich ereilte, als sie einen Schüler von der San Pedro Claver erzählen hörte. Da sie auch von dem Hass erfuhr, den der Mistkerl gegen Farbige hegte, wandte sie sich in einer Art Notruf an ihre Kolleginnen, sie möchten ihr doch eine Schwarze mit knackigem Hintern rüberschicken, besorgen oder aus der Hölle selbst holen gehen, eine Schwarze, die einem Burschen so ähnlich wie möglich und daran gewöhnt sei, sich in das liederliche Loch ficken zu lassen. So rettete sie das Bordell, und so begann das Sexleben von Álvaro Espinoza.

Viele Jahre lang bereitete ihm diese Vorliebe keine größeren Probleme, weil er bei der Beichte schummelte und ein Scheinchen mehr im Bordell jeden Widerstand brach, doch schon in Paris, dachte sich Tante Eloísa, erkannte er wahrscheinlich während seiner Psychiatriestudien, dass Sodomie pervers war und von latenter Homosexualität zeugte, der man mit Willensstärke entgegentreten musste, wollte man in der Welt der Männer bestehen. Denn er kam aus Europa verändert zurück, und zum Erstaunen der Prostituierten von Barranquilla, die seine Grillen kannten, seit sich seine Familie in der Stadt niedergelassen hatte, vögelte er nun, wie Gott es befahl, wenngleich, das schon, begleitet von wüsten Beschimpfungen und erst, nachdem er etwa zwei Whiskeyflaschen geleert hatte, in aller Ruhe an einem Tisch mit seinen Freunden, wo er ins Gespräch vertieft schien, mit gierigem Blick aber über das Kommen und Gehen der Mädchen wachte, um sich schließlich die nehmen zu können, die in der Nacht die meisten Linien gezogen hatte: daher sein Spitzname »Morgengockel«, den am Tag seiner Hochzeit mit Catalina ein Betrunkener geäußert hatte, der sich darüber wunderte, ihn zu vorgerückter Stunde noch auf der Feier anzutreffen, wo sich Álvaro doch eigentlich längst hätte zurückziehen müssen, nach Anschneiden des *puding*, bei dem er komplizenhaftes und oder vorgetäuscht wehmütiges Gekicher hätte ernten sollen, aber nicht diese Verwunderung der Hochzeitsgäste, als sie sahen, dass er weiter unter ihnen weilte, in eine politische Diskussion verwickelt, bei der er sich wie eh und je undurchschaubar und ausladend in seinen Gesten gab und seinem Gesprächspartner nicht in die Augen, sondern auf den Punkt zwischen den Augenbrauen sah, um sein Gegenüber leichter aus der Fassung und sich selbst in eine überlegene Position zu bringen. Selbst Catalina war verwirrt: Sie hatte sich Álvaro Espinozas Gleichgültigkeit während der dreimonatigen Verlobungszeit damit zu erklären versucht, dass ein Mann seines Alters und seiner Stellung nicht so verantwortungslos handeln und sie einfach in seinem Auto auf die Anhöhen des Prado spazieren fahren konnte, um sie zu küssen und zu streicheln und dabei zu riskieren, dass jemand sie entdeckte und das Gerede begann, das seinen Ruf als ehrbaren Psychiater gefährdete. Außerdem hatte sich Álvaro Espinoza von dem Tag an, an dem sie ihn ihrer Mutter vorstellte, um ihre Verlobung auf diese Weise zu besiegeln, darauf beschränkt, sie allabendlich im Country Club oder im Hotel El Prado zum Essen einzuladen, wo sie unter seinem selbstgefälligen Blick *Chateaubriands*, Pommes Frites und die verschiedensten Desserts vertilgte und es hinnahm, dass ihre Liebesbeziehung zu einem Dauerschmaus verkümmerte, der allerdings ein Ersatz war, wie Tante Eloísa versicherte, als Lina erzählte, wie sie mit irgendeinem ihrer Freunde bei Álvaro Espinoza eingeladen gewesen war und den Abend damit verbracht hatte, sich das Aufgebot an Speisen anzusehen, deren Üppigkeit sogar einem Schiffbrüchigen den Appetit genommen hätte.

Und doch träumte Catalina vor sich hin – sie, die dem Lesen so wenig zugeneigt war, hatte angefangen, Divina Arriagas Bibliothek zu durchstöbern, diese dem Denken gewidmete Höhle Ali Babas mit all ihren Büchern: den frommen, den verdammten, den gelehrten, den zensierten; sie alle waren, sofern sie ab Mitte des 15. Jahrhunderts gedruckt worden waren, in Originalausgaben vorhanden, oder als illustrierte Manuskripte, wenn sie aus ferneren Zeiten stammten, und jedes von ihnen befand sich thematisch sortiert in einer Vitrine, wohlbehütet dank der liebevollen Pflege des Dienstmädchens von Divina Arriaga, das den Großteil des Tages damit zubrachte, die über die Jahre entstandenen Schäden an Tinte, Papier oder Holz unter die Lupe zu nehmen, und beim Restaurieren auf ein Arsenal von Bürstchen und eigenartig riechenden, geheimnisvollen Erzeugnissen zurückgriff, als sei sie die Reinkarnation eines einstigen Benediktiners und habe von ihm die Geduld geerbt, die es brauchte, um sich in diesem Tempel bei zugezogenen Vorhängen stundenlang an eine Art alchemistischen Kocher zurückzuziehen, der eigentlich zur Bekämpfung der Feuchtigkeit gedacht war. Mit Sicherheit war sie es, die Catalina sagte, wo sie bei ihren Nachforschungen zu suchen hatte, und sie tat es womöglich mit derselben Lakonie, mit einer so knappen und unpersönlichen Erklärung wie der, mit der sie ihr Jahre zuvor die Tamponschachtel überreicht hatte. Denn andernfalls hätte sich Catalina wohl im Labyrinth dieses lichtlosen Raums verirrt, zwischen den vielen Vitrinen, die einbalsamierte Worte für die Ewigkeit bewahrten wie Pharaonen in ihren Gräbern, und vorübergehend auch dafür da waren, die Neugierde eines Mädchens zu stillen, das sich bislang nicht groß den Kopf über so manches zerbrochen hatte, bis zu dem Tag, an dem Lina Catalina im schwachen Schein einer Lampe die großen Handbücher der Erotik studieren sah: Angefangen beim *Kamasutra* bis hin zum *Gitagovinda*, von den Unterhaltungen des unwissenden jungen Mädchens mit dem Gelben Kaiser bis zu den japanischen Shunga-Abbildungen in ihren leuchtenden Schwarz- und Blautönen – sie studierte den gesamten sexuellen Zauber und die Poesie jener Zivilisationen, die von der ungesunden Verbitterung des Christentums verschont geblieben waren, in denen die Götter Liebe machten und den Menschen die Freuden der Fleischeslust näherbrachten und vielleicht auch die Möglichkeit, über die eigenen Grenzen hinauszuwachsen, wenn man im Taumel gelebter Liebe begriff, dass das Vielfache das Eine ist und sich in der Vielfalt das Ganze verbirgt. Von einer solchen Liebesaufassung wusste in Barranquilla niemand auch nur irgendetwas und erst recht nicht Álvaro Espinoza, beschwor sie Tante Eloísa, während sie ihre Finger lustvoll im Fell einer der Birmakatzen vergrub und in ihren Augen die Begeisterung darüber aufblitzte, ein weiteres Mal eine Spur des Wirkens von Divina Arriaga zu entdecken, zu erkennen, wie diese aus ihrer finsteren Gruft heraus den Mann herausforderte, der es darauf anlegte, ihre Tochter auf ein Leben als Ehefrau zu reduzieren, selbst wenn Catalina der Ehe ohne jede Erfahrung und mit der

Treuherzigkeit eines Mädchens entgegenging, das eine Nonnenschule besucht und die Jugendzeit der Umstände oder ihres Temperaments wegen durchlebt hatte, ohne die ersten Quälereien des Begehrens kennenzulernen, die verstörenden Bilder, die plötzlich zwischen den Seiten eines Buches auftauchten oder mit schlangengleicher Wendigkeit beim Erwachen aus einem Traum davonglitten, die geballte Unruhe der Abendstunden und diese wütende, unbegreifliche Traurigkeit, wenn sich der Himmel verdüsterte und so den Regen ankündigte, in einem leeren Haus, in dem es keinen Mann gab, der kam, ihre Unruhe zu besänftigen und mit einem Wort die Angst zu verscheuchen. Catalina war naiver als ein zwölfjähriges Mädchen und doch seit Kindesbeinen darauf vorbereitet, das Wesen der Sexualität in all seiner Tiefe zu begreifen: durch ihre Ignoranz. Denn niemand hatte je die Geister der Verdrängung in ihr Bewusstsein eingeschleust, und die ihr eigene Leichtigkeit ließ sie die Religiosität der Nonnen besonnen betrachten, ohne sie zu verinnerlichen noch den Hintergrund ihrer Ideen zu analysieren, war sie doch aufrichtig davon überzeugt, der Verlust des Paradieses sei allein auf das Problem des Apfelessens zurückzuführen, und sie wunderte sich darüber, dass eine derartige Kleinigkeit den Menschen so viel Ärger eingebracht haben konnte, bis hin dazu, dass sich der Beste unter ihnen zu ihrer aller Erlösung auch noch an ein Kreuz hatte nageln lassen.

Vielleicht hatte Divina Arriaga ja genau dies im Sinn gehabt, als sie Catalina in einer religiösen Einrichtung einschrieb: Catalinas Undurchlässigkeit, ihre Neigung, alle menschlichen Streitfragen zu verharmlosen und ihre Art, allen Versuchen auszuweichen, ihr die Seele zu rauben oder etwas an ihrer innersten, damals noch nicht in Worte gefassten Überzeugung zu ändern, sie werde nur dann zu einem Gleichgewicht finden, wenn sie sich selber liebte. Eine derart subtile Voraussicht schien jedoch mehr als zweifelhaft, weswegen Tante Eloísa davon überzeugt war, Divina Arriaga habe La Enseñanza in der Absicht ausgewählt, Catalina bewusst daran zu hindern, sich einem Kreis von Freundinnen anzuschließen und durch die Entsagungen, die eine solche Gruppenzugehörigkeit mit sich brachte, die Weltanschauung der Besiegten anzunehmen. Tatsächlich hatte es keine ihrer Mitschülerinnen je gewagt, dem »Was werden die Leute sagen« zu trotzen, indem sie Catalina zu sich und auf diese Weise auch gleich dazu einlud, Teil eines Kreises von jungen Frauen zu werden, deren Bestimmung es war, sich eines Tages gemeinsam der Gesellschaft vorzuführen und den Country Club zu besuchen, bis sie heirateten, und die sich bis dahin in den Ferien unter den unterschiedlichsten Vorwänden versammelten, zum Canasta-Spiel oder dazu, unnütze Lappen für die Armen zu häkeln, während ihre Unterhaltungen darauf beschränkt blieben, Getratsche zu wiederholen, mit Emphase irgendwelche Gemeinplätze zu äußern und schräge Auffassungen vom Geschlechtsakt auszutauschen, um sich so darauf vorzubereiten, die Fortpflanzung der Spezies in Unwissen und Enttäuschung zu sichern, ganz so, wie die Gesellschaft es verlangte. Da Catalina wegen der Diskriminierung, deren Gegenstand sie war, von diesem Unsinn verschont blieb, hatte sie sich jene Reinheit bewahrt, die den Moralisten so teuer war, und war somit perfekt dafür geeignet, den Lockruf des Sex zu vernehmen – diesen so fernen, unsterblichen Ruf, der ungebrochen aus den Büchern in Divina Arriagas Bibliothek widerhallte, womit diese ihr halfen, die in ihrem Körper verborgenen Triebe zu entdecken und sich einen beliebigen Mann, ja sogar einen Álvaro Espinoza, auszumalen, der bereit war, sich mit ihr in der Wollust zu verlieren, die sie erahnte, wenn sich beim Tanzen ihre Wangen berührten oder er flüchtig ihre Lippen küsste, allabendlich beim Abschied in der Dunkelheit seines schwarzen Cadillacs, ohne zu bemerken, welche Feuer, welche Sehnsüchte seine blutleeren Liebkosungen entfachten, wie sie in begieriger Erwartung der Zeremonie errötete, die die Gesellschaft von ihnen forderte, damit sie gemeinsam die Schranken einreißen konnten, die sich dem Verlangen in den Weg stellten.

Die Zeremonie fand schließlich im Country Club statt, mit Hunderten von Gästen und einer Raffinesse, die einst die Feste der – diesmal durch Tante Eloísa vertretenen – Divina Arriaga ausgezeichnet hatten. Álvaro Espinoza zeigte sich ungerührt, völlig gleichgültig einer Situation gegenüber, um die ihn die Mehrzahl der anwesenden Männer beneidete, während Catalina hinter den Fenstern das blaue Licht der Morgendämmerung aufsteigen sah und vage das Gespenst der Enttäuschung erahnte, ohne zu begreifen, woher die unbestimmte Wut rührte, die sich in regelmäßigen Abständen in ihre Seele bohrte, wie der Stachel eines Tiers, das bislang vor sich hin geschlummert hatte, nicht in ihr selbst, sondern außerhalb von ihr, in dem, was um sie herum existierte und dessen Wirklichkeit sie immer lieber unbeachtet gelassen hatte – und dennoch glaubte sie, einem blinden Schmetterling gleich, noch immer, sie könne dank der Obhut der Göttinnen, Wesenheiten oder Feen, die sie mit so viel Schönheit gesegnet hatten, ihrem Schicksal entrinnen, weswegen sie Lina zuwisperte, das merkwürdige Verhalten von Álvaro Espinoza sei womöglich der Umsicht geschuldet, sie nicht mit einer Forschheit brüskieren zu wollen, die ihre Empfindsamkeit hätte verletzen können.

Diese Skrupel sollten länger als erwartet anhalten, genau genommen eine Woche. Sieben in Santa Marta verbrachte Tage, in denen sich Álvaro Espinoza anheischig machte, Catalinas religiöse Gefühle zu bestärken, die seines Erachtens nach allzu lau und oberflächlich ausfielen, weswegen er sie jeden Abend zum Gebet vor die Mater Dolorosa schleifte und ihr einzutrichtern versuchte, der Daseinsgrund der Frau bestehe nicht etwa darin, sich zu vergnügen, zu genießen oder zu lieben, wie sie zu glauben vorgab, sondern darin, das Leiden der Menschheit auf sich zu nehmen, dem Beispiel der Jungfrau folgend, die, als der Himmel so verzweifelt den Tod des Gottessohns beweinte, ganz alleine am Kreuz zurückgeblieben war, auf ihren zarten Schultern die Last der von den Menschen begangenen Niederträchtigkeit. Catalina war fassungslos. Sie würde Lina später erzählen, dass sie sich anfangs gefragt hatte, wieso Álvaro Espinoza so sehr darauf aus war, sie in die Kirche zu führen, wo er doch selbst, dank seines psychoanalytischen Blicks auf die Dinge des Lebens, der Religion überaus skeptisch gegenüberstand: Ihr schien, sie solle sich absichtlich zwischen zwei gegensätzlichen Auffassungen verirren, die gleichwohl dasselbe Ziel verfolgten, nämlich ihr etwas wegzunehmen, auch wenn sie noch nicht genau sagen konnte, wo sich dieses Etwas befand und ob sie, verwirrt wie sie war, nicht nur begann, alles in Zweifel zu ziehen, was die erotischen Handbücher Divina Arriagas sie gelehrt hatten, sondern dass sie – hätte sie nicht Dora und Andrés Larosca an einem Strand beim Sex gesehen –, sogar bereit gewesen wäre, den Geschlechtsakt als etwas zu akzeptieren, das sich darauf beschränkte, das leidende Antlitz der Jungfrau zu betrachten und sich nach einem üppigen Abendessen schlafen zu legen, während sich Álvaro

Espinoza unter dem Vorwand verabschiedete, in der Hotelbar ein paar Drinks zu sich nehmen, und erst im Morgengrauen auf leisen Sohlen wiederkehrte.

All das erzählte sie Lina am Tag nach ihrer Rückkehr aus den Flitterwochen im Wohnzimmer des neuen Apartments, wobei sie jedes Vorkommnis sorgfältig analysierte, ganz so, als wolle sie die Spielzüge eines Gegners rekonstruieren, der sie bei einer Partie Schach geschlagen hatte. Sie hegte damals keinen Zweifel mehr daran, sich, ohne es zu wissen, einem überaus berechnenden Geist ausgeliefert zu haben, der beschlossen hatte, ihr gegenüber ein bestimmtes Verhalten an den Tag zu legen, ihre Reaktionen vorauszusehen und sie mit aller Beharrlichkeit so lange zu demütigen, bis er sie besiegt hatte und seinen Plänen unterwerfen konnte. Wie an ein ausgeklügeltes Manöver erinnerte sie sich daran, dass ihre erste Bemerkung über das Ungewöhnliche der Situation einen solchen Schwall von Beschimpfungen ausgelöst hatte, dass sie die ganze Nacht durchgeheult hatte: Denn der ihr vertraute, zwar wortkarge und eingebildete, aber durchaus wohlerzogene Álvaro Espinoza hatte sich dabei einer derben, überaus obszönen Sprache bedient, als er ihr darlegte, solcherlei Dinge könnten nur eine Nutte interessieren oder aber – was auf dasselbe hinauslief – die Tochter von Divina Arriaga. Zwar traumatisierte diese Beleidigung sie, weil sie ihrem Bewusstsein einen sorgfältig unterdrückten Konflikt offenbarte, im Nachhinein aber interessierte sie sie vor allem insofern, als ihr darüber die Machenschaften klar wurden, die darauf abzielten, ihr Selbstvertrauen zu schwächen, bis sie verletzt und willenlos wäre, das heißt, nicht mehr imstande, die angesichts der Umstände einzig vernünftige Entscheidung zu treffen: die ganzen Kleider und die Seidenunterwäsche, die Divina Arriagas Dienstmädchen für sie aus Europa geordert hatte, in einen Koffer zu packen und nach Barranquilla zurückzukehren, auf die Gefahr hin, damit einen Riesenskandal auszulösen, denn während Álvaro Espinoza im Angesicht des Bildnisses der Mater Dolorosa weiter vor sich hin schwadronierte, veröffentlichten die Journalisten der Lokalpresse weiterhin munter Artikel über ihre gemeinsame Ehe, ja, es war sogar ein Fotograf losgeschickt worden, um die glücklich Vermählten in ihren Flitterwochen zu überraschen. An Flucht war also nicht zu denken, außerdem wollte sie sich nicht schon wieder von der Gesellschaft ausgeschlossen fühlen, geschweige denn in eine Situation geraten, die auch nur annähernd derjenigen ähnelte, die der furchtbaren Erfahrung im Country Club vorausgegangen war, allein deswegen, weil sie ahnte, dass Álvaro Espinoza auf diese Angst bei ihr setzte, um ihr eine Schikane aufzudrängen, deren Zweck, so sehr sie auch Nacht für Nacht darüber grübelte, sich ihr nicht erschloss. Sie aß immer weniger und schloss in der Einsamkeit des Hotels mit der Schlaflosigkeit Bekanntschaft, sie malte sich manchmal sogar aus, sie habe irgendeine Missbildung, die nur ein Arzt wie er erkennen konnte, ließ diese Mutmaßungen aber wieder fallen, wenn sie den gierigen oder bewundernden Blick eines Mannes am Strand bemerkte, und dann hasste sie Álvaro Espinoza mit einem Widerwillen, der sie in seiner Heftigkeit ebenso überraschte wie der Gedanken wegen, die er zutage treten ließ – ja, zutage treten ließ, wie sie Lina gegenüber immer noch ganz aufgewühlt beteuern würde –, als habe es diese Gedanken, wenn auch verdeckt, immer schon gegeben, als seien sie bloß dem Bewusstsein nicht zugänglich gewesen, als sei es das Aufblitzen eines alten, schlummernden Gedächtnisses, Statuengeknirsch, Grabesgemurmel. Auf diese Weise fing sie beinahe unmerklich damit an, an den Fäden zu ziehen, dank der es ihr Jahre später gelingen würde, das ganze Knäuel zu entwirren und den Haufen zerknautschter Wolle in den Müll zu werfen.

Zunächst einmal weckte nur ein einzelner der Fäden ihre Aufmerksamkeit, einer, der ihr zu begreifen half, dass Álvaro Espinoza sie mit seinen nächtlichen Ausflügen nicht nur verletzen und in Verwirrung stürzen wollte, sondern dass er vor allem darauf wartete, ihr Körper möge so weit sein, sich befruchten zu lassen. Das war eine Folgerung, die die Dinge zwar nicht wirklich erklärte, ja, ihre Verbitterung darüber, dass sie auf den Wert ihrer Fortpflanzungsorgane reduziert wurde, nur noch größer werden ließ, die es ihr jedoch zumindest erlaubte, mit relativer Genauigkeit zu berechnen, wann sie sich endlich der Lust des so sehnlich herbeigewünschten Vergnügens hingeben würden, wobei sie allzu vertrauensselig – das Adjektiv stammte von ihr selbst – glaubte, die Liebe sei stets ein und dieselbe und alle Menschen würden sie auf dieselbe Weise erleben, ohne dass Catalina die geringste Beziehung hergestellt hätte zwischen der Art, mit der die Liebe angegangen wurde und den

Vorurteilen, die man ihr gegenüber hegte, das heißt, sie glaubte, die Körper würden, sobald ein unsichtbarer Knopf gedrückt worden war, in eine Art Ekstase geraten, die Groll und Erinnerung vertrieb und dem Feuer der Leidenschaft freien Lauf ließ. Daher wunderte sie sich über ihre eigene Gleichgültigkeit, als Álvaro Espinoza sie an dem vorgesehenen Tag nach dem Abendessen an die Bar einlud und ihr in düsterem Ton ankündigte, sie würden in dieser Nacht miteinander schlafen. Lina erzählte sie, dass sie auf der Suche nach dem Anzeichen irgendeiner Gefühlsregung stundenlang in sich selbst hineingehorcht und dabei dem langsamen Vorüberziehen eines am Himmel zergehenden Mondes zugesehen hatte, während Álvaro Espinoza ein Glas nach dem anderen gekippt hatte, von ihr abgewandt, still und offensichtlich missmutig, als tobte in seinem Herzen ein heftiger Kampf. Sie selbst aber, so berichtete sie, hatte gar nichts gefühlt, nichts war zu spüren von der magischen Triebfeder der Sinnlichkeit. Sie war mit einem Gefühl der Leere neben ihm sitzengeblieben, bis er die Whiskeyflasche geleert hatte und ihr dann einen Wink gab, sie solle ihm aufs Zimmer folgen. Und selbst da, als sie im Bett lag, ihn im Bad hantieren hörte und kurz darauf seine Silhouette im Lampenschein erkannte, spürte sie dieselbe Leere, hatte sie das eiskalte Gefühl, nichts weiter als Bewusstsein zu sein. Danach aber war es anders. Bestürzt sah sie zu, wie er ihren zarten, mit Brüsseler Spitzen besetzten Morgenmantel hochriss, sich auf ihren Körper schmiss und dort ein paar Minuten regungslos, mit geschlossenen Augen liegenblieb, das Gesicht von übermäßiger Konzentration verzerrt, wie bei einem Athleten, der mit letzter Anstrengung auf die Zielmarke zuhechtet. Dann spürte sie, wie sich etwas Hartes blindwütig zwischen ihre Schenkel drängte, und daraufhin einen unvorstellbaren, so heftigen Schmerz, dass sie zu schreien begann, bis ihr Álvaro Espinoza die Hand auf den Mund presste und ihr wütend ins Ohr zischte: »Das wolltest du doch, du Schlampe, da hast du's!«

IV

Lange hatte Tante Eloísa nachdenken müssen, bevor sie das Phänomen der Unterwerfung durchdrungen hatte, war sie doch selbst nie an jemanden gebunden gewesen und deswegen kaum imstande, nachzuvollziehen, wie sich eine vernunftbegabte Person der Willkür einer anderen unterwerfen konnte. Sie war der Ansicht, den rechten Weg eingeschlagen zu haben, als sie davon abließ, sich in Betrachtungen der Außenwelt zu ergehen und sich stattdessen für den Sonderfall zu interessieren begann, den sie sowie ihre Schwestern und Cousinen darstellten. Sie alle einte eine instinktive Abneigung gegenüber jeder Art von Autorität und ebenso der Umstand, einer Familie anzugehören, in der die Frauen seit mindestens fünfhundert Jahren Mädchen auf die Welt zu bringen pflegten, früh verwitweten und sich immer in zweierlei Typen von gegensätzlichen und doch im Wesentlichen identischen oder zumindest vom gleichen Selbstzerstörungsdrang beherrschten Männern verliebten: die Melancholischen, die sich von Traurigkeit übermannt dem Tod überließen, und die Stürmischen, die ihr Leben damit zubrachten, sich umbringen zu lassen, bis es ihnen wirklich gelang. In jedem Fall waren die Frauen bereits in jungen Jahren auf sich allein gestellt und gezwungen, sich um die Familiengeschäfte zu kümmern und die Versorgung ihrer Töchter zu übernehmen, wobei sie, ohne es zu bemerken, im Kleinen eine Sozialstruktur wiederholten, die sich in jeder Generation als Antithese des Patriarchats manifestierte und erneuerte, weil sich zwischen ihren Mitgliedern keinerlei Hierarchie entwickelte und, um eine damals modische Phrase zu benutzen, nicht nur das Eigentum selbstverständlich als Gemeingut angesehen wurde, sondern auch die Einkünfte unabhängig von der individuellen Leistung verteilt wurden. Es hatte sogar eine Zeit gegeben, als Tante Eloísas Mutter Witwe wurde, in der all ihre Tanten und weiteren weiblichen Verwandten zusammen zwei Straßenzüge unweit der Plaza de San Nicolás bewohnten und die Patios der Häuser über stets offenstehende Türen miteinander verbunden waren, durch die sich die Kinder völlig frei bewegten und nach Lust und Laune entschieden, wo sie spielen, essen oder schlafen wollten. Die so gebildete Gemeinschaft diente der Weitergabe des Erbes, nicht aber der kulturellen Werte, denen sie alle – bis auf einige Schafe, die durch den Zufall, einen besonders robusten oder erstaunlich vernünftigen Mann abbekommen zu haben, auf Abwege geraten waren – mit Misstrauen begegneten, da sie von Kindesbeinen an gelernt hatten, diese Werte als unmittelbare Emanation des väterlichen Gesetzes aufzufassen, das sie nicht im Geringsten selbst betraf, ja mehr noch, das eine Gefahr für diese eigenartige, zerbrechliche und doch zähe Familienorganisation darstellte, durch die sie ihr Gleichgewicht erlangt hatten. Denn am Ende jeder Irrung oder Wirrung fanden sie zurück zu dieser Ordnung, und diese Ordnung war stets darauf ausgerichtet, nicht auszugrenzen, sondern zu integrieren, mit der Nachsicht jener Frauen, die sich selbst angenommen hatten, das Anderssein der anderen aushielten und den Wunsch, andere zu beherrschen, für kindisch hielten. Unter ihnen war alles erlaubt, und solange die Familie groß war und die Stadt klein, gab es keine ernsthaften Konflikte zwischen den beiden: Dann aber wuchs die Stadt wie ein riesiger Efeu und begann, ihnen die Luft abzuschnüren, und daher mussten sie, um überleben zu können, so tun, als würden sie sich den Gewohnheiten anpassen, wobei sie sich hier und da in den Netzen der Verstellung verhedderten, aber insgeheim die Solidarität des alten Clans aufrechterhielten, wo Probleme unter Gemurmel und Gelächter gelöst wurden.

Alles war erlaubt, sogar Sexualität. Weder Engels noch Freud noch Reich hatten ihre Zeugung im Geiste Gottes schon erfahren, als Doña Adela Portal y Saavedra, die in Ehren gehaltene Stammesälteste der Familie, nach Cartagena de Indias kam, um die Plantagen ihres dritten Gatten, eines auf See verunglückten Admirals der spanischen Flotte, zu verwalten. Sie kam in Begleitung von Tochter und Enkelin und in der festen Überzeugung, dass nur ein Fehler in der natürlichen Ordnung der Dinge die Vorherrschaft der Männer erklären konnte, ebenso wie die törichte Angewohnheit, die Frauen zu schwächen, indem sie von klein auf zur Keuschheit gedrängt wurden. Wie eine so distinguierte Dame solche Ideen entwickeln konnte, wurde nie ganz klar, doch von da an hatte es immer eine gegeben, die in der jeweiligen Generation die rebellische Glut des Feminismus schürte, und als die Fackel in die Hände Tante Eloísas gelangte, da hatte das liberale Denken sich bereits einen Weg gebahnt, und die geniale Intuition von Doña Adela Portal y Saavedra – ihre Verknüpfung von sexueller Unterdrückung und Machtausübung – konnte in einfachen Begriffen gedacht und auf dem Gebiet der männlichen Ideologie selbst bekämpft werden. Natürlich ließ sich Tante Eloísa das nicht nehmen. Sie, die ihrer Liebes- und Geschäftsbeziehungen wegen häufig nach Europa kam, hatte das Gestammel der psychoanalytischen Theorie Schritt für Schritt verfolgt, ebenso das dortige Entsetzen über die Bedeutung der Sexualität und das, was man ihre jämmerliche Kapitulation nennen konnte, das heißt, sie hatte verfolgt, auf welche Weise, ob aus Unkenntnis, Feigheit oder Bösgläubigkeit, die Psychoanalyse es versäumt hatte, logische Schlussfolgerungen aus ihren Auffassungen zu ziehen, und sich stattdessen in Mutmaßungen verlor, die lediglich die Funktion hatten, den Skandal zu befrieden und die bestehende Ordnung abzusichern. Dieser unvermeidliche Ausgang würde Tante Eloísa nicht unbedingt beeindrucken: Sie glaubte nicht daran, dass Liebesgenuss und Mühe der Arbeit einander widersprachen, lehnte ohne Umschweife die patriarchale Gesellschaftsordnung ab, und wenn Freud behauptete, sexuelle Unterdrückung sei sein Korollarium, dann war sie imstande, diesem Freud zu zeigen, dass die infragestehenden Zügel immer nur den Frauen und nie oder höchstens zusätzlich den Männern angelegt worden waren. Das Wesentliche der psychoanalytischen Theorie indes kam ihr mehr als zupass, weil sie eine bis dahin von der Last der Gewohnheit verdunkelte Erkenntnis strukturierte, die nun plötzlich einen Namen besaß, was wiederum dazu zwang, nicht nur anzuerkennen, dass es eine solche Unterdrückung gab und sich darin der Kern der Neurose finden ließ, sondern vor allem, dass die Existenz der Unterdrückung die *conditio sine qua non* der Macht war. Daher Tante Eloísas hartnäckiger Refrain: Wenn den Frauen Keuschheit mit dem Ziel abverlangt wurde, sie zu beherrschen, indem man sie zu Kindern machte, abhängig und feige, so lief ihre Selbstbehauptung in der Welt erzwungenermaßen auf die aktive Bejahung ihrer Sexualität hinaus.

Diese eingehende Analyse sollte Lina nicht als geordnetes Ganzes zu hören bekommen, sondern immer nur in Fragmenten und über viele Jahre hinweg, indem sie den Gedankengängen Tante Eloísas zu folgen versuchte, wenn diese sich mit ihren Schwestern im ruhigen Halbdunkel des von zwei Ventilatoren belüfteten Wohnzimmers unterhielt, wo die Birmakatzen vor sich hin schlummerten und auf das Versinken der Sonne warteten, um dann mit ihren Liebschaften in der Dunkelheit des Gartens zu toben, und unterdessen irgendwo im Haus Weihrauch verbrannt wurde und die Luft sättigte, die voll von Worten war, welche an den Grenzen der Welt von anderen Männern und Frauen ausgesprochen worden waren und die nur genau hier ihren Widerhall finden konnten. Lina lauschte ihnen, ohne Fragen zu stellen und ohne allzu viel zu verstehen, ahnte aber vage, dass sich diese Gedankenfetzen eines Tages in ihrem Kopf ordnen würden, wenn die Umstände sie aus der wattigen Ungewissheit ihrer Jugend herausholten, und doch erkannte sie in den Äußerungen und Behauptungen Tante Eloísas ein sorgsam artikuliertes Wissen, das Catalina im Dunkeln tappend zu entschlüsseln versuchte – als könne sie zwar mit ihren Fingern die in einen alten Stein gemeißelten Zeichen betasten, sie nicht aber sehen oder entziffern –, um so vergeblich einen Ausweg aus dem Dilemma zu finden, in das sie eine derart harmlos erscheinende Zeremonie wie die Eheschließung gestürzt hatte. Sie verglich die Ehe mit einem Labyrinth aus Stacheldraht, in dem sie sich kaum zu rühren vermochte, weil jede ihrer Gesten, jedes Wort und jedes Schweigen sofort die verletzende Kritik eines Mannes hervorrief, der sie um jeden Preis davon überzeugen wollte, dass sie ihm unterlegen war und sich seinen Urteilen bedingungslos zu unterwerfen hatte.

Zu Beginn, während der Monate der Schwangerschaft, hatte sich Catalina von den Erlebnissen ihres Ehelebens überwältigen lassen, gefangen in einer Lage ähnlich der einer Laborratte, die über Schmerzen und Angst lernte, welchen Hebeln sie sich nicht zu nähern hatte, eigentlich war sie sogar noch schlechter dran, gab es doch in jedem Rattenlabor höchstwahrscheinlich Belohnungsreize oder Verschnaufpausen, sie hingegen war Álvaro Espinozas Feindseligkeit ohne jede Entschädigung gnadenlos ausgeliefert, völlig verunsichert und unfähig, seinem Vorhaben, sie systematisch abzuwerten, irgendwelche Argumente entgegenzusetzen. Jedes Mal, wenn sie eine Meinung zu äußern wagte, wurde sie für dumm befunden, und wenn sie äußerst zaghaft und ihrer Schüchternheit zum Trotz versuchte, sich gegen eine Auffassung von Sexualität zu stemmen, die sie unterjochte, wurde sie als degeneriert beschimpft. Was sie jedoch wirklich von der Ratte unterschied, hatte weniger zu tun mit dem verzweifelten Wunsch zu entkommen, als vielmehr mit dem Willen, zu erfassen, wie stichhaltig die Gründe waren, in deren Namen Álvaro Espinoza sie so quälte. Denn wenngleich es den Nonnen in der Schule nicht gelungen war, Catalina ihre moralischen Grundsätze einzuimpfen, so hatte Catalina doch im Mathematikunterricht gelernt, dass jede Behauptung eine strenge Überprüfung verlangte. Álvaro Espinozas Verhalten war für sie unverständlich, auch wenn es ihr mittlerweile gelang, seine verschiedenen Ausdrucksformen zu unterscheiden und sie dank der enormen Konzentrationsfähigkeit zu prüfen, die Lina beim Schachspiel so oft an ihr beobachtet hatte: Einerseits war da Álvaros zwanghafter Drang, sie für nichts und wieder nichts zu beleidigen, und zwar auf völlig irrationale Weise, schließlich löste eine bestimmte Handlung bei ihm den genau gleichen Jähzorn aus wie ihr Gegenteil, andererseits war da ein merkwürdiger Umgang mit dem Geld, das er ihr eigentlich für die Haushaltskosten zur Verfügung stellen sollte, über das es aber immer wieder zu schäbigen Streitereien kam, wegen der Verwendung des Geldes und wegen der vermeintlichen oder tatsächlichen Freiheiten, die sich sie sich dabei gestattete. Recht schnell und beinahe instinktiv hatte Catalina ihr Augenmerk jedoch auf das gerichtet, was, obwohl sie das damals noch nicht wusste, der neuralgische Punkt des Konflikts war: Álvaro Espinozas wütende Weigerung, sich auf ein Gespräch einzulassen, das auch nur annähernd das Thema Sexualität berührte. Wenngleich sie eine Zeitlang versucht war, diese Verweigerung als legitim zu betrachten, und sich seine Verbitterung und seine Hirngespinste als Zeichen des Abnormen erklärte, so machte sie sich nach der Geburt ihrer Tochter doch an eine systematische Recherche und nahm sich alles vor, was je zu diesem Thema gesagt oder geschrieben worden war, und es entspann sich ein ausführlicher Dialog mit den Büchern aus Divina Arriagas Bibliothek, bis sie das Ausmaß des Problems und seine unzähligen Verzweigungen, ja seinen beinahe metaphysischen Charakter erfasst hatte, allerdings nicht mit dem Ziel, sich der Sphäre der Reflexion zu nähern, von der aus ihre Mutter die Welt in aller Ruhe und alles, auch Sexualität, in seiner exakten Dimension wahrnahm, sondern um Álvaro Espinoza etwas entgegenhalten zu können. Sie wollte ihn dazu zwingen, sich mit ihr auseinanderzusetzen, obgleich sie wusste, dass ihn nichts von seiner Haltung abbringen und er sich auch diesmal auf das Gebiet des Wortes zurückziehen würde, sprich dorthin, wo er unverwundbar schien und sich jederzeit mithilfe der verbalen Pirouetten davonstehlen konnte, die er bei den Jesuiten gelernt hatte und deren geheimen Mechanismus er, ohne es zu merken, sie lehren würde. Der Schachzug war der richtige: Die Götter geben keine Erklärungen, keine Antworten, nie.

Wie Benito Suárez – und womöglich im Zuge desselben Irrtums – hatte Álvaro Espinoza die Antithese der Frau geheiratet, die eigentlich zu ihm passte, und auf diese Weise die erste Bresche für den Weg geschlagen, auf dem er sich früher oder später verlieren würde. Von einem kalten, berechnenden Mann, der die geheimsten Winkel der Seele zu kennen beanspruchte, hätte man ein vorsichtigeres Vorgehen erwarten können, beziehungsweise eines, das besser an jenes System angepasst war, durch das sich die Welt ihm ganz in seine Hände gab. Eine weniger intelligente Frau, die es gewohnt war, sich anderen zu unterwerfen, hätte akzeptiert, als Schatten an seiner Seite zu leben. Nicht aber Catalina: Sie kannte keinen Respekt und hatte sich allen Formen der Autorität immer mit der Wendigkeit einer Wasserschlange entzogen. Um sie zu unterwerfen, hätte Álvaro Espinoza sie schon lobotomieren müssen, schließlich konnte keines seiner Konzepte und Gedankengebäude die Tatsache widerlegen, dass Catalina für den Fall, dass die Natur sie wirklich auf ihre Fortpflanzungsfunktion hätte beschränken wollen, dann letztlich auch nur als ausschließlich für die Fortpflanzung ausgestattetes Wesen hätte existieren müssen, als so etwas wie eine von den Bäumen herunterhängende oder auf dem Wasser dahintreibende Gebärmutter. Nachdem er also eine Frau geheiratet hatte, die angeblich dessen entbehrte, was er in seinem Jargon als Über-Ich bezeichnete, hatte er seiner Eitelkeit nachgegeben und angefangen, vor ihr die brillante Logik seines Denkens in all ihren Windungen zu entfalten, wie ein General, der vollkommen berauscht von der Macht seiner Waffen, der Fertigkeiten seiner Offiziere und der Pracht seiner Standarten, Tag für Tag seine Armee an einem unbedeutenden, vor Verunsicherung und Bewunderung ganz verdatterten Gegner vorbeidefilieren ließ, den diese Demonstration der Stärke allerdings dazu zwang, seine eigene Schwächen genau abzuwägen und sich allmählich die Mittel zu ihrer Bekämpfung zurechtzulegen.

Es wäre Selbstmord gewesen, ihm unter diesen Umständen offen den Krieg zu erklären, die Guerillataktik der endlosen Diskussionen hatte indes den doppelten Vorteil, dass sie ihn einerseits zur Weißglut trieb und sie selbst andererseits in einem Zustand permanenter Kampfbereitschaft hielt. Dank ihres Wettbewerbsgeists – nach der Geburt der Tochter würde das Reiten ihre Hauptbeschäftigung werden – brachte sie diese Kampfbereitschaft recht bald dazu, von den Mutmaßungen in Divina Arriagas Bibliothek abzulassen und stattdessen den Wunsch zu verfolgen, ein etwas konkreteres Terrain zu erkunden, auf dem Sex nicht mehr bloß in Worten, sondern auch in der Wirklichkeit existierte. Und da Catalina zufolge sich niemand besser mit dieser Seite der Wirklichkeit auskannte als Prostituierte, trat heimlich Petulia in ihrer beider Leben.

Bevor sie sich diesem Gewerbe verschrieben hatte, war Petulia eine rechtschaffene Frau gewesen, die sich an der Seite ihres alten Mannes langweilte, einem jüdischen Goldschmied, den zu ehelichen ihre Mutter sie gezwungen hatte, um sie vor der Not zu bewahren. Die Mutter hatte vernünftig gehandelt, wenn man berücksichtigte, dass ein Großteil ihrer Familie im Konzentrationslager umgekommen war, und nicht einmal die Ankunft in Barranquilla, wo die Kolonien der Neuankömmlinge sich friedlich ausbreiten konnten, hatte etwas an ihrer Überzeugung geändert, die *Gojim* könnten jederzeit wieder durchdrehen und die Juden massakrieren, weil sie sie verdächtigten, die Kinder roh zu verschlingen oder ähnlich Abwegiges. Petulia sah die Dinge nicht auf diese Weise: Von ihrem Vater, einem in allen Fragen der Religion gleichgültigen Griechen, auf dessen Fischerboot sie die schönsten Jahre ihrer Kindheit verbracht hatte, hatte sie Abenteuerlust und eine überbordende Sexualität geerbt, die sich nur schwer mit den Jeremiaden ihrer Mutter und der Erschöpfung eines Gatten vertrug, der sie mit Schmuck überhäufte, aber selten mit ihr schlief.

Über viele Jahre war sie ihm treu gewesen. Lina sah sie auf dem Bürgersteig vor ihrem Haus den Kinderwagen herumschieben. Später dann, als das Kind alt genug war, um den Vater zum Gottesdienst zu begleiten, würden sie und Catalina von dem Garten, in dem sie spielten, den schwingenden Gang dieser hinreißenden Frau bestaunen, die in Seidenkleider gehüllt, golden wie eine reife Apfelsine in der Abenddämmerung durch die Straßen von El Prado schlenderte, verfolgt von Autos mit ausgeschalteten Scheinwerfern, deren Geräuschlosigkeit die Beklemmung der Fahrer verriet. Eines Tages war sie im Garten aufgetaucht, hatte sich zu Lina und Catalina gesellt und ihnen, träge auf der alten Schaukel hin und her baumelnd, vom Geruch frischgefangenen Wolfsbarschs, von Inseln mit seltsamen Namen und von diesem Vater erzählt, der so stark gewesen war, dass er sie mit nur einer Hand von der Leiter an Bord seines Schiffes hatte hieven können. Stark würde auch ihr erster Liebhaber sein, ein Italiener, mit dem sie in der naiven Annahme, er werde sie heiraten, durchgebrannt war, und zumindest dies – Kraft, Stämmigkeit – sollte ebenso der letzte Mann besitzen, den Lina an ihrer Seite erlebte, bevor sie Barranquilla verließ: ein grauenhafter LKW-Fahrer, der Petulia im Glühbirnenlicht eines Karnevalszelts auf obszöne Weise an sich drückte, während diese ihn leicht beschwipst und mit einem matten Lächeln zurechtwies, er könne sie doch vor den vielen Leuten, die sich noch aus anderen Zeiten zärtlich an sie zurückerinnerten, nicht so umarmen.

Petulia hatte etwas, das Lina stets respektabel fand: Sie besaß genügend Attribute, um wenigstens als lokale Verkörperung der unheimlichen Legende der männerverschlingenden Doña Bárbara zu erscheinen; sie hätte zum Mythos werden können – und war dies tatsächlich über viele Jahre unter den reichen Männern der Stadt, die sich um sie rauften und sie wie eine Jagdtrophäe herzeigten –, ihre Persönlichkeit aber machte sie unbeugsam, und so geriet sie, weil sie sich selbst treu bleiben wollte, paradoxerweise in die Mühlen der Prostitution, drehte ihre Runden zwischen El Prado und Las Delicias und begab sich dann zurück zu dem winzigen Haus im Barrio Abajo, wo sie lebte, als Catalina ihr im Salon einer Wahrsagerin begegnete. Obgleich Petulia es damals wegen ihrer Verachtung der Männer schon für sinnvoller hielt, Abstand zu diesen zu halten, war sie von der Ratlosigkeit Catalinas sehr berührt und beschloss umgehend, sich ihrer anzunehmen und ihr beizubringen, wie sie sich verteidigen konnte, oder ihr, womöglich aus den Abgründen einer finsteren Rachsucht heraus, die Wahrheit über das Wesen von Liebesbeziehungen zu offenbaren, damit Catalina die Fallen umgehen könnte, die sie selbst ins Verderben geritten hatten. Gebildet war sie nicht, und ihrer Sprache fehlte es an Feinheiten: Catalina war das egal; wenn sie ihr zuhörte, hatte sie den Eindruck, die männliche Ordnung habe willkürlich über Wohl und Wehe der Frauen entschieden, einen Teil von ihnen der Prostitution anheimgegeben, den anderen indes dazu gezwungen, in der Keuschheit zu versauern. Ihr Instinkt oder, wenn man so wollte, eine Art verspätete Versiertheit darin, die wenigen Männer zu erkennen, die nicht vor der Natur zurückschreckten und bereit waren, ihre Sexualität vorbehaltlos anzunehmen, würde in Zukunft den Rest erledigen. Umgehend und dabei stets den Anweisungen Petulias folgend, setzte sich Catalina nun ein einziges Ziel: herauszufinden, wohin sich Álvaro Espinoza immer freitags begab, bevor er, nach Alkohol und einer Mischung aus Geschlecht und billigem Parfüm stinkend, erst im Morgengrauen wiederkehrte. Es genügte ihr nicht, ihn sich bei Sauftouren und Orgien vorzustellen: Sie wollte ihn mit eigenen Augen aus diesem gelbgestrichenen Häuschen treten sehen, vor dem sein schwarzer Cadillac stand, während Lina am Steuer des Autos ihres anständigsten Cousins im Dunkeln saß und Catalina zuhörte, wie sie nicht nur die Liste sämtlicher seit Beginn der Ehe erlittenen Beleidigungen durchging, sondern auch für jede einzelne gleich eine mögliche Erklärung lieferte, eine eiskalte, gleichwohl von Hass nicht unbedingt freie Analyse, als spräche da ein Spinnenforscher, der die Merkmale des Skorpions untersucht, dessen Stachel eines seiner Kinder getötet hat und nun das bewegungsunfähig auf seinem Arbeitstisch liegende Getier betrachtet, bevor er es seziert. In der Tat lag in ihrer Stimme der unpersönliche Ton der Fachfrau, und in ihren Augen, die immer wieder im Aufflammen eines Streichholzes aufblitzten, spiegelte sich dieses wutschäumende Grün wider, das das Meer beim Herannahen eines Sturms annimmt. Ohne jeden Zweifel hasste sie ihn, doch als sie ihn sah, wie er torkelnd auf der Türschwelle an der Seite einer jämmerlichen Dirne mit rotgefärbten Haaren und goldenen Absatzschuhen auftauchte, sorgte sie keineswegs für den von Lina insgeheim befürchteten Eklat: Sie beschränkte sich darauf, ihn voller Grausamkeit anzublicken, und ihr Gesicht nahm, womöglich im Versuch, das Bild dieses besoffenen, in seinen Taschen nach dem Autoschlüssel kramenden Mannes mit dem halboffenen Hosenstall auf ewig in ihr Gedächtnis einzubrennen, einen hochkonzentrierten, schonungslosen Ausdruck an. Auf nichts weiter als das war sie aus: ihn im Elend seiner Intimität zu erwischen. Und als der Cadillac die spärlich beleuchtete Straße entlang verschwand, sagte sie zu Lina lediglich: »Lass uns fahren.«

Nie erwähnte sie diese Episode gegenüber Álvaro Espinoza, und sie sah von da an auch davon ab, mit ihm über seine Auffassungen zu streiten: Mochte er sie noch so sehr beschimpfen oder mit sarkastischen Kommentaren bedenken, Catalina blieb gefasst und für ihn unerreichbar, lauschte aber aufmerksam seinem Monolog, aus dem sie hier und da Versprecher, Lügen oder Momente des Zauderns fischte, die es ihr zusammen mit den Büchern von Divina Arriaga erlaubten, die Verästelungen seines Denkens nach und nach zurückzuverfolgen, ähnlich wie Kubricks Astronaut, der beim Auseinandernehmen und sukzessiven Abschalten des Killercomputers auf die verschiedenen früheren Stufen von dessen Programmierung stößt, bis er ihm dabei zusehen kann, wie er das Brabbeln lernt wie ein Kind.

Allerdings band sie der Hass weiter an ihn. Ebenso die Konventionen: Dank ihrer Heirat – und dem Geld, das ihr Divina Arriagas Dienstmädchen diskret zusteckte – glänzte Catalina in den Salons und war zu einer Art Modekönigin und zu einer solch eleganten Erscheinung geworden, dass ihre An- oder Abwesenheit bei einem Fest für jede Gastgeberin ganz entscheidend wurde. Die Frauen, die sie noch zwei Jahre zuvor im Country Club ausgebuht hatten, suchten nun ohne jede Zurückhaltung ihre Nähe, nahmen sie in jede religiöse oder zivile Gesellschaft der Stadt auf, sodass man sie in Uniformen mit jeweils unterschiedlichen Farbkombinationen auf der Straße antreffen konnte, an der Spitze einer Gruppe von Damen, die im Namen altruistischer und völlig wirkungsloser Projekte hartnäckig Fähnchen, Anstecknadeln oder Eintrittskarten unter die Passanten zu bringen versuchten. Mehr noch als ihr Ausgleich zu verschaffen, sollte sich diese regelmäßige Betätigung auf lange Sicht als eine Art unbewusste Strategie erweisen, über die es Catalina gelingen würde, sich von ihren Hemmungen gegenüber der Gesellschaft von Barranquilla zu befreien, da sie nach und nach die Facetten einer zuerst als undurchsichtig, später als bedrohlich wahrgenommenen Welt kennenlernte, die sie nun, als Álvaro Espinozas Frau und Petulias heimliche Freundin, in aller Ruhe unter die Lupe nehmen konnte und dabei lernte, wie sie zu manipulieren war. Auf ihre anfängliche Verwunderung und Empörung über das Schicksal, das ihr als Frau blühte, war ein besonnener Egoismus gefolgt, der nicht unbedingt frei von Verachtung gegenüber jenen war, die sich anpassten oder die Resignation vorzogen, denn sie ging nüchtern und kühl davon aus, dass jeder Versuch einer gesellschaftlichen Veränderung außerhalb ihrer Macht lag und sie schon schlicht genug damit zu tun hätte, sich selbst zu retten. Denn genau das würde über viele Jahre ihr eigentliches Ziel sein: herauszufinden, wie sie dem Zugriff Álvaro Espinozas entkommen und dabei ohne jede Gnade das Bild zertrümmern konnte, das er von seiner Person geschaffen hatte: eine schon im Inneren aus dicken Mauern errichtete, aufgrund des Fehlens von Toren und Schießscharten oder sonstigen Öffnungen uneinnehmbar scheinende Festung, die allerdings unter dem Einfluss von Catalinas ausdauernder Beobachtung ihre Verwundbarkeit offenbaren würde; die Risse, durch die in sie eingedrungen und durch die sie umso todbringender angegriffen werden konnte, je größer das Schutzbedürfnis und je geringer das Interesse an dem Gegner ausfiel, den Álvaro Espinoza so lange unterdrückte, bis dieser Gegner meinte, die Festung ganz niederreißen zu müssen, um sich zu befreien. Das war ihr Eindruck, und während sie allmählich hinter diesem Panzer ausgestellter Stärke einen Ausdruck größter Angst wahrzunehmen begann, wartete Catalina in der stillen Gewissheit, dass sie mit der Zeit alle notwendigen Karten in der Hand haben würde, auf den richtigen Moment, unterdessen er über die Geheimnisse der Seele palaverte und sich seiner Autorität in der sicheren Annahme brüstete, sich ein Wesen unterworfen zu haben, das sich seiner eigenen Intelligenz wohl bewusst war und sich in ein Schweigen hüllte, das jedoch so hartnäckig war, dass es ihn, wenn schon nicht beunruhigen, so doch zumindest hätte ahnen lassen müssen, welch subtile, aber eindeutige Veränderung in Catalina stattgefunden hatte. Catalinas Schweigen, das seit jenem Morgengrauen fortdauerte, an dem sie Álvaro Espinoza dabei ertappt hatte, wie er das gelbgetünchte Bordell verließ, war keineswegs nur eine flüchtige Reaktion der Wut oder der Verachtung, es war vielmehr zu einem Instrument geworden, durch das sie sich dem Scharfsinn des Psychiaters entzog, der sie allein über das Wort zu erfassen in der Lage war. Alles andere – das, was er an Annahmen über ihr Innenleben hegte oder wie er sich dieses ausmalte – waren die reinsten Spekulationen, auf Theorien fußend, über die Catalina höhnisch hinwegging, ohne sich auch nur im Geringsten um Argumente zu ihrer Widerlegung zu bemühen. Ja, manchmal nahm sie in einem der Perversion nahen Spiel sogar genau jenes Verhalten an, das es Álvaro Espinoza wiederum erlaubte, Catalina anhand ebendieser Theorien zu charakterisieren, das heißt, sie also in jene Denkstruktur einzufügen, die nicht nur sein Selbstvertrauen, sondern auch seine merkwürdige Frauenverachtung rechtfertigte: Wenn Catalina sich also mit voller Absicht extravagante Ideen erlaubte, dann konnte er zufrieden über die Unreife des weiblichen Charakters sinnieren; wenn sie ihrer Tochter gegenüber Zärtlichkeit vorgaukelte, sah er sich darin bestätigt, dass die Mutterschaft als Ersatz des so geneideten Phallus diente, und in ihrer Weigerung, mit ihm zu schlafen, meinte er selbstverständlich die ihrem Geschlecht inhärente Frigidität zu erkennen. Dergestalt von den äußeren Erscheinungen verschleiert, bildete Catalina ihre Persönlichkeit aus und wetzte unterdessen die Kampfspieße, die sie eines Tages in ihn bohren würde. Tante Eloísa schien sich nicht geirrt zu haben, als sie vermutet hatte, dass sich die Tochter Divina Arriagas wahrscheinlich rechtzeitig entziehen würde: Was andere Frauen erst nach einem ganzen Leben und einer ganzen Reihe von Hoffnungen und Enttäuschungen begriffen, das hatte sie innerhalb von zwei Jahren Ehe erfasst, sie hatte das genaue Maß der Dinge erkannt und sich in aller Ruhe auf die Heldinnenreise von Initiation und Prüfung vorbereitet, die in Álvaro Espinozas Tod und ihrer eigenen Befreiung gipfeln würde: Beides hatte Catalina sich auszumalen begonnen, als sie verstand, dass sie niemals irgendeine Würde wiedererlangen konnte, solange sie ihre Weiblichkeit verleugnete.

Es war an irgendeinem Tag in Divina Arriagas Bibliothek geschehen, von deren Existenz Álvaro Espinoza nichts wusste: Ein blitzartiger Einfall, eine plötzliche Assoziation oder die richtige, aus ein paar Sätzen bestehende Kombination hatten den gedanklichen Prozess in Gang gesetzt, der es ihr erlauben würde, das Gesetz ihres Mannes mit dem ersten Liebhaber herauszufordern, den sie paradoxerweise aber keiner kühlen Berechnung folgend auswählte, sondern aus einem unmittelbaren Gefühl heraus, dessen einzige Verbindung mit dem ursprünglichen Gedanken darin bestand, dass dieser in jedem Falle vorher hatte Gestalt annehmen müssen. Aber sie überlegte weder lang noch wog sie die Konsequenzen ihres Handelns ab, wie sie auch in keinem Moment versuchte, sich der Faszination zu entziehen, die sie für diesen Mann empfand: einen Indio mit goldenen Augen, der sie und die anderen am Flughafen von Montería abgeholt und zum Gruß lediglich mit einem spöttischen Blinzeln die Aufmachung dieser Frauen aus Barranquilla in Augenschein genommen hatte, die in ihren aufgeplusterten Krinolinenkleidern bedrückt auf der Gangway des Flugzeugs standen und zögerten, ob sie lieber sofort umkehren oder sich doch dem grausamen Atem eines von Gottes Gnade vergessenen Ortes stellen sollten, an dem die Luft die Feuchtigkeit wie dichten, fast greifbaren Dunst ausschwitzte und die Männer nie versucht hatten, andere Kleidung anzulegen als die, die zur Bedeckung ihrer Blöße nötig war – abgesehen von einem Sombrero Vueltiao, dem traditionellen Hut, den er jedoch nicht trug, sowie den drei Lederriemen, die er an den sehr langen und kräftigen, sonnengegerbten Füßen hatte, allerdings nicht als Zeichen der Ehrerbietung ihnen gegenüber, wie Lina später erfuhr, sondern weil er diese immer trug, wenn er sich in die Stadt begab, während er sonst lieber barfuß lief; wie er auch barfuß und ohne Steigbügel das stolzeste Pferd auf der Hacienda ihrer Tante ritt, einen Fuchs, dessen Muskeln und Stärke er selbst herantrainiert hatte, wobei er dem Pferd in einer fremden Sprache zuflüsterte, wenn er es auf der Koppel trainierte oder es im Morgengrauen über die taubedeckten Wiesen galoppieren ließ. Ebenso wenig bedeuteten die drei Lederriemen irgendeine Form der Unterwerfung unter die Konventionen der Stadt, vielmehr trug er sie mit dem ausdrücklichen Zweck, nicht beschmutzt zu werden, und bekundete so seine Verachtung gegenüber dem sichtbarsten Symbol der Zivilisation des weißen Mannes, der seine Rasse zerstört hatte, weil er sie erst mit aus anderen Welten eingeschleppten Krankheiten und dann die Überlebenden mit unsinnigen Konzepten traktiert hatte, damit diese sich vor sich selbst schämten und ihre Identität in Stücke zerfiel. Seine Vorfahren hatten getötet und geplündert, in schonungslosen Kämpfen Land erobert und verteidigt, doch sie hatten es nie gewagt, sich so etwas wie Privateigentum vorzustellen, denn es war bereits ein ungeheures Verbrechen, die Erde ihrer Substanz zu berauben, und um sie zu besänftigen, musste daher ein genaues Zeremoniell befolgt werden, an das sie sich tastend anzupassen versuchten, um ein Gleichgewicht in der natürlichen Ordnung des Lebens zu erhalten, bis sie jedoch gefehlt hatten und zur Strafe eines Tages Männer zwischen den Weiden auftauchen sahen, deren Haut den Geruch des Todes verströmte, die Tod säten und sich zum Zweck des Todes fortpflanzten, weil aus ihrem Gesetz unweigerlich die Zwietracht sickerte. Und so waren sie geschlagen worden, geschlagen, aber nicht besiegt, solange auch nur einer von ihnen am Leben blieb – so hatte es ihm sein Großvater mit der gleichen furchtlosen Überzeugung erklärt, mit der es eine seiner Schwestern auch Lina darlegen würde.

Denn er selbst sprach nicht, es sei denn, um den Arbeitern der Hacienda in seiner Rolle als Vorarbeiter Anweisungen zu geben. Er lebte jenseits des Flusses, tief im Wald, und betrat das Haus lediglich nach dem Ausritt auf seinem Fuchs, wenn er zusammen mit der Tante frühstückte und ihr die Probleme darlegte, die die Bewirtschaftung des Anwesens gerade mit sich brachte. Sicheren und diskreten Schritts huschte er über den Flur, um sich dann mit erhobenem, von vielen Sonnen gebräuntem, kupferfarbenem Haupt und unzugänglichem, unbeugsamem Gleichmut an den Tisch zu setzen. Er gab keinen Laut von sich und aß langsam die vielen seinem Großkatzenappetit zugedachten Speisen: Patacones, gebratene Yucca, Fleischstückchen und Maisfladen mit Käse, die die Tante aus Höflichkeit ihm gegenüber kostete, glücklich darüber, dass es ihr gelungen war, den besten Vorabeiter der Gegend zu halten, diesen von den Tieren geliebten und von den Menschen gefürchteten Indio, dessen Hirtenruf in der Einsamkeit der Savanne widerhallte und mal ein verirrtes Kalb, mal ein liebeskrankes Pferd wieder auf den rechten Weg brachte; diesen Hexer mit dem ruhigen, bösen Blick, der, gefolgt von einem ebenso geschmeidigen Puma, durch die Nacht lief und althergebrachte, aus einer toten Zeit stammende Rituale vollzog; der schon zu Kinderzeiten ein

Hexer gewesen war, als sein Großvater ihn barfuß mit den Viehtreibern zusammen, aber schneller, geschwinder als diese hatte laufen lassen, um das Hirschwild zu verfolgen, dessen Spur selbst die Hunde bisweilen verloren, niemals jedoch er, er, der so leichtfüßig steinige Hügel und schlammige Gewässer überwand, während ihm die beschämte Hundemeute nachrannte, mit nichts anderem in der Nase als den trockenen Ausdünstungen seines für Erschöpfung unempfänglich scheinenden Körpers. Ein Junge noch war er, als er zur Legende wurde, auf der Plaza de Cereté, wo ein hysterischer, aus dem Landesinneren als erster Herold der *Violencia* angereister Priester seine Gemeindemitglieder dazu aufwiegelte, sich gegen die Liberalen der Gegend zu stellen, und er dort in Begleitung eines alten Vorsitzenden der Liberalen Partei erschien, der gemeinsam mit seinem Großvater zu jagen pflegte; sie beide: zornig der bereits ergraute Mann, daneben der für seine zwölf Jahre womöglich zu kleine Junge, mit einer Peitsche bewaffnet, aber ohne dass in seinem Gesicht – in dem das einzige nicht von der Sonne Gegerbte die Augen waren – irgendeine Regung zu erkennen war, ohne dass er irgendwohin blickte, irgendjemanden anblickte, sodass man hätte behaupten können, er sei in sich versunken – bis der Alte sagte: »Los jetzt.« Das war das Letzte, was man auf dem Platz hörte, beziehungsweise, der letzte artikulierte Laut, denn wie dem Knall der Peitsche war auch dem Geschrei des Priesters nichts Menschliches mehr eigen.

Von da an hatten sie ihn gefürchtet. Selbst wenn er niemals Streit suchte und gleichgültig gegenüber dem war, was um ihn herum geschah, wichen die Leute seinem gelben Blick lieber aus, der nicht herausfordernd, ja nicht einmal frech war, aber, sobald er auf jemanden fiel, sofort die Art zu berechnen schien, mit der er den anderen töten würde, bevor er sich wieder teilnahmslos in der Weite der Savanne verlöre, als werde er von Trugbildern angezogen, die nur er zu sehen imstande war. Diese Landschaft aus reglosen Büschen in der vor Hitze gläsernen Luft war die Welt, die ihm von Kindesbeinen an vertraut war und in der er sich zwischen Steinen und Bäumen bis weit jenseits des Flusses zu orientieren gelernt hatte – bis dorthin, wo die Savanne ihre Gestalt als unendlicher Ozean aus Gras einbüßte und der Urwald auftauchte, zottelig und unheilverkündend, unter ewigen Regengüssen wie aus der Zeit gefallen. All diesen Raum hätte er mit verbundenen Augen durchwandern können. Und genau dies geschah gewissermaßen jede Nacht, wenn er das Grasland auf der Suche nach Frauen durchstreifte, denen er in unterschiedlichen Siedlungen der Gegend den Hof machte. Und während der Jahre der *Violencia*, Anfang der Fünfziger, hatte er an der Spitze einer Bande von Nachfahren schwarzer *Cimarrones* Panik unter den konservativen Wachtrupps gesät, die beim Passieren der Gegend eine imaginäre, von ihm völlig willkürlich gezogene Grenze überschritten hatten, wie die jungen Soldaten entsetzt feststellen sollten, als sie ihre Offiziere zu Boden gehen sahen, die Gurgel von einem Messer durchtrennt, von dem niemand wusste, woher es gekommen war, oder von einer Kugel, deren Detonation keiner von ihnen gehört zu haben meinte, wenn sie zurück im Lager, schweißgebadet, die Gesichter von Mückenstichen übersät, das unablässige aufwühlende Gezirpe der Zikaden noch in den Ohren, erklären mussten, auf welche Weise sie ihre Vorgesetzten verloren hatten, wo sie doch in der beängstigenden Einsamkeit der Savanne nicht einmal dem Schatten eines Mannes begegnet waren. Nichts als Gespenstergeschichten, hieß es in der Armee und sogar in der Konservativen Partei, wo man im stillen Kämmerlein sein Schicksal verfluchte, das Gespenst indes tauchte fortan in den Liedern auf, die auf den Koppeln und Feldern gesummt wurden, und die Behörden vergeudeten ihre Zeit damit, Bauern festzunehmen, die sich lieber die Haut bei lebendigem Leibe abziehen ließen, als sie auf die Spur des Indios mit den goldenen Augen zu setzen, nicht nur, um sich den Schrecken danach zu ersparen, sondern auch deswegen, weil sie von der absoluten Nutzlosigkeit dieser Militärs überzeugt waren, die es sich in den Kopf gesetzt hatten, den Teufel in seiner eigenen Hölle einzufangen.

Als die *Cachacos* abgezogen und ihre schwarzen Arbeiter fortgelaufen waren, wurde er in der Gegend ausgerechnet in jenen Tagen wiedergesehen, als der vornehme Gatte von Linas Tante gerade so unverantwortlich gewesen war, zu sterben und achtundzwanzig uneheliche Sprösslinge zu hinterlassen, die, um sich besser mit dem Vater identifizieren zu können, allesamt bekennende Konservative waren, Rowdys und Prahler, die einer armen Frau gegenüberstanden, der zehn Jahre Ehe und die Geburt von fünf Töchtern das Aussehen einer Papierfigur verliehen hatten, die aber, als sie zur Witwe wurde, wenn nicht schon die Kraft, so doch das nötige Geschick an den Tag legte, den kampfeslustigsten Vorarbeiter der Gegend für sich zu gewinnen und so mit einem Schlag jeden Barbaren zu neutralisieren, der sich gegen sie verschworen hatte, selbst wenn dieser Indio sich seine Dienste in Gold aufwiegen ließ, wollte er doch mit einem Drittel der monatlichen Nettoeinkünfte entlohnt werden. Geld, das er darauf verwendete, seinen Verwandten unter die Arme zu greifen und die Ländereien zu erwerben, die an seine eigene Finca angrenzten, eine Art Zufluchtsstätte für Tiere, in der neben dem legendären Puma alle möglichen von seinem Magnetismus gebannten Affen, Raubkatzen und Reptilien hausten, an die er sich in demselben Ton wie an seinen Fuchs zu wenden pflegte, einer sehr sanften, ruhigen Stimmlage. Dabei sah er ihnen fest in die Augen, und seine Hände zeichneten leichte Bewegungen in die Luft, die offensichtlich dazu bestimmt waren, dem Tier die Angst zu nehmen, bis sich dessen Pupillen wie in schwindelndem Genuss verloren, weiteten und wieder zusammenzogen, und es gebannt war.

Im tiefsten Inneren ihrer Seele glaubte Linas Tante, dass er ähnliche Hexereien auf Catalina angewandt hatte, doch eine seltsame Furcht vor den Spielen des Schicksals hinderte sie daran, Catalinas Aufenthalt in der Hacienda unter irgendeinem Vorwand abzukürzen: Denn es war ausgerechnet an diesem Ort, an dem man am meisten vom Umhertänzeln und Spuken des Geisterpferdes hörte, das Jahre zuvor Doña Clotildes Verlobter zum Werkzeug seines eigenen Todes gemacht hatte, und es war der Großvater des Indios gewesen, der es an Cristians Vater verkauft hatte, nachdem er es mit seinem Hexenkräutertrank eingefangen und so die Voraussetzungen dafür geschaffen hatte, dass einer seiner Nachkommen, ein Indio mit unerklärlich goldenen Augen, sich einem dem Menschenverstand unzugänglichen Plan folgend mit Divina Arriagas Tochter vereinte.

Ganz gleich, ob es nun Aberglaube oder Erfahrung war, ihre Tante meinte, diese Liebesbande bereits vorausgesehen zu haben, als sie die beiden aus dem Jeep steigen sah, mit dem er sie am Flughafen abgeholt hatte. Er, ein leidenschaftlicher Verführer, auf dessen Inbrunst in Liedern angespielt wurde, die Verlobten und Ehemännern nahelegten, ihre Liebste, sobald er auftauchte, wegzusperren, war niemals auf eine Frau getroffen, die so schön und ihrer verhinderten Sinnlichkeit wegen so aufreizend war wie sie: stark wie einst ihre

Mutter, imstande, stundenlang an seiner Seite dahinzureiten, ohne irgendein Anzeichen von Erschöpfung zu zeigen, außer dem lüsternen Rot, das ihr unter dem Glanz der grünen Augen ins Gesicht stieg. Um den Anstand ein wenig zu wahren, verlangte die Tante von Lina, dass sie die beiden auf ihren höllischen Ausritten begleitete, bis sie vor Ermüdung und mit staubgefüllten Lungen auf dem Pferd zusammensackte und sich nach der Hacienda-Badewanne mit ihren protzigen, massivgoldenen Wasserhähnen und dem von Bediensteten aus dem Fluss angeschleppten Wasser sehnte, das zähflüssig und von zweifelhaftem Geruch war und winzige Kröten barg, die ihr unvermutet aufs Knie sprangen. In der Badewanne liegen oder den ganzen Tag über in der Hängematte verbringen und Fliegen verscheuchen, würde Lina ihrer Tante eines Tages rundheraus sagen, alles war besser als diesen zwei Reitern hinterherzujagen, die die ausgefeiltesten Reitkünste zu beherrschen schienen, nur nicht die schlichteste: ihre Pferde nur im Schritt reiten zu lassen.

Die Liebe hatte die beiden ungestüm und unvorsichtig werden lassen. Nachts, wenn die Arbeiter sich im Patio unterhielten, tauchte er plötzlich auf, alle Stimmen verstummten, und man hörte die Geräusche der Savanne, in der Dunkelheit funkelten seine Augen wie schwebende Topase. Dass er kam, um Catalina zu treffen, war allen auf der Hacienda klar, von Linas Tante bis hin zu den Bediensteten, die an die Vorstellung gewöhnt waren, wie er, dem berüchtigten Puma vorneweg oder hinterher, durch das Grasland zog, auf dem Weg zu einer der Frauen in der Gegend oder um eines seiner heidnischen Rituale zu vollziehen, die sein Großvater ihm überantwortet hatte. Doch niemand sagte etwas. Im Wohnzimmer lauschte Lina der Stille, die auf das Verstummen des Gelächters und Stimmengewirrs folgte, und sah zu, wie Catalina sich unter dem Vorwand eines plötzlichen Schlafbedürfnisses erhob, und später, als sie bereits im Bett lag und ihre Tante sie zaghaft vom Flur her fragte, ob alles in Ordnung sei, rief sie ihr ein beruhigendes Ja zu, während sie einen Blick neben sich auf das leere Bett unter dem Moskitonetz warf und dann zum Fenster hinübersah, durch das in den Morgenstunden ein Schatten schlüpfen würde. Dies würde Catalinas wahrhaftigste Liebesbeziehung sein, die einzige, wie sie Lina irgendwann anvertraute, in der sie sich nicht zu schützen brauchte, sie sich völlig fallen lassen konnte, ohne Angst, verletzt oder enttäuscht zu werden – weil der Mann, der sie liebte, ihr Verlangen instinktiv erkannte und keinerlei Hemmungen hatte, es zu befriedigen. Er lebte zu erdverbunden, um sich der Sexualität zu verschließen, war von einem unnachgiebigen Großvater erzogen worden, der vom alten Schlag war und ihm beigebracht hatte, sich nicht gegen die Natur zu stellen, sondern sich ihr vielmehr einzufügen, indem er in seinem Geist – der keinerlei Furor kannte, nur die ruhige Entschlossenheit, allem stets offen entgegenzutreten – eine Energie sammelte, die mit einer vollkommenen Hingabe an den Rhythmus des Lebens beziehungsweise mit dem genauen Wissen über seinen Platz im Universum verknüpft war. Catalina war womöglich die schönste Frau, der er nahekommen würde, und doch forderte er von ihr nicht einmal das, was sie ihm zu geben sich sehnte, etwas Unbestimmtes, allem Denken Vorgängiges, das sich im Verborgenen ihres Körpers regte und nur gemeinsam mit einem Mann zum Ausdruck gebracht werden konnte. Er wartete auf sie in der riesigen Savanne, in der ihre Pferde frei umhergaloppierten, ohne auf irgendein Hindernis am Horizont zu stoßen, unter dieser unbarmherzigen Sonne, der sie beide entsprungen zu sein schienen, unbändig und wild in ihrem Willen, das Leben in vollen Zügen einzusaugen. Denn kurz waren die Tage des Verlangens, in denen sie einander fiebrig wie verzweifelt Liebende suchten; bei Tag und bei Nacht versuchten sie, in den von ihm als Kind entdeckten Verstecken oder zwischen den rauen Falten der in seinem Hof aufgehängten Hängematte jeden Augenblick einer Leidenschaft auszukosten, deren Hoffnungslosigkeit sie von Beginn an erkannt hatten. Catalina verweigerte sich jedweder Vorsicht und war über alles, was sich ihr in den Weg stellte, völlig außer sich. Ihre Liebe hatte keinen anderen Zweck als den, an und für sich zu existieren oder – allerdings ohne dass ihr das klar gewesen wäre – jenes Mädchen zu zeugen, mit dem sie genau dann schwanger werden sollte, als es ihr unmöglich wurde, ihren Aufenthalt auf der Hacienda an der Seite des Mannes zu verlängern, dessen Angedenken viele Jahre ihres Lebens bestimmen und sie dazu zwingen würde, rastlos, vielleicht unnützerweise, in anderen Männern die gleiche Erfüllung zu suchen, die sie bei ihm gefunden hatte. Der Plan, wenn es denn einen Plan gegeben hatte, war indes offenbar schon in die Tat umgesetzt: In Aurora, die Catalina aufs Haar glich und wie Divina Arriaga das Mal trug, das über ihr Glück beziehungsweise Unglück entscheiden würde – je nachdem, ob sie der Welt die geheime Kränkung aufzudrängen verstünde, die ihre Schönheit bedeutete. Ihre Augen waren nicht grün, sondern golden, und als Lina Barranquilla verließ, besaß sie noch immer den unschuldigen Ausdruck eines Kätzchens; später erfuhr sie, dass Aurora Catalina nach New York gefolgt war, wo sie Soziologie und Anthropologie mit ausgezeichneten Noten abschloss, als habe sich in ihr der Geist Divina Arriagas fortgepflanzt, jene Neugierde, die ihre Großmutter zum Studium klassischer Autoren geführt hatte sowie dazu, den von den Heeren großer Eroberer beschrittenen Pfaden zu folgen, deren Bestreben sie, wenngleich sie es nachvollziehen konnte, mit Sicherheit verachtete, immer begleitet von der Anthropologin, die vor lauter Liebe zu ihr gestorben war und die, als sie im glühenden Wüstensand ihrem Infarkt erlag, nicht ahnen konnte, dass die Enkelin dieses hieratisch schönen Mädchens, das in seiner Haltung der Statue einer antiken Göttin glich, in einer amerikanischen Universität ihre Wissenschaft studieren würde, indem sie ihre eigenen Bücher las. Lina konnte sich hiervon überzeugen, als Catalina aus New York auf ihre Bitte hin Auroras Studienplan mitsamt der empfohlenen Lektüren schickte. Sie hatte diese auch deswegen erbeten, weil sie sich einmal mehr versichern wollte, dass der Lauf der Dinge sie immer wieder zu Divina Arriaga zurückführen würde, als bedeute der Umstand, sie kennengelernt zu haben, zugleich die Unmöglichkeit, sie zu vergessen oder jemals dem Einfluss dieses ironischen, aber starrköpfigen Gespensts zu entkommen, das leise stets an den Türen jener Welten kratzte, die sie insgeheim suchte. Ihr Name war der rote Faden, der sie schließlich bis hin zum irren Hirn jenes Mannes führen würde, der ihren Blick auf das Leben am allermeisten beeinflussen würde, ein englischer, auf Mallorca niedergelassener Dichter, den sie in einer Sommernacht fragte, wie sie denn gewesen sei, die Divina Arriaga, die er in seiner Jugend kennengelernt hatte. »She was, she was«, hörte sie ihn stammeln, bis er angesichts der Schwierigkeit, die absolute Schönheit in Worte zu fassen, innehielt, um dann mit einem Ausdruck erneuter Verblüffung schlagartig den Blick zu heben, auf den von Sternen übersäten Himmel zu weisen und ein »like that« zu murmeln.

Unglaublich fern lag für Lina damals das Büro ihres Vaters in der Calle San Blas, wo ihr an einem Septemberabend unter dem erlauchten Porträt des jüdischen Vorfahren und dem Ventilator, der ächzend daran scheiterte, die zähe Luft in Bewegung zu versetzen, die Existenz von Divina Arriagas Vermögen offenbart wurde und sie eine erste Ahnung davon bekam, welche Veränderung ihrer eigenen Zukunft sich daraus ergeben würde. Es war ein unwirklicher Tag, ein Tag der Rückkehr in eine von Märchen bevölkerte Kindheit, in die Feen und Zauberer auf skandalöse Weise Wunschträume eingeschleust hatten. Bereits beim Aufwachen hatte sie sich darüber gewundert, einen Zettel ihres Vaters vorzufinden, auf dem er sie, als richte er sich an einen seiner Klienten, hochfeierlich dazu einlud, bei ihm im Büro vorbeizuschauen. Noch größer war ihre Verwunderung über die sorgsame Art, mit der er sie anwies, ihm gegenüber Platz zu nehmen, bevor er ein altes Dokument aus der Schreibtischschublade zog und sie nicht ohne Skepsis fragte, ob ihr die Namen Utrillo, Degas, Picasso und Modigliani etwas sagten und, wenn ja, ob sie wisse, welcher Tätigkeit diese Herren nachgegangen seien. Lina hätte mit einem Witz geantwortet, wäre da in den winzigen Augen ihres Vaters nicht diese misstrauische Strenge zu sehen gewesen, die sie aufmerken ließ. Und dann erfuhr sie es: Sie erfuhr, dass Divina Arriaga, die seit zehn Monaten tot, deren halbasiatisches Dienstmädchen mit der Bibliothek, die sie ihr vermacht hatte, irgendwo in der Welt verschollen und deren Haus in El Prado der einzige Vermögenswert in ihrem Testament war, genau in diesem Augenblick die Maschinerie in Gang setzen ließ, die sie ersonnen hatte, um ihr Vermögen vollständig an Catalina zu überschreiben. Jede Einzelheit war bedacht worden: Ihr Vater war nur ausführendes Organ, der Bauer, der das Spiel eröffnete, und sie, Lina, der erste Springer, der mit der Absicht bewegt wurde, einen unerbittlichen Angriff zu initiieren, der Álvaro Espinoza oder jeden anderen, der ihre Tochter zu ehelichen gewagt hätte, zu Staub zermalmen sollte. An verschiedenen Orten der Welt, in London, Paris und New York, befolgten mehrere Männer geräuschlos zwanzig Jahre zuvor erteilte Anweisungen; Bankiers und Anwälte, die mit Linas Vater eine rätselhafte Korrespondenz unterhalten hatten; Besitzer von Kunstgalerien, denen Divina Arriaga nahegelegt hatte, auf diesen Tag zu warten, an dem sie auf dem Markt über zweihundert Werke großer Meister würden auftauchen sehen; Antiquitätenhändler, die das Geheimnis wertvoller, auf Banken und Tresore verteilter

Objekte mitunter vom Vater an den Sohn weitergegeben hatten, bis ihre Erbin gelernt hätte, sich im Leben einzurichten. Divina Arriaga hatte die Zeit, die das benötigen würde, relativ genau berechnet: Catalina war bereits eine erwachsene, vielleicht zu harte Frau, die jedoch unempfänglich war für die Trugbilder, die die Gesellschaft bereithielt, um sie an der Nase herumzuführen; Ideologien, Gefühle und Gemeinplätze verloren ihre Wirkkraft im Filter ihres Scharfsinns, ohne dass die Tatsache, so gänzlich traum- und illusionsbefreit leben zu müssen, sie besonders zu beunruhigen schien: Es gab keinen Gott, und das Leben mochte absurd sein – ihr genügte es, für ihre eigene Sache zu kämpfen. Über die Argumente von Lina, die nicht begriff, wie solch harsche Skepsis mit der allerkompromisslosesten Kampfeslust einhergehen konnte, und es sich in den Kopf gesetzt hatte, Catalina davon zu überzeugen, dass die Hoffnung auch in ihrem Fall existiere – eben in Form individueller Befreiung –, konnte Catalina nur müde lächeln. Als sie Heranwachsende waren, hatte Lina die nachdenkenswerten Themen in ihre Gespräche eingebracht, später kehrten sich die Rollen immer öfter um: Von Catalina kamen nun die drängenden Fragen und der unbedingte Wunsch, jede Angelegenheit so weit auszuleuchten, bis sie auf ihren wahren Kern oder das, was sich von ihrem wahren Kern in Erfahrung bringen ließ, reduziert war. Sie waren wie zwei Weltraumraketen, die darauf programmiert worden waren, gemeinsam einen Punkt zu erreichen, von dem aus die eine an Antrieb gewinnen und noch viel weiter aufsteigen würde, in Räume vorstöße, in die die andere niemals würde folgen können. Lina hatte noch den Ruck des Abflugs gespürt und Catalina eine Weile erstaunt dabei beobachtet, wie sie mit der Geschwindigkeit eines Computers und mit vor Konzentration angespanntem Gesicht nachdachte und bisweilen entnervt war von ihren Bemerkungen, die ihr wohl lächerlich vorkamen. Dann lernte sie es, den Mund zu halten, insgeheim stolz, eine so außergewöhnlich kluge Frau zur Freundin zu haben. Zumindest hatte sie es stets darüber gedacht, solange sie in Barranquilla lebte, und auch später noch, in Paris, als sie Briefe erhielt, in denen Catalina ihr scharfsinnige Anweisungen gab, wie ein Gemälde zu verkaufen oder ein Kunde anzugehen war, ja selbst dann noch, wenn sie selbst zum Opfer ihrer Ironie wurde, wie bei dem einen, letzten Mal, als sie sich auf der Terrasse eines Cafés trafen,

Lina ihrer chronischen Entrüstung über die Verdorbenheit der Welt etwas ungeordnet Ausdruck verlieh und Catalina ihr schweigend und mit der Herablassung eines Menschen zuhörte, der dem Widerhall eines Fieberwahns lauscht, dann müde auf die Uhr sah und zum Abschied sagte: »Du hast etwas unheilbar Naives an dir, Lina.« Und die verblüffte Lina wieder einmal dachte, dass Catalina, selbst wenn sie sie nicht verstand, ungeheuer klug sein müsste.

Divina Arriagas Vorhaben würde also ohne weiteren Aufschub in die Tat umgesetzt werden. Noch ein paar Jahre zuvor hätte ihre Tochter, ob aus Stolz oder Ungestüm, Álvaro Espinoza die Existenz dieses Vermögens wohl offenbart und ihm so die Möglichkeit gegeben, darüber herzufallen, und unter Umständen wäre es Catalina noch unmöglich gewesen, die notwendige Energie aufzubringen, um mit der Vergangenheit vollends aufzuräumen und ein neues Leben zu beginnen. Doch in dem Augenblick, in dem das Erbe Divina Arriagas an sie überging, war sie im Vollbesitz ihrer Kräfte und verfügte dank ihrer Kälte und Gedankenschärfe über ein fast diabolisches Kalkül. Von dem durchscheinenden jungen Mädchen, das bei der feierlichen Aufführung in der Schule jedes Jahr die Heilige Johanna de Lestonnac verkörpert hatte, war nur noch wenig übrig: die Treue gegenüber ihren Freundinnen sowie eine Form der Reinheit, die sich im Willen zeigte, sich ganz und gar selbst anzunehmen, ohne sich dabei zu belügen. Das war alles; zu gut kannte sie den Puppenspieler, der hinter jeder Person die Fäden zog, ihren Groll schrumpfen ließ oder ihren Stolz ins Wanken brachte, als dass sie darauf verzichtet hätte, sich seiner im eigenen Interesse zu bedienen, zumal ihr unablässiger Kampf gegen Álvaro Espinoza sie dazu brachte, die Welt als ein riesiges Schlachtfeld zu betrachten, auf dem sich nur die Besten und Stärksten durchsetzen. In der Tat war es schwer, sich vorzustellen, sie könne zwischenmenschliche Beziehungen je anders erleben, musste sie doch Tag für Tag die überspannte Aggressivität eines Mannes ertragen, der dazu entschlossen war, ihre Deckung zu überwinden und eine Überlegenheit wiederzuerlangen, deren Verlust er nicht wahrhaben wollte, und sie, seiner Ohnmacht überdrüssig, mit Beleidigungen blindwütig zu verletzen versuchte, die sich über die Jahre und mit der Gewohnheit in einen Monolog aus hasserfüllten, aber wirkungslosen Worten verwandelt hatten. Außerdem war Álvaro Espinoza das

Opfer einer von ihm selbst heraufbeschworenen Lage geworden: Sein persönlicher Ehrgeiz, der sich in einer politischen Karriere ausdrückte und in einer kurzzeitigen Ernennung zum Gouverneur gipfelte, sowie das wahnwitzige Vorhaben, psychoanalytische Theorie und Katholizismus in einem Buch miteinander zu versöhnen, von dem er nicht eine einzige Seite schrieb, waren schließlich aufgrund seines lodernden Zorns gegen Catalina versandet, als sei seine Fähigkeit, über sich selbst hinauszugehen, durch etwas zunichte gemacht geworden, das letztlich auf ein bloßes Eheproblem hinauslief, das seine eigene Neurose in übermäßige Dimensionen gesteigert hatte. Er hatte den Fehler begangen, seine Macht mit der Herrschaft zu rechtfertigen, die über seine Frau auszuüben ihm die Gesellschaft gestattete und ausgehend von der er sich in der Welt behauptete, indem er sich ohne Umschweife jede Person untertan machte, die von den Umständen seiner Autorität unterstellt wurde. Und eben da hatte seine Kind-Ehefrau, um sich ihm zu widersetzen, ein perverses System ausgeheckt und einer Entscheidung ausgeliefert, die ihn, egal wie er sich entschloss, in beiden Fällen zu einem gesellschaftlichen Skandal führte, der seinen Ambitionen ein Ende setzen würde: Entweder willigte er in eine Scheidung ein und erkannte damit stillschweigend an, über Jahre der betrogene Ehemann gewesen zu sein, über den man sich das Maul zerriss, oder aber er gab weiterhin vor, ein harmonisches Eheleben zu führen, mitsamt den Vorzügen, die dieses für seine Karriere und seinen Stolz bedeutete, weil er sich an der Seite der schönsten Frau der Stadt zeigen konnte. Sowohl im Wahlkampf als auch bei den Feiern, die den aus dem Landesinneren stammenden konservativen Parteioberen zu Ehren ausgerichtet wurden, hatte er sehr auf Catalinas Zauber gesetzt. Sie wusste, wie man Leute empfing, wie man sie umgarnte; sie glänzte und übte sich doch in Zurückhaltung, wusste, wie man ein Gespräch belebte oder einen Streit schlichtete. Sie war die vollkommene Gefährtin, auch wenn sie ihm untersagte, die Türschwelle ihres Zimmers zu überschreiten und ein Doppelleben führte, von dessen Existenz er ahnte, ohne es wahrhaben zu wollen. Durch diese andauernde Begegnung mit der Lüge, die ihm das Zusammenleben mit ihr auferlegte, war seine Selbstsicherheit ins Schleudern geraten: Er fixierte nun nicht mehr den Punkt zwischen den Augenbrauen seines Gesprächspartners und zeigte auch nicht mehr so dreist seine Verachtung gegenüber Meinungen, die den seinen widersprachen; sein Blick war unstet, sein Bedürfnis nach Whiskey größer geworden, dennoch griff er Catalina weiter an, obwohl seine Beleidigungen ins Leere gingen, und um sie zu demütigen, benutzte er nun seine Hoheit über die Finanzen und zwang sie dazu, mit ihm in jämmerlichen Szenen, durch die seine Wut ihren Ausdruck fand, um jeden Centavo zu feilschen. Catalina nahm diese Szenen mit unerschütterlichem Zynismus hin. War es ihr anfangs peinlich gewesen, um das Geld betteln zu müssen, das für den von ihm selbst eingeforderten Lebensstandard unabdingbar war, so hatte sie sich über die Jahre alle möglichen Tricks angeeignet, um ihn zu täuschen, angefangen damit, Geld aus seinen Taschen zu entwenden, wenn er im Morgengrauen betrunken heimkehrte und sich nicht mehr an die Bordelle erinnerte, in denen man ihn hätte bestehlen können, bis hin dazu, sich von verständnisvollen Händlern den Preis einer Ware zwei- oder dreimal in Rechnung stellen zu lassen. Divina Arriagas Vermögen kam also, um das letzte Band zu zerreißen, mit dem er sie noch gefangen hielt.

Abreißen würde auch endgültig jeder Kontakt zwischen Divina Arriaga und der Stadt, denn Aurora, die Enkelin, in deren Seele sie übergewandert zu sein schien, würde Barranquilla verlassen und niemals dorthin zurückkehren. Lina hörte von ihr, als sie Catalina als Agentin in Europa diente; sie erfuhr von ihren Studien und Reisen, las ihre Abschlussarbeit, hörte, wie Menschen, die in kosmopolitischen Kreisen der Oberschicht verkehrten, ihren Namen erwähnten. Aber sie lernte sie nie als Erwachsene kennen und versuchte vergeblich, sie sich vorzustellen. Schließlich würde sie einem Foto von ihr begegnen; sie war bereits krank, es war kurz vor ihrem Tod: An einem regnerischen Oktobertag wurde sie beim Verlassen der Métro von einem Gesicht überrumpelt, das sie von der Titelseite einer Hochglanzzeitschrift anblickte; eine Sekunde lang hatte sie das Gefühl, ein Bild Divina Arriagas, ihrer unbeschreiblichen Schönheit vor sich zu haben, dann aber huschte ihr nach langer Zeit endlich einmal wieder ein Lächeln übers Gesicht, als sie durch den Fieberschleier hindurch in den gelben Augen dieses Antlitzes einen mörderischen, ja, einen mörderischen, unergründlichen Glanz erkannte.

V

Ganz bestimmt hatte es einmal ein Paradies gegeben, versicherte Tante Eloísa bisweilen aus ihrem türkisblauen Polstersessel heraus, ohne dass Lina wusste, ob ihre Bemerkung eine Überlegung oder einen Traum zusammenfasste, denn immer folgte dieser Satz auf das Schweigen, in das sie sich in den Abendstunden zurückzog, wenn ihre Schwestern aufbrachen und die Ventilatoren den Duft verrottender Pflanzen in den Salon wehten. Ein Garten Eden, an den man sich wehmütig erinnerte – beschwor sie und lächelte Lina an, als sie deren Verwunderung bemerkte –, dessen Existenz man nicht im Raum, sondern in der Zeit eines alten Bewusstseins suchen musste, in dem das Ich noch nicht vom Ganzen geschieden war. Womöglich hatte man damals Schmerz und Angst geteilt, die Liebe zu sich selbst auf andere ausgeweitet, vielleicht war damals das Ende eines Einzelnen von den anderen auch als eigener Tod empfunden worden. Die Wesen, in denen dieses Bewusstsein pochte – keine Tiere mehr, aber noch keine Menschen –, machten sich, ohne es zu wissen, auf die Suche nach einer Erkenntnis, die ihnen die Herrschaft über die Erde, auch aber die Einsamkeit einbringen würde. Und die Verschiedenheit. Und die Entfremdungen, die nötig waren, damit gemäß einer beliebigen Hierarchie die einen herrschten und die anderen gehorchten. Also waren die Menschen dem Unglück anheimgefallen: nicht nur wegen des Heimwehs nach einer so fernen Vergangenheit, dass sie ihnen zur Legende wurde, sondern auch, weil sie, als sie diese Stufe der Intelligenz erreichten, in den fürchterlichen Widerspruch freier Menschen gerieten, die eigene Freiheit denken zu können, aber gezwungen zu sein, sich fremdem Willen unterzuordnen und dabei stets zwischen dem Stolz, sich dank ihrer Hellsichtigkeit aufzulehnen, und der Fahrlässigkeit schwankten, sich dem Strudel der Entfremdung auszuliefern. Vieles hatten sie ausprobiert, um einen Ausweg aus diesem

Konflikt zu finden, hatten Gesellschaftsformen ersonnen, in denen die Machtausübung sich mal konzentrierte, mal verteilte, ganz nach den jeweiligen Bedürfnissen, ein letztes Aufblitzen der uralten Weisheit, bis sie schließlich bei jener Form des Patriarchats anlangten, in dem sich die spezifische Pathologie des Mannes verdichtete, der, seine Sterblichkeit vergessend, versponnenen Ehren hinterherjagte und Schmerz und Elend säte, wohin er trat. Solche Dinge erzählte Tante Eloísa bisweilen und wandte sich dabei ausschließlich an Lina, inmitten der Stille ihres von Ceibabäumen umgebenen Anwesens, eingehüllt in eine Dunkelheit, in der sich der Schimmer der Buddha-Skulpturen, Truhen und Duftlampen in den blauen Augen ihrer Birmakatzen widerspiegelte.

Ganz anders fiel ihre Rede aus, wenn sie mit ihren Schwestern diskutierte – nicht mehr so sehr über das Verderben, das die Männer über die gesamte Menschheit gebracht hatten, die sie in der hirnverbrannten Feuersbrunst eines kollektiven Selbstmords auszulöschen drohten, sondern über die Frauen, deren Resignation Tante Eloísa in eine Art zorniges Staunen versetzte, das die Schwestern mehr oder minder teilten, wenn sie mit ihren sanften Stimmen, die wie das Geflatter winziger Vögel klangen, minutiös den Prozess untersuchten, in dessen Verlauf die Unterdrückung zunächst eingeführt und dann dank einer sie rechtfertigenden Moral endgültig etabliert worden war. Wenngleich für sie alle die Befreiung mit den Grundsätzen des männlich geprägten Systems kollidierte, war Tante Eloísa die Einzige, die darauf beharrte, dass man der fürchterlichen Gewalt der Männer nur mit einer unerbittlichen Schlacht wirklich beikommen konnte. Und in dieser Schlacht gab es selbstverständlich einen Sieger und einen Verlierer.

Ihre Schwestern fanden es amüsant, Tante Eloísa so leidenschaftlich über den Kampf der Geschlechter reden zu hören, wo sie doch, wie sie sagten, von den Männern, die Teil ihres Lebens gewesen waren, vorbehaltlos geliebt worden war. Allerdings waren sie von ihr ohnehin die allerseltsamsten Reaktionen gewöhnt. Zunächst einmal war sie, wie die beiden Lina darlegten, nicht wie üblich auf die Welt gekommen, sondern schon fünf Monate nach ihrer Zeugung; sie war dem Leib ihrer Mutter entschlüpft, ohne dieser irgendwelche Schmerzen zu bereiten, wie eine fertige Puppe, dabei aber so winzig, dass sie ohne Weiteres in einen Handteller passte.

Zum Glück hatte ihre Mutter die geniale Idee, sie in Baumwolltücher eingebettet unter den Busen zu legen – sodass sie ihren Herzschlag hören konnte –, weswegen die Mutter vier Monate lang eine Art Brustumhängetasche trug. Mehrere eilig in den Patio des Hauses gebrachte Ziegen wurden gemolken, um den Säugling Tag und Nacht stündlich mit einem Tropfen Milch zu versorgen. Und damit die Mutter schlafen konnte, teilten sich die älteren Schwestern die knifflige Aufgabe, die Bluse aufzuknöpfen, nach der winzigen Tante Eloísa zu suchen und sie dazu zu bewegen, den Tropfen zu trinken, an dem ihr Leben hing. Lina hörte ihre Großmutter erzählen, sie habe manchmal entsetzt bemerkt, wie das zum Saugen noch nicht fähige Baby sie aus der Tiefe seines Baumwollnests mit weit aufgerissenen grauen Augen anstarrte; die kleine Eloísa habe nicht geschrien, erzählte sie, sie gab keinen einzigen Laut von sich, tat, wenn sie gefüttert wurde, nichts weiter, als intensiv ihre Umgebung zu mustern. Auch später noch, ganze zehn Jahre lang, würde sie diese Haltung beibehalten: alles genau wahrzunehmen, während sie den Anweisungen der Mutter folgte – sofern ihr die nicht allzu sehr widerstrebten –, und gewissenhaft folgte sie dem Unterricht, den Privatlehrer all ihren ungefähr gleichaltrigen Schwestern und Cousinen erteilten, das heißt, sie widmete sich Grammatikübungen, löste Rechenaufgaben und beantwortete in korrekter schriftlicher Form die ihr gestellten Fragen. Doch all das tat sie beharrlich schweigend.

Die Dinge hätten wohl gut und gerne so weitergehen können, wäre da nicht eines Tages eine entfernte Verwandte aus Mompós aufgetaucht, begleitet von ihrem hübschen, schüchternen fünfzehnjährigen Sohn, der es sich aufgrund des schlechten Rats eines Priesters in den Kopf gesetzt hatte, dessen Beruf zu ergreifen. Es war ein Sonntag, und sie hatten sich alle draußen im Patio versammelt: die älteren Mädchen und der Junge, der sich nicht traute, den Blick zu heben, die äußerst hübsche Tante Eloísa mit ihren goldenen Locken und ihrem weiten Batistkleid, die ihn von ihrem Strohschaukelstuhl aus begierig ansah, so wie ein Welpe eine Schale Milch beäugen würde. Als die Verwandte all ihrem Kummer Ausdruck verliehen hatte, erklang inmitten des mitleidigen Gemurmels dieser Versammlung von Frauen, die sich getroffen hatten, um einander in der Not beizustehen, plötzlich Tante Eloísas Stimme: »Welch eine

Verschwendung.« Die allgemeine Verblüffung ließ auf der Stelle Schaukelstühle, Nadeln, ja selbst die Hände innehalten, die gerade nach den aufgetischten Saftgläsern oder den Süßspeisen aus Sesam langten: Die ach so Verwöhnte, die in jedem Haushalt verhätschelt, liebkost und beschenkt wurde, stets auf irgendeiner Tantes Schoß saß und ihrer Stummheit wegen immer die besten Süßigkeiten zugesteckt bekam, sprach also. Und sie sprach nicht nur mit selbstsicherer, spöttischer Stimme, sondern formulierte auch noch in aller Knappheit die von den anwesenden Frauen geteilten Gefühle, was auf eine recht fortgeschrittene Frühreife schließen ließ.

So nahm Tante Eloísas Liebesleben seinen Anfang, denn der Junge würde fasziniert seine finsteren Pläne aufgeben und sie zwei Jahre später heiraten. Wie alle Männer, die auf die eine oder andere Weise in die Familie kamen, starb jedoch auch er in jungen Jahren und hinterließ ihr vier Töchter und ein Exportgeschäft, das ihr viele Reisen, viel Geld und eine Menge Liebhaber einbrachte. Daher konnte sie, nach Einschätzung ihrer Schwestern, einem System, dessen Wirkungsweise sie fortwährend selbst kontrolliert und durch das sie sich – auch dank ihres Vermögens und ihrer Klugheit – von den üblichen Bedingungen eines Frauenlebens und seiner ganzen Bagage an Sorgen stets ferngehalten hatte, nichts vorwerfen. Zudem war Tante Eloísa so elitär, dass sie die Existenz des Mannes für einen Fehler der Natur hielt, und man konnte wohl davon ausgehen, dass sie im Innersten das Fehlen von Parthenogenese im Zweig jener höheren Säugetiere beklagte, aus dem der Mensch hervorgegangen war. Nur Lina, die ihr, anstatt zu widersprechen, zuhörte, meinte, in ihrer Ironie eine tiefe moralische Überzeugung zu bemerken, von der sie aus Anstand und womöglich auch deswegen nicht sprach, weil sie es für lächerlich hielt, eine Lebensweise vorzuschlagen, die Mutationen voraussetzte, die in ihrer Tragweite vergleichbar waren mit den für die Entstehung des Bewusstseins notwendigen. Im Grunde hatte Tante Eloísa nie aufgehört, das Mädchen zu sein, das zehn Jahre lang schweigend die Welt betrachtet hatte. Und wenn sie Lina eine von ihren Ideen unterbreitete, dann unter anderem deswegen, um sie in Vorhaben Divina Arriagas einzubinden, die, bevor sie krank nach Barranquilla zurückkehrte, beschlossen hatte, ihrer Tochter die nötigen Mittel zur Verfügung zu stellen, um die Flügel auszubreiten und davonzufliegen.

Denn Lina war dazu bestimmt, Catalina bedingungslos zu unterstützen und davon abzusehen, ihr Verhalten im Namen irgendwelcher Grundsätze zu verurteilen; bestimmt war sie auch dazu, ihr als Kundschafterin zu dienen, kaum dass ihr Vater sie von der Erbschaft unterrichtet und sie angewiesen hatte, Catalina vor allen sich auf dem Kunstmarkt tummelnden Betrügern, Scharlatanen und Räubern zu beschützen, was so viel hieß wie: vor allen Menschen, die in irgendeiner Weise mit Kunst handelten. Catalina, die nur kurz Wirtschaftswissenschaften studiert hatte und keinerlei Erfahrung mitbrachte, würde plötzlich in eine Welt allgegenwärtiger Unredlichkeit geschleudert werden, in der jede Bewegung wie bei einem Schachzug vorberechnet sein wollte und die Selbstbeherrschung des Pokerspielers verlangt war. Der Tücke völlig ausgeliefert, sollte sie mehr als nur eine Illusion verlieren, sich nach und nach in Geduld üben und darin wahre Rangabzeichen einfahren. Und während sie ein ums andere Mal in die Vereinigten Staaten reiste, um dort den Marktwert eines Gemäldes oder die moralische Rechtschaffenheit eines Geschäftspartners abzuschätzen, setzte Catalina den Plan um, der sie von Álvaro Espinoza befreien würde, und inszenierte dabei zugleich eine Art Theaterstück, in dem die unterschiedlichen Hauptdarsteller nicht mitbekamen, dass sie vor nur einem Zuschauer spielten, der wiederum seinerseits weder eine Beziehung zwischen ihnen herstellen noch sich vorstellen konnte, welches Ziel sie mit ihrem jeweiligen unerwarteten Erscheinen verfolgten, denn er ahnte nichts von Catalinas Absichten, nichts von jener zähen Intelligenz, die sie über Jahre hinweg darauf verwendet hatte, ihn zu beobachten, bis sie genaueste Kenntnis von seinen Ängsten und Wünschen besaß. Seine Achillesferse würde die Überheblichkeit sein. Wenn ihm beispielsweise die Idee in den Sinn gekommen wäre, den Revolver, den Catalina unter dem Vorwand einer plötzlich entwickelten Furcht vor Einbrechern besorgt hatte, mit dem Auftauchen von Henk, seinem verhassten Milchbruder, in Barranquilla in Verbindung zu bringen, so hätte er sie sofort verworfen, nicht nur deswegen, weil er einer Frau so viel Voraussicht nicht zutraute, sondern auch wegen der Zweifel an seiner eigenen geistigen Gesundheit, die dieser Gedanke ausgelöst hätte. In seinem Jargon nannte man das Paranoia, und nichts machte Álvaro Espinoza mehr Angst als Wahnsinn. Ebenso wenig misstrauisch machte ihn die verlockende Whiskeyflasche, die da Tag und Nacht und völlig unabhängig von der bereits zu sich genommenen Alkoholmenge auf einem Tischchen im Wohnzimmer neben einem immer griffbereiten Glas stand, selbst wenn er sie in einem Anfall von Verzweiflung gegen die Wand schleuderte; schon wurde sie durch eine neue Flasche ersetzt, kaum dass das Dienstmädchen die Glasscherben zusammengefegt hatte. Überhaupt stapelten sich die Whiskeykisten in Schränken und Konsolen. Er hielt sich für den Herrscher über die Bordelle und wusste nicht, dass Catalinas unbeirrbarer, lauernder Blick ihm auch dorthin folgte, und zwar, seitdem sie die Vorteile eines Beobachtungspostens an einem Ort entdeckt hatte, an dem die Männer sich als diejenigen offenbarten, die sie wirklich waren, und sich vor jedweder Indiskretion geschützt wähnten, schließlich war das geteilte Laster die beste Versicherung der Solidarität, und die von ihnen benutzten Frauen fürchteten sie weniger als irgendein Haustier. Über Petulia, die stets ihre Freundin blieb, hatte Catalina die Entwicklung Álvaro Espinozas verfolgen können: Seine anfängliche Promiskuität war mehr oder minder dauerhaften Beziehungen zu Mädchen aus dem Landesinneren gewichen, die er in Bordellen aufgegabelt hatte und zu Geliebten machte, indem er ihnen die Miete für eine winzige Wohnung und das Nötigste zum Leben zusteckte. Wenn das jeweilige Mädchen, seines Geizes müde geworden, Anstalten machte, ihn zu verlassen, ließ Catalina der jungen Frau über Petulia Geld zukommen, um sich auf diese Weise einen gewissen Frieden und vor allem Kenntnis darüber zu verschaffen, wann genau sie selbst sich mit ihrem Liebhaber treffen konnte, ohne das Risiko einzugehen, erwischt zu werden. Falls das Mädchen begriff, woher das Geld stammte, dann hütete sie sich davor, es Álvaro Espinoza wissen zu lassen, aus Angst, die Goldeier legende Henne zu verlieren. Außerdem war Petulia in der Sache überaus vorsichtig und Catalina gegenüber vollkommen ergeben: Sie, die bekannt war für ihre strengen Tarife, würde ihr jahrelang unentgeltlich unter die Arme greifen und sich erst im höheren Alter, als Catalina zum letzten Mal nach Barranquilla gereist kam, zwei Häuschen in Siape schenken lassen.

Der Tod von Álvaro Espinoza lag damals schon lange zurück, und Lina, die mittlerweile in Paris lebte, versuchte noch immer zu begreifen, wie Catalina es geschafft hatte, ihn in den Selbstmord zu treiben. Denn dass sie ihre Finger im Spiel gehabt hatte, daran bestand keinerlei Zweifel: Lina selbst hatte auf ihre Anweisung hin den Revolver in Kalifornien besorgt und Henk aus Boston kommen lassen, als Catalina durch einen glücklichen Zufall von dessen Ruf als Kunstexperte und Berater wichtiger Sammler erfuhr. Zunächst zögernd, dann interessiert, hatte Henk sich bereit erklärt, nach Barranquilla zu reisen, um sich dann hoffnungslos in Catalina (oder ihre Bilder) zu verlieben. Selbst wenn er Hafenarbeiter oder Tänzer gewesen wäre, hätte es nichts geändert: Sein Schicksal sollte von dem Augenblick an eine andere Wendung nehmen, in dem Catalina erfuhr, dass Álvaro Espinoza einen Milchbruder gehabt hatte, und zwar nicht etwa, weil sie Doña Clotilde befragt hätte – bei der allein die Erinnerung an ihre Ehejahre einen fürchterlichen Allergieschub auslösen konnte –, sondern Flores, die Köchin, die Doña Clotilde bereits in Cartagena die Tränen getrocknet hatte und deren Abneigung sogar so weit teilte, dass sie Álvaro Espinoza ganz offen hasste, diesen Schuft, der es wagte, sie ihrer Hautfarbe wegen zu missachten, sie, die Schwester der Frau, deren Brüste ihn als Kind genährt hatten.

Ihr ganzes Leben lang hatte Flores diesen Groll im Herzen getragen, ohne dem Drang nachzugeben, darüber zu sprechen, um nur nicht die empfindliche Doña Clotilde zu reizen, und nun traf sie auf eine Person, die willens war, ihr zuzuhören, der sie ihre Geschichte auf ihre Art erzählen konnte: gemächlich, in der abschweifenden Redeweise eines Hexers, mittels derer sie in der Erinnerung Beleidigungen und Sehnsüchte wachrief, ebenso aber den Konflikt, aus dem Álvaro Espinozas Persönlichkeit erwachsen war. Während sie ihr lauschte, hatte Catalina alles genau vor Augen: das unter Schrecken und Ekel von seiner Mutter empfangene Kind, den unbeholfenen, hässlichen Jugendlichen, der seiner Homosexualität schamvoll gegenüberstand; und dann der Rest, der Vater, die Bordelle, die schwarzen Frauen mit den knackigen Hintern und den merkwürdigen Vorlieben. Womöglich geschah es in diesem Augenblick, dass Catalina auf die Idee kam, ihn in die Hölle der Versuchung zu stoßen; es genügte schon, eine Figur zu finden, die imstande war, sich dem Willen des Mannes und der Intelligenz des Psychiaters zu entziehen, oder, einfacher gesagt, eines Tages von María Fernanda Valenzuela reden zu hören, einer Lesbe aus gutem

Hause, die sich in Cali prostituierte und deren Originalität genau darin bestand, dass sie jeden Akt verweigerte, der den bekannten Normen folgte, selbst wenn man ihr ein Messer an die Kehle hielt oder einen Beutel Gold zu Füßen legte.

Es gab nichts, was María Fernanda nicht über männliche Gewalt wusste, als eine Nonne ihr als Fünfzehnjähriger dabei half, aus einem Irrenhaus zu entkommen, um ihr einen Unterschlupf in der Rehabilitationsanstalt El Buen Pastor zu verschaffen. Dort, wo sie Laken wusch und Böden schrubbte, erlangte María Fernanda ihre geistige Gesundheit wieder, als sie bemerkte, dass sie diese eigentlich nie verloren hatte, dafür jedoch der Schande endlich einen Namen geben konnte: Mit zehn Jahren auf brutalste Weise von ihrem eigenen Großvater vergewaltigt worden zu sein, war ein kaum zu bewältigendes Trauma: Noch schlimmer wurde es dadurch, dass ihr Vater, als er sie in Blut gebadet auflas, beschloss, sie in eine Kammer zu sperren und von der übrigen Familie fernzuhalten, um so die Wahrheit zu vertuschen und die erlittene Schande auszumerzen – indem er nicht den Schuldigen angriff, den ehrwürdigen Patriarchen und Besitzer der größten Hacienda der Gegend, sondern das Opfer, das Mädchen, das sich, weil sie die Versuchung verkörpert hatte, in einem fast völlig verdunkelten Raum verbergen musste, ohne dass sich ihr jemand nähern durfte, auch wenn sie Tag und Nacht weinte und nur überlebte, weil in der Abenddämmerung ein Korb mit Essen an ihr Fenster hinaufgezogen wurde. Das überstand sie zwei Jahre, von jedem Laut abgeschnitten, allein und in allergrößter Verwirrung. Als sie ihre erste Regelblutung bekam, hörte sie auf zu essen. Da erklärte man sie für verrückt und brachte sie unter falschem Namen in eine andere Stadt, in eine Anstalt, damit Psychiater, Medikamente und Missbrauch sie endgültig zerstörten. In gewisser Weise zerstörten sie sie wirklich, denn kaum war ihr die Flucht aus dem Buen Pastor gelungen, widmete sie sich schon der Prostitution, sparte Centavo um Centavo, mit dem Ziel, das Honorar eines Anwalts zu zahlen, der dafür sorgen sollte, dass sie bei Erreichen der Volljährigkeit ihren Nachnamen auf dem Rechtsweg wiedererlangte; weder wollte sie Streit mit ihren Eltern vom Zaun brechen noch irgendeine Entschädigung; sie wollte lediglich den Beruf der Hure unter ihrem wahren Namen ausüben und so die Ehre ihrer Familie angreifen.

Schon bald sprach sich unter den reichen Männern der Gegend herum, dass in einem Bordell in Cali die Dienste einer Schwester oder Cousine der adeligen Valenzuelas zu haben waren, wenn man bereit war, sehr viel Geld auszugeben sowie auf eine besondere Weise mit ihr Sex zu haben, die allerdings so aufregend wie keine andere war, weil sie die Perversion schlechthin verkörperte, sich in ihr der Inbegriff der Sünde verdichtete – und damit zugleich die unwiderstehliche Lust, eine Sünde zu begehen. So fing María Fernanda nicht nur damit an, sich an den Ihren zu rächen, sondern lernte auch die wunderbare Macht des Geldes kennen, das sich auf ihrem Bankkonto zu häufen begann und ihr schließlich erlaubte, Klienten und Liebhaber nur nach ihrem Gusto auszuwählen. Und ausgerechnet, als sie sich selbstständig gemacht und ein lukratives Netz an Telefondiensten eingerichtet hatte, erreichte sie aus Barranquilla die merkwürdige Anfrage, dort für eine halbe Million Pesos, in bar und steuerfrei, einen Psychiater zu verführen, unter der einzigen Bedingung, dass sie sich strikt an ihre Liebespraktiken hielt – eine unnötige Forderung, war María Fernanda doch zu allem bereit, außer dazu, den Geschlechtsakt auf die Weise zu wiederholen, die sie ins Unglück gestürzt hatte. Womöglich lockte sie weniger die Prämie als die Herausforderung, einen Mann zu erbeuten, der als ehemaliger Gouverneur des Departamento sowie als Psychiater die beiden Mächte verkörperte, in deren Namen sie geschändet worden war. Jedenfalls ging sie augenblicklich auf Petulias Vorschlag ein und begann – nach einer geschickt inszenierten Werbekampagne – damit, die Bars zu frequentieren, in denen Álvaro Espinoza seine Freunde zu treffen pflegte, und dort mit diesem und jenem zu beträchtlichen Tarifen ins Bett zu gehen, während das Gerücht ihrer Besonderheit zwar zu Frotzeleien, Obszönitäten und Wetten führte, nicht aber zu einer wirklich übermäßigen Erregung unter diesen *Costeños*, die gewissen Auswüchsen außerehelicher Erotik sehr aufgeschlossen gegenüberstanden. Allein bei Álvaro Espinoza sorgte ihr Auftauchen insgeheim für Schrecken: So sehr hatte er gegen seine sodomitischen Tendenzen angekämpft – hinter denen sich, wie er wohl wusste, drohend der Dämon der Homosexualität verbarg –, dass der Widerstand gegen das Begehren nach María Fernanda über Monate zu seiner Obsession werden würde. Die verbotene Frucht hing nicht etwa träge an einem Baum, sie war überall; in Bars und Bordellen, in Cabarets und Restaurants, androgyn und aufrecht in ihrer knabenhaften Gestalt und mit ihrer eng anliegenden, am Hals mit einer Krawatte verschlossenen Seidenbluse. María Fernanda trug das Haar meist kurz und nach hinten gekämmt, lehnte Schmuck und Parfüm ab und wählte als einziges Make-up lange, scharlachrot lackierte Fingernägel. Ähnlich mehrdeutig war ihre ganze Attitüde: Ihre Manieren waren vornehm – ein unverkennbares Zeichen der Erziehung, die ihr als Kind zuteilgeworden war –, und doch sah sie anstandslos über jedes Anzeichen von Vulgarität hinweg; weil ihr nach der Flucht aus El Buen Pastor klargeworden war, dass Wissen Teil der Macht war, hatte sie begonnen, alles Mögliche zu lesen. Sie bediente sich einer schlichten Sprache, um die Rivalitätsgefühle anderer Frauen und das Misstrauen der Männer zu neutralisieren, und zog es vor, höflich zuzuhören, anstatt ihre eigene Meinung kundzutun. In Wahrheit hatte sie sich in den fünf Jahren der Einsamkeit, des Schmerzes und der Angst im Nachdenken geübt, hatte gelernt, nachzudenken und zu schweigen: Niemand wusste irgendetwas über ihre Vergangenheit, ebenso wenig über die Umstände, die sie in die Prostitution gedrängt hatten, obwohl sie doch einer Adelsfamilie angehörte. Ihre Begegnung mit der Psychiatrie, als sie kahlgeschoren, barfuß und in einem schäbigen Anstaltskittel steckend einem Mann vorgeführt worden war, der aus seiner gehobenen Position heraus ihre tragischen Erinnerungen, ja, die Realität, Opfer geworden zu sein, mit heuchlerischer Freundlichkeit als Wahnsinn abstempelte, hatte zu einem Hass geführt, der so ungeheuer groß war, dass er unsichtbar wurde, immateriell wie die vor Kälte erstarrte Luft der Antarktis. Ähnlich wie Catalina ging María Fernanda davon aus, dass die Psychiatrie diejenigen anzog, die sich davor fürchteten, einem latenten Wahn anheimzufallen, und deswegen ihr Leben um die Obsessionen der anderen herum anordneten, um so die Schwere ihres eigenen Irrsinns herunterzuspielen. Ausgehend von diesem Schema hatte sie rasch begriffen, worum es ging: Álvaro Espinoza sollte tödlich verletzt werden, indem er gezwungen wurde, sich mit seiner Homosexualität zu konfrontieren. Und da sie zur Genüge die Denkmuster kannte, in deren Gleisen sich die Psychiater bewegten, um die Oberhand über jede nur erdenkliche Situation zu behalten, verschloss sie sich in ein Schweigen, das, ohne dass sie selbst fassbar würde, seine

Neugierde wecken sollte, indem sie ihm kaum mehr von sich verriet, als dass sie Lust nur durch die Praktiken erfahren könne, für die sie so bekannt war. Weder Fangfragen noch vorsätzliches Schweigen halfen ihm. María Fernanda kannte das Lehrbuch zur Genüge. Sie war in der Lage, stundenlang und ohne die Miene zu verziehen an einem Tisch auszuharren und vor sich hin zu starren; sie behauptete, ihre Kindheit vergessen zu haben, und lächelte sanft, wenn er ihr Verhalten als anormal bezeichnete. Angesichts eines so kontrollierten Schwachsinns fühlte sich Álvaro Espinoza völlig entwaffnet: Dass eine aus gutem Hause stammende Frau sich als Lesbe bezeichnete, sich zu prostituieren bereit war und auch noch in ihrer Abnormität suhlte, sprach in seinen Augen für schwerwiegende Geistesgestörtheit. Aber die fragliche Störung offenbarte sich nicht in Symptomen, die ihm als Arzt bekannt waren: Weder fehlte es ihrer Sprache an Kohärenz noch ihrem Verhalten an Logik; ja mehr noch, María Fernanda trank nicht und rauchte nicht und schien mit sich, ihren Lebensumständen und den Dingen im Reinen zu sein, ohne jemals auch nur das geringste moralische Urteil zu fällen. Er ahnte nicht, was sie ihm verschwieg, dass sie nämlich, um zu überleben, zwölf Stunden am Stück schlafen musste und dafür heftige Medikamente zu sich nahm, um sechs Uhr morgens zu Bett ging und in der Abenddämmerung aufstand. Ihre Ängste verschwieg sie ihm ebenso: die Panik davor, ein Zimmer zu betreten, ohne eine Kopie des Zimmerschlüssels in der Tasche zu haben, oder das zwingende Bedürfnis, winzige Instrumente in Taschen und Schuhen mit sich zu führen, mit denen sich jedes nur denkbare Schloss aufbrechen ließe. Doch je weniger María Fernanda von sich preisgab, desto mehr versuchte Álvaro Espinoza, sie zu verstehen, wobei er seinen Freunden gegenüber rein professionelles Interesse vortäuschte, obwohl diese von ihm gar keine Erklärung einforderten und sich höchstens darüber wunderten, wie er so vernarrt in eine Frau sein konnte, die zwar kompliziert war, sich aber letztlich ebenso verkaufte wie alle anderen von ihm besuchten Huren.

Er hingegen war vollkommener Rastlosigkeit anheimgefallen. Es mochte stimmen, dass ihn der Fall María Fernandas zu Beginn insofern angezogen hatte, als sie eine gewaltige Provokation für seine Tätigkeit als Sühnerichter und Hüter einer für das reibungslose Funktionieren der Gesellschaft nötigen Ordnung darstellte. Er musste hinter der stillen Erscheinung wohl die unbeugsame Ironie des Wahnsinns vermuten und fand sie bedrohlicher als den Wahnsinn, der ihm in seiner Irrenanstalt tagtäglich in Gestalt von Männern wie Frauen begegnete, die jede Aussicht auf Vernunft illusorisch wirken ließen, an denen er sich jedoch mit Pillen und Elektroschocks rächen konnte, bis sie in stumpfsinnige oder verschreckte Tiere verwandelt waren. María Fernanda hingegen verkörperte den Typus eines triumphalen Wahnsinns, eines Wahnsinns, der sogar über die Systeme siegte, die auf seine Unterwerfung ausgerichtet waren, und selbst noch über das Wissen, das es erlaubte, ihn zu entschlüsseln; verkappte Herausforderung, unmerkliche Einschüchterung, namenloser Krieger, Álvaro Espinoza war außerstande, sich der Verlockung durch sie zu entziehen. Er hätte es tun können, indem er sie banalisierte, das heißt, sich darauf einließ, mit ihr zu schlafen, das aber hätte bedeutet, den ganzen Geistertrupp wieder herbeizurufen, vor dem er seit seiner Jugendzeit floh. Vielleicht verglich er sich mit einem trocken gewordenen Alkoholiker, der von nur einem einzigen Tropfen Whiskey unweigerlich in die Sucht zurückgestoßen wird, schließlich sah er die Sodomie als jenen Akt, den er niemals begehen durfte, wenn er die Stabilität seiner Psyche nicht gefährden wollte. Nicht etwa deswegen, weil die abscheuliche Sünde eine Perversion darstellte, über die er wieder zu seinen alten Vorlieben finden konnte, ohne sich befangen oder schuldig zu fühlen, sondern weil er, ganz im Gegenteil, dadurch ins Chaos zurückkehrte, in dem seine Neurose ihn in die Selbstzerstörung drängen würde. Dort, im Bereich des Zweideutigen, lief er Gefahr, jenes Selbstbild zu zerstören, das ihm gestattete, sich den moralischen Regeln seines Vaters unterzuordnen und sich in der Gewissheit seines Wertes der Gesellschaft aufzuzwingen, um von ihr jene Privilegien zu erhalten, die seinem Stolz so lieb und teuer waren.

Das jedenfalls würde Catalina sich als Erklärung zurechtlegen, als sie sich endlich dazu durchrang, Lina die Wahrheit zu sagen. Es war ein noch unentschlossener Oktober; viele, wirklich viele Jahre waren vergangen, und von ihrer Jugend war ihnen kaum mehr als eine verwunderte, sehnsuchtsfreie Erinnerung geblieben. Sie saßen auf der Terrasse des Cafés, in dem sie sich üblicherweise trafen, wenn Catalina nach Paris kam, und sahen sich selbst ähnlich, ja sie sahen so aus, wie sich Divina Arriaga vorgestellt hatte, dass sie in diesem Alter aussehen würden: Lina in der immergleichen Bluejeans und mit ein paar grauen Haaren, die sie nicht hatte überfärben lassen, weil sie meinte, sie verdient, sogar errungen zu haben, Catalina im Glanz dieser unerschütterlichen Schönheit, die die Schandtat beging, sich so mühelos aufzudrängen. Beide waren gelassen geworden, hatten die Maßlosigkeit überwunden und erinnerten sich an eine Vergangenheit, die aller Gefühle beraubt wiederauftauchte und sich im fernen Gebrumme des Verkehrs auflöste, im wiegenden Gang und Geflatter der Tauben, denen jemand vom Nachbartisch aus hier und da ein paar Brotkrumen zuwarf. Womöglich waren sie nun auch weniger hochmütig – selbst wenn Catalina aus Prinzip einen Rolls Royce gemietet hatte und der uniformierte Fahrer am Rande des Platzes auf sie wartete – und in jedem Fall wohl in der Lage, inmitten des ganzen Flitterkrams an mittlerweile abgeblätterten Eitelkeiten den Wert ihrer Freundschaft zu erkennen. In Linas Geist regte sich damals keine wirkliche Neugierde, ja nicht einmal der Wunsch, gewisse Ereignisse, in die sie verwickelt gewesen war, aufzurufen, um sich ihrer in einem größeren Zusammenhang zu erinnern, während sie dabei war, in einer oftmals unsinnig und konfus erscheinenden Welt alt zu werden. Sie kannte Catalinas Verhaltensweisen aber so gut, dass sie damit rechnete, eines Tages mehr über Álvaro Espinozas Tod zu erfahren, nicht, weil Catalina sich würde rechtfertigen wollen – sie hatte gelernt, sich selbst gegenüber Rechenschaft abzulegen –, sondern weil sie Lina die paar Puzzleteile nachliefern wollte, die ihr fehlten, wenn Lina Álvaros Selbstmord innerhalb seines wahren Kontexts verstehen wollte, wobei Catalina glaubte, damit Linas Bedürfnis danach zu befriedigen, die Logik einer jeden Sache zu begreifen, und gleichzeitig die vor fünfzehn Jahren angehäuften Schulden abzutragen, als sie Lina für eine Intrige benutzte, deren Räderwerk einen Mann in die Selbstzerstörung getrieben hatte. Dieses Bedürfnis aber war gar nicht mehr gegeben, schließlich hatte Lina schon lange vor Catalina beschlossen, im Ungewissen zu leben, in einem Universum voller Fragen, aber ohne endgültige Antworten, in dem es kein allgemeines Gesetz gab, das menschliches Verhalten hätte erklären können. An diesem Nachmittag jedoch wollte ihr Catalina die Mittel an die Hand geben, um sich selbst ein Schema zu basteln, das

Álvaro Espinozas Selbstmord nachvollziehbar machte. Schließlich dachte sie, dass für Lina jede Tat erklärbar wäre, wenn man die Ursachen kannte, die ihr vorausgegangen waren, während nach Catalinas Dafürhalten der Auslöser für die Handlung nicht in der Summe der Tatsachen lag, sondern in einer Art geheimen, den Tatsachen vorgängigen Alchemie, die aus winzigen Reaktionen und unvorhersehbaren, für immer bewusstseinsfernen Assoziationen bestand. Lina ließ sie reden, ohne ihr mitzuteilen, wie einig sie sich eigentlich waren; sie hörte sie sagen, diese Intuition habe sie in der Vergangenheit dazu geführt, die Elemente, die schließlich zum Drama führten, zusammenzubringen; und sie hörte zugleich, wie Catalina das unerbittliche Wesen des durch ihre Intrige bewirkten Endes leugnete. Denn alles hatte ja offen dagelegen: der Mann und sein Stolz: Álvaro Espinoza dem Dilemma ausgeliefert, das seinen Dünkel zum Einsturz bringen würde. Er hatte die Macht als Belohnung gesucht, und sie war wie ein Virus auf ihn übergesprungen, weil er nicht verstand, dass er in der verzweifelten Suche nach Auszeichnungen genau das einbüßen würde, wonach es ihn am meisten verlangte.

Allzu früh erlangte Macht, schob Catalina nach, als sein Begehren noch intakt und er dem Gespenst des Zweifels gegenüber noch empfänglich war, wenn ihm etwa zufällig in den Sinn kam, den Wert dessen, was er erworben hatte, mit dem Preis zu vergleichen, den er dafür bezahlt hatte. Er hatte das Spiel aufrichtig gespielt, sobald er die Regeln begriffen hatte: In einer feindlich gesinnten, erbarmungslosen Welt, in der sich ihm die Mutter durch Abwesenheit und die Amme durch ihren Tod entzog, hatte sich allein der Vater dazu herabgelassen, ihn zu lieben, allerdings unter der Bedingung, dass er ein Ziel verfolgte, dessen Verwirklichung nur möglich war, wenn er auf das verzichtete, was ihm Freude bereitete: die Erinnerung an seine Kindheit in Begleitung eines blonden Jungen, beide nackt in den Armen einer schwarzen Frau: die Einsamkeit, in die ihn die Angst vor erneuter Zurückweisung drängte, seine beunruhigenden Gefühlsregungen in Gegenwart der Schüler des San Pedro Claver. All dem hatte er kraft eines ungeheuren Vergessens entsagt, das über Jahre an seiner Erinnerung gerüttelt hatte, wie eine Implosion, die die Bilder aus der Vergangenheit in einem dumpfen, schief klingenden Rauschen erstickte. Seine Verzweiflung war so groß gewesen, dass nur die Vorstellung des Selbstmords ihm half, zu überleben: der Tod, die Rückkehr in einen Raum, in dem er nicht geboren worden war, nur um Lieblosigkeit zu erfahren, würde ihn zu den einzigen je von ihm geschriebenen Gedichten inspirieren sowie zu einigen philosophischen Betrachtungen, die er mit zittriger Handschrift auf den Seitenrändern eines Buchs von Marc Aurel notiert hatte, das Catalina irgendwann fand. Er war damals siebzehn Jahre alt gewesen und hatte wirklich geglaubt, Stimmen zu hören: Der Widerhall der wo auch immer in seinem unmittelbaren Umfeld geführten Gespräche drang in seine Ohren und stürzte ihn in Verwirrung; doch nicht nur in der Gegenwart geführte Dialoge, sondern auch solche aus der Vergangenheit erreichten ihn, und bisweilen sogar beängstigende Gedankenschwingungen. Aufgeschreckt und zutiefst erschöpft irrte er zwischen seinen religiösen Vorstellungen und der verführerischen Argumentation der Stoiker hin und her, die im Namen der Menschenwürde darauf pochten, frei über das eigene Leben zu verfügen, als er, untersucht von einem Arzt und Freund seines Vaters, auf die Idee kam, sein Unbehagen könne mit einer geistigen Störung zu tun haben. Womöglich hatte er da begonnen, gegen sich selbst vorzugehen und sich die unerbittliche, bei den Jesuiten eintrainierte Disziplin abzuverlangen. Nach und nach würde sich der Nebel der Rastlosigkeit lichten; er nahm sein Schicksal in die Hand und so viele Studien auf, bis er eine Berufsausbildung abgeschlossen hatte, die es ihm, wenn sie ihn schon nicht zum Psychiater machte, der das Leiden seiner Patienten zu lindern imstande gewesen wäre, so doch wenigstens erlaubte, die einzige psychiatrische Privatklinik von Barranquilla zu leiten. Die Verzweiflung hatte ihn nach einer privilegierten Stellung streben lassen, der Erfolg würde ihn indes kaum mit dem Leben versöhnen, sondern nur törichten Machthunger wecken.

Die Macht kam zu früh, wiederholte Catalina an diesem Nachmittag, es traf ihn in einem Alter, in dem er mit der wachsenden Frustration, der unendlichen Leere nicht zurechtkam. Von den dahingeheuchelten Lobhudeleien bis hin zu den Frauen, die sich ihm hingaben, ohne ihn wirklich zu begehren, immer hatte er das Gefühl, Gegenstand der Manipulation zu sein und nicht dominierendes Subjekt, als verkehre sich Dominanz von einer gewissen Position an in Ohnmacht. Sein Vater war von der Umkehrbarkeit der

Macht erschüttert worden, er hatte seine Illusion begriffen. Hinter den in der Ferne mit Lorbeeren lockenden Vorstellungen gab es nichts außer neuen Trugbildern, die ihn auf einen bereits vorgezeichneten Weg führen sollten, der ihm abverlangte, seine Wünsche zu opfern, damit die Gesellschaft so blieb, ihren eigenen Erhalt sichern konnte. Er hasste Unordnung, mehr aber noch hasste er es, sich benutzt zu fühlen; die Zeit, in der ihm die Stellung des Souveräns echte Zufriedenheit verschaffte, war rasch vorüber. Er setzte sich Ziele und erreichte sie dank Menschen, die gar nicht mitbekamen, dass sie ihm dienten; er versprach den einen etwas, den anderen das Gegenteil oder verhinderte jegliche Kommunikation unter ihnen; er tat so, als verfüge er über geheimes Wissen, das er nur mit ein paar Auserwählten teilte. Auf diese Weise war es ihm nicht nur im beruflichen, sondern auch im politischen Bereich gelungen, sich durchzusetzen. Er knüpfte Intrigen und löste sie wieder auf, bis er es im Namen der Konservativen Partei zum Gouverneur des Departamento brachte. Diese und andere Ehren waren Balsam für seine alten Wunden, gleichzeitig aber Quell gefährlicher Überlegungen, die um die Frage nach seiner Bestimmung als Werkzeug einer Gesellschaft kreisten, die sich darauf versteift hatte, ihren *status quo* zu sichern, ein Ziel, dessen Berechtigung er gar nicht infrage stellte, auch wenn unverständliche Wut in sein Herz zu sickern begann.

In just diesen Zeiten des Zweifels platzte María Fernanda in sein Leben. Und Henk, der wunderschöne Fremde mit dem fein geschnittenen Gesicht, das aussah wie mit einem chinesischen Tuschepinsel gezeichnet und über die Jahre ein wenig die Blässe des Vaters verloren hatte, um in einer ironischen Hommage an die Mutter dunkler zu werden. Henk, unnahbar, ein instinktiver Kosmopolit, dem die Vorliebe für Eleganz Zutritt in die Kreise von Adligen und Großindustriellen verschafft hatte, deren Frauen er von Berufs wegen verführte, aber gewissermaßen auch aus sozialer Pflicht; der an Luxus und ein Leben ohne Prinzipien gewöhnt war, ausgenommen jenen des Dandy, in dem er sich missmutig wiedererkannte; und der sich urplötzlich in Barranquilla wiederfand, mitten in den Tropen, wo alles maßlos wirkte und die Eroberung einer Frau kein Vergnügen mehr war, sondern zum Drama wurde. Natürlich hatte er sich einen solchen Ausgang überhaupt nicht ausgemalt; ja, und auch nicht die Gefahr, die darin bestand, in seine Kindheit zurückzureisen, konnte er sich doch nicht im Geringsten an sie erinnern. Das war sein erster Fehler: Casinos und Schlösser aufzugeben, ebenso wie Jagdpartien in Schottland mit Freunden, von denen er nur als vornehmer Erbe eines holländischen Millionärs und dessen Frau betrachtet wurde, die so kraftlos wirkte, als sei sie einem Gemälde von Modigliani entlaufen. All dies, nur um herauszufinden, dass die von ihm als Unfall aufgefasste Tatsache, dem Leib einer anderen entsprungen zu sein, ihn dazu verdammte, sich der Verachtung der Bourgeoisie einer belanglosen Stadt auszuliefern, die sich wie ein grässlicher Kaiman an den Ufern eines Flusses ausstreckte. Nein, nicht im Traum hätte er sich ein solches Szenario ausgemalt, als er Lina zwischen den Kiefern seines Hauses in Boston von Divina Arriagas Gemälden erzählen hörte. Und wenn er es sich doch ausgemalt hätte, dann mit dem Humor eines Mannes, der sich einer Meute zeternder Äffchen ausgesetzt sieht und dabei trotz seiner großartigen Bildung vergisst, was ihn mit selbigen Äffchen verbindet. Und selbst wenn er es begriffen, das heißt, wenn er hingenommen hätte, wie sehr der Blick der anderen imstande war, seine Selbstliebe anzugreifen, so hätte er sich in die Vorstellung einer möglichen Ausflucht gerettet, ohne zu ahnen, welche Lust seine Ästheten-Seele aus dieser Begegnung schöpfen und ihn damit versklaven würde – wohlbemerkt nur relativ, denn er hatte schon über die nötigen Waffen verfügt, um Álvaro Espinozas Hochmut niederzustrecken, indem er ihm etwa von Divina Arriagas Bildern erzählte, selbst auf die Gefahr hin, sie seinen Sammlerhänden entschwinden zu sehen. Er tat es gar nicht, aber der insgeheime Vorteil erlaubte es ihm, zu widerstehen, während Álvaro Espinoza sich ergab.

Denn eine kuriose Feindseligkeit war in diesem Mann erwacht, kaum dass er in Barranquilla an Land gegangen war – was seinem Ego zum Nachteil gereichen und seinem Vermögen ein glückliches Wachstum bescheren würde. Einem boshafteren Charakter als Álvaro Espinoza hätte Henk, so dachte Lina damals, kaum begegnen können; ein Mann, getrieben von Gefühlen, die zu interpretieren einen zu einem Handbuch über Reptilien oder irgendein im Schatten dahinkriechendes Getier geführt hätte, das grausam zupackte, wenn man am wenigsten damit rechnete. Hatte er sich anfangs noch ein wenig schuldig gefühlt, dass er seinen Milchbruder hinterging, indem er ihm seinen eigentlichen Beruf und die Gründe für seine Anwesenheit in der Stadt verschwieg, so hielt dieses Unbehagen nicht allzu lange beziehungsweise nur so lange an, bis Álvaro Espinoza sich vom Schrecken seiner Ankunft erholt und eine sinnlose Attacke auf ihn ausgeheckt hatte, konnte er ihm doch keinerlei Vorwurf machen, außer den, dass er gebildeter war als er, sehr viel mehr Geld und darüber hinaus die Gesichtszüge eines distinguierten Playboys hatte, der daran gewöhnt war, Männer wie Frauen ohne jede Mühe zu verführen. Womöglich kam Álvaro Espinozas Wut aus den trüben Gefilden seines Unbewussten, von dort, wo sich Traurigkeit und Kummer regten, die seine Erinnerung lieber nicht bewahrt hatte. In jedem Fall würde die schlichte Gegenwart Henks seine Überheblichkeit heftig erschüttern und ihm ein läppisches Bild seiner selbst vorhalten: Als König der Irren und Provinzfürst – wie ihn Catalina eines Abends nannte, an dem sie die Kontrolle über ihre Nerven verlor – begann er, in die Posse abzurutschen. Henk indessen hatte weiter darauf verzichtet, ihm während der langen Gespräche, bei denen Álvaro Espinoza mit seinem Vermögen prahlte, seine Gedanken offenzulegen. Er hatte sich bereit erklärt, ihn in seine Bordelle zu begleiten und lustlos die Frauen zu betrachten, die der andere begehrte; war mit ihm in seine Anstalt gegangen und etwas pikiert darüber gewesen, mitansehen zu müssen, wie er mit der Eitelkeit eines olympischen Gotts vor den armen Irren herumstolziert war; hatte schließlich mit ihm den Country Club besucht, der im Vergleich zu den venezianischen Palästen und den Wiener Schlössern, in die er üblicherweise eingeladen wurde, auf kindische Weise prätentiös wirkte. Doch er hatte kein Wort gesagt: Wenngleich aus anderen Beweggründen als María Fernanda, wahrte Henk den Schein. Er war gekommen, um der Besitzerin einer fantastischen Kunstsammlung, die nicht nur Millionärin, sondern auch noch schön und augenscheinlich unerreichbar war, als Mittelsmann zu dienen. Das Schicksal hatte es so gewollt, dass diese Frau mit seinem bekloppten Milchbruder verheiratet und er daher gezwungen war, diesen zu ertragen, solange sie mit den für den Gemäldekauf notwendigen Formalitäten befasst waren. Seine Umsicht als *marchand de tableaux*, die vom Ausmaß des in Aussicht stehenden Geschäfts einen zusätzlichen Ansporn erfuhr, vor allem aber seine vollkommene Weltläufigkeit, die er von Kindesbeinen an in englischen Colleges aufgesogen hatte, machten ihn unempfänglich für die bohrenden Fragen und die Schikanen des Psychiaters.

Und Schikanen gab es von dem Moment an, in dem Álvaro Espinoza, unwillentlich geblendet von der Distinguiertheit dieses zur Unzeit aufgetauchten und dann auch noch so unermesslich reichen Gespenstes, beschloss, dessen scheinbare Naivität auszunutzen, um ihm eine gewisse Summe an Geld für den Ausbau seiner Anstalt abzuluchsen und ihn, als eine Art Belohnung im Voraus, der Bourgeoisie der Stadt vorzustellen, zwei Gefälligkeiten, auf die Henk gerne verzichtet hätte, die aber bei Álvaro Espinoza die allerschlimmsten Racheteufel erregten. Daher auch sein ambivalentes Verhalten: Erst war er misstrauisch, dann zugewandt, oder nahm ihn in die Bordelle mit, um ihm seine besten Freunde vorzustellen, ließ ihn anschließend aber ohne jede Erklärung im Hotel del Prado sitzen. Am schlimmsten war es in jener Nacht, in der er sich auszumalen begann, dass Henk abfällig über sein Lebenswerk sprechen könnte: Er hatte ihm zu Ehren eine Cocktailparty organisiert, plötzlich aber, womöglich nach dem Genuss einiger Drinks zu viel, erklärte er vor allen Versammelten höhnisch, dass der Mann, der die faszinierten Blicke so vieler Frauen anziehe, das uneheliche Kind eines schwarzen Dienstmädchens sei. Die Enthüllung hatte eine derart durchschlagende Wirkung, dass die Gäste, ob verärgert oder empört, sich bald darauf verabschiedeten und Henk in einer Ecke des Saals zurückblieb, wo er verbittert begriff, warum Catalina allen Grund hatte, ihren Mann zu hassen, und bereit war, alles hinter sich lassen, um ihm zu folgen. Dies war sein zweiter Fehler.

Ohne Zweifel hasste Catalina Álvaro Espinoza, doch getreu ihrem Leitsatz, an dem sie sich immer orientieren würde, waren Liebe und Arbeit auseinanderzuhalten, und daher war es nicht Teil ihres Plans, ihr künftiges Leben an diesen Fremden zu binden. Hinzu kam, dass sie noch vor ihrer beider Bekanntschaft mit ziemlicher Treffsicherheit ein psychologisches Profil seiner Person erstellt hatte. Ein durch die ganze Welt reisender Sammler, der auf der Suche nach seltenen, wertvollen, schwierig zu beschaffenden Gegenständen war, musste das, was sich ihm widerstandslos anbot, wohl oder übel geringschätzen; einen an den Umgang mit hübschen Frauen gewöhnten Playboy konnte allein das locken, was sich seiner Don-Juan-Attitüde entzog und die Gespenster seiner müde gewordenen Männlichkeit aufleben ließ. Catalinas Strategie bestand deswegen darin, nur so zu tun, als sei sie ihm verfallen, und sie war sich sicher, dass es auch nie dazu kommen würde: erstens, weil Henk später zu einem ihrer Geschäftsleute werden musste, zweitens, weil seine übertriebene Raffinesse in ihr jede Spur von Begehren erstickte. Unterdessen aber brauchte sie ihn, um Álvaro Espinoza zu demütigen, und gab ihn daher als ihren Liebhaber aus. Sie, die eigentlich reserviert und so umsichtig war, dass von ihren Affären niemand etwas Genaueres wusste, würde nun die Geschichte einer großen Leidenschaft zusammenspinnen und obendrein auch noch so gewieft sein, sie auszuleben; allerdings nicht mit Henk, sondern mit einem ziemlich seltsamen Mann, der sich jahrelang insgeheim nach ihr verzehrt hatte. Dieser Anschein von Liebe würde ihr Auftreten so verändern, dass sie kaum wiederzuerkennen war. Von nächtlichen Eskapaden bis hin zu schneidend scharfen Erklärungen, für die sie Vorurteile überwinden musste, um wirklich Herrin ihrer selbst zu werden: Bald war nur noch wenig übrig geblieben von dieser so gefühlskalten Catalina, die Álvaro Espinoza immer als verachtenswerte unwürdige Gegnerin behandelt hatte. Erstmals hatte er Angst, sie zu verlieren, weil er begriff, welch bedeutende Rolle sie in seiner gesellschaftlichen Karriere als seine Begleiterin bei politischen Auftritten und Empfängen gespielt hatte, durch die er seine Freundschaften und einflussreichen Beziehungen festigte. Mit dem Geld, dass er sich gezwungen sah, ihr unter Beschimpfungen zu geben, hatte sie einen Rahmen geschaffen, der zum mondänen Leben und zu diesem materiellen Wohlstand passte, der ihm so annehmlich war, wenn er nach einem Arbeitstag oder einer durchfeierten Nacht müde nach Hause kam. Sobald Catalina weg war, verhielten sich die Bediensteten nach Lust und Laune, die Töchter waren überfordert, und die Leute hörten bald auf, ihn zu besuchen, selbst wenn sie eher auf seiner Seite waren.

Catalina schien ihm unverwundbar: Sie reagierte nicht auf seine Beleidigungen, auf Drohungen antwortete sie mit einem Lächeln. Sie wollte ihn verlassen, das war alles, wollte ihn wegen eines Halbschwarzen verlassen und Aurora mitnehmen, seine Lieblingstochter. Damit hatte die Welt für Álvaro Espinoza plötzlich ihre Ausrichtung verloren, er wusste nicht mehr, wer sein Gegner war, begriff nicht, dass sich Divina Arriagas Vermögen gegen ihn verschworen hatte und seine Bastionen eine nach der anderen zu Fall bringen würde. Dieser Schatz, von dem er nie erfahren würde, würde Catalinas Bestimmtheit stärken und Henk unendlich beharrlich werden lassen.

María Fernanda wiederum trieb keinerlei Habgier an; sie schien fest entschlossen, selbst noch den letzten Geldschein ihres Lohns dafür auszugeben, ihn in die Verzweiflung zu stürzen. Das Geld, das man ihr geboten hatte, mochte ihr in Momenten der Niedergeschlagenheit als Anreiz dienen. Doch die ganze Energie ihres Wahns, so würde es Lina an diesem Nachmittag sich selbst erklären hören und dabei dem Treiben der Tauben zusehen, schien sich aus einer seltsamen Gemütsregung heraus, die niemand, nicht einmal sie selbst, hatte vorhersehen können, irgendwann auf die Zerstörung dieses Mannes zu fixieren, denn recht willkürlich hatte sie sich entschieden, dass ihre endgültige Abrechnung mit der Gesellschaft darin bestehen würde, ihn zu Staub zu zermalmen. Deswegen würde Catalina fünfzehn Jahre später auch von Ungewissheit sprechen; wie hätte man sich ausmalen sollen, dass diese für jedwede Emotion unempfängliche Frau sich nicht darauf beschränken würde, Álvaro Espinoza, wie es mit Petulia abgemacht war, ihren Launen zu unterwerfen und mit dem verdienten Geld nach Cali zurückzukehren, sondern dass sie, nachdem sie Petulia Fotos ausgehändigt hatte, die es Catalina erlaubten, eine sofortige Scheidung einzufordern, beschloss, in der Stadt zu bleiben.

Denn sie blieb, ohne weitere Erklärungen, bezog eine luxuriöse Wohnung und begann, orgienähnliche Feste zu geben, zu denen sie alle einlud, die sie bislang kennengelernt hatte. Hier trafen Nachtschwärmer und Huren aufeinander. Zwischen Unmengen von Whiskey, schummrigem Licht und Vallenato-Musik herrschte ein angeblicher Verwandter namens Lionel, der eher zweideutig als manieriert war, bestens als ihr Zwillingsbruder hätte durchgehen können und sich damit vergnügte, deftige Witze mit leicht italienischem Akzent zu erzählen. Nichts verriet seine Homosexualität, und unter den Freundinnen von María Fernanda gab es sogar welche, die sein erotisches Geschick lobten, die Männer hingegen behaupteten, selbst wenn sie wie wild tranken und sich hemmungslos gehen ließen, sich in seiner Nähe unwohl zu fühlen. Álvaro Espinoza war sich der Gefahr bewusst, die von diesem Lionel ausging, und hasste ihn entsprechend. Eigentlich hasste er alles, angefangen bei der Wohnung, in der er Gastgeber spielte, ohne auch nur einen Peso aus seinem Geldbeutel hinlegen zu müssen, bis hin zu der Frau, aus deren Fängen er sich nicht zu lösen vermochte. Schon seit vielen Monaten war María Fernanda der Quell seiner Qualen: Sie war seine Geliebte, und doch hatte er nicht das Gefühl, sie zu besitzen. Und wenn es ihm in den Sinn kam, diesen Mangel mit den Einschränkungen in Verbindung zu bringen, die sie ihm auferlegte – und ihr das wutentbrannt vorwarf –, musste er bald darauf erneut von Angst erfüllt feststellen, dass es ihm unmöglich war, auf die Wonnen zu verzichten, die sie in sein Liebesleben gebracht hatte; er rebellierte also gegen das Gefühl der Unsicherheit, das eine so liederliche Frau in ihm hervorrief – denn er schaffte es nicht, sie auch nur einen Augenblick lang alleine zu lassen, aus Angst, sie könne sich in seiner Abwesenheit einem anderen hingeben –, und doch sah er davon ab, ihr die finanzielle Unterstützung anzubieten, die ihm zumindest prinzipiell das Recht gegeben hätte, Exklusivitätsansprüche zu hegen oder zumindest zu fordern, dass dieser Lionel, dessen Gehabe nur so dazu einlud, sich das Allerschlimmste zwischen den beiden auszumalen, ein für alle Mal verschwand. María Fernanda rechnete mit dem Schwinden seines Durchsetzungsvermögens und mit seiner allgemein bekannten Knausrigkeit; es genügte ihr, ihm zur Verfügung zu stehen, ohne etwas von ihm zu verlangen, damit er sich nicht bedrängt fühlte und seine Lust keinen Schaden nahm. Álvaro Espinoza verlor derweil alle Selbstachtung, weil er seine Vorsätze einen nach dem anderen unerfüllt bleiben sah. Jeden Morgen, wenn er diese Wohnung verließ, schwor er sich, keinen Fuß mehr in sie hinein zu setzen, und doch beschlich ihn, sobald er die Anstalt betreten hatte, der ungeheure Drang, María Fernanda zu sehen, zu ihr zu eilen und sie in den Armen des Mannes zu überraschen, der gewiss die Ausschweifungen der vorherigen Nacht finanziert hatte. Aber er traf dort niemanden an, außer dem jungen Mann, dem er so misstraute und der in einem Raum zwischen goldenen Laken und paillettenbesetzten Kissen schlummerte und dort stets seine schläfrige Nacktheit zwischen zwei riesigen Porzellantigern ausstellte. Lionel ertrug es nur schlecht, am frühen Morgen von Álvaro Espinozas Eifersuchtsattacken aus den Laken gerissen zu werden. María Fernanda, die es gewohnt war, mithilfe von Tabletten in den Schlaf zu sinken, begann sich über die Störungen zu ärgern und nagelte eines Tages ein Schild an die Wohnungstür, auf dem stand, sie empfange Besuch erst ab sechs Uhr abends. Dies sollte der Auslöser des Dramas sein.

Álvaro Espinoza verbrachte jenen Samstag in einem Zustand düsteren Zorns. Er schloss sich in sein Büro ein und weigerte sich, Anrufe entgegenzunehmen oder seine Patienten zu empfangen; als seine Sekretärin ihm eine Tasse Kaffee bringen wollte, schickte er sie zum Teufel. Niemand hatte auch nur die leiseste Ahnung, was er in diesen Stunden dachte, in denen er eine Zigarette nach der anderen rauchte und den in seinem persönlichen Aktenschrank aufbewahrten Whiskey becherte. Bekannt war, dass er zu Hause anrief, das Hausmädchen ihm aber erklärte, Catalina sei mit den Mädchen übers Wochenende nach Puerto Colombia gefahren. Seine Freunde erinnerten sich daran, gesehen zu haben, wie er um etwa elf Uhr abends völlig besoffen in María Fernandas Wohnung eintraf und versuchte, ihr zur Begrüßung eine Ohrfeige zu verpassen. Sie wich dem Schlag aus, er verlor das Gleichgewicht und stürzte zu Boden. Da begann er sie auf unflätigste Weise zu beschimpfen, unter anderem klagte er sie an, sie treibe widerliche Dinge mit Lionel, und zwar über diese Praktiken, bei denen ihre Verdorbenheit ja ganz herrlich auf ihre Kosten käme, bis Lionel, sehr würdevoll und mit lauter Stimme erklärte, er respektiere Frauen viel zu sehr, als dass er es wagen würde, sie auch nur mit der Zungenspitze zu belästigen, womit er unter den Anwesenden großes Gelächter hervorrief. Ein paar Männer waren peinlich berührt und zogen es vor, sich dumm zu stellen, während sich Álvaro Espinoza von María Fernanda gestützt in deren Zimmer begab; irgendjemand wollte ihn noch auf ihrem Bett liegend gesehen haben, offensichtlich schlafend. Das Fest tobte weiter, wie immer wurde viel getrunken, und es erklangen Vallenatos bis in die Morgenstunden. Paare zogen sich zurück, andere endeten in schummrigen Winkeln und schliefen dort miteinander. María Fernanda hatte die Regel aufgestellt, dass auf ihren Festen alles gegeben und nichts verkauft werden durfte, was der Grund war, weswegen Petulia, getreu ihrem Leitsatz, sich niemals unentgeltlich einem Mann hinzugeben, an diesem Abend lediglich Gläser reichte und Häppchen vorbereitete und womöglich glücklich war, noch einmal die Hausfrau spielen zu dürfen, die sie gewesen war, als sie noch in El Prado lebte. Deswegen war sie die Einzige, die María Fernanda und Lionel in das Zimmer treten sah, in dem Álvaro Espinoza sich ausruhte, und auch, wie dieser mit dem Gesichtsausdruck eines Todgeweihten herausgestürzt kam: Fahl im Gesicht und wirr um sich blickend machte er sich über den letzten Rest Whiskey her, leerte die Flasche in einem Zug, bevor er zuckend und wie unter heftigem Fieber auf den Teppich kotzte und schließlich Richtung Tür torkelte. Petulia würde später schwören, sich sofort ausgemalt zu haben, was geschehen war, als sie María Fernanda ebenfalls heraustreten sah, mit der fest um den Hals gewundenen Krawatte und diesen schwarzen, so gefühlsleeren Augen, als seien die Augenhöhlen einer Statue genagelt. Petulia begriff sofort, als sie María Fernanda sagen hörte: »Nun hat er endlich davon gekostet, nun weiß er, dass dieser Genuss durch keinen anderen ersetzt werden kann.«

Und weil ein solcher Genuss ihn dazu verdammte, sein Leben lang danach zu suchen, erschoss sich Álvaro Espinoza noch an jenem Sonntag mit dem Revolver, den Catalina zur Verteidigung gegen Einbrecher gekauft und so achtlos auf dem Nachttischchen hatte liegen lassen, bevor sie nach Puerto Colombia aufbrach.

DREI

I

»Ja, mein Engel wird vor dir hergehen und dich bringen zu den Amoritern, Hetitern, Perisitern, Kanaanitern, Hiwitern und Jebusitern, und ich will sie vertilgen. Du sollst ihre Götter nicht anbeten noch ihnen dienen noch tun, wie sie tun, sondern du sollst sie umreißen und ihre Steinmale zerbrechen.«

In diesen Worten ließ sich die Unfähigkeit des Menschen zusammenfassen, wenn es darum ging, die Andersheit seiner Mitmenschen sowie den Hass zu akzeptieren, den diese Andersheit hervorrief und in dem der Ursprung so vieler Konflikte lag, das wahrscheinlich hätte Tante Irene gesagt, hätte Lina auf ihre Toleranz angespielt, die sich dank vieler Reisen und langem Nachdenken zur unerschütterlichen Skepsis gegenüber jedweder Ideologie gewandelt hatte, die alleinigen Anspruch auf die Wahrheit erhob. Mit Lina jedoch war sie recht schnell in einen Dialog getreten, der weniger auf Behauptungen denn auf Anregungen und betrüblicher Ungewissheit gründete und seinen Anfang in der Nacht genommen hatte, als sie sie zum ersten Mal sah, wobei sich Tante Irene in Europa befand und Lina in Barranquilla, vor Fieber glühend aufgrund einer Diphterie, deren Heftigkeit sie zu sterben verdammt zu haben schien, noch bevor sie das dritte Lebensjahr erreichte. Sie lag im Bett ihrer Großmutter, der es nur unschwer gelang, ihre Angst zu überspielen und in Erwartung dieses neuen, eilig herbeigerufenen Kinderarztes namens Doktor Agudelo zwischen dem Zimmer und dem Salon hin und her lief. Lina war in den schwindelerregenden Abgrund eines Fiebers hinabgestürzt, das sogar hätte angenehm sein können, wäre da nicht diese so ungewöhnliche Schwierigkeit gewesen, die Luft dieses Zimmer zu atmen, in dem Lina nun mit einem Mal eine Frauengestalt erblickte, die genauso aussah wie ihre Großmutter, nur sehr groß und dünn und gehüllt in ein herrliches dunkles, wie aus schwarzem Taft gefertigtes Kleid. Diese näherte sich ihr langsam, bis sie an ihrer Seite war und ihr eine Hand auf die Stirn legte; sofort stellte sich ein Gefühl des inneren Friedens ein. Jahre später würde Lina sie wiedersehen, diesmal nicht mehr im Dunst des Fiebers, sondern in dem Haus, das Tante Irene bezogen hatte, als sie, nach einer fast fünfzehnjährigen Abwesenheit, während der sie auf der ganzen Welt Klavierkonzerte gegeben hatte, zurück nach Barranquilla gekommen war. Es genügte, dass Lina ihr in die Augen sah, um zu begreifen, dass sie das, was in der heiklen Nacht ihres Krankseins geschehen war, auf keinen Fall ansprechen durfte, wenn sie das Vergnügen an einem Spiel bewahren wollte, dessen Regeln sie selbst auf die Schliche kommen musste, bis sie sich damit abfinden würde, sie niemals verstehen zu können.

Der Besitzer des Hauses war ein ziemlich exzentrischer Italiener gewesen, der vor sehr langer Zeit zusammen mit fünf vermeintlichen Maurern sowie einer Fracht Steine und aufsehenerregender Statuen aus ein paar Kanus gestiegen war und anschließend, wie es hieß, die Umgebung mit einer Kompassnadel abgelaufen war, bis er sich dazu entschloss, ein paar wertlose Hektar Land zu kaufen und dort das allerseltsamste Haus zu errichten, das man sich nur vorstellen konnte. Denn dieses war weder quadratisch noch rechteckig, sondern rund, und seine Grundmauern erinnerten an eine Spirale. Das allein war den wenigen Menschen bekannt, die sich die Mühe machten, einmal die Baustelle in Augenschein zu nehmen, denn noch vor Beginn der Arbeiten hatte der Italiener das Gelände mit einer dicken, fünf Meter hohen Steinmauer versehen, um die herum eine Meute Dobermänner schlich. Unter den Maurern, oder »Freimaurern«, wie sie der Dorfpriester mit Schrecken nannte, befand sich ein kundiger Spanier, der in der Gegend die Arbeiter und Tischler auftrieb, die sieben Jahre lang mit dem Bau beschäftigt sein würden, bis das unwirkliche Haus mit den wie Domrosetten runden Fenstern und den Wasserspeiern, die noch dem kriegslüsternsten Gemüt einen Schrecken hätten einjagen können, fertig war. Von seinen Bewohnern hörte man nie etwas; weder gingen sie hinunter ins Dorf noch suchten sie Gesellschaft; sie waren Vegetarier und aßen die Früchte und das Gemüse aus ihrem Patio; an dem einen oder anderen Abend jagten sie Kaninchen und Wild, um die Hunde zu füttern, denen sie ihre Ruhe zu einem großen Teil verdankten. In jedem Fall eroberte die Wildnis sich recht bald den Pfad zurück, über den Jahre zuvor die Karren mit ihren Habseligkeiten und dem Baumaterial, aber auch mit Kisten voller Saatgut, Büchern, Teleskopen und sogar mit seltenen Musikinstrumenten hierher gelangt waren. Sie lebten so weitab vom Marktplatz und dem, was später einmal die Stadt und ihre gehobenen Wohnviertel werden sollte, dass sich, als Tante Irene ihren Abschluss als Konzertpianistin machte – indes man sie zu Beginn des Jahrhunderts noch mit Unbehagen erwähnt und mal zu exkommunizierten Mönchen, mal zu Mitgliedern einer satanischen Sekte erklärt hatte –, fast niemand mehr an sie erinnerte und »Der Turm des Italieners«, wie man das Haus in El Prado zu bezeichnen pflegte, bald von bescheidenen Häuschen umgeben war, die kein Mensch aus gutem Hause je hätte bewohnen wollen. Das Haus blieb ein Rätsel: Die ersten Bewohner mussten schon vor langer Zeit gestorben sein, und doch bezahlte ein Anwalt im Namen deren Erben oder von sonstwem regelmäßig die nötigen Steuern und besprach sich mit den örtlichen Behörden über die Verlegung von Wasserrohren und Stromleitungen; derselbe Anwalt – oder sein Sohn – war vorstellig geworden, als der Turm aus Gründen der nationalen Sicherheit jeweils zu Beginn der beiden Weltkriege durchsucht worden war, hatte sich doch beide Male irgendein Spinner gefunden, der behauptete, der Turm diene deutschen Spionen als Unterschlupf. Doch außer einem Wächter urkaribischen Schlags und den Nachkommen der gruseligen Dobermänner fanden die Agenten des Geheimdienstes nichts und niemanden, nicht einmal Mobiliar, Tapisserie oder Gemälde und Musikinstrumente, die allerdings wie von Zauberhand wieder auftauchten, als sich Tante Irene zum Erstaunen ihrer Schwestern in ihrer Funktion als alleinige Vermächtnisnehmerin des Hauses annahm. Keine von ihnen wollte wissen, wer ihr wirklicher Erzeuger gewesen war, weil sich die Abkunft von der Mutter herleitete; doch von dieser Einschätzung hin zur Vorstellung, ihre Mutter habe in irgendeinem Verhältnis zu den merkwürdigen Bewohnern des Turms des Italieners gestanden, war es ein ziemlicher, ja vor allem unangenehmer Schritt, weil er Zweifel an jener Scharfsichtigkeit aufkommen ließ, die sich allesamt so unhinterfragt zuschrieben. Und doch erinnerten sie sich an die Ausritte bei Vollmond, Tante Irene vorneweg, als kenne sie den Weg auswendig und werde von einer dunklen Kraft zu diesem kreisrunden ummauerten Gebäude hingezogen, dessen Tor, sobald die sich Nähernden zu hören waren, von einem Diener geöffnet wurde, der die Hunde zusammenrief, Fackeln anzündete und den Garten erleuchtete, den sie im Gänsemarsch durchwanderten, immer hinter Tante Irene her. Nur sie war imstande, die Eindringlingen zugedachten Fallen zu erkennen, und sie erriet als Einzige, unter welchem Baum oder Stein das jeweilige Geschenk lag, das ihnen die Besitzer des Turms stillschweigend und ohne sich zu zeigen zukommen ließen: Truhen, Bücher und die Partituren, die Tante Irene später immer wieder auf dem Klavier spielte und dabei eine tiefgründige Musik erklingen ließ, die zwar jeder Form von Psalm oder Andacht abhold, aber mit unendlicher Intensität an den Himmel gerichtet war. Tante Irene mochte damals etwa elf Jahre alt gewesen sein, und ihre Schwestern glaubten naiverweise, ihr Ruhm als frühreife Pianistin sei bis weit über die Dächer der Plaza de San Nicolás vorgedrungen und habe wohl die Herzen dieser der Welt gegenüber so gleichgültigen Menschen gerührt. Sie hätten noch einiges andere mutmaßen können, seit Tante Irene begonnen hatte, an den Wochenenden eine verlassene Hacienda der Familie zu besuchen, die von der Wildnis völlig in Besitz genommen worden war und keinerlei Nutzen hatte, außer dass sie unweit des Turms gelegen war, eine Eigenheit, die sie ebenso wenig bemerkt hatten, so wie sie es mit gleicher verzagter Zurückhaltung nicht beachteten, wie sehr sie sich in ihren Begabungen, Sensibilitäten und Charakterzügen von dieser so wenig greifbaren Schwester unterschieden, deren Leidenschaft für die Musik sie von ihren Spielen fernhielt und in deren Fall die Mutter entschieden hatte, ihr eine beschleunigte Ausbildung zukommen zu lassen, um sie so schnell wie möglich nach Europa zu schicken und ihre Intelligenz so vor dem intellektuellen Elend ihrer Umgebung zu bewahren; ihre Intelligenz oder eine gewisse Lebensweisheit, die in krassem Gegensatz zu ihrer eigenen stand, ihrer fünf Schwestern, die, um sich ihrerseits zu schützen, dazu gezwungen waren, sich in einen blinden Rationalismus zu flüchten. Lina würde später einmal feststellen, dass diese Ungleichheit und ihre Nicht-Anerkennung unter den Schwestern die Bande einer Komplizenschaft geschaffen haben mussten, die zu Schuldgefühlen führten und von denen sie sich vergebens zu lösen versuchten, als Tante Irene in die Stadt zurückkehrte, um in einer letzten verzweifelten Herausforderung der

Familie den Turm des Italieners in Besitz zu nehmen. Selbstverständlich hätten die Schwestern sich mögliche Empörung über eine solche Beleidigung niemals anmerken lassen und besuchten sie der guten Umgangsformen wegen jeden zweiten Monat, nach telefonischer Ankündigung und nicht unbeträchtlichen Vorüberlegungen zur Frage, wann wohl die beste Zeit wäre, bei ihr aufzutauchen, und welches die besten Gesprächsthemen wären, um sie bei Laune zu halten; dabei schien ihr jede Art von Gespräch zuzusagen, und über die Jahre gewöhnten sich die Schwestern daran, sich untereinander zu unterhalten, ohne den abfälligen Humor zu bemerken, mit dem Tante Irene Gesprächsthemen vorschlug und dem Verlauf ihrer Überlegungen folgte. Allein Linas Großmutter Jimena zeigte sich reserviert, wie Lina bemerkt hatte: Jedes Mal, wenn sie sich zusammen im Cadillac der reichsten der Tanten Richtung Turm begaben, verfiel die Großmutter in ein nachdenkliches Schweigen, das noch lange über ihre Rückkehr nach Hause hinaus anhielt. Nie legte sie die Gründe für ihre Wachsamkeit dar, nicht einmal später, als Lina Tante Irene alleine besuchen ging und den ganzen Nachmittag über Mozart oder eine alte Orgel spielen hörte, immer auf der Suche nach aufregenden Melodien, die in den Zimmern aufstiegen, als sei der Turm dazu erschaffen worden, sich in einen riesigen Klangraum zu verwandeln; sie sprachen wenig, Lina aber hatte den Eindruck, dass sich in ihrem Schweigen etwas mitteilte; dasselbe galt für die Fragen, mit denen Tante Irene die ihren beantwortete und ihr nahelegte, immer über die schlichte Wahrnehmung der Dinge hinauszugehen, bis man einen neuen Blickwinkel gewann oder die Grenzen des eigenen Wissens erkannte.

Erstaunlicherweise war es Tante Irene und nicht die Großmutter, der Lina von ihren Problemen mit Beatriz erzählen würde, und zwar nicht etwa, weil Beatriz ihre Freundin war, sondern weil sie es gewissermaßen niemals sein würde, so sehr ihre Großmutter sich dies auch wünschte: Linas Großmutter hatte ihr das Mädchen mit den äußerst blauen Augen als Tochter von Nena Avendaño, einer Kindheitsfreundin ihrer Mutter, vorgestellt, und es schien selbstverständlich, dass Lina, wenn Beatriz auf La Enseñanza gehen würde, um das Abitur zu machen, dafür Sorge tragen würde, sie in den Kreis ihrer Mitschülerinnen einzuführen und ihr die Gepflogenheiten der Schule näherzubringen. Die Avendaños war soeben ganz in ihre Nähe in El Prado gezogen und führten offensichtlich eine harmonische Ehe, was allen bösen Voraussagen widersprach, die am Tag der Heirat der Nena mit ihrem Vetter Jorge geäußert worden waren. Diese Hochzeit hatte in der Stadt eine Flut von Gerüchten ausgelöst: Die beiden waren zusammen unter der Vormundschaft von Nenas Vater aufgewachsen, der Jorge nach dem Tod seines eigenen älteren Bruders adoptiert und wie seinen eigenen Sohn geliebt hatte; zwei in aller Strenge, strikt in christlichem Gehorsam erzogene Kinder; schön und kultiviert; einander so ähnlich, dass man sie, wäre da nicht ein gewisser Altersunterschied gewesen, für Zwillinge hätte halten können. Und plötzlich war es Liebe, eine herausfordernde, verzweifelte Liebe, die die Familienkonflikte, ihr Innerstes offenlegte: Jorge weigerte sich, zur Beendigung des Jurastudiums nach Bogotá zurückzukehren, und Nena weigerte sich, auch nur einen Bissen zu essen, solange ihr Vater auf einer Trennung bestand; Ärzte, Priester, Freunde schalteten sich ein. Wutschnaubend akzeptierte der Vater schließlich die Ehe, erlitt aber, als er nach der Hochzeit nach Hause zurückkehrte, einen Herzinfarkt, dem er, die Eheleute im Todeskampf verfluchend, noch in derselben Nacht erlag. Eigentlich war der Ehebund zwischen Cousins und Cousinen nichts Ungewöhnliches in einer Gesellschaftsschicht, die fest entschlossen war, die Mestizierung mit allen Mitteln und stets im Einvernehmen mit der Kirche zu verhindern. Hier jedoch stand etwas ganz anderes auf dem Spiel: die Autorität des Vaters, der gleich zweimal Vater war und gleich doppelt verhöhnt worden war, einmal in seinem missbräuchlichen Recht, über die Tochter zu verfügen, dann in seiner Macht über den Neffen, der ihn so heimtückisch hintergangen hatte. Daher die Wut, die seinem Leben ein Ende bereitete und Ausdruck in einem Fluch fand, der nach Meinung der Leute die Schuldigen heimsuchen und verhindern musste, dass sie glücklich wurden. Doch sie irrten sich alle: Die Leidenschaft wurde zu einem intensiven stillen Vergnügen, das sich gleichgültig gegenüber dem zeigte, was in seinem Umfeld geschah; es folgten die Kinder, alles Söhne, und man gab sie in die Obhut von Erzieherinnen, die sie in den vielen Gemächern des Anwesens der Avendaño von den Eltern fernhielten. Bis Beatriz auf die Welt kam: ein Baby, das keinen Zweifel an seiner Zerbrechlichkeit ließ, nach den ungeheuren Schwierigkeiten bei der Geburt und den unumkehrbaren Verletzungen, die es dabei dem Leib der Mutter zugefügt hatte: Zwei ganze Jahre kränkelte Beatriz in ihrer Wiege herum und zwang alle Welt, sich um sie zu kümmern, während die Beziehung ihrer Eltern zu zerfallen begann: Vielleicht war Wollust mit einer Frau, deren Geschlecht die für das männliche Lustempfinden notwendige Enge eingebüßt hatte, nicht mehr möglich, oder aber Nena selbst fürchtete eine erneute Schwangerschaft, jedenfalls bemerkte Jorge Avendaño, dass er sich in eine andere Cousine verliebt hatte, und stürzte Nena damit in Höllenqualen. Das aber war geschehen, noch lange bevor sie nach El Prado zogen und in einer endgültigen Abkehr von der Vergangenheit das alte Familienanwesen aufgaben, das so von der Erinnerung an ihre inzestuöse Liebe durchdrungen war. Vom Schiffbruch ihrer Ehe war damals nichts bekannt, obgleich Nena mit ihren Wallfahrten zur Heiligen Jungfrau auf den Cerro de La Popa von Cartagena begonnen hatte und es Leute gab, die davon berichteten, wie sie zur Landstraße lief und tagelang in Begleitung von Priestern und allerhand religiös Beseelten aus der Stadt unter bleierner Sonne wanderte, bis sie am Fuß des Hügels anlangte und anschließend auf Knien den steinigen, von Büschen bestandenen Weg zur Heiligenstätte hinaufkroch. Diese Bizarrerie erklärte man sich mit dem späten Entschluss, sich mit dem Geist des verstorbenen Vaters zu versöhnen und seinen Fluch so weit wie möglich zu neutralisieren; auch vermutete man Reue nach den vielen Jahren ehelicher Lüsternheit sowie dass sie dadurch den älteren Söhnen ein Vorbild gemäßigterer Liebe geben wollte, denn welchen Sinn für Anstand sollten diese Kinder entwickelt haben, wenn sie jedes Mal, da sie in die Nähe des elterlichen Schlafzimmers gekommen waren, in dem die Eltern die Nacht und auch noch einen Großteil des Tages verbrachten, Stöhnen, Seufzen und andere ungehörige Geräusche vernommen hatten. Sinn für Anstand, so wie ihn die guten Seelen verstanden, besaßen sie ohnehin nicht, was es ihnen allerdings erlaubte, mit dem Leben eine recht ausgewogene Beziehung einzugehen, das heißt, sie brachten die, die sie zu beherrschen versuchten, auf die Palme, passten sich den gesellschaftlichen Gepflogenheiten nur insoweit an, als es ihnen zupass kam, und übererfüllten, nachdem sie ihre sexuelle Lehrzeit mit ihren Erzieherinnen sehr früh begonnen hatten, die Gelüste der Frauen, die das Schicksal ihnen zuspielte.

Beatriz war anders; als Negativ ihrer Brüder schien sie die Hauptfigur einer exemplarischen Geschichte zu verkörpern: Eben erst auf La Enseñanza eingeschult, hatte sie schon die Bewunderung der Nonnen für sich gewonnen, die noch nie eine so ordentliche, disziplinierte und fromme sowie in jedem Fach mit der Bestnote und allwöchentlich mit hervorragenden Betragensnoten ausgezeichnete Schülerin erlebt hatten. Lina verwirrte so viel Perfektion, sie beobachtete sie eine Weile lang, ohne recht zu wissen, ob sie ihr Verhalten als pharisäisch oder einfach nur als bescheuert einstufen sollte, und hatte schließlich verdutzt bemerkt, dass Beatriz allen Ernstes an die Tugenden des Gehorsams glaubte. Sich den Befehlen der Erwachsenen zu unterwerfen, schien für sie der einzige Weg zu sein, sich von der Angst zu befreien, die ihr eine ausschließlich auf Sünde und Strafe aufbauende Erziehung eingebracht hatte – so viel begriff Lina später, als sie sich die Fragen beantwortete, die ihre eigenen Fragen bei Tante Irene ausgelöst hatten, und die sie, aus Angst, sie zu quälen, ihrer Großmutter nie zu stellen gewagt hätte. Denn bei dieser schien alles, was Nena Avendaño anging, furchtbaren Kummer auszulösen. Die Nena hatte ihr dabei geholfen, ihre Tochter zu begraben, und ihr in den furchtbaren Tagen beigestanden, die deren Tod vorausgegangen waren. Und das zu vergessen war ihre Großmutter nicht bereit. Diese Schuld musste nun Lina auf sich nehmen, indem sie Beatriz unter allen Umständen behilflich war, ohne aber ihre Persönlichkeit verstehen zu wollen oder ihr Verhalten zu beurteilen. Was Lina besonders schwer fiel, da sie eine instinktive Abscheu gegen Beatriz' Bekehrungswahn verspürte. Beatriz gab sich nämlich nicht damit zufrieden, vor den willkürlichen Entscheidungen der Nonnen zu kuschen und wie diese hinter jeder Geste und Äußerung sofort die Sünde zu vermuten – etwa darin, sich mit den Internatsschülerinnen zu unterhalten, in den Pausen nicht mitzuspielen, sich während der Messe ablenken zu lassen, den Nähkurs zu schwänzen, kurzum: Sie sah die Sünde in all den kleinen Dingen, die die repressive Atmosphäre in der Schule aufzulockern halfen. Nein. Darüber hinaus wollte Beatriz Lina und ihre Freundinnen von den seelischen Vorteilen des Gehorsams überzeugen, eine Kopie, im kleineren Maßstab, der Unterwerfung des Menschen unter den Willen Gottes. Und mehr noch: Die Strafe musste wohlwollend entgegengenommen werden, und zwar vor allem dann, wenn sie ungerecht war, denn genau dann bot sich die Gelegenheit, dem Herrn ein Opfer anzutragen, womit man sich einen Ablass für die Stunde des Todes erwarb.

Dieses Gerede, das einer Sonntagspredigt sehr nahe kam, dazu noch ihre Angewohnheit, Unruhestifterinnen zu verpetzen, wenn eine Nonne fortmusste und ihr die Aufsicht über die Klasse überließ, ließen die allgemeine Aversion gegen sie so groß werden, dass Lina, wenngleich widerwillig, zu ihrer Beschützerin werden musste. Sie half ihr mehr als einmal aus der Patsche, trat für sie ein und besänftigte die Gemüter. Und doch konnte sie eines Tages die Katastrophe nicht verhindern: In der Schule wurden gerade die Rohrleitungen erweitert, und die Arbeiter hatten einen Brettersteg über einen relativ tiefen Graben gelegt. Ohne dass die Nonnen es mitbekamen, hatte jemand ein weiteres Brett quer darübergelegt und so eine gefährliche Wippe entstehen lassen, an der eine Gruppe von Schülerinnen ihr Vergnügen fand. Dass Beatriz auftauchte und dazu aufgefordert wurde, sich auf das eine Ende des Brettes zu setzen, während sie am anderen Ende dasselbe taten und dann das Brett mit einem Sprung verließen, als Beatriz gerade in der Luft hing, war das eine. Hinzu kam jedoch, dass sie von der selbstgebauten Wippe in den Graben geschleudert wurde und dort so aufschlug, dass sie das Bewusstsein verlor. Als sie aus der Klinik entlassen wurde und in die Schule zurückkehrte, trat ein neuer Charakterzug an ihr hervor: Misstrauen.

Von da an sahen nur noch Isabel und Lina bei den Avendaños vorbei. Im Haus herrschte traurige Stimmung, die Klagen der Nena waren den ganzen Tag über zu hören, und die Stimme der gerade an den Hausaufgaben sitzenden Beatriz antwortete darauf wie ein Echo. Alles im Haus, Fliesen, Möbel und Vorhänge, war irgendwie zu sauber, und die wundervollen, über mehrere Generationen weitergegebenen Gegenstände wirkten unpersönlicher als die im Schaufenster eines Antiquitätengeschäfts. Weder lief irgendwo ein Radio noch gab es Haustiere, Pflanzen oder Blumen, und von dieser einwandfreien Ordnung ging eine gewisse Trostlosigkeit aus, deren Regungslosigkeit an das ehrwürdige Vergessen eines Friedhofs gemahnte. Obwohl ihr Tod schon viele Monate zurücklag, schwebte über dem Haus noch die Erinnerung an eine Tante der Nena, die

die Erziehung von Beatriz besorgt hatte, wenn man unter selbiger verstand, dass ein kleines Kind Tag und Nacht mit Schauergeschichten von armen Seelen gequält wurde, die Menschen heimsuchten, ihnen von ihren Fehltritten berichteten und so vor der Sünde bewahrten. Diese Frau war nach unglücklich verlaufenen Noviziaten von zwei Klöstern verstoßen worden und hatte stattdessen Nena in ihren Wahn mit hineingerissen, die sich wiederum nicht damit begnügte, ihr die Erziehung von Beatriz zu überlassen, sondern deswegen auch mit ihrem billigen Mystizismus und den Wallfahrten zur Heiligen Jungfrau auf dem Cerro de La Popa angefangen hatte, auf denen sie ihre Schönheit und Jugend vergeudete, beziehungsweise das, was davon übrig war. Sie war noch keine fünfzig Jahre alt, als Lina sie kennenlernte, ihre Haut war jedoch bereits die einer Greisin, und die Augen waren vor lauter Verbitterung trübe geworden. Gebeugt und mit versengtem Nacken von den vielen Märschen, die sie auf der Straße nach Cartagena in der prallen Sonne zurückgelegt hatte, ging sie umher, ihre geplagten Knie wiesen Narben und Wunden auf, die sie sich auf dem steinigen Weg den Hügel hinauf zugezogen hatte. Von Beginn an empfand Lina ihr gegenüber eine Mischung aus Wut und Mitleid; dank Berenice' gut eingestellter Antennen war sie im Bilde über das Problem der Avendaños und war fassungslos, wie man so sehr am Verlust der Liebe eines Menschen leiden konnte. Dieses Leiden war beunruhigend in der Art, in der es sich ausdrückte, und obszön in seiner Maßlosigkeit. Und doch führten Nenas Hilflosigkeit und ihre mangelnde Aggressivität dazu, dass Lina sie bald liebgewann, und im Laufe der Jahre würde sie allmählich lernen, den wirren Monolog zu entschlüsseln, der von ihrem Verfall kündete. Nena verfügte nicht einmal über die Worte, die das schneidende Schuldgefühl hätten ausdrücken können, das sie packte, als sie plötzlich sich selbst ausgeliefert war, ohne die Lust, in der sie sich einst nachts verloren hatte, ohne die Liebe, die sie erhoben hatte, während sie vor der Reue floh, beim Tod ihres Vaters und bei dem in seinem Todeskampf ausgesprochenen Fluch nichts weiter gespürt zu haben. Sie beschränkte sich darauf, blind, im Dunkel eines namenlosen Unwissens, zu gehorchen, und vegetierte dahin in einem Zustand, den ihre eigenen Söhne mit Wahnsinn gleichsetzten, Lina jedoch lieber als eine Art Refugium auffasste, in dem Nena zumindest noch hoffen konnte, das Schicksal mithilfe von magischen Ritualen zu bezwingen, die in der Lage waren, die Götter günstig zu stimmen.

Für Beatriz hingegen war das Schicksal ihrer Mutter eine fürchterliche, nicht hinnehmbare Ungerechtigkeit. Vielleicht vermied sie es, nach den Ursachen zu forschen, die dazu geführt hatten, weil sie unbewusst fürchtete, den von ihr vergötterten Vater verurteilen zu müssen. Jedenfalls gab sie sich damit zufrieden, Nena von ihren Wallfahrten zurückkommen zu sehen, sonnenversengt und mit blutigen Knien und zerfranstem Kleidersaum; sie, über den Rosenkranz gebeugt, nachts verzweifelt die Flure auf und ab laufen zu hören, die Spur ihrer heimlich vergossenen Tränen zu entdecken, sich bei Tisch ihre Appetitlosigkeit anzusehen und den kleinen Lügen auf die Schliche zu kommen, mit denen sie sie zu beschwichtigen versuchte. Denn Nena erzählte niemandem von ihrem Kummer, und erst recht nicht einem zwölfjährigen Mädchen, das sie aus Prinzip nicht verstehen konnte und dem zuliebe Jorge Avendaño ab und an das Wochenende zu Hause verbrachte, nachdem er eine dubiose amerikanische Geschäftsbeziehung aufgetan hatte, mit der er seine ständige Abwesenheit erklären konnte. Eigentlich arbeitete er wenig, lebte von der Leibrente aus dem Erbe von Nenas Vater und verbarg aller Welt mitsamt den älteren Söhnen seine außerehelichen Liebschaften. Er war, ohne es zu wollen, zu einem schamlosen Lump geworden, war in eine Lage geraten, der er nicht mehr Herr wurde, denn weder war er dafür gerüstet, sich im Schweiße seines Angesichts sein Brot selbst zu verdienen, noch war er imstande, auf die Annehmlichkeiten zu verzichten, an die er sich in fünfzig Jahren Müßiggang gewöhnt hatte. Da die Söhne in Bogotá studierten und die Gattin sich in eine ungefährliche Heulsuse verwandelt hatte, konnte er es sich erlauben, regelmäßig nach Miami zu reisen, wo sein neues Objekt der Begierde lebte. Dort konnte er eine Jacht besitzen und ein Leben in Saus und Braus führen, ohne irgendjemandem darüber Rechenschaft ablegen zu müssen, was mit dem Vermögen der Nena geschah, die ihrerseits nicht danach verlangte. Das war entweder ein Übermaß an Fingerspitzengefühl oder der Gipfel der Schwäche, würde Lina gegenüber der wie immer verschlossenen Tante Irene zu behaupten wagen, deren entschiedenes Schweigen sie diesmal dazu verleitete, die komfortablen Allgemeinplätze zu verlassen, um einen Blick auf die starre und doch verletzliche Innenwelt jener Menschen zu erhaschen, bei denen sich ein durchaus bewahrter Seelenadel in subtilen Verhaltensweisen zeigte, wie etwa darin, sich lieber in den Wahnsinn zu flüchten, als die Niedertracht eines heißgeliebten Mannes zuzugeben. Hätte sie nämlich akzeptiert, dass Jorge Avendaño nicht nur mühelos imstande war, sie zu belügen, sondern dass er sie auch noch beharrlich ausnahm, dann hätte Nena sich gezwungenermaßen das Lächerliche ihrer Leidenschaft eingestehen müssen – ebenso wie die Unwürdigkeit, sie ausgelebt zu haben. Sie hatte einen Ehrbegriff geopfert, der weniger auf kindlichem Gehorsam als auf dem vom alten Adel befolgten Grundsatz beruhte, niemals eine Tat zu begehen, die dazu angetan war, die Neugier des Volks auf sich zu ziehen. Noch lebten sie im Verborgenen, ihre Nachkommen aber würden sich an eine auf den Kopf gestellte Gesellschaft verlieren und die Geschmacklosigkeit begehen, Bilder zu malen und Romane zu schreiben.

Beatriz wusste also nicht, wieso ihre Mutter so litt. Berenice hingegen ahnte es dank ihres bisweilen entwaffnenden gesunden Menschenverstandes. Von Nenas Dienstmädchen darüber in Kenntnis gesetzt, dass Jorge Avendaño niemals, ja nicht einmal an den Beatriz gewidmeten Wochenenden mit seiner Frau in einem Zimmer schlief, hatte sie erraten, dass es eine Geliebte geben musste. Um wen es sich handelte und wo sie lebte, das behauptete Berenice nicht zu wissen, ihre langwährende Erfahrung als Bewohnerin von El Prado aber ließ sie mit Gewissheit davon ausgehen, dass es sich um eine nahe Verwandte handeln musste, denn ihres Erachtens konnte Jorge Avendaño nicht anders, als sich in Leidenschaften zu verwickeln, die so verhängnisvoll waren wie der Tod. Freud hätte ihr beigepflichtet, Lina hörte ihr kaum zu. Sie versuchte damals vor allem, Beatriz so wenig wie möglich außerhalb der Schulzeiten zu sehen, ohne dass die Großmutter es mitbekam, und wenn es sich nicht vermeiden ließ, stoisch die von Schmerz geschwängerte Stimmung in diesem Haus auszuhalten, in dem die Mutter sich selbst quälte und die Tochter unterdessen ihre Puppen mit grausamen Strafen belegte. Das war Beatriz' einziges Vergnügen, und weil sie gut erzogen war, musste Lina an schauderhaften Zeremonien teilnehmen, bei denen die wichtigsten, vierzig Jahre zuvor von Tante Eloísa aus Europa eingeführten und dem Vater von Nena zu beachtlichen Preisen verkauften Porzellanpuppen symbolisch gefesselt, geschlagen und mitunter auch gekreuzigt wurden, bis ihre Körper von den Sünden geläutert waren, die Beatriz ihnen anlastete. Oder sie bezahlten für Fehler, die so schwerwiegend waren, dass sie nicht ausgesprochen werden durften.

»Die sie nicht imstande ist, auszusprechen«, würde Lina Tante Irene sagen hören, ohne dass diese vom *Totenbuch* aufsah, dessen Hieroglyphen zu entziffern sie ihr beibringen wollte. Es klang weniger nachdrücklich denn fragend, als halte sie Lina für fähig, hinter den oberflächlichen Schein zu blicken und nach der genauen Bedeutung zu suchen, die sich hinter den Zeichen verbarg, auf dieselbe Weise, wie sie lernte, den Sinn der komplexen Figuren des offen auf dem Tisch liegenden Buchs zu deuten. Und plötzlich hatte Lina das Gefühl, die Dinge von einer anderen Warte aus zu sehen, als sei sie in eine andere Dimension versetzt worden, die so reich an Offenbarungen war, dass sie sich auf ewig daran erinnern würde: wie sie völlig überwältigt neben der Tante saß und in aller Eile die vielen in ihr Unbewusstes abgesunkenen, in einem einzigen Augenblick von ihrem Gedächtnis wieder eingesammelten Details miteinander verband. Beatriz' Spiele erschienen ihr nicht mehr nur als mechanische Nachahmung des Vorbilds, das die Mutter bot, sie waren vielmehr Ausdruck eines weitaus beunruhigenderen, tieferen Ungleichgewichts, als ergreife eine andere Person von ihr Besitz, wenn sie ihre Puppen quälte. In gewissem Sinn war das auch so, denn zwischen der ausgezeichneten, aufgeweckten Schülerin, die immer nur auf die nächste Gelegenheit wartete, sich melden zu können und der Lehrerin zu antworten, und dem Mädchen, das sich in seinem Zimmer finsteren Spielen hingab, tat sich ein Graben auf. Von da an verkehrte sich Linas unwohles Gefühl in Neugierde; Beatriz bewohnte zwei unterschiedliche, wenngleich nicht parallele Universen, und sie überschnitten sich wie zwei Radiowellen, die zunehmend dieselbe Frequenz besetzten. Es kam vor, dass sich ihre Intelligenz in die makabre Logik ihrer Kinderspiele mischte und diese banalisierte, ein andermal verleitete sie die kranke Seite ihres Charakters dazu, sich selbst in eine Puppe zu verwandeln. Sie lauschte der gesamten Messe auf Knien oder saß im Unterricht über Stunden aufrecht auf ihrem Stuhl, ohne sich zu rühren. So wurde Beatriz trotz der instinktiven Abwehr, mit der Lina stets auf ihre Anwesenheit reagierte, sehr bald zum Gegenstand ihrer Beobachtungen.

Denn aus dem Weg gehen konnte sie ihr nicht, so viel war klar: Auf der einen Seite beharrte die Großmutter auf der Schuld, in der sie bei Nena Avendaño stand, auf der anderen Seite lud Beatriz sie tagtäglich zu sich ein. Lina genoss das nur, wenn Isabel mitkam, die, wenn sie Puppen schon nicht hasste, so doch wie sie lieber in den Garten hinausging und die Äste eines uralten Regenbaums hinaufkletterte, der wie durch ein Wunder von der gewaltsamen Verstädterung verschont geblieben war. In seinem Laubwerk verborgen erzählten sie einander fantastische Geschichten, während Beatriz sie unter Drohungen und Hinweisen auf die Unangemessenheit ihres Verhaltens anflehte, herunterzukommen, vor allem dann, wenn in der Umgebung Jungs auf dem Fahrrad oder später auch im Auto herumkurvten. Die Freundschaft mit Linas Cousins, die gerade mit den letzten Schuljahren der Sekundarstufe begonnen hatten und nun ihre pubertäre Frauenfeindlichkeit ablegten, um auf Verführer zu machen, veränderte die Situation Gott sei Dank: Zunächst ließ sich Beatriz darauf ein, im Auto spazieren gefahren zu werden oder nachts verlassene Häuser mit auszukundschaften, und dann, als sie sich in einen von ihnen verliebt hatte, erwachte ganz plötzlich still und leise ihre Sexualität.

Es geschah im Dezember, während der Ferien. Sie hatten sich angewöhnt, während der Novene wegzufahren und waren auf der Straße nach Puerto Colombia unterwegs, als sie in das Sumpfgebiet kamen, es lag da in diffusem, bläulich schimmerndem Licht. Sie verließen die Autos und unterhielten sich zwischen dem Summen der Insekten und dem plötzlichen Flügelschlag eines aufgeschreckten Nachtvogels; einige Pärchen verzogen sich in die Dunkelheit, wenn auch nicht allzu weit weg, aus Angst, sich zu verirren, und warteten dort auf das Signal zum Aufbruch, das von den Scheinwerfen der Autos kommen würde. Beatriz und Jairo Insignares wagten es kaum, sich bei der Hand zu nehmen: Seit sechs Monaten gingen sie miteinander, seit sich Jairo den anderen Jungs angeschlossen hatte, die in ihren Wagen dem Schulbus von La Enseñanza hinterherjagten, und ihnen Dinge zuriefen, sehr zum Leidwesen der alten Jungfer, die auf sie aufpassen musste. Solche Buhlereien hatten Beatriz immer kaltgelassen, zumindest schien es so; denn sonst hätte sie anders reagiert, als ihr Jairo eines Tages einen Brief schickte, in dem er ihr seine Liebe in derart förmlichen Worten darlegte, dass jede andere von ihnen sich darüber lustig gemacht hätte. Beatriz aber machte sich nicht darüber lustig, ganz im Gegenteil, sie bewahrte das Schreiben in ihrem Religionsbuch auf, um es so nah wie möglich bei sich zu haben, und geriet in der Naivität ihrer dreizehn Jahre, und so weit es die Reinheit ihres Herzens zuließ, darüber womöglich ins Träumen. Von da an setzte sie sich im Bus ans Fenster: Tauchten die Autos auf, wurde sie blass, krümmte sich vor Aufregung, hielt nach Jairo Ausschau und sah ihn sich eindringlich an. Bis sie ihm eines Tages die Nachricht zukommen ließ, sie sei bereit, seine Freundin zu werden, ohne wirklich zu wissen, was das bedeutete, oder mit einer nur vagen Vorstellung davon im Kopf, schließlich ging sie sonntags manchmal mit Lina ins Kino und hatte gesehen, wie sich die Pärchen nebeneinander setzten und ausgiebig zu küssen anfingen, sobald die Lichter gelöscht wurden. Beatriz wusste nicht, dass diese Liebkosungen, diese ersten Anstürme des Begehrens, in ihrem Alter die Sünde schlechthin bedeuteten. Niemand hatte es ihr gesagt, und genauso wenig wie Catalina hatte sie die Andeutungen der Priester verstanden, wenn diese von der Kanzel herab gegen die Versuchungen des Fleisches gewettert hatten. Gewiss, es war untersagt, zu den auf die Schulmauer kletternden Jungs hinüberzusehen, und verboten, sich hinter dem Rücken der Eltern mit ihnen zu treffen, weil damit die Schändlichkeit begangen wurde, Letztere zu belügen. Die einzige Richterin über ihr persönliches Leben war für Beatriz jedoch die eigene Mutter, und Nena Avendaño, die sie womöglich von den Puppen weglotsen wollte, hatte sich der Sache gegenüber, als sie Beatriz' Verliebtsein bemerkte, nicht nur keineswegs ablehnend gezeigt, sondern sie auch noch dazu ermuntert, den Flirt ein wenig ernsthafter werden zu lassen und ihren Verehrer nach Hause einzuladen. Jairo, der erst überrascht und zudem recht schüchtern darauf reagierte, gewöhnte sich daran, sie am Wochenende zu besuchen und am Ende wie ein zusätzlicher Freund mit ihnen zu spielen, obgleich er Beatriz, sobald er der Verhältnisse wieder gewahr wurde, ein paar Blumen mitbrachte oder im Kino nach ihrer Hand fasste. So hätte es noch eine gute Weile weitergehen können, hätten sich nicht Jairos Freunde eingemischt und ihn ermutigt, forscher zu sein, und hätte er nicht völlig ahnungslos gewisse Sehnsüchte in Beatriz entfacht, die ihre Liebe mit der wirren Zweideutigkeit einer Heranwachsenden auslebte und sich nicht dazu durchringen konnte, erwachsen zu werden. Denn von den Puppen hatte sie sich noch nicht getrennt: Ihre Lieblingspuppe, eine mit tiefschwarzem, lockigem Haar, war die meiste Zeit über an die Gitter eines auf den Patio hinausgehenden Fensters gefesselt. Nur wenn Jairo zu Besuch kam, sperrte Beatriz sie zu den anderen Puppen in einen Schrank; nicht so sehr als Zeichen der Versöhnung, sondern eher aus Angst, ihre Spiele könnten entdeckt und sie für albern gehalten werden. Die sechs Monate währende Beziehung hatte sie empfänglich für die Meinung der anderen gemacht, aber an ihren Konflikten mit dem Leben nichts Wesentliches geändert, und dies trotz des heftigen Wandels, der sich in ihrem Körper vollzog. Wütend und still: Nichts an Beatriz ließ auf ihre Gefühle schließen, außer ihre blauen Augen, die einen dunklen, beinahe grauen Ton annahmen, wenn sie Jairo vom Fenster des Schulbusses aus musterte. Dann kam der Dezember und mit ihm die Freiheit, zwischen dem nächtlich von den Sümpfen her aufkommenden Wind und diesem seltsamen Eindruck, in einer unbeweglichen, stillstehenden Zeit zu leben, in der selbst die verrücktesten Wünsche in Erfüllung gehen konnten. Dem Beispiel der anderen Pärchen folgend würden sich Jairo und Beatriz eines Nachts in die Dunkelheit vorwagen und einander Schritt für Schritt lieben lernen, sich unter Liebkosungen vorwärtstasten und dem unvernünftigen Rausch des Küssens verfallen. Beim Blinkzeichen, das die Autos zum Aufbruch gaben, stolperten sie schlafwandlerisch zurück, von herbem Schweiß bedeckt und mit vor Erregung glasigem Blick; sie rochen nach feuchtem Gras und Erde, wirkten entrückt und geheimnisumwittert.

Womöglich waren dies die besten Tage im Leben von Beatriz gewesen, würde sich Lina mit der Zeit sagen, als sie endlich in aller Ruhe über sie nachdenken konnte, das heißt, ohne von dem Gefühl des Schreckens heimgesucht zu werden, das sie sonst bei der Erinnerung an sie überkam. Denn niemals zuvor war Beatriz so nahe daran gewesen, eine Art Gleichgewicht zu finden und schrittweise ihre Gruselspiele aufzugeben, um in die klar vorgegebene Ordnung der Erwachsenen hineinzufinden. Schwangerschaften und häusliche Probleme hätten deren Zerrissenheit sichtbar werden lassen, beim Karneval und über Canasta-Runden hätten sich ihre Flausen verflüchtigt. Das Schicksal aber hatte beschlossen, die dunkle Seite ihres Charakters zu bestärken und sie endgültig von der Liebe zu entfremden und, wie nebenbei, Lina auch noch in das Ereignis mit hineinzureißen, das ihr Leben auf so üble Weise prägen würde.

Tausende Male würde Lina sich vorwerfen, sie an jenem Nachmittag in ihrem Auto mitgenommen zu haben. Meistens fuhr sie mit einer Freundin spazieren, weil das die Bedingung war, die ihr Vater gestellt hatte, als er sich endlich dazu durchgerungen hatte, ihr zum Geburtstag seinen alten Dodge zu überlassen. Catalina und Isabel waren mit großer Freude mit von der Partie, wenn es darum ging, über die Anhöhen von El Prado zu brausen, durch die ordentlich angelegten Straßen und über die noch unbebauten Grundstücke, wo sich die Geräusche der Stadt verloren, ohne ihre Jugendträume zu stören. Der marode Motor schien unter dem Eindruck des stürmischen Winds und bei dem wenigen Verkehr den Schwung seiner eigenen Jugend zurückzuerlangen, und in der Abenddämmerung waren bloß schwaches Lichterflackern und ein paar Autos mit ausgeschalteten Scheinwerfern zu sehen, deren Insassen auf der Suche nach einem verborgenen Liebesnest waren. Ausgerechnet das Vorüberfahren an einem dieser Autos, eines cremefarbenen, in einer Sackgasse abgestellten Packard, ließ Beatriz aufschreien und an die Wagentür greifen, weswegen Lina ruckartig auf die Bremse trat. Das Pärchen, das sich in diesem Packard in den Armen gelegen hatte, fuhr erschrocken zusammen und dann auseinander, und während die Frau sich zu Boden warf, wandte sich der Mann zu ihnen um und blickte sie an; da aber war Beatriz bereits losgerannt, machte vor dem Autofenster Halt und schrie, ohne dass Lina verstand, was: Jorge Avendaño war soeben in flagranti beim Ehebruch erwischt worden, und zwar von der eigenen Tochter, diesem noch nicht dreizehnjährigen, von ihm so geliebten Mädchen, von dem er nicht das geringste Verständnis erwarten konnte. Mit großer Sicherheit von Angst, ebenso wie von dem verängstigten Flehen der an seiner Seite zusammengekauerten Frau angetrieben, ließ Jorge Avendaño den Motor an, ohne Beatriz' Reaktion voraussehen zu können, die mit einem Mal vor den Packard sprang, von dem anfahrenden Wagen erfasst und dann mehrere Meter weit fortgeschleudert wurde. Lina war bereits ausgestiegen und bei der vom Aufprall und den Schmerzen eines gebrochenen Beins benommenen Beatriz angelangt, zur gleichen Zeit wie Jorge Avendaño, der nicht in der Lage schien, mit der Situation umgehen zu können. Als sie sich beide über Beatriz beugten, sahen sie die Frau in einem verzweifelten Versuch, nicht erkannt zu werden, an ihnen vorüberhetzen. Das bekam auch Beatriz noch mit und flehte Lina an, Nena nichts zu erzählen. Dann verfluchte sie ihren Vater und verlor das Bewusstsein, wobei ihr vollkommen bleiches Gesicht das strenge Aussehen, den unnahbaren Ausdruck der alten, zu Hause an den Wänden hängenden Ahnenporträts annahm.

Nena war natürlich sofort im Bilde. Die Geste, mit der sie Lina beim Besuch in der Clínica del Prado, begleitet von ihrem ältesten Sohn Alfredo, zu schweigen anwies, verriet alles. Es war eine deutliche und doch sehr zärtliche Geste, als wolle sie ihr die Demütigung ersparen, lügen zu müssen – sie malte sich wahrscheinlich aus, dass Lina an diesem Abend, als sie völlig allein und verzweifelt mit der auf dem Rücksitz liegenden Beatriz nach jemandem gesucht hatte, der helfen könnte, nicht gerade wenig hatte ertragen müssen. Denn nachdem er Beatriz' leblosen Körper in den Dodge gehoben und Lina gesagt hatte, sie solle ihm folgen, war Jorge Avendaño die Straßen auf der Suche nach der völlig außer sich geratenen Frau abgefahren, hatte sie endlich aufgegabelt, und als er es endlich geschafft hatte, dass sie in seinen Packard einstieg, hatte er aufs Gas getreten und sich hinter der nächsten Kurve in Luft aufgelöst. Lina traute ihren Augen nicht, war ein paar Sekunden lang völlig verdattert, dann spürte sie Wut aufsteigen und ihr fast den Atem nehmen; bis ihr Doktor Agudelo in den Sinn kam. Sie beschloss, zu ihm in die Klinik zu fahren, er war allerdings schon aufgebrochen, also musste sie die halbe Stadt durchqueren, um ihn ausfindig zu machen. Da er es für angebracht hielt, Beatriz ins Krankenhaus zu bringen, fuhren sie zur Las tres Marías, und Lina rief, während sich Doktor Agudelo um die notwendigen Formalitäten kümmerte, die Avendaño-Brüder im Country Club an. Ihnen konnte sie die Wahrheit nicht verschweigen: Der Dodge hatte keine einzige Schramme, es war also unmöglich, einen Unfall vorzutäuschen; sie bat, ja flehte sie an, das Vorgefallene Nena gegenüber zu verschleiern; doch das war aussichtslos, denn die fünf Avendaño-Brüder würden sich kaum die Gelegenheit entgehen lassen, die trüben finanziellen Machenschaften ihres Vaters auffliegen zu lassen und Nena dazu zu bringen, endlich das Scheitern ihrer Ehe einzugestehen und sich folglich die rechtmäßige Kontrolle über ihr Vermögen zurückzuholen. All das verlief reibungslos: Die Brüder drohten, den Namen der Geliebten und sein abscheuliches Verhalten gegenüber Beatriz öffentlich zu machen, und sie bewirkten damit, dass Jorge Avendaño den Besitz abgab, dessen Nießbrauch ihm über viele Jahre ein fürstliches Leben beschert hatte, ohne dass er dafür je auch nur einen Finger hatte rühren müssen. Sie hätten einiges mehr einfordern können, und er hätte es ihnen zugestanden; Beatriz lag seinetwegen im Krankenhaus, ihre Liebe hatte er für immer verloren. Darüber verfiel er in eine Depression, die jeden Widerstand gegen das Vorgehen seiner Söhne von vornherein zunichtemachte. Dabei verhielten sich diese ziemlich anständig, gestanden ihm sogar eine recht ansehnliche Leibrente zu, die es erlaubte, dass der bald in die Andropause schlitternde Don Juan den Rest seiner Tage mehr oder minder ehrenwert auf den Golfplätzen des Country Clubs verbrachte und in feines Tuch gekleidet den Frauen wehmütige Blicke zuwarf. Im Tausch für diese Annehmlichkeiten hatte er allerdings ins eheliche Domizil zurückzukehren, den Schein zu wahren und jener Verzweiflung ein Ende zu bereiten, die seine Frau zu den lächerlichen Wallfahrten getrieben hatte, von denen in der Stadt so viel geredet wurde.

Es war also alles bester Ordnung, jedenfalls glaubten das wohl die Avendaño-Brüder mit ihrer Leichtgläubigkeit ausgeglichener Menschen, für die die Lösung eines Problems darin bestand, einen Schlussstrich darunter zu ziehen. Allerdings ließen sie außer Acht, dass die vielen Jahre Unglück unabänderliche Spuren bei Nena hinterlassen hatten, und machten sich vor allem keine Gedanken darüber, welche Auswirkungen die Geschichte auf die geistige Verfassung von Beatriz haben würde.

Die Heranwachsende, die mit dem eingegipsten Bein und einer Reihe von Prellungen aus der Klinik entlassen wurde, schien das Sprechen verlernt zu haben, und zwar so sehr, dass Nena Lina bat, ein paar Tage an ihrer Seite zu bleiben, um ihr aus dem Schweigen zu verhelfen, in das sie sich seit dem Unfall zurückgezogen hatte. In der Tat sprach Beatriz nicht, außerdem aß sie wenig und verbrachte die Nächte schlaflos. Von diesem steinernen, nicht kalkulierten, ja nicht einmal selbst gewählten Schweigen, das vielmehr unvermeidlich und dem fieberhaften geistigen Zustand, in dem sie sich befand, beinahe inhärent war, ging eine fürchterliche Gewalt aus, als verzehre ihr Gehirn in einem monströsen Prozess alle Energie ihres Körpers. Bisweilen hatte Lina den schaurigen Eindruck, Beatriz' Gedanken erahnen zu können, besonders nachts, wenn sie mit einem Schlag wach wurde und im Spiegel der Kommode Beatriz' weit aufgerissene Augen im Schein der ununterbrochen angeschalteten Lampe erblickte. Wahrscheinlich ging Beatriz noch einmal alles nach und nach durch, mit einer von Groll beladenen Fassungslosigkeit; der harte Kern ihrer Prinzipien musste logischerweise aufs Heftigste erschüttert worden sein: hier der Vater, Symbol der Ordnung, um den herum eine starres System von Zwang und Gehorsamkeit gravitierte, der sich jedoch einem Feigling gleich verhielt und selbst die Regeln brach, auf die sich seine Macht gründete; da die Mutter, diese Figur, mit der sie sich identifizieren sollte, zu einem Opfer geworden, dem niemand, nicht einmal der Himmel selbst, helfen konnte. Beatriz aber besaß nicht die geistigen Fähigkeiten Catalinas, um die Werte infrage zu stellen, die die Gesellschaft ihr eingetrichtert hatte, sie vermochte es nicht, sich selbst einen Reim auf all das zu machen. Ebenso wenig besaß sie Linas Sinn für Humor, der half, auf Dauer diese Angst zu minimieren, die mit dem Verlust jeder Gewissheit untrennbar verbunden war. Obwohl sich also dieser Kern ihrer Prinzipien aufgelöst hatte, waren seine Einzelteile in Beatriz' gemartertem Bewusstsein noch vorhanden und suchten verzweifelt nach einer neuen Struktur. Bis sie sie fanden: Wahrscheinlich geschah es in der Dämmerung jenes Morgens, als Beatriz sich endlich erhob, ihre Schwermut ablegte und mucksmäuschenstill, ohne irgendjemanden zu wecken, nicht einmal die an ihrer Seite schlafende Lina, um mit ihren Puppen in den Patio zu humpeln, dort auf ihre Krücken gestützt Blätter und Äste zusammenzuklauben und ein Feuer zu entfachen, das bald auf unheilverkündende Weise zu lodern begann. Unheilverkündend jedenfalls wirkte es auf Lina, die aus dem Bett stürzte und ahnte, welches Bild sich ihr gleich darbieten würde. Und während sie vom Fenster aus zusah, wie Beatriz die Puppen dem Feuer übergab, war sie sich auf seltsame, verquere Weise sicher, genau diese Szene schon einmal erlebt zu haben: ein junges blondes Mädchen mit engelsgleichem, aber gefühllosem Gesichtsausdruck vor einem Scheiterhaufen, in dem sich, inmitten eines abscheulichen Geruchs nach versengten Haaren, Puppen wanden und knisterten und ihren Tod beweinten.

II

Der Turm des Italieners stand da wie eine Frage, ein ironischer Widerschein der Probleme, vor die sich die Menschen gestellt sahen. Sein Mittelpunkt war ein runder Raum, an dessen Wänden sich Spiegelflächen mit offenen Paneelen abwechselten, durch die kreisrunden Fenster der darum herum angelegten Zimmer fiel Licht ein. Die Säle führten von oben und unten sowie über alle Flügel des Hauses her direkt oder aber über Treppen und Korridore in diesen Raum, in dem Tante Irene ihre Nachmittage zu verbringen pflegte. Obwohl sich außer dem Klavier nichts darin befand, vermittelte der Raum Fülle, was womöglich daran lag, dass die Bodenfliesen ein buntgeschecktes Mosaik aus golden, blau und ockerfarben bemalten geometrischen Figuren bildeten, und dieselben Farben und Motive sich an der Decke in einem wuchtigen Glasfenster wiederholten, dessen Scheiben die Sonnenstrahlen zerstreuten und in ein regloses goldenes Licht verwandelten, das die Spiegel bis ins Unendliche reflektierten. Lina lernte diesen Raum kennen, als sie anfing, Tante Irene alleine besuchen zu kommen, und sie hatte schnell den Eindruck, nicht nur in den Genuss eines Privilegs gekommen zu sein, sondern darüber hinaus auch einem Rätsel gegenüberzustehen, das sie nicht zu entschlüsseln wusste – als sei der Raum in einer sehr bestimmten und doch verborgenen, ihrem Verständnis unzugänglichen Absicht angelegt worden. Erst am Ende ihres Lebens meinte sie die Bedeutung des Spiegelsaals erfasst zu haben, den Grund für seine Form, seine seltsame Anlage: Und mit dieser wirren Erinnerung im Kopf glitt sie in den unbedingten Schlaf des Todes hinüber. Als Kind hingegen hatte sie sich davor gefürchtet, allein in dem Raum zu bleiben, wenn ihre Großmutter hinausging, und noch größer war ihre Angst, sich in die Räume jenseits dieses Raums vorzuwagen, denn es bestand die Gefahr, sich im Labyrinth der Flure zu verlieren. Denn hinter dem zauberhaften Schein des Raums lag ein Wirrwarr aus Blendwerken, die den unachtsamen Besucher täuschten und in andere, einander sehr ähnliche Säle führten, die alle mit einander sehr ähnlichen Wandläufern ausgekleidet waren, es sei denn, man achtete auf die Steinbordüren, die die Mauern entlangliefen und eigenartige, von wahnwitziger Hand gemeißelte Figuren aufwiesen: Bäume, deren Stämme in der Erde versanken, während sich die Wurzeln dem Himmel entgegenstreckten; in der Luft über einem Flammenmeer hängende Felsbrocken, winzige, in einem Meerjungfrauenleib hausende Menschenwesen, geflügelte Fische, zweiköpfige Vögel, kurzum: alle möglichen fabelhaften Kreaturen, inmitten von Zeichen aus höchstwahrscheinlich längst versunkenen Schriftsystemen und schemenhaften Entwürfen, die eine Ahnung von etwas vermittelten, das sich an anderer Stelle, in einem anderen Raum fortspinnen würde. Die Zeichen folgten einer launenhaften Gestaltung, um dann mit einem Mal ihre endgültige Form anzunehmen, die sich zwar nicht immer dem Verstand darbot, über die Vermittlung ihrer Ganzheit oder dem symbolischen Ausdruck ihrer Essenz aber den Weg wies, den man zu gehen hatte, um zu dem kreisrunden Raum zu gelangen, wo Tante Irene am Klavier ihre Lieblingssonaten spielte.

Die Spur, die der Steinfries bot, entdeckte Lina infolge eines Geistesblitzes, als sie eines Nachmittags beim Durchqueren eines Flures ihre Orientierungspunkte verlor, Treppen hinauf und wieder hinablief, durch Zimmer irrte, die alle identisch aussahen und in die das Klavierspiel von Tante Irene stets in der gleichen Lautstärke hinübertönte, bis sie nicht mehr wusste, ob sie schreien oder die Fassung bewahren sollte, ihr Blick aber plötzlich an einem Bild hängenblieb, das ihr vertraut vorkam. Das lag nicht etwa daran, dass sie es sich vorher genau angesehen hätte, sondern eher daran, dass ihr Gedächtnis einen Eindruck davon bewahrt hatte: Es war die Andeutung eines Insekts, das zeppelingleich über einer düster daliegenden Stadt schwebte und dessen Auge – an das sich Lina plötzlich mit erstaunlicher Genauigkeit erinnern konnte – noch nicht wirklich ausgebildet war, während aus den Augenhöhlen antennenartige Federn hervorschauten, von denen eine auf die nächste Abbildung übersprang und sich dort unter das üppige Laub der tropischen Bäume mischte, bis es mit den Ästen eines Mahagonibaumes verwuchs, in dessen Schatten eine Frau ein durchscheinendes

Ei in den Armen hielt. Ein paar Schritte weiter tauchte diese Figur wieder auf, ihr Blick wies in Richtung einer Tür, die Lina zuvor nicht aufgefallen war; sie führte auf einen Flur, den sie sogleich betrat, um dann zu bemerken, dass sich das Ei entlang des Frieses in konzentrische Kreise wandelte, aus denen schließlich so etwas wie ein androgynes Wesen schlüpfte, das, bevor es sich in zwei eindeutige Geschlechter aufteilte, den Eindruck erweckte, das Insekt selbst zu erfinden, es kraft seiner Imagination zu erschaffen. Auf diese Weise wurde die Gestalt des Insekts über Arabesken und Pentagramme und andere Symbole allmählich präziser, reicher an Details, die es zunehmend beunruhigend und metallisch, ja, wie ein zerstörerisches Werkzeug wirken ließen. Als Lina es in vollendeter Form erblickte, das Auge auf die dahindämmernde Stadt gerichtet, stellte sie fest, dass sie eines der an den Spiegelsaal angrenzenden Zimmer erreicht hatte. Von da an stellte sie sich vor, in einem stillschweigenden Dialog mit Tante Irene zu stehen.

Sie stellte es sich vor, denn sie erlangte nie Gewissheit darüber, ob diese Einschätzung mit der Wirklichkeit oder eher mit einem geheimen Wahn übereinstimmte, der durch die Stummheit der Tante und den beharrlichen Schatten dieser Fremden ausgelöst war, die ihre Träume in Stein gemeißelt hatten, bevor sie starben. Das Ganze begann, als Lina sich vornahm, ihre eigene Denkweise zu verstehen, wenn die wirre Tätigkeit ihres Geistes, die sich im Allgemeinen auf eine passive Anhäufung von Beobachtungen beschränkte, aus denen sie dann vorschnelle, belanglose Schlüsse zog, überhaupt als solche bezeichnet werden konnte, denn die Schlichtheit ihrer Sichtweise verhinderte es, über diese Schlüsse hinauszugehen. War diese anscheinend unüberwindbare Barriere erst einmal erkannt, blieb ihr noch die Möglichkeit, den Gegenstand ihrer Aufmerksamkeit einzuhegen, der sich merkwürdigerweise jeder Regellosigkeit widersetzte, ja, sich in einer Fragenwolke ausdrückte, die um ein immergleiches Thema kreiste; und als es ihr eines schönen Tages doch gelang, hatte sie das Gefühl, Tante Irene greife über eine musikalische Note ein.

Ja, mit einer musikalischen Note. Nicht mehr und nicht weniger. Dieser Unfug kam ihr in den Sinn, als sie feststellte, dass Tante Irene nach vielen Nachmittagen, die sie in Linas Anwesenheit ausschließlich mit Selbstgesprächen verbracht und von dieser höfliche, aber überaus lakonische Bemerkungen geerntet hatte, in den Intervallen immer eine ganz bestimmte Sonate spielte. Es gab sieben Stammtöne auf der Notenskala und sieben Leerräume zwischen den Spiegeln: Hieraus die jeweilige der Sonate zugehörige Note mit je einem der Eingänge des runden Saals in Verbindung zu bringen, war ein Schritt, der Lina leichtfiel, denn sie zog die Beliebigkeit dieser Assoziation der Wirkungslosigkeit ihrer Spekulationen vor. Auf jeden Fall ließen sich Friese, die die Wände schmückten, beliebig auslegen oder, anders gesagt, sie konnten auf tausend unterschiedliche Weisen gelesen werden, wie Lina später herausfinden würde, solange man nur einen der unendlichen Fäden aufgriff, der in der Komplexität ihrer Darstellungen verborgen war. Und auch dieser rote Faden bot eine unglaubliche Anzahl an möglichen Lesarten, wie jene Bücher, die eine Person ihr Leben lang zu begleiten vermögen, weil sie ihr mit zunehmendem Alter und wachsender Erfahrung jeweils neue Perspektiven eröffnen. Lina verbrachte Jahre damit, jedem Eingang die ihm entsprechende Note zuzuordnen und weitere Jahre damit, aus dem Zeichenwirrwarr diejenigen Bilder herauszuklauben, die die sie interessierenden Themen berührten. Hier und da gelang es ihr mit Geduld und viel Demut, das Schweigen der Friese zu brechen; dann wieder weigerten diese sich, mit ihr zu sprechen, oder waren eher wortkarg. Außer im Falle von Beatriz.

In den Darstellungen, die die einstigen Bewohner des Turms in Stein gehauen hatten, fanden sich ganz eindeutig Hinweise auf Beatriz beziehungsweise auf ihre Situation; sie tauchte als Automat oder Marionette auf, bisweilen als Schnur- oder Federpuppe; ihr Erkennungszeichen war die Starrheit, das Mechanische, Disziplinierte ihrer Bewegungen. In ihrer ersten Erscheinung fiel sie aus dem Rad der zehnten Tarotkarte, in der zweiten wies sie das Laternenlicht des Eremiten zurück; von da an sah man sie die Schnüre basteln, die aus dem Eremiten eine vor Wut oder Schmerz geduckte Gestalt machen würden, deren Gesicht einer so starken Sonne zugewandt war, dass sich alles auflöste, worauf ihr Schein traf. Und während er voranschritt und sich mal die Kluft des Inquisitors, mal die des Gepeinigten überwarf, schien der Automat die tragische Erscheinung des in einer Welt aus unsichtbaren Hindernissen verirrten Zinnsoldaten abzuwerfen, um die Statur eines Kämpfers anzunehmen, der mit den dichten, seinen Körper schützenden Harnischen zunehmend verschmolzen schien. Hier und da stürzte er, man sah ihn auf einigen Friesen weiter am Boden oder tief in einer Höhle vergeblich gegen das Gewicht des Eisens ankämpfen; wenn die Schnüre, an denen er hing, ihn wieder auf die Beine brachten, torkelte er noch eine Weile, bis er unter der Sonne, die die umliegenden Gegenstände verformte, seinen maschinenhaften Gang wieder aufnahm. Der Automat nahm die Wirklichkeit nicht wahr, ebenso wenig tat es Beatriz; seine Rüstung schloss ihn in sich selbst ein und machte es ihm unmöglich, sich mit anderen zu verständigen; so auch die Rüstung von Beatriz. Er verfolgte nur ein einziges Ziel, verkörpert in dem Stern, der seine Augen blendete; Beatriz ihrerseits folgte einer ausschließlichen und ausschließenden Mystik: dem Kult der Familie.

Jeder vernünftige Mensch wäre davon ausgegangen, dass sie sich nach dem Unfall auf den Anhöhen von El Prado Gedanken über diese gesellschaftliche Institution gemacht hätte, in der sie als Frau dermaßen benachteiligt wurde. Immerhin hätte ihre Mutter kaum unglücklicher sein können, und es war nicht gerade die Anwesenheit des zwar geschlagenen, aber nachtragenden Mannes, die die an Kummer und Wallfahrten verlorenen Jahre wieder wettmachte. Außerdem war Jorge Avendaño wortkarg geworden, nahm so wenig wie möglich am Familienleben teil, verbrachte die meiste Zeit auf den Golfplätzen des Country Clubs und sperrte sich nachts in sein Zimmer ein, um sich dort vorsätzlich, ja methodisch zu betrinken, bis er ins Bett fiel. Ohne einen ersichtlichen Grund, der es erlaubt hätte, von ihrem Leid zu sprechen, hatte sich Nena in einen süßlichen, aus Messgängen, Gebeten und Prozessionen bestehenden Wahn geflüchtet. Und über diese mit dem Tod ringende Welt herrschte Beatriz. Alle, eingeschlossen die Brüder, fürchteten die Anfälle, die sie erlitt, wenn die imaginäre, von ihr erschaffene, die Einstellungen und das Verhalten der um sie herum lebenden Menschen betreffende Ordnung auch nur im Geringsten missachtet wurde. Es waren ziemlich merkwürdige Anfälle, die mit einer plötzlichen Ohnmacht begannen und in einer totalen Essensverweigerung mündeten, angesichts derer sich die Eltern gezwungen sahen, sie in eine Klinik zu bringen. Gegen dieses Wesen mit den Engelsaugen, das unbedingt sterben zu wollen schien, als sei es von einem bösen Geist besessen, rückten die Ärzte mit Spritzen, Infusionen und allen zur Verfügung stehenden Mitteln vor, um die Anorexie zu bekämpfen. Als es ihnen schließlich gelang, ihren Appetit wiederherzustellen, fing sie an, über stechende Schmerzen in der Leistengegend zu klagen, die sie zwangen, sich humpelnd fortzubewegen, und auch hier konnten die Ärzte nicht groß etwas ausrichten, außer komplizierte psychoanalytische Hypothesen aufzustellen, die sie eigentlich selbst bestritten. Theorien hin oder her, sie wären fassungslos gewesen, hätten sie gewusst, dass Beatriz ihre Krisen in gewisser Weise kontrollierte: Ihre Leidensfähigkeit schien unbegrenzt. Sie konnte tagelang nichts essen und den Bitten, Drohungen oder Versprechungen, die man ihr machte, mit völliger Gleichgültigkeit begegnen. Die Kontrolle hatte also sie, ja, sie verwaltete das Ganze sogar. Vorerst zeigten sich diese Probleme nur während der Ferien oder am Vorabend eines verlängerten Wochenendes, denn ihren Posten als Klassenbeste zu räumen, dazu war sie auch jetzt nicht bereit; dann verschwand der Schmerz in der Leistengegend, je näher die Schulfeier rückte und sie gegen Catalina um das Privileg kämpfen musste, die Heilige Johanna de Lestonnac zu spielen; außerdem erlitt sie die Ohnmachtsanfälle erstaunlicherweise immer in Gegenwart ihres Vaters.

Jorge Avendaño war in eine unbegreifliche Falle getappt. Anfangs hatte er sich noch verantwortlich für das ganze Unglück gefühlt, denn die Beziehung zwischen dem durch seine Feigheit verursachten Unfall und Beatriz' Störung schien offenkundig. Dann gingen die Jahre ins Land, und dann musste er einen Misston in seinen Überlegungen bemerkt haben, das heißt, während er den Golfplatz des Country Clubs überquerte und unter dem gelangweilten, nicht einmal mehr spöttischen Blick des Caddys vergeblich den Ball zu treffen versuchte, vielleicht auch zwischen zwei in der Finsternis seines Zimmers zu sich genommenen Whiskeys, schienen ihm ein paar Zweifel gekommen zu sein, die ihn so sehr in Aufruhr versetzten, dass er sich schließlich Hilfe bei Doktor Agudelo holte. Da er von Haus aus Christ war, sah sich Jorge Avendaño geneigt, die Strafe als etwas aufzufassen, das aus der Sünde resultierte. Gefrevelt hatte er von dem Tag an, an dem er den, den er Vater nannte, in seiner Autorität überging und zügellos ein dem Inzest nahes Delikt beging. Als nach vielen weiteren Irrtümern die eigenen Kinder seine unbotmäßig erworbene Macht beendeten, konnte sich sein Zorn darin entladen, dass der begangene Frevel in eine Art Sühne überführt wurde, deren letzter Stachel Beatriz' Verhalten war – vorausgesetzt, deren Anfälle folgten dem geheimen Wunsch, ihn im Namen eines konkreten Zwecks zu kasteien, etwa der langen Gleichgültigkeit wegen, mit der er dem Unglück der Nena beigewohnt hatte, oder seiner Reaktion wegen, als man ihn in den Armen der Geliebten erwischte. Der Kern des Problems aber lag in der Fassungslosigkeit, die ihn dazu brachte, einem Arzt von seinem Privatleben zu erzählen und die einem Avendaño angeborene Zurückhaltung fahren zu lassen. Denn Beatriz verfügte über keinerlei Erinnerung an die genannte Episode, womit jede Auslegung derselben als Rachsucht eigentlich willkürlich war und die Nervenanspannung, in die ihn seine unvorhersehbaren Trancen beförderten, unerträglich wurde. Jorge Avendaño sprach das Wort mit einem gewissen Staunen aus und machte dabei den Eindruck, er sei überhaupt erst in der Sekunde, bevor er es in den Mund nahm, darauf gestoßen, um sofort zu bereuen, es benutzt zu haben, so Doktor Agudelo gegenüber Lina – nicht im ersten Gespräch, in dem es um Beatriz ging, sondern Monate später, als sich Lina, nachdem sie sich immer wieder in seiner leeren Praxis getroffen hatten, um die Situation gemeinsam zu analysieren, endlich ihren im Fieber der Diphterie geborenen Traum erfüllte: eine Affäre mit diesem Mann mit den weichen, und doch zupackenden Händen einzugehen, diesem Mann, dessen Augen hinter dem ernsten Lächeln so scharfsinnig blickten. Jorge Avendaño würde nie erfahren, wieweit seine Anerkennung reichte, als er Doktor Agudelo vorschlug, Lina zur Gesprächspartnerin zu machen, um der Gefühlsstörung seiner Tochter auf den Grund zu gehen. Auch wenn sie keine Erklärung liefern konnte, war Lina doch in der Lage, einige Dinge beizusteuern, die einem Arzt dienlich sein konnten, der seine Patientin nie zu Gesicht bekam und dessen einziges Analysematerial von jemandem stammte, der Teil des Konflikts war.

Ohne weitere Umstände konnte ihm Lina enthüllen, dass Beatriz' vermeintlicher Gedächtnisverlust mit dem Wunsch zu tun hatte, das Geschehene einer fantastischen Familiengeschichte anzupassen, in der alle Ahnen tugendhafte Vorbilder gewesen waren, stattliche, im Dienst des spanischen Königs stehende und später für die Unabhängigkeit kämpfende Ritter, oder aber Haus, Herd und Notleidenden verpflichtete Matronen. Jorge und Nena Avendaño hatten sich von Kindesbeinen an geliebt, nichts hatte ihre traute Zweisamkeit gestört. Und die Geliebte? Nein, Beatriz hatte sie nicht vergessen, doch diese Geschichte hatte eher mit einem vorübergehenden Missverständnis zu tun, über das man lieber schwieg; das heißt, Lina gegenüber erwähnte sie sie durchaus, als sei sie die Verkörperung des Bösen, ja, das Grauen selbst. Ihr Manichäismus war stärker geworden und hatte wahnhafte Züge angenommen: Auf der einen Seite waren da unehrenhafte Frauen, widerliche Prostituierte und seelenlose Mütter, ein ganzes weiblich-teuflisches Universum, das die Finsternis heraufbeschwor, um sie ins Verderben zu stürzen; auf der anderen Seite die Leute, die sich an das Gesetz hielten, hinter dem sie sich selbst verschanzt hatte, und das aus einer Reihe von Prinzipien bestand, die die Integrität der Familie schützen sollten. Was diese Prinzipien anging, so interessierte sie sich reichlich wenig für deren religiösen, sozialen oder politischen Hintergrund oder die dahintersteckenden Interessen und in ihrem Namen begangenen Ungerechtigkeiten. Deswegen sprach sie sich in den Unterhaltungen mit ihren Brüdern und Onkeln – immer dann, wenn sich Jorge Avendaño gerade in aller Ruhe in seinem Zimmer betrank – mal für die Inquisition, mal für den Nationalsozialismus und dann wieder für den Kommunismus aus, sehr zum Erstaunen der Zuhörer, die nichts von der verborgenen Seite ihrer Behauptungen und der dahintersteckenden Gedankenstruktur ahnten: Nach allerlei Lektüren und einigem Einsatz hatte sich Beatriz der Evolutionstheorie verschrieben, sie aber auf ihre Weise ausgelegt. Sie verstand darunter einen Prozess, der aus dem Chaos in die Ordnung geführt hatte, und ging nun davon aus, dass alle bereits verwirklichten sowie noch zu verwirklichenden Unterdrückungssysteme auf unterschiedliche Weise dem gleichen Zweck eines Kampfs gegen die Anarchie verpflichtet waren. Aus Furcht, einen plötzlichen Anfall auszulösen, wagte es selbstverständlich niemand, ihr zu widersprechen: Sobald sie zu reden begann, schwieg um sie herum alles, perplex darüber, auf welche Weise sie sich in die Welt der Ideen vorwagte. Außer Lina: Sie war es, die ihr ohne allzu große Begeisterung ein Buch nach dem anderen lieh, weil sie davon ausgehen konnte, dass Beatriz es lesen würde, wenngleich nicht, um den Überlegungen der Autoren zu folgen, sondern um sich selbst mit neuen Argumenten zu versorgen. Sie litt dem geschriebenen Wort gegenüber an einer Art angeborenen Farbenblindheit, die ihr half, allem auszuweichen, was einen Spalt in ihre so unerschütterliche ideologische Mauer hätte schlagen können. Álvaro Espinoza tat etwas Ähnliches, im Unterschied zu ihm jedoch akzeptierte Beatriz keine Bigotterie, weder bei Männern noch bei Frauen, und tolerierte auch nicht die allerkleinste Gesetzesübertretung, weder bei sich selbst noch bei anderen.

Gewiss wäre alles einfacher gewesen, wenn Beatriz irgendeiner wissenschaftlichen oder philosophischen Theorie begegnet wäre, die das von ihr erstellte Schema hätte stützen können. Lina war bereit, dieses als Hypothese hinzunehmen, sofern darin Ideen wie die von Ursprung und Zweck, sprich: das Konzept Gott, enthalten waren; sie hatte bisweilen den Eindruck, eine Analogie zwischen ihrer eigenen Vorstellung über eine sich selbst organisierende oder wenigstens dazu fähige Materie und einigen Bildern zu erkennen, die im Turm des Italieners in die Friese eingemeißelt waren. Beatriz aber lehnte kategorisch jedes göttliche Eingreifen in die erbärmliche Schöpfung ab, schließlich bestand deren alleiniges Ziel darin, zu jener unveränderlichen, glücklichen ursprünglichen Ordnung des allerersten Teilchens zurückzukehren, kurz bevor ein erster großer Knall zur Ausdehnung des Universums geführt hatte. Es gab lediglich die Absicht zu einer Übereinkunft, die darauf abzielte, Vielfalt im Interesse dieser Ur-Einheit zu unterdrücken, um nach dem Guten zu trachten, das sich aus der Abwesenheit des Bösen speiste oder seiner Bezugslosigkeit wegen gar als rein aufgefasst werden konnte. Das war alles; oder doch, vielleicht gab es noch die unendlichen Zyklen von Ausdehnung und Schrumpfung, deren Sinn der Verstand jedoch nicht zu fassen vermochte.

Doch Beatriz wollte gar nicht viel weiter gehen. Die angeführte Erklärung stütze ihre Annahmen über die Notwendigkeit einer gesellschaftlichen Ordnung, die dazu geeignet sei, den Menschen – dieses widerspenstige, individualistische Wesen par excellence – in den Bereich der Materie selbst zu integrieren, wie schon einige Jahre zuvor, als sie noch an einen strafenden und gütigen Gott glaubte und in jedem Akt der Unterwerfung eine gottergebene Haltung bestätigt gesehen hatte. Ihre Vorstellungen beschränkten sich damals allerdings letztlich darauf, die religiösen Prinzipien der Gesellschaft widerzuspiegeln, indem sie diese auf die Spitze trieb, wozu im Grunde jeder Analphabet mit Katechismusunterricht imstande gewesen wäre. Ihr neues Credo, das schnell zum Dogma wurde und nur Lina bekannt war, schuf die Illusion, sie gehöre zu einer Gruppe von Auserwählten. Wo waren denn die Männer, die fähig waren, der Wahrheit ins Gesicht zu sehen und die Folgen einer solcher Offenbarung zu tragen? Sie lebten im Verborgenen. Wären sie ins Licht getreten, die Gesellschaft hätte sie zerfleischt. Denn die Gesellschaft verlangte nach einfachen, beruhigenden Antworten, nach einem Gott, der aus der Weite des Himmels über seine Schäfchen waltete, sie verlangte nach einer Existenzberechtigung von Leben und Tod. Da beide Prinzipien im Kleinen den Prozess reproduzierten, zu dem das gesamte Universum seinen Gesetzmäßigkeiten nach verdammt war, war es unangebracht zu behaupten, diese Prinzipien seien auf Ebene des Individuums absurd. Eine solche Behauptung barg nicht nur die Gefahr, die Leute gegen sich aufzubringen, sondern würde im besten Falle zu Gedanken verleiten, die das unendliche Chaos nur noch steigerten. Womit der Weg zu jener freiheitsstiftenden Entropie verstellt wäre, um deren Verwirklichung sich diejenigen Menschen bemühten, die Beatriz' Hellsichtigkeit teilten. Die Rückkehr ins Nichtsein forderte demnach absolute Disziplin, und wer sich darüber im Klaren war, gehörte zur menschlichen Elite.

Jahrelang ging Beatriz davon aus, dieses Wissen müsse sich darüber vermitteln, dass die Eingeweihten sich untereinander erkannten wie die Mitglieder einer Freimaurersekte. Als sie jedoch keinerlei sichtbare Wandlung an sich selbst beobachten konnte, kein Mal, kein Stigma, an dem man sie hätte erkennen können, glaubte sie, die Strenge ihres Auftretens würde ihr Wesen offenbaren, und begann auf das Zeichen zu warten, durch das die anderen Auserwählten zu ihr finden würden. Nachdem sie allzu lange auf Briefe gehofft hatte, die niemals eintrafen, und auf irgendeine Geste, die niemand machte, ließ sie sich von einem Goldschmied einen seltsamen Goldanhänger fertigen. Die von ihr selbst entworfene Gravur wies ein von religiösen Emblemen und mathematischen Symbolen umgebenes Unendlichkeitszeichen auf. Dann kam sie zu dem Schluss, dass es in Barranquilla, einer Stadt, die komplett aus Mestizen und Geflüchteten bestand, niemanden gab, der sich je für die Dinge des Geistes erwärmen würde, und beschloss daher, die Last der Wahrheit alleine zu schultern. Da war sie gerade einmal fünfzehn Jahre alt.

Ihre Überzeugung, das Absolute entdeckt zu haben, brachte Vor- und Nachteile mit sich. Die Vorteile hatten sich schnell offenbart und zeigten sich in ihrer mittlerweile entwickelten Selbstsicherheit: eine erstaunliche Leichtigkeit beim Lernen, die sie ihre Hausaufgaben in nur einer halben Stunde bewerkstelligen ließ, sodass sie sich danach voll und ganz der Lektüre widmen konnte. Dazu kam eine fieberhafte intellektuelle Wendigkeit, der bisweilen subtile, ätzend wie Säure wirkende Analysen entsprangen; dann war da noch ein gewisser Stoizismus gegenüber der Einsamkeit. All das vermischte sich mit einer starrsinnigen Abneigung gegen jedwede Meinung, die ihren eigenen Vorstellungen widersprach. Von denen gab es glücklicherweise nicht viele. Die Welt, in der sie bislang hatte leben müssen, war so sehr von Manichäismus geprägt wie sie selbst. Außerdem fochten in den fünfziger Jahren zwei Ideologien um das Monopol der Wahrheit: Einerseits die Religion, egal welche, mit ihrem einzigen Gott, der von mörderischen Regungen gegen all jene bestimmt wurde, die ihn zu verleugnen wagten, dieses Spiegelbild des willkürlichen Vaters, der seinen Kindern den alleruntertänigsten Gehorsam abverlangte, die Sexualität ausbremste und jeden Unabhängigkeitsdrang mit der Wurzel auszureißen drohte – und andererseits das materialistische Denken, das im Kommunismus seinen höchsten Ausdruck gefunden hatte, mit einem weiteren bärtigen Patriarchen an der Spitze, dessen nicht immer realistischen, zudem leicht verschrobenen Ideen, die zu neuer Doktrin deformiert im Moment ihrer Umsetzung für ein Klima der Angst und Unterdrückung sorgten, wie es seit Menschengedenken nur die Tribunale der Inquisition im Mittelalter geschafft hatten. Diese zwei Ideologien kamen Beatriz nur allzu recht: Beide mussten sich, wollten sie ein Herrschaftssystem errichten, gleichermaßen auf die Familie stützen; und beide versuchten den Unruhefaktor zu streichen, den die sogenannte Menschenfreiheit darstellte. Ganz einfach. Was aber war mit ihren Gründern, Heilsbringern, Propheten und Revolutionären, die unter Berufung auf den Gott ihrer Ahnen oder auf ihre materialistischen Leitsätze für eine gerechtere Gesellschaft kämpften? Sie waren bescheidene Mittler im Dienst eines Gesetzes, von dem sie selbst rein gar nichts verstanden. Es genügte schon, dabei zuzusehen, wie Hoffnungen bei einer Begegnung mit der Wirklichkeit in sich zusammenkrachten und Illusionen zerbrachen, wenn die Utopie ihren Platz an die Herrschaft der Dinge abgab.

Wenn sie Beatriz so reden hörte, überfiel Lina ein Gefühl der Ohnmacht: Nie fand sie Argumente, um sich dem Gerede zu widersetzen, außerdem mangelte es ihr an der geistigen Disziplin, die es wiederum Beatriz erlaubte, Daten, Fakten und Zahlen auswendig zu lernen und sie in siegbringende Phalanxen zu verwandeln. Dieselbe Mutlosigkeit erfasste sie, wenn sie dem Geschwafel ihrer gläubigen Onkel lauschte, und Jahre später bei den Kommunisten, deren Bekanntschaft sie an der Universität machte. Sie ahnte damals noch nichts von dem fürchterlichen Tribut, den wirklich jedes Dogma forderte, diese kannibalische Gottheit, die erst das Herz ihrer Anhänger verschlang und dann dazu überging, jede intellektuelle Regung in ihnen auszulöschen. Beatriz hatte sich zu früh und mit zu großer Strenge der Sache des Absoluten verschrieben, ohne gelernt zu haben, über sich selbst zu lächeln. Die Überzeugung, etwas Besseres zu sein, hatte ihr tatsächlich ein Gefühl der Übermacht verliehen, aus dem sie die Kraft zog, sich in der Schule durchzusetzen und ihre Ziele zu erreichen. Doch wenn sie erst einmal im Besitz ihrer famosen Wahrheit war, dann musste sie sie auch ganz und gar und um jeden Preis schützen und vermeiden, dass sie der Kritik der anderen ausgesetzt wurde. Diese anderen wiederum konnten nicht nur alle ihr Nahestehenden sein, inklusive Lina, sondern auch Bücher, die abweichende Meinungen oder aufwieglerische Ideen vermittelten. Deswegen hörte sie langsam mit dem Lesen auf, und ihre Ideen büßten das Funkeln eines leidenschaftsgetriebenen Geistes ein; ihre Reden wurden immer kläglicher, verkamen zu einer einzigen Litanei aus negativen Geboten. Negativ und doch grausam fielen diese Gebote aus: Sie zwangen sie, all diejenigen, die sie zu überschreiten wagten, wie eine Viper anzufallen. War der geistige Aufruhr auch irgendwann zu Ende, so blieb der Hass, aus dem dieser erwachsen war, doch intakt.

Deswegen erlitt Beatriz jedes Mal dann Anfälle, wenn ihr irgendeine Haltung nicht passte, vor allem die ihrer Brüder. Zwischen ihr und dem Ältesten lagen beinahe acht Jahre, genau die Zeitspanne, die die vom Mystizismus geschlagene Tante damit zubrachte, während ihres letzten verunglückten Noviziats zunächst das Klosterleben zu vergiften und dann in Nenas Haushalt aufzuschlagen, um sich Beatriz' Erziehung anzunehmen. Die Avendaño-Brüder also waren dem Einfluss der verrückten alten Jungfer entkommen, besaßen, weil sie früh in die Liebeskunst eingeführt worden waren, ein ausgeprägtes Freiheitsbedürfnis und vermochten soziale Restriktionen und persönliche Gelüste in einer solchen Weise miteinander in Einklang zu bringen, dass sich in Beatriz die Tobsucht regte. Sie alle waren wieder nach Bogotá zurückgekehrt und vergnügten sich bestens auf pompösen Feiern oder Gelagen in Bordellen; ab und an hatten sie Verlobte, die sie unter den wenigen, mehr oder minder emanzipierten jungen Frauen der städtischen Oberschicht ausfindig gemacht hatten, also unter jenen, die in den Vereinigten Staaten studiert hatten oder eine starke Persönlichkeit besaßen. Mit ihnen trafen sie sich zu Hause und sorgten mit Schummerlicht, Boleros und Blues, Stille und Gewisper für eine lauschige Atmosphäre. Wenn dies geschah, sperrte sich die wutentbrannte Beatriz in ihr Zimmer ein: Sie konnte ihren Brüdern nicht verbieten, Freundinnen zu empfangen, und fand auch keine stichhaltigen Gründe dafür; immerhin verlangte die von ihr so herbeigesehnte Ordnung die Ehe, und diese wurde mit der Verlobung eingeläutet. Das Böse aber zeigte sich im Verlangen dieser Körper, die einander unter dem Vorwand, zu tanzen, in einem schlecht beleuchteten Wohnzimmer liebkosten, das so dunkel war wie die Sümpfe, wo sie selbst vier Jahre zuvor die ersten Anzeichen des Begehrens erlebt hatte. Von den Widersprüchen ihrer eigenen Logik in die Enge getrieben, sah Beatriz andere die Gelüste ausleben, die sie selbst so gewaltsam in sich unterdrückte, und machte die Magersucht zum Mittel ihrer Rache.

Wäre sie Inquisitor oder Politkommissar gewesen, sie hätte ein Klima des Schreckens verbreitet, das einen Eintrag in die Geschichtsbücher würdig gewesen wäre. Das war sie aber nun einmal nicht, und dabei würde es auch bleiben. Sie war als Frau geboren und hatte das männliche Gesetz bis aufs Äußerste angenommen. Ohne dass sie es wusste, war ihr in dem Augenblick, da sie zur Welt gekommen war, alle Macht genommen worden; das Wenige, was davon geblieben war, hatte sie mit ihrem Lebenshass zerstört. Angesichts dieser Realität brachte es überhaupt nichts, einer Kaste von Auserwählten anzugehören, die notgedrungen unsichtbar und daher nicht dazu in der Lage waren, sie mit ihrer Gegenwart zu trösten und zu ermutigen, wenn sich die schwarzen Flügel des Trübsinns über ihr öffneten. Das Leben kam ihr damals grausam vor, und unnütz ihr Bemühen, ein Vorbild zu sein und den rechten Weg zu weisen. Da kam es ihr in den Sinn, die Welt sei dazu da, Chaos zu stiften, und eine Geste oder auch nur ein einfacher Satz reichten aus, um sie in eine jener Krisen zu stürzen, die bei denjenigen, die sie, ohne es mitzubekommen, verletzt hatten, große Fassungslosigkeit hervorriefen.

Vergeblich bemühte sich Lina, die Avendaño-Brüder zu verteidigen, sie wies darauf hin, dass alle Männer in ihrem Alter und in ihren Verhältnissen sich genauso benahmen. Beatriz unterstellte ihnen die geheime Absicht, sie zu quälen, indem sie sich über ihre Prinzipien lustig machten, ohne zu bedenken, dass kaum jemand Genaueres von diesen Prinzipien wusste, weil sie sich so beharrlich weigerte, sie wirklich darzulegen. Die Brüder hielten sie höchstens für prüde und waren der Meinung, sie sei fürs Kloster bestimmt. Beatriz hatte unter einer repressiven Erziehung gelitten, und wer sich Scherereien ersparen wollte, ließ sich lieber nicht auf sie ein. In ihrem tiefsten Inneren warfen die Brüder ihrem Vater vor, sie den Spinnereien der Tante ausgesetzt zu haben, nach deren Auftauchen sie selbst sofort nach Bogotá geflüchtet waren. Doch Beatriz' Krisen und den Mystizismus von Nena beantworteten sie mit unwillkürlicher Abneigung, die sich humorvoll kundtat, nicht auf sarkastische, sondern auf distanzierte und durchaus warme Art, mit dieser für die Leute der Karibik so typischen Leichtigkeit, mit der die Dinge des Lebens auf die Schippe genommen wurden und ihre Schwere verloren. Die Brüder ahnten nicht im Geringsten, wie sehr sich Beatriz den Kopf über sie zerbrach, wie sie ihnen nachspionierte, sie beim Telefonieren bespitzelte, in ihren Papieren und selbst in ihrer Unterwäsche wühlte. Nachts lief sie die Flure entlang und lauschte an den Türen, um ihre Gespräche zu verfolgen, und wenn die Rede zufällig auf sie selbst kam, dann wälzte sie das, was sie aufgeschnappt hatte, hin und her und entstellte es, bis aus einer harmlosen spöttischen Bemerkung eine Beleidigung geworden war. Und selbst dann, wenn die Krise ausblieb, nährte dieses Wiederkäuen des bereits Gehörten einen Argwohn, der sie aggressiv machte und schließlich gegen ihre Brüder aufbrachte. Mit allen anderen Menschen verhielt es sich ähnlich, nur waren deren Reaktionen nicht von geschwisterlichen Gefühlen gehemmt. Wenn man sie in La Enseñanza in Ruhe ließ, dann geschah das größtenteils, weil die Nonnen als ihre bedingungslosen Verbündeten sie beschützten; außerdem ließ sie nach der Erfahrung mit der Wippe sowieso Vorsicht walten.

Außerhalb der Schule jedoch konnte die Feindseligkeit, die sie weckte, bedrohliche Züge annehmen. Beatriz bemerkte sie auf magische Weise und führte die Feindseligkeit auf eine Art unfreiwilliges, unvermeidbar auf ihre geistige Überlegenheit reagierendes Ressentiment zurück. Und in der Tat fand sich in dem Verhalten der Leute ihr gegenüber etwas Irrationales, als sei Beatriz' Wesen mit einer Art negativem Charisma aufgeladen, das individuelle Ansichten aushebelte und dazu führte, dass die Gruppe zu einer von Abneigung angetriebenen Meute wurde und die fragilen Vereinbarungen niedertrampelte, auf denen das gesellschaftliche Leben fußte. Dass Beatriz sich unnachgiebig gegenüber jeder Form des Kompromisses zeigte und unfähig war, sich überhaupt einer Gruppe anzuschließen, führte womöglich dazu, dass schon ihr bloßes Auftauchen eine Grüppchenbildung provozierte. Einmal musste Lina erleben, wie sie heimtückischsten Anfeindungen ausgesetzt war, in ähnlicher Weise wie Catalina damals beim Presse-Schönheitswettbewerb. Catalina allerdings war der Rache der städtischen Bourgeoisie anheimgefallen, weil sie – wenngleich unwissentlich, so doch recht aktiv, nämlich mit der überheblichen Zurschaustellung ihrer Schönheit – das so abgrundtief verhasste Gespenst der Divina Arriaga hatte lebendig werden lassen. Beatriz wiederum hatte sich, wie auch Lina selbst und alle anderen, die an jenem Tag zum Ausflug nach Puerto Colombia eingeladen waren, lediglich geweigert, an einem Spiel teilzunehmen. Es war ganz bestimmt kein gewöhnlicher Tag; es war überaus heiß, und bereits seit dem frühen Morgen lag schwer der herannahende Regen in der Luft, bis die Spannung stieg, als die begleitenden Mütter auf die zwischen den vom Meer an den Strand gespülten Baumstämmen mit ihrem Freund vögelnde Elvira Abondano stießen. Das Entsetzen war so groß, dass die Mütter unter dem Druck, einen Skandal zu verhindern, der sich wie ein Bumerang gegen sie selbst gewendet hätte, und wegen der nötigen Maßnahmen, um die Schuldige auf der Stelle zurück nach Hause zu befördern, den anderen alle Zeit der Welt gelassen hatten, das verbotene Flaschendrehen zu organisieren. Es wurde bei der erstbesten Gelegenheit gespielt: Mädchen und Jungs ließen sich im Halbkreis auf den Boden nieder, wo eine leere Flasche angeschubst wurde und sich so lange drehte, bis der Flaschenhals auf die Person wies, die sich nun erheben musste, um einen Mitspieler oder eine Mitspielerin des jeweils anderen Geschlechts zu küssen. Darüber wurden Liebschaften und Versöhnungen ermöglicht, außerdem fungierte es als Mittel gegen Schüchternheit. Lina würde später erst begreifen, dass ihre Freunde, ohne es zu wissen, eine Gruppendynamik in Gang gesetzt hatten, die darauf ausgerichtet war, für sexuelle Enthemmung zu sorgen und zugleich mögliche Schuldgefühle von vornherein zu entkräften, weil alles allein von der unvorhersehbaren Bewegung einer Flasche abhing. Die Regel besagte, dass ein Spieler zwar davon absehen konnte, selbst tätig zu werden, aber in jedem Fall gezwungen war, sich von jemanden anders küssen zu lassen, der von seinen Rechten Gebrauch machen wollte. Genau diese Klausel war es, die Lina, die nicht allzu sehr an den Zufall glaubte, immer hatte zurückhaltend sein lassen. Für Beatriz, die dem Schauspiel zum ersten Mal beiwohnte, war das Spiel der Inbegriff der Heuchelei. Lina war die Einzige, die ihre Einschätzung kannte, und doch hatten die anderen sie sofort durchschaut. Es war unmöglich, zu wissen, wie und wieso; nichts an Beatriz verriet ihre Gefühle, keine Geste, kein Blick ließ Missbilligung ahnen. Sie blieb überaus ruhig auf ihrem Stuhl sitzen und würde ebenso ruhig in den Bus steigen, der sie alle zurück in die Stadt brachte. Es war sieben Uhr, die Nacht war hereingebrochen, da brannte plötzlich die Glühbirne im Bus durch, und ein Mob aufgebrachter Mädchen und Jungs fiel über Beatriz her, um wild auf sie einzuschlagen. Als Lina begriff, was sich da abspielte, wühlte sie sich durch die Menge, bis dorthin, wo sie Beatriz sich hatte hinsetzen sehen, und verteilte dabei bedenkenlos Tritte und Schläge. Es herrschte große Stille, und während sie quasi über die Körper ihrer Freunde hinwegstieg, wichen diese aus Angst, erkannt zu werden, zurück, weswegen sie letztlich nur eine Person ausmachen konnte, von der sie eine blonde Haarsträhne in der Hand behielt. Auf dem Weg zurück nach Barranquilla blieb Beatriz stumm, sie sammelte Energie für die Ohnmacht, zu der es nur deswegen nicht kam, weil ihr Vater nicht zu Hause war. Als sie Nena half, Beatriz' Prellungen mit Salbe einzuschmieren, bemühte Lina die These des Sühneopfers, das, völlig willkürlich ausgewählt, gequält wurde, damit sich eine Gemeinschaft von ihren Sünden befreite: An diesem Tag war ein Pärchen beim Sex überrascht worden, und alle hatten sich mehr oder minder schuldig gefühlt. Beatriz bedachte Lina mit einem nachsichtigen Lächeln, die Avendaño-Brüder würdigten sie keines Blickes. Tief gekränkt beschlossen sie, den Affront auf ihre Weise zu ahnden. Und so wurden alle Jungs, die mit auf dem Ausflug gewesen waren, vorgeführt und durchgeprügelt, einer nach dem anderen, die Gerechten wie die Sünder, sodass Beatriz' Überzeugung, nur auf ihre Familie sei Verlass, mehr als bestätigt wurde.

Durch diese Solidaritätsbekundung im Ansehen gestiegen, verschwanden die Avendaño-Brüder für eine Weile aus dem Fokus von Beatriz' Wahn, und sie lenkte ihre Aufmerksamkeit in Ermangelung einer naheliegenden Beute auf das Betragen der Dienstmädchen. Bislang hatte sie nicht weiter auf diese geachtet, weil sie sie per se als unrettbar angesehen hatte, schließlich waren sie in der Sünde geboren und pflanzten sich in der Sünde mit derselben Schamlosigkeit fort wie die Weibchen des Tierreichs. Mit Tieren hatte sie diese Frauen seit ihrem siebten Lebensjahr in Verbindung gebracht, als sie unter dem Einfluss der verbitterten Novizin stand, in deren Augen es etwas Wesentliches gab, das die Avendaños von schwarzen Menschen unterschied. Seit ihrem Erscheinen auf der Welt waren die Avendaños blond und weiß gewesen; sie waren hier an der Spitze ihrer Truppen auf der Iberischen Halbinsel aufgetaucht, um für die alleredelste Sache zu streiten, waren gemeinsam mit der Königin von Kastilien gegen die kupferfarbenen Mauren zu Felde gezogen, nachdem sie diese bereits auf den Kreuzzügen zwei Jahrhunderte lang im Zeichen des grimmigen Ebers auf ihren Wappen bekämpft hatten; ihre Nachfahren waren Ehebündnisse mit den besten Familien Europas eingegangen, und manche von ihnen durften Helme in ihre Wappenzeichen einfügen. Es zeichneten sie Ehrgefühl und Mut aus, niemals brachen sie ihren Schwur. Was verband sie also mit diesen Mestizen, die verrußt und verunreinigt waren vom laschen Blut der karibischen Indios und dem teuflischen der schwarzen Sklaven? Nichts, rein gar nichts, die Tante konnte da keinerlei Beziehung erkennen, selbst wenn ihr der gesunde Menschenverstand nahelegte, dass es Affinitäten gab und sie die eigene Religion dazu verpflichtete, Brüder in ihnen zu sehen. Und Beatriz schienen sie so fern, dass sie ihnen, hätte sich jemand die Mühe gemacht, ihr den Begriff der Spezies darzulegen, ohne jede Boshaftigkeit den Platz des *Missing Link* zugewiesen hätte. Und doch, so vertraute sie Lina erstaunt an, war sie als Kind von den Dienstmädchen völlig verzaubert gewesen: Sie hatte davon geträumt, eine von ihnen zu sein und eine Unmenge von Putzlappen und anderen unnötigen Dingen zu besitzen: Sie wünschte sich langes Haar, hätte es so gerne mit Öl eingeschmiert und es stundenlang vor einem kaputten Spiegel gekämmt; hätte gerne Zigarettenstummel geraucht und sich mit derben Parfüms eingesprüht. Die Dienstmädchen führten ihrer Ansicht nach ein Zigeunerleben; sie kamen aus jenem finsteren Jenseits, das ihre Tante von Dieben und Huren bevölkert glaubte, nach El Prado. Bunt gekleidet liefen sie von Tür zu Tür und baten um Arbeit, wollten Abschied von der Armut nehmen, vom ewigen Hungerstechen im Magen, von der Promiskuität in ihren elenden Hütten, in denen Männer, Hunde, Hühner auf dem Boden schliefen, und manchmal auch noch ein Schwein, das jede Nacht gierig beäugt wurde, aber für härtere Zeiten reserviert war. In El Prado bot man ihnen im Handumdrehen Bett, Essen und Arbeitskleidung, dazu noch einen Lohn, den sie ansparen oder für irgendwelchen Firlefanz ausgeben konnten. Wieso brachen sie die Zelte dann wieder ab? Nach nur wenigen Monaten schon warfen sie wegen einer Lappalie alles, was sie gekauft oder geschenkt bekommen hatten, in einen Pappkoffer und stakten stolz in ihre elendigen Viertel zurück. »Faulheit«, behauptete die Tante. »Unzucht«, legte Beatriz nach, ohne auch nur einen Moment lang auf Linas Meinung zu hören, die in der Haltung der Dienstmädchen einen derart unbedingten Freiheitsdrang sah, dass jedes materielle Wohlergehen dem Vergnügen geopfert wurde, die Hausherrinnen zum Teufel schicken und nebenher die in der Knechtschaft unweigerlich verlorene Würde wiedererlangen zu können. Aussichtlos: Die an Beatriz' Horizont aufgetauchten Dienstmädchen hatten unumkehrbar das Bild der Unersättlichkeit mit sich geschleift. Tausende von Heranwachsenden wurden jährlich an skrupellose Männer verhökert oder verloren ihre Jungfräulichkeit an die Geliebten ihrer Mütter; mit fünfzehn schleppten sie sich bereits mit einem Kind ab, mit dreißig hatten sie unzählige Gören am Hacken, die von unterschiedlichen Erzeugern stammten, und trugen damit nur zur Verelendung und Verwahrlosung der Gesellschaft bei. Gegen ihre Zügellosigkeit war indes kein Kraut gewachsen, selbst die Kirche hatte hier ja nichts ausrichten können. Und wenn sie vom Hunger getrieben endlich eine anständige Arbeit fanden, gaben sie ihren Lohn für Pülverchen, Schminkzeug und Parfüms aus, um die Männer zu bezirzen und auf diese Weise die nächste lüsterne Nummer hinzulegen, die in einer weiteren Schwangerschaft und damit im sofortigen Verlust des Arbeitsplatzes enden würde. Nein, die Freiheit verlangte eine totale Unterbindung der tierischen Triebe, es brauchte Selbstbeherrschung, damit das Individuum vernünftige Entscheidungen treffen konnte. Die Dienstmädchen trafen keinerlei Entscheidung: Gelenkt von kurzzeitiger Leidenschaft wechselten sie von einem Geliebten zum nächsten und pflanzten sich verantwortungslos fort. Vor allem aber sündigten sie oder verbreiteten, ganz unfromm gesprochen, das Virus der Schamlosigkeit, wo auch immer sie auftauchten, und steckten damit sogar noch die Leute in El Prado an.

Zu diesem Zeitpunkt kappte Beatriz alle ihre letzten (ohnehin schon übel zugerichteten) Verbindungen zur Religion, um sich dem Maoismus zuzuwenden, der einzigen Doktrin, die sich praktisch mit dem Problem der Reproduktion auseinandersetzte und jeder Frau einen Mann und eine begrenzte Anzahl von Kindern zuwies. Einige Jahre später führte ihre Überzeugung, der lateinamerikanische Kontinent könne bald wie China zu einer unübersichtlichen Menschenbrutstätte werden, dazu, dass sie sich den ersten dem Terrorismus zugeneigten Maoisten anschloss, die in der Stadt auftauchten, und diese sogar Sprengstoff in ihrem Haus in Puerto Colombia verstecken ließ. Allerdings war sie nie wirklich vollumfänglich Marxistin, weil sie in den Massen bloß ein Instrument des Führers sah, und in diesem eine Einzelfigur, die darauf aus war, ihre moralischen Überzeugungen mit Beharrlichkeit durchzusetzen. Aus dieser Deutung erwuchs die Idee zu einer zunächst kleingehaltenen Läuterungskampagne, bei der erst einmal die Angestellten ihrer nächsten Verwandten, also die der Tanten Avendaño angesprochen werden sollten. Die Tanten ließen ihr zunächst freie Hand, weil sie Beatriz ihres Alters wegen für unschuldig hielten, als sie aber die grausamen Folgen des Experiments bemerkten, baten sie sie höflichst, sich doch auf die Dienstmädchen des eigenen Haushalts zu beschränken. Und dann stand die arme Nena plötzlich ohne Hausangestellte da: Keines der Mädchen wollte an einem Ort arbeiten, wo die Tochter der Hausherrin so dreist war, sich in ihr Privatleben einzumischen oder ihnen nachts in den Garten hinterherzuspionieren, weil sie sich vergewissern wollte, ob sie auch wirklich auf sie hörten und weder nächtliche Besuche empfingen noch sich im Schutz der Bäume irgendwelche Flirts erlaubten. Die zwei Stunden Freiheit, die dem Dienstmädchen nach ununterbrochener Arbeit zustanden, galten weniger der Lustbefriedigung als der Wiederherstellung eines durch Knechtsarbeit entfremdeten Körpers. Die Mädchen fanden sich in der nächtlichen Frische zu Gruppen zusammen und hatten endlich das Gefühl, sich dem Willen ihrer Herrinnen entziehen zu können, die unbewusst die glücklichen Zeiten der Sklaverei herbeisehnten und an ihnen die unterdrückte Wut gegen Väter und Männer ausließen; sie entspannten sich ab acht Uhr abends, wenn die Ruhepause begann, die unentbehrlich war, wollte der Kampf am nächsten Tag wieder aufgenommen werden. Das geschah in zwei sauber voneinander getrennten Zonen, die von den Verandas vorgegeben wurden, auf der die Damen des Hauses in Schaukelstühlen saßen und sich dem neuesten Tratsch oder irgendeiner Banalität hingaben, während die Dienstmädchen auf der anderen Seite des Gartens draußen auf dem Bordstein saßen, aus dem Privatleben der Familien berichteten und die Erlebnisse des Tages im Haus zum Besten gaben. Die einen ruhten sich neben Familienwappen mit abstrakten Namen aus, um durch die Ödnis eines weiteren Tages zu kommen, der sich zu einer hoffnungslosen Nacht hin öffnete, sie waren nicht nur körperlich gealtert, sondern auch im Geist, aus dem Träume und Illusionen aufstiegen; die anderen hingegen waren aufgedreht und gutgelaunt und blühten auf in der Erwartung der kleinen Soldaten, die sie besuchen kämen, bevor sie um Mitternacht in die Kaserne zurückkehrten. Zwischen diesen beiden Gruppen lag der Garten, ein den Ersteren verwehrtes Gebiet (die Banner lagen, obgleich sie niedergeschlagen worden waren, noch neben ihnen), das diese den Letzteren nicht zugestanden, was allerdings sinnlos war, weil nichts auf der Welt sie daran hindern würde, in Begleitung ihrer Liebhaber darin einzubrechen. Sie rissen Pflanzen aus und walzten das Gras nieder, bis sie der kurze, wilde Krampf packte, der ein wenig Gerechtigkeit bringen würde. All das, was man ihnen im Laufe des Tages bei der Arbeit im Haus genommen hatte, holten sie sich nachts im Garten wieder zurück – genüsslich und bester Dinge, weil sie in der Tiefe ihres Unbewussten ahnten, welchen Preis die anderen dafür zahlen mussten, dass sie sich in die Schaukelstühle der Veranda (zu den regungslosen Bannern) setzen durften. Diesen uralten Vertrag, der existierte, seit ein Mensch die Mittel dazu gehabt hatte, sich von einem anderen bedienen zu lassen, wollte Beatriz nun im Namen einiger Prinzipien abschaffen, mit denen sie allerdings nur ihre eigene Verzweiflung übertünchte. Das Schlimmste daran war, dass der Zwang, überprüfen zu müssen, ob die Dienstmädchen ihre Anweisungen befolgten oder nicht, sie immer tiefer in die liebestolle Stimmung der Gärten hineinzog. Vom Fenster ihres Zimmers im dritten Stock des Hauses aus und so weit es die Dunkelheit erlaubte, sah sie durch ein Fernglas den nächtlichen Liebesspielen zu; mit vor Beklemmung verkrampftem Körper lauschte sie dem Gekicher und Gestöhne, und diese Beobachtungsgänge ließen sie gereizt und voller Groll gegen die Schuldige zurück. Dann schlich sich die Krise an, der Zusammenbruch – oder eben eine neue Folge von Ratschlägen und Vorwürfen, die dazu führte, dass das Dienstmädchen sein Monatsgehalt einforderte und kündigte.

Diese Situation hatte sich nun mittlerweile zum zehnten Mal zugetragen, als Armanda, das Dienstmädchen von Doña Eulalia del Valle, deren Gejammer satthatte und es schaffte, zu gehen, um dann bei den Avendaños anzufangen. Armanda war im Besitz sämtlicher Aquamarine, die Dora je von Andrés Larosca erhalten hatte, ebenso besaß sie die Broschen, die Doktor Palos einst Doña Eulalia vermachte, und sie hatte begonnen, über die Beständigkeit des Geldes nachzudenken – und darüber, wie es sich wohl am besten beschaffen ließe. Auf keinen Fall würde sie sich die Empfehlungen eines zwanghaften Backfischs entgehen lassen, wenn diese mit gewissen Zuwendungen einhergingen: Sie hatte sich einen Eindruck von Beatriz' Aversionen gemacht und beschloss, Nacht für Nacht um ihren eigenen Anstand zu feilschen – denn sie war überzeugt davon, es sei besser, auf die Freuden des Gartens zu verzichten, wenn sie im Gegenzug dafür die in Schmuckkästchen lagernden Goldketten und -armbänder bekam. Beatriz war überglücklich: Mithilfe von ein paar Gegenständen, die in ihren Augen verabscheuenswürdig waren, gelang es ihr endlich, ein Dienstmädchen der Sünde zu entreißen und damit ein Exempel für die anderen Mädchen zu statuieren. Sechs Monate später war Armanda zu ihrem Lieblingsobjekt geworden: Sie stellte sie aus, führte sie vor, ging mit ihr ins Kino, und nachdem sie ihr auch noch Lesen und Schreiben beigebracht hatte, bat sie die verdutzte Nena, Armanda die Abende zum Lernen freizugeben. Danach wollte sie sie mit den anderen Dienstmädchen in El Prado in Kontakt bringen und Seminare anbieten, in denen über die Vorteile eines gezügelten Lebens debattiert werden sollte. Das aber überstieg Armandas Möglichkeiten, sie roch die Gefahr und lenkte Beatriz' Aufmerksamkeit auf die Geschehnisse im Haus der neuen Nachbarn, der Familie Del Puma.

Mit einem derartigen Familiennamen am Hals hätte Evaristo del Puma zur Vermeidung des ihm zugedachten Unglücks eigentlich in ein Trappistenkloster gehen müssen. Das gelang ihm aber nur in Ansätzen, wurde er doch in der Schule ständig erniedrigt und zum Gespött seiner Mitschüler, die ihn aufforderten, seinen Mut zu beweisen, und ihn schließlich mit einer durch seine Feigheit angestachelten Wut zusammenschlugen. Um ihnen zu entkommen, wechselte er auf eine bescheidene Handelsschule und stieg dann mit einem zweifelhaften Buchhalterdiplom ins Berufsleben ein. Klein und schüchtern, ja, rattenklein, wie er war, wäre er wohl in der lahmen, zu seiner Persönlichkeit passenden Mittelschicht hängengeblieben, wenn nicht das Schicksal (oder die absonderlichste Inkonsequenz gegenüber sich selbst) ihn eine der Frauen der Familie Sierra hätte heiraten lassen. Diese Frauen besaßen alle ein äußerst starkes Temperament, waren extrem frühreif und nicht minder zäh, brachten die Pubertät im neunten Lebensjahr hinter sich und konnten selbst als Sechzigjährige noch schwanger werden. Man erzählte sich, die Ehe wäre niemals zustanden gekommen, hätte der Vater von Lucila Castro, als diese Evaristo del Pumas Bekanntschaft machte, einmal seinen Verstand eingeschaltet. Denn jeder mit einer Sierra verheiratete Mann, der Kinder von dieser bekommen hatte, wusste nur allzu gut, wie viel moralische und körperliche Kraft zu deren Befriedigung aufgebracht werden musste. Unglücklicherweise war der Vater von Lucila damals ein von unzähligen wilden Ehejahren ausgelaugter Mann, der einen aussichtslosen Kampf gegen die Begierden der älteren Töchter geführt hatte, diese aber schließlich mit Männern hatte zusammenbringen können, die, wie er selbst in jungen Jahren, die Stärke von Stieren besaßen. Und ihren Heißhunger. Damit war die Hochzeit beschlossene Sache. Evaristo und seine Buchhalterkrawatte wurden ein Jahr lang ertragen, bis Lucila ihr erstes Kind zur Welt brachte und endgültig begriff, dass ihr Gatte aus einem anderen Stoff gemacht war als sie selbst. So begann der Reigen der Liebhaber. Und es waren viele. So viele, dass Evaristo del Puma es vorzog, die Stadt unter dem Vorwand zu verlassen, die Schulden der Bauern aus der Region Magdalena einzutreiben, die diese bei der Firma gemacht hätten, für die er arbeitete. Er kam immer erst Ende des Monats wieder, nicht ohne vorher ein Telegramm mit Angaben über seine genaue Ankunftszeit zu senden und zu erklären, an welchen Tagen er in Barranquilla sein würde. Als sich herausstellte, dass Lucila schwanger war, gab er nicht den geringsten Kommentar dazu ab, wohnte neun Monate später noch der Taufe Leonors bei, ließ sich dann aber dauerhaft in einem am Flussufer gelegenen Dorf nieder.

Es geschah danach, dass Lucila Castro dank einer Erbschaft das Nachbarhaus von Beatriz kaufte und dort *ihren* Schwarzen einquartierte. Einen groß gewachsenen, äußerst ruhigen Mann, der mit der Würde eines afrikanischen Königs einherschritt und die Tage halbnackt zu verbringen pflegte, die Scham nur von gelben Shorts bedeckt. Erst bei Einbruch der Nacht warf er sich etwas über, wenn er hinausging, um von einem Auto zum nächsten zu ziehen und die Dienste seiner Herrin anzubieten. Tatsächlich hatte Lucila Castro schon bald entdeckt, dass ihre Lust als Einkommensquelle dienen konnte und gleichzeitig ihre Eigenschaft als Belohnung seitens eines guten Gottes beibehielt, die dieser den bescheidenen, lebenslustigen Leuten angedeihen ließ. Sie schlief liebend gern mit Männern, und die Männer wussten das. Ihr Gatte gab ihr keinen Centavo, und den Männern entging auch das nicht. Deswegen begaben sie sich bei Einbruch der Dunkelheit zu ihr, fuhren, um einander nicht zu belästigen, mit ausgeschalteten Scheinwerfern in einer Reihe den Bordstein ihres Hauses entlang, bis der Schwarze erschien und ihnen den stets völlig unvorhersehbaren, wechselnden Preis der Nacht nannte. Manche harrten viele Monate aus, ob einer Laune Lucilas folgend oder aufgrund einer willkürlichen Entscheidung des Schwarzen, der lässig erklärte, es gebe eben viele Anwärter und nur wenige Auserwählte. Keinen Moment lang legte er seine Kaltblütigkeit ab, schwärmte Berenice, ja, er hörte nicht einmal hin, wenn die Benachteiligten wimmerten, er möge sich für sie einsetzen: Ohne mit der Wimper zu zucken, blickte er über die Wagen hinweg ins Nichts und dachte dabei womöglich an seine erste Begegnung mit Lucila Castro: nachts während des Karnevals im Barrio Abajo, einem Viertel, in das keine weiße Frau je einen Fuß setzte: Doch da war sie mit ihrer roten Mähne und den festen, milchweißen Brüsten aufgetaucht, hatte Mapalé getanzt, als sei der Gott Changó höchstpersönlich in sie gefahren. Und als der Mann, in dessen Begleitung sie war, feige zurückwich und in seinem besoffenen Zustand begriff, dass es ein Fehler gewesen war, sie mitgenommen zu haben, da schaufelte er, Lorenzo, sich den Weg frei und verscheuchte im Nu alle Schwarzen, die Lucila einzukreisen begonnen hatten. Ein Wink von ihm, und die Musiktruppe war in einen anderen Rhythmus verfallen, die Trommeln waren sanfter geworden, die Flöte hatte eine wehklagende Melodie gespielt – und die Leidenschaft dieser Frau hatte ihn angefallen, um nie wieder von ihm zu lassen. Sie gingen einen teuflischen Bund ein, ohne dass sich deswegen etwas an Lucilas Liebesgewohnheiten änderte. Berenice zufolge war Lorenzo klar, dass kein Mann auf der Welt eine Frau befriedigen konnte, die sich mit ihrer eigenen Sexualität bis in den letzten Winkel auskannte und sie voll und ganz annahm; außerdem hatte es keine Nacht gegeben, in der Lucila ihn nicht darum gebeten hätte, im Bett auf sie zu warten, bis sie unter der Dusche den ätzenden Geruch ihres weißen Freiers losgeworden war und wieder die liebestolle Beute Changós werden konnte, dieses Gotts, dessen heiligen Schrei nur Lorenzo verstand. Und zu achten wusste. Ja, Lorenzo liebte die Frauen, wenn sich in ihren Körpern die unheilbringenden Kräfte des Lebens regten; er liebte sie mit aller Begeisterung und folgte dabei den Launen seines eigenen Verlangens ebenso wie der taumelnden Einbildungskraft seiner Leidenschaft, und zwar mit der respektvollen Ehrfurcht, die ein alter Seemann dem Meer gegenüber empfindet. Wenn die anderen kein Risiko eingehen wollten, bitteschön, dann sollten sie eben an Land bleiben. Nicht aber er: Seine ganze Kindheit lang war er durch die grünen Wasser der karibischen Insel geschwommen, auf der er aufgewachsen war, hatte sich in den von Haien durchschwommenen Strömungen getummelt und in die riesigen Wellen geworfen, die am Strand zerstoben – all das ohne die geringste Angst, schließlich wusste er im Voraus, das hatte er Berenice anvertraut, an welchem Tag und zu welcher Stunde ihn der Tod ereilen würde. Er wusste es von einer seiner Urgroßmütter, die die Gottheiten des Voodoo mit einem Fingerschnipsen herbeizitierte; sie hatte schulmeisterlich zu ihm gesprochen und ihm gleichzeitig vorausgesagt, er werde leidenschaftlich für eine weiße Frau entflammen, ohne dass seine Manneskraft deswegen erlösche. Diese Frau hatte er bereits im Kopf, als sich eine seiner Cousinen erstmals auf seine Schlafmatte gleiten ließ und er sein Glied steif werden spürte; er hatte inmitten unzähliger Liebschaften und mit großer Geduld auf diese Lucila gewartet, bis er sie in besagter Karnevalsnacht unter den anderen Schwarzen tanzen sah. Es war ihm egal, was die Leute über ihre Beziehung denken mochten, beteuerte er, genauso wie er sich nicht im Geringsten um die ordinären Gefühle scherte, die Lucila bei den Männern auslöste, die da allabendlich mit ihren Wagen vors Haus gefahren kamen. Denn Lucila gehörte den Rest der Zeit ihm; sie war den ganzen Tag über sein, sooft er Lust hatte, sie zu umarmen und ihre Begehren mit einer geschickten Liebkosung zu wecken. Wenn sich ihr Körper seinem eigenen herrlichen Körper hingab, erlebte Lorenzo die völlige Ekstase und war überzeugt davon, ein Auserwählter des großmütigen Ochún zu sein. Außerdem hatte er vor, sie aus Barranquilla fortzuschaffen: so, Tag und Nacht seiner Lust ausgeliefert, mit Tag und Nacht unter aufreizenden Blicken geweiteten Poren. Lucila gewöhnte sich langsam an die Idee, mit ihm auf die Insel San Andrés zu ziehen und ihr Geld in den Kauf eines Ladens zu investieren, in dem sie gemeinsam arbeiten könnten. Das war der Stand ihrer Beziehung, als sich Beatriz' obsessiver Blick auf das Paar richtete.

Es war die Höhe, feststellen zu müssen, dass direkt nebenan – wenngleich nicht auf demselben Bordstein, denn die Vorderseite des Hauses von Lucila Castro führte auf die Querstraße hinaus –

ein unheimlicher Verkehr herrschte, dem sich dieses Flittchen in Begleitung ihres schwarzen Liebhabers hingab. Beatriz erlitt gleich eine ganze Serie von Ohnmachtsanfällen. Zu Beginn war sie noch etwas begriffsstutzig gewesen, also das erste Mal, als sie den Bürgersteig ablief, die Reihe geparkter Autos mit den ausgeschalteten Scheinwerfern bemerkte und dazu Lorenzo, wie dieser von einem zum anderen lief und den Fahrern irgendetwas zuflüsterte. Die schlaue Armanda hatte sich gehütet, ins Detail zu gehen, deshalb verstand Beatriz gerade so viel, dass da eben recht viele Männer ab sechs Uhr abends ihre Wagen abstellten, mit dem Schwarzen verhandelten und dann wieder aufbrachen, bis auf einen, der auf Lucilas Erscheinen wartete. Beatriz wusste kaum etwas über Lucila, doch wenn sie sich als verheiratete Frau so benahm, dann verriet das nichts Gutes. Also trommelte sie am folgenden Tag die Familie zusammen, legte ihre Verdachtsmomente dar und entschied, es müsse eingeschritten und dem Skandal ein Ende bereitet werden. Die Avendaño-Brüder sahen einander bereits beunruhigt an, als sich, hach, wer hätte das gedacht, Nena einschaltete und erklärte, keines ihrer Familienmitglieder werde sich in das Privatleben der Nachbarin einmischen, Lucila habe das Haus rechtmäßig gekauft, und es gehe niemand etwas an, was sie dort veranstalte. Die Brüder stimmten erleichtert zu, und Beatriz bekam ihren ersten Anfall. Erfolglos, denn Nena sollte darauf stets mit merkwürdiger Ungerührtheit reagieren und erklärte nun obendrein, Lucila Castros Kinder dürften nicht in Mitleidenschaft gezogen werden. Nach dieser Aussage beschloss Beatriz, ebendiese Kinder auszuspionieren, bis sie einen stichhaltigen Beweis für deren Verwahrlosung in der Hand hatte. Ihre Bemühungen zahlten sich jedoch nicht aus: Rafael, der Älteste, war von Evaristo del Puma gewaltsam zu sich geholt und in eine Ordensschule gesteckt worden, aus der er floh, sooft es ging, um seine Mutter zu besuchen und sich mit Lorenzo beim Bau von Schiffen zu vergnügen, die auf wundersame Weise in Glasflaschen aufklappten. Was Leonor anging, die eine laizistische Schule besuchte, war der Eindruck zufriedenstellender; sie war ein schlaksiges Mädchen mit tiefschwarzen Augen und hatte die Gabe, Tiere anzulocken. Sie hielt sich gerne im Patio ihres Hauses auf, der zu einem winzigen Zoo geworden war, kuschelte sich in Lorenzos Arme und sah von dort aus den Äffchen und den Vögeln, den

Tauben und Pfauen zu. Das entdeckte Beatriz, als sie ein Loch in die Mauer schlug, die ihren Patio von dem der Avendaños trennte. Sie legte sich auf den Boden, um sie ausspähen zu können, verbrachte Stunden damit, das Pärchen, den Schwarzen und das Mädchen, dabei zu beschatten, wie sie sich um die Tiere kümmerten oder die Pflanzen gossen oder einfach nur eng umschlungen unter einem Tamarindenbaum lagen. Eines Abends stürzte einer der Hunde von Lucila Castro jaulend auf das Loch zu, und alles flog auf. Als tatkräftige Frau stand Lucila sofort bei den Avendaños auf der Matte und wollte wissen, welches der Dienstmädchen die Frechheit besessen hatte. Es empfing sie Nena, die sich, als sie mit eigenen Augen sah, dass das Loch von ihrem Patio aus gebohrt worden war, umstandslos und äußerst beschämt entschuldigte und versprach, Himmel und Erde in Bewegung zu setzen, um die Schuldige zu finden. Armanda hielt dem Verhör der Avendaño-Brüder nicht stand, und Beatriz sah sich gezwungen, die Wahrheit zu sagen. Da tat sich der Riss auf, der sie auf tragische Weise von ihrer Familie entfremden würde.

Sie war sich all dessen nicht wirklich bewusst, weder damals noch lange Zeit danach. Als sie ihrer x-ten Anorexie wegen wieder einmal in der Klinik vorstellig wurde, begegnete sie eisigem, aber nicht explizitem Misstrauen, dessen Umrisse sie erst zu unterscheiden begann, als es längst zu spät war. Sie konnte nicht ahnen, dass die Avendaño-Brüder in ihrer Abwesenheit die Karten auf den Tisch gelegt und sich über diese Schwester beschwert hatten, die ihre Zeit damit zubrachte, Nachbarn auszuspionieren und Dienstmädchen Katechismusunterricht aufzuzwingen. Beatriz hatte ihr Leben unerträglich gemacht, und ihre Krisen waren ihrer Ansicht nach der Ausdruck einer geistigen Störung. Nach jahrlangem Schweigen war es endlich ausgesprochen. Unter Tränen hörte sich Nena an, was Mann und Söhne zu sagen hatten, fand aber nicht den Mut, ihnen zu widersprechen; wobei auch sie selbst, die durch die eigene Leidensgeschichte den Problemen anderer eigentlich sehr sensibel gegenüber geworden war, Beatriz Verhalten nicht nachvollziehen konnte, ihren Drang, Dinge offenlegen zu müssen, die alle Welt ohnehin schon längst wusste und aus christlicher Nächstenliebe lieber verschwieg. Im Klartext ging es hierum: Lucila Castro prostituierte sich, seitdem ihr Mann sie verlassen und mit einem Töchterchen alleingelassen hatte, das dazu verdammt war, bald selbst als Prostituierte durchzugehen, es brauchte nur ein wenig üble Nachrede, schon wäre sie an die Wand gestellt. In der Stadt gab es unter den altehrwürdigen Familien mit gesicherten Vermögen und Privilegien Leute, die es schafften, Zurückhaltung walten zu lassen, wenn ein Kind auf die schiefe Bahn geraten war. Nena war eine von ihnen. Sie war entsetzt über die Vorstellung, dass Beatriz stundenlang mit einem Dienstmädchen zusammen auf dem Boden gelegen hatte, um in den Patio von Lucila Castro zu linsen. Kein Avendaño (einmal abgesehen von ihrem Mann Jorge) hatte sich jemals so schändlich benommen, jemals ein Verhalten an den Tag gelegt, das dem ritterlichen Selbstverständnis der Familie so dermaßen fremd war. Und trotzdem gelang es ihr nicht, den Vorschlag anzunehmen, den Doktor Agudelo ihrem Mann unterbreitet hatte: Beatriz weitab von den für ihre Krisen verantwortlichen Problemen in einem Nonnenkloster unterzubringen und die Reise dorthin so zu gestalten, dass es nicht nach Zurückweisung oder Strafe aussah. Nena wollte sich nicht einfach so von ihrer Tochter trennen, das Vorhaben aber war ohne ihre Mithilfe nicht umsetzbar. Also wartete man geduldig auf ihre Zustimmung, und die Avendaño-Brüder holten unterdessen Informationen über Konfessionsschulen ein, die Beatriz' Puritanismus entgegengekommen wären. Nena wiederum wollte sie Duldsamkeit lehren und zwang sie, mit ihr zusammen einen Obstkorb und Bonbons für Leonor vorbeizubringen, um sich ein wiederholtes Mal zu entschuldigen und Armandas Entlassung bekanntzugeben. Lucila Castro war von dem Besuch völlig überrumpelt und schenkte Beatriz ein Klammeräffchen, das ihr jemand anders an selbigem Abend überlassen hatte.

Das Äffchen schien daran gewöhnt zu sein, den Wohnort zu wechseln, denn es lebte sich recht schnell ein und machte den Patio der Avendaños zu seinem Revier. Es war ein Vergnügen, dabei zuzusehen, wie es sich von einem zum anderen Baum hangelte und alle möglichen Pirouetten drehte, um an seine Lieblingsspeise zu kommen, eine reife Goldpflaume. Die Avendaño-Brüder bauten ihm einen Unterschlupf gegen den Regen, und Lina brachte ihm hin und wieder Honigbeeren vorbei. Beatriz aber verabscheute den Affen: Sie hatte noch nie mit einem Tier zusammengelebt und war angewidert von seiner Frechheit. Außerdem hatte sie Angst vor ihm:

Dieses merkwürdige Tier, das so andersartig und ihr doch zugleich ähnlich war, schien ihre Gefühle zu teilen, ihre Gesten nachzuahmen und, schlimmer noch, sie zu erforschen: Seine Augen blickten sie weder wütend noch unterwürfig an, wie es die Hunde taten, noch lag in seinen Pupillen die kurzangebundene, herrische Gleichgültigkeit der Katzen. Nein, die Augen folgten ihr und versuchten, die Gefühle einzufangen, die sie dem armen Äffchen gegenüber hegte, das dazu verdammt war, die Zuneigung seiner neuen Besitzer zu gewinnen. Womöglich wartete der Affe nur darauf, dass Beatriz seine Anwesenheit akzeptierte, um sich endlich in Sicherheit wiegen und dann zwischen Ästen herumbaumeln zu können; sich in Ruhe zu flöhen und verdattert den Geräuschen zu lauschen, die aus dem Haus drangen, allen voran denen, die von einem Gegenstand ausgingen, auf dem ein dunkles rundes Ding kreiste und dessen Untersuchung ihm einst die schlimmste Tracht Prügel seines Lebens eingebracht hatte. Doch genau das, Strafen einzustecken, weil etwas auf dem Boden landete, was vorher seine Neugierde geweckt hatte, war Teil der Beziehung, die er mit den Menschen unterhielt, diesen unvorhersehbaren und auch immer wieder gefährlichen Wesen. In seiner ganzen Affenlaufbahn aber war er noch keinem so seltsamen Exemplar begegnet wie diesem hier, das ihn ohne jede Spur von Freundlichkeit fixierte und mit einer Schaufel nach ihm schlug, wenn er an die Früchte des Pflaumenbaums zu kommen versuchte. In der Tat hatte Beatriz versucht, den Affen zu erziehen, seinen Appetit zu zügeln und ihm beizubringen, sein Geschäft in einen Nachttopf zu verrichten. Aus dem Patio war immer wieder ihre tobende Stimme zu hören, gefolgt von zornigem Geschrei, dann das Gezeter eines Tiers, das ins Astwerk floh. Bis es zu einem Zwischenfall kam, den Beatriz etwas verworren darstellte: Sie hatte das Äffchen einzufangen versucht und dabei verletzt und war seitdem selbst Opfer seiner obszönen Animosität. Zugegeben, es hatte unter dem kräftigen, rötlichen Schwanz eine Verletzung erlitten, und das Dienstmädchen der Avendaños musste einige List anwenden, um dem Äffchen den Nachttopf wieder vom Kopf zu reißen: Beatriz' Bericht zufolge hatte sich das Äffchen den Topf selbst aufgesetzt, um sie zu veräppeln. Weitaus weniger vorstellbar war, dass der Affe aus seiner Schlafstätte ausgebüxt war, bis zu Beatriz' Schlafzimmerfenster hinaufkletterte, sich dorthin hockte und sie so lange fixierte, bis sie wach wurde. Noch unvorstellbarer war es, dass man ihm die Absicht unterstellte, er habe sie in Schrecken versetzen wollen, indem er vor ihr masturbierte. Die Avendaño-Brüder zerbrachen sich einen ganzen Nachmittag lang über die Stichhaltigkeit dieser Behauptungen den Kopf, ohne sich wirklich einigen zu können, dann beschlossen sie, hinter Beatriz' Rücken Nachtwache zu schieben, sprich: Sie hatten vor, den Klammeraffen zu beobachten und zu sehen, ob er wirklich so dreist war wie behauptet. Sie schienen die Angelegenheit bitterernst zu nehmen. Entweder war dieses Tier verdorben, oder aber Beatriz' seelischer Zustand hatte sich verschlechtert. Als sie die Schwester eines Nachts gellend schreien hörten, obwohl weit und breit kein Äffchen zu sehen war, gingen sie von Letzterem aus und leiteten eilig ihre Reise nach Kanada in die Wege, wo sie eine passende Schule ausfindig gemacht hatten. Derweil hatte sich Nena im Badezimmer eingeschlossen, und die von Kindesbeinen an mit Tieren vertraute Lina wiederum begann, über die Intelligenz des Äffchens zu grübeln. Was aber den letzten Anstoß für die Reise gab und die Avendaños endgültig in Aufruhr versetzte, das war die sogenannte zweite Mauerloch-Episode. Sie trug sich zu, als Beatriz an einem Sonntag nach dem Mittagessen ins Wohnzimmer trat, wo die Familie gerade Tee trank, dort in Tränen ausbrach, bevor sie sich dann übergab und anschließend in Ohnmacht fiel. Sie schwor, durch ein neues Loch, das sie selbst in die Patio-Mauer geschlagen haben wollte, gesehen zu haben, dass Lorenzo Leonors Geschlecht mit den Lippen liebkost hatte. Der Aufruhr war unvergleichlich: Während Jorge Avendaño in der Klinik anrief und Nena schluchzend in sich zusammenbrach, stürzte einer der Brüder in den Patio und warf einen Blick auf die Mauer. Tatsächlich fand er ein Loch, durch das Leonor zu sehen war: unschuldig auf einer Schaukel sitzend, von Lorenzo angeschubst. Es gab keinen Zweifel: Beatriz war verrückt. Noch am selben Nachmittag war ihr Aufbruch nach Kanada beschlossen, und Lina ging zurück nach Hause, in Begleitung des Äffchens, dem die Großmutter den pompösen, völlig unverdienten Namen Merlin gab.

Sechs Monate waren vergangen, als es zu einem weiteren Affentheater kam und das Tier ganz sprichwörtlich über die Stränge schlug. Lina war mittlerweile in die Gesellschaft eingeführt und fast jeden Abend auf Cocktailpartys und Festen unterwegs, anstatt sich zum Lesen in einen Schaukelstuhl auf die Terrasse im Patio zu setzen, zusammen mit dem ihre Knie umschlingenden Merlin. Es war offensichtlich, dass Merlin das weltliche Treiben missfiel, von dem er ausgeschlossen war, denn er zeigte sein Missvergnügen auf tausend unterschiedliche Arten, angefangen damit, dass er wie ein Besessener von den Bäumen herunterbrüllte, wenn sich Lina herzurichten begann, bis hin dazu, dass er Obstkerne und anderen Abfall auf ihr Schminktischchen schleuderte. Dann kam der Karneval, und Lina, die zur Prinzessin der Karnevalskönigin ernannt worden war, kehrte nach durchtanzter Nacht im Morgengrauen so derartig müde zurück, dass sie nach dem Abschminken direkt ins Bett fiel. Für Merlin war das ein Affront, und er beschloss, sich unter Einsatz seiner miesen Angewohnheiten zu rächen. Eines frühen Morgens erschien Beatriz Lina in einem Traum, so, wie sie sie vom Tag ihrer Abreise nach Québec in Erinnerung hatte: Sie wirkte erhaben, sah sie aber mit stiller Verzweiflung an. In ihrem Traum hatte sich der Flughafen in eines der Labyrinthe im Turm des Italieners verwandelt, und Beatriz schien von einem Luftwirbel mitgerissen zu werden, der allerdings nicht aufstieg, sondern ins Innere der Erde fuhr. Lina wurde schlagartig wach. Und da sah sie Merlin an ihrem Fenster sitzen – die boshaften Äuglein auf sie gerichtet, eine Hand am Fenstergitter, die andere an seinem Geschlecht – und in aller Ruhe masturbieren. Um ihm einen Denkzettel zu verpassen, pfiff sie kurzerhand den rasse- und namenlosen Hund herbei, und Merlin floh panisch in die Bäume. Er wurde nicht rückfällig, Lina aber hörte an jenem Tag auf, die Meinung der Avendaño-Brüder zu Beatriz zu teilen.

III

Seit Tante Irene in den Turm des Italieners gezogen war, fiel Lina ihr bemerkenswerter Umgang mit Tieren auf: Sie betrachtete sie weder als Zierrat noch als Belästigung, noch suchte sie ihre Nähe, um ihre eigene Einsamkeit mit etwas zu füllen. Sie nutzte sie in keiner Weise aus, sondern liebte sie einfach nur, und sie alle, von der winzigsten Maus, die über den glänzenden Klavierdeckel spazierte, solange keine Katze in Sicht war, bis hin zu den furchterregenden Dobermännern, deren Vorfahren beim Bau des Turms dabei gewesen waren, schienen sich an ihrer Seite wohlzufühlen, als sähen sie in ihr eine Verlängerung ihrer eigenen Existenz. Sie irrten nicht: Tante Irene, so legte die Großmutter Lina dar, hatte schon als Kind die Fähigkeit besessen, sich mit allen egal wie kleinen Lebewesen zu identifizieren, sich in ihre Körper hineinzuversetzen und ihre Gefühle zu teilen – was ihre Sicht auf die Dinge erweiterte und sie eine extreme, beinahe schmerzhafte Sensibilität entwickeln ließ, die sie nur dank der Musik ertrug und auch nur über die Musik ausdrücken konnte. Als sie noch sehr klein gewesen war, so erzählte die Großmutter Lina, blieb sie plötzlich stehen, um den Flug eines Vogels zu beobachten, bis man den Eindruck hatte, sie sei selbst in den Vogel eingegangen, betrachte mit ihm zusammen vom Himmel aus die Dächer, entferne sich von der Stadt und ziehe Kreise über dem Flusslauf; oder man glaubte zu sehen, wie sie in eine Ameise schlüpfte und in der Erde herumkroch; oder sich in ein Insekt verwandelte und verzweifelt in einem Spinnennetz vor sich hin zappelte. Aus diesen ebenso faszinierenden wie beängstigenden Empfindungen konnte sie nur ihre Mutter reißen, wenn sie die Noten der Klavierpartituren zu klimpern anfing, die Tante Irene zu üben aufgehört hatte, um sich ganz im unergründlichen Bewusstsein der Tiere zu verlieren. Dann vergingen die Jahre, und Tante Irene schien sich mit der unbarmherzigen Seite des Lebens abgefunden zu haben, doch Lina fiel auf, dass sie sich stets gegen jede Form von Gewalt aufgelehnt hatte: Die zwei mit der Aufsicht des Turms beauftragten Bediensteten waren angewiesen, jeden von den Anwohnern der Gegend gesteinigten oder anderweitig verletzten Hund aufzunehmen und außerdem ständig die Katzennäpfe aufzufüllen, um, so gut es ging, zu verhindern, dass die Katzen in die Versuchung kamen, Ratten zu fangen oder die Eier der vielen in den Bäumen des Gartens nistenden Vögel zu fressen. Der Turm des Italieners hatte also etwas von einem Paradies, mit den unzähligen durch die Morgenluft flatternden Schmetterlingen und den vielen Fledermäusen, die bei Einbruch der Nacht in den Sälen mit ihren Flügeln schlugen. Die Dinge hatten sich dort auf die immergleiche Weise abgespielt, selbst bevor der Turm an Tante Irene ging, ja selbst noch vor ihrer Geburt und jener des Mannes, der sie möglicherweise gezeugt hatte. Es genügte, durch die Kellergeschosse zu gehen und auf die Glasvitrinen zu stoßen, in denen bis zu Tante Irenes Tod Klapperschlangen, Taranteln und anderes giftiges Geziefer ruhte, das jeder vernünftige Mensch sonst ohne viel Aufhebens eliminiert hätte. Die ersten Bewohner des Turms hatten sich darauf beschränkt, sie zu verwahren, ihre lateinischen Namen und die Futterweise zu notieren und waren, wie Lina schien, weniger von Neugierde oder Beobachtungsgeist angetrieben, als davon, in Harmonie mit der Natur zu leben, diese zu integrieren oder sich in sie zu integrieren, ganz nach Tante Irenes Manier, die schließlich gelernt hatte, das Leben in seiner Ganzheit anzunehmen. Auch wenn Lina das damals nicht wusste oder es zumindest nicht genauer in Worte fassen konnte, so hatte sie doch von klein auf geahnt, dass es eine Beziehung gab zwischen der Güte eines Menschen und der Art und Weise, wie er Tiere behandelte, ganz so, als gehe jede moralische Erhebung immer auch mit dem Wunsch einher, Tiere zu schonen und vor Verletzungen zu schützen. Zum Teil rührte daher die rückhaltlose Zuneigung, die sie für diese Tante empfand, und später für die Abneigung, die die Freisen-Männer bei ihr hervorrufen würden.

Damit waren allerdings nicht die ersten, im Jahr 1921 nach Barranquilla gekommenen Freisens gemeint, zwei etwas verrückte Franzosen, von denen der eine aufgrund des so abscheulich drückenden Klimas bald unheilbar krank war und vom anderen bis zum Tod in eine Kammer gesperrt werden würde, während dieser sich als Ältester gegen allen Widerstand durchzusetzen verstand und eine Textilfabrik gründete, ähnlich der, die ihm sein Onkel in Armentières abgeluchst hatte, weil es ihm damals an Erfahrung mit juristischen Tricksereien fehlte. Dieser Freisen hasste die Deutschen und seinen Onkel und behauptete, seine Hand in der Schlacht von Verdun verloren zu haben. Als er Spanisch zu sprechen begann, tat er es allerdings mit einem leicht deutschen Akzent, außerdem war er sehr großgewachsen, sehr blond und sehr dünn, sodass er in nacktem Zustand wohl ein hervorragendes Anschauungsobjekt für eine Anatomie-Vorlesung abgegeben hätte. Seinen eigenen Wahnsinn, auf den er nicht ohne Schalk anspielte, hatte er in den Schützengräben bemerkt, als er sah, wie die Soldaten unter dem Einfluss des alltäglichen Schreckens plötzlich auf die Art zu delirieren anfingen, wie er es schon in den ersten zwanzig Jahren seines Lebens getan hatte. Zu wissen, dass er wahnsinnig war, sei, so erklärte er, der Beginn seiner Rettung gewesen, es half ihm, sich dem Feind entgegenzustellen, der in ihm selbst lauerte, dessen Insinuationen zu erkennen und systematisch das Gegenteil von dem zu tun, was dieser ihm riet. Zum Beispiel wäre es am logischsten gewesen, in Frankreich zu bleiben und sich dort einen guten Anwalt zu nehmen, um wieder an sein Eigentum zu kommen, anstatt das von seinem Onkel als Entschädigung angebotene Geld zu akzeptieren; und es wäre außerdem logischer gewesen, sich in einem Land, in dem zwanzig Prozent der jungen Männer umgekommen waren, eine finanziell gut abgesicherte Erbin zu suchen. *El Manco* Freisen aber – Freisen der Einarmige sollte er schließlich in Anspielung auf seine verlorene Hand überall genannt werden – würde sich an die Gepflogenheiten bürgerlicher Strenge nur halten, um seine Fabrik zu führen und zum Millionär werden. Denn den Rest seines Lebens betrachtete er als stete Herausforderung von Enthaltsamkeit und Bescheidenheit – Tugenden, die man ihm in der Kindheit eingetrichtert hatte. Er hatte sich in Barranquilla niedergelassen, weil es keinen Ort auf der Welt gab, der Armentières entgegengesetzter gewesen wäre, und ein ähnlicher Grund musste ihn wohl dazu bewegt haben, Rosario Ortiz Sierra zu ehelichen. Diese hatte von ihrer Mutter ein Temperament geerbt, das jede Nacht imstande war, das Schamgefühl, das zur seelischen Verkorkstheit sämtlicher

Freisens gehörte, mit einer Perversität zu untergraben, die seinen widersprüchlichsten Phantasmen mehr als entgegenkam. Tagsüber gab sie das Bild der zartfühlenden, vor lauter Anmut fast bis zur Körperlosigkeit verfeinerten Frau ab, nachts verwandelte sie sich in eine von wollüstigen Dämonen besessene Vampirin.

Lina vermutete das seit dem Tag, als sie einem Ball hinterherlaufend ins Schlafzimmer der Eltern von Maruja Freisen gestolpert war, der Erstgeborenen des Ehepaars. In dem Raum war eine große Anzahl fragwürdiger Gegenstände an den Wänden angebracht oder auf dem Boden verstreut, angefangen bei dem seltsamen Deckenspiegel und den phallischen Auswüchsen der vier Statuen, die Göttinnen uralter Kulte glichen und offenbar als tragende Säulen fungierten. Das Zimmer führte obendrein in einen abgeschlossenen Garten hinaus, dessen Stauden und grelle Blumen die gleiche Atmosphäre verschwurbelter Lüsternheit vermittelten. Lina blieb fassungslos stehen, in diesem Zustand der Gebanntheit, der sie bisweilen auch packte, wenn sie manche Säle im Turm des Italieners betrachtete. Es war ein ähnliches Gefühl, nur sehr viel intensiver, denn diese Dinge waren nicht vor Urzeiten von längst verstorbenen und begrabenen Männern und Frauen verwendet worden, sondern von einem äußerst realen Herrn Freisen, der, so stellte sie sich vor, forschen Schritts in sein Fabrikbüro marschierte, und von einer sehr feinen Dame, die ihr eben noch einen Kuss auf die Wange gedrückt und sie in eine Wolke schweren Magnoliendufts eingehüllt hatte, bevor sie zum Canasta-Spiel in den Country Club aufgebrochen war. In diese Verwunderung platzte Maruja hinein, äußerst verlegen darüber, dass Lina auf die elterlichen erotischen Spielzeuge gestoßen war – das war der Euphemismus, den sie verwendete, nachdem Lina hatte schwören müssen, niemals niemandem etwas von der Ausstattung des Zimmers zu verraten. Dann ging sie dazu über, ihr Sinn und Zweck jedes einzelnen Instrumentes darzulegen, weder prahlerisch noch boshaft, sondern als gehöre all das ganz selbstverständlich oder unvermeidlich dazu, wenn eine Frau unbedingt einen vom Puritanismus völlig verdorbenen Europäer hatte heiraten müssen. Etwa zwanzig Jahre später sollte Maruja Freisen dem schönsten und reichsten Mann der Welt den Kopf verdrehen, sich aber weigern, ihn zu ehelichen, weil er nicht wusste, wie man das Geschlecht einer Frau zu küssen hatte, und sie, wie sie Lina im *Select* am Montparnasse gestand, nicht die Geduld ihrer Mutter und Großmutter aufbrachte, um Nacht für Nacht gegen die Folgen schlechter Erziehung anzugehen: Nicht umsonst war der Feminismus aufgetaucht.

Maruja war damals bereits Witwe eines Piloten der zivilen Luftfahrt und gönnte sich mit dem Geld aus der Versicherungsprämie eine lange Reise, bevor sie wieder die Leitung der Finanzabteilung des väterlichen Unternehmens übernahm. Sie hatte alleine den Orient bereist und sich als Mann verkleiden müssen, um sicher durch Pakistan und die Türkei zu kommen. Ihr Selbstvertrauen schien also unerschütterlich. In Paris angekommen, bat sie Lina jedoch inständig, sie nach Nordfrankreich in die Stadt zu begleiten, in der sich ihre Familie nach dem Deutsch-Französischen Krieg 1870 niedergelassen hatte, als fürchte sie beim Kontakt mit den Onkeln und Cousins – die sie habgierig erwarteten wie alle Franzosen ihre amerikanische Verwandtschaft – von einem Killervirus befallen werden zu können. Es war Winter, die Autobahnen waren vereist, und auf der Höhe von Douai mussten sie anhalten, um Ketten auf die Reifen aufzuziehen, bis hinter den von einem unabänderlich fallenden Regen traktierten Scheibenwischern schließlich die Stadt auftauchte. Sie lag hingestreckt unter einem unendlich tristen Himmel, bis zum Marktplatz, an dem sich finster das ehemalige Haus der Freisen erhob und die Standfestigkeit des auf seine Tugendhaftigkeit und Tüchtigkeit so stolzen Bürgertums widerspiegelte. Lina fand Marujas Verwandte in ihrem Sonntagsstaat recht verkrampft; nach eiligem Aufschütteln von Teppichen und Möbeln schwebte jahrhundertealter Staub über dem Kamin des Wohnzimmers; das Kaminfeuer war die einzige Wärmequelle und schnitt einen lichten Halbkreis ins Dunkel, das sich unter der schwachen, in der Schwärze der Zimmerdecke untergehenden Glühbirne aber nicht wirklich zerstreute. Hinter einer getäfelten, mit Hirtenszenen verzierten Tür waren in unverständlicher Rangordnung die letzten Nachkommen der Freisen zu sehen; sie alle wiesen dieselben Familienzüge auf, waren blass, knochig, schmallippig, und in ihren Gesten lag etwas übertrieben Gezügeltes, als fürchteten sie, ein unkontrollierbarer Automat könne in ihnen hausen. Doch der Raubtierinstinkt, Merkmal ihrer Vorfahren und Antrieb von deren Unternehmungen, hatte sich bei ihnen bereits verloren; sie konnten als Sprösslinge eines verschwindenden Geschlechts gelten. Keiner von ihnen hatte geheiratet, sie alterten gemeinsam, kratzten träge die Reste irgendeiner grimmig umkämpften Erbschaft zusammen. In diesem holzvertäfelten, nach trübem Harz riechenden Raum – man konnte sich bestens vorstellen, wie hier Legionen von Dienstmädchen von vielen, sehr vielen Freisen-Ehefrauen getriezt worden waren, weil ihnen die Reinhaltung des Hauses vom Beginn der Ehe bis zum Tod dabei geholfen hatte, sich von einem nicht benennbaren Unbehagen zu befreien – hatte Lina das Gefühl, mit ihrer Großmutter die angestaubten Anwesen ihrer Verwandten zu besuchen, in denen es immer ein verschlossenes, verbotenes und unzugängliches Zimmer gab, hinter dessen Tür sich jemand versteckte, der sich nicht blicken lassen wollte oder zu sterben beschlossen hatte. Diese wehmütigen Wesen jedoch, so sprachen die Tanten mit allem Respekt, waren von einer quasi-heiligen Aura umgeben, weil ihnen, bevor sie vor dem eitlen Pomp der Welt flohen, Intelligenz und Sensibilität zu eigen gewesen waren. Sie wurden nicht als verrückt, sondern eher als zu hellsichtig angesehen; ihre Zurückgezogenheit musste beschützt werden, und wenn ihre Körper von dem ewigen Aufenthalt im Dunkeln und der kümmerlichen Ernährung ganz abgezehrt waren und ihr Geist wirr zu werden begann, galt es, sich um ihr Wohlergehen zu kümmern und soweit wie möglich ihre Sterbensnot zu lindern. Ganz anders aber verhielt sich die Familie Freisen gegenüber ihren Außenseitern, dachte Lina, kaum dass sie die Atmosphäre dieses Hauses erschnüffelt hatte und die gesamte Freisen-Nachkommenschaft in Gestalt strenger, unterkühlter Männer und Frauen wie Figuren einer Beerdigung durch die getäfelte Tür treten sah. Binnen einer Sekunde hatte sie Marujas geheimes Grauen nachempfinden können, und doch schmunzelte sie insgeheim bei der Vorstellung, dass die Gene der Sierra die der Freisen ohne viel Aufwand absorbiert haben mussten. Vor allem, wenn die eigentliche Verkörperung des Schreckens sich gar nicht hier ausfindig machen ließ, sondern höchstwahrscheinlich im Keller eingeschlossen oder unter irgendeinem Vorwand aus dem Haus geschafft worden war. Dann aber war der Schrecken doch noch aufgetaucht, und zwar genau in dem Augenblick, als sie sich verbschiedet hatten, nach einem schalen Abendessen, das mit Festmahls-Gehabe in eigens zu dieser Gelegenheit aus den Schränken geholtem Porzellan serviert worden war. Der Schrecken erschien geisterhaft und überzeichnet, in der Gestalt eines dürren Greises, der vor Wut zitternd neben ihrem Wagen stand und gegen die Verwandten wetterte, weil sie ihn ausgerechnet an diesem Tag zum Holzhacken in die Wälder geschickt hatten, nur um zu verhindern, dass er Maruja zu Gesicht bekomme. Er sollte daran gehindert werden, sie zurechtzuweisen, sie setze ihre Tugendhaftigkeit aufs Spiel, wenn sie alleine reiste und sich so freizügig gab; sie sei offensichtlich eine *Métèque* und beschmutze die Ehre der Familie. Er begann, wirr zu reden, tobte aber weiter und versperrte ihnen den Weg, die blauen Augen traten aus den Höhlen, die langgewachsenen Glieder waren wie bei einem Veitstänzer völlig verdreht. Das Schreckenerregende an seiner geistigen Verwirrung lag aber nicht so sehr in diesem Paroxysmus als in der Tatsache, dass sie zutiefst verbunden war mit der Morphologie der Freisen und von einer ererbten, beinahe unausweichlichen Eigenschaft zeugte: Dieser Alte war der Freisen par excellence, die identische Nachbildung des Stammesbegründers, der inmitten einer wilden, der Kälte entsprungenen Horde mehr als andere getötet und erlegt hatte, bis er ihnen seine Führung aufzwang und in einem aller Zärtlichkeit enthobenen Akt seinen Samen verstreute, und weder er noch seine Nachfahren waren je vom Christentum bezwungen worden, im Gegenteil: Sie übernahmen von der neuen Religion die für das Anwachsen ihrer Macht notwendigen Maximen, jene düstere Keuschheit, die auch die Kastilier am Spanischen Hofs auszeichnete und sich nach mehreren Ehen mit Blutsverwandten zur geistigen Behinderung gewandelt hatte. Da stand der Alte immer noch und schnaubte vor Wut, als Maruja, die zu Beginn noch erschrocken war, ihm die deftigste Ohrfeige verpasste, die Lina in ihrem Leben zu Gesicht bekommen sollte. Der Alte stürzte entsetzt zurück in den Wald, aus dem er gekommen war und den kein Freisen je hätte verlassen sollen.

Es gab also einen von den *Barranquilleros*, den Einwohnern Barranquillas, adoptierten Freisen, dessen Tochter sich gezwungen sehen würde, das Haus ihrer Vorfahren aufzusuchen, um den Archetyp der Sippe zu ohrfeigen und auf diese Weise ein für alle Mal der Angst zu entsagen. Und dann war da noch ein anderer mit einem der ersten Schiffe eingetroffen, die nach dem Zweiten Weltkrieg von Spanien aus in See stachen, das Land, in das er mit Frau und Kindern geflohen war, als ein scharfer Wind über das Heer des Dritten Reichs zu wehen begann. Dem hatte er seit der Besatzung Frankreichs und ohne sich lange bitten zu lassen gedient, indem er in seiner Textilfabrik nicht nur die Planen für die Lastwagen des Heers anfertigen ließ, sondern auch die Soldatenuniformen. Nicht aus Habgier – wenngleich die Deutschen im Stillen sein Schweizer Privatkonto bestückten –, sondern weil er, Gustavo Freisen, ein Mann der Hierarchien und der Ordnung war und die Nazi-Ideologie seinen Prinzipien entgegenkam. Das taten auch die Honoratioren des Regimes: Eines Sonntags hatte er Stabsoffiziere einer Panzerdivision in seinen Garten eindringen sehen, prächtig wirkten sie in ihren feschen feldgrauen Mänteln mit den roten Kragenaufschlägen, dazu ihre präzisen Gesten und die herrschaftlichen Profile; er hatte gesehen, wie sie sich zum Handkuss ritterlich vor seiner Frau verbeugten und ihn respektvoll grüßten, da sie in ihm von Haus aus einen Verbündeten sahen, der das geheime Ziel ihres Krieges kannte. Nein, sie hatten mitnichten den Besiegten oder gemeinen Kollaborateur in ihm gesehen, betonte er seinem Cousin gegenüber, dem *Manco* Freisen, der seine Gefühle nicht nachvollziehen konnte. Der *Manco* sei aus einem Europa geflohen, das so derartig zerrissen und ausgelaugt und Gott so sehr ausgeliefert war, dass seine altbekannten Widersacher es in den allertödlichsten Konflikt manövrieren konnten: dem Klassenkampf. Ein Land ganz allein, beziehungsweise seine Elite, hatte die Gefahr erkannt; nur ein Volk, das deutsche, hatte beschlossen, diesen Krieg zu führen, indem es das Übel an der Wurzel packte: diese für das Chaos verantwortlichen Juden, diese Seelenverkäufer und Totengräber der Zivilisation. Von Marx bis Freud, über Trotzki und andere Schurken, die sich der Oktoberrevolution angedient hatten, um dann den Asiaten die Macht zu geben, damit die den Westen zerstörten, waren die Juden der verborgene Feind und die Plage der Menschheit gewesen. Ja, das wusste Gustavo Freisen nur allzu gut, und eben daher rührte sein Bekenntnis zum Nationalsozialismus.

Und daher rührte auch die Hoffnungslosigkeit, die ihn ergriff, als er feststellte, dass die Schlacht zu spät begonnen worden war und er sich unter falschem Namen nach Spanien absetzen musste, während das alte Europa zerfiel: Es blutete wieder aus, war der Demagogie von Agitatoren ausgeliefert, die eines Tages aus der Finsternis hervortreten würden, um alle in die Knechtschaft zu stürzen; wurde von einem Gefühl der Zersetzung angegriffen, der Schuld, dieser Selbstquälerei, die die Menschen dazu brachte, sich selbst zu bestrafen, indem sie ihre größten Errungenschaften zerstörten, oder sie mit dem grimmigen Auge ihrer Feinde zu betrachten, den Schwachen und Feigen, dem Abschaum der Gesellschaft. Nein, der *Manco* bewegte sich fernab dieser Sorgen. Gustavo Freisen hatte es damals schon geahnt, auf dem Schiff, das ihn nach Kolumbien brachte, als er eines Tages auf Deck ging und dort verblüfft auf den Kapitän stieß, der am Vorabend noch ganz feierlich und ehrwürdig seine mit goldenen Litzen versehene Uniform aus blauem Tuch getragen hatte, während der Fahrt durch die Tropen jedoch zu einer schwergewichtigen, verschwitzten Figur geworden war, ganz in Weiß und in diesen lächerlichen kurzen Hosen, die ihn aussehen ließen wie einen italienischen Bäcker. Die Luft war schwer von Hitze und Feuchtigkeit, und aus den sonnenbespielten Wassern stieg der Geruch nach verfaulten Algen auf. All die Strenge und Disziplin, die die Schiffscrew noch bei der Fahrt durch die Nebel des nördlichen Atlantiks an den Tag gelegt hatte, zerfiel zu einer Art schläfriger Willenlosigkeit. Herr Freisen fühlte sich wie eingewickelt in diese Feuchtigkeit, die sich wie der Dunst einer bösen Vorahnung auf seine Brillengläser legte; das schweißgetränkte Hemd klebte an den Schulterblättern, die Hände fühlten sich nass an, und es gelang ihm manchmal nur unter Mühe, die heiße, beinahe obszön riechende Luft einzuatmen, die Dinge evozierte, an die er nicht einmal denken wollte. Intensives Licht stach ihm ohne jede Schattierung in die Pupillen, die bislang nur an karge winterliche Grautöne gewohnt waren, inmitten derer sich eine ganze Zivilisation herausgebildet und verfeinert hatte. Mit jedem Tag drang das Schiff tiefer in dieses Meer aus blauen Medusen und Quallen vor, mit jedem Tag wurde die Hitze unerbittlicher und raubte Gustavo Freisen zunehmend die Fähigkeit, zu denken. Die anderen Passagiere hatten sich dem Verfall gemächlich und tatenlos angepasst; die Frauen zeigten sich sinnlich, die Kinder frech. Und dann, in der Nacht, stieg am sternenübersäten Himmel ein strahlender Mond auf, der gar nichts Gutes verhieß: ein heidnischer, zur Freizügigkeit verführender Mond. Und da waren auch schon die ersten Schaluppen in Hafennähe zu sehen, beladen mit dem Stimmengewirr der Schwarzen, die ihre übersüßen Früchte mit den beißenden Aromen anboten, während es auf den in Mückenschwärmen und Lässlichkeit versunkenen Inseln niemand eilig zu haben schien, weder die auf ihren Bananen- und Kokosnussbündeln schlummernden Mulatten, noch die mit aufreizendem Hüftgewackel umherscharwenzelnden Frauen. Über all diesen Zeichen des Zerfalls begriff Gustavo Freisen, dass er einem Cousin, der sich hier aus freien Stücken niedergelassen hatte, auf keinen Fall mit dem Drama des europäischen Kontinents und dem fatalen Untergang seiner Werte kommen konnte, weil ihm dieser Kontinent mitsamt seinen Werten ganz bestimmt egal geworden war.

Der *Manco* begriff tatsächlich nicht viel davon. Seiner Ansicht nach war die Existenz einer Gesellschaft, die auf einen Genozid zurückgreifen musste, um zu überleben, durch nichts zu rechtfertigen. Maruja würde Lina anvertrauen, dass er die Sache mit den Konzentrationslagern nie verarbeitet hatte, umso mehr, als seine besten Stoffkunden Juden aus der Calle Comercio waren. Ebenso wenig vergab er seinem Cousin, dass er das Familienunternehmen in den Dienst dieser *Boches* gestellt hatte, deren Granaten ihm einst seine Hand zerfetzt hatten. Als guter *Costeño* aber verharmloste er die Sache und riet dem Verwandten, seine Vergangenheit als Kollaborateur lieber zu verschweigen, sofern er nicht die Liberalen gegen sich aufhetzen wollte, die mit den Alliierten paktierten und in der Stadt das Sagen hatten. Gustavo Freisen beschloss also ebenso wie Doña Giovanna Mantini und viele andere zu ihrem Leidwesen in Barranquilla niedergelassene Ausländer, die Atmosphäre, in der er aufgewachsen war, wiederzuerwecken und seinen Kindern eine militärische Disziplin angedeihen zu lassen. Außerdem war er bereits von dem Moment an, als das Schiff den Äquator überquert hatte, ein Vorbild für seine Kinder gewesen, weil er sich, so erklärte Maruja, mitnichten am Aufzug des Kapitäns orientiert hatte, sondern sich auf Deck in einem tadellos weißen, von einem spanischen Schneider gefertigten Maßanzug präsentiert und dazu ein gestärktes, am Hals mit einer schwarzen Seidenkrawatte zugebundenes Hemd getragen hatte. Diese Kleidung würde er bis zu seinem Tod tragen und niemals in diesen grellen Guayaberas zu sehen sein, in denen sich der *Manco* sonntags zeigte, noch würde er sich die einige Jahre später in Mode gekommenen Pastelltöne gestatten. Maruja erzählte von ihrem Erstaunen, als sie an Land kamen, er in seinem tadellosen Anzug, dazu das von der Sonne hummerrote Gesicht, daneben die Gattin, die ebenso wie er in ihrem maßgeschneiderten und frisch gebügelten Leinenkostüm zerging, und hinterdrein die brav wie Messdiener aufmarschierenden zehn Kinder. Die vier ältesten waren blond, beinahe wie Albinos, und einander so ähnlich, dass man sie nur anhand ihrer Größe unterscheiden konnte; sie waren eins unmittelbar nach dem anderen auf die Welt gekommen und hatten die Gebärmutter von Frau Freisen dermaßen strapaziert, dass diese fünf Jahre lang ununterbrochen Fehlgeburten erlitt, bis Jean Marie Xavier geboren wurde, der einzige der Söhne mit schwarzem Haar und ein paar Muskeln; im selben Jahr wie Lina und Maruja kam dann noch Anne zur Welt und gab vier weiteren Söhnen das Geleit, die den Fortpflanzungsfähigkeiten von Frau Freisen ein für alle Mal ein Ende bereiteten, ebenso wie dem Sexleben ihres Mannes, denn dieser befolgte äußerst streng die christlichen Vorschriften zur Ehe und hätte es niemals gewagt, seine Frau außerhalb ihrer Fruchtbarkeitsperioden anzurühren. Maruja erzählte schmunzelnd, wie Gustavo Freisen einmal unter der Wirkung eines dieser mit viel Rum versetzten Fruchtcocktails, die ihr Vater zubereitete, dem *Manco* seine Auffassung des ehelichen Beischlafs dargelegt und sich damit gebrüstet hatte, niemals gegen das Fleisch gesündigt zu haben, da jeder Verkehr zu einer Schwangerschaft geführt habe. Was die Male, die Frau Freisen begehrt worden war, auf ungefähr zwanzig schrumpfen ließ, zehn Mal für die Kinder, zehn weitere Male für die Fehlgeburten.

Odile Freisen, gebürtige Bretonin und an einer angeborenen Hüftluxation leidend, kümmerte das nicht im Geringsten. Sie war die einzige Tochter eines großen Werftinhabers und in ihrer Jugend sehr schön gewesen, litt aber ihrer Krankheit wegen, die sie humpeln ließ und ihrem Körper seine Anmut nahm, unter einem Minderwertigkeitskomplex. Von klein auf war sie dem Ruf der Religion gefolgt, das vertraute sie später ihrer Tochter Anne an, und hegte womöglich romantische Vorstellungen von klösterlichem Leben, während ihre Mutter ihr eine Aussteuer zurechtlegte, deren Herzstück Lina eines Tages zu Gesicht bekommen würde: ein dem aller Vorfahren gleiches Nachtgewand mit Ärmeln bis zu den Handgelenken und dermaßen engen Fußfesseln, dass der zukünftige

Ehemann es auf keinen Fall hochziehen konnte und zu der einzigen Öffnung gelenkt wurde, die es gab, ein herzförmiges Fensterchen auf Höhe des Schamhügels, wo in gestickten Lettern zu lesen war: »Gott will es«. Die Mutter nähte also unermüdlich, und die Tochter heulte heimlich, nicht etwa, weil ihr Hinken es verhinderte, dass sie zum Tanzen aufgefordert wurde, sondern aus Kummer darüber, ihre Eltern eines Tages davon in Kenntnis setzen zu müssen, dass sie ins Kloster wollte. Die zukünftige Frau Freisen musste damals also recht naiv und ihre Mutter ziemlich weitsichtig gewesen sein: Hüftleiden hin oder her, diese Erbin mit ihren sechshundert von der Großmutter mütterlicherseits vermachten Hektar Land in der Normandie und den drei Mietshäusern in Paris würde früher oder später einen Heiratsantrag erhalten. Als es dazu kam, wurde der religiöse Auftrag augenblicklich von dem Wunsch abgelöst, Kinder zu kriegen, und zwar viele, wollte sie doch der ganzen Welt beweisen, dass sie trotz ihrer körperlichen Einschränkung eine Frau wie jede andere oder gar besonders fruchtbar war: Ihr größter Kummer waren daher die vielen aufeinanderfolgenden Fehlgeburten. Womöglich wurde Jean Marie Xavier deswegen so verhätschelt und vor den väterlichen Zornesausbrüchen bewahrt. Vielleicht gab es aber auch einen anderen Grund: So unterwürfig sie war, Frau Freisen hatte bereits viele Jahre lang über ihren Gatten urteilen oder ihn zumindest beobachten können und musste, ob bewusst oder unbewusst, seines herrischen Gehabes überdrüssig geworden sein. Auf diese Erkenntnis war womöglich eine dem Hass nicht allzu ferne Verbitterung gefolgt, einmal davon abgesehen, dass Odile Freisen damals vom Mädchen zur Frau herangereift war. Dann kam der Krieg, und während ihre Verwandten, vorneweg die normannischen Cousins, sich dem Lager De Gaulles anschlossen oder aber in die Résistance gingen, fiel Gustavo Freisen in Ungnade, weil er sich den Deutschen andiente. Da, erklärte Maruja, begann sie ihn zu verachten und fand auch einen ganz konkreten, rationalen Bezugspunkt für ihren Hass. Weil Scheidung aufgrund ihrer religiösen Überzeugung und der unentwirrbaren wirtschaftlichen Verbindungen zu ihrem Mann nicht infrage kam, sah sie sich gezwungen, gemeinsam mit ihm die Schande des Exils zu erleiden und das Nachtgewand mit dem Herzen für immer in einem Koffer zu verwahren, denn nach der Geburt ihres letzten

Sohns, zwei Tage vor der deutschen Niederlage in Stalingrad, war sie endgültig unfruchtbar geworden.

Nachdem sie also ganz unbestritten ihre Fruchtbarkeit unter Beweis gestellt hatte und ihre ehelichen Pflichten Gott sei Dank an ihr Ende gekommen waren, begann Frau Freisen einen stumpfen und doch unermüdlichen Kampf gegen ihren Mann, der bis zu ihrem Tod andauern sollte. Die ersten Feindseligkeiten hatten sich nach der Geburt Javiers gezeigt, als sie beschloss, ihn ohne die Hilfe der Kindermädchen aufzuziehen, die sich um die älteren Geschwister gekümmert hatten, anfing, ihn zu verhätscheln und aufzustehen, wenn er schrie und ihren Mann damit zur Weißglut brachte, der darauf bestand, Kindern von der Wiege an eine Spartaner-Behandlung angedeihen zu lassen. Etwas so Banales wie die Zärtlichkeitsbekundung gegenüber einem Baby oder die Besänftigung bei nächtlichen Ängsten sah er bereits als Angriff auf die patriarchale Autorität, Odile Freisen erkannte darin eine Unabhängigkeitsbekundung. Javier wuchs so zu einem Jungen heran, an dem aus zwei widerstreitenden Richtungen gezerrt wurde; er traf im Schoß der Mutter auf ozeangroße Nachsicht, und die disziplinierende Fuchtel des Vaters sollte seine eigenen Identität nach dessen Vorbild formen. Die Brüder kannten dieses Dilemma nicht, aus dem einfachen Grund, dass sie leidenschaftslos geliebt oder hingenommen worden waren. Sie waren auf die Welt gekommen, um die Komplexe einer Frau zu ersticken und die Arbeit eines Mannes ebenso wie dessen hierarchisches Denken zu rechtfertigen. Sie waren in gewisser Weise Objekte. Javier hingegen war immer ein Symbol, nicht nur in dem stillen Kampf, den seine Eltern miteinander ausfochten, sondern auch, weil er ein dem Einfluss zweier antagonistischer Welten ausgesetzter Mann war, der europäischen, deren Tabus ihn während seiner ersten zehn Lebensjahre geprägt hatten, und der karibischen, wo diese Tabus in der Regel unter einer Explosion aus Sonne und Sinnesfreude zersplitterten. Von allen Freisen-Brüdern würde Javier der widersprüchlichste sein: Die älteren verließ die Sehnsucht nach Frankreich nie, drei von ihnen kehrten sogar ein für alle Mal zurück, sobald sie darauf vertrauen konnten, dass ihre feigen Landsleute die Ereignisse des Kriegs zur Genüge verschleiert hatten, die jüngeren wurden zu Lebemännern, wobei sich einer damit begnügte, eine Weile als Playboy herumzufaulenzen, und der kleinste sich nicht einmal die Mühe machte, in die väterliche Fabrik einzutreten, sondern lieber gleich mit Marihuana-Schmuggel reich wurde.

Marihuana sollte in Javiers Leben – wenn auch erst einige Zeit später – eine entscheidende Rolle spielen und ihm dabei helfen, sich von seinen Hemmungen zu befreien. Als er, bereits zehnjährig, nach Barranquilla kam, war er ein verzogenes und dickköpfiges Kind, das wusste, wie seine Mutter rumzukriegen war. Es reichte, dass er etwas nicht wollte und bockig blieb, da konnte ihn Gustavo Freisen, sobald seine Frau außer Reichweite war, noch so sehr verdreschen. Wenn sie heimkehrte, zeigte ihr Javier wortlos die blauen Flecken, und Frau Freisen befiel eine eisige Wut, die zur unmittelbaren Sperrung des Schweizer Bankkontos führte, das als eine der vielen Bedingungen, die man ihrem Gatten neben einer Reihe komplizierter juristischer Abmachungen vor der Eheschließung gestellt hatte, unter ihrem Mädchennamen eröffnet worden war. Die Erfahrung des Ersten Weltkriegs hatte der Familie der ehemaligen Odile Kerouan gezeigt, dass es besser war – ganz unabhängig davon, ob Frieden herrschte oder nicht – einen Teil des sich in Neapel befindenden Vermögens in Form von Bargeld aus Frankreich fernzuhalten und am besten gleich in einem neutralen Land wie der Schweiz unterzubringen. Während die Hälfte der Mitgift in die Vergrößerung von Gustavo Freisens Fabrik floss, war der Rest auf diesem geheimen Konto liegengeblieben, auf dem die Deutschen später das Geld für Freisens Dienste deponieren würden und für das Odile ihm niemals die Vollmacht geben wollte.

Jahrelang war alles reibungslos verlaufen, solange Odile Kerouan sich als sanfte, dankbare Dienerin ihres Mannes gegeben hatte. Als aber der Groll in ihr zu keimen begann und sie sich dem habgierigen Mann entgegenstellte, der so kaltblütig wie ein Haifisch war, da begriff sie, dass sie sich auf ihre Weise wehren konnte, indem sie sich weigerte, Schecks oder Dokumente zu unterschreiben. Wie Álvaro Espinoza hatte auch Gustavo Freisen die mögliche Weiterentwicklung einer aus Kalkül und nicht ohne Verachtung geehelichten Frau unterschätzt. Darüber sprach er mit niemandem, außer mit dem *Manco*, diesem in Schwefeldunst gehüllten Verwandten, der dennoch zu seinem Vertrauten werden sollte. Der *Manco* war der einzige Mensch, der imstande war, ihn in seinem Wesen anzunehmen, ohne ihm Vorwürfe zu machen oder sein Verhalten zu sehr zu beurteilen. Und so gewöhnte sich Gustavo Freisen langsam daran, ihn am Freitagnachmittag in seiner Fabrik zu besuchen, um, wie er sagte, der Stadt den Puls zu fühlen, denn der *Manco* wusste über alles Bescheid, was in Barranquilla geschah. Vor allem aber wollte Gustavo Freisen mit jemandem seine sehnsuchtsvollen Erinnerungen teilen, Erinnerungen an nebelverhangene Orte unter klirrend kalten Himmeln, wo er seine besten Jahre verbracht hatte. Er war damals Junggeselle gewesen, seine Mutter hatte die feine Gesellschaft von Lille bei sich empfangen, und ihm schien eine glänzende Zukunft bevorzustehen. Elegant war er gewesen, mit seinem Taubenkragen und dem enganliegenden Anzug, als er einer verträumten Mademoiselle de Broquement den Hof machte, deren Familie die Geschmacklosigkeit beging, ihr Vermögen in den Sand zu setzen. Er rief sich die ersten Landpartien in Erinnerung, die er mit seinen Brüdern unternommen hatte, ihre vornehm gelüfteten Canotiers, wenn sie unter den moosgrünen Stämmen der Pappeln an anderen Kaleschen vorbeikamen. Besonders jedoch entsann er sich des Hauses an dem kargen Platz, dessen Pflastersteine von den vielen Menschenschritten und dem vielen Regen ganz blankgeschliffen waren. Er hörte die Bediensteten darin werkeln, mucksmäuschenstill die Anweisungen eines unsichtbaren Majordomus befolgen, das Klimpern eines Silberlöffelchens, dann das majestätische Läuten der Kathedralenglocken. Als er vom Balkon der Bibliothek aus die von den Jahren verwitterten Schieferdächer betrachtete, überfiel ihn ein angenehmes Gefühl von Unvergänglichkeit: Seine Vorfahren hatten auf dieselben Steine geblickt und dieselben hinter ihm beim Kaminfeuer in Regalen aufgereihten Bücher gelesen; gleich geblieben inmitten der behaglichen Wintertöne war auch der Geruch nach frisch verriebenem Wachs und brennenden Holzscheiten. Wie sehr vermisste Gustavo Freisen doch dieses an Nuancen und Farbschattierungen so reiche Licht, die Schränke mit der nach Lavendel duftenden Kleidung, die Porträts seiner Ahnen, die ihn von der Wand aus anerkennend anzublicken schienen. Auch er arbeitete unermüdlich und mit allem Fleiß daran, das hohe Ansehen seiner Familie aufrechtzuerhalten: Wenn er aus der Textilfabrik heimkehrte, konnte er es sich also erlauben, im Wohnzimmer zu sitzen, das seine so distinguierte und liebenswert weltgewandte

Mutter mit sienafarbenen Gardinen und dunkel schimmernden Kugellampen ausgestattet hatte. An ihrer Seite nahm er seinen Aperitif ein, erholte sich zufrieden von seinem Arbeitstag und entspannte sich bei dem Gedanken daran, dass der Butler den eifrigen Dienstmädchen in der Küche die letzten Anweisungen gab oder im Weinkeller nach den edlen Tropfen sah, die das Mahl begleiten würden. Ach, diese französischen Weine, der Birnenlikör, dieser Duft von lange gereiften, in aller Weisheit gealterten Dingen: Sie waren auf immer verloren. Und wenn er diese Worte aussprach, senkte er den Kopf und hielt dann inne, während sein Cousin, der *Manco,* die Aufmerksamkeit auf andere Themen zu lenken versuchte, aus Angst, das Gespräch könne noch weiter ausufern. Denn Gustavo Freisen konnte damals unendlich und flammend gegen sein Schicksal anreden und von der Sehnsucht zu einer grimmigen Gereiztheit übergehen, die ihn mitunter zwei Stunden lang am Stück reden ließ. Der Likör verknüpfte sich in seiner Erinnerung stets mit den aus Frankreich mitgebrachten Aquarellzeichnungen, die einen Monat nach seiner Ankunft in Barranquilla durch die schändliche Einwirkung eines tropischen Schimmelpilzes zu einem grauenhaften Farbamalgam zerronnen waren. Wie konnte man bloß in einem Land leben, in dem Bilder von Lepra befallen wurden, der Wein sauer wurde und die Sonne die Landschaft gläsern werden ließ, bis sie zur Fata Morgana verkam. Wenn überhaupt von Landschaft gesprochen werden konnte, wo es sich eigentlich um ein von Raubtieren überschwemmtes Meer handelte, dessen Sandstrände so glühten, dass die Füße Blasen warfen! Oder dieser übelriechende Fluss mit seinen schwerfälligen Wassern, dessen Ausdünstungen durch die Fenster seiner Fabrik drangen, selbst wenn diese der Klimaanlage wegen doch Tag und Nacht verschlossen waren. Die Tropen erinnerten Gustavo Freisen an die düstersten Passagen der Bibel: Alles war eitel und verdorben und das Wirken des Menschen dem Untergang geweiht. Es genügte schon, sich diese Stadt mit ihren rissigen Bauten anzusehen, wo die Termiten ein Gebäude in weniger als zehn Jahren unwiederbringlich zerfraßen. Nichts war von Dauer, nichts hielt sich in dieser Welt, die kein Gedächtnis, keine Vergangenheit besaß.

Gleich nach seiner Ankunft in Barranquilla hatte Gustavo Freisen ein Haus gekauft, das ein anderer, womöglich vor lauter Traurigkeit verrückt gewordener Franzose hatte bauen lassen. Es war ein Herrenhaus, ähnlich dem, das seine Mutter mietete, wenn sie den Sommer an der Riviera verbrachten, mit weißer Fassade, Marmorböden und vielen Spiegeln; es verfügte über drei Etagen, prächtige Hundeskulpturen aus Bronze zierten das Treppengeländer. Er glaubte, in diesem Haus sei die Illusion möglich, er wohne an einem zivilisierten Ort. Ohne jeden Erfolg: Wenn er sich über den Balkon beugte, dann boten sich seinem Blick nicht etwa mit Palmen und Mimosen bestandene Gärten oder sacht über azurblaues Mittelmeer gleitende Segelschiffe, sondern das Gleißen der Sonne auf den ausgeblichenen Dächern und brüchigen Mauern, hinter denen die Bourgeoisie Barranquillas hauste, diese polternde, sich so inbrünstig gebärdende Gesellschaft mit ihren in kleinliche Debatten verhedderten Intellektuellen und den alten Familien, die sich für Verwandte von Alfons XIII. hielten. Bourbonen, nicht mehr und nicht weniger, wiederholte er, als ärgere er sich über eine Beleidigung, dabei genügte es, sich ihre Gesichter anzugucken, schon fragte man sich, aus welch verruchten Verbindungen sie eigentlich hervorgegangen waren. Und da sah er mit einem Mal und leicht beschämt seinen Cousin an, hatte er sich doch der Empörung allzu sehr hingegeben und vergessen, dass der *Manco* eine dieser angeblichen Nachkommen des spanischen Königshauses geheiratet hatte. Der *Manco* aber lächelte ihm milde zu: In der Verbitterung erkannte er die Symptome einer Krankheit, der er selbst in anderen Zeiten entkommen war. Er hatte seinen Cousin vor Augen, wie er ihn vor dem Ersten Weltkrieg in Lille besuchte, als er Erbe eines ansehnlichen Vermögens geworden war und ihm alle Götter wohlgesinnt schienen. Von ihm hatte der *Manco* die Kunst erlernt, durch Überzeugung gefügig zu machen, Angestellten eine durchweg besondere Behandlung angedeihen zu lassen und sich damit Streiks und Ärger mit den Gewerkschaften vom Hals zu halten. Im Falle seines Cousins drückte sich dieser Paternalismus allerdings weniger in materialistischer Berechnung als in dem Wunsch aus, seine religiösen Prinzipien nicht zu verletzen. Denn Gustavo Freisen war damals ein zutiefst gläubiger Christ: Er ging jeden Sonntag mit seiner Mutter zur Messe und seine moralische Redlichkeit hatten ihm den Respekt der großen Herren im Norden eingebracht. Diese so geordnete, glückliche Welt, in der es sich ein Patron leisten konnte, von seinen Arbeitern geliebt zu werden, zerfiel während des Kriegs von 1914: Gustavo Freisen gehörte zu den Ersten, die bei der Armee anheuerten, und der *Manco* war ihm drei Jahre später in einem Schützengraben begegnet, übersät von Narben und mit Auszeichnungen behangen: Aus dem gutaussehenden, wohlerzogenen jungen Mann, dem der Vater zum Großteil die Leitung des Familienunternehmens überlassen hatte, aus diesem vollkommenen Gentleman, der wusste, wie er sich den Damen darzubieten und wie einer Mademoiselle de Broquement der Hof zu machen war, der Ästhet, der beim Läuten der Glocken in Schwingung geriet oder ergriffen den Geruch alter Bücher einatmete, aus diesem Mann war ein despotischer Hauptmann geworden, vor dem die Truppe erzitterte. Sie hatten ihm nichts vorzuwerfen: An der Spitze seines Trupps stürzte er sich in den Kampf, setzte sich mit der Leichtsinnigkeit eines Achilles der Gefahr aus. Er hatte vor lauter Gerechtigkeitssinn seine Seele verloren, erklärte der *Manco* Maruja. Denn er ertrug weder Angst noch Feigheit, und da beide zur Natur des Menschen gehörten, hatte Hass auf die menschliche Natur in ihm zu wüten begonnen. Wenn er von den Feldzügen sprach, bei denen Hunderte von Männern den Tod gefunden und die ihm acht Palmzweig-Auflagen über dem Kriegskreuz eingebracht hatten, senkte der *Manco* die Stimme: Womöglich waren im Angesicht von Schmerz und Blut die alten Stammesdämonen in Gustavo Freisen gefahren. Damit wollte der *Manco* sagen, dass es niemand in den Sinn gekommen wäre, dieser Hauptmann mit dem zornigen Blick könne sich je in eine Frau verlieben oder sich am Geruch eines Buches erfreuen. Später im Lazarett hatte der *Manco* einmal die unter viel Gefluche eingelieferten Verletzten zwischen ihren Wehklagen und Verbänden den Namen Freisen sagen hören. Das war alles. Aus diesem Frankreich war der *Manco* aufgebrochen, um nie wieder zurückzukehren. Unterdessen musste sein Cousin der großen Depression die Stirn bieten und das Familienunternehmen durchbringen, trotz aller Widrigkeiten, der eine über vier Jahre lahmgelegte und von allen Lieferanten und Kunden abgeschnittene Fabrik ausgesetzt war, ganz zu schweigen von der misstrauischen Zurückhaltung der – meist jüdischen – Bankiers und dem politischen Chaos. Gustavo Freisen schlug sich tapfer und mit dem gleichen Starrsinn durch, den er im Kampf gegen die Deutschen bewiesen hatte, um seiner Mutter und der Familie den einstigen Reichtum zurückzugeben, bis ihn seine Schulden und andere finanzielle Probleme zwangen, um die Hand dieser bretonischen Erbin namens Odile Kerouan anzuhalten, deren Mitgift ihre niedere Herkunft nicht wirklich zu vertuschen half. Wenngleich ihr Vater einen Ingenieursabschluss an einer École d'Arts et Métiers erworben hatte, war ihr Großvater doch ein einfacher, in der Schiffsreparatur tätiger Arbeiter gewesen, der indes so ausgefuchst war, dass er zum Eigentümer des Unternehmens aufstieg, und sich die Tochter seines Hauptkonkurrenten zur Frau genommen hatte. Die überfeinen Antennen der Mutter Gustavo Freisens hielten dieses Vermögen für dienlich, aber auch für zu jung. Und so begann das Eheleben der Odile Kerouan unter noch ungünstigeren Bedingungen. Von den Männern hatte sie sich nie allzu viel erhofft, und ihre strengen moralischen Vorstellungen hatten sie automatisch von allen Spielarten und Verführungskünsten der Liebe ferngehalten. Als ihre Eltern den Zeitpunkt der Hochzeit bekanntgaben, hatte sie geweint, und weinend hatte sie die Kirche betreten, in der die Trauung stattfand. Zwischen dem Missmut des unreifen jungen Mädchens und dem, was sie anschließend zu ertragen hatte, tat sich allerdings, so erklärte der *Manco*, ein Graben auf: Gustavo Freisen liebte Frauen nicht und verachtete Emporkömmlinge wie seine Mutter. Sobald sich Odile Kerouan mit ihrem unglaublichen Nachtgewand in dem Haus in Lille niedergelassen hatte, war sie höchstwahrscheinlich das Opfer von beider Feindseligkeit geworden und hatte sich mühsam verbiegen und viel erleiden müssen – bis zum Tod der Schwiegermutter, einer Persönlichkeit, an die der *Manco* nicht gerade mit Freude zurückdachte und die er als eine Art provinzielle, dummdreiste Madame Verdurin zeichnete, die ganz sicher liebend gerne einen Literatursalon eröffnet hätte, wenn ihre gesellschaftlichen Vorurteile es ihr nicht verboten hätten. Sie behandelte alle Welt schlecht, sagte der *Manco*, nur nicht ihren ältesten Sohn, mit dem sie eine dem Inzest recht nahe Beziehung pflegte, was zum einen Gustavo Freisens sexuelle Hemmungen nachvollziehbar machte und zum anderen, dass er so spät und aus purer Berechnung geheiratet hatte – was er im Übrigen seiner Frau gegenüber nie zu verheimlichen versuchte und sich damit endgültig ihren Groll verdiente. Außerdem stammte Odile Kerouan aus der tiefsten Bretagne und war trotz ihrer religiösen

Erziehung von einer magischen Welt beeinflusst, in der Seeleute die Glocken von Unterwasserstädten läuten hörten und der Nebel winzige, unberechenbare Wesen herbeiwehte, die Jahrhunderte des Christentums nicht hatten ausmerzen können. Man hatte ihr als Kind regelmäßig von ihnen erzählt, und sie hatte diese sogenannten Korrigans womöglich in einer mondbeschienenen Nacht zwischen Bäumen im Wald tanzen sehen. Wie sollte man sich dieses neunzehnjährige Mädchen vorstellen, als es nach Lille kam, um einem gewalttätigen Ehemann und einer verächtlichen Schwiegermutter gegenüberzutreten? Voller Angst, erklärte der *Manco* Maruja. Womöglich war sie in der Lage gewesen, Widerstand zu leisten, nicht aber dazu, zu kämpfen, denn die Eltern hatten sie allem entzogen, auch sich selbst, als sie sie aus purer Eitelkeit an einen Mann auslieferten und dieser Mann sie aus Habgier wie einen Gegenstand an sich riss. Unwissen beraubte sie ihrer eigenen Sexualität, Ohnmacht ihrer älteren Söhne. Bis zu Javiers Geburt.

Sie musste ihrem Mann mit Entsetzen dabei zugesehen haben, wie dieser mit den Kindern umging, und hatte sich wahrscheinlich nicht getraut, zu protestieren, weil sie den Zorn der Schwiegermutter oder deren demütigende Bemerkungen fürchtete. Keine Frau, betonte der *Manco*, außer einer, die Freisen-Blut in den Adern hatte oder an die Barbarei gewöhnt war, konnte tatenlos zusehen, wie ihre eigenen Kinder mit solcher Verbissenheit in grausame, egoistische Wesen verwandelt wurden, die sich am Leid der Schwächeren labten. Sie hatte schweigen müssen, während Gustavo Freisen systematisch jeden Anflug von Mit- oder Feingefühl bei ihnen ausmerzte und dafür sorgte, dass sich die schlimmsten Seiten der menschlichen Natur entfalten konnten. Was Lina und Maruja sich da eines Tages in Frankreich mit dem Gefühl ansehen mussten, in einem elenden Alptraum zu stecken, das hatte Odile Kerouan zwanzig Jahre lang ertragen, und sie ertrug es auch nach ihrer Ankunft in Barranquilla weiter, schließlich spielte sich das Ganze nun vor ihrer beider Augen und inmitten von Annes gellendem Geschrei ab. Vielleicht war es der Umstand, dass es zwei Zeuginnen gab und dass die zwei einzigen Freundinnen Annes entsetzt nach Hause stürzten, um von Gustavo Freisens widerlichem Gebaren zu berichten, der es Odile Kerouan endlich ermöglichte, von ihrem Mann zu fordern, er möge mit den Abscheulichkeiten aufhören. Auch der *Manco* hatte sich eingemischt und war ohne langes Zögern in das Haus seines Cousins eingedrungen, um dort erstaunt noch auf deutliche Beweise des Geschehens zu stoßen, das seine Tochter Maruja so getroffen hatte. Weil er Gustavo Freisen kannte, hielt sich der *Manco* nicht länger damit auf, ihm mit menschheitsliebendem Gefühlskram oder ähnlichem zu kommen, er erklärte ihm nur kurz und knapp, die Oberschicht von Barranquilla bestehe trotz ihrer Blindheit in Sachen Rassismus aus zwei Gruppen von Menschen: den wahren Herren, das heißt jenen, die wirklich von spanischen Adligen abstammten, sich während der Kolonialzeit in der Gegend angesiedelt hatten und willkürliche Grausamkeit für ein Zeichen nicht hinnehmbarer Feigheit hielten, und den anderen, die mithilfe von Strebertum und Beharrlichkeit aufgestiegen waren, von ersteren aber als Menschen ohne Klasse angesehen wurden, deren Umgang man lieber mied beziehungsweise auf das gesellschaftlich Nötige reduzierte. Gustavo Freisen habe also die Wahl: Er konnte ins feine Lager eintreten und in den Genuss stillschweigender, effektiver Begünstigung kommen, die sich darin zeigte, dass er rechtzeitig wichtige Informationen erhielt, früher von Regierungsprojekten erfuhr und zu Feiern eingeladen wurde, von denen die Presse nie berichtete. Oder aber er gesellte sich zu den Neureichen, die, selbst wenn sie Mitglied im Country Club waren oder sich während der Wahlperioden um Nominierungen bemühten, die ihnen vorgaukelten, sie besäßen irgendeine Macht, aus dieser Geheimgesellschaft ausgeschlossen waren, wo die wirkliche Macht zu Hause war und zu der er und sein Cousin, weil sie Ausländer waren, niemals ganz gehören würden, unter deren Fittichen sie aber durchaus prächtig gedeihen konnten.

Diese Darlegung schien ihre Wirkung zu entfalten. Ob Gustavo Freisen Zweifel an der Homogenität der Gesellschaft Barranquillas hatte, als ihm der Cousin von diesen subtilen Spaltungen sprach, das erfuhr man nie, doch selbst im Falle, dass ihn solch weltliche Dinge nicht interessierten, wollte er seine Kinder in jedem Fall vor sozialem Abstieg bewahren. Wieder einmal hatte ihm Odile Kerouan mit der Sperrung des Kontos gedroht, und womöglich war er der vielen Auseinandersetzungen auch müde geworden: Mittlerweile über fünfundfünfzig Jahre alt, galt er gewissermaßen als erledigt. Der *Manco* machte ihn darauf aufmerksam, es sei unpassend, sich in seinem Alter so zu benehmen und die Fehler zu wiederholen, die einst zu seinem Ruin geführt hatten. Was auch immer die Gründe für seine Nazi-Anhängerschaft gewesen sein mochten, er müsse eine zweite Schmach unbedingt verhindern und die Zukunft seiner Kinder ins Auge fassen, denen er bereits ihr Heimatland und das über viele Generationen angesammelte Vermögen der Freisen vorenthalten hatte. Selbst wenn die Älteren eines Tages nach Frankreich zurückkehrten, so würden die Jüngeren doch ohne Zweifel bleiben und zu *Barranquilleros* werden – gegen diese fatale Wendung werde Gustavo Freisen nichts ausrichten können. Er, der *Manco*, wisse das; ihm sei es egal, denn als er selbst sich in dieser von der Sonne versengten Stadt niedergelassen habe, sei genau das sein Ziel gewesen. Doch er habe so viele Ausländer – Deutsche, Spanier oder Italiener – abgeschlossene Gemeinschaften ausbilden sehen, die verhindern sollten, dass ihre Kinder mit den Bewohnern Barranquillas zusammenkamen. Sie hatten Clubs und Schulen gegründet und ihre Kinder gezwungen, die Sprache des Landes zu lernen, das sie verlassen hatten, und damit doch nichts weiter erreicht, als sie in die Mittelschicht absacken zu lassen, die sie allesamt zu einer äußerst kränkenden Mittelmäßigkeit verdammte. Der *Manco* hingegen hatte seinen Kindern über Eheschließungen Zugang zu den allerhöchsten Kreisen dieser Bourgeoisie verschafft. Wenn nun aber Gustavo Freisen weiterhin darauf bestand, seine Kinder zu Zuhältern zu erziehen, dann konnte er sich darauf verlassen, dass sie niemals aufsteigen würden. Geld war dabei unwesentlich, und ebenso wenig nutzte es, verlorenen Paradiesen nachzuweinen: Die Ausbildung einer stabilen Identität, die es erlaubte, das Leben zu meistern, erforderte mitunter den Bruch mit der Vergangenheit.

Von da an mäßigten sich die Verhältnisse in Gustavo Freisens Familie. Dank der Intervention des *Manco*, der sich auch noch die Mühe machte, Linas Großmutter die Dinge darzulegen, gingen Lina und Maruja Anne wieder zu Hause besuchen. Solange aber deren ältere Brüder in der Stadt lebten, würde Lina abgrundtiefen Ekel dabei verspüren. Jedes Mal, wenn sie im Wohnzimmer auf einen dieser asthenischen jungen Männer mit den starren Pupillen traf, musste sie wieder an das schreckliche Spektakel denken, das ihr diese geliefert hatten: Dann sah sie noch einmal, wie sie an der Seite von Gustavo Freisen mit hämisch aufblitzenden Augen auf die arme Katze losgingen, die vor Schmerz ganz irr ihren Nachwuchs zu schützen versuchte. Sie hatten nicht einmal versucht, zuerst sie umzubringen und ihr so die Qual zu ersparen, dabei sein zu müssen, wenn ihre Kinder eins nach dem anderen zu Tode gequält wurden, denn die Lust, das hatte Lina sofort begriffen, bestand eben darin, ihre Verzweiflung zu beobachten. Und während die Freisen-Brüder so auf die Kätzchen einschlugen, dass ihre Todesqual sich möglichst lange hinzog, wehrte Gustavo Freisen die Anstürme der Mutter ab, dieser Straßenkatze, der es zum Verhängnis geworden war, dass sie ihre Niederkunft auf dem Dachboden des Hauses erledigt hatte. Bestimmt hatte sie dort mit Zustimmung des früheren Besitzers schon öfter Junge zur Welt gebracht und verstand folglich nicht, was jetzt geschah: Ihre Kinder hatten eben erst die Äuglein geöffnet, schon mussten sie den treffsicheren Schlägen ausweichen, unter denen nach und nach ihre Knochen zerbrachen: Sie miauten in einem dermaßen hohen Ton, dass daraus Gekreische, blinde Verzweiflung wurde, und die von den Schlägen blutüberströmte Katzenmutter ging trotz zertrümmerter Schnauze und ausgeschlagenem Auge immer wieder in den Kampf zurück, als habe sich alle Energie der Welt in ihrem misshandelten Körper gesammelt. Lina gelang es nie, sich daran zu erinnern, wie lange sie und Maruja sich das Massaker ansahen, bevor sie reagierten, sich ein paar auf dem Boden liegengebliebene Stöcke schnappten und auf die Freisen-Brüder zustürzten. Sie waren klein, das Entsetzen aber schien ihnen animalische Kräfte zu verleihen: Ein Hieb mitten auf den Nacken setzte einen der Freisen-Brüder außer Gefecht, was den Vater Freisen ablenkte und der Katze ermöglichte, einem anderen einen Krallenhieb ins Gesicht zu verpassen. Darüber schien Gustavo Freisen den Verstand zu verlieren: Begleitet von unmenschlichem Geheul schlug er die Katzenmutter auf der Stelle tot und schleudert dann mit aller Gewalt die noch lebenden Tierchen an die Wand. Voller Hass sah ihn Maruja an: »Nazi!«, schrie sie ihn an, »Nazischwein!« Dann packte sie Lina an der Hand und flüchtete mit ihr zur Tür.

Es war sechs Uhr abends. Tränenüberströmt rannten sie durch die Straßen von El Prado, das markerschütternde Gejaule der Katze im Ohr. Lina hatte das Gefühl, der Hölle entkommen zu sein; sie spürte noch das eine halbe Stunde zuvor eingenommene Vesper in sich, der Magen war schwer wie ein Stein, und die Luft drang nur schwer in die Lungen. Sie blieb kraftlos an einem Baum stehen und übergab sich. Durch einen Tränenschleier sah sie zu Maruja hinüber: Diese hatte zu weinen aufgehört und wieder denselben zornigen Ausdruck im Gesicht, mit dem sie Gustavo Freisen beschimpft hatte. Da fragte Lina: »Was ist ein Nazi?«, und bekam die Antwort: »Du hast gerade einen gesehen.« Ohne sich auch nur im Geringsten mit diesen Dingen auszukennen, die gemeinhin als Ethik oder Moral bezeichnet werden, hatte sich in Lina für immer eingebrannt, was einen Menschen dazu bewegen konnte, mit Haut und Haar gegen Gewalt aufzubegehren. Die Ankunft der Familie Freisen hatte ihrem Leben eine andere Wendung gegeben. Und einige Jahre später würde Beatriz das Gleiche geschehen.

IV

Als Lina anfing, den Turm des Italieners alleine aufzusuchen und sich im Wirrwarr seiner Flure und Gänge zurechtzufinden, begann sie zugleich, sich an Form und Inhalt ihrer Träume zu erinnern: Die Bilder, die sie nachts heimsuchten und sich im frühen Morgenlicht verflüchtigten wie Tau, tauchten hemmungslos wieder in ihrem Gedächtnis auf, sobald sich das große eiserne Gartentor öffnete und ihr der starke Duft der Jasminbüsche in die Nase stach, die die Überreste einer Gloriette überwucherten oder an Mahagonizweigen emporwuchsen. Es schien, der Jasminduft sei die Schwelle zu einer unvorhersehbaren Welt, in der alles möglich war, angefangen bei den Träumen der vorherigen Nacht bis hin dazu, dass Lina glaubte, ihre Tante zwischen grünen Farnkaskaden herumirren zu sehen, während zugleich aus dem Turm die Töne drangen, die selbige Tante womöglich gerade spielte. Der Garten um den Turm mit seinen eigensinnig angelegten Alleen und dem Jasminduft bot sich für jede Spinnerei an, weil er die seltsamsten Vorstellungen naheliegend erscheinen ließ. So viele Bäume standen darin, dass das Laubwerk ineinandergriff und kein einziger Lichtstrahl die feuchte Düsternis vertrieb, in der Pflanzen in dämmrigen Farben wuchsen. Es fanden sich Frauenskulpturen, die Antlitze scheinbar von Masken bedeckt und seit Jahren von verschlungenem Dickicht überwuchert; versiegte Brunnen, aus denen plötzlich Rinnsale traten; künstliche, über die Zeit zu endlosen Tunneln gewordene Grotten, durch die Leguane mit schimmernden Kämmen huschten; die Sonne hassende Albino-Salamander. Vor allem aber herrschte eine unwirkliche Stimmung, weil sich das Gefühl einstellte, Tante Irenes Schatten husche an mehreren Orten gleichzeitig vorbei; ebenso die Erinnerung an die Träume, deren Bedeutung ihr die Tante darlegen würde, wenn sie Lina dazu aufforderte, ihr mehr und mehr von ihnen zu berichten. Wenn sie sich mit der undurchschaubaren und doch aufmerksamen Tante reden hörte, hatte Lina das Gefühl, Türen zu öffnen, die sie unter anderen Bedingungen der Vernunft wegen lieber verschlossen gelassen hätte. Sie hatte das Gefühl, sie offenbare dunkle oder allzu gewaltvolle emotionale Regungen, die bis dahin sorgfältig in der Erinnerung verstaut gewesen waren. Die Träume kamen ihr vor wie ein Angelhaken, der in ein stilles, in der Tiefe aber aufgewühltes Gewässer geworfen wurde, in dem sich Gefühle tummelten wie Eidechsen, die schon zu lange unter der Erde lebten und darüber farblos geworden waren. Mit einer Mischung aus Faszination und Schrecken verwandelte Lina die Träume in Worte: Sie waren der Spiegel, in dem sich ihr wahres Bild zeigte und sie wehrlos gegenüber ihren eigenen Widersprüchen machte. Ganz ohne es zu wollen war sie in einen inneren Strudel gefallen, aus dem sie nie wieder herausfinden würde, selbst dann nicht, als sie ihn Jahre später beim Namen nennen konnte und im Turm des Italieners bereits gelernt hatte, ihn zu kanalisieren. Denn Tante Irene würde ihr auch beibringen, sich ihrer Träume zu bedienen, um ihre Verhaltensweisen angesichts der Herausforderungen des Alltags zu verändern: Wenn sie es schaffte, bewusst zu atmen und den Körper zu entspannen, wenn sie die Augen schloss und sich in aller Ruhe einer Konzentrationsübung und dem Vergessen hingab und aus einem Teil ihres Bewusstseins heraus- und in einen anderen hineintrat, kehrten die Träume wie die am Strand anrollenden Wellen zurück. Dann holte ihr Gedächtnis sie sich wieder, machte sich an ihre Geheimnisse ran und brachte sie der gewünschten Lösung näher. Auf diese Weise wurde die Flucht zum Kampf, die Niederlage zum Sieg; so gingen ihre geheimsten Wünsche in Erfüllung. Von diesem Augenblick an hörten die Träume entgegen jeder Logik auf, der passive Ausdruck ihres Unbehagens zu sein, weil sich das Unbehagen entweder auflöste oder sie die Art veränderte, damit umzugehen, als ließe sich etwas an den Ursachen verstellen, wenn man an deren Wirkung drehte.

Formale Logik hatte im Turm des Italieners aber keinen Platz, und noch weniger in dem umliegenden Park, der die Turmstruktur nachbildete. Beiden fehlte es an Sinn, es sei denn, man rückte vom Vernunftbegriff selbst ab und verlor sich in den Gespinsten der Illusion. Wer immer nach ihnen suchte, der Garten bot sie: Aus seinen dunkelsten Winkeln ragten riesige Mahagonibäume empor, zu deren Füßen bleiche Pilze von verletzlicher Gestalt wuchsen: Wenn sie sich zwischen sie legte, fiel Lina sofort in eine so abgrundtiefe Benommenheit, dass sie nach wenigen Augenblicken das Gefühl hatte, ihren vor sich hin dösenden Körper zu verlassen und durch unbekannte Gefilde zu wandeln; bisweilen traf ihr Geist – oder dieser von ihrer Person losgelöste Teil ihrer selbst – auf Wesen von anderswo, die keinerlei körperliche Hülle besaßen und sie auf eine schwindelerregende Reise an gewisse Orte im All mitnahmen, nicht um ihr große Offenbarungen zu bieten, sondern um ihr unfassbar Banales zu vermitteln. Lina verstand nicht, wieso diese Wesen darauf aus waren, ihr mit solchem Nachdruck die eigene Bedeutungslosigkeit vorzuführen, die ihre und die aller Bewohner dieses winzigen Planeten, auf dem sich ihr Körper aufhielt und auf dem, einem Wunder gleich, das Leben entstanden war: Da, sieh, diese Stecknadel, schienen sie ihr mitzuteilen, inmitten der unendlichen Konstellation von Sternen, von wo aus sie verschwinden konnte, ohne dass ihre Abwesenheit größere Auswirkungen auf das glühende Pulsieren der Materie gehabt hätte. Vielleicht wollten ihr diese Stimmen ebenso wie Tante Irene den Nachklang einer Botschaft übermitteln, die vor Tausenden von Jahren vergessen worden, aber nicht verloren war, solange sie sich jemand in der Verborgenheit eines Gartens anhörte, im Wissen, dass jemand kommen und sie übergeben würde, sobald die ersten Regungen der Stille zu vernehmen waren. So wirr dies alles klang, ihre Wahrnehmung setzte einen Mechanismus in Gang, der durch nichts und niemanden aufgehalten werden konnte, wie eine Uhr, die bestimmt war, die Stunden bis zum Tod anzuzeigen, oder wie ein plötzlich aufgerissenes und niemals ruhendes drittes Auge. Denn von nun an würde es weder Frieden noch Ruhe geben, sondern nur dauerhafte Ungewissheit, einen nicht enden wollenden Irrlauf durch die Tiefen des Unbewussten. Dazu gezwungen, jederzeit mit sich selbst und den Erklärungen zu hadern, mit denen sie ihr Begehren zu überspielen versuchte, würde Lina dabei zusehen, wie sich ihr Narzissmus verwirrt zurückzog. Ebenso ihr Stolz: Kein Verhalten war jemals vorhersehbar, weder bei ihr noch bei anderen, solange die menschliche Realität sich allein von den Schemata der Vernunft erfassen ließ. Mit den Jahren würde Lina lernen, dass die schlichte Tatsache, diesen Trugschluss erkannt zu haben, ihren Blick auf das

Leben verändert hatte, weil damit deutlich wurde, dass die Ungewissheit existierte. Tante Irene und der Garten, die Träume und ihre Rätselhaftigkeit hatten zur Folge, dass die Denkweise, die ihr die Großmutter vorgelebt hatte, in sich zusammenbrach. Doch das geschah erst sehr viel später.

Sichtbar wurden die ersten Risse, die den unvermeidbaren Bruch ankündigten, allerdings in Barranquilla, als noch nichts darauf schließen ließ. Sie zeigten sich im Zusammenhang mit Javier Freisen oder, besser: dessen Ehe mit Beatriz. Trotz Linas Vorbehalten hatte die Großmutter die Nachricht wohlwollend aufgenommen, war kaum auf ihre Einwände eingegangen, hatte behauptet, Beatriz habe einen passenden Mann gefunden, und Nena könne von nun an ihre Flehgebete durch ein Te Deum ersetzen. Glücklich darüber, Beatriz auf dem rechten Weg in eine Ehe ohne Kummer zu wissen, fragte sie sich nicht, welche Gründe wohl einen vierundzwanzig Jahre alten, vor Gesundheit strotzenden Mann mit dem Temperament eines Kampfstiers dazu bewogen, sich für dieses mineralische Geschöpf zu interessieren, dessen Spröde an die Eiswüsten eines fernen Planeten denken ließ. Denn Beatriz' Charakter, das war ihr völlig klar, hatte sich durch den Kontakt mit den kanadischen Nonnen nicht geändert: Sie war nach wie vor unerbittlich und puritanisch, und wenn sie überhaupt etwas gelernt hatte, dann ein Bild von sich selbst zu erschaffen, das sie als gleichmütige Person zeigte, die nichts aus der Bahn warf. Die Avendaño-Brüder glaubten, sie sei endlich zur Vernunft gekommen und habe die Konflikte einer allzu lange währenden Pubertät hinter sich gelassen. Doktor Agudelo indes sprach Lina gegenüber von einem Grad an Psychopathie, der so groß sei, dass sie sogar ihre Symptome unter Kontrolle habe. Lina wiederum war der festen Überzeugung, es sei besser für Beatriz, sich dem Teufel anzuvertrauen als diesem Mann in seinem erbitterten Kampf gegen die zwei in seinem Bewusstsein hausenden Kräfte. Auch wenn sie sich der Hohlheit dieses Vergleichs bewusst war, fand Lina nur diese Formel, um die Zweideutigkeit auf den Punkt zu bringen, die Javier Freisen ausmachte. Er war impulsiv wie Benito Suárez, vielleicht etwas weniger verrückt, aber von demselben Drang angetrieben, seinen Willen koste es, was es wolle, durchzusetzen. Es war ein launischer Wille, der über Jahre hatte gedeihen können, weil Odile Kerouan die Wünsche ihres Sohns nicht nur dazu benutzte, Gustavo Freisen zu demütigen, sondern auch und vor allem dazu, um zu ihren eigenen verdrängten Wünschen vorzustoßen. Javier sollte Fülle und Freiheit und all das genießen, wovon das halbgelähmte kleine Mädchen und später die im Kloster eingeschlossene junge Frau geträumt hatten. Da konnte es noch so viele kaputte Fahrräder und verloren gegangene Tennisschläger geben; Javier durfte das Haus verlassen und zurückkehren, wann er wollte, ohne irgendjemandem gegenüber Rechenschaft ablegen zu müssen. Odile Kerouan unterdessen wachte über jedes Detail: Gemeinsam mit ihm erfreute sie sich am dröhnenden Geknatter des Motorrads oder daran, dass zwischen Wolken die silbernen Flügel des Privatflugzeugs zu sehen waren, das er sich kaufte, nachdem er unter Angabe eines falschen Geburtsdatums den Flugschein erworben hatte. Es gab noch weitaus mehr Dinge, von denen Javier bestimmt nichts erzählte, die sie sich aber ausmalte, wenn sie ihn abends in Begleitung seiner Freunde losziehen sah, in den Hosentaschen Geld für Musik und Drinks. Diese Geldscheine, mit denen er um sich warf, hatten es Javier erlaubt, von früh auf mit älteren Männern zu tun zu haben, die ihn die Kunst lehrten, sich in Bordellen zu betrinken und sich gegenüber den Mädchen, die er dort antraf, korrekt zu verhalten. Petulia, deren Spürsinn unfehlbar war, hatte ihn schnell ins Herz geschlossen und ihm versichert, er habe Temperament und liebe die Frauen wirklich. Die Sache mit dem Temperament konnten Maruja und ihre Schwestern nur bestätigen, denn wenn sie Ana besuchen gingen, mussten sie sich davor hüten, nicht allein in einem Zimmer zu bleiben, weil sonst die Gefahr drohte, dass er urplötzlich auftauchte, die Tür hinter sich schloss und sich auf sie warf, in den blauen Augen ein Glimmen, das keinerlei Zweifel an seinen Absichten ließ. Nur mit viel Geschrei und Schlägen hatten sie ihm über die Zeit beibringen können, respektvoller zu sein.

Ebenso richtig war, dass es aussah, als fühle sich Javier unter Frauen wohl: Seit seiner Ankunft in der Stadt hatte er sich Linas Truppe angeschlossen und war den Pakt eingegangen, bei mitunter recht männlichen Spielen, seine Körperkraft nicht missbräuchlich einzusetzen. Und später, als sein Vater das schickste Haus von Puerto Colombia kaufte, holte er sie frühmorgens in Divina Arriagas altem Haus ab, um mit ihnen reiten zu gehen oder zum Baden mit ans Meer zu kommen. Alles in allem hätte er also eine einigermaßen gute Partie abgegeben, wenn nicht ein weiterer Freisen in ihm geschlummert hätte, der sich immer wieder durch ungeahnte Gewaltausbrüche zeigte. Zum ersten Mal erlebte Lina das ausgerechnet auf dem Dorfplatz von Puerto Colombia. Javier prügelte einen Fahrer nieder, der seinen Bus angehalten hatte, um sie mit obszönen Bemerkungen zu überschütten: In null Komma nichts war er bei ihm im Bus, zerrte den Fahrer von seinem Sitz, warf ihn zu Boden und das Ganze hätte, wenn die Mädchen und ein paar entsetzte Fahrgäste nicht eingegriffen hätten, mit Sicherheit auf dem Friedhof geendet. Javier war damals siebzehn Jahre alt, aber schon so großgewachsen wie sein Vater, im Unterschied zu diesem jedoch ziemlich muskelbepackt. Odile Kerouan hatte sich womöglich genau danach gesehnt: nach einem echten Nachfahren der bretonischen Seemänner, denen ihr Mut es nicht verbot, im Meer versunkene Glocken läuten zu hören. Sie hatte seinen widerspenstigen Geist ohnehin stets in Schutz genommen: Bei der kleinsten Schikane durch die Jesuiten hatte sie ihn ins Colegio Biffi wechseln lassen, und als die Disziplin der Christlichen Brüder ihm genauso wenig entgegenzukommen schien, da beschloss sie, ihn auf eine weltliche Schule zu schicken, wo die Schüler die Lehrer hemmungslos beschimpften. Javier begegnete jedoch der Missgunst seines Vaters; selbst wenn Gustavo Freisen ihm nichts Übles wünschte, so brauchte er ihn trotzdem, um sein Selbstvertrauen wiederherzustellen und weiter an die Wirksamkeit seiner eigenen pädagogischen Methoden glauben zu können: Von seinen drei nach Frankreich zurückgekehrten Söhnen hatte es bloß einer geschafft, einen angemessenen Posten zu ergattern, von dem anderen wusste man nicht viel, und der dritte war, nachdem er zuvor heimlich in einer rechtsextremen Partei gewesen war, Kommunist geworden und verteilte zur Empörung der Familie sonntags schreiend die *Humanité Dimanche* auf der Plaçe Maubert. Der Einzige aus diesem Haufen, der in Barranquilla geblieben war, Jean-Luc, wies Symptome auf, die eine Störung vermuten ließen. Aus Zuständen absoluter Apathie, während derer er im Bett blieb und über Erschöpfung klagte, stürzte er sich in fieberhafte Geschäftigkeit, mit der er gegen die angebliche Faulheit der Fabrikangestellten vorging. Gustavo Freisen vergeudete einen Großteil seiner

Zeit damit, die Patzer von Jean-Luc auszubügeln und aufgebrachte Gewerkschaftsführer zu beruhigen, die dank seiner Umsicht noch nicht von Kommunisten unterwandert worden waren. Neben den Problemen, die dieser Sohn verursachte, an dessen Erziehung Odile Kerouan in keiner Weise beteiligt gewesen war, musste Gustavo Freisen sich der stummen, aber beharrlichen Rache der Juden erwehren.

Die israelitische Gemeinde der Stadt war vorbildlich organisiert. An ihrer Spitze befanden sich der Rabbiner und drei Millionäre, die sich durch diplomatische Raffinesse gegenüber den lokalen Politikern auszeichneten, ebenso wie durch strengen Gehorsam gegenüber den biblischen Geboten. Obwohl nur wenige Menschen bis zu ihnen vordrangen und mit ihnen sprachen, sagte man, es seien Männer des Wortes, und sie hatten es geschafft, zwischen den zwei Weltkriegen Hunderte Glaubensbrüder ins Land zu holen. Die Neuankömmlinge hatten von Beginn an begriffen, dass sie, wenn sie reüssieren wollten, Streitereien und unnötige Debatten beilegen und bedingungslose Solidarität beweisen mussten. Kamen sie ohne Geld, so mussten sie eine Art Initiation über sich ergehen lassen, nämlich mit dem Los eines einfachen Stoffhändlers der Calle Comercio zurechtzukommen, ganz gleich, welche Kenntnisse oder Diplome sie besaßen. Sie mussten Überlebenswillen zeigen, also den Nachweis erbringen, dass sie selbst unter ärmlichsten Bedingungen imstande waren, sich ein Vermögen aufzubauen. Die Leute betrachteten sie mit einer Mischung aus Misstrauen und Bewunderung, denn so sehr es auch Eindruck machte, dass jemand, der zehn Jahre zuvor noch seine Ware von einem Schemel herunter hatte anpreisen müssen, Millionär werden konnte, entging niemandem der exklusive und exkludierende Charakter dieser Gemeinschaft, die sich so sehr von den anderen unterschied, was aber weniger daran lag, dass sie Gotteshäuser, Clubs und eigene Schulen besaß – womit andere genauso aufwarten konnten –, sondern daran, dass sie die Eheschließung ihrer Mitglieder mit Andersgläubigen drakonisch ablehnte. Diese Regel, die Quelle vieler Konflikte war, hatte die Einheit eines Volks ohne Vaterland über Jahrtausende gesichert, erklärte der Vater Lina, er erlaubte den Juden aber auch, ihre Erinnerung zu bewahren, die Erinnerung an die Anfeindungen, den sie ausgesetzt gewesen waren, und die an den freundlichen Empfang. Als Beispiel nannte er Lina den Fall Divina Arriagas und deren seltsames Leiden, das in der ganzen Stadt kein einziger Arzt durchdrungen hatte. Ein paar Jahre nach ihrer Rückkehr erhielt sie ganz unerwartet Besuch eines berühmten jüdischen Neurologen, mit dem ihr asiatisch aussehendes Dienstmädchen bis zu Divinas Tod Briefkontakt halten würde. Divina Arriaga hatte seine Dienste gar nicht angefordert, ja, sie kannte ihn nicht einmal. Alles, was der Neurologe von ihr wusste, war, dass sie während der deutschen Besatzung Frankreichs mehreren Juden dabei geholfen hatte, den Klauen der Nazis zu entkommen. Soweit die Kenntnis von Linas Vater reichte, war keines der Mitglieder der jüdischen Gemeinde in Kontakt zu diesem Arzt getreten, noch war sein Besuch in Barranquilla bekannt. Außerdem hatte der Neurologe ihrem Vater nicht gesagt, woher er von Divina Arriagas Aktivitäten während des Kriegs und von ihrer seltsamen Krankheit wusste. Jedenfalls überquerte er den Atlantik, um ihr beizustehen, verfolgte später die Entwicklung ihres Leidens über Briefe, die ihm das Dienstmädchen schrieb, und schickte seinerseits per Post Kisten voller Medikamente und Pülverchen in verschiedenfarbigen Kapseln, die ihr Leben so gut es ging verlängern sollten. Linas Vater wunderte es also nicht im Geringsten, als die Juden der Stadt sich dem Ruin Gustavo Freisens verschrieben. Als Freund und in manchen Angelegenheiten auch persönlicher Anwalt des *Manco* sah sich Linas Vater mit der heiklen Aufgabe betraut, den Rabbiner im Namen dieses Schurken um Entschuldigung zu bitten. Daraufhin diskutierten er und der Rabbiner einen ganzen Nachmittag lang und suchten nach Argumenten in der Bibel, in diesem Buch, das ihr Vater glücklicherweise auswendig kannte, und er kannte, weil er selbst etwas davon über diesen Großvater geerbt hatte, dessen Ermordung fast zur Zerstörung Cartagenas geführt hatte, die Feinheiten der jüdischen Seele. Und dann gab es eine Pause von ein paar Jahren, während derer die Geschäfte von Gustavo Freisen den Bach runterzugehen schienen und er die Fabrik nur deswegen am Laufen halten konnte, weil er in einem Verlustgeschäft Stoffe an die Yankees loswurde. Der Rabbiner unterhielt sich bei der Rückkehr von der Synagoge manchmal eine Weile mit ihrem Vater auf dem Bürgersteig, und wieder ergingen sich die beiden in spitzfindigen Ausdeutungen, die sie dazu brachten, wie Exegeten inmitten der abendlichen Mückenschwärme im gemeinsamen Gespräch zu versinken. Am Tag der großen Vergebung teilte der Rabbiner endlich den von den Gemeindeoberhäuptern gefassten Beschluss mit: Sie, die Juden, seien bereit, die Verbrechen von Gustavo Freisen unter der Bedingung zu vergessen, dass er einen greifbaren Beweis für seine Reue lieferte, und zwar in Form einer Spende an den Staat Israel. Gustavo Freisen platzte beinahe vor Wut, als er davon erfuhr. Der *Manco* wusste zu berichten, dass ihm die Luft wegblieb und seine Knochen zu schlottern begannen, weswegen er ihn in eine Klinik schaffte, wo der diensthabende Arzt so weise war, dem schon halb verkrampften Mann Sauerstoff zu geben anstatt ihm irgendein Mittel zu spritzen, das sein ohnehin angegriffenes Nervenkostüm vollends zum Zerreißen gebracht hätte. Natürlich erfuhren die Juden von dieser Reaktion, und wenn sie nach dem Geschenk, das die umsichtige Odile Kerouan *Eretz Israel* überreichte, weiterhin mit ihrem Gatten verhandelten, dann nur des Wortes wegen, das an einem Tag der Vergebung gegeben worden war. Doch alle sechs Monate würde Gustavo Freisen sich daran erinnern, dass sein Wohlergehen vom guten Willen der Gemeinde abhing, wenn nämlich die neuen jüdischen Bekleidungsfabriken ihre Bestellungen bei den Stoffherstellern machten und es bei seinem Cousin, dem *Manco*, Aufträge regnete, er aber vor sich hin tobte und insgeheim die Söhne Zions verfluchte. Härter, so schien es ihm, konnte sein Schicksal kaum sein: Er hatte sein Land verlassen müssen, dieses Frankreich, dessen süßes Andenken sich in seiner Erinnerung bereits aufgelöst zu haben schien, war vorzeitig gealtert, verschlissen von einem Klima, das nur etwas für wilde Tiere war, fand sich ohne Aussicht auf Besserung abgeschnitten von einem Kulturkreis, in dem man andächtig Symphonien lauschte und ein neu erschienenes Buch mit prächtigen Debatten bedachte. All das, nur um denselben Männern ausgeliefert zu sein, gegen die er so sehr gekämpft hatte, dass er sich mit den Feinden seines Vaterlandes zu verbünden bereit war und damit zum Abtrünnigen wurde. Nach zehn Jahren Barranquilla wusste Gustavo Freisen nicht mehr, woran er sich zu halten hatte, die Welt erschien ihm vollkommen unsinnig. Das Schlimmste, beteuerte der *Manco* als sein ewiger Vertrauter immer wieder, war die Tatsache, auf eine Weise in die Mittelmäßigkeit abgesunken zu sein, dass er es kaum noch mitbekam:

Seine jüngeren Söhne hatten abgesehen vom Lernen noch nie ein Buch aufgeschlagen und wollten nichts von der Vergangenheit wissen; interessierten sich weder für Malerei noch für Musik, außer für diese entsetzlichen afrikanischen Rhythmen und die nicht minder unerträgliche Rockmusik der Yankees. Gustavo Freisen sagte, er sei müde; er hatte sich umsonst darum bemüht, seinem Nachwuchs Respekt vor den europäischen Werten einzutrichtern, die Arbeit in der Fabrik zehrte an ihm, und es kostete dermaßen viel Kraft, Jean-Lucs Grobheiten auszubügeln, dass Odile Kerouan völlig mühelos die Kontrolle über die Familienangelegenheiten hatte übernehmen können und nun zu Hause herrschte, nach der Art der Frauen von Barranquilla, in deren Welt sie sich im Handumdrehen eingefügt hatte.

Denn Odile Kerouan hatte entdeckt, dass das Patriarchat in dieser Stadt zur Pantomime verkam, ab einer bestimmten gesellschaftlichen Schicht und unter der Bedingung, dass die Frauen gewisse Forderungen zurückstellten oder vorgaben, sie zurückzustellen; den Männern ließ man die Illusion, sie seien an der Macht: Man antwortete auf ihre Launen und stellte ihre Ansichten nicht infrage. Zwischen Mutter und Kindern aber gab es einen bedingungslosen Bund, von dem der Vater ausgeschlossen war. Waren sie erst einmal verheiratet, luden die Frauen ihre Haushaltsarbeit auf dem Rücken ihrer Angestellten ab und gaben sich einem fröhlichen Müßiggang hin; sie gingen nachmittags in den Country Club, wo sie bis in die Nacht hinein Karten spielten, aßen mit Heißhunger Sandwichs, orderten Tee und den einen oder anderen als Coca-Cola getarnten Drink. Diese geregelte Eintönigkeit stand ihnen bestens zu Gesicht; sie wiederholten die Gesten des vorherigen Nachmittags, ja tausender identischer Nachmittage bis zum Überdruss, bis ihr Geist ganz matt war, sich die Körper in schinkenhungrige Wesen verwandelten und nur noch auf den warmen Käse zwischen den zwei Sandwichscheiben aus waren, bis sie langsam fett wurden und ebenso langsam, aber sicher die Menge Gin erhöhten, die die Club-Kellner mit äußerster Diskretion in ihre Cola mischten. Odile Kerouan hatte in dieser Ordnung eine für ihre europäischen Schwestern undenkbare Freiheit erkannt, weil diese permanent dem Druck des Ehemanns oder der Familie ausgesetzt und obendrein von deren Genüssen ausgeschlossen waren, dafür aber nicht entschädigt wurden.

Die Frauen in Barranquilla hingegen genossen eine beachtliche Anzahl von Privilegien: Souverän im eigenen Heim und von ihren Kindern vergöttert, kratzten sie mit Beginn ihrer Ehen an der Macht des Gatten, und wenn Alter oder Erschöpfung dessen Kampfbereitschaft minderten, dann hatten sie ganz und gar die Oberhand. Außerdem stellte niemand eine Situation infrage, die Odile Kerouan zufolge die verzwickteste aller Bindungen formalisierte: die stillschweigende Verabredung zweier Geschlechter, gemeinsam in Ruhe zu leben und zu sterben. Für Odile Kerouan war unwesentlich, welche Opfer diese Vereinbarung verlangte, denn Sexualität gehörte für sie in den Bereich menschlicher Rohheit, die es einzudämmen galt, wollte man nicht Gefahr laufen, zum Tier zu werden. Sie kannte die verhängnisvollen Folgen von Gewalt zur Genüge und hatte es geschafft, sie aus Gustavo Freisens Gehabe zu tilgen. Den Extravaganzen ihrer Söhne gegenüber aber war sie nachsichtig; sie hielt sich vor Augen, wie kontraproduktiv übertriebene Drangsalierung erfahrungsgemäß war. Falls ihre Ansätze allzu ambivalent waren, so interessierte das kaum jemanden: Ob sie in Barranquilla geboren waren oder nicht, ihre Freundinnen waren wie sie selbst mit reichen, in der Stadt niedergelassenen Ausländern verheiratet und bildeten ein geschlossenes Grüppchen, in dem ein liberales Lüftchen wehte. Neben dem Bridgespiel widmeten sie sich den Nachrichten aus der Lokalpresse und ein paar nicht immer empfehlenswerten Büchern, und die, die Temperament besaßen, litten hier und da an Depressionen oder erlaubten sich heimliche, aber belanglose Liebschaften. Egal welche Nationalität sie besaßen, sie alle atmeten erleichtert die Luft von Barranquilla und achteten nicht allzu sehr auf die Vorurteile aus der Vergangenheit, die mitunter in ihre Gespräche hineinhüpften wie Kröten aus einem dunklen Sumpf. Sie waren über Odile Kerouans eheliche Beziehungen im Bilde und zuckten angesichts ihrer abstrusen Vorstellungen von Sexualität mit den Schultern, ohne zu begreifen, dass sie mit der tiefen Überzeugung einer Frau zusammenhingen, der alles, was sich dem Bereich der Produktion entzog, jahrelang wie eine Verschwendung vorgekommen war, eine Ansicht, die ihr ziemlich in die Quere kam, wenn sie sich ihre eigene Faulenzerei beziehungsweise Javiers Verschwendungssucht vor Augen führte.

Ihr verzogener Sohn war immer anspruchsvoller geworden, die in Bordellen und angesichts ständig neuer Gelüste ausgegebenen Geldsummen wurden immer exorbitanter. Odile Kerouan öffnete weiterhin ihren Geldbeutel und genoss es, mit ihm zusammen in die berauschende Welt der Männer einzudringen. Javier war schön und frei: Er hatte sein Motorrad mittlerweile gegen einen Rennwagen eingetauscht, der Staubwolken aufwirbelte, wenn er sich Richtung Puerto Colombia aufmachte; außerdem war er ganz vernarrt in ein Segelboot namens *Odile*, an Bord dessen er sich den karibischen Stürmen entgegenstemmte und so dermaßen tapfer zeigte, dass die Hochseefischer nicht genau wussten, ob sie ihn für mutig oder lebensmüde halten sollten. Nach dem Dafürhalten Linas, die bei den Vorbereitungen auf die Autorennen als seine Kopilotin fungierte, trafen beide Einschätzungen zu. Odile Kerouan ihrerseits sah in Javiers Waghalsigkeit einfach nur das Erbe unzähliger bretonischer Seeleute, die über Generationen hinweg gelernt hatten, sich dem Meer auszuliefern wie den Armen einer Geliebten. Manchmal kam sie zum Segeln mit; dann stiegen Erinnerungen an ihre Kindheit in ihr auf: Sie fühlte sich jung, erklärte sie Rosario, der Frau des *Manco*, genoss es, dass ihr der Wind das Haar zerzauste und die Luft den aufregenden Geruch von Algen und Jod herüberwehte. Auf offener See nahmen die Wasser der Karibik eine Vielzahl von Grüntönen an, bis kleine, einsame, ans Paradies gemahnende Inseln auftauchten. Dort gingen Javier und sie vor Anker und schliefen gemeinsam unter einem Moskitonetz, im Ohr das gleichmäßige Schlagen der Wellen. So kehrte die Vergangenheit in ihr Gedächtnis zurück, und Odile Kerouan begriff, welch furchtbare Erziehung sie hatte erleiden müssen, eingeschlossen zwischen dem Puritanismus der Nonnen und der Eitelkeit ihrer Eltern. Das Leben kam ihr trostlos vor, die dargebrachten Opfer unnütz; mit einem Mal wollte sie wissen, wieso ihr damals nicht die Liebe in den Sinn gekommen war, als sie – trotz Hüftluxation – hübsch gewesen war und in den Salons ihrer Onkel bewundernde Blicke geerntet hatte. Sie hätte Freude an ihrer Jugend haben können, anstatt ins Kloster gehen zu wollen, wo sie gänzlich willenlos wurde, und sich dann von ihren Eltern mit einem Mann verheiraten zu lassen, der so verkrampft war wie ein von der Flut an den Strand gespülter Tintenfisch. Ihre Gedanken führten sie zurück zu den Demütigungen, die sie in der Villa in Lille über sich hatte ergehen lassen müssen, als die verhasste Schwiegermutter ihre Naivität ausnutzte, um sie vor ihrem Ehemann bloßzustellen, der in ihr bloß die Gebärmutter der Familie Freisen sah. So redete Odile Kerouan auf die Frau des *Manco* ein. Gott sei Dank hatte sie Javier, beteuerte sie, ja, Javier war die einzige Entschädigung für all die Bitternis.

Javier wiederum liebte seine Mutter; er genoss es, sie glücklich zu wissen und dabei zu helfen, dass sie von ihren Erinnerungen loskam. Von klein auf hatte er in ihr eine bedingungslose Verbündete gegen Gustavo Freisens Gewalt gefunden, ebenso gegen die seiner älteren Brüder, die sich einen Spaß daraus machten, ihn zu quälen, ein wenig aus Neid, aber auch, weil er sich nicht wehrte und damit ihre Grausamkeit anstachelte. Wenn sie ihn allein antrafen, drückten sie ihn mit dem Kopf immer wieder in eine Wanne mit kaltem Wasser, bis er fast erstickte, und verlangten, dass er sich vor ihnen auf die unterschiedlichste Weise selbst demütigte, erzählte er Lina eines Tages in Puerto Colombia – Hauptsache, sein Selbstvertrauen würde zerstört. Lina hörte entgeistert zu. Javier lächelte sie an. »Sie haben's aber nicht geschafft.« Seine Stimme erschien ihr so gefährlich und herausfordernd wie das Schaben der Hörner eines Stiers in der Arena. Wenn er aber auf seine Mutter zu sprechen kam, nahmen seine Worte einen unterschwellig zärtlichen Ton an: Er hatte an sie gedacht, als er beschloss, sich ein Segelboot zu kaufen, und als er sah, wie überaus glücklich sie auf den unbewohnten kleinen Inseln war, da überzeugte er sie davon, eine zu erwerben. Odile Kerouan und ihr Sohn waren in jenen Tagen wie miteinander verschmolzen: Er vertraute ihr alle seine Gefühle und Erfahrungen an, sie erfüllte ihm jeden Wunsch. Javier hatte sie so oft abends im Country Club abgeholt, dass er mittlerweile alle ihre Freundinnen kannte und zum Galan dieser bereits leicht verwelkten Damen wurde, die es ganz köstlich fanden, sich einen – selbstverständlich völlig harmlosen – Flirt mit einem der attraktivsten Männer der Stadt zu erlauben. Er fuhr sie mit seinem MG nach Hause oder forderte sie auf Partys zum Tanzen auf und wühlten damit die Geister der Vergangenheit auf, die sie lange begraben geglaubt hatten. Sie entdeckten die Freude am Duft eines jungen Körpers, die Freude, sich an einen muskulösen Arm schmiegen zu können, und vergaßen darüber die Schlaffheit ihrer eigenen Muskeln ebenso wie die

Stunden vor dem Spiegel, in denen sie versuchten, die Unbill der Jahre zu überdecken – bis Javier mit seiner unerbittlichen Gleichgültigkeit doch wieder an ihrer alten Wunde rührte. Da besannen sie sich und kehrten nach einer gewissen Zeit der Trauer zurück zu ihren mütterlichen Gefühlen, beschützten ihn eifersüchtig wie eine Glucke unter ihren Fittichen. Sie stritten sich um seine Gesellschaft und luden ihn auf erlesene Cocktailpartys ein, an denen nur betagte, wohlhabende und hochwohlgeborene Menschen teilnahmen. Diese Beziehungen erlaubten es Javier, die Anzahl an Kunden für das Reisebüro zu erhöhen, das Odile Kerouan übernommen hatte, damit er sich seinen Lebensunterhalt auf anständige Weise verdiente, ohne in der Fabrik des Vaters arbeiten zu müssen. Als der Kauf abgewickelt wurde, hatte Javier gerade mit Ach und Krach sein Abitur gemacht, und das Reisebüro stand kurz vor der Pleite. Drei Jahre darauf brummte das Geschäft, denn hinter dem pompösen Arbeitszimmer des Chefs, der nur selten mal am Nachmittag auftauchte, hatte die schlaue Odile eine zuverlässige Vertrauensperson installiert, einen verheirateten Mann und Vater von fünf Kindern, der darauf angewiesen war, seinen Lebensunterhalt zu verdienen.

Nichts in ihrem Unbewussten hatte Odile Kerouan dem Zufall überlassen, außer der Inbesitznahme ihres Sohns. Weil sie Javier jeden Wunsch von den Augen ablas und seinen Gelüsten sogar zuvorkam, hatte sie seinen Charakter so weit verdorben, dass dieser weder Widerrede noch Verweigerung aushielt. Odile Kerouans größter Fehler aber war es, zu glauben, er werde ewig mit ihr verbunden bleiben, als könne ein kerngesunder junger Mann auf ewig diese Art uterine Symbiose aushalten, sich anderen Liebesbeziehungen gegenüber verschließen und mit der trostlosen Bordellroutine vorliebnehmen. An den Frauen dort hatte er, egal wie kenntnisreich sie waren, kein großes Interesse; Javier behauptete, sie durchdrungen zu haben, hielt sie für frigide und den Fantasien ihrer Klienten nur für Geld, nicht aber aus Perversion ergeben. Wenn sich ihnen die Gelegenheit bot, zur Mätresse aufzusteigen, dann klaubten sie eine Mitgift aus Kühlschrank und Bett zusammen und versumpften anschließend in einer mittelmäßigen, namenlosen Ehe. Nein, Bordelle beförderten ganz bestimmt keine großen Romanzen, und solange Javier sie besuchte, konnte Odile

Kerouan sichergehen, dass seine Zuneigung ganz allein ihr gehörte. In ihren depressiven Momenten wurde sie jedoch immer wieder von der Vorstellung heimgesucht, er wäre mit einem Mädchen aus gutem Hause verheiratet, dann bekam sie Herzstechen. Zu ihrem Trost hielt sie sich an einem europäischen Verständnis der Ehe fest, einer rein wirtschaftlichen, zur Namens- und Vermögenssicherung gedachten Verbindung. Ein verliebter Javier hatte in ihren Überlegungen keinen Platz, allein die Vorstellung war ein Alptraum. Waren sie denn nicht etwa glücklich, sie beide? Tat sie nicht alles, um ihn zu zufriedenzustellen? Mit diesen Fragen löcherte sie die Frau des *Manco*. Kein Mensch liebe ihn so abgöttisch wie sie, würde ihm alles geben und nichts dafür verlangen, keine Frau sei in der Lage, über seine Fehler zu hinwegzusehen und ihm mit bloßen Fingern die Steine aus dem Weg zu schaffen, so wie sie es tat. Und trotzdem verliebte sich Javier. Und nicht etwa in eine Doppelgängerin Odile Kerouans, also nicht in eine Frau, die sich ihm vor lauter Bewunderung vor die Füße warf, sondern in Victoria Fernán de Núñez und so weiter, die neben ihren vielen erlauchten Nachnamen von Kindesbeinen an eine Mutter, vier Tanten und einen ganzen Schwarm an Dienstmädchen um sich hatte, die ihre Wünsche erfüllten, von denen es wiederum unzählige und vor allem unvorstellbare gab, wie jener arme Mann aus Caldas erfahren musste, als er sie in der Annahme heiratete, sein El Dorado gefunden zu haben, dann aber feststellte, dass er zum Hohepriester einer stürmischen Göttin geworden war, vor der er sich verbeugen musste, wenn er sein Privileg bewahren wollte, ihr riesiges Königreich verwalten zu dürfen. Der Mann aus Caldas war kampfeslustig, die im Zeichen des Löwen geborene und in die Aura ihres Reichtums gehüllte Victoria aber ließ sich von niemandem beeindrucken. Sie hatte von ihrer Mutter und den Tanten gelernt, sich niemals einem Mann auszuliefern und viel weniger noch, ihm ihr Vermögen zu überlassen, und so begann der Mann aus Caldas nach den Flitterwochen, die Victoria nicht besonders erbaulich fand, monatlich Rechenschaft über seine Geschäfte abzulegen, bis seine Persönlichkeit, sei es aus einer lobens- oder auch tadelnswerten Wachsamkeit heraus, sei es, weil er unfähig war, dem flammenden Gemüt Victorias zu folgen, langsam zu zerbröseln schien und er sich zwar äußerlich in einen glänzenden Geschäftsmann, im Privatleben aber in ein Kind verwandelte, das leidenschaftlich Zinnsoldaten sammelte. Victoria brachte diese Soldaten von ihren Europareisen mit, wo sie sie pensionierten Handwerkern für kolossale Summen abkaufte oder sie bei ihnen in Auftrag gab, während sie ihr jeweils aktueller Liebhaber auf den Gipfel der Lust beförderte und sich die tausend Blüten ihres unersättlichen, nach immer neuen Emotionen dürstenden Temperaments öffneten. Die Damen von Barranquilla hatten Angst vor ihr, weil sie, wenngleich sie nicht so edel und schön wie Divina Arriaga war, doch dieselbe Gabe wie diese besaß, die Männer zu faszinieren. Womöglich war auch weniger Faszination als Gier im Spiel, denn ihre ungeheure Hemmungslosigkeit mitsamt der Prise Vulgarität, die sie wer weiß woher hatte, verleitete die Männer dazu, noch die letzte Schicht ihrer Panzer fallen zu lassen und Fantasien preiszugeben, deren Zurschaustellung im Bordell ihnen nicht anrüchig genug oder für ihre Ehefrauen unzumutbar gewesen wäre. An Victorias Seite indes konnten sich die schaurigsten Facetten der Liebe frei und ohne jede Scham entfalten: Victoria lehnte Geschenke ab, weil sie, wie sie Lina eines Tages gestand, davon ausging, dass jede Gabe eine Kompensation darstellte, die auf nachlassendes Begehren schließen ließ, und sie anzunehmen bedeutete, sich mit der Trägheit männlicher Liebesgewohnheiten abzufinden, diesem Vorzeichen von Monotonie und, auf Dauer, Langeweile. Als ihr Lina viele Jahre später einmal zufällig in Paris an der Seite eines jungen deutschen Playboys begegnete, der ganz ohne Zweifel ihr Gigolo war, hielt sie noch immer an dieser Überzeugung fest, mit einer kleinen Abänderung: Sie zahlte nun selbstverständlich dafür – das Alter besaß das Gesicht eines Ketzers –, ihre Liebhaber mussten jedoch Einfallsreichtum beweisen, weil sie sonst auf die Straße geworfen wurden und auf ihre Sportwagen und üppigen Hotelsuiten wieder verzichten mussten. Lina hörte ihr zu, schmunzelte über ihren Zynismus und ausgemachten Sinn für Humor und konnte es nicht vermeiden, an die andere Victoria Fernán zu denken, an die, die trotz ihres Alters weiterhin anmutig und ihrer sportlichen Betätigung wegen noch immer schlank war – und in die sich Javier verliebte und damit das Unglück von Odile Kerouan und das Ende der Beziehung von Mutter und Sohn besiegelte. Weder sie noch ihre Freundinnen aus dem Country Club wären im Leben darauf gekommen, welchen Eindruck diese in die

Jahre gekommene Amazone auf Javier machen würde. Dabei hätte Victoria letztlich jedem der weniger neurotischen Freisens gefallen, also denjenigen, die sich einigermaßen von jenen Religionen oder Ideologien hatten befreien können, unter denen ihre Sexualität erstarrt war. Odile Kerouan wurde krank vor Eifersucht und erlitt zum ersten Mal in ihrem Leben eine heftige Depression. Hätte sie sich der Liebe Javiers nicht entgegengestellt, so hätte sie zumindest ihrer beider Komplizenschaft erhalten, doch genauso wie die Wege Gottes, so beteuerte der *Manco*, waren auch die Gemütsschwankungen bei einer geistigen Störung unergründlich. Solange sich Odile Kerouan in ihrem Sohn gespiegelt hatte, war sie gegen Zeit und Tod gefeit gewesen; sie hatte ihm Fülle geboten und sich damit für die von ihr selbst erlittenen Entbehrungen gerächt; ihn unabhängig zu wissen, hatte ihr selbst ein Stückchen Freiheit eingebracht. Javier war ausgerechnet kurze Zeit nach dem Tod der verhassten Schwiegermutter gezeugt worden, als Odile Kerouan sich in dem Haus in Lille nicht mehr so minderwertig gefühlt hatte. Die Schwangerschaft war ohne Komplikationen und die Niederkunft zügig verlaufen und weniger mit Schmerzen als mit einem verwirrenden, bis dahin völlig unbekannten Lustgefühl einhergegangen. Odile erklärte der Frau des *Manco*, sie habe sich davor gefürchtet, Gustavo Freisen könne etwas gegen das Baby mit den schwarzen Haaren haben, war sie doch bei aller Tugendhaftigkeit während eines Urlaubs schwanger geworden, in dem mehrere Mitglieder der Familie Kerouan bei ihnen untergekommen waren, unter anderem eine Cousine, für deren Mann Odile größtes Interesse zeigte. Dieser Verwandte war nicht nur gut gebaut, sondern auch noch schwarzhaarig. Odile Kerouan schien das Begehren, das sie diesem Mann gegenüber empfand, auf das Spermatozoon ihres Mannes, von dem sie befruchtet wurde, übertragen und damit die Regeln der Genetik irgendwie unterwandert zu haben, sodass sie das neue Kind wirklich ganz als das ihrige betrachtete, seinem eigentlichen Erzeuger gegenüber fremd und anders als die anderen Kinder, die aus Pflicht oder Eitelkeit in ihr herangewachsen und unter fürchterlichen Schmerzen und unstillbaren Blutungen von ihr herausgepresst worden waren. Ihre Liebe zu Javier war nie zweideutig, ja mehr noch, sie war bereit gewesen, ihre Überzeugungen, um es ihm recht zu machen, so weit zu verändern, bis sie eine tolerante, großzügige Mutter abgab und ihre moralischen Prinzipien die Wendigkeit einer Trapezkünstlerin angenommen hatten. Dieses Gefühl hatte im Grunde nichts Ausschließendes, und ebenso wenig beschränkte es Javiers Sexualität in irgendeiner Weise, denn durch sie erlebte Odile eine Art Lust per Vollmacht, durch die, wie Lina Jahre später spekulierte, wohl Fantasien lebendig wurden, die sie zu Kinderzeiten abgespalten haben musste, als sie mit drei Cousinen zusammenlebte, Jeanne, der zukünftigen Frau des schwarzhaarigen Verwandten, und zwei weiteren, denen Lina später begegnen sollte, als diese in Cannes wohnten und im letzten Schimmer einer zarten, ätherischen Liebe noch immer miteinander vereint waren. Es war Maruja, die Lina vorschlug, einen Sommer mit ihnen zu verbringen, als sie sich in einer vertrackten Lage befand, weil sie gerade ihre Anstellung als Übersetzerin verloren hatte. Die beiden Mademoiselles Breville brachten Lina ein paar Monate bei sich unter, bis sie ihr über ihren Bekanntenkreis eine Arbeit zuschanzten, mithilfe derer sie weiter durch Paris tingeln konnte. Lina fand die beiden von Anfang an bezaubernd, sie glichen zwei Opferkerzen in einer leeren Kirche, die sich gegenseitig vor einer verschleierten Statue beäugten, um im Gleichtakt und in unausgesprochenem Einvernehmen gemeinsam zu verlöschen. Manchmal sprachen sie von der Vergangenheit, und Lina begriff trotz ihrer zurückhaltenden Ausdrucksweise, dass Odile Kerouan ein ähnliches Schicksal hätte erleben können, und zwar mit ihrer Cousine Jeanne, einer Person, über die die Mademoiselles Breville nicht ohne Abscheu und unter Verwendung des Wortes »Intrigantin« sprachen, was ein Euphemismus war, denn sie waren zu gut erzogen, um sie »Luder« zu nennen. In jedem Fall hatte diese Jeanne eine ausgefuchste Indiskretion begangen, indem sie Odile Kerouans Eltern überredete, ihre Tochter in eine Nonnenschule zu stecken, wo man ihr alle Träume austrieb, etwa den, sie könne eines Tages auf jenen Zauberstein treffen, der sie unsichtbar machen würde, oder der Herrin des Sees in ihrer goldenen Festung begegnen, in der zehntausend in Seide gehüllte Frauen lebten, die weder wussten, dass es Männer gab, noch deren Gesetze kannten. Unterdessen gewann Jeanne, die als Waise der Obhut von Familie Kerouan übergeben worden war, deren Zuneigung, bis sie im Herzen der Mutter den Platz eingenommen hatte, der eigentlich Odile zustand. Dies war Jeanne Brevilles erster Verrat in einer langen Reihe von Gemeinheiten, deren Sujets Balzac besten Stoff für einen seiner Romane hätten liefern können und die, auf etwas bescheidenerer Ebene, Lina ein paar Hinweise an die Hand gaben, vermittels derer sie die krankhafte Eifersucht zu fassen bekam, die Odile Kerouan entwickelte, als sie erfuhr, dass Javier sich in eine der Cousine so ungeheuer ähnliche Frau verliebt hatte, wo doch diese Cousine sie damals in ein paar verbotene Spiele eingeführt und anschließend bei den Eltern verpetzt und damit in die Verbannung getrieben hatte. All das war möglicherweise in den finstersten Schleifen ihrer Erinnerung verloren gegangen und brach nun hervor, als sie selbst durch Victoria Fernán de Núñez ersetzt wurde, einer Frau, die sie nicht lieben konnte, wenn sie nicht vergessenen Kummer wecken wollte. Und so ging Odile von einem Tag auf den anderen vom Verständnis zum Despotismus über, wurde zu einer Schmerzensmutter, die Javier mit Vorwürfen und Forderungen traktierte und, als sie merkte, dass ihre Eifersuchtsszenen nichts bewirkten, schließlich damit drohte, ihre Zuwendungen auszusetzen, ohne zu berücksichtigen, dass trotz ihrer merkwürdigen Traumvorstellungen von der Parthenogenese Gustavo Freisens Blut durch Javiers Adern floss und es daher besser war, den in ihm schlummernden Dämon nicht wachzurütteln. Außerdem hatte Odile den Fehler begangen, die Aktien des Reisebüros auf seinen Namen laufen zu lassen, was Javier nicht nur erlaubte, die Nabelschnur mit einem Hieb zu durchtrennen, sondern außerdem, die Freuden der wirtschaftlichen Unabhängigkeit und zugleich die wunderbare Möglichkeit des Geldverdienens zu genießen. Vom Tourismus wechselte er in die Baubranche und landete schließlich bei Finanzgeschäften, die so ertragreich waren, dass Gustavo Freisen es kaum glauben konnte. Er war von diesem Sohn mehr als einmal provoziert worden: Als Kind hatte er es gewagt, ihm Verachtung entgegenzubringen, indem er sich über seine Strafen lustig machte; als er heranwuchs und endlich erfuhr, wie sich sein Vater den Nazis gegenüber verhalten hatte, wurde aus der Verachtung eine dauerhaft hämische Abneigung, bis er sich die Frechheit herausnahm, ihn als Feigling zu bezeichnen. Das war das letzte Mal, dass Gustavo Freisen ihn zu ohrfeigen versuchte, denn Javier stürzte sich auf ihn, setzte ihn unter Einsatz nur eines Arms außer Gefecht und zischte ihm ins Ohr, er wünsche sich nichts sehnlicher, als ihm unter dem erstbesten Vorwand den Kopf gegen die Wand zu rammen. Von da an hörten sie auf, miteinander zu sprechen, beziehungsweise Gustavo Freisen ertrug bei Tisch stillschweigend Javiers bissige Kommentare, wenn dieser sich über den Verrat der Kollaborateure oder die Idiotie derer ausließ, die sich von irgendwelchen Ideologien einfangen ließen, und dabei wortwörtlich Marujas empörte Meinungen wiederholte. Als aber Odile Javier das Leben schwer zu machen begann und der sich als gewiefter Geschäftsmann entpuppte, da sah Gustavo Freisen sich eine Bresche auftun, die es ihm erlauben würde, zwar nicht gleich die Zuneigung, wohl aber die Zusammenarbeit mit diesem Sohn zu erwirken, den er trotz allem seines Muts wegen bewunderte, der zumindest größer war als der des Psychopathen namens Jean-Luc, dessen Verfolgungswahn mit den Jahren beunruhigende Züge angenommen hatten.

Denn die ins Land gegangene Zeit ebenso wie der viele in dieser verdammten Stadt erlittene Verdruss hatten Gustavo Freisens Berechnungskünste geschärft. Er besaß nun die feine Gabe der Geduld und war gut darin, die langsame, aber sichere Entwicklung von Ereignissen vorauszusehen. Victoria Fernán würde Javier eines Tages satthaben und der ungezügelte, in seiner Selbstliebe gekränkte Sohn würde einen Ausgleich auf der Ebene der Macht suchen – Macht, die zu verleihen nur er, Gustavo Freisen, imstande war, indem er ihm einen wichtigen Posten in seiner Fabrik anbot, die dank seines ungeheuren Einsatzes und trotz der Missgunst der Juden gerade dabei war, sich in ein Imperium mit mehreren Niederlassungen zu entwickeln. Jean-Luc fehlte es an Durchsetzungsvermögen, Javier aber würde es gelingen, ihn einzuweisen, derweil der einzige Sohn, an den Gustavo Freisen wirklich glaubte, sein Studium an der Harvard Business School abschloss. Sobald das Ganze unter Dach und Fach war, begann Gustavo Freisen, sich Victoria Fernán gegenüber ausgewiesen galant zu zeigen, und als er sichergehen konnte, dass die Bemerkungen über sie auch Javier noch erreichen würden, ließ er verlauten, natürlich ganz im Vertrauen, dass er es vorziehe, seinen Sohn in Begleitung einer Dame von Rang und Namen zu wissen, als sich vorstellen zu müssen, wie er zu den Nutten in die Bordelle ging, in denen es vor Geschlechtskrankheiten nur so wimmelte. Völlig entwaffnet von diesen Absichten beschloss Javier, dessen Intelligenz mitunter seiner Waghalsigkeit proportional entgegengesetzt war, die Gutwilligkeit seines Vaters auf die Probe zu stellen, indem er ihn bat, für ein paar Monate ein Haus in Puerto Colombia anzumieten. Wie groß war die Überraschung, als er von einem Notar vorgeladen wurde, der damit beauftragt war, ihm zu verkünden, dass Gustavo Freisen ihm dieses Haus schenke und auch die bei der Überschreibung anfallenden Gebühren übernehme und alles schon geregelt sei, damit die Geschwister keinerlei Nachteile erlitten. Javier war überglücklich: Er konnte Odile Kerouan Lebewohl sagen, mitsamt ihren Verurteilungen, dem andauernden Gefühl, von ihr überwacht zu werden, und dem ewigen Zwang, sich dankbar zu erweisen. Lina gegenüber würde er versichern, dass er sie weiterhin mochte, es aber nicht länger ertrug, in Abhängigkeit von ihr zu leben, vor allem dann, wenn er, um sie zufriedenzustellen, auf die Frau verzichten müsste, die er begehrte. Und Victoria Fernán erfüllte seine Wünsche wirklich über alle Maße. Sie stachelte nicht nur seine Männlichkeit an, sondern führte ihn auch in die Geheimnisse der weiblichen Lust ein: Er behauptete, durch sie die Wissenschaft des Rhythmus kennenzulernen, die Kunst, sich zu trauen, ja, die Alchemie der Zeit. Je mehr er sich der Liebe hingab, desto mehr fühlte er sich in seiner Persönlichkeit bestärkt, denn seltsamerweise zeigte sich bei dem Freisen, der sich der Lust öffnete, eine Kraft, die der des Kastrierten ähnlich war, ganz so, als sei es ihnen nur in Extremen – ganz gleich, ob der Lust oder der Askese – möglich, den Schwung zu erreichen, der es dem Geschlecht der Freisen erlaubt hatte, Menschen zu unterjochen: und zwar von dem Moment an, in dem es ihnen gelungen war, an der wilden Eisküste der Ostsee ein Holzscheit anzuzünden. Nie war Javier tüchtiger gewesen als jetzt, wo er mit ganzer Tatkraft gleich mehrere Unternehmen leitete. Sein MG brauste wie ein gelber Wirbel von den Bankhäusern am Paseo Bolívar zu den Fabriken des städtischen Industriegebiets und dann weiter zum Flughafen, wo er nordamerikanische Geschäftsmänner empfing, anschließend zum Hotel del Prado, dessen dunkel gehaltene, klimatisierte Bars sich bestens dazu eigneten, auf Englisch über Geld zu sprechen. Sobald die Nacht hereinbrach, schwirrte der MG nach Puerto Colombia – und mit ihm ein Javier, der danach lechzte, sich zwischen den gierigen, warmen, saftigen Schenkeln einer Victoria zu verlieren, die sich um des schönen Scheins willen hatte krankschreiben lassen und sich in der Abgeschiedenheit einer Meereskur unterzog. Diese leidenschaftliche Beziehung dauerte so lange, wie sie sollte: Victoria konnte sie nicht allzu lang ausdehnen, wenn sie den Skandal vermeiden wollte, dem die gute Gesellschaft von Barranquilla kaum standgehalten hätte. Und als der Mann aus Caldas sich über ihre Augenringe Sorgen zu machen begann, da nahm sie das Angebot an, nach Miami zu fliegen und sich dort in einer Privatklinik durchchecken zu lassen – wo sie einen unwiderstehlichen jungen Arzt kennenlernte, mit dem sie ihre nächste Liebesgeschichte erlebte, die sie sechs Monate der Stadt fernbleiben ließ.

Während dieser Zeit machte Javier alle möglichen Gemütszustände durch, bis er sich ganz im schroffen Temperament der Freisen einrichtete. Die anfängliche Bestürzung war von einem heftigen Hassgefühl abgelöst worden, das ihn bei vollem Verstand das Mobiliar des Hauses in Puerto Colombia entzweischlagen und dann bei einem Unfall, den er selbst auf wundersame Weise unverletzt überstand, den MG zu Schrott fahren ließ. Als er das Saufen, die Raufereien in den Bordellen und die Flüche auf Victoria Fernán leid war, versuchte er unter Mühen, sich Gedanken über die Dinge des Lebens zu machen, und erwählte seine besten Freundinnen Lina und Maruja zu Gesprächspartnerinnen, die ihm ein Vorhaben ausreden wollten, dem er nicht gewachsen war – vergebens. Er war fest entschlossen: Er wollte die Wertmaßstäbe identifizieren, die eine beinahe fünfzigjährige Frau in ihrer Entscheidung beeinflussen könnten, ohne dabei jedoch an die subtilen Verpflichtungen zu denken, die eine Frau dieses Alters eingehen musste, um ihre psychische und körperliche Integrität zu wahren. Da er begriffsstutzig war, entschied er, auf die schwärmerischen Verführungstaktiken zu verzichten und all seine Energie darauf zu verwenden, eine solide wirtschaftliche Position zu erlangen, wobei er nicht mitbekam, dass er genau dort landete, wo ihn sein Vater haben wollte. Gustavo Freisen machte ihm keine genaueren Vorgaben, weil er davon ausging, dass die Verantwortung, die von nun an auf Javier lastete, seinen aufrührerischen Geist bändigen würde. Und tatsächlich waren dem Leiter der Verkaufsabteilung des Freisen'schen Industriebetriebs viele Dinge untersagt, unter anderem etwa, sich leger zu kleiden, bis hin dazu, in den Bordellen über die Stränge zu schlagen.

Fortan beschränkte sich Javiers mondänes Leben darauf, an den Cocktailempfängen teilzunehmen, auf denen man sich unbedingt sehen lassen musste, doch aus dem Playboy, der einst frustrierte Ehefrauen und heiratsfähige Mädchen ins Schwärmen gebracht hatte, war ein Geschäftsmann geworden, der sich den Frauen mit Berechnung und einer Spur Zynismus zuwandte. An der Seite seines Vaters zu arbeiten, verfinsterte seine Persönlichkeit; in diesem strengen, selten lächelnden Manager war der Segelyacht-Javier kaum mehr zu erkennen. Er litt an Paranoia: Maruja würde er eines Tages erzählen, dass er jahrelang das Gefühl hatte, verfolgt zu werden. Doch anstatt ihn in die Knie zu zwingen, führte diese Angst dazu, seine Feinde zu vernichten, die echten wie die imaginären. Deswegen zog es Gustavo Freisen vor, ihn in Ruhe zu lassen. Doch der zu jeder Vorsicht völlig unfähige Jean-Luc versuchte, es mit ihm aufzunehmen, und beging so den Fehler seines Lebens.

Javier hasste Jean-Luc, die Personifizierung der älteren Brüder, die ihn in Kindertagen so in die Mangel genommen hatten, und markantester Repräsentant des Familienspleens. Während der eine unter der liebevollen Obhut seiner Mutter herangewachsen war, hatte sich Jean-Luc allein an Gustavo Freisen orientiert. In Barranquilla war er nicht etwa deswegen geblieben, um ihm bei seinen Geschäften beizustehen, sondern eher, weil er dem mürrischen, eisernen Willen nahe sein wollte, damit er ihm als Vorbild bei der Ausbildung seines eigenen Willens diene. Der *Manco* erzählte, dass er sich trotz seiner vielen Jahre in den Tropen weiterhin weigerte, Obst oder Salat zu verzehren oder nicht abgekochtes Wasser zu trinken, und dass er immer ein Fläschchen Alkohol in der Hosentasche bei sich trug, um sich die Finger damit abreiben zu können, wenn ihm jemand die Hand gegeben hatte. Er war in seinem Leben in keinem Bordell gewesen, noch hatte er sich je irgendeine Affäre erlaubt, Frauen ekelten ihn an: Zwischen ihren Schenkeln tummelten sich die Viren und Bakterien, die ihn bedrohten, und in ihren Seelen hausten die Schlangen des Bösen. Zu seiner Bazillenangst kam eine äußerst seltsame Abneigung gegenüber Arbeitern: Weil sie Mestizen waren, gehörten sie zu den minderwertigen Wesen und waren von Natur aus niederträchtig. Erwartungsgemäß ging er davon aus, dass seine Arbeiter sich ihm gegenüber einiges herausnahmen, und bildete sich ein, Opfer ihrer Verschwörungen zu sein.

Sein Verfolgungswahn hatte sich mittlerweile derart zugespitzt, dass er kaum mehr sein Büro verließ und ihn Gustavo Freisen unter viel Gezeter und Tritten herauszerren musste. In jener Zeit geschah es, dass Javier auf einen Posten gesetzt wurde, der wichtiger war als der seine – und auf Anhieb von allen gemocht wurde. Den Angestellten gefiel ein Chef, der akzentfrei Spanisch sprach, weißen Rum trank und Cumbia tanzen konnte. Auf den Hochzeiten und Tauffesten, zu denen sie ihn einluden, vergaß Javier jeden Sinn für Hierarchien, gewann ihn am nächsten Tag aber umstandslos zurück. Durch den vielen Umgang mit Mechanikern und Fischern war er diesen Leuten nahe. Anders als Jean-Luc ließ er sich nicht aus der Fassung bringen, wenn in seiner Gegenwart eine Beleidigung dahingemurmelt oder ihm ein finsterer Blick zugeworfen wurde. Er kannte die Mentalität der *Costeños* und wusste, dass man den missgelaunten Angestellten einfach nur ins Büro zitieren und von Angesicht zu Angesicht mit ihm reden musste, schon waren die Probleme aus dem Weg geräumt. Außerdem gab er sich großzügig, war gesprächsbereit; sein Ruf als Streitschlichter verbreitete sich schnell in der gesamten Fabrik, und die Arbeiter fingen an, mit ihren Forderungen zu ihm zu kommen, ohne die Gewerkschaft einzubinden. Diese Dinge und dazu noch zwei oder drei zielführende Erneuerungen im Produktionsablauf hatten ihm bald die Anerkennung von Gustavo Freisen eingetragen, für den Rentabilität das Schlagwort schlechthin war. Jean-Luc hingegen fühlte sich klein; wenn sein Vater weiterhin Javiers Methoden guthieß, war es müßig, von seinem bevorstehenden Ruin zu sprechen. Mit verkrampften Händen und den vom Schweiß bleischweren weißen Haaren im Nacken sah sich der völlig ungerührte Gustavo Freisen dieses von Ticks durchzogene Gesicht seines Sohns an, in dem das einst energische Kinn mit der Zeit verschwunden war. Und Jean-Luc schlich auf Zehenspitzen davon. Gedemütigt und durcheinander: Das Gefühl, nichts mehr zu haben, woran er sich festhalten konnte, hatte ihn schon um einiges früher heimgesucht, erläuterte der *Manco*, als es schien, sein aus Europa kommender Vater unterwerfe sich dem Willen Odile Kerouans, und in der Familie ein neuer Wertemaßstab zu gelten begann. Außerdem war es ihm in dieser Stadt unmöglich, Freundschaften zu schließen: Seine Altersgenossen machten sich über ihn lustig, weil er weder ins Bordell ging noch sich betrank. Nach seinem ersten Karnevalsball schwor er sich, nie wieder einen Fuß in den Country Club zu setzen. »Widerlich«, so sein Kommentar. Die geschminkten Damen aus der Oberschicht hatten zu Schwarzen-Musik getanzt, die Männer waren angepinselt gewesen wie Clowns. Dieses ganze Geflimmer, diese ganze Gaudi waren ein Affront für jede einzelne Zelle seines über-weißen, ach so lichtempfindlichen Körpers. Der Aufbruch seiner älteren Brüder und ein unglückliches Missverständnis mit einem Friseur, von dem er meinte, er könne ihn, weil er feine Manieren hatte und Französisch sprach, verstehen, stürzten ihn schließlich in die Einsamkeit. Wie der Eremit, der, sobald er in Versuchung kam, bang in seine Höhle kroch, suchte er verzweifelt Zuflucht in der Arbeit: Sein Büro war sauber, seine Sekretärin betagt und tüchtig, und Gustavo Freisen machte es ihm vor, zeigte ihm allein durch seine Anwesenheit, welches der Weg, der Königsweg zur Macht war: Er musste nur eine einzige Anweisung geben, schon setzten sich Dutzende Personen in Bewegung, stieg das Tempo der Maschinen, wurden Arbeiter entlassen. Saß er an seinem Schreibtisch, so hatte er das Gefühl, Dauphin eines Königs oder Großwesir eines Sultans zu sein, und wenn er von Albträumen verschont blieb, dann bot sich ihm die Welt als glorreiches Schlachtfeld dar.

Ach, da war dieses Leiden, das sein Vater Albträume nannte und sich im Hals bemerkbar machte, als Kralle, die ihm an die Kehle ging, um ihm gleich darauf das Blut panisch durch die Arterien zu jagen, als wolle das Herz es in wilden Wirbeln hinausstoßen. Diese Anfälle wurden von endlos scheinendem Durchfall begleitet; außerdem hatte er das Gefühl, Opfer von Verfolgungen zu sein, die aber niemand ernst nahm. Über Jahre hatte Jean-Luc versucht, herauszufinden, inwieweit die ersten beiden Phänomene miteinander zusammenhingen, das heißt, ob die Herzrhythmusstörung von den Verdauungsproblemen herrührte oder umgekehrt, es hatte ihm aber nichts gebracht, Ärzte zu Rate zu ziehen oder Stuhlproben in Laboren abzugeben, damit man den niederträchtigen Wurm oder die biestigen Amöben aufspürte, die für die Koliken verantwortlich waren, denn die Spezialisten der Stadt waren davon überzeugt, dass seine Gedärme trotz des offenkundigen Leidens rein waren und sein Herz kerngesund. Einer von ihnen, Doktor Agudelo, war ihm besonders unglaubwürdig vorgekommen, weil er ihn zu seinem Privatleben befragt und ihm geraten hatte, der Keuschheit abzuschwören. Ärzte waren ihm von nun an verdächtiger als Arbeiter. Dem Urteil des *Manco* zufolge hatte Doktor Agudelo die falschen Worte gewählt: Jean-Luc würde sein Leben lang keusch bleiben müssen, wenn er nicht durchdrehen wollte, denn kein Freisen konnte seiner Sexualität ins Auge sehen, ohne völlig abzustürzen. Und genau dazu kam es: Jean-Lucs Krisen verschlimmerten sich, als er vom einzigen menschlichen Kontakt abgeschnitten wurde, der ihm geblieben war, von dem zu den Ärzten nämlich, und der Aussicht darauf, die Medizin könne seinem Problem Abhilfe leisten. Dachte er zurück an Doktor Agudelo und dessen hinterhältige Fragen, die nichts als geistige Unruhe gebracht hatten, begann er zu zittern: Sein Leiden hatte nichts mit Nervosität zu tun, gellte er, wenn ihn die Paranoia packte und die alte Sekretärin losrannte, um Gustavo Freisen davon in Kenntnis zu setzen, dass sein Sohn sich wieder einmal in sein Büro eingeschlossen hatte. Dennoch hatte diese Assoziation für eine kurze Weile eine sonderbare Wirkung auf ihn: Jean-Luc stellte mit einem Mal fest, dass er, wenn er abends in den Country Club ging, sich dort mit Ana und ihren Freundinnen unterhalten konnte und damit bei aller Welt den Anschein erweckte, der Norm zu entsprechen. Auf diese Weise lernte er Beatriz kennen und spürte zum ersten Mal ganz furchtlos sein Herz pochen.

Beatriz bekam davon aber gar nichts mit, weil sie noch völlig gebannt war von den Traumvorstellungen, die sie sich in der kanadischen Nonnenschule zusammengesponnen hatte. Sie erfuhr nie, wie sie nach Kanada gekommen war, und selbst wenn sie einmal einen Gedanken daran verschwendet hatte, dann musste sie sich gedacht haben, dass ihre Eltern der Mode gefolgt waren, junge Leute aus gutem Hause ihr Abitur im Ausland machen zu lassen. Wie Lina zu verstehen glaubte, als Beatriz Jahre später von ihrer Reise nach Kanada erzählte, konnte sie der Frage aber gar nicht nachgehen, weil ihr, als sie aus dem Flugzeug stieg, die eisige Luft wie Messer in die Lungen schnitt und die Erinnerung an Barranquilla aus ihrem Gedächtnis gelöscht schien. Den größten Eindruck machte auf sie ebendieses Vergessen: Das begriff sie, als sie den schneebeladenen Wind gegen die Fensterscheiben des Autos wirbeln sah, das sie ins Kloster brachte, und sie sich die blau angelaufenen Finger warmreiben musste, voller Sorge, sie könne in der anderen, neben ihr sitzenden Schülerin Spott wecken. Es war eine seltsame Amnesie, weil sie sich an alles erinnerte, sich aber von jeglichem damit verknüpften Gefühl abgespalten über ihre Vergangenheit beugen konnte. Dann sah sie, wie sich diese Vergangenheit in ein wirkungsloses Gestern verwandelte, das sie ganz nach ihrem Willen wiedergewann oder aber zurück in die Finsternis stieß, und wähnte sich in Sicherheit vor einer Gefahr, die sie von Kindesbeinen an verfolgt hatte, aber von ihr nicht in Worte gefasst werden konnte. Schließlich spürte sie so etwas wie Glück, *felicidad*, auch wenn dieses Wort auf Spanisch übertrieben klang und sie für die Bezeichnung dieses völlig angstfreien Gemütszustandes den Begriff *bonheur* vorzog. Lina gegenüber erzählte sie, es habe sich angefühlt, als sei jemand, ohne davon zu wissen, das ganze Leben lang krank gewesen, um dann plötzlich zu merken, wie es sich anfühlt, gesund zu sein. Anscheinend gab es in dieser Schule gar keinen Raum für die alten Ängste: Niemand kannte die Avendaños; und sich in Gesprächen über sich selbst auszulassen galt als unschicklich. Auf der Weltkarte im Klassenzimmer war Kolumbien ein rosafarbener Fleck, Barranquilla ein Punkt neben einer blauen Flusslinie, und sie, Beatriz, war eine Lateinamerikanerin, der niemand zutraute, dass sie in weniger als sechs Monaten zwei Sprachen lernen, Horaz aus dem Lateinischen in Französische übersetzen und Differentialrechnung auf Englisch würde beherrschen können. Sie erntete Lob wegen ihres Lerneifers und ließ in der Gesellschaft der vielen Mädchen aus betuchtem Hause ein wenig von ihrer moralischen Strenge ab. Diese Mädchen fanden nichts Dramatisches an einer Scheidung und waren nicht besessen von der Frage nach dem Schicksal der Menschheit. Sie wollten einfach nur glücklich sein und die Freunde ihrer Brüder heiraten, die bald renommierte Ärzte, Inhaber großer Fabriken und wichtige Politiker werden sollten; sie wünschten sich zwei bis drei Kinder, wollten wie ihre Mütter Villen in Boston oder Montréal bewohnen und jedes Jahr nach Europa reisen, um sich dort einzukleiden und Städte und Museen zu besuchen. Beatriz war verblüfft über die Einfachheit, mit der sie die Dinge des Lebens hinnahmen; wenn sie die Ferien bei ihnen verbrachte und sich Komfort und Luxus ansah, die Offenheit ihrer Beziehungen und der Eindruck von Aufrichtigkeit, der allen ihren Handlungen anhaftete, fragte sie sich bisweilen, ob sie sich nicht womöglich ganz ohne

Grund ereifert hatte. Mit einem Mal kamen ihr die eigenen Ideen, die Welt zu ändern, utopisch vor; utopisch und maßlos: Denn diese Ausgeglichenheit war das Ergebnis eines langwierigen Zivilisationsprozesses, den die Völker der nördlichen Hemisphäre durchlaufen hatten – und weniger die Verwirklichung eines individuellen Willens. Nach einigem Überlegen beschloss sie, ihre Geburt in Barranquilla als Schicksalsschlag zu begreifen, und fügte sich dann nahtlos in die angelsächsische Gesellschaft ein. Selbst ihre Freundinnen, die Lina kennenlernte, als sie Divina Arriagas Gemälde zu verkaufen begann, bestätigten noch Jahre später, dass sich Beatriz bestens an die nordamerikanischen Gepflogenheiten angepasst hatte: Wenn sie sich an sie erinnerten, hatten sie ein junges Mädchen mit sehr guten Manieren im Kopf, die keine *boyfriends* hatte, aber auf Partys stets von Verehrern umschwärmt wurde. Vor allem aber erinnerten sie sich an ihre sehr kurze Beziehung mit dem Sohn eines republikanischen Senators, die ein Ende fand, als sie nach Barranquilla zurückkehren sollte: Dieser Bursche, ein West-Point-Schüler, hatte sich in Beatriz verliebt, als er auf ein Foto von ihr stieß, das im Besitz seiner Schwester war – und hatte ihr sofort eine inbrünstige Liebeserklärung zukommen lassen. Als sie sich nach monatelangem Briefwechsel endlich trafen, erklärte Beatriz, zum Protestantismus überwechseln zu wollen. Der Bursche wollte heiraten, sie aber stellte ihn – was für alle unbegreiflich war – auf die Probe, indem sie die Unvorsichtigkeit beging, wegzufahren und ihn in einem dermaßen verwirrten Zustand zurückzulassen, dass er nach einer Weile mit ihrer besten Freundin auszugehen begann. Diese Geschichte, die Lina nicht ganz überzeugte, würde sich in einem wichtigen Moment in Beatriz' Leben noch als sehr entscheidend erweisen: Es handelte sich um einen abgebrochenen Trennungsversuch. Die Gleichgültigkeit, die sie den Leuten bei ihrer Rückkehr entgegenbrachte, sowie ihr etwas überheblich wirkendes, scheinbar geheimnisumwittertes Lächeln hingen damit zusammen, dass der Senatorensohn Davy ihr weiterhin schrieb und sie sich vorstellen konnte, fernab von Barranquilla zu leben. Ihre Verschwiegenheit, von Doktor Agudelo als Psychopathie bezeichnet, war eigentlich Träumerei: Sie malte sich aus, wie sie an Davys Seite im Brautkleid den eisernen Bogen aus glänzenden Schwertern durchschritt, den die West-Point-Kadetten bildeten.

Inmitten all des Blitzlichtgewitters und der vielen lächelnden Gesichter, die ihr dabei zusahen, wie sie die Treppe der Kirche hinabstieg, um ihren Freundinnen den Blumenstrauß zuzuwerfen, gingen Jean-Luc und die anderen Jungs aus dem Country Club völlig unter. Beatriz besuchte den Club nur ihrer Mutter zuliebe; das mondäne Leben von Barranquilla löste in ihr eine Aversion aus, die sie gar nicht erst zu verbergen versuchte, außerdem war sie weder willens noch imstande, zur Musik der Karibik zu tanzen, und machte sich beim geringsten Anzeichen von Vulgarität aus dem Staub. Ihre feinen Manieren lösten jedoch bei den Leuten keinen Spott aus, wie im Falle Isabels, denn dahinter verbarg sich das Vermögen der Avendaños. Das bis dahin verschmähte Mädchen konnte sich also endlich rächen: Beatriz war schön und reich und von einem ganzen Schwarm Verehrer umgeben. Ihre früheren Mitschülerinnen von La Enseñanza waren bereits mit Männern aus der Mittelschicht verheiratet, und die wenigen von ihnen, die sich aus Gründen ihrer Herkunft in der Großbourgeoisie bewegten, buhlten nun um ihre Freundschaft. Doch ohne Erfolg: Beatriz gab sich undurchdringlich. Man hatte sie aus dem Ausland zurückkehren sehen, eingehüllt in diese geheimnisvolle, neugierig machende Aura, mit den blonden, im Nacken zusammengebundenen Haaren, dem feinen Profil und diesem leicht abwesenden Blick der Kurzsichtigen. Auf dem von ihren Eltern zu ihren Ehren veranstalteten Ball hatte man ihre majestätische Ausstrahlung bewundert und dann darauf gewartet, dass sie sich für die besten Partien interessierte, die damals zu haben waren, niemand aber bekam mit, dass ihre Zurückhaltung sich in Verschlossenheit verkehrte. Allein den Avendaños fiel es auf, und allen voran Nena. Sie hatte sich so sehr um ihre Tochter gesorgt und schaffte es doch nicht, an das Wunder der Reise zu glauben; mit schwerem Herzen gealtert, sah sie nur die dunkle Seite der Dinge und der Tod eines ihrer Enkelkinder sowie die unheilbare Alkoholsucht ihres Mannes hatten sie in ihrer Ansicht bestärkt, das Leben sei ein Jammertal. Sie vergoss jede Nacht Tränen über alle nur erdenklichen Missgeschicke und nahm erst in dem Moment, als sich Beatriz dazu entschied, nach Barranquilla zurückzukommen, den Rat eines Arztes an, ihre Schlaflosigkeit behandeln zu lassen. Ihr Zustand verbesserte sich merklich, sie peppte ihre Garderobe auf und ließ sich die weißen Haare gleichmäßig tönen. Ihre

Befürchtungen wurden allerdings bestätigt: Selbst wenn sie Beatriz' Gelassenheit positiv überrascht hatte, ging sie keinen Augenblick lang davon aus, dass diese von Dauer sein könnte – und sah von Beginn an das Unwetter aufziehen.

Das Unwetter zeigte sich erst als geringfügig verdunkelte Färbung eines ohnehin immer bewölkten Himmels, als etwas kaum Wahrnehmbares – wie ein lange verzögertes und gleich wieder verlöschendes Lächeln. Später dachte sich Lina, Beatriz habe nach dem Ausbleiben der Briefe des Verlobten, von dessen Existenz sie kein einziges Mal gesprochen hatte, wohl mit Schrecken die Trostlosigkeit ihre Lage bemerken müssen. Ein in Kanada erworbener Abschluss, der ihr die Türen der besten Universitäten Nordamerikas öffnete, war so gut wie nichts wert in einer Stadt, in der junge Frauen weder eine höhere Ausbildung anstrebten noch arbeiteten, solange sie nicht arm oder aufrichtig rebellisch waren. Da sie zu keiner der beiden Kategorien gehörte, blieb ihr nur die Wahl, ledig zu bleiben oder zu heiraten, die Männer von Barranquilla gaben im Vergleich mit dem romantischen West-Point-Offizier eine eher traurige Figur ab. Jedenfalls sah sie zunehmend davon ab, auf Partys zu gehen, dachte sich eine Ausrede nach der anderen aus, um das Haus nicht verlassen zu müssen, und entdeckte dann, um die Sorgen der Nena zu verscheuchen, eine urplötzliche Freude am Zeichnen. Sie belegte Fernkurse in den Vereinigten Staaten und saß den ganzen Tag an einer Staffelei in ihrem Zimmer, um Kohlezeichnungen von Gesichtern und Landschaften anzufertigen, die zu Beginn noch der Vorlage ähnlich waren, jedoch qualvolle Züge annahmen, je länger sie an ihnen arbeitete. Das Zeichnen lag ihr, allzu produktiv war sie jedoch nicht, weil sie in erster Linie mit ihrem Schmerz allein sein wollte. Sie sprach mit niemandem darüber, nicht einmal mit Lina, die sie auf Nenas Bitte hin besuchen ging. Die wenigen Jungs, die ihr weiter beharrlich den Hof machten, hatten irgendwann ihre Teilnahmslosigkeit satt, und irgendwann war als Anwärter nur noch Jean-Luc übrig.

Jean-Luc wollte eigentlich nichts weiter, als die Zweifel über seine seelische Verfassung aus dem Weg zu räumen, indem er sich als Verlobter einer hübschen Erbin ausgab, deren Abstammung und Ansehen nicht weiter bewiesen werden mussten. Gustavo Freisen war außer sich vor Freude: Die Vorhersagen des *Manco* waren dabei, in Erfüllung zu gehen, und die Zugeständnisse, die er dieser vermaledeiten Stadt gemacht hatte und von der sein Wohlstand abhing, sollten endlich Früchte tragen: Einer seiner Söhne, und dann auch noch der am wenigsten anmutige, war drauf und dran, sich durch die Aufnahme in den Avendaño-Clan seine gesellschaftliche Stellung abzusichern. Er beschloss kurzfristig, Jean-Luc zum Produktionsleiter zu ernennen, und verdoppelte sein Gehalt, sehr zum Leidwesen Javiers, der sich unmöglich ausmalen konnte, was Beatriz für seinen Vater alles bedeutete. Selbst Odile Kerouan schien bereit, ihre Vorbehalte gegen das Heiraten ein wenig abzumildern, und tat sich mit ihrem Mann zusammen, um diese gut situierte junge Frau zu bezirzen, die erfreulicherweise hundertprozentig weiß war und einwandfreies Französisch sprach. Also forderte sie Ana auf, Beatriz öfters nach Hause einzuladen, um so langsam ihre Zuneigung zu gewinnen. Beatriz fühlte sich wohl bei den Freisens: Ihr begegnete dort eine angenehme Stimmung, sie konnte ihre Lieblingssprache sprechen, wurde bestens behandelt. Odile legte ihre ganze Raffinesse an den Tag und schaffte es, auch ihre Tochter für das Zeichnen zu begeistern, weswegen sie einen der Salons des Hauses in ein Atelier verwandelte und einen Studenten der Kunsthochschule einstellte, damit dieser den beiden zeigte, wie man Perspektive zeichnete. Schon bald waren Ana und Beatriz weltbeste Freundinnen und fuhren zusammen mit dem Wagen durch die Gegend, den Gustavo Freisen inklusive uniformierten Chauffeurs zur Verfügung stellte. Jean-Luc begleitete die beiden abends ins Kino oder er führte Beatriz zum Essen in den Country Club aus. Dort begegnete ihnen hin und wieder Lina an einem Tisch des *grill*, sie trugen ernste Mienen zur Schau, sprachen kaum miteinander. Ihre Beziehung war immer noch dieselbe, sie waren zwei einsame, etwas mürrische Menschen, die lieber nicht von ihren Gefühlen redeten. Beatriz litt noch an Wehmut, und Jean-Luc schien nicht gerade gewillt, auf sie zuzugehen: Über die Wendung der Dinge beunruhigt, beharrte er darauf, die Vorteile einer unmissverständlichen Freundschaft anzupreisen, und machte gelegentlich witzig gemeinte Bemerkungen über die Absichten seiner Familie, die bei Beatriz aber gar nicht gut ankamen. Der Einzige, dem die Zweideutigkeit der Lage auffiel, war Javier. Sobald er begriffen hatte, was auf dem Spiel stand, beschloss er, Beatriz zu erobern und gleich zwei Fliegen mit einer Klappe zu schlagen: Die Gunst seines Vaters zurückzugewinnen, sich an seinem Bruder zu rächen und dazu auch noch eine passende Frau zu ergattern, die er in der Öffentlichkeit vorzeigen konnte und ihn nicht so schurkisch behandeln würde wie Victoria Fernán. Allerdings war er es nicht gewohnt, mit Mädchen seiner Klasse umzugehen, ja er verachtete die Heuchelei des Umwerbens, die ewigen Besuche, die Ständchen, das Herumgeturtel. Also nahm er Beatriz wie eine Festung in Augenschein und bat dann Maruja um Rat, die sich allerdings nicht einmischen wollte, weil sie das Vorhaben für hirnrissig hielt. Gleichzeitig wurde Lina von Beatriz ins Vertrauen gezogen.

Beatriz hatte mit einem von Verwirrung nicht ganz freien Widerwillen mitbekommen, dass sich Javier für sie interessierte; wenn seine blauen Augen völlig unverfroren ihren Körper abwanderten, schoss ihr das Blut in die Wangen, außerdem hatte sie das furchtbare Gefühl, ihre Individualität komme ihr abhanden, und sie stürze in die dickflüssige Anonymität der Menschengattung hinab, in der alle Weibchen dem Tag entgegenfieberten, wenn die Lust des Männchens das bislang nicht beachtete Pochen ihres Unterleibs entdecken würde. Daneben fielen ihr noch andere Dinge auf, zum Beispiel die Wortfindungsstörungen, die sie in seiner Gegenwart hatte, eine schier unbeschreibliche Schläfrigkeit, die Sorge, die Leute könnten ihre Gefühle erraten. Manchmal wiederum blieb sie wie festgenagelt auf ihrem Stuhl sitzen, weil sie sich einbildete, ihrem Rock sei anzusehen, dass ihr ein feuchtes Rinnsal die Schenkel hinunterlief, wenn Javier sie unverwandt vom anderen Ende des Tisches aus anstarrte. Diese Erfahrung stellte den Rhythmus ihres Körpers auf den Kopf: Ihre Periode hielt länger an als sonst, um Mitternacht schreckte sie aus erotischen Träumen hoch, fand nicht mehr in den Schlaf zurück; schon bei der kleinsten Temperaturschwankung litt sie an Schüttelfrost, dann an Hitzewallungen. Wäre die Scham nicht so groß gewesen, hätte sie einen Arzt um Rat gebeten, denn sie nahm die Zeichen ihrer Verliebtheit als Symptome einer Krankheit wahr, und wenn sie sich Lina anvertraute, dann zu dem Zweck, sich tausendmal sagen zu lassen, dass sie sich weder ängstigen noch minderwertig fühlen müsse, und lediglich auf diese Weise gewann sie ein wenig das Selbstvertrauen zurück. Und zwar wirklich nur ein wenig: Ihr Vorsatz, nie wieder im Hause Freisen aufzutauchen, wurde jeden Morgen von einem Wirbelsturm aus gegensätzlichen Gefühlen zunichte gemacht: An einem Tag nahm sie sich vor, Javier zurechtzuweisen, an einem anderen, seiner Unverschämtheit die Stirn zu bieten und ihm klarzumachen, dass er sie keineswegs einschüchterte.

Javier unterdessen lebte sein Begehren nach Freibeutermanier aus, ohne irgendetwas von Beatriz' komplizierten Gefühlsregungen zu ahnen. Da er nicht gerade zur Nachdenklichkeit neigte und manchen geistigen Komplexitäten gegenüber eher ignorant war, folgte er den Impulsen des Unbewussten, das sich als selten scharfsinnig offenbarte. Dieses Mädchen schien in ihn verliebt zu sein; wenn er Beatriz aber anständig behandelte, erklärte er Maruja, würde sie sich ganz sicher als unantastbare Göttin geben; die verächtlichen Lippen und die jähzornigen Augen ließen auf einen Puritanismus schließen, der sich jedem männlichen Annäherungsversuch und selbst noch dem natürlichsten Vorhaben der Reproduktion entzog. Und doch reagierte sie bei der geringsten Berührung wie ein Tier: Er musste sie nur auf einem Flur bedrängen, schon wand sie sich in seinen Armen mit der Wollust einer rolligen Katze. Er musste nicht einmal auf die bei Victoria Fernán erlernten Tricks zurückgreifen, denn Beatriz reagierte weniger auf raffinierte Liebkosungen als auf schiere Gewalt, mit der er ihr seine Zärtlichkeiten aufzwang; sie erfuhr Lust als düsteren, einsamen Rausch, aus dem sie nur über blinden Hass auf ihn wieder herausfand. Javier nahm es ihr übel, dass sie ihre Gefühle nicht zeigte, überschritt aber genussvoll immer wieder die Grenzen ihrer Scham. Es war ein seltsames Vergnügen, das alle möglichen Überraschungen mit sich brachte, als würde man auf dem Jahrmarkt in die Geisterbahn steigen. Jeder Schritt führte unaufhaltsam zum nächsten, noch gewagteren Schritt, und nie konnte er einschätzen, wie Beatriz reagieren würde. Er liebte es, Situationen heraufzubeschwören, in denen sie sich nicht wehren konnte, wenn sie keinen Skandal verursachen wollte. Einmal zum Beispiel hatte eine Gruppe von Freunden zu einem Lagerfeuer an den Stränden von Sabanilla geladen. Beatriz war mit Jean-Lucs Buick angereist, derweil sich Javier zu einem Spaziergang in der Dunkelheit verloren hatte. Es war eine stürmische Nacht, über dem Meer zuckten Blitze; die Wellen brachen im Mondschein silbern in sich zusammen, und mit dem Wind schienen Stimmen herüberzuwehen, schienen das Echo ferner Schiffbrüche heranzutragen. Sie saßen mit den Füßen im Sand um das Feuer herum, über dem Maiskolben und Fleisch brutzelten, und lauschten den Boleros, die jemand von einer Gitarre begleitet sang, als plötzlich ein kalter Wind aufkam und Beatriz beschloss, sich einen Schal aus dem Wagen zu holen. Javier, den alle vergessen hatten, musste genau das vorhergesehen haben, denn er hatte sich auf dem Hintersitz des Buick versteckt, um von dort, als sie einstieg, über sie herzufallen, sie gegen das Lenkrad zu pressen, sich mit einer Hand am Sitz festzukrallen und ihr mit der anderen zwischen die Beine zu fahren, um in diesem heimtückischen Rhythmus, von dem Doña Eulalia del Valle sprach, ihr Geschlecht zu liebkosen. Beatriz versuchte gar nicht erst, sich zu wehren: Vor lauter Panik und Wut ganz benebelt, starrte sie durch die Scheibe auf das Lagerfeuer und dachte an nichts anderes als daran, dass sie auf der Stelle vor Angst sterben würde, wenn sie jemand entdeckte. Doch es tauchte niemand auf, die Hand drang immer weiter in sie ein, ohne dass sich ihr Körper dagegen sperrte; nach ein paar Minuten, die ihr wie Jahrhunderte vorkamen, wie sie später erklären würde, spürte sie voller Entsetzen, dass sich ihre Schenkel wie von selbst öffneten und ihre Hüften sich auf unkontrollierbare Weise vor und zurück zu bewegen begannen, bis ihr Unterleib sich vor Lust zusammenzog. Am allerschlimmsten aber war es, als Javier den Wagen verließ und sich eine Zigarette anzündete.

Dabei war Javier nur an die frische Luft gegangen, um seine eigene Erregung in den Griff zu kriegen. Er war ein wenig erschrocken – eine Frau zu befriedigen bedeutete so viel wie sie in Besitz zu nehmen, diese eingebildete Jungfer war ihm eben noch vollkommen ausgeliefert gewesen, und zwar weitaus mehr, als wenn er in sie eingedrungen wäre. Dieses Gefühl des Triumphs wich einer Zärtlichkeit, die er sich nicht zu zeigen traute. Er wusste zwar nicht, wieso, hatte aber das Gefühl, dass sich die Dinge von nun an für beide ändern würden, und hatte plötzlich das merkwürdige Bedürfnis, sie in den Arm zu nehmen und ihr zu sagen, wie sehr er sie mochte. Er warf die Zigarette in den Sand und wandte sich ihr zu, stieß aber in der Finsternis auf ihre vor Wut funkelnden Augen, fand darüber zur Unvernunft zurück und erklärte ihr, dass er sie sich bei nächster Gelegenheit ganz nehmen und im Falle, dass sie unberührt war, bei den Avendaños um ihre Hand anhalten werde. Die Antwort ließ nicht lange auf sich warten: Beatriz spuckte ihm ins Gesicht. Damit hatte Javier nicht gerechnet: Als er sie die Wagentür öffnen hörte, war er davon ausgegangen, sie werde ihn ohrfeigen und hielt einen Schlag ins Gesicht für durchaus angebracht. Dass ihn Beatriz anspuckte, war aber etwas anderes, es war eine Kriegserklärung. Er sah sie zum Lagerfeuer zurückrennen, schwor sich, sie nie wieder anzufassen, und brach auf, ohne sich von irgendjemandem zu verabschieden.

Obwohl dieser Beschluss nicht lang vorhielt, führte die Tatsache, dass er ihn gefasst hatte, dazu, dass Javier sich früher oder später von Beatriz entfernen würde. Seine Virilität war dafür nicht aggressiv genug; vielleicht ging er aber auch einfach davon aus, dass weibliche Verweigerung gebrochen werden musste, weil das Begehren von Frauen im Vergleich zu dem der Männer seiner Meinung nach länger brauchte, um überhaupt entfacht zu werden. Und doch waren beide Geschlechter vor der Lust gleich und hatten sich den Wünschen und Forderungen des jeweils anderen anzupassen. Diese Auffassung von Liebe, die für einen Lateinamerikaner der damaligen Zeit völlig unüblich war, die er aber Jahre später selbst in die Tat umsetzen würde, blendete die Perversität aus, die ihn angesichts des Verhaltens von Beatriz befiel. Zu seinem Leidwesen – oder auch nicht – ging er nach wie vor auf das Spiel ein, das sie mit ihm trieb: Es wiederholten sich Szenen, die der des Lagerfeuerabends ähnlich waren: Javier verpasste keine einzige Gelegenheit, sie gegen ihren Willen zu erregen und jeweils immer unter riskanten Bedingungen zu befriedigen. Als er es satthatte, ihr auf Festen und in Gärten wie ein Faun aufzulauern und ihr die Lust in viehischen Rangeleien abzuringen, beschloss er, reinen Tisch zu machen und sie ein für alle Mal in seine Gewalt zu bringen. Seine Entscheidung wurde durch einen heftigen Streit mit Jean-Luc befördert. Jean-Luc, der sich lieber blind und taub stellte, stieß eines Tages über der Gesellschaftsseite von *El Heraldo* auf ein Foto, das Javier und Beatriz beim Verlassen des Country Clubs zeigte, und spürte wieder den Hieb der alten Angst: Alle betrogen und verspotteten sie ihn, alle, auch Gustavo Freisen, hatten sich gegen ihn verschworen und setzten sich für Javiers Machenschaften ein. Nachdem er vor den entsetzten Augen seiner Sekretärin die Zeitung in Stücke gerissen hatte, stürmte er in Javiers Büro, forderte eine Erklärung von seinem Bruder und rang ihm das Versprechen ab, die Finger von Beatriz zu lassen. Das war der einzige vernünftige Satz, den er herausbekam. Dann geriet er völlig außer sich, rannte mit schlackernden Gliedern durchs Büro, bis er, von seiner eigenen Ohnmacht völlig in Rage, Javier einen Aschenbecher an den Kopf warf. Da brach der Zank erst so richtig los. Die zwei Brüder schlugen sich mit der blanken Faust, während Angestellte und Sekretärinnen durcheinanderstoben wie Hühner auf der Suche nach einem Versteck, Papier wirbelte durch die Gegend, Aktenordner wurden herausgerissen und die darin enthaltenen Dokumente zu Wurfgeschossen. Der Anfall verlieh Jean-Luc ungeheure Kräfte, und er griff sich, nachdem er einen Stuhl zerschlagen und dann auch noch Javiers Schreibtisch umgeschmissen hatte, einen Brieföffner, um damit wie ein Messerstecher auf Javier loszugehen. Den aber schien die Situation höchstens zu amüsieren, denn er verlor nicht nur seine Gelassenheit nicht, sondern bezeichnete Jean-Luc auch noch als durchgeknallt und sexuell frustriert. Nicht einmal das Erscheinen Gustavo Freisens beruhigte die Gemüter; die beiden droschen weiter aufeinander ein, angeheizt durch einen über Jahre angestauten Hass, Beatriz war nur noch ein bloßer Vorwand: Sie kämpften, verletzten und beschimpften sich, bis es Javier gelang, Jean-Luc die Waffe aus der Hand zu reißen und ihn mit einem letzten Schlag in einen Wust aus Papieren zu befördern.

Ana und Beatriz fertigten gerade Zeichnungen der Dächer von Barranquilla an, als sie Javier in den Raum kommen sahen, mit zerfetztem Jackett, blau angelaufener Wange und blutverschmierten Fingerknöcheln. Sie hörten ihn mit eiskaltem Ton sagen, Jean-Luc sei verrückt geworden, sie sollten nach Odile Kerouan suchen und mit ihr in die Klinik kommen, in die sie Jena-Luc verfrachtet hatten. Über das, was danach geschah, würde es so viele Versionen wie Zeugen und Hauptdarsteller geben. Ana berichtete, sie sei aus dem Zimmer gerannt, habe dann bemerkt, dass Beatriz nicht mehr an ihrer Seite war und sich deswegen umgedreht – und sie dann in Javiers Armen liegen sehen. Javier seinerseits gab lediglich zu, ihr einige Augenblicke zuvor den Weg verstellt, nicht aber, sie an sich gedrückt zu haben: Er habe sich dreckig gefühlt und sei schweißverklebt gewesen, also habe er sich von ihr abgewandt und sei auf sein

Zimmer gegangen, um zu duschen. Er zog das Hemd aus, steckte den Kopf unter die Brause und merkte erst da, dass ihn der Aschenbecher mit voller Wucht getroffen hatte; er wies eine Wunde am Ohr auf, das Blut hatte beim Gerinnen die Haare verklebt, die er wusch, ohne groß darauf zu achten, dass die Wunde beim Kontakt mit dem Shampoo brannte; dann trocknete er die Haare mit einem Handtuch und begann sich vor dem Waschbeckenspiegel zu kämmen: Er erkannte sein Gesicht kaum wieder: Unter den angelaufenen Wangen lagen blass die Lippen, waren wie nach innen eingestülpt, sodass die Spitzen seiner Zähne hervorschauten. Genau das behauptete auch Beatriz: dass sein Gesicht wie das eines Teufels ausgesehen habe. Ihr zufolge zerrte Javier sie auf sein Zimmer, wo er sie mit aller Gewalt aufs Bett stieß, bevor er selbst dazukam. Sie hörte die Dusche und war wieder von diesem grausigen Gefühl überwältigt, sich in einem willenlosen Körper zu befinden; nur mit Mühe schaffte sie es auf die Beine, sah dann auf dem Weg zur Tür aber dieses unheilbringende Gesicht im Spiegel. Sie kam keinen Schritt weiter: Javier warf sich auf sie, schubste sie aufs Bett zurück und zerfetzte ihr das Kleid am Leib. Beatriz erstarrte: Immer wieder tauchte das Gesicht ihres Vaters vor ihren Augen auf. Sie begriff, dass sie vergewaltigt werden würde, und bangte um ihre Jungfräulichkeit. Als sie die Knöpfe ihres Unterrocks über den Boden kullern hörte, schrie sie auf. Da verpasste ihr Javier eine Ohrfeige. In ihren Augen zeigte sich das Funkeln, das er so gut kannte. Hüftabwärts war sie bereits nackt, jetzt bekam er ihre Beine jedoch nicht auseinander. Sein Sieg, dachte er, würde aber gar nicht darin bestehen, sie zu vergewaltigen, sondern darin, sie zu zwingen, seine Lust zu teilen. Und er wusste auch schon, wie er das, was ihm vorschwebte, bekommen würde. Er riss den Rock in zwei Streifen, band mit dem einen ihre Hände zusammen und knotete den anderen an das Kopfende des Bettes. Als sie sich nicht mehr rührte, knöpfte er ihre Bluse auf und entblößte die Brüste. Er musste sie gar nicht berühren, gestand Beatriz Maruja noch am selben Abend: Mit bloßen Brüsten und gefesselt dazuliegen, erzeugte in ihr tiefste Erregung – das Zittern ihres Körpers sprach für sich. Unterdessen zog sich Javier in aller Ruhe aus und betrachtete stolz sein aufgerichtetes Glied: Andere Männer klagten darüber, diesen Zustand nicht lange halten zu können, er hatte solche Probleme nie gehabt. Bei diesem Anblick verkrampfte Beatriz: Ihre abstrakten Vorstellungen von Tugend und Jungfräulichkeit lösten sich in der Panik vor körperlichen Schmerzen völlig auf. Blind vor Angst hörte sie ihn sagen, ihr Geschlecht werde sich von selbst öffnen, sich in die Grotte verwandeln, in die er seinen Schwanz stecken werde, ohne auch nur auf das geringste Hindernis zu stoßen. Und dann sah sie den Gürtel und spürte es heftig in den Handgelenken reißen: Javier hatte sie umgedreht und ihr ein Kissen zwischen ihren Bauch und das Bett geschoben, weswegen sie den ersten Hieb kaum wahrnahm. Denn sie war noch damit beschäftigt, die Hände hin und her zu bewegen, soweit der Knoten es erlaubte. Als sie nicht mehr an die Handgelenke denken musste, schmerzten wiederum die Pobacken, und dann erst hörte sie, was Javier ihr zuzischte: Mit jedem Gürtelhieb befahl er, sie solle sich öffnen, ihm öffnen, sich vor ihm öffnen. Und dann spürte sie schamerfüllt, trotz oder womöglich gar wegen der Schläge, wie die Lust in ihrem Unterleib aufstieg und die Beine den Anweisungen dieser hochnäsigen Stimme mit einer Begierde folgten, die jeden Versuch, zu Verstand zu kommen, niederwalzte. Sie bekam nicht einmal mehr mit, dass Javier ihr die Hände losband, ihr befahl, sich, immer noch auf dem Kissen liegend, wieder auf den Rücken zu drehen, um ihr mittlerweile nach ihm lechzendes Geschlecht zu betrachten, das sich pochend zwischen den goldenen Schamhaaren auftat wie der winzige Mund eines hungrigen Tierchens: Er drang langsam in sie ein, hob ihre Beine an, um besser in die feuchte Wärme ihres Innern hineinzufinden: Das so eisern verteidigte Häutchen gab beim ersten Ansturm nach, aber Beatriz bekam auch das nicht mehr mit: Eine blitzartige, explosionsartige Lust schleuderte sie über Zeit und Raum hinweg fort, in einen reißenden Strudel hinein, in dem das Bewusstsein sich auflöste und der Ausbruch der Lust auf die Finsternis des Todes traf.

V

Lange Zeit war Tante Irene Lina wie ein Schatten erschienen, der ihr dabei half, Gedanken in Worte zu fassen; sie war ein Raum, in dem die Worte zu ihr zurückkehrten, in Form eines wissbegierigen, bodenlosen Echos, wie in der Unendlichkeit schwebende Serpentinen. Später verkehrte sich diese Gegenwart in Abwesenheit, und übrig blieb die Sehnsucht nach einem verlassenen Weg, der früher einmal ans Meer geführt hatte. Lina hatte mitbekommen, wie sie sich immer weiter zurückzog, in eine ganz bewusste Einsamkeit, die eingenommen war von der eigenen Stille: Die letzte Sonate, an deren Komposition sie mehrere Monate lang gearbeitet hatte, war nun fertiggestellt, und ihre Augen blickten in eine Welt, in der die Erinnerungen nichts als Asche waren. In seiner Abgeschlossenheit schien sich der Turm des Italieners auf einen langen Schlaf vorzubereiten: Die alten Möbel, die venezianischen Spiegel, die üppigen Ölgemälde und Wandteppiche verschwanden nach und nach aus den Zimmern und brachen in ihre alten Hüllen eingewickelt in unbekannte Gegenden auf; Termiten fraßen sich in ihren dunklen Tunneln durch die Friese, deren Sprache Lina so lange vergeblich zu entziffern versucht hatte; die mit einem Mal gealterten Tiere zogen sich in die dunkelsten Winkel des Gartens zurück. Nur das sich tausendfach in den Spiegeln des runden Saals brechende Klavier zeigte sich beständig und majestätisch, als habe das Herz des Turms nicht aufgehört zu schlagen, als sei der Fortgang Tante Irenes bloß eine Täuschung. Seltsamerweise schienen die Bediensteten zu übersehen, dass das alte Gebäude dem Untergang geweiht war: Nussgras hatte sich über die Treppe hergemacht, deren Stufen von den letzten Regengüssen ganz mitgenommen waren; man rief keinen Maurer, damit dieser die Risse in den Wänden schloss, feuchter Dunst zog durch die Säle, fraß das Holz an und säte Schimmelpilze auf den Vorhängen. Und doch waren sie emsig bei der Arbeit: Sie schrubbten die Böden, bis es wieder nach Desinfektionsmittel roch, sie ölten die Türangeln, bis die Türen aufhörten zu quietschen. Man hätte meinen können, sie warteten auf ein unerhörtes Ereignis, denn sie riefen durch ihre stete Geschäftigkeit den Eindruck hervor, der Turm bereite sich trotz seines verwahrlosten Zustands auf eine letzte Zeremonie vor, um dann heimlich in sich zusammenzufallen, lautlos in den unerbittlichen Schlund des Vergessens hinein. Wahrscheinlich hatte Linas Großmutter genau das kommen sehen: Sie, die jetzt nur noch selten auf die Straße ging und ihre Schwester mittlerweile seit zwei Jahren nicht mehr gesehen hatte, schickte dieser einen Brief, von dessen Inhalt Tante Irene aber gar nichts wissen wollte, und sich deswegen darauf beschränkte, Lina mit einem Blick auf den Umschlag zu sagen, sie sei selbstverständlich einverstanden und werde der Großmutter sobald wie möglich mitteilen, wann sie vorbeikommen konnte. Es gab noch andere Anzeichen dafür, dass zwar unbestimmte, aber immer näher rückende dunkle Zeiten bevorstanden, wenn etwa aus den abgestandenen Gewässern des Gartens fauliger Geruch aufstieg, das große Gartentor aus den Angeln gerissen worden war oder die großen Bäume, die die Allee säumten, in voller Blüte beschnitten worden oder im Spiegelsaal neun Stühle sowie mehrere frisch polierte Kerzenständer aus Silber aufgetaucht waren. Die wie immer in sich gekehrte Tante Irene gab keine weiteren Erklärungen ab, und Lina fragte nicht nach; die durchdringende Blässe ihres Gesichts und das heftige Schimmern in ihren Augen sprachen nicht gerade dafür, dass sie beschlossen hatte, ins Ausland aufzubrechen. Doch darüber wie auch über viele andere Dinge zu sprechen, hätte sich nicht geschickt. Deswegen nahm Lina nie Bezug auf die Sonate, die in den letzten Monaten das Herzstück ihres Schaffens gewesen war; sie kannte zwar ein paar Teile daraus auswendig, konnte diese aber nicht zusammenhängend vortragen: Einige melodische Bewegungen darin schienen ihr eher für ein anderes Instrument gedacht, die ein oder andere Modulation erschloss sich ihr nicht. Dennoch scheute sie sich, den Wunsch zu äußern, die Sonate eines Tages am Stück hören zu dürfen, und hatte sich sogar schon damit abgefunden, dass es wahrscheinlich nie dazu kommen würde. Umso größer war ihre Überraschung, als die Großmutter ihr eines Nachmittags eröffnete, ausgerechnet nach einem Besuch im Turm, Tante Irene wolle ihnen noch am selben Abend die Sonate vorspielen. Lina beschlich eine böse Vorahnung: Die Großmutter trug ein langes schwarzes Seidenkleid, hatte den wenigen Schmuck angelegt, der ihre vielen Notlagen überlebt hatte und sah, ob nun aufgrund der außergewöhnlichen Aufmachung oder wegen des dunklen Spitzenschleiers, der ihr Gesicht verbarg, genauso unwirklich aus wie Tante Irene, als sie Lina Jahre zuvor inmitten des Fieberdunsts erschienen war. Die Großmutter schickte sie mit einem kurzen Wink in ihr Zimmer, wo ein Ballkleid und die Glacéhandschuhe bereitlagen; daneben eine Einladungskarte, in der die beiden gebeten wurden, abends um halb elf in den Turm des Italieners zu kommen.

Als Lina dann die Bediensteten in ihrer roten Livree sah und auch, wie die Fackeln die große Allee im Garten erleuchteten, hatte sie das Gefühl, in der Zeit zurückgereist, ja, überhaupt zum ersten Mal in diese Festung eingedrungen zu sein, in der vor mehr als hundert Jahren aus der Ferne hergekommene, der weltlichen Eitelkeit abgewandte Männer und Frauen scheinbar auf der Suche nach alternativen Lebensformen, auf der Suche nach einem Ideal gewesen waren, das sie niemandem aufzwingen, ja, es nicht einmal formulieren wollten und nur über einige Details angedeutet hatten, etwa durch die Form eines Turms und die seltsamen Gestaltungen der Friese, und all das ausgerechnet dort, in diesen trostlosen Gefilden, wo alles von der Zügellosigkeit der Natur und des menschlichen Merkantilismus zermalmt wurde, ganz so, als hätten sie mit ihrer ironischen Hellsichtigkeit erkannt, wie lächerlich jedes menschliche Streben war. Womöglich waren sie nie davon ausgegangen, dass der Turm Bestand haben könnte und andere, ähnlich empfindsame Menschen ihn bewohnen und ihren Nachkommen vermachen würden, bis sich eine unter ihnen im Angesicht des eigenen Endes umsehen und niemand ausfindig machen würde, der des Turmes würdig wäre und schließlich zu Ehren seiner Erschaffer ein berauschendes Musikstück komponieren würde, um dieses vor neun Unbekannten und nur ein einziges Mal vorzutragen und anschließend die Partitur in kleinste Schnipsel zu zerreißen.

Ebendies, dass diese Sonate für Klavier und Violine nur in einer einzigen Nacht zu hören sein würde, versetzte den Geist in seltsame Schwingungen. Es kam Sehnsucht nach etwas Verlorengegangenem auf, nach alten Ritualen, die sich der besonnenen

Betrachtung eines anderen Bewusstseins, der flüchtigen Erfassung des Absoluten widmeten. Tante Irenes Gäste trugen weiße Augenmasken aus Samt, die aussahen wie venezianische Masken, und schienen genau diese Neigung zur Rückbesinnung zu teilen; sie saßen regungslos auf ihren Stühlen und schwiegen im unerschütterlichen Bemühen, ihre Identität zu verbergen. Der nahe am Klavier und mit dem Rücken zu ihnen stehende Geiger überflog die auf einem Notenständer aus Mahagoniholz liegende Partitur; seine Hast ließ darauf schließen, dass er sie gerade zum ersten Mal zu Gesicht bekam. Nie war Lina der Spiegelsaal unheimlicher und geheimnisvoller vorgekommen, und mit einem Mal waren die Ängste ihrer Kindheit wieder da, das Gefühl, der Saal könne von unsichtbaren Wesen umzingelt sein, die jedoch alles im Blick hatten, was sich darin zutrug. Dieser Eindruck wurde stärker, als Tante Irene in den Saal huschte und am Klavier Platz nahm. Die ersten Noten kündigten den Tonfall der Sonate an: Tiefe Besinnung und eine getragene Stimmung, die langsam voranschritt, über Variationen, die die Violine aufgriff, indem sie jeden neuen Satz mit dem Höhepunkt des vorherigen Satzes verband. Es gab nichts, was sie mit irgendeinem je dagewesenen Stil verband, sie schien außerhalb und jenseits der Zeit zu existieren, die Unendlichkeit auszukundschaften. Ihr Motiv war wie ein Lichtpunkt am dunklen Himmel aufgetaucht, hatte die Ausmaße eines mit außergewöhnlicher Kraft explodierenden Sterns angenommen und war dann, nachdem die unterschiedlichsten Kontraste der Melodie ausgeleuchtet waren, unmerklich in sich selbst versunken, bis es unhörbar und unerreichbar wurde, wie ein Stern, der sein Licht vom Moment seiner Implosion an ganz für sich behält.

Als Tante Irene den Klavierdeckel schloss, herrschte fassungsloses Schweigen. Angesichts des Zaubers dieser noch immer nachklingenden Musik mit ihrem furchterregenden Ausdruck der Ewigkeit wäre jedes noch so kleine Geräusch unangebracht gewesen. Der Geiger senkte erschöpft und mit schweißbedeckter Maske die Arme, um sich vor Irene zu verbeugen. Die anderen Gäste folgten seinem Beispiel. Lina spürte, dass ihre Großmutter den Tränen nah war. Und dann fühlte sie sich selbst von einer ungeheuren Last erdrückt, als habe die Atmosphäre einer anderen Welt den Spiegelsaal eingenommen. Für einen Augenblick schloss sie die Augen und versuchte, bewusst zu atmen. Als sie ihre Augen wieder öffnete, hatten sich die Dinge gewandelt: Der Geiger war mitsamt Gästen verschwunden, und die sich mit einer Hand auf ihren Gehstock stützende Großmutter wies Lina mit flehender Geste in Richtung eines der anliegenden Räume, wo Tante Irene am geöffneten Fenster ihre Partitur in Stücke riss, um sie dem Dezemberwind zu überlassen. Doch es war müßig, denn die Aufführung war beendet und Tante Irene dabei, sich auf ihre Weise zu verabschieden.

Lina wusste damals nicht, dass sich ihre Großmutter als Gegenleistung für die Vorführung der Sonate verpflichtet hatte, ihr die merkwürdigste Simulation eines Begräbnisses um einen leeren Sarg herum zu organisieren: Sie würde Beileidsbesuche empfangen, den Leichenwagen mit Trauermiene bis zum Friedhof eskortieren und dabei zusehen, wie der Sarg unter Blumen und Kränzen ins Grab hinabgelassen wurde. Danach würde sie von einer verzögerten, aber eisernen Neugierde gepackt vergeblich nach den Bediensteten suchen, die gerade die Kerzen löschten und Stühle und Kandelaber zusammenstellten, während Tante Irene in Begleitung von Lina und dem Dobermann-Pärchen, das sich nie hatte fortpflanzen wollen, in Richtung Kellergewölbe schlich. Sie gingen schweigend. Hatten finster verhangene Räume und Flure hinter sich gelassen, waren Treppen hinabgestiegen und durch Kellerräume gelaufen, in denen Lina auf die Glasvitrinen gestoßen war und über den darin ruhenden Tieren mit den Giftstacheln eine Ahnung davon bekommen hatte, was es hieß, wirklich sämtlichen Lebensformen mit Liebe zu begegnen. Tante Irene ging unterdessen weiter ruhigen und sicheren Schritts voran, in der Hand eine Kerze, treppab und durch Tunnel, von deren Existenz Lina nicht einmal geahnt hatte. Es roch nach Erde und Pilzen, und die Luft wurde allmählich knapp. Sie blieb am Ende eines langen Gangs stehen und ließ Licht auf einen die Wand entlanglaufenden Fries fallen. Lina trat näher, um ihn sich anzuschauen. Was sie sah, würde sie nie vergessen: Sie sah einen ovalen Hohlraum, und darin einen glänzenden, scheinbar ohne jede Halterung auskommenden Metallgegenstand aus zwei spiralförmigen Gebilden, die offensichtlich ein und dasselbe Zentrum hatten und deren gebogene Linien auseinanderstrebten, um an ihrem äußersten Punkt wieder ineinanderzulaufen. Die Zweiteilung war vorgetäuscht, und zwar dadurch, dass die Spirale bläulich schimmerte, wenn sie auf die jeweils andere traf und so den Eindruck einer beständigen Pulsbewegung machte, oder aber die Illusion schuf, beide würden von einer ganz eigenen, unzerstörbaren Energie angetrieben. Lina langte mit der Hand hinein, um herauszufinden, ob der Gegenstand irgendwo auflag oder nicht, traf aber nur auf die unmenschliche, ungreifbare Eiseskälte, die ihn umgab. Da reichte ihr Tante Irene lächelnd die Kerze. Und während der Gegenstand unter ihren verwunderten Augen pulsierte, vernahm Lina die sich entfernenden Schritte der Tante, das Quietschen einer sich in ihren Angeln drehenden Tür und schließlich die grauenerregende Stille, die sich von da an auf den Turm des Italieners legen würde.

Am Tag darauf wurde Tante Irene zu Grabe getragen. Unter den vielen Trauergästen, die ihnen ihr Beileid bekundeten und dabei das erste Mal den Turm betraten, sah Lina auch Javier und Beatriz. Wie lange schien es ihr her zu sein, dass Beatriz nach einem Lebenssinn gesucht hatte, und wie unsinnig war es jetzt, dieser Frau, die alles dafür tat, um als vorbildliche Ehefrau durchzugehen, mit Kellergewölben und Friesen zu kommen. Beatriz war eine andere geworden: Nachdem die Stürme der Leidenschaft überwunden waren, hatte sie sich in der steinernen Tugendhaftigkeit ihrer Jugendzeit verschanzt und alle Lebendigkeit eingebüßt. Diese Wandlung war in unterschiedlichen Etappen vonstattengegangen, für die Javier gewissermaßen verantwortlich war. Beatriz schob es auf die Ehe. Für sie hatte das Problem zwölf Tage nach dem Verlust ihrer Jungfräulichkeit begonnen, als unerträgliche Kopfschmerzen und Übelkeit einsetzten. Mit der Erkenntnis, dass sie schwanger und damit gezwungen war, gegen ihren Willen zu heiraten, war jedes Verlangen und außerdem alle Lebenslust in ihr verloschen. An der Sache war durchaus etwas dran, denn zwölf Tage nach der Vergewaltigung wurde Javier von den Avendaño-Brüdern angerufen, damit ein Termin für die Trauung gefunden werde, die umgehend und streng vertraulich abzuhalten war. Die Leute wunderten sich, dass zwei so betuchte Familien ihre Erben unter dem Siegel der Verschwiegenheit heiraten ließen, da aber die Avendaños alles darauf anlegten, dass die Geburt des Kindes genau neun Monate nach der Hochzeit bekanntgegeben werden konnte, wurde nicht allzu lang herumgerätselt. Gustavo Freisen selbst erfuhr nie, was hinter der Eheschließung steckte, deren fehlender Prunk ihm zusetzte: Er hatte sich eine große Zeremonie gewünscht, eingeleitet von Cocktailempfängen und Junggesellinnen-Abschieden, kurzum, allen möglichen gesellschaftlichen Ereignissen, die bezeugten, dass er seinen geheimen Hass auf die Stadt überwunden hatte. Stattdessen gab es diesen zurückhaltenden Empfang, von den Avendaños um zehn Uhr abgehalten, und obendrein eine Braut mit geröteten Augenlidern, die bei der Begrüßung der Gäste keinerlei Hehl aus ihrer Verzweiflung machte. Gustavo Freisen war schleierhaft, was hier vor sich ging: Jean-Luc war wegen Beatriz durchgedreht, und nun heiratete diese unter Tränen den Bruder, der wiederum dafür verantwortlich war, dass Jean-Luc den Rest seines Lebens in einer Irrenanstalt verbringen würde. Die Hochzeit an sich erlaubte es ihm zwar, sich mit dem Schicksal zu versöhnen; doch wenn er an seinen Sohn dachte, war sie auch eine Schande. So oder so war er von der Erlesenheit des Hauses beeindruckt, und als er dann noch die Ahnengalerie entdeckte, von der aus ganze Generationen von Avendaños auf ihn heruntersahen, da knickte seine bürgerliche Seele doch ein wenig ein: Trotz ihres Reichtums, so legte er dem *Manco* dar, waren die Vorfahren der Familie Freisen weder hochwohlgeboren noch befugt gewesen, vor einem Maler aufzutreten, als stünden sie mit dem König auf Du und Du. Womöglich geschah es in ebendiesem Augenblick, dass er bemerkte, kein Hochzeitsgeschenk zu haben und deswegen sehr diskret einen Scheck über zweihunderttausend Pesos zwischen die Geschenke gleiten ließ, die da auf der Tafel mit der bestickten Decke lagen. Dass Beatriz nicht einmal nähertrat, um sich bei ihm zu bedanken, schürte seine Verblüffung: Entweder kannte diese junge Frau den Wert des Geldes nicht und war eine leichtfertige Person, oder aber sie verachtete ihn und war überheblich. Der *Manco* zerstreute diese Vorbehalte kurzerhand und wies auf die Schüchternheit frisch vermählter Frauen und ähnlichen Quatsch hin. Mit der Zeit würde sich Gustavo Freisen an die Launen von Beatriz gewöhnen und sich ihr gegenüber dankbar zeigen, weil sie ihm zwei blonde, blauäugige Enkel schenkte – doch das Gespenst von Jean-Luc würde ihre Beziehung auf ewig belasten.

Jean-Luc würde wieder zum Gesprächsthema werden, als Javier beschloss, Beatriz zu verlassen. Bis dahin würde ihn in Álvaro Espinozas Klinik einzig sein Vater einmal die Woche besuchen. Dieser

Besuch verlangte viel Aufmerksamkeit, denn wenn Gustavo Freisen fand, dass sein Sohn schmutzig, allzu sehr mit Medikamenten vollgepumpt war oder wieder von Promiskuität faselte, dann rastete er aus und drohte damit, ihn in eine Einrichtung in Medellín verlegen zu lassen. Dann ließ Álvaro Espinoza aus Furcht, seinen lukrativsten Patienten zu verlieren, die Pflegerinnen der Reihe nach antreten. Der Rest der Familie interessierte sich nicht besonders für seinen Zustand, weder Odile Kerouan, die bereits bei der Vorstellung eines Krankenbesuchs von einem Migräneanfall heimgesucht wurde, noch Ana, die Wahnsinn wohl für ansteckend hielt. Für Javier war es insgeheim eine Genugtuung, den Bruder weggeschlossen zu wissen; ebenso die Tatsache, die Frau geheiratet zu haben, die die Eltern eigentlich für den anderen ausgewählt hatten, und dass er zu der Funktion, die er im Unternehmen bekleidete, nun auch noch mit Jean-Lucs Aufgaben betraut wurde. Mit der Rache für all die von diesem Dreckskerl zu Kinderzeiten an ihm begangenen Schandtaten tat sich eine glorreiche Zukunft auf. Ob aus gutem Willen oder nicht, Gustavo Freisen übertrug ihm immer mehr Verantwortung, denn so sehr sich sein Bruder Antonio auch als hervorragender Geschäftsführer entpuppte, die Erfahrung und Haltung, die es brauchte, um die Männer anzuleiten, besaß er noch lange nicht. Er hingegen war ein guter Befehlshaber, wusste, wie man mit Angestellten zu sprechen hatte und wie man sie in den Bann zog, damit sie die Geschäftsziele zu den ihren machten; er wusste, wie man Arbeiter antrieb und hatte für die Produktionseinheiten, die am Ende des Quartals die festgesetzte Quote erreichten, ein ausgeklügeltes Prämiensystem eingerichtet: Auf diejenigen, die jeden Tag pünktlich gestempelt hatten, warteten zu Weihnachten ein Korb mit Spielzeug und am Vorabend des Karnevals drei Kisten weißer Rum – den Zugang zur firmeneigenen Genossenschaft, in der Grundnahrungsmittel unterhalb des Marktpreises zu bekommen waren, noch gar nicht eingerechnet. Wenn Javier auch darauf aus war, seine Macht auszubauen, so verlor er doch niemals die menschliche Seite aus dem Blick. Sein Paternalismus entsprang weniger kaltem Kalkül als einer sozialen Sensibilität, die er erworben hatte, als er sich unter Mechanikern, Prostituierten und Fischern getummelt hatte. Seiner Meinung nach hatten die Mittellosen das Leben, das sie führten, nicht verdient, sondern schlichtweg das falsche Los gezogen. Javier machte sich indes keine großen Gedanken über die Gesellschaft, ja, mehr noch: Sein kriegslüsternes Temperament machte ihm keine Schwierigkeiten, zu behaupten, dass es eben Sieger und Besiegte gab. Wenn er jedoch jemandem unter die Arme greifen konnte, so tat er das mit der gleichen Kampfeslust wie der, die er darauf verwendet hatte, Jean-Luc fertigzumachen und Beatriz zu erobern. Nun glich er einem Krieger, der handelte, bevor er nachdachte, der Routinen verachtete, sich von schwierigen Situationen anstacheln ließ und im Kampfeseifer geniale Einfälle hatte. Die Geschäftswelt war ein idealer Ort, an dem er seine Leitungs- und Organisationsfähigkeiten ausleben konnte, und sie ließ ihn seine Eheprobleme vergessen. Damals sprach er mit niemandem über sie, vielleicht waren sie ihm nicht einmal bewusst. Er schien an einem konfusen Gefühl der Unzufriedenheit leiden, das sich Beatriz gegenüber in plötzlichen Wutausbrüchen äußerte, die er anschließend sofort bereute und die ihn verärgerten; außerdem sorgte er sich allmählich um Beatriz, wenn er sie in diese fürchterlichen Depressionen abrutschen sah, unter denen sie zu essen aufhörte, sich in ihr Zimmer einschloss und die Kinder vernachlässigte, während ihr Nena einen vorheulte und Doktor Agudelo sie mit unberechenbaren Medikamenten aus ihrem jeweiligen Tief zu holen versuchte. Doktor Agudelo hatte erklärt, sie sei fragil, und beide verschanzten sich hinter dieser wolkigen Erklärung und gaben vor, das Vergangene vergessen zu haben: Sie taten so, als habe es Leidenschaft zwischen ihnen nie gegeben, als habe das Begehren sie niemals wie wilde Tiere aufeinander losgehen lassen; das Ereignis, das zu ihrer vorschnellen Ehe geführt hatte, wurde nie erwähnt, und dieses Schweigen wirkte wie eine in der Tiefe eines Sees vor sich hin faulende Wasserleiche, an diese Stille hefteten sich Fäden einer Verbitterung, gegen die Javier mit seinem Arbeitseifer anging, in der Beatriz aber jeden Morgen versank, sobald sie die Sonne durch ihr Zimmerfenster aufgehen sah, nach einer weiteren schlaflosen Nacht, bevor sie einen weiteren Tag in diesem Haus in Puerto Colombia ertrug, wo Javier sich zu leben vorgenommen hatte, einen weiteren Tag, der genauso langweilig sein würde wie der vorherige. Nur wenige Menschen kamen sie besuchen, die tüchtigen Dienstmädchen wollten dort nicht arbeiten, es gab keine Klimaanlage, und bisweilen wurde sogar das Wasser rationiert. In ihrem alltäglichen Kampf gegen den Staub, der sich auf die Böden legte, und die Feuchtigkeit, die die Wände hinaufkroch, verlor sie immer; den Versuch, dieser Behausung einen eleganten Anstrich zu geben, hatte sie sehr bald aufgegeben; ihr erbittertes Bedürfnis, sie in Schuss und sauber zu halten, hingegen nicht. Sauberkeit war Beatriz' Obsession: Sie schrubbte Holz, verfolgte Insekten, scheuerte Bleche und Töpfe blank. Sie hasste die Samstage und Sonntage, an denen Javiers Familie zum Strandbesuch bei ihnen vorbeikam und das Werk einer ganzen Woche zerstörte; sie hasste den mit Heimtücke durch die Ritzen von Fenstern und Türen kriechenden Sand, die Regengüsse im August, weil sie den Garten unter Wasser setzten und die Terrasse verschlammten. Und dann den Dezemberwind, der das Geschirr nach Salz schmecken ließ. Die Haushaltsarbeit hatte die merkwürdige Eigenschaft, dass sie ihr Gemüt beruhigte, zugleich aber in Wallung versetzte: Sie konnte ruhige Tage verleben, an denen sie gegen den Schmutz vorging und ihren Kindern gute Manieren beibrachte. Sie war geduldig mit ihnen, wusch und bügelte ihre stets makellos weißen Kittelchen, reparierte unermüdlich ihr Spielzeug. Dann wieder schien ihr alle Mühe unerträglich hohl: Jedes Dienstmädchen konnte sie ersetzen, jede Erzieherin sich um die Kinder kümmern. Was war bloß aus ihren Jugendträumen geworden? Mühsame Routine, die ihr keinerlei Lob einbrachte. Mittlerweile hatte sie begriffen, wie ungerecht die fehlende Belohnung von Hausfrauen war, die Tag und Nacht ohne jede Vergütung arbeiteten, während ihre Unterwerfung für selbstverständlich gehalten wurde. Pure Heuchelei, behauptete sie Lina gegenüber: Die Gesellschaft wollte ein gutes Gewissen haben und verbarg, dass es der Hälfte ihrer Mitglieder erging wie den Sklaven von einst. Dieser Plural, der bei näherer Verfolgung einen Weg zur Befreiung hätte ebnen können, brach jedoch bald unter dem Gewicht ihrer Sorgen zusammen: Sie war ein Unglücksrabe und würde nicht ihr ganzes Leben in den vier Wänden eines Hauses mit der Aufsicht von Kindern verbringen; sie litt, wollte sterben, rutschte langsam in eine Depression ab, hörte eines Tages zu essen auf und blieb im Bett liegen, bis die Schwäche sie in ein Larvenstadium versetzte, in dem sie anscheinend endlich Ruhe fand. Vergeblich versuchte Doktor Agudelo Javier zu vermitteln, dass die Einsamkeit von Puerto Colombia ganz erheblich zu diesen Krisen beitrug. Es war aussichtslos, ihm zu erklären, dass ein ausfüllendes gesellschaftliches Leben diesen Krisen hätte beikommen können. Javier hatte sich festgebissen: In seinem tiefsten Innern hielt er Beatriz für geistesgestört, und wenn er dies nicht auszusprechen wagte, dann nur deswegen, weil das Drama um Jean-Luc in der Familie noch allzu lebendig war. Außerdem wollte er keinerlei Verantwortung für Beatriz' Verhalten übernehmen und sich auf keine Diskussion einlassen, die ihn in irgendeiner Weise an seine erste Liebe erinnerte. Er hatte aus Pflichtgefühl geheiratet, erklärte er Maruja, die Ehe aber verlieh ihm einige Rechte. Doch seine Gattin hatte ihm über Monate den Zugang zum Ehebett verweigert und vorgegeben, Angst vor einer Fehlgeburt zu haben. Und dann, vierzig Tage nach der Geburt von Nadia, als er erneut seine Vorrechte in Anspruch nehmen wollte, war er auf einen völlig verkrampften, eisigen Körper gestoßen, der sein Glied in Mitleidenschaft zog, als er sich darüber hermachte. Die nächste Schwangerschaft wiederum verdammte ihn zu erneuter Keuschheit. Doch damit nicht genug: Beatriz war bereit gewesen, die Pille zu nehmen, weil ihr Arzt sie ihr verschrieben hatte, er konnte aber trotzdem nie mit ihr schlafen, ohne ihr unerträgliche Schmerzen zuzufügen, Blasenentzündungen oder Scheideninfektionen auszulösen, die ihn überaus beschämt dazu zwangen, sie zum Arzt zu bringen. Eine normale Frau verhielt sich nicht so, wagte er einmal Maruja gegenüber zu äußern. Frech wie sie war, erinnerte ihn Maruja daran, dass er früher denselben Körper erregt hatte, bis er vor Lust überging. Javier war empört, warf ihr an den Kopf, sie sei völlig verdorben, und zwei Jahre lang wechselten sie kein Wort miteinander.

Es wurden zwei schwere Jahre für Javier: Er war dünner geworden und begann, das für alle Freisen so typische Aussehen eines Raubvogels anzunehmen. Immer wieder klagte er über schlechte Verdauung oder Erschöpfung, und sein Gesicht wurde von nervösen Zuckungen heimgesucht, die er nicht in den Griff bekam. Seine sexuellen Gelüste waren eingeschlafen wie die eines vom vielen Fasten und Büßen geschwächten Mönchs. Er versuchte nicht einmal mehr, in Beatriz' Zimmer zu gelangen, und war seltsamerweise auf eigentümliche Art eifersüchtig. Er hatte sie von Beginn an aus Eifersucht in dieses Haus in Puerto Colombia eingeschlossen, um ihr damit zu ersparen, den Liebkosungen eines anderen Mannes zu verfallen, der womöglich hinter die komplexe Beschaffenheit ihres Begehrens kommen könnte. Das ließ er durchblicken, wenn er sie während seiner Wutausbrüche wirr beschimpfte und nur unmerklich das verbotene, gespenstische Gelände streifte, denn er schreckte vor diesem Gespenst zurück, weil es ihm zusetzte, die Mutter seiner Kinder solchen Schikanen aussetzen zu müssen, so erklärte er Maruja noch am Tag ihres Streits, wenn er eigentlich darüber aufgebracht war, auf Tricks zurückgreifen zu müssen, um zu bekommen, was ihm als Ehemann zustand. Beatriz war recht schnell klar, worum es eigentlich ging: um die endgültige Beendigung ihres Begehrens. Als sie das begriff, fühlte es sich an wie eine Verstümmelung, und genau so legte sie es unter Tränen auch Lina dar, einen ganzen Nachmittag lang, bis die Sonne unterging, während sie die Geschichte ihres Lebens mit zunehmender und doch versiegender Klarsicht erzählte, wie eine Blume, die noch einmal in tausend Farben aufblüht, bevor ihre Blätter niederzufallen beginnen. Sie erinnerte sich an ihre Kindheit unter der Fuchtel dieser aus sämtlichen Klöstern verbannten Tante, an die abendlichen Schreckensstunden, wenn sie der Tante vor Angst bebend dabei zuhörte, wie diese von armen Seelen faselte, und sie erinnerte sich an die Freude darüber, ihren Vater heimkehren zu sehen und ihm in die Arme fallen zu können, denn bei ihm fand sie Ausgleich und Zärtlichkeit, er war der beste aller Zufluchtsorte. Ebenso erinnerte sie sich daran, was auf den Anhöhen von El Prado geschehen war und dass sie sich damals geschworen hatte, niemals wie Nena zu leiden. Im Zuge dieser wilden und schmerzhaften Psychoanalyse, als sie sich zum ersten Mal überhaupt anheischig machte, den Knoten ihrer Lebenskonflikte zu entwirren, begriff sie, dass sie deswegen vor dem West-Point-Kadetten geflohen war, weil dieser den geliebten, makellosen Vater darstellte und Symbol einer Achtbarkeit war, die Sexualität ausschloss: Sie konnte nur solche Männer lieben, die ihr aus dem einen oder anderen Grund gemein vorkamen, wie Jorge Avendaño, der sie damals allein in Linas Wagen zurückließ, um seine Geliebte in Schutz zu nehmen, oder Javier, der ihr mit seinen Liebkosungen das Begehren entlockt und dabei seinen Bruder ohne jeden Skrupel betrogen hatte. Sie sprach von diesen Dingen in einem Zustand größter Anspannung, mit vor Aufregung gebrochener Stimme, während ihr Körper immer wieder von heftigen

Krämpfen erfasst wurde, die jeweils einen neuen Heulanfall ankündigten. Sie reagierte unwirsch auf jedes tröstende Wort, auf jede Erklärung, die ihren Masochismus verharmloste und ihn in einen Topf zusammen mit jenem mehrerer Frauengenerationen warf, die unter einem viele Jahrhunderte währenden Patriarchat misshandelt worden waren. Vor Erschöpfung ganz mürbe geworden, ging sie schließlich zu Bett und schlief die gesamte Nacht hindurch. In der Woche darauf würde sie sich Víctor hingeben, einem vermeintlichen Revolutionär, aber vor allem hinterhältigen Typen, und sich wieder einmal in einem Sinnesrausch verlieren, den ihr der Gatte verweigerte.

Víctor war Sohn eines bedeutenden Viehzüchters aus Bolívar, dessen Ländereien noch jenseits jener Grenze lagen, wo man sich gar nicht erst groß beschimpfte, sondern lieber gleich mit dem Messer übereinander herfiel. Sein Vater hatte ihn als rechtmäßigen Sohn anerkannt, und von diesem Vater hatte er die Hinterlist geerbt. Die Sekundarstufe besuchte er in Cartagena, wo er Zensuren erhielt, die den Viehzüchter dazu motivierten, ihn in die Hauptstadt zu schicken, damit aus ihm der Anwalt wurde, der später seinen Grund und Boden unentgeltlich gegen Bauerninvasionen verteidigte. Doch Víctor schaffte es nicht einmal bis zum ersten Jura-Examen, weil er sich lieber in Bars und mit Huren vergnügte, als seine Seminare zu besuchen. Doch schon bald gingen ihm Professoren und Kommilitonen sowieso aus dem Weg, und in der Pension, in der er untergekommen war, hielt man ihn für einen Dieb, beschuldigte ihn später, einen alten Wucherer kaltblütig ermordet zu haben, als dieser gekommen war, seine Schulden einzutreiben. Obwohl er nicht angezeigt wurde, schien es Víctor angebracht, Bogotá für eine Weile zu verlassen. In den Llanos Orientales, den weiten Ebenen im Nordosten des Landes, erfuhr er von den Guerrillas, im amazonischen Urwald half er, Expeditionen zu organisieren, die Jagd auf Indios machen sollten. Dabei fing er sich diese merkwürdige Krankheit ein, die ihn impotent werden ließ; die einen behaupteten, er habe mit einer toten India geschlafen, die anderen, ein Rachepfeil habe sein Gemächt durchbohrt; in jedem Fall kehrte er mit Unmengen von Geld und einem allen bekannten Antibiotika gegenüber aufmüpfigen Leiden nach Bogotá zurück. Er war damals etwa dreiundzwanzig Jahre alt, wirkte aufgrund der vielen Falten in seinem Gesicht allerdings um einiges älter, hatte nur noch wenige Haare auf dem Kopf und faule Zähne: Zahnärzte waren ihm ein Gräuel. Als der Viehzüchter von seinem Treiben erfuhr, drohte er, persönlich in der Hauptstadt aufzutauchen, in Begleitung eines Leibwächters, der für seinen geschickten Umgang mit der Peitsche bekannt war. Daraufhin schrieb sich Víctor unverzüglich in der Universidad Libre ein: Dort lernte er die Grundlagen des Marxismus, begriff, dass er ein Opfer der Gesellschaft war, und fand in den Studentendemos eine ehrwürdige Weise, seinen Aggressionen freien Lauf zu lassen. Unter anderen Umständen wäre er zum Verbrecher geworden, in der Gunst des Marxismus stehend aber wurde er Revolutionär. Seine jüngeren Kommilitonen betrachteten ihn als Helden, die Studentenführer beäugten ihn mit Argwohn. Selbstverständlich heuerte ihn die Kommunistische Partei an, Víctor aber kam mit keinerlei Disziplin zurecht, und als die Genossen aus seiner Einheit ihn aufforderten, Selbstkritik zu üben, nutzte er die erstbeste Gelegenheit, um die Funktionäre als Feiglinge zu bezeichnen und ins Mikrofon zu brüllen, Revolution sei Männersache, sei etwas für Männer mit richtigen Eiern, vergaß dabei aber, in welch kümmerlichem Zustand seine eigenen waren. Einerlei, denn niemand hätte es gewagt, ihn daran zu erinnern. Er hatte sich damals einen Namen als Haudegen gemacht und führte auf den Demonstrationen die Hitzeköpfe unter den Studenten mitsamt denen an, die umstandslos das Messer gegen die Polizei zückten. Er wurde beobachtet, beschuldigte die Kommunisten, ihn denunziert zu haben, wechselte von der Universidad Libre an die Universidad Nacional. Eine Zeitlang verschwand er von der Bildfläche, dann schloss er sich einer Gruppe gewaltbereiter Trotzkisten an, deren Ideen er im Handumdrehen übernahm. Da der bewaffnete Kampf von Geldmitteln abhing, überfiel er eine kleine Bankfiliale und sah sich danach gezwungen, eine Weile abzutauchen, wobei seinen Genossen ein Talent auffiel: die Lust, mit der er ihre Gastfreundschaft ebenso wie die sexuelle Misere ausnutzte, zu der der Puritanismus der Revolution verdammte – und ihre Frauen verführte. Sie hatten ihn für einen Krüppel gehalten und vergessen, dass er gewieft war. Der erste Zwischenfall ereignete sich, als er in der Wohnung eines Philosophieprofessors untergebracht wurde, dessen Frau ihr Studium aufgegeben hatte, um sich ganz dem Kampf und dem Haushalt zu widmen. Sie hieß Mirian, war vor Verdrossenheit ganz still geworden und hatte ihren Traum aus Studienzeiten vergessen: einmal ein Diplom in den Händen zu halten, das ihr Unabhängigkeit und Aussicht auf einen selbstverdienten Platz in der Gesellschaft einbrachte. Dieser Philosophieprofessor, der so selbstsicher wirkte und so beeindruckend war in seiner Überzeugung, in Besitz der absoluten Wahrheit zu sein, gab ihrem Leben eine Wende: An seiner Seite würde sie für eine bessere Welt kämpfen, sich für eine klassenlose Gesellschaft und universelle »Brüderlichkeit« einsetzen – wenn es eigentlich sinnvoller gewesen wäre, sie hätte sich darüber Gedanken gemacht, wie beschränkt der Begriff Brüderlichkeit in der Praxis war, glich ihr Leben doch, als sie schließlich verheiratet war und drei Kinder am Hacken hatte, dem aller anderen Frauen, die aus dieser Bruderschaft ausgeschlossen waren, und ihr Ziel, so sehr sich die Dinge auf der ideologischen und der sprachlichen Ebene auch geändert haben mochten, war nach wie vor das gleiche. Der in Grundsatzfragen kompromisslose Professor verbot ihr, sich eine Hausangestellte zu suchen; als der Moralist, der er war, verschloss er sich einer Reihe erotischer Fantasien, die er für bürgerliche Laster hielt. Mirian unterdessen darbte vor sich hin, tippte die revolutionären Texte ihres Mannes ab, wusch und bügelte Hemden, stopfte Socken und kümmerte sich um die Kinder. Als der Professor Víctor in ihre gemeinsame Wohnung brachte, war sie nur noch ein Schatten ihrer selbst. Sie empfing ihn völlig teilnahmslos, wenngleich nicht ganz ohne Widerwillen – womöglich hatte sie die zusätzliche Last vor Augen, die ein weiterer Mann im Haus bedeutete. Falls Víctor genau das bemerkt haben mochte, so ließ er sich nichts anmerken, und da ihm die Unterkunft nach den unzähligen Absteigen und der ewigen Flucht vor der Polizei sehr behaglich schien, legte er es darauf an, als gut erzogen durchzugehen, wusch seine Wäsche selbst, half Mirian im Haushalt und wurde nach und nach ihr Vertrauter. Nichts einfacher als das: Die Frauen waren allzu vielen Frustrationen ausgesetzt, als dass sie sich jemanden entgehen ließen, der bereit war, ihnen Gehör zu schenken. Aus genau diesen Gründen verwehrte ihnen Víctor in seiner Organisation auch den Zugang zu wichtigen Posten; und deswegen liebte er sie auf seine Weise. Jede Frau, so würde er einem von Linas Freunden in einem eigenartig angeschlagenen Zustand erklären, ließ ihn an seine

Mutter denken, wie diese hatte losziehen müssen, um im Dickicht Holz für das Feuer zusammenzuklauben, und vor dem Viehzüchter gebuckelt hatte, der sie vögelte wie ein Pferd, nachdem er ihr Víctor entrissen hatte. Seine Mutter liebte ihn über alles; sie war hübsch gewesen, doch vom vielen Arbeiten in der prallen Sonne und der schlechten Ernährung wegen verdorrt, als er acht Jahr alt war, zahnlos und mit versengter Haut. Da hatte sich die Frau des Viehzüchters um seine Erziehung gekümmert, bis er nach Cartagena geschickt wurde – und auch an sie dachte er gerne zurück. Zusätzlich zu diesem mitleidsvollen Eindruck, den die Frauen in ihm erweckten, hatte ihm die eigene Impotenz beigebracht, sie nach allen Regeln der Kunst zu lieben: Er bekam zwar keine Erektion mehr, an Begehren fehlte es ihm jedoch nicht, und so kam er den Geheimnissen der weiblichen Lust recht schnell auf die Schliche. Eine befriedigte Frau, sagte er sich, war immer großzügig und vergaß darüber die körperliche Verfassung des Mannes, ja war womöglich sogar erleichtert über die fehlende Penetration, weil dieser gezwungen war, anspruchsvollere Methoden anzuwenden und aufwändigere erotische Spielereien nicht ausschlagen konnte. An dem Tag, an dem der Professor ihn in seinem eigenen Bett erwischte, wo er nackt neben seiner Frau lag und beide ihren Mund jeweils genüsslich im Geschlecht des anderen versenkt hatten, da wurde der Professor fast vom Schlag getroffen. Víctor sah ihn aus dem Augenwinkel an der Tür stehen, erstarrt, völlig bewegungsunfähig; also machte er weiter, bis Mirians ersticktes Stöhnen erklang, erhob sich, kleidete sich an und zeigte sich gleichgültig gegenüber der Szene, die sich dann zwischen den Eheleuten abspielte.

Bei der eiligen Zusammenkunft, die helfen sollte, den fürchterlichen Vorfall im Licht der Dialektik zu analysieren, kamen seine Freunde zu dem Schluss, Genosse Víctor sei Opfer der Verführung durch eine falsche Revolutionärin geworden, und ließen Mirian unter Beihilfe eines kommunistischen Arztes in eine Irrenanstalt verfrachten, die sie nie wieder verlassen sollte. Als er daraufhin im Haus eines Soziologen unterkam, kehrte Víctor zu seinen alten Gewohnheiten zurück; danach traf es einen Wirtschaftsstudenten. Und so löste sich die Gruppe über Skandalen und Diskussionen langsam auf. Mittlerweile aber hatte Víctor das Vertrauen eines sehr reichen Liberalen gewonnen, der einst Anhänger des antioligarchischen Präsidentschaftskandidaten Gaitán gewesen war und die konservative Diktatur im Exil verbracht hatte. Er hatte eine Ausbildung in England genossen und im gesamten Land verstreute Güter geerbt; er hatte überaus feine Manieren und überaus blasse Augen. Sein jüngster Sohn war ihm ähnlich: Wie er fühlte er sich schuldig, so viel Geld zu besitzen, und das schlechte Gewissen hatte ihn zum Eintritt in die Kommunistische Partei bewegt. Auf den Demonstrationen ging er immer vornweg und exponierte sich, um von der Schuld seiner Herkunft befreit zu werden, indem er die Stockschläge der Polizisten einsteckte, die ihn ganz besonders hassten, weil er Kommunist und zugleich Millionär war. Er endete im Gefängnis, wo ihn die Genossen darben ließen, ihm zeigten, wo der Hammer hing. Auf freien Fuß wurde er gesetzt dank der Intervention eines liberalen, mit seinem Vater befreundeten Senators; als die Partei zu einer weiteren Demonstration aufrief, war er gerade zurückgekehrt. Zehn Jahre Schläge und Haft hatten ihn dermaßen verwirrt, dass er sich von Víctor um den Finger wickeln ließ, und als es ihm endlich mit einer Million Pesos Lösegeld gelang, sich vor diesem Teufelsbraten in Sicherheit zu bringen, fand er Frieden nur noch in der Krishna-Sekte. Altern würde er in lachsfarbener Kleidung; rundum kahlgeschoren und mit einer einzigen grauen Strähne auf dem Kopf würde er Schellen trommelnd durch die Straßen ziehen. Ja, Víctor wurde zu einem echten Albtraum für Don Antonio del Corral und seinen Sohn.

Die Familie del Corral besaß ein großes Anwesen in der Nähe der Sierra Nevada de Santa Marta. Es lag in einer unzugänglichen Gegend und war einem Aufseher anvertraut worden, mit dem die Indios der Gegend gut auskamen, weil er ihre Bräuche respektierte und das Beste aus ihrer gemächlichen Arbeitsweise herauszuholen vermochte. Inmitten von Mestizen und Sprösslingen von Kriegern hatten die Indios ihre legendäre Kriegslust über dem Konsum von Marihuana eingebüßt, das sie an den Hängen der Sierra anbauten und das sich später als *Golden* einen Namen in den Vereinigten Staaten machen sollte. Bis dahin führten sie ein beschauliches Leben, bearbeiteten die Erde auf ihre Art und erhielten als Lohn ein Drittel des Ertrags. Darüber hinaus kamen sie in den Genuss der Erfindungen dieses Weißen mit den durchscheinenden Augen, der ab und an mit Tieren und insbesondere Maultieren im Schlepptau aufkreuzte, die unbekannte Düngemittel und Saatgut heranschafften. Aus Respekt erteilte der Weiße seine Anweisungen nicht direkt, sondern über den Aufseher, der ihnen umgehend erklärte, wie der neue Zuchtbulle dazu beitragen würde, Kühe hervorzubringen, die mehr Milch geben würden, oder wieso es sich lohnte, diese oder jene Bäume zu pflanzen, deren Früchte besonders süß und zudem auf dem Markt von Santa Marta hochgeschätzt waren. Und genau so liefen die Dinge. Über viele Jahre hatte Don José Antonio del Corral aus La Carmela seine Zufluchtsstätte und das wichtigste Labor seiner Innovationen gemacht, jetzt trug sich die Hacienda mit ihren satten Weiden und einem äußerst ertragreichen Viehbestand selbst. Hätte er nicht so ein schwaches Herz gehabt, wäre es ihm vergönnt gewesen, sein Alter mit dem Betrachten des mächtigen Himmels zu verbringen, an dem blaue Wolken sich auf die beschneiten Gipfel der Berge zubewegten. In seinem Alter aber erschöpfte ihn die Fahrt nach La Carmela doch zu sehr, und außer den Indios trieb sich niemand wirklich in der Gegend herum. Genau das, diese Abgelegenheit, war das Erste, was Víctors Aufmerksamkeit weckte, als ihm Don José Antonio von seinem liebsten Besitz berichtete. Niemand wusste, wo sich dieser genau befand, auf der Landkarte sah es so aus, als liege er mitten im Dschungel, der Gnade Gottes ausgeliefert. Víctor kam zu dem Schluss, dass es sich um einen idealen Ort handelte, um sich auf das Guerrilla-Leben vorzubereiten, und überzeugte Sohn José Antonio aus heiterem Himmel heraus, den Vater um La Carmela zu bitten, und ihm anschließend mit Guerrilleros im Maoisten-Kostüm dorthin zu folgen.

Das Ganze wurde zur Hölle: Sie trafen ein mit den allerbesten Absichten, mit Büchern von Mao und Che Guevara. Nahmen sich vor, im Morgengrauen aufzustehen, sich im kalten Flusswasser zu waschen, die Berge hinaufzusteigen, ausgestattet mit Gewehren und Rucksäcken, kurzum: Sie wollten zur Ertüchtigung von Körper und Geist notwendige Übungen verrichten, bis sie eine einsatzfähige Guerrilla hätten, die sich in den Urwald schlagen konnte. Nach sechs Monaten aber waren sie zu Despoten geworden und erschossen den Aufseher, vergaßen die weisen Ratschläge ihrer revolutionären Führer und behandelten die wenigen Indios, denen es nicht geglückt war, Reißaus zu nehmen, wie Sklaven. Der Freund, der Lina später von Víctor berichten würde, führte dieses Scheitern auf die objektiven Bedingungen zurück, unter denen sie versuchten, ihr Vorhaben durchzuführen. Die Jungs waren zu arm gewesen: Folglich hatten Luxus und Bequemlichkeit sie verdorben, und Víctor besorgte den Rest. Von ihm etwa stammte der Vorschlag, in der Villa der Familia del Corral unterzukommen, anstatt Lager in der Wildnis aufzuschlagen und so mit dem wirklichen Training anzufangen. Und dann ließ er unter dem Vorwand, es sei nachts so kalt, eine Lieferung geschmuggelten Whiskeys kommen: Zwischen Alkohol und fehlender politischer Indoktrinierung, die Víctor verbot, weil er sie für sinnlos hielt, fing die Gruppe an, moralisch abzubauen. Sie verbrachten den gesamten Tag damit, ihren Rausch auszuschlafen oder sich irgendeinem Quatsch hinzugeben; zum großen Entsetzen des Aufsehers und zur Empörung der Landarbeiter, die in ihrem Leben keine solche Verschwendung erlebt hatten, brieten sie jeden Mittag ein ganzes Kalb, verschlangen mit unverfrorener Gier Hühner und Ferkel, Bananen und Maiskolben. Und da jede Tyrannei, bevor sie ausgeübt wird, ihre Rechtfertigung sucht, überzeugte sich Víctor vorher davon, dass die Indios verschlagene Seelen und erst nach gemachter Revolution erziehbar waren. Bis dahin hatten sie ihnen, den Vertretern des Proletariats, zu dienen und sich mit ihrem Besitz und ihrer Arbeitskraft für die Sache einzusetzen. Es lag auf der Hand, dass diese Guerilleros früher oder später über das Hab und Gut der Landarbeiter herfallen würden, denn bei der Geschwindigkeit, mit der sie sich die Dinge schnappten, würde kein Tier in La Carmela wirklich lange überleben. Sie ließen den Tieren nicht einmal die Zeit, sich fortzupflanzen und töteten sogar trächtige Weibchen. Genau das erzürnte den Aufseher und ließ ihn eines Nachmittags bewaffnet in das Zimmer eindringen, in dem Víctor vor sich hin schnarchte, um ihn wachzurütteln und zu befehlen, er solle sich mit seiner Räuberbande vom Acker machen. Víctor war der Ernst der Lage sofort klar: Dieser Halunke war bereit, ihn abzuknallen, während er selbst sein Gewehr seit drei Monaten nicht einmal gesäubert hatte. Er versprach, noch am gleichen Tag in der Abenddämmerung aufzubrechen, und erklärte, seine Männer seien nun in der Lage, einen neuen Guerrilla-Standort aufzubauen. Wenige Stunden darauf wurde der Aufseher von einem revolutionären Tribunal und unter Víctors Vorsitz verurteilt und unverzüglich wegen Verrats an der Sache exekutiert.

Die aufgeschreckten Indios versteckten ihre Frauen, versuchten zu fliehen und hinterließen ihre lebenslange Arbeit; Schüsse fielen, es gab Tote. Diejenigen, die nicht in die Wälder entkamen, mussten sich den Waffen ergeben. Nach und nach verfiel La Carmela – und José Antonio wurde akut neurasthenisch. Víctor hatte seinen Vater darüber in Kenntnis gesetzt, dass er ihn erschießen würde, sollte er das Militär herbeirufen, und die Dinge liefen noch eine Weile so weiter, als er eine Million Pesos im Tausch gegen die Auslieferung des Sohns erhielt. In Folge des Marihuanahandels zu Reichtum gekommen, zog er nach Barranquilla und widmete sich fortan dem Schmuggel härterer Drogen.

Da war es beinahe zwanzig Jahre her, dass Beatriz gestorben war, und Víctor dachte lachend an seine maoistischen Freunde zurück: Während der ersten Monate ihres Aufenthalts in La Carmela, noch bevor die wirklichen Revolutionäre desertierten, die ihn ursprünglich bei dem Vorhaben begleitet hatten, hatte er Waffen und Instruktionen eines geheimnisvollen Kommandanten erhalten, in dessen Augen Terrorismus das beste Mittel war, um das Bürgertum zu destabilisieren. Also entschied er, zum Jahrestag des Attentats an Gaitán selbst eine Reihe von Attentaten zu organisieren: Der Sprengstoff sollte an den Stränden von Puerto Colombia ausgeladen werden und Víctor einen sicheren Ort finden, an dem er untergebracht werden konnte. Da wurde er auf das Haus von Javier aufmerksam, weil es so wunderbar weitab vom Dorf lag und gleichzeitig so luxuriös war, dass kein Polizist je auf die Idee gekommen wäre, darin herumzuschnüffeln. Es wurde von einer hübschen jungen Frau mit blauen Augen bewohnt, die ganz bestimmt unglücklich war, denn sie pflegte bei Sonnenuntergang immer allein an den Strand hinunterzugehen, mit betrübter Miene, ganz so, als habe sie den ganzen Tag über geweint. Víctor beschloss, sein Glück zu versuchen. Mithilfe einer Perücke und eleganten weißen Leinenanzügen legte er sich das Aussehen eines Playboys zu; um sie nicht zu erschrecken, setzte er sich in den Abendstunden auf einen Baumstamm und blickte sehnsüchtig aufs Meer hinaus, in den Händen ein Buch von Sartre oder Marcuse. Eines Tages sprach er sie an, woraufhin sie viele Stunden damit verbrachten, über Existenzialismus, Maoismus und sexuelle Befreiung zu sprechen. Auch wenn Beatriz nicht ahnte, dass Víctor vor jedem ihrer Gespräche die heruntergebrochene Auslegung der philosophischen Texte auswendig lernte, so entging ihr der gewöhnliche Charakter dieses Mannes nicht: Eine Geste, ein Kommentar, schon rückte an den Platz des angeblichen Intellektuellen der außereheliche Sohn des Viehzüchters. Als er das bemerkte, änderte er seine Taktik, erzählte von seiner unglücklichen Kindheit und den Entbehrungen, die er hatte erleiden müssen; erklärte ihr seine Liebe, indem er mit getragener Stimme Gedichte von José Asunción Silva vortrug und ging dann zu Neruda über, in dessen Namen er sich für die Revolution zu opfern bereit erklärte. Hin und wieder widersprach er seinen romantischen Reden und rückte ihr recht dreist auf die Pelle, worüber sie außer sich geriet und in einem Sumpf aus widersprüchlichen Gefühlen versank: Dieser Fremde weckte in ihr Lust und Ekel zugleich, und beider Gefühle schämte sie sich. Um dem Dilemma zu entkommen, bildete sie sich ein, in ihn verliebt zu sein. Als sie schließlich miteinander schliefen, entdeckte sie den Genuss ungebremster Lust, ohne die Scham, die es mit sich brachte, wenn sie sich einem Mann ihres eigenen Standes gegenüber zeigte, der ihr seine eigenen Regeln aufbürden würde. Zwei Wochen lang erlebte sie eine Lustorgie, bekam viele falsche Liebesversprechen und sah echte Tränen der Reue. Víctor war mittlerweile selbstsicherer und ließ eine Maske des feinen Intellektuellen nach der anderen fallen, bis sich Beatriz angewidert abwandte. Da erinnerten sich beide wieder an ihre Pflichten: Auf ihn wartete der bewaffnete Kampf, auf sie die Kinder. Sie beschlossen im Einvernehmen und nicht ohne Bedauern, sich zu trennen; da sich Beatriz aber immer noch ihrer insgeheimen Abscheu gegen einen Mann aus dem Volk schämte, der dabei war, in den Kampf für die revolutionäre Bewegung zu ziehen, ließ sie sich dazu breitschlagen, im Keller ihres Hauses den Sprengstoff zu verstecken, mit dessen Hilfe die kapitalistische Gesellschaft zerstört werden sollte. Víctor hatte seine Mission also glänzend erfüllt.

Nach dieser Liebesgeschichte verspürte Beatriz Abscheu vor Sex. Die Befriedigung durch den Orgasmus, so erklärte sie Lina, machte in keiner Weise die Demütigungen wett, denen sie sich unterwerfen musste, um in seinen Genuss zu kommen: Er war von zu kurzer Dauer, zu viel Angst ging ihm voraus, und er hinterließ Schuldgefühle. Sie hasste am Sex das, was Dora eines Tages mit Begeisterung für sich entdecken würde, und Catalina einige Zeit darauf: einen

Weg, um aus der Überschreitung Selbstbestätigung zu schöpfen, den eigenen Willen einen Moment lang zum Schweigen zu bringen und die kraftvolle Stille des Absoluten zu erleben. Beatriz aber erlebte ihre Sexualität so, wie es die Männer taten: zwischen der Angst vor dem Trieb, der ihnen, wenn er sich rührte, eine verachtenswerte Seite ihres eigenen Wesens vor Augen führte, und ihrem irrationalen Hass auf die primitiven Gewissheiten des Fleischs. Sie fasste das Begehren als Teufelszeug auf, das sie ihrem Willen entfremdete, und erlebte Lust als grausigen Zerfall ihres Bewusstseins. Aus Angst, sich noch einmal ähnlichen Erniedrigungen aussetzen zu müssen, nahm sie sich vor, ihr Schicksal zu akzeptieren, und legte sich eine Strategie gegen die Depression zurecht, die das Eheleben bei ihr auslöste; sie griff nach Vaseline, legte ein paar von ihrem Frauenarzt empfohlene Beckenbodenübungen ein und stillte so endlich Javiers Begierde. Dann überzeugte sie ihn davon, sie täglich zur Nena zu bringen, damit die Kinder spielen konnten, während sie sich in den Schönheitssalon oder zum Bridgespiel in den Country Club begab. Um sieben Uhr abends begann sie mit der Einnahme von Beruhigungsmitteln, und Javier fand eine willige Gattin vor, der alles, was um sie herum geschah, herzlich egal war.

Da er sich nicht vorstellen konnte, was hinter dieser Veränderung steckte, war Javier glücklich: Er bekleidete einen angesehenen Posten, hatte zwei schöne Kinder, eine unterwürfige Frau; und jetzt konnte er auch noch jede Nacht vögeln, ohne dass der Widerwille des anderen Körpers seinen Gelüsten in die Quere kam. Wenn sich sein Begehren entlud, fragte er sie bisweilen, ob auch sie es genieße, und die von den Beruhigungsmitteln völlig abgestumpfte Beatriz antwortete jedes Mal in unverändertem Ton, sie habe ihn sehr lieb. Sie sagte gewissermaßen die Wahrheit, denn ein merkwürdiges Gefühl hatte sich auf die Bitterkeit gelegt, und weil sie kein anderes Wort dafür fand, nannte sie es Liebe, auch aus einer anhaltenden Furcht davor, den einzigen Mann zu verlieren, auf den sie zählen zu können glaubte. Nach der Begegnung mit Víctor schien Javier ihr ein Ausbund an Tugendhaftigkeit: Er war gut und großzügig, log nie, noch nutzte er jemals irgendjemandes Schwäche aus, drohte keinem armen Greis damit, seinen Sohn zu erschießen, wie es der machtgeile Víctor getan hatte. Javier liebte die Kinder, und seit sie die Eigenschaften der Vaseline für sich entdeckt hatte, waren sie sogar ein glückliches Paar. Er schenkte ihr ein Chihuahua-Hündchen, kostbare Ketten und Ringe, wollte ihr in Barranquilla eine Wohnung kaufen, und am Samstagnachmittag zogen sie los, um gemeinsam die Möbel dafür auszusuchen, die sich anschließend in ihrem früheren Zimmer stapelten. Von einer Miami-Reise hatten sie Teppiche und Geschirr mitgebracht, in einem Katalog Porzellan aus Limoges ausgesucht; die Leute beneideten sie, sie wurden auf die besten Partys eingeladen, und zu ihrem Geburtstag bekam sie von Gustavo Freisen ein Auto geschenkt. Es war ganz bestimmt öde, die Zeit bei der Schneiderin oder am Bridgetisch zu verbringen, doch González, der pfiffigste der Kellner im Country Club, wusste schon lange, dass in die von ihr georderte Cola immer zwei Fingerbreit Gin gehörten. Und zwischen Beruhigungsmitteln und Gin gab es keinen Platz zum Nachdenken. Sie wollte auch gar nicht nachdenken.

Nach einer Weile, genauer gesagt, als sie zu Tante Irenes Beerdigung erschien, war sie zu der Überzeugung gelangt, ihren Gatten tatsächlich zu lieben. Sie rief ihn mehrmals täglich in seinem Büro an und litt unsäglich, wenn er sich verspätete. Javier pochte darauf, sie möge in ihrem eigenen Wagen nach Puerto Colombia kommen, doch sie wollte lieber bei Nena auf ihn warten und übertrieb ein wenig die Gefahren, die es mit sich bringen konnte, nachts um diese Uhrzeit mit zwei Kindern Auto zu fahren. Ihre Mutter, die als Einzige bemerkte, wie sie sich bei ihrer Rückkehr aus dem Country Club den Mund ausspülte oder Pfefferminzdragees kaute, pflichtete ihr bei. Und weil sie sich so umsorgt und behütet fühlte und weil sie ihre Aufmüpfigkeit so sehr unterdrückte und ihre Sexualität verleugnete, hatte Beatriz sich schließlich gänzlich unbrauchbar gemacht: Sie schrak beim Anblick einer Maus auf und ließ, wenn eines der Kinder nieste, den Arzt kommen. Die Gesundheit der Kinder war eine ihrer größten Sorgen, was ihr Gustavo Freisen zutiefst dankte. Denn er vergötterte diese blonden Enkelkinder, in denen er die Frucht all seiner Bemühungen erkannte. Genauso äußerte er sich dem *Manco* gegenüber: Außer Antonio taugte keines seiner Kinder wirklich etwas; Ana hatte einen waschechten Mestizen geehelicht, und die jüngeren, Miguel und Jaime, hatten Umgang mit den Intellektuellen von Barranquilla, lauter Schwulen und Kiffern. Nach einem Schlaganfall an den Rollstuhl gefesselt, hörte Gustavo

Freisen sie nachts in Begleitung ihrer Freunde nach Hause kommen und sich in einen der klimatisierten Salons setzen, wo sie bis in die Morgenstunden soffen und Joints rauchten. Wutentbrannt, aber auch einen neuen Anfall fürchtend, der ihn ins Grab brächte, vertrieb er sich nun die Zeit mit einem riesigen, aus tausend winzigen Teilen bestehenden Puzzle, Reproduktion eines Gemäldes von Degas, das er nie zusammengesetzt bekam. Odile Kerouan ihrerseits zeigte sich versöhnlicher; Miguels Effeminiertheit und Jaimes Marihuanakonsum löschten die letzten Spuren der Freisen-Persönlichkeit aus, dieser entsetzlich mürrischen Einstellung, die in allen ihren Kindern steckte und mit einem Mal ausbrach, um sie von ihr zu entfremden, wie es bei Javier geschehen war. Niemals hätte Odile Kerouan sich ausgemalt, dass das Leben eine solche Enttäuschung für sie bereithalten könnte: dass der, den sie wie ihren Augapfel hütete, auf so törichte Weise in die Falle tappte, die eigentlich dazu gedacht gewesen war, Jean-Luc eine Frau zu beschaffen. Javier, der sie dank des Schweizer Kontos dabei hätte begleiten können, die Welt zu bereisen, herrliche Länder, die besten Restaurants und berühmtesten Hotels kennenzulernen, war zum Gatten eines unbedeutenden Mädchens geworden, deren einziger Verdienst es war, der Familien zwei blonde Kinder mit blauen Augen geschenkt zu haben. Lediglich in diesem Punkt teilte Odile Kerouan die Gefühle Gustavo Freisens; ihre Enkelkinder weckten zarte Gefühle und uneingestandenen Stolz bei ihr: Sie waren schön, höflich, und vor allem waren sie weiß. Beatriz kümmerte sich zwar unablässig um sie, hatte aber auch keinerlei Einwände dagegen, sie ihrer Obhut zu übergeben, womit sie die Bande mit der angeheirateten Familie stärkte. Im Grunde hatte Odile Kerouan ihr nichts vorzuwerfen außer der Tatsache, Javier geheiratet zu haben.

Mäkeleien wurden erst laut, als Javier beschloss, sich zu trennen, ohne sich auch nur im Geringsten von ihrer Verzweiflung beeindrucken zu lassen. Als sie sich all dessen später aus der Ferne entsann, kam Lina zu dem Schluss, er habe sie bereits am Tag der Eheschließung verlassen oder, genauer gesagt, als er das erste Mal über sie herfiel und die verschlungenen Wege ihres Begehrens so dermaßen ignorierte. Javier war damals nicht reif genug, weiter ungestraft die Werte der Familie Freisen zu missachten – diese Unterwerfung in Sachen Sexualmoral, dann die Arbeit, die ihn dazu getrieben hatte, begeistert Befehle zu erteilen und sich daran zu laben, dass man ihm Gehorsam leistete und er selbst Entscheidungen traf und sich wichtig fühlte, dabei aber wie Gustavo Freisen lediglich seine Freiheit gegen eine Machtposition eingetauscht hatte. Da er nicht gerade dazu neigte, in sich selbst hineinzuhorchen, hatte er all das über Jahre nicht bemerkt, nun aber, wo sich nichts mehr seinem Willen entgegenstellte, wurde er plötzlich stutzig und begann sich inmitten der ihm bedingungslos ergebenen Angestellten und seiner tüchtigen Sekretärinnen nach dem Rauschen des Winds in den aufbauschenden Segeln seines Boots zu sehnen. Er hatte sich mit Maruja versöhnt, und da ihrer beider Unternehmen nahe beieinander lagen, lud er sie beinahe jeden Tag zum Mittagessen ein; er sprach nicht mehr von seinen – nun aus der Welt geschafften – Eheproblemen, und auch nicht mehr von seinen – überaus florierenden – Geschäften, sondern von den leuchtenden Grüntönen der Karibik oder von dieser Sonne, unter der sich salziger Schweiß auf seinen Körper legte und wie der Widerschein eines Gottes über den Wassern glitzerte. Sein sehnlichster Wunsch war es, nach Lust und Laune zu segeln, dabei zuzusehen, wie sich die Mangroven am Ufer entfernten, und auch noch die Gegend zu verlassen, in der ein paar wenige Boote, Albatrosse oder Möwen unterwegs waren. Dort, allein mit dem Horizont, war er ganz im Jetzt zu Hause, dachte weder an gestern noch morgen; musste allein auf sich selbst zählen sowie darauf, dass er die Meeresströmungen austrickste und auch noch die allerkleinste Veränderung des Winds bemerkte; er musste sich darauf verlassen, dass er im richtigen Moment mit dem Hissen oder Bergen der Segel zurechtkam – all das gab ihm ein intensives Lebensgefühl und ließ ihn seine ganze Kraft und die Wendigkeit seiner Reflexe entdecken. Er erinnerte sich an das Knarzen der Taue im Regen, die Sternbilder, die ihm nachts den Weg wiesen; hatte diese Algen vor Augen, deren Phosphoreszenz die Illusion schuf, auf dem Grund des Meeres lägen Städte in tiefem Schlaf. Und dann diese von Korallen ganz roten Riffe und die Momente, in denen sein Glied vom Kontakt mit der Sonne steif wurde, wenn er auf Deck liegend den Himmel in goldenes Licht absinken sah. Er wollte frei sein und auf der Flucht vor der Arbeitsroutine in der Natur den Widerschein seiner Manneskraft wiederfinden. Beatriz aber verhinderte es; Beatriz stand für alles, was er mit einem Mal zu verachten begonnen hatte: die Eintönigkeit, die Konventionalität, die Fadheit bürgerlicher Liebe. Was war doch dieser sanfte, in Vaseline getunkte Sex weit entfernt von dem Schauder, auf den er aus war! Und wie elendig fand er seine besitzergreifende Frau im Vergleich zu den Leidenschaften, die sein Herz mit einem Mal näherkommen spürte.

Noch immer berauscht von den paradiesischen Bildern, die er bei einem halluzinogenen Trip gesehen hatte – seine jüngeren Brüder hatten ihm einen Drogencocktail zubereitet –, ließ er Marujas Einwände zwar nicht an sich heran, wies sie aber auch nicht wirklich zurück. Er beschränkte sich darauf, auf sein Recht, zu leben, zu pochen und die Vergangenheit als Jugendsünde zu betrachten. Beatriz war frigide, ihre Eifersucht völlig irrsinnig; sie ließ ihn keine Minute in Ruhe und hatte sich darauf versteift, jeden Abend bei den Avendaños auf ihn zu warten, womit sie ihn zwang, mit ihr nach Puerto Colombia zu fahren, damit er keinen Kontakt zu anderen Männern pflegte. Männer, behauptete er Maruja gegenüber mit gewichtiger Stimme, mussten unter sich sein, Witze reißen und sich in Bordellen treffen können. Wäre er gebildeter gewesen, hätte er von diesen Spelunken gesprochen, deren Zugang Frauen verwehrt war, oder auf die in jüngeren Zeiten übliche Rekrutierung junger Leute per Losverfahren angespielt. Weder seine Sonnenanbetung noch die Sehnsucht nach der wilden Horde wiesen, wie Maruja es vermutete, auf eine erwachende Homosexualität hin, sondern sie waren der erste Ausdruck eines noch unklaren, ziellosen Begehrens, das ihn auf diffuse Fantasien zurückgreifen ließ, während er eigentlich nur auf die Gelegenheit wartete, an einem Kai des Segelclubs aufzutauchen, weil nur die dortige Arbeit am Wochenende ihn hochseetauglich machen würde. Beatriz musste sich also damit abfinden, samstags und sonntags allein zu sein, ohne zu ahnen, was in Javier vor sich ging, besser gesagt, sie schob es auf einen vorübergehenden Gemütszustand. Seit einiger Zeit schon war ihr Mann gereizt, jede Kleinigkeit brachte ihn aus der Fassung; das Vorhaben, ihr eine Wohnung in der Stadt zu kaufen, hatte er offensichtlich aufgegeben, die Kinder nervten ihn, und die letzte Tube Vaseline war nicht einmal angebrochen worden. All das konnte sie aushalten, solange sie die Mengen an Gin und Beruhigungspillen erhöhte. Die nicht enden wollenden Sonntage in ihrem Haus in Puerto Colombia, das verwaist war, weil Javiers Abwesenheit Familie und Freunde abschreckte, zwangen sie, sich Gedanken zu machen, ihr Leben infrage zu stellen, beziehungsweise die Situationen, die sie in diese Lage gebracht hatten. Weil es ihr an Lektüre und Austausch fehlte, war sie ganz dumpf geworden, ihre Gedanken beschränkten sich auf Anekdoten und Vorwürfe, und während Javier immer verletzender und aggressiver wurde, versuchte sie sich auf *Das andere Geschlecht* oder die jüngsten Texte der nordamerikanischen Feministinnen zu konzentrieren. Anstatt sie zu trösten, lösten diese Bücher jedoch ein Gefühl der Bitterkeit in ihr aus, sie legten ihr nahe, dass sie selbst für ihr Schicksal verantwortlich war. Außerdem kam sie bei manchen Erläuterungen nicht ganz mit, weil sie sich auf ihr unbekannte Autoren oder Theorien beriefen, die Lösungsansätze schienen ihr unangebracht oder in Barranquilla nicht umsetzbar. Die sexuelle Befreiung, die zu jener Zeit en vogue war, warf sie auf die beklemmenden Gefühle ihrer eigenen Erfahrung zurück; Víctor hatte ihr die finsterste Seite der Revolution vorgeführt. Sie schlug die Bücher wieder zu und erklärte Lina, sie habe die ganzen Utopien und das viele komplizierte Zeug satt. Javier würde schon zurückkommen, also begann sie auf ihn zu warten.

Unterdessen begriff Javier, wie wahr doch das alte Sprichwort war, demzufolge nur der erste Schritt schwerfällt. Da nach monatelangem Einsatz der Kiel der *Odile* endlich wieder in Schuss war, hielt er es für unsinnig, Samstagabend nach Puerto Colombia zurückzukehren, wenn er mit dem Elektriker, der bereit war, bis Mitternacht zu arbeiten, doch munter an den Bordinstrumenten weiterwerkeln und danach einen trinken gehen konnte, in einem der dunklen, von fünf Klimaanlagen heruntergekühlten Salons, in denen Marihuana und Koks auf Silbertabletts serviert wurden und seine Brüder die interessantesten Leute der Stadt empfingen. Er beschloss, dass die Fabrik am Freitag ohne ihn auskommen konnte und beschränkte somit die Zahl der Tage, die er der Arbeit und Beatriz widmete, auf vier und schlug von Donnerstagabend an bei seinen Eltern auf, wo er sich zur allergrößten Freude Odile Kerouans in seinem Jugendzimmer einquartierte. Beatriz hatte sich völlig erledigt und ohne aufzumucken zurückgezogen, aus Furcht, in Javier erneut diese Tobsuchtsanfälle auszulösen, in denen er ihr an den Kopf warf, sie wolle ihn kastrieren, sei frigide und hindere ihn am Leben. Sie wusste nicht mehr, woran sie sich halten sollte: Die geringste Bemerkung schon zog Gebrüll und Beschimpfungen nach sich; außerdem war Javiers Logik, so würde sie Lina gegenüber erläutern, derartig oberflächlich und böswillig, dass sie sich jeder Widerrede entzog – und sie eine seltsame Mattheit überfiel. Ihre Depression bahnte sich neue Wege, äußerte sich nicht mehr über die Anorexie, die so viel Aufmerksamkeit erregt und Lösungsversuche losgetreten hatte; jetzt zog sie sich listig zurück und wartete darauf, dass sich ein paar Ereignisse zusammenbrauten, die eine Explosion rechtfertigten. Nach all den Jahren würde Lina diese Depression mit einem erstaunlich cleveren Virus vergleichen, das es trotz aller zu seiner Bekämpfung eingesetzten Mittel geschafft hatte, auf der Lauer zu bleiben und die Schwächung des Organismus abzuwarten, in dem es sich einnisten würde, um loszuschlagen, sobald es für jede Verteidigung zu spät war. Denn von dem Augenblick an, in dem Javier seine jüngeren Brüder zu frequentieren begann, nahm seine Unverschämtheit zu und fand in Beatriz keinerlei Widerstand mehr. Wann immer es ihm beliebte, schleppte er seine Freunde mit nach Puerto Colombia und setzte zu Hause die Höllengelage fort. Er zerriss sich das Maul über die Avendaños und machte sich in aller Öffentlichkeit über ihre angebliche Abstammung lustig; er zwang Beatriz den Umgang mit vulgären Menschen auf: übelriechende Männer mit lauten Stimmen, die in den Garten kotzten, mitsamt ihrer aus der Mittelschicht stammenden Frauen, die noch die schlimmsten Peinlichkeiten ihrer Männer herunterspielten, nur um sie bei sich zu behalten. Außerdem musste sie sich damit abfinden, dass Jaimes Freundinnen auftauchten, diese jungen, aus demselben Milieu kommenden Frauen, die allerdings auf stille Weise gegen die bestehenden Werte rebellierten, auf Marihuana standen und eine Art sexuelle Befreiung lebten. Als Vorreiterinnen weiblicher Emanzipation legten sie eine trotzige Haltung an den Tag, hatten überspannte Ansichten und keinerlei Verständnis für Leute, die Kompromisse zu machen bereit waren. Beinahe sie alle würden ihr Studium beenden, heiraten, sich scheiden lassen, Liebschaften unterhalten und es mit dem Auftauchen der ersten weißen Haare vorziehen, zusammen mit der letzten Liebe ihres Lebens alt zu werden. Jetzt aber, wo sie in der Blüte ihrer Jugend standen, hinderte ihre Entschiedenheit sie daran, Beatriz zu verstehen. Sie sahen in ihr bloß eine Kopie der zu Hause auf sie wartenden Mutter, deren Zorn sie mit mürrischen Bemerkungen oder Lügen würden begegnen müssen. Javier stimulierte ihre Unverschämtheiten gegen Beatriz, um diese zu quälen – und weil die Freiheitsgier dieser jungen Frauen mit seiner eigenen korrespondierte. Unter ihnen fühlte er sich wieder jung, nicht weiter den Beschränkungen der Ehe ausgesetzt. Frische ging von ihnen aus, erklärte er Maruja, sie sprühten, ganz im Gegensatz zu Beatriz, vor Lebendigkeit. Jetzt, wo die *Odile* wieder in Schuss war, würde er sie während der Ferien zum Segeln mitnehmen, würde ihnen beibringen, wie mit der See und einem Segelboot umzugehen war. Sie würden nach San Andrés und Santo Domingo fahren, oder auf die kleine Insel, die ihm seine Mutter noch vor einigen Jahren gekauft hatte. Sie würden tauchen lernen und sich die Reste versunkener Schiffe ansehen, von denen er nach der Lektüre Exquemelins und den Erzählungen alter Fischer zu wissen glaubte, wo sie lagen. »Ihr werdet also Captain Morgans Schatz heben«, frotzelte Maruja, ohne Javiers Vorhaben größere Bedeutung beizumessen, weil sie es für kindisch und in Bezug auf Beatriz' Wohlergehen nicht für gefährlich hielt. Im Übrigen kannte sie diese jungen Frauen, denn ein paar von ihnen waren enge Freundinnen ihrer älteren Schwester María Eugenia. Sie wusste, dass sie durchaus zwanglos waren, aber auch, dass sie sich kaum auf einen verheirateten Mann einlassen würden. Doch dann verkomplizierten sich die Dinge ausgerechnet ihrer Schwester wegen.

María Eugenia war vielleicht die Klügste und ganz bestimmt die Aufmüpfigste der Familie Freisen. Seit ihrem fünfzehnten Lebensjahr hatte sie die Ferien weitab der Familie verbracht und war zusammen mit nordamerikanischen Hippies auf der Suche nach halluzinogenen Pilzen durchs Land getourt. Auf einer Reise nach San Andrés erfuhr sie von der Existenz einer Verwandten, die in ihrem Alter war und bereits so viele erotische Erfahrungen gesammelt hatte, dass selbst Casanova vor Neid erblasst wäre. Sie hieß Leonor, war die Tochter von Lucila Castro und hatte von ihrer Mutter das Temperament, mehrere Wohnungen in Miami und das wichtigste Luxuswarengeschäft der Insel geerbt. Unter Mithilfe einer verwitweten Tante und zweier Schwestern des treuen Lorenzo führte sie ihr eigenes Geschäft und war fest entschlossen, das Leben in vollen

Zügen zu genießen, ohne sich jemals zu prostituieren. Sie schien von zwei verschiedenen Wesen bewohnt zu sein, einem disziplinierten Tageswesen, einer ausgemachten Geschäftsfrau, die sich in Männerklamotten gekleidet knallhart mit den Händlern der Insel anlegte; und einem anderen, sinnlichen Nachtwesen, das seine Liebhaber nach undurchsichtigen Kriterien auswählte. Als sie einander begegneten, musste María Eugenia ihre Ansichten ändern: Ein Studium brachte Unabhängigkeit, die Pilze sorgten auf kurz oder lang dafür, dass man verblödete, und die sexuelle Befreiung trug nicht wirklich zur Befreiung der Frauen bei, sondern führte eher dazu, dass diese den Männern unentwegt zur Verfügung zu stehen hatten, diese aber nach wie vor so vögelten, wie es ihnen passte, und sich keinen Deut für weibliche Erotik interessierten, der neuen Theorien wegen aber auf jegliche Verführungskünste verzichten konnten, ebenso wie auf den demütigenden Akt, dafür bezahlen zu müssen. María Eugenia war sprachlos vor lauter Bewunderung und schlug vor, sie solle doch zum nächsten Karneval bei ihr vorbeikommen. Für die Männer des Festlands interessierte sie sich nicht besonders, dann sah sie sich aber doch nach der Möglichkeit um, die Reise mit einer beachtlichen Schmuggelfracht zu verbinden, nahm die Einladung an und kam bei Familie Freisen unter.

Dass Javier sie kennenlernte und sich in sie verliebte, war das eine: Er fand sie schön, faszinierend und, seltsamerweise, unnahbar. In der Tat hatte Leonor etwas, das die Männer anzog und gleichzeitig abschreckte, ähnlich wie Divina Arriaga, würde Lina einen ihrer Onkel sagen hören, der, ohne mit seiner Verwunderung hinterm Berg zu halten, fragte, wie sie so gebildet und elegant sein konnte, obwohl sie von einer Frau mit zweifelhaften Manieren und einem quasi analphabetischen Schwarzen aufgezogen worden war, auf dieser Insel, die außer Kokospalmen und Touristen nichts zu bieten hatte. Die Wirklichkeit aber war eine andere gewesen, wie Lina Jahre später erfahren würde, als sie Leonor zufällig in Siena beim Abendessen auf der Piazza del Campo an der Seite eines italienischen Grafen begegnete. Leonor bat sie an ihren Tisch, dann lud sie sie in das unweit der Piazza gelegene Haus ihres Freundes ein, und sie sprachen viele Stunden lang: Es verband sie die Freundschaft mit Maruja und die Sehnsucht nach der Karibik; Leonor legte ihre Zurückhaltung ab und erinnerte sich an früher, an den Augenblick, in dem Lucila Castro sich auf San Andrés niederließ und sie auf Anraten eines ihrer Liebhaber zum Studium nach Deutschland schickte, bis zu ihrem verhängnisvollen Aufenthalt bei Familie Freisen. Sie erzählte Lina, sie habe in verschiedenen Ländern Europas gelebt und die Schule so oft gewechselt, wie es Lorenzo in den Sinn gekommen war. Jedes Jahr, wenn sie auf der Insel ihre Ferien verbrachte, hatte er eine merkwürdige Zeremonie abgehalten, hatte Muscheln auf eine Karte des Alten Kontinents fallen lassen und dann entschieden, welches ihr nächstes Ziel sein würde. Nach Abschluss ihres Studiums war sie auf San Andrés geblieben, wo Lorenzo und ihre Mutter symbolisch ruhten, nachdem sie bei einem Schiffsunglück umgekommen waren. Als die Geschichte mit Javier vorbei war, hatte sie ihr Geschäft nach Miami und später nach Bali verlegt, wohin sie auch wieder zurückkehren würde, sobald eine Reihe von Geschäftstätigkeiten abgewickelt war. Genauso wie Catalina hatte sich Leonor nicht verändert: Sie war immer noch sehr schön, mit den kurzen nach hinten gekämmten Haaren und ihren tiefschwarzen, klug leuchtenden Augen; verzichtete gänzlich auf Schminke und war, obgleich weder in ihrer Haltung noch in ihren Gesten Koketterie lag, von einer verführerischen Aura umgeben, einem ihrer Haut anhaftenden Verlangen, das wie ein Parfüm nah und eindringlich war. Sie wirkte sinnlich und doch hellsichtig und konnte, wenn es um ihre Interessen ging, von einer unerschütterlichen Kälte sein. Sie hob unmerklich die Augenbrauen, schon zog sich ihr Freund zurück, dann wechselte sie vom Französischen ins Spanische und fragte Lina, was es Neues von Javier gebe. Sie hörte sich den Bericht an, ohne mit der Wimper zu zucken. Javier hatte mit seinem Segelboot verzweifelt nach ihr gesucht, eine Karibikinsel nach der anderen abgeklappert. Noch fünf Jahre später, als er, von einer unheilbringenden sonnenbedingten Krankheit versehrt, wie ein Leprakranker in Verbände gewickelt umherschiffte, hatte er ihren Namen gerufen, wenn er den Hochseefischern begegnete, die beim Anblick seiner abgemagerten Erscheinung vor Schreck zusammenfuhren auf ihrem zerfetzten Segelboot, weil sie sie beide, Mann wie Boot, für tot und die Erscheinung für ein böses Zeichen hielten. »Dabei hab ich ihm doch nie versprochen, an seiner Seite zu leben«, sagte Leonor und wechselte das Thema.

Lina zog diese Aussage keinen Augenblick lang in Zweifel. Javiers Leidenschaft war bis zum Schluss exzessiv gewesen; sie wusste nur zu gut, dass die Liebe zu einer Frau ihm oftmals als Vorwand diente, um eine andere zu zerstören. Ja, es tat ihr leid, es nicht rechtzeitig genug bemerkt zu haben, als Beatriz noch auf logische Einwände reagierte und bereit war, die unterschiedlichen Seiten der Situation zu analysieren, ebenso wie ihre Aussichten und Folgen. Keiner der beiden aber wäre es in den Sinn gekommen, die Gefühle Javiers könnten nicht erwidert werden. Sie wussten nicht einmal, wer die Frau war, für die Javier alles aufzugeben bereit war und so sehr von ihm begehrt wurde, dass er Beatriz von ihr erzählte und bat, aus seinem Leben zu verschwinden, auf welche Weise auch immer. Hätte er gewusst, dass das Feuer dieser Leidenschaft nur in seiner Fantasie loderte, ohne von der Angebeteten geteilt zu werden, wäre das Drama lachhaft gewesen und kindisch sein Freiheitsdrang, seine sarkastischen Vergleiche, sein triumphierendes Gehabe, wenn er zu Hause in Puerto Colombia auftauchte, nachdem er die gesamte Woche über mit dem Segelboot verschwunden gewesen war. Der Skandal aber war in vollem Gange, es gab kein Zurück mehr für Javier, sofern er sich nicht lächerlich machen wollte. Daher scheute er sich auch, die Identität seiner großen Liebe preiszugeben, daher seine Zurückhaltung, als Maruja sich über ihn lustig machte. Dabei machte sich längst alle Welt über ihn lustig, wenngleich nicht immer aus denselben Gründen: Die älteren Männer dachten an Lucila und gingen davon aus, dass Leonor Prostituierte war; seine Freunde wunderten sich über so viel Ungezwungenheit und gingen davon aus, es handele sich um eine Nymphomanin. Nur sehr wenige Leute in der Stadt, darunter Maruja, begriffen, worauf sich Leonors Liebeskunst stützte: Sie lehnte allen Sex ab, der nur um dieses eine Organ kreiste, das sich aufstellte und sich dann hastig entlud, Frauen frustrierte und Männer mit einem schalen Gefühl zurückließ. Sie war auf der Suche nach den wenigen Männern, die es gelernt hatten, auf andere Weise zu lieben, sich jeden einzelnen weiblichen Orgasmus, einen nach dem anderen anzueignen, die ihre eigene Lust kontrollierten und die Erektion so lange wie möglich aufrechterhielten, nicht um irgendwelche religiösen Prinzipien zu befolgen oder womöglich leicht sadistische Macht auszuüben, sondern mit dem Ziel, ihren gesamten Körper zu erotisieren, bis sie in einem der Zeit enthobenen Sinnesrausch versanken und sich auf die weiblichen Rhythmen einließen. Langer Rede kurzer Sinn: Es ging um atheistisches Tantra, so Maruja Lina gegenüber. Und als sie deren entsetzten Blick sah, sagte sie noch schnell: »Keine Sorge, Javier hängt ihr bestimmt schon zum Hals raus.«

Aber selbst da war es schon zu spät. Das begriff Lina, als sie eine Stunde später in Puerto Colombia eintraf und auf die in einem Winkel der Terrasse hockende Beatriz stieß, die wie von Sinnen die letzten Sonnenstrahlen über dem Meer anstarrte. Sie war ungeheuer blass und sah Lina an, als erkenne sie sie nicht; dann bat sie sie mit großer Mühe, sie möge sich um die Kinder kümmern. Nadia und Javier saßen aneinandergeklammert neben der Tür und machten den Eindruck, den ganzen Tag geweint zu haben: Sie trugen noch ihre Schlafschühchen und hatten seit dem Frühstück nichts gegessen. Lina badete sie, bereitete ihnen das Abendessen und blieb bei ihnen, bis sie eingeschlafen waren. Als sie anschließend wieder auf die Terrasse zurückkam, hatte sich Beatriz nicht gerührt, hielt immer noch fest ihre Knie umschlungen, den Blick ausdruckslos in die Finsternis gerichtet. Immer wieder wurde ihr Körper von einem leichten Beben erfasst, ihre Stirn glühte, die Hände waren eiskalt. Unter einem Schal und bei einem Glas Gin taute sie langsam wieder auf. »Wusstest du, dass ich verrückt bin?«, fragte sie Lina geradeheraus. Und während sie am Gin nippend eine Zigarette nach der anderen rauchte, erzählte sie, was geschehen war: In einem Wutanfall hatte Javier ihr den Namen seiner Geliebten unter die Nase gerieben. Sie hatte Angst verspürt, den Verstand zu verlieren oder zumindest das Zeitgefühl verloren, konnte sich aber noch daran erinnern »Wieso sie, wieso ausgerechnet sie?« geschrien zu haben, bevor sich alles um sie herum gedreht hatte und sie auf dem Bett zusammengebrochen war. Als sie wieder zu sich kam, war Javier verschwunden, und die Kinder hatten noch geschlafen. Ohne sich Gedanken darüber zu machen, wie spät es sein mochte, war sie mit ihrem Wagen in die Stadt gefahren, um sich Unterstützung bei ihrer Familie zu holen und sich bei ihrer Mutter auszuheulen. Erst als sie Nena in ihrem Morgenmantel erblickte, begriff sie, dass es gerade zu dämmern begonnen hatte. Jorge Avendaño bestellte ihre Brüder ein, die umgehend eintrafen; sie hörte sie auf der Veranda flüstern, tat aber, wie sie Lina erklärte, lieber keinen Mucks, sie bekam sowieso kein einziges Wort heraus. Dennoch schaffte sie es in ihrer Aufgewühltheit, sich zu fragen, wieso sie Javiers Offenbarung so dermaßen traf, wo er doch seit drei Monaten keine Gelegenheit ausließ, sie zu verletzen, indem er immer wieder von seiner Geliebten sprach. Ihre Brüder würden sie auf eher brutale Weise daran erinnern, als sie selbst ihnen gegenüber den Namen Leonors erwähnte. Von dem Augenblick an, in dem sie den Raum betraten, wo sie Nena heulend in den Armen lag, schienen sie Mitleid mit ihrem Schicksal zu haben, hörten sich ihren Bericht an und empörten sich über Javier und sein widerliches Verhalten. Als sie schließlich den Namen der Geliebten aussprach, bemerkte sie einen seltsamen Wandel: Ihre Brüder warfen sich gegenseitig Blicke zu und fingen an, ihr komische Fragen zu ihrem Gemütszustand zu stellen, wollten wissen, ob sie sich verfolgt oder beobachtet fühle. Da begriff Beatriz, was vor sich ging, und warf ihnen vor, ihr nicht zu glauben, um sich nicht mit Javier auseinandersetzen zu müssen. Da explodierte einer der Brüder und erinnerte sie daran, wie sie selbst sie Jahre zuvor mit der Geschichte der ihr hinterherspionierenden Leonor und dem Märchen von den masturbierenden Äffchen belangt und ihnen die Mär von dem angeblich am Geschlecht eines Mädchens leckenden Schwarzen aufgetischt hatte. Beatriz versicherte Lina, zum ersten Mal überhaupt ihr Herz gespürt zu haben. Sie spürte es pochen, kurz anhalten, dann wieder pochen; dann schnitt ihr ein fürchterlicher Schmerz die Luft ab, als habe sich eben ein Tier in ihrer Brust eingenistet, um mit seinen Tentakel nach ihrem Nacken zu greifen. Sie wollte kein einziges Wort des Trostes mehr, sondern nur noch mit sich alleine sein. Gedanken rasten ihr durch den Kopf, der Schmerz aber hinderte sie am Nachdenken. Erleichtert sah sie ihre Brüder das Zimmer verlassen, griff nach ein paar Aspirin und Beruhigungsmitteln und gewann endlich die Kontrolle über ihren Körper zurück. Dann redete sie der armen Nena gut zu und brach Richtung Puerto Colombia auf. Sie konnte sich noch daran erinnern, den Kindern ihr Frühstück gemacht zu haben, an mehr aber nicht.

Nun versuchte Lina zum ersten Mal im Leben, sie mit der Wahrheit zu konfrontieren. Schön und gut, Beatriz' Brüder waren seit der Geschichte mit dem fiesen Affen Merlin, der auch Lina einzuschüchtern versucht hatte, davon überzeugt gewesen, dass sie geisteskrank war; dann war sie auf Doktor Agudelos Rat hin nach Kanada verschickt worden. Javier betrog sie mit Leonor, die wiederum als Kind von Lorenzo in die Sexualität eingeführt worden war. Beatriz war aber doch trotzdem handlungsfähig, konnte sich von der Vergangenheit verabschieden und woanders ein neues Leben aufbauen. Sie hatte Geld und war gesund, niemand zwang sie, zu bleiben, wo sie war, und sich den Beleidigungen Javiers auszusetzen. Zu guter Letzt bot sich Lina an, den Avendaños alles zu erklären, und gleich am Tag darauf wurde bei Nena eine Versammlung abgehalten, an der die ganze Familie, einschließlich Beatriz, teilnahm. Sie war mittlerweile etwas selbstsicherer, schaffte es, sich kohärent auszudrücken und brachte auch über die Lippen, sie verspüre den Wunsch, ihren Mann zu verlassen und sich mit ihren Kindern in Miami niederzulassen. Über diesen Entschluss erleichtert, luden die Avendaños Javier zu einem Termin und baten zuvor einen Anwalt, die rechtlichen Seiten der Angelegenheit zu prüfen und das für die Ausreise der Kinder nötige Dokument vorzubereiten. Zur Verwunderung aller leistete Javier nicht den geringsten Widerstand: Er unterschrieb sämtliche Papiere, die man ihm vorlegte, zeigte sich bereit, die für die Scheidung notwendigen Verfahren einzuleiten und war aus freien Stücken bereit, Beatriz eine Rente zukommen zu lassen.

Auf den ersten Blick war alles geklärt. Und doch blieb Beatriz apathisch in Puerto Colombia zurück, wo sie immer wieder die Missgeschicke ihres Liebeslebens durchging. Javier wiederum gelang es nicht, sie nicht sehen zu wollen, um ihr von Leonor zu erzählen. Die Beziehung der beiden nahm krankhafte Züge an: Er verspürte den Drang, sich mit seinen Affären vor ihr zu brüsten, als wolle er sie auch in das Gedächtnis einer anderen einbrennen, genauer: in eines, aus dem sie nie wieder gelöscht würden. So weit reichte Beatriz' Auffassungsgabe, wenn sie bei Verstand war, wenn Lina bei ihr war und sie sich vernünftig ausdrücken und für alles eine nachvollziehbare Erklärung liefern wollte. Diese Seite von Beatriz nahm die Existenz der anderen Beatriz hin, die unfähig war, sich dem Einfluss Javiers zu entziehen, weil er ihr die Rechtfertigung dessen lieferte, was sie als ihr eigenes Hirngespinst hätte bezeichnen müssen: Sie lebte in dauerhafter Angst; fürchtete sich, aus dem Haus zu gehen oder zu Hause zu bleiben, sich an Orten aufzuhalten, wo die Leute ganz sicher über ihr Unglück lästerten, oder nach Miami zu gehen und dort tausend Ungewissheiten ausgesetzt zu sein. Es versetzte sie in Panik, wieder eine dieser schlaflosen, angsterfüllten Nächte ertragen zu müssen oder nach Einnahme der Schlafmittel in einen von Albträumen geplagten Schlaf zu sinken. Sie schreckte auf, weil sie seltsame Stimmen vernahm, die vom Meer in den Garten herübergetragen wurden, und hatte bisweilen das Gefühl, das Gesicht eines Mannes hinter den Jalousien zu sehen. Das Schlimmste war, dass die Halluzinationen auch in der Wirklichkeit widerhallen konnten: Wenn die Stimmen aufzusteigen begannen, kratzte ihr Chihuahua-Hündchen jaulend an der Tür, und Lina war der Mann auch aufgefallen. Lina hatte eines nachts tatsächlich zwei Augen hinter dem Fenster aufblitzen sehen und war mit einem Stock bewaffnet in den Garten hinausgegangen. Der Mann aber hatte sich nicht vom Fleck gerührt und Beatriz weiter wie gebannt angestarrt und sich erst dann gerührt, als sie ihm mit der Polizei gedroht hatte. Seinen Gesichtszügen und der Art nach, mit der er sich bewegte, kam er aus dem Landesinneren; er war jung, sah gut aus und fühlte sich höchstwahrscheinlich von einer attraktiven, in einem abgeschiedenen Haus lebenden Frau angezogen. Beatriz sah das anders: Es musste sich um einen Freund von Víctor handeln, der von ihren sexuellen Perversionen wusste und darauf aus war, sie zu vergewaltigen und den Sprengstoff abzuholen, den bislang niemand eingefordert hatte. Als der arme Teufel am Strand von Puerto Colombia für Aufruhr sorgte, weil er sich nackt auszog, war neben einem Foto von ihm in der Presse zu lesen, er sei wegen Unzurechnungsfähigkeit in eine Irrenanstalt gesteckt worden. In der Meldung wurde er als »harmlos« bezeichnet.

Damit war Beatriz aber noch lange nicht beruhigt, sondern fand gleich das nächste Motiv zur Sorge: Die Anstalten waren nicht sicher, er würde ausbrechen und sie holen kommen; dreimal noch sah sie ihn hinter den Jalousien auftauchen, dreimal musste Lina in der Anstalt anrufen und sich als Journalistin ausgeben, um sich versichern zu lassen, dass der Mann wirklich nicht ausgebrochen war. Gegen die Stimmen aber konnte sie nichts ausrichten; bisweilen schien sich Beatriz mitten im Gespräch aus der Wirklichkeit auszuklinken und ihre ganze Aufmerksamkeit auf etwas zu lenken, was nur sie wahrzunehmen schien; dann fing sie an zu weinen, als bräche gerade ihr Herz. Sie hatte Lina davon nie etwas erzählt, doch jetzt erzählte sie ihr in einem klaren Moment, die vom Meer herüberwehenden Stimmen sprächen zu ihr und behaupteten, das Leben habe keinen Sinn und nur im Tod werde sie Frieden finden. Der Kinder wegen aber konnte sie nicht sterben; sie konnte sie ihrer Mutter nicht überlassen, weil diese mittlerweile zu alt war, und auch Odile Kerouan, die sich sofort und mit unerklärlichem Nachdruck auf Javiers Seite geschlagen hatte, kam für die Kinderbetreuung nicht infrage: Beim einzigen Mal, dass sie sie um Hilfe bat, hatte Odile scharf reagiert und angedeutet, sie habe ihren Sohn verführt, ohne auf die Gefühle Jean-Lucs zu achten, bis ihre Böswilligkeit die Paradoxie auf die Spitze trieb: Einerseits warf sie ihr vor, eine unwürdige Gattin zu sein, weil Javier sie verlassen wollte, zugleich war sie nicht willens, sich dem Liberalismus ihrer Zeit anzupassen, und klammerte sich im Namen überkommener Prinzipien an Javier. Und wenn sie es ihr auch nicht direkt unter die Nase rieb, gab sie ihr doch zu verstehen, dass sie sie nur deswegen anerkannte, weil sie der Familie zwei Kinder geschenkt hatte – und dabei wahrscheinlich unwillentlich das Verhalten der Schwiegertochter aus Lille wiederholte, deren sarkastische Bemerkungen sie in ihrer eigenen Jugend so gequält hatten. Das Gespräch stieß Beatriz vor den Kopf: Die Höflichkeit, die Familie Freisen ihr entgegengebracht hatte, war ganz einfach nur geheuchelt gewesen, sie hatten in ihr nur eine Gebärmaschine gesehen. Niemals würde sie diesen Leuten ihre Kinder überlassen, weder ihnen noch Javiers Geliebter. Sie traute nun niemandem mehr über den Weg: Ihr Mann war untreu, ihre Schwiegerfamilie sah auf sie herab, ihre Brüder hielten sie für verrückt. Und sie hatte in ihrem Urteilsvermögen vor lauter Angst den Kontakt zur Wirklichkeit verloren. Lina bot an, noch einmal Doktor Agudelo anzurufen, ihm könne sie alles anvertrauen, ohne Angst haben zu müssen, verraten zu werden.

Die Visite von Doktor Agudelo dauerte drei Stunden und zeitigte unmittelbar Wirkung. Beatriz beschloss, sich Javier nicht weiter als Vertraute anzudienen und umgehend alles in die Wege zu leiten, um nach Miami übersiedeln zu können. Die Angst davor, man könne ihr wegen der Beziehungen zu Víctor das Visum verweigern, verflüchtigte sich, als sie beim Betreten des Amerikanischen Konsulats auf einen mit ihrer Familie befreundeten Sekretär traf. Zum ersten

Mal nach einem ganzen Monat des Eingeschlossenseins wagte sie sich in den Schönheitssalon, wo sie Angélica, die für das Frisieren zuständig war, sehr höflich empfing und ihr versicherte, die ganze Stadt stehe auf ihrer Seite und beglückwünsche sie zu dem Entschluss, zu gehen. Da rief sie Isabel, Maruja und Lina zusammen, die sofort zur Stelle waren und in Feierlaune eine Flasche Champagner köpften. Jemand besorgte im Country Club warme Sandwiches, und Lina rief eine in Miami lebende Verwandte namens Rosario Miranda an, die sich umgehend dazu bereit erklärte, Beatriz am Flughafen abzuholen und bei sich unterzubringen, bis sie eine Arbeit fände. Es war drei Uhr morgens, als sie ein wenig benommen, aber glücklich auseinandergingen und versprachen, abends noch in Puerto Colombia aufzutauchen. Beatriz musste die Tickets und ein paar zum Schwarzmarktpreis gewechselte Dollar besorgen und dann bei Nena vorbeifahren, um ihr Mut zuzusprechen und die Kinder abzuholen. Sie würden die drei dann erwarten, sagte sie und stieg in ihren Wagen ein. Im Vorbeigehen lächelte sie Lina zu, und diese beschlich ein seltsames Gefühl. Dieses Gesicht war immer von Strenge oder Trauer angespannt gewesen, gelächelt hatte es noch nie; ein paar Sekunden lang hatte Lina die Friese im Turm des Italieners vor Augen. »Unsinn«, sagte sie sich und warf den Motor ihres kleinen neuen Autos an, »ich habe zu viel Champagner getrunken.«

Henk wartete im Hotel del Prado auf sie, um ihr einen englischen Sammler vorzustellen, der an einem Van Gogh von Catalina interessiert war. Sie verhandelten bis sieben Uhr abends. Dann verabschiedete sie sich von den beiden und sah bei Nena zu Hause vorbei, wo das Chaos herrschte: Isabel sah so schlimm aus wie noch nie, Maruja beschimpfte Odile Kerouan, der es anscheinend die Sprache verschlagen hatte, und Nena hatte sich heulend an ein zerfetztes Familienalbum geklammert; auf dem Flur kämpfte der mittlerweile ermattete Javier gegen die treffsicheren Faustschläge eines der Avendaño-Brüder. Eine ganze halbe Stunde brauchte es, bis man Lina erklärt hatte, was geschehen war, und die Schilderungen ließen sie die Katastrophe voraussehen. Gustavo Freisen hatte ohne Einspruch die Auflösung der Ehe seines Sohns abgenickt und sich darauf beschränkt, zu erwähnen, dass sein Sohn Jean-Luc dieser Eheschließung wegen in einer Irrenanstalt vor sich hin vegetierte, doch niemand hatte sich getraut, ihm die Gründe für die Ausschreitungen zwischen Javier und den Avendaños darzulegen. Den ganzen letzten Monat über hatte er sich damit abgefunden, seine angeblich an Keuchhusten erkrankten Enkelkinder nicht zu Gesicht zu bekommen, und hatte dann einen Anwalt kommen lassen, damit er die Sache prüfe. Schlimmer konnte die Lage kaum sein: Sein Sohn hatte eine Geliebte, mit der er sich in der Öffentlichkeit zeigte, und seine Schwiegertochter hatte das eheliche Heim keinen Moment lang verlassen. Wutentbrannt wies Gustavo Freisen den Anwalt an, zwei ehemalige Polizisten als Detektive anzuheuern und mit der Aufgabe zu betrauen, das Haus in Puerto Colombia zu überwachen, bis sie Beatriz' Untreue beweisen konnten oder unter Umständen auch erfanden. Außer dem armen Irren und einem Arzt, der am Tag zuvor drei Stunden bei ihr gewesen war, hatte allerdings kein Mann je bei ihr vorbeigeschaut. Der Besuch des Arztes wiederum machte Gustavo Freisen hellhörig: Seine Enkelkinder hatten Keuchhusten, und niemand kam, um sie zu untersuchen, wohingegen Beatriz einen Arzt hatte kommen lassen, der dafür bekannt war, dass er Nervenleiden behandelte. Damit war das weitere Vorgehen entschieden: Er würde dieser Frau unter dem Vorwand ihrer Geisteskrankheit seine Enkelkinder wegnehmen. Der Anwalt weigerte sich umgehend, an einem solchen Vorhaben teilzunehmen, und schickte am nächsten Tag seine Rechnung. Gustavo Freisen würde sich so rasch aber nicht entmutigen lassen: Er rief Javier an, verlangte von ihm, er möge seine Liebesaffäre beenden und seine Kinder zurückfordern, bis er von der mit den Avendaños getroffenen Abmachung erfuhr, ihn verfluchte und drohte, ihn zu enterben und aus dem Haus zu werfen, und die sofortige Zahlung des Geldes verlangte, das ihm das Unternehmen als Darlehen bewilligt hatte. Javier stürmte türenknallend hinaus, stieg zornentbrannt in seinen MG, brauste die Avenida Olaya Herrera hinab und sah auf dem Paseo Bolívar Beatriz' Wagen vor einem Reisebüro stehen. Er trat auf die Bremse, stieg aus, schlug vor Beatriz' entsetztem Blick deren Autofenster ein und riss die Autotür auf, um sämtliche im Wagen liegende Papiere an sich zu nehmen, und zwar alle, Pässe und Visa, die eben erstandenen Dollar ebenso wie das Dokument, das Beatriz dazu berechtigte, die Kinders außer Landes zu bringen. Und als Beatriz losrannte, um ihn an all dem zu hindern, verpasste er ihr eine heftige Ohrfeige und brüllte, er werde ihr die Kinder wegnehmen und sie in dieselbe Klinik wie Jean-Luc einsperren lassen.

»Wieso hast du das getan?«, wollte nun Federico Avendaño wissen, während er wie wild auf ihn eintrat. Und der auf dem Flur zusammengekrümmte Javier mit seinem von Schlägen entstellten Gesicht brachte nur ein »Ich weiß es nicht« heraus. Auch Odile Kerouan wusste nicht, wieso sie sich abgewandt hatte, als Beatriz bei ihr zu Hause die Fotos von sich und den Kindern aus den Bilderrahmen entfernt hatte. Javier hatte sie vom Segelclub aus angerufen, um ihr zu erzählen, wie er die Dokumente an sich gebracht hatte, und sie zu bitten, sie möge Gustavo Freisen mitteilen, alles sei geregelt. Odile übermittelte ihrem Mann die Nachricht und lief dann die Treppen hinab, um sich zum Country Club zu begeben, wo ein Bridgespiel auf sie wartete. Im Wohnzimmer stieß sie auf Beatriz, die mit stiller Entschlossenheit die Fotos aus den Rahmen riss, was den irren Eindruck, den sie machte, noch verstärkte. Odile hatte das Gefühl, sie bemerke sie gar nicht, bis sie sie fragen hörte: »Werden Sie denn nichts unternehmen?« Und dann, als antworte sie sich selbst: »Nein, sie wird nichts unternehmen.« Odile Kerouan erzählte Maruja, sie habe von da an nicht mehr gewusst, was sie tat: Sie fuhr in den Country Club, blieb aber, anstatt sich mit ihren Freundinnen zu treffen, stundenlang in ihrem Wagen sitzen, bis sie auf die Idee kam, bei Nena vorbeizuschauen. Erst als sie sah, dass auch dort Fotografien aus Bilderrahmen und Alben entfernt worden waren, begriff sie den Ernst der Lage.

Vor lauter Hass ganz gelähmt hörte ihr Lina zu; wäre sie im Besitz eines Revolvers gewesen, sie hätte ihn auf der Stelle und ohne großes Bedenken auf Javier und seine Mutter gerichtet. Sie alle zusammen, ja selbst die Avendaño-Brüder, schienen unfähig, ihren Verstand einzusetzen: Sie fragten sich, wo Beatriz unterkommen würde, ob sie die Polizei rufen sollten oder nicht, ob sie vielleicht bei Doktor Agudelo in der Praxis war. »Ihr Vollidioten!«, schrie Lina, als ihr mit einem Mal der Sprengstoff einfiel: »Was glaubt ihr denn, wieso zum Teufel sie die Fotos zerstört hat?« Maruja begriff sofort. Und rief: »Mein Wagen ist schneller als deiner«, als sie sie im Garten einholte. Dann brachen sie nach Puerto Colombia auf, während die Avendaño-Brüder zu ihren Wagen stürzten, hinterdrein

Javier und Odile Kerouan. Niemals würde eine Fahrt für Lina so lange dauern. Obwohl Maruja keinen Augenblick lang den Fuß vom Gaspedal nahm, hatte sie das Gefühl, sie bewegten sich nicht vom Fleck. Sie tat sich schwer mit dem Einatmen der warmen Nachtluft und verfluchte ihr mangelndes Vorstellungsvermögen. Diesen ganzen furchtbaren Monat über hatte sie kein einziges Mal daran gedacht, welche Gefahr der Sprengstoff darstellte: Víctor hatte Beatriz erklärt, wie er gelagert werden musste, wenn ein Unfall verhindert werden sollte, und ihr dabei letztlich auch beigebracht, wie man diesen verursachte. »Schneller«, flehte sie Maruja an, suchte in der Ferne die Finsternis ab, versuchte, zu erraten, was in Beatriz vorging und wieso sie sich so sehr darauf versteift hatte, niemandem die Kinder zu überlassen. Und je näher sie Puerto Colombia kamen, desto stärker wurde ihr Gefühl, Beatriz' Verzweiflung in sich zu spüren: Nach Doktor Agudelos Ratschlägen hatte sie sich zusammengerissen, war zur Bank, ins Konsulat, in den Schönheitssalon gegangen, und als die Probleme abzunehmen schienen, sich der Weg zurück ins Leben abzuzeichnen und in ihrer Erinnerung ganz zart die Gestalt des Kadetten von West Point aufzusteigen begann, da hatte der von seinem böswilligen Vater angestachelte Javier ihre bescheidenen Träume zerstört.

Endlich waren sie in Puerto Colombia, bogen in den schmalen Weg Richtung Haus ein. Eine Sekunde lang sahen sie es am Meer liegen, dunkel und gespenstisch über die vom Grillenzirpen eingenommenen Sanddünen gebeugt, verletzlich, vom Scheinwerferlicht kurz aus der Finsternis gerissen. Es gelang ihnen, es noch einmal in den Blick zu nehmen, bevor eine ungeheure Erschütterung das Auto erfasste, ihnen ins Gesicht schlug, in die Trommelfelle fuhr, auf ihre Netzhaut zustürzte und eine riesige Feuerblase Türen und Fenster aus dem Haus herausschleuderte, auf eine schreckenerregende und unwirkliche Weise das Dach in die Luft flog, wie etwas nicht Gesehenes, sondern Geträumtes. Und dann stiegen die Flammen wie ein stummes und verzweifeltes Flehen in den Himmel auf.

Linas Epilog

Die Jahre sind vergangen, und ich bin nicht mehr nach Barranquilla zurückgekehrt – an den Ort, den unsere Großmütter einst auf Eselsrücken erreichten, eingehüllt in eine heiße Wolke aus Staub, im Gepäck ihre Möbel und ihr Heimweh nach den älteren Städten der karibischen Küste: Damals war Barranquilla nur eine glühende Häuseransammlung ohne jede Geschichte, außer jener überaus traurigen, Bolívars Leiden verschlimmert zu haben, als er dort auf seinem Weg in den Tod vorbeikam.

Nachts glaube ich manchmal, den schleppenden Gang dieser Maultiere zu hören, die ihr Hab und Gut aufgeladen hatten. Dann stelle ich mir die Welt mit den blühenden Schlingpflanzen und den in den Schlafgemächern verblassenden Daguerreotypien vor, die die Großmütter damals zurückließen. Sie trugen Erinnerungen mit sich, haufenweise Erinnerungen. Wir Mädchen hörten sie von dieser Welt sprechen, die die ihre war, ohne uns vor Augen zu führen, dass auch unsere, leichte, einfache, immer um das Schwimmbad eines Clubs oder die Karnevalsbälle kreisende Welt dereinst zur nostalgischen Erinnerung werden würde.

Manchmal, wenn mein Fieber nachts wieder steigt, habe ich den Eindruck, dass ich wie unsere Großmütter ebenfalls inmitten von Erinnerungen lebe. All diese in Paris verbrachten Jahre haben es nicht geschafft, sie auszulöschen; im Gegenteil scheinen mich das Fieber und sogar die Kälte, die am Ausgang der Métro ihre Messer zückt, wenn ich auf dem Rückweg vom Krankenhaus bin, beharrlich in die Stadt ins Viertel El Prado zurückholen zu wollen, zurück zu dem stürmischen Wind, der immer im Dezember aufkam, zurück zu diesen Nachmittagen, an denen die Sonne draußen auf den Golfplätzen flimmerte und meine Freundinnen und ich Vergnügen daran fanden, uns an einem Tisch des Country Clubs die Zukunft mithilfe von Spielkarten auszumalen.

Was die meine und die der anderen anging, ganz zu schweigen von jener, die Benito Suárez blühte, hätte keine Karte jemals solch irrsinnige Launen des Schicksals vorausgesagt. Meine eigene Großmutter, die augenscheinlich die Gabe der Voraussicht besaß, durch die sie die jedem Leben unerbittlich eingeschriebenen Geheimnisse erriet, würde nicht lange genug leben, um ein weiteres Mal von Benito Suárez oder zumindest von den Nachrichten überrascht zu werden, die über ihn eintrafen, erst noch aus dem Urwald, später von den Grenzen des Orinoco her, dann aus der Wüste von La Guajira, in der er sterben würde. Er wollte ein letztes Mal das Meer sehen, hatte er einer India aus der Siedlung erklärt, in der wiederum der Anthropologe Zuflucht gefunden hatte, der mir schließlich davon erzählte. Der Anthropologe begriff nicht, wieso ich mich so sehr für diesen armen Teufel interessierte, einen, wie er sagte, Eremiten, einen guten Menschen mit bereits ergrautem Haar, der in die Wüste gegangen war, um Indios zu heilen, ohne auch nur einen einzigen Centavo von ihnen zu verlangen, der Verse schrieb und nachts in der Hängematte vor sich hin jammerte oder delirierte und nach Dora rief, der Frau, die er einst geliebt hatte.

Manchmal – immer dann, wenn in der Abenddämmerung das Fieber kommt und das Gurren der Tauben auf den Dächern verstummt – denke ich daran, dass die Irrwege des Lebens Geheimnisse mit sich bringen, die so unentschlüsselbar sind wie die Steine im Turm des Italieners. Ich, die ich meiner Großmutter beim Sterben geholfen hatte, indem ich ihren Anweisungen folgte und das Pulver aus den Kapseln, von denen sie nur eine am Tag zu sich nehmen durfte, in Wasser auflöste, und sie dann wieder mit Puder auffüllte, um Doktor Agudelo nicht in Sorge zu versetzen, ich war überrascht gewesen, als ich erfuhr, wie Tante Eloísa ihr eigenes Ende zu feiern beschloss: auf dem Höhepunkt eines Festes, mit erhobenem Champagnerglas, um mit ihren Töchtern anzustoßen, während um sie herum explodierende Feuerwerksraketen und heulende Sirenen das neue Jahr willkommen hießen.

Im Gegensatz dazu war nichts von dem, was mit Catalina geschehen ist, unvorhersehbar. Wenn ich ihr Foto in der *Vogue* sehe, neben ihrer Tochter mit den schillernden goldenen Augen, die ihr ähnlich sieht wie eine Schwester, im Régine's oder in irgendeinem anderen New Yorker Szene-Laden, schimmernd kühl wie eine

Eisscholle, an der Seite von mondänen, wie sie selbst gegen allen Herzschmerz gefeiten Männern, habe ich den Eindruck, sie gehe der Bestimmung nach, die Divina Arriaga für sie in der schummrigen Kammer ausgeklügelt hatte, in der sie Zuflucht fand, bis sie die Vergangenheit vergaß.

Auf den ersten Blick hat sich in der Stadt, die ich nach dem Tod meiner Großmutter für immer verlassen habe, vieles verändert. Allerhand Dinge haben sich gewandelt. Unsere Häuser verschwanden etwa zu der Zeit, in der die *Marimberos* in ihren Jeeps mit den blaugetönten Fensterscheiben auftauchten: Männer aus der Wüste von La Guajira, die durch den Marihuana- und Kokain-Handel reich geworden waren, Marmorpaläste errichten und sich im Namen alter Stammesfehden Schusswechsel auf offener Straße liefern würden, bis die Stadt sie sich ebenso einverleibte wie einst die Einwanderer, Hausierer und Geflüchteten aus Cayenne.

Jung, reich und schön, wie sie waren, würden die Kinder dieser *Marimberos* schließlich in Paris landen, würden ein in Harvard geschliffenes Englisch sprechen, und mit der gleichen Lässigkeit, mit der ihre Väter, das Maschinengewehr unterm Arm, durch die sandigen Gegenden von La Guajira zogen, auf den Partys in weißen Smokings und einer roten Rose im Knopfloch auftauchen. Es begleiteten sie die neuen, mittlerweile etwas emanzipierten Mädchen von Barranquilla, die mit mir recht nachsichtig umgingen, weil sie vage im Kopf hatten, dass ich einst ein Buch geschrieben hatte, in dem ich die von ihren Müttern erlittene Unterdrückung anprangerte. Sie wussten nichts von Unterwerfung: Sie schminkten sich nicht, und in ihren Puderdöschen fanden sich immer ein paar Gramm Kokain; sie hatten völlig ungezwungen Sex, zum Leidwesen ihrer Liebhaber, die sich vorkamen wie nachlässig aus einer Schale gegriffene Kirschen. Vielleicht war nur mir klar, dass dieser frenetische Konsum von völlig lieb- und mitleidlos ausgewählten und dann wieder abgelegten Männern die Rache war, die eine Frauengeneration unwissentlich im Namen vieler anderer vor ihnen nahm. Diese jungen fleischfressenden Frauen landeten also in Paris, hielten sich dort eine Weile auf, verließen die Stadt wieder und kehrten nach Barranquilla zurück. Mit der Zeit würden sie die Angst vor der Einsamkeit entdecken und sich damit abfinden, an der Seite eines einzigen Mannes zu leben. Vielleicht lernen ihre Töchter, dass sich

Liebe weder in Promiskuität noch Erotik in Drogen finden lässt, vielleicht gelingt es ihnen, wie Divina Arriaga das eine vom anderen zu unterscheiden, und dann beidem ihren heiligen Charakter der Initiation auf der langen Pilgerreise zuzuerkennen, von der aus wir die Unendlichkeit erspähen: Vielleicht schaffen sie es, bescheidener zu werden und sich irgendwann mit dem Leben zu versöhnen.

Das Verstreichen der Zeit ließ mich vieles begreifen: Tante Irenes Schweigen, das eine oder andere Wort meiner Großmutter, Tante Eloísas Schmunzeln. Einmal wollte ich sterben, in Deyá, einem Dorf auf Mallorca. Es war Nacht, und der eisige Winterwind trocknete meine Tränen, um sich über meine Traurigkeit lustig zu machen. Fest entschlossen, allem ein Ende zu setzen, lief ich die Straßen dieses leergefegten Geisterdorfes entlang, als plötzlich Geigenmusik zu hören war: In einem Haus mit verschlossenen Läden spielte jemand unermüdlich einen Satz aus Tante Irenes Sonate. Ich blieb stehen und sang, sobald das Instrument verstummt war, den nächsten Satz, den der Geigenspieler, nach einem Augenblick der Verwirrung, eilig aufnahm. Dann nahm ich vergeblich Reißaus, schließlich folgte mir niemand, und der Geigenspieler wusste genau so gut wie ich, dass diese Sonate komponiert worden war, um nur ein einziges Mal angehört zu werden und sich anschließend in den Schatten des Vergessens zu verlieren. Mein eben noch bestehender Entschluss kam mir plötzlich vor wie ein absurder Traum: Ich begriff, dass wir alle eine Verabredung in Samarkand haben.

Die Jahre sind vergangen. Ich bin nicht mehr nach Barranquilla zurückgekehrt und werde es wohl nie mehr tun. Um mich herum kennt man nicht einmal den Namen der Stadt. Wenn man mich fragt, wie es dort aussieht, sage ich nur, die Stadt liege an einem Fluss, in unmittelbarer Nähe des Meers.

Natalia Ginzburg *Die kleinen Tugenden*

Die schönsten Texte, von der großen italienischen Autorin selbst zusammengestellt. Wie es zugeht unter Menschen, die sich gernhaben, aber in schwierigen Zeiten leben. Und warum man die großen Tugenden (wie Großzügigkeit) den kleinen Tugenden (wie Sparsamkeit) vorziehen soll.

Aus dem Italienischen von Maja Pflug
SVLTO. Rotes Leinen. Fadengeheftet. 160 Seiten

Natalia Ginzburg *Familienlexikon*

Das Personal dieses Romans ist unerschöpflich, angeführt von einem bemerkenswerten Elternpaar: der Vater, Anatomieprofessor, Bergsteiger, Freund entschiedener Urteile; und die Mutter, leidenschaftliche Sklavin ihrer Dienstboten, listenreiche Beschützerin der Kinder und des eigenen Kleiderschranks. Das Hauptwerk Natalia Ginzburgs ist nicht nur das komische Porträt einer denkwürdigen Familie, sondern zugleich ein großartiges Porträt Italiens.

Aus dem Italienischen und mit einem Nachwort von Alice Vollenweider
WAT 563. Broschiert. 192 Seiten

Elsa Morante *Arturos Insel* Roman

Einer der wichtigsten italienischen Nachkriegsromane: Elsa Morante hat mit Arturo die Weltliteratur nicht nur um eine der schönsten Knabengestalten bereichert, sondern es gelang ihr auch, ein fast vergessenes Italien in farbenprächtigen Bildern festzuhalten.

Aus dem Italienischen von Susanne Hurni-Maehler
WAT 514. Broschiert. 432 Seiten

Elsa Morante *Aracoeli* Roman

Eine Geschichte von der Liebe zwischen Mutter und Sohn, vom Ende der Kindheit und dem Eintauchen in die Erinnerung auf der Suche nach einer Wahrheit: der geheimnisvollste Roman von Elsa Morante.

Aus dem Italienischen von Ragni Maria Gschwend
WAT 845. Broschiert. 432 Seiten

Michi Strausfeld *Gaumenfreuden*

Eine kulinarische Kulturgeschichte Lateinamerikas
mit Rezepten von Sabine Hueck

Michi Strausfeld, die große Kennerin der lateinamerikanischen Literatur und Kultur, ist auch eine leidenschaftliche Gourmandise. Sie erzählt die Geschichte der europäischen Entdeckung eines kulinarischen Kontinents: von indigener Esskultur und kolonialer Küche, der Entstehung von Nationalgerichten wie »Chiles en nogada« oder »Feijoada«, von den Beigaben aus Europa, China und Afrika. Und sie zeigt, woher die neue Begeisterung für die lateinamerikanische Küche kommt.

SVLTO. Rotes Leinen. Fadengeheftet. 160 Seiten

Fernanda Melchor *Saison der Wirbelstürme* Roman

Die Hexe ist tot, ermordet – aber hat sie's nicht genau so gewollt? Die Chronik eines unvermeidlichen Todes und die schwindelerregende Reise ins finstere Herz Mexikos. Sprachgewaltig, schmutzig und mit der Sogkraft eines Wirbelsturms erzählt von Fernanda Melchor, einer der wichtigsten jungen Stimmen Lateinamerikas.

Aus dem mexikanischen Spanisch von Angelica Ammar
WAT 826. Broschiert. 240 Seiten

Pola Oloixarac *Wilde Theorien* Roman

Eine Studentin bedrängt ihren Professor auf den Gängen der Fakultät, zwei superschlaue Trolle finden in ihrem Hass zueinander, und eine vergessene Theorie kann alles erklären. Eine philosophische Komödie über Macht, Verführung und die Schönheit der Niedertracht – barock, brillant-verruckt, erbarmungslos.

Aus dem argentinischen Spanisch von Matthias Strobel
Quart*buch*. Klappenbroschur. 256 Seiten

Wenn Sie mehr über den Verlag oder seine Bücher wissen möchten, schreiben Sie uns eine Postkarte oder elektronische Nachricht (mit Anschrift und E-Mail). Wir informieren Sie dann regelmäßig über unser Programm und unsere Veranstaltungen.

Verlag Klaus Wagenbach Emser Straße 40/41 10719 Berlin
www.wagenbach.de vertrieb@wagenbach.de

Die spanische Originalausgabe erschien 1987 unter dem Titel *En diciembre llegaban las brisas* bei Plaza & Janés in Barcelona und 2014 bei Editorial Alfaguara in Bogotá.

MIX
Papier aus verantwortungsvollen Quellen
FSC® C014889
FSC www.fsc.org

Emser Straße 40/41, 10719 Berlin www.wagenbach.de

Umschlaggestaltung Julie August unter Verwendung einer kolorierten Zeichnung (um 1880) © Heritage Images / Heritage Art / akg-images. Gesetzt aus der Chaparral Pro. Einband- und Vorsatzmaterial von peyer graphic, Leonberg. Umschlagmaterial von SALZER Papier, St. Pölten. Gedruckt und gebunden bei Pustet, Regensburg. Printed in Germany.

ISBN 978 3 8031 3354 0